WILLIAM BOYD

EINE GROSSE ZEIT

ROMAN

Aus dem Englischen
von Patricia Klobusiczky

WILHELM HEYNE VERLAG
MÜNCHEN

Die Originalausgabe *Waiting for Sunrise*
erschien erstmals 2012 bei Bloomsbury, London.

Penguin Random House Verlagsgruppe FSC® N001967

Vollständige Taschenbuchausgabe 09/2022
Copyright © 2012 by William Boyd
Copyright © 2020 der deutschsprachigen Ausgabe
by Kampa Verlag AG, Zürich
Copyright © 2022 dieser Ausgabe
by Wilhelm Heyne Verlag, München,
in der Penguin Random House Verlagsgruppe GmbH,
Neumarkter Str. 28, 81673 München
Printed in Germany
Umschlaggestaltung: Nele Schütz Design, München
nach einer Originalcovergestaltung von: Kamil Kuzin
und Hannah Kolling,
Büro für Gestaltung, Hamburg
unter Verwendung von
© iStock / RetroAtelier
Satz: Tristan Walkhoefer, Leipzig
Druck und Bindung: GGP Media GmbH, Pößneck
ISBN: 978-3-453-42647-4

www.heyne.de

Für Susan

Im Morgenlicht wahr und mittags eine Lüge ...

Ernest Hemingway

*Lügen sind nicht ehrenhaft; doch wenn die Wahrheit
große Zerstörung nach sich zieht, ist es statthaft, gegen
die Ehre zu verstoßen.*

Sophokles

Teil eins

Wien 1913–1914

I

Ein auf konventionelle Weise
geradezu gut aussehender junger Mann

E s ist ein strahlend klarer Sommertag in Wien. Du stehst
in einem verzogenen Pentagramm aus zitronengelbem
Sonnenlicht an der scharfen Ecke Augustinerstraße und
Augustinerbastei, gleich gegenüber der Oper, und beobachtest gleichgültig, wie alle Welt an dir vorüberzieht, während
du auf irgendjemanden oder irgendetwas wartest, das deine
Aufmerksamkeit weckt und fesselt, ein stärkeres Interesse
aufkommen lässt. In der Atmosphäre dieser Stadt ist heute
ein eigenartiges Prickeln zu spüren, beinah wie Frühling,
obwohl der schon lange vorbei ist, aber dir fällt an den
Passanten diese leichte Unruhe auf, die der Lenz mit sich
bringt, ein Hauch von Ausgelassenheit, das Gefühl unge-
ahnter Möglichkeiten, ein Anflug von Verwegenheit – wer
weiß, um welche Art von Verwegenheit es sich hier in Wien
wohl handeln könnte? Doch du hältst die Augen offen, bist
außergewöhnlich ruhig, bereit, alles – jede Krume, jedes
Münzlein – aufzufangen, das die Welt dir beiläufig in die
Hände spielen mag.

Und dann siehst du – zu deiner Rechten – einen jungen
Mann aus dem Hofgarten schlendern. Er ist Ende zwanzig,
auf konventionelle Weise geradezu gut aussehend, aber dir
springt er ins Auge, weil er keinen Hut trägt, eine Ausnahme-
erscheinung in der Menge geschäftiger Wiener, die alle einen
Hut aufhaben, Männer wie Frauen. Und während dieser auf
konventionelle Weise geradezu gut aussehende junge Mann
zielstrebig an dir vorbeigeht, bemerkst du seine feinen brau-

nen, vom Wind zerzausten Haare, seinen hellgrauen Anzug und die auf Hochglanz polierten, ochsenblutroten Schuhe. Er ist mittelgroß, aber breitschultrig, Körperbau und Haltung haben etwas von einem Sportler an sich, stellst du fest, als er dich nur wenige Schritte entfernt passiert. Er ist glatt rasiert – auch das ist hier, in dieser Hochburg der Gesichtsbehaarung, ungewöhnlich –, und du bemerkst, dass sein tailliertes Jackett gut geschnitten ist. Ein eisblaues Seidentaschentuch quillt in lockeren Lagen aus seiner Brusttasche. Sein Kleidungsstil wirkt durchaus gesucht – er ist nicht nur auf konventionelle Weise geradezu gut aussehend, er ist auch geradezu ein Dandy. Du beschließt, ihm ein Weilchen zu folgen, da du eine leise Neugier verspürst und ohnehin nichts Besseres vorhast.

Vor dem Michaelerplatz bleibt er unvermittelt stehen, hält inne, starrt auf irgendeinen Aushang und setzt dann seinen Weg zügig fort, als hätte er einen Termin und wollte sich nicht allzu sehr verspäten. Du folgst ihm rund um den Platz bis in die Herrengasse – die schräg einfallenden Sonnenstrahlen heben Details der mächtigen, prachtvollen Gebäude hervor, werfen scharfe, dunkle Schatten auf die Friese und Karyatiden, die Giebel und Gesimse, die Baluster und Architrave. Vor dem Kiosk mit den ausländischen Zeitungen und Zeitschriften bleibt er stehen. Er sucht den *Graphic* aus, bezahlt, faltet ihn auf und wirft einen Blick auf die Schlagzeilen. Ein Engländer also – wie langweilig –, deine Neugier schwindet dahin. Du kehrst um und läufst zum fünfeckigen Fleckchen Sonne zurück, das du an der Ecke verlassen hattest, in der Hoffnung, dass du dort auf Anregenderes stoßen wirst, und lässt den jungen Engländer seines Weges ziehen, wohin und zu wem auch immer er so entschlossen eilte …

Lysander Rief bezahlte seinen drei Tage alten *Graphic* (Auslandsausgabe), warf einen Blick auf eine der Schlagzeilen –

»Friedensvertrag in Bukarest unterschrieben – Zweiter Bal-
kankrieg beendet« – und fuhr sich unwillkürlich mit der
Hand durch die glatten feinen Haare. Sein Hut! Verdammt.
Wo hatte er seinen Hut gelassen? Auf der Bank im Hofgarten – natürlich –, auf der er geschlagene zehn Minuten
gesessen und in einem Anfall rasender Unentschlossenheit
ein Blumenbeet angestarrt hatte, während er sich beunruhigt
fragte, ob er wirklich das Richtige tat, plötzlich war er unsicher, zog die Wienreise in Zweifel sowie all ihre Verhei-
ßungen. Und wenn es ein Fehler war, seine Hoffnung enttäuscht und sich am Ende alles als sinnlos erweisen würde?
Er sah auf die Armbanduhr. Verdammt noch mal. Wenn er
zurückginge, würde er zu spät zu seinem Termin erscheinen. Er mochte diesen Hut, die Kreissäge mit der schmalen
Krempe und dem kastanienbraunen Seidenband, die er bei
Lockett's in der Jermyn Street gekauft hatte. Bestimmt war
sie im Nu gestohlen worden – ein weiterer Grund, nicht
zurückzugehen –, und wieder verfluchte er seine Zerstreut-
heit, während er die Herrengasse entlanglief. Das zeigte
doch ganz deutlich, wie angespannt, wie aufgewühlt er
war. Wie konnte man von einer Parkbank aufstehen und
weggehen, ohne sich automatisch den Hut aufzusetzen …
Offenbar machte ihm dieser dräuende Termin sogar noch
mehr zu schaffen, als seine vordergründige, vollkommen
verständliche Nervosität vermuten ließ. Ganz ruhig, sagte
er sich und lauschte dem rhythmischen Klappern der Me-
tallhalbmonde, die in seinen Lederabsätzen eingelassen waren, wenn sie auf das Steinpflaster trafen – ganz ruhig. Das
ist doch nur der erste Termin – du kannst jederzeit gehen,
nach London zurückfahren –, niemand hält dir deswegen
eine geladene Pistole an den Kopf.

Er atmete tief durch. »Es war ein schöner Augusttag im
Jahr 1913«, sprach er vor sich hin, wenn auch mit gedämpf-
ter Stimme, gerade laut genug, um auf ein anderes Thema zu

kommen und seine Stimmung zu heben. »*Es war ein schöner Augusttag des Jahres* ... ach, 1913«, wiederholte er auf Deutsch und fügte die Jahreszahl auf Englisch hinzu. Zahlen fielen ihm schwer – lange Nummern und Jahreszahlen. Seine Deutschkenntnisse wurden rasch besser, aber er würde Herrn Barth, seinen Sprachlehrer, wohl darum bitten, eine Stunde lang nur Zahlen zu üben, um sie sich endlich einzuprägen. »*Ein schöner Augusttag* –«. An einer Mauer fiel ihm ein weiteres verunstaltetes Plakat auf, wie dasjenige, das er am Michaelerplatz erblickt hatte – inzwischen das dritte, seit er am Morgen seine Pension verlassen hatte. Man hatte einige Fetzen abgerissen, überall dort, wo der Leim nicht stark genug klebte. Beim ersten Plakat – das gleich neben der Tramhaltestelle hing, unweit der Pension – war sein Auge am Körper der spärlich bekleideten Maid hängengeblieben, die dort abgebildet war (der Kopf fehlte). Sie war fast nackt, geduckt, presste die Hände wie zum Schutz an ihre üppigen Brüste, während zwischen ihren runden Schenkeln ein beinah unsichtbarer, hauchdünner loser Schleier die Scham verdeckte. Die Zeichnung trug ungeachtet ihrer Stilisierung (der duftige, frei schwebende Schleier) realistische Züge, die besonders ansprechend waren, und so hatte er innegehalten, um sich das genauer anzusehen. Er hatte nicht die geringste Vorstellung von dem Hintergrund dieses Bildes, weil alles drum herum abgerissen worden war. Allerdings hatte auf dem zweiten verschandelten Plakat die Spitze eines schuppigen, gezähnten Reptilienschwanzes einen Anhaltspunkt dafür geliefert, warum die Nymphe oder Göttin, oder wer auch immer die Maid war, sich derart zu grausen schien. Und auf diesem dritten Plakat war immerhin noch ein Teil der Beschriftung erhalten geblieben: PERS-, darunter und, eine Zeile weiter schließlich *Eine Oper von Gottlieb Toll*-.

Er dachte: *Pers* ... Persephone? Eine Oper über Persephone? Hatte man sie nicht in die Unterwelt verschleppt, sodass Narziss – oder wer? – sie dort herausholen musste, ohne sich ein einziges Mal umzuwenden? Oder war das Eurydike gewesen? Oder vielmehr ... Orpheus? Nicht zum ersten Mal ärgerte er sich über seine eklektische Bildung. Es gab einige wenige Dinge, über die er sehr viel, und viele Dinge, über die er kaum etwas wusste. Er tat einiges, um dem abzuhelfen – er las alles Mögliche, arbeitete an seinen Gedichten –, doch hin und wieder wurde er aus heiterem Himmel mit seiner Unwissenheit konfrontiert. Das gehörte nun mal zu den Risiken seines Berufs. Gerade die klassischen Mythen und Bezüge stellten für ihn ein undurchdringliches Durcheinander dar, um nicht zu sagen eine entscheidende Lücke.

Wieder betrachtete er das Plakat. Diesmal hatte die obere Kopfhälfte dem Vandalismus standgehalten. Arabesken aus wild wehenden Haarsträhnen und weit aufgerissene Augen, die über den zerfetzten Längsstreifen spähten, als würde die Maid voller Entsetzen hinter einem Bettlaken hervorlugen. Als er die Fragmente der drei Plakate in Gedanken zusammensetzte, um sich ein möglichst umfassendes Bild von der Göttin zu machen, spürte er eine flüchtige Erregung. Eine nackte Frau, jung, schön, schutzlos einem schuppigen, eindeutig phallischen Ungeheuer ausgeliefert, das sich an ihr zu vergehen drohte ... Eindeutig war auch die Erregungsabsicht dieser Plakate, und ebenso eindeutig stand fest, dass sie gegen die allgemeine Prüderie verstießen und einen wohlanständigen Bürger dazu verleitet hatten, die Aushänge zu schänden. Alles wahrscheinlich sehr modern – sehr wienerisch.

Lysander ging weiter und unterzog seine Gefühle einer gewissenhaften Prüfung. Warum löste ein Plakat, das die anstehende Vergewaltigung irgendeiner mythologischen Gestalt zeigte, bei ihm Erregung aus? War das normal? Lag es, genauer gefragt, vielleicht an der Pose – die Hände, die sich schützend um die Brüste wölbten, sie hielten, aufreizend und abwehrend zugleich? Er seufzte: Wer könnte diese Fragen schon beantworten? Der menschliche Geist war unendlich rätselhaft, vielschichtig und abgründig. Ja, ja, ja. Genau deswegen war er schließlich nach Wien gekommen.

Er überquerte den Schottenring und die ausgedehnte Grünfläche vor dem riesigen grauen Universitätsgebäude. Dort sollte er hingehen, um mehr über Persephone zu erfahren – er könnte jemanden fragen, der Latein und Griechisch studierte –, doch etwas ließ ihm keine Ruhe, ihm wollte partout kein Ungeheuer einfallen, das in Persephones Geschichte eine Rolle spielte ... Im Gehen achtete er auf die Straßenschilder – bald wäre er am Ziel. Er blieb stehen, um eine Trambahn vorbeifahren zu lassen, danach bog er nach rechts in die Berggasse und dann links in die Wasagasse. Nummer 42.

Er schluckte, plötzlich hatte er einen trockenen Mund, und dachte: Vielleicht sollte ich einfach umkehren, meine Koffer packen, nach London zurückfahren und mein überaus bequemes Leben wieder aufnehmen. Aber damit wäre, wie er sich vor Augen führte, sein eigentümliches Problem nach wie vor ungelöst ... Das breite Tor zur Nr. 42 stand offen, und er trat in die Einfahrt. Kein Pförtner oder Hauswart in Sicht. Er hätte mit einem Aufzug aus Stahlgeflecht nach oben fahren können, aber er nahm lieber die Treppe. Erster Stock. Zweiter. Schmiedeeisernes Geländer, die Handleiste aus lackiertem Holz, gesprenkelter Granit für die Stufen, die Wandmitte vertäfelt, darunter grüne Kacheln, darüber weiße Tünche. Auf solche Details konzentrierte er sich, um nicht an die Dutzenden – womöglich Hunderten – Menschen zu denken, die vor ihm diese Stufen hinaufgegangen waren.

Im zweiten Stock erwarteten ihn Seite an Seite zwei massiv getäfelte Türen mit Kämpferfenstern. Auf der einen stand *Privat*. Die andere war über der separaten Klingel mit einem kleinen Messingschild versehen, das dringend einer Politur bedurfte: Dr. J. Bensimon. Lysander zählte bis drei und drückte auf die Klingel, mit einem Mal hatte er die Gewissheit, das Richtige zu tun, vertraute auf die neue, bessere Zukunft, die er sich hiermit sichern wollte.

2

Miss Bull

Dr. Bensimons Sprechstundenhilfe (eine schlanke Brillenträgerin von strengem Äußeren) hatte Lysander in ein kleines Wartezimmer geführt und ihn höflich auf die Tatsache hingewiesen, dass er rund vierzig Minuten zu früh erschienen war. Ob er sich noch so lange gedulden …? Mein Fehler – zu dumm. Kaffee? Nein danke.

Lysander setzte sich in einen niedrigen schwarzen Ledersessel ohne Armlehnen, einen von vier Sesseln in diesem Raum, die vor einem leeren Kamin mit Gipssims zu einem lockeren Halbkreis angeordnet waren, und unternahm einen weiteren Versuch, sich zu sammeln und seiner Aufregung Herr zu werden. Wie hatte er sich derart in der Uhrzeit irren können? Man hätte doch annehmen dürfen, dass dieser Konsultationstermin seinem Gedächtnis unauslöschlich eingeprägt war. Als er sich umsah, fiel ihm eine schwarze Melone auf, die an dem Garderobenständer in der Ecke hing. Sie gehörte wohl dem Patienten vor ihm. Bei diesem Anblick wurde ihm bewusst, dass er doch in den Park hätte zurückgehen können, um seinen Hut zu holen. Verdammt, dachte er. Leck mich am Arsch, dachte er ferner, aus Spaß an der Unflätigkeit. Immerhin hatte ihn die Kreissäge eine Goldguinea gekostet.

Er stand auf und betrachtete die Bilder an der Wand, allesamt Stiche von stattlichen Ruinen – moosbedeckt, von Unkraut und jungen Bäumen überwuchert –, lauter gestürzte Schlusssteine, zerbrochene Giebel und umgekippte Säulen, die vage vertraut wirkten. Kein einziger Künstler wollte ihm einfallen – eine weitere Bildungslücke. Er ging zum Fenster, das auf den kleinen Innenhof des Wohngebäudes hinausging. Dort wuchs ein Baum – eine Platane, wenigstens konnte er ein paar Bäume bestimmen – inmitten eines Rasenstücks mit zertrampeltem, welkem Gras, eingehegt vom ehemaligen Kutschhaus und den Stallboxen; daraus trat nun eine alte Frau mit Schürze hervor, die an einem randvollen Kohleneimer schwer zu schleppen hatte. Er wandte sich ab und lief im Kreis, wobei er eine umgedrehte Ecke des verschlissenen Perserteppichs mit der Schuhspitze behutsam auf den Parkettboden zurückschlug.

Aus dem Vorzimmer drangen einige – auffallend laute, scharfe – Stimmen zu ihm, die Tür sprang auf, eine junge Frau kam herein und machte sie mit einem kräftigen Knall hinter sich zu.

»Entschuldigung«, sagte sie ungnädig, ohne ihn richtig anzusehen, dann setzte sie sich in einen der Sessel und wühlte energisch in ihrer Handtasche, bevor sie schließlich ein winziges Taschentuch herauszog und sich die Nase putzte.

Lysander trat leise wieder ans Fenster; er konnte das Unbehagen dieser Frau förmlich spüren, die Anspannung, die in Wellen von ihr ausging, als erzeugte ein innerer Dynamo dieses Fieber, diese Angst – das deutsche Wort war ihm erfreulich spontan in den Sinn gekommen.

Er drehte sich um, und ihre Blicke trafen sich. Solche Augen hatte er noch nie gesehen, durchscheinend helle braungrüne Augen. Und sie waren groß und weit – das Weiße, das die Iris umgab, deutlich erkennbar –, als betrachtete die junge Frau alles mit starker Intensität oder als stünde sie noch unter einem wie auch immer gearteten Schock. Ein hübsches Gesicht, dachte er – wohlgeformte Nase, spitzes, markantes Kinn. Olivbraune Haut. Ausländerin? Die Haare unter der ausladenden blutroten Baskenmütze waren hochgesteckt, und sie trug eine taubengraue Samtjacke zu einem schwarzen Rock. Am Revers prangte eine große Brosche aus rotem und gelbem Schellack in plumper Papageienform. Irgendwie künstlerisch, dachte Lysander. Schnürhalbstiefel, kleine Füße. Die junge Frau war tatsächlich sehr klein, sehr zierlich. Und sichtlich aufgeregt.

Er lächelte und wandte sich wieder dem Hof zu. Die stämmige alte Haushälterin stapfte nun mit ihrem leeren Kohleneimer zu den Ställen zurück. Wozu benötigte sie im Hochsommer so viel Kohle? Das konnte doch –

»Sprechen Sie Englisch?«

Lysander drehte sich um. »Ja, ich bin Engländer«, sagte er leicht argwöhnisch. »Wie sind Sie darauf gekommen?« Es ärgerte ihn, dass man ihm seine Nationalität offenbar an der Nasenspitze ansehen konnte.

»In Ihrer Tasche steckt eine Ausgabe des *Graphic*«, sagte sie und deutete auf die gefaltete Zeitung. »Das verrät einiges. Außerdem sind die meisten Patienten von Dr. Bensimon Engländer.« Ihre Sprechweise war kultiviert, offensichtlich war sie selbst Engländerin, ungeachtet ihres recht exotischen Teints.

»Haben Sie vielleicht eine Zigarette übrig?«, fragte sie. »Rein zufällig?«

»Zufällig ja, aber –« Lysander deutete auf ein Hinweisschild auf dem Kaminsims: *Bitte nicht rauchen.*

»Na klar. Darf ich Ihnen für später eine mopsen?«

Lysander zog sein Zigarettenetui aus der Jackentasche, klappte es auf und bot es der jungen Frau an. Sie nahm sich eine Zigarette, fragte: »Darf ich?«, und griff erneut zu, ohne seine Erlaubnis abzuwarten. Sie steckte beide Zigaretten in ihre Handtasche.

»Ich muss wirklich ganz dringend mit Dr. Bensimon sprechen«, sagte sie bestimmt, sachlich und nüchtern. »Hoffentlich macht es Ihnen nichts aus, wenn ich mich so einfach vordrängle.« Nun lächelte sie ihn an, so strahlend unschuldig, dass Lysander beinah geblinzelt hätte.

Genau genommen machte es ihm durchaus etwas aus, aber er sagte: »Keineswegs«, und erwiderte ihr Lächeln, etwas verunsichert. Wieder wandte er sich dem Fenster zu, berührte seinen Krawattenknoten und räusperte sich.

»Setzen Sie sich doch«, sagte die junge Frau.

»Ich möchte gern stehen. Diese niedrigen Sessel ohne Armlehne sind recht unbequem.«

»Ja, das sind sie in der Tat.«

Lysander überlegte, ob er sich vorstellen sollte, aber dann kam ihm der Gedanke, dass das Wartezimmer eines Arztes zu den Orten zählte, an denen die Menschen – lauter Fremde – vermutlich lieber anonym bleiben wollten; schließlich waren sie sich nicht in einer Galerie oder einem Theaterfoyer begegnet.

Er hörte ein leises Geräusch und sah sich um. Die Frau war aufgestanden und zu einem der Ruinen-Stiche gegangen (wie hieß der Künstler nur?), sie benutzte das Glas als Spiegel, um lose Haarsträhnen unter die Mütze zu stecken und ein paar flaumige Löckchen vor die Ohren zu ziehen. Lysander fiel auf, dass ihre kurze Samtjacke die Rundung von Hüften und Hintern unter dem schwarzen Rock zur Geltung brachte. Trotz ihrer fast acht Zentimeter hohen Absätze war sie sehr klein.

»Was starren Sie so?«, fragte sie abrupt, als sie seinen Blick in der Spiegelung auffing.

»Ich habe Ihre Stiefel bewundert«, reagierte Lysander schlagfertig. »Haben Sie sie hier in Wien gekauft?«

Er sollte keine Antwort bekommen, da im selben Moment die Tür zu Dr. Bensimons Sprechzimmer aufging und zwei Männer plaudernd und lachend heraustraten. Lysander wusste auf Anhieb, welcher der beiden Dr. Bensimon war, ein Mann Ende vierzig, fast kahl mit braungrau meliertem Stutzbart. Der andere konnte Lysanders Ansicht nach nur beim Militär sein. Marineblauer Zweireiher, Querbinder unterm steifen Kragen, schmale Hose mit Aufschlägen, die Schuhe so blank poliert, dass es nach Lackleder aussah. Hochgewachsen, asketisch hager, mit einem gepflegten schmalen dunklen Schnurrbart.

Die junge Frau geriet sofort außer sich, fiel den Männern ins Wort, rief lautstark Dr. Bensimons Namen, bat ihn um Entschuldigung und bestand zugleich darauf, umgehend mit ihm zu sprechen, es sei wirklich dringend, ein Notfall. Der soldatisch anmutende Mann wich zurück, als Dr. Bensimon – mit einem Seitenblick zu Lysander – die quengelnde Patientin in sein Sprechzimmer schob; Lysander hörte ihn mit leiser strenger Stimme zu ihr sagen: »Das darf unter keinen Umständen wieder vorkommen, Miss Bull«, bevor die Tür hinter ihnen zufiel.

»Gütiger Himmel«, sagte der mutmaßliche Soldat trocken. Er war ebenfalls Engländer. »Was ist denn hier los?«

»Sie schien in der Tat ein wenig verstört zu sein«, sagte Lysander. »Hat zwei Zigaretten bei mir geschnorrt.«

»Was sind das nur für Zeiten?«, bemerkte der Mann und nahm seine Melone vom Haken. Mit dem Hut in der Hand sah er Lysander offen an.

»Kennen wir uns nicht?«, fragte er.

»Nein, ich denke nicht.«

»Sie kommen mir so merkwürdig bekannt vor.«

»Vielleicht ähnele ich einem Ihrer Bekannten.«

»Kann gut sein.« Er streckte die Hand aus. »Ich heiße Alwyn Munro.«

»Lysander Rief.«

»Diesen Namen habe ich aber bestimmt schon mal gehört.« Er zuckte die Achseln, neigte den Kopf zur Seite, kniff die Augen zusammen, als versuchte er, sich zu erinnern, dann gab er lächelnd auf und ging zur Tür. »An Ihrer

Stelle würde ich die junge Dame nicht mehr mit Zigaretten füttern. Ich halte sie für nicht ganz ungefährlich.«

Als er weg war, setzte Lysander seine eingehende Betrachtung des trostlosen kleinen Hofs fort. Er sog jede erdenkliche Einzelheit in sich auf – das Würfelmuster der Pflastersteine, den Zahnfries im Bogen über der Stalltür, einen feuchten Streifen auf der Backsteinmauer, unterhalb eines tropfenden Wasserhahns. Darauf richtete er seine ganze Konzentration. Ein paar Minuten später kam die junge Frau wieder aus Dr. Bensimons Sprechzimmer, deutlich ruhiger und gefasster. Sie nahm ihre Handtasche.

»Danke, dass ich mich vordrängeln durfte«, sagte sie munter. »Und für die Glimmstängel. Sie sind sehr nett.«

»Nicht der Rede wert.«

Sie verabschiedete sich und trottete mit wehendem langem Rock von dannen. Bevor sie die Tür hinter sich schloss, warf sie ihm noch einen Blick zu, sodass Lysander einen letzten Eindruck dieser eigenartigen, durchscheinend braungrünen Augen bekam. Die Augen eines Löwen, dachte er. Im Namen trug sie aber den Bullen.

3
Das afrikanische Flachrelief

Lysander saß in Dr. Bensimons Sprechzimmer und sah sich um, während der Arzt seine Personalien in ein Patientenverzeichnis eintrug. Das Zimmer war geräumig, mit drei Fenstern auf einer Seite, schlicht möbliert und fast ausschließlich in Weißtönen gehalten. Weiß gestrichene Wände, weiße Wollgardinen, auf dem hellen Parkett lag ein weißer Teppich und über dem Kamin hing ein primitives Flachrelief aus gehämmertem Silber. In einer Ecke stand Dr. Bensimons Mahagonischreibtisch, dahinter verglaste Bücherregale, die bis zur Decke reichten. Neben dem Kamin befand sich auf einer Seite ein Sessel mit hoher Lehne und einem cremeweißen Überwurf aus grobem Leinen, auf der anderen ein Diwan mit einer dicken gefransten Wolldecke und zwei bestickten Kissen. Beide Möbel standen mit dem Rücken zum Schreibtisch, sodass Lysander, der den Sessel gewählt hatte, sich schier den Nacken verrenken musste, wollte er Dr. Bensimon sehen. Im Zimmer war es sehr still – wegen der Doppelfenster –, und Lysander hörte nicht das Geringste vom Straßenlärm, der unten herrschte – weder das Rattern der Tram noch das Klappern der Kutschen und Pferdewagen oder irgendwelche Automobile. Die Ruhe war vollkommen.

Lysander betrachtete das silberne Flachrelief. Afrikanische Fabelwesen, halb Mensch, halb Tier, mit bizarrem Kopfputz, filigrane Muster aus winzigen Löchern, in das weiche Silber getrieben. Es war kurios und wunderschön – und wimmelte bestimmt von einschlägiger Symbolik, dachte Lysander.

»Mr L. U. Rief«, sagte Bensimon. Es war so still, dass Lysander den Füller kratzen hörte. Der Stimme war ein leichter Akzent anzuhören, vielleicht aus Nordengland, dachte Lysander, Yorkshire oder Lancashire, aber so verschliffen, dass man ihn nicht genau zuordnen konnte. Mit Akzenten kannte Lysander sich aus, was ihn stolz machte – zum Entschlüsseln benötigte er in der Regel keine zwei Minuten.

»Wofür stehen die Initialen?«

»Lysander Ulrich Rief.«

»Ein großartiger Name.«

Manchester, dachte Lysander – dieser typische a-Laut.

»Rief – ist das schottisch?«

»Altenglisch. Angeblich heißt das ›gründlich‹. Ich habe allerdings auch gehört, es sei ein angelsächsischer Dialektausdruck für ›Wolf‹. Ziemlich verwirrend.«

»Ein gründlicher Wolf. Von wölfischer Gründlichkeit. Und was hat es mit ›Ulrich‹ auf sich? Sie sind teils deutscher Abstammung?«

»Meine Mutter ist Österreicherin.«

»Aus Wien?«

»Linz, um genau zu sein. Ursprünglich.«

»Geburtsdatum?«

»Meins?«

»Das Alter Ihrer Mutter dürfte wohl kaum eine Rolle spielen.«

»Verzeihen Sie. 7. März 1886.«

Wieder verdrehte Lysander den Kopf. Bensimon saß bequem zurückgelehnt, er lächelte, die Hände hinter der glänzenden Glatze verschränkt.

»Sie müssen sich nicht ständig umdrehen. Stellen Sie sich einfach vor, ich sei nichts weiter als eine Stimme.«

4

Wiener Kunstmaterialien

Lysander ging langsam die Treppe hinunter, völlig in Gedanken versunken, die teils angenehm, teils unbefriedigend und teils beunruhigend waren. Das Gespräch hatte nur eine knappe Viertelstunde gedauert. Bensimon hatte seine Personalien notiert, die Zahlungsmodalitäten geklärt (Abrechnung alle vierzehn Tage, Barzahlung) und ihn schließlich gefragt, ob er *bereit* wäre, sein »Problem« darzulegen.

Draußen auf der Straße hielt Lysander inne und zündete sich eine Zigarette an; er fragte sich, ob die Therapie, die er soeben begonnen hatte, ihm wirklich helfen würde oder ob er es nicht lieber mit einer Pilgerfahrt nach Lourdes hätte probieren sollen? Oder mit dem Heilmittel irgendeines Quacksalbers? Oder hätte er wie George Bernard Shaw Vegetarier werden und Jäger-Unterwäsche tragen sollen? Er runzelte die Stirn, weil er auf einmal so unsicher war – und das war seinem Anliegen alles andere als zuträglich. Greville Varley, sein bester Freund, hatte eine Psychoanalyse angeregt – Greville war der Einzige, der von seinem Problem wusste (und auch das nur andeutungsweise) –, und Lysander hatte sich diesem Vorschlag mit Leib und Seele verschrieben, wie ihm nun bewusst wurde, hatte sämtliche Zukunftspläne über den Haufen geworfen, seine Ersparnisse abgehoben, war nach Wien gezogen und hatte nach dem richtigen Arzt gesucht. War das nun sträflicher Leichtsinn oder nur ein Anzeichen von Verzweiflung?

Biegen Sie links in die Berggasse, hatte Bensimon erklärt, dann gehen Sie immer geradeaus bis zur kleinen Grünfläche an der großen Kreuzung. Der Laden ist direkt gegenüber – WKM –, nicht zu übersehen. Lysander machte sich auf den Weg, in Gedanken immer noch bei der entscheidenden Frage.

BENSIMON: Wie würden Sie das Problem beschreiben?

LYSANDER: Es … es ist sexueller Natur.

BENSIMON: Ja. Das ist es fast immer. Im Kern.

LYSANDER: Wenn ich dem Liebesspiel fröne … ich meine, dem Beischlaf –

BENSIMON: Reden Sie bitte nicht um den heißen Brei herum, Mr Rief. Hier ist Offenheit gefragt. Sie können sich so derb und unverblümt ausdrücken, wie Sie möchten. Selbst Gossensprache kann mich nicht schrecken.

LYSANDER: Also gut. Beim Ficken habe ich Schwierigkeiten.

BENSIMON: Sie bekommen keine Erektion?

LYSANDER: Im Gegenteil, in dieser Hinsicht steht alles zum Besten. Mein Problem ist vielmehr der … der Ausstoß.

BENSIMON: Ach. Das ist ungemein verbreitet. Sie leiden unter vorzeitigem Samenerguss. *Ejaculatio praecox.*

LYSANDER: Nein. Ich habe gar keinen Samenerguss.

Lysander schlenderte die leicht abschüssige Berggasse hinunter. Irgendwo in der Nähe befand sich die Praxis von Dr. Freud – vielleicht hätte er es lieber bei ihm versuchen sollen? Wie lautete noch diese französische Redensart? »Warum mit den Aposteln sprechen, wenn man sich direkt an Gott wenden kann?« Aber es gab da diese Sprach-

barriere. Bensimon war Engländer, ein immenser Vorzug
– wenn nicht sogar Segen –, das konnte man nicht leugnen.
Lysander erinnerte sich an die lange Pause, die eingetreten
war, nachdem er Bensimon von seiner merkwürdigen sexuellen Funktionsstörung erzählt hatte.

BENSIMON: Das heißt, Sie haben Geschlechtsverkehr, aber
keinen Orgasmus?

LYSANDER: Genau.

BENSIMON: Wie spielt sich das ab?

LYSANDER: Nun ja, ich halte eine ganze Weile durch, aber
da ich weiß, dass es zu nichts führen wird, erschlaffe ich
schließlich.

BENSIMON: Detumeszenz.

LYSANDER: Damit endet es.

BENSIMON: Das muss ich erst einmal überdenken. Höchst
ungewöhnlich. Anorgasmie – Sie sind der erste Fall, der
mir begegnet. Faszinierend.

LYSANDER: Anorgasmie?

BENSIMON: So nennt man das, was Ihnen fehlt. So heißt
Ihr Problem.

Und dabei ließ der Arzt es bewenden, abgesehen von
einem weiteren Ratschlag. Bensimon hatte ihn gefragt, ob
er ein Tage- oder Notizbuch führe. Lysander verneinte. Er
schreibe ziemlich regelmäßig Gedichte, einige seien schon
in Zeitungen und Zeitschriften erschienen, er sei aber nur
ein Amateurdichter – hier zuckte Lysander bescheiden die
Achseln –, der zum Spaß Verse schmiede und keinerlei Anspruch damit verbinde, und nein, er führe kein Tagebuch.

»Ich möchte, dass Sie sich von nun an Notizen machen«, hatte Bensimon erklärt. »Schreiben Sie Ihre Träume auf, Ihre Gedanken, was immer Ihnen auffällt. Jede Kleinigkeit. Was immer Ihre Sinne anspricht – Erotisches, Gerüche, Klänge, Berührungen –, einfach alles. Bringen Sie Ihre Notizen beim nächsten Mal mit und lesen Sie sie mir vor. Sparen Sie nichts aus, egal, wie schockierend oder banal es sein mag. So bekomme ich einen unmittelbaren Zugang zu Ihrer Persönlichkeit, zu Ihrem Wesen – zu Ihrem Unbewussten.«

»Meinem ›Es‹, meinen Sie.«

»Wie ich sehe, haben Sie Ihre Hausaufgaben gemacht, Mr Rief. Ich bin beeindruckt.«

Bensimon hatte ihm aufgetragen, seine Eindrücke und Beobachtungen stets so zeitnah wie möglich festzuhalten, ohne sie in irgendeiner Weise zu verändern oder zu bearbeiten. Außerdem durften sie keinesfalls auf lose Zettel notiert werden. Lysander sollte sich ein anständiges Notizbuch kaufen – in Leder gebunden, gutes Papier – und es als richtiges Dokument anlegen, in sich geschlossen und von Dauer, keine Sammlung beliebiger Kritzeleien.

»Und geben Sie dem Kind einen Namen«, hatte Bensimon angeregt. »Sie wissen schon – ›Mein Innenleben‹ oder ›Persönliche Betrachtungen‹. Geben Sie dem Ganzen eine Form. Ihr Traumtagebuch, Ihr Seelenjournal – es sollte etwas sein, das Sie auch später wertschätzen. Eine Chronik Ihres Erlebens in den kommenden Wochen, bewusst und unbewusst.«

Wenigstens wäre das etwas Konkretes, dachte Lysander, während er die Straße überquerte, um zum Geschäft für Künstlerbedarf zu gelangen, das Bensimon ihm empfohlen hatte – die Wiener Kunstmaterialien –, eine Art ausführlicher Aufenthaltsbericht. All dieses Gerede – insbesondere das, was er demnächst von sich geben würde – verpuffte doch in der Luft. Als er durch die Schwingtüren in den

Laden eintrat, hatte er sich mit dem Gedanken schon angefreundet, Bensimon hatte recht, vielleicht würde ihm das tatsächlich helfen.

Der Laden war geräumig und hell erleuchtet – von der Decke hingen an modernen Kronleuchtern mit Aluminiumspeichen traubenweise Glühbirnen, deren Aureolen sich im glänzenden rotbraunen Linoleumboden spiegelten. Der Geruch von Terpentin, Ölfarbe, unbehandeltem Holz und Leinwand sorgte dafür, dass Lysander sich auf Anhieb wohlfühlte. Solche Warenhäuser liebte er – kreuz und quer verliefen die Gänge, die Füllhörnern gleich voller Material steckten: Regale, in denen verschiedenste Papiersorten geschichtet, Gläser, die mit spitzen Buntstiften gefüllt waren, ein Wäldchen aus großen und kleinen Staffeleien, reihenweise Ölfarbentuben in chromatischer Reihenfolge, bauchige, funkelnde Flaschen mit Leinöl und Farbverdünner, Leinenkittel, Klappstühle, Stapel von Farbpaletten, ein Haufen Deckfarbkasten, Pastellkreiden in flachen Schachteln mit offenem Deckel, die den schillernden Inhalt zur Schau stellten, regenbogenbunten Zigarillos gleich. Wenn er an solche Orte kam, nahm Lysander sich jedes Mal wieder vor, endlich mit dem Zeichnen als ernsthaftem Hobby anzufangen, mit Aquarellmalerei oder Linolschnitt – egal was, solange er Gelegenheit hätte, einen Teil dieser verlockenden Ausrüstung zu erwerben.

Er bog um die nächste Ecke und stieß auf eine kleine Sammlung von Zeichenblöcken und Notizbüchern. Nachdem er eine Weile gestöbert hatte, nahm er eine mehrere hundert Seiten starke Kladde in die Hand, fast so dick wie ein Lexikon. Nein, die nicht – zu entmutigend, gefragt war ein bescheidenerer Umfang, den er auch wirklich zu füllen vermochte. Er entschied sich für ein Notizbuch mit einem biegsamen schwarzen Ledereinband, feines Papier, unliniert, 150 Blätter. Es lag gut in der Hand und würde in die

Jackentasche passen, wie ein Reiseführer – ein Reiseführer zu seiner Seele. Perfekt. Ihm fiel gleich ein Titel ein: *Auto-biographische Untersuchungen* von Lysander Rief ... Das klang doch genau nach dem, was Bensimon –

»Und schon sehen wir uns wieder.«

Lysander drehte sich um und erblickte Miss Bull. Eine liebenswürdige, lächelnde Miss Bull.

»Sie kaufen wohl Ihr Notizbuch?«, stellte sie wissend fest.

»Bensimon sollte hier Provision bekommen.«

»Wollen Sie auch eins kaufen?«

»Nein. Meins habe ich nach wenigen Wochen aufgegeben. Worte liegen mir nicht besonders. Ich bin ein visueller Mensch, sehe alles in Bildern, nicht in Sprache. Ich würde lieber zeichnen als schreiben.« Sie zeigte ihm, was sie kaufen wollte: einen kleinen Satz seltsam geformter stumpfer Messer, einige mit konischer Spitze, andere mit dreieckiger Klinge, wie Miniatur-Maurerkellen.

»Damit können Sie aber nicht zeichnen«, sagte Lysander.

»Bildhauerei«, erklärte sie. »Ich will bloß mehr Ton und Gips bestellen. Es gibt in dieser Stadt keinen besseren Laden als WKM.«

»Eine Bildhauerin – das ist ja interessant.«

»Nein. Bildhauer.«

Lysander nickte verlegen. »Natürlich.«

Miss Bull trat auf ihn zu und sprach mit leiserer Stimme.

»Ich möchte mich gern für mein Verhalten von heute Morgen entschuldigen ...«

»Dazu besteht doch kein Anlass.«

»Ich war ein bisschen ... überreizt. Ich hatte nämlich keine Medizin mehr. Darum musste ich Dr. Bensimon so dringend sehen – wegen meiner Medizin.«

»Sicher. Dr. Bensimon gibt also auch Medizin aus?«

»Eigentlich nicht. Aber er hat mir eine Spritze gegeben. Und mich mit Nachschub versorgt.« Sie tätschelte ihre

Handtasche. »Das Zeug wirkt Wunder – Sie sollten es ausprobieren, falls Sie mal ein kleines Tief haben.«

Bei ihr hatte Dr. Bensimons Medizin offensichtlich einiges bewirkt, sie kam Lysander viel ausgeglichener und selbstbewusster vor. Sie schien irgendwie alles im Griff –

»Sie haben ein ausgesprochen interessantes Gesicht«, sagte Miss Bull.

»Danke.«

»Ich würde Sie gern porträtieren.«

»Tja, ich bin etwas in –«

»Es muss ja nicht sofort sein.« Sie wühlte in ihrer Tasche und zog eine Visitenkarte hervor. Lysander las: Miss Esther Bull, Künstler und Bildhauer. Unterricht auf Anfrage. Darunter stand eine Adresse in Bayswater, London.

»Nicht mehr ganz aktuell«, sagte sie. »Jetzt bin ich schon seit zwei Jahren in Wien. Meine Telefonnummer steht auf der Rückseite. Wir haben uns gerade ein Telefon installieren lassen.« Sie blickte ihn herausfordernd an. Lysander war der Plural nicht entgangen. »Ich lebe mit Udo Hoff zusammen«, sagte sie.

»Udo Hoff?«

»Der Maler.«

»Ach. Jetzt, wo Sie es sagen – ja. Udo Hoff.«

»Haben Sie ein Telefon? Wohnen Sie im Hotel?«

»Weder noch. Ich wohne in einer Pension. Ich weiß nicht, wie lange ich bleiben werde.«

»Sie müssen unbedingt im Atelier vorbeischauen. Schreiben Sie mir Ihre Adresse auf. Dann schicke ich Ihnen eine Einladung zu einem unserer Feste.«

Sie reichte ihm einen Zettel aus ihrer Handtasche und Lysander notierte seine Adresse. Etwas widerwillig, wie er sich eingestehen musste, weil er in Wien allein sein wollte: um sein Problem zu lösen – seine Anorgasmie, wie es nun hieß. Er ganz allein. Im Grunde hatte er weder das Bedürfnis noch den Wunsch nach Gesellschaft. Er gab ihr den Zettel zurück.

»Lysander Rief«, las sie laut. »Habe ich schon mal von Ihnen gehört?«

»Wohl kaum.«

»Und ich heiße übrigens Hettie«, sagte sie, »Hettie Bull«, und streckte ihm die Hand entgegen. Lysander schüttelte sie. Hettie Bull hatte einen bemerkenswert festen Griff.

5
Der Strom der Lust

W arum hat mich die Begegnung mit HB so aufgewühlt?
Und warum verspüre ich diese leichte Erregung?
Sie ist überhaupt nicht mein Typ, dennoch habe ich jetzt
schon das Gefühl, in ihr Leben, in ihre Umlaufbahn hin-
eingezogen zu werden, ob ich will oder nicht. Warum?
Und wenn wir uns bei einem Konzert oder einer privaten
Feier kennengelernt hätten? Dann hätten wir sicher nicht
das geringste Interesse füreinander aufgebracht. Weil wir
uns aber im Wartezimmer von Dr. Bensimon begegnet sind,
haben wir bereits etwas sehr Intimes übereinander erfahren. Könnte das die Erklärung sein? Die Verletzten, Un-
vollendeten, Unausgeglichenen, Gestörten, Kranken finden
zueinander: Gleich und Gleich gesellt sich gern. Sie wird
mich nicht in Ruhe lassen, das weiß ich. Aber ich will gar
nicht zu Udo Hoff ins Atelier, wer immer das sein mag. Ich
bin nach Wien gekommen, um meinen Mitmenschen aus
dem Weg zu gehen, und habe fast niemandem gesagt, wohin ich fahre, auf Nachfragen hin immer nur ›ins Ausland‹
geantwortet. Mutter weiß Bescheid, Blanche, Greville natürlich, und eine Handvoll anderer. Für mich soll Wien eine
Art schönes Sanatorium mit lauter Fremden sein – als litte
ich an Schwindsucht und wäre bis zur erfolgreichen Heilung einfach untergetaucht. Blanche würde HB wohl nicht
mögen. Ganz und gar nicht.«

Lysander hörte ein unmerkliches Klopfen an seiner Tür –
eher ein Kratzen. Er legte den Füller aus der Hand, klappte

das Notizbuch zu – seine *Autobiographischen Unter-*
suchungen – und verstaute es in der Schreibtischschublade.

»Kommen Sie hinein, Herr Barth«, sagte er.

Herr Barth trat auf Zehenspitzen ein und schloss die Tür,
so leise es nur ging. Trotz seiner Leibesfülle versuchte er
stets, sich möglichst still und unauffällig zu verhalten.

»Nein, Herr Rief. Nicht hinein, sondern herein.«

»Verzeihung«, sagte Lysander und stellte einen weiteren
Stuhl an den Schreibtisch.

Herr Barth war Musiklehrer und stammte überdies von
einer langen Ahnenreihe von Musiklehrern ab. Sein Vater
hatte 1836 Paganini spielen sehen, und als einige Jahre später sein erster Sohn zur Welt kam, nannte er ihn Nikolas
zum Gedenken an das Ereignis. Als junger Mann hatte sich
Herr Barth voll und ganz mit dem Vorbild identifiziert, ließ
sich lange Haare und einen Backenbart wachsen wie Paganini, ohne diesen Stil jemals aufzugeben. Sogar jetzt, mit
bald siebzig, färbte er sich die langen grauen Haare und den
Backenbart einfach schwarz und trug nach wie vor altmodi-
sche Vatermörderkragen und Gehröcke mit Silberknöpfen.
Sein Instrument war allerdings nicht die Geige, sondern
der Kontrabass, den er etliche Jahre im Orchester des Wiener Lustspieltheaters gespielt hatte, bevor er die Familien-
tradition wieder aufnahm und Musiklehrer wurde. Seinen
alten Kontrabass bewahrte er im rissigen Lederkasten am
Fußende des Bettes auf, an die Wand seines kleinen Zimmers
ganz hinten im Flur gelehnt, das kleinste der drei Zimmer,
die in der Pension Kriwanek zu mieten waren. Er behaup-
tete, bei ihm könne man bis zu einem gewissen Leistungs-
niveau das Spielen sämtlicher »tragbaren sowie handlichen«
Instrumente lernen – ob Streich-, Holzblas- oder Blechblas-
instrumente. Lysander wusste nicht, ob es Schüler gab, die
das Angebot nutzten, aber er nahm Herrn Barths zaghaften
Vorschlag, den dieser ihm am Tag nach seinem Einzug in die

Pension unterbreitete, dankend an – fünf Kronen sollte eine Stunde Deutsch kosten.

Herr Barth nahm behäbig Platz, wischte sich mit beiden Händen ein paar Haarsträhnen vom Kragen und drohte Lysander lächelnd mit dem Finger.

»Achten Sie auf die Vorsilben, Herr Rief. Nur so werden Sie unsere wunderschöne Sprache eines Tages beherrschen.«

»Heute möchte ich gern Zahlen üben«, antwortete Lysander in fehlerfreiem Deutsch.

»Ach ja, die Zahlen – die haben es in sich.«

Eine Stunde lang spielten sie pflichteifrig alles durch – das Zählen an sich, Jahreszahlen, Preise, Wechselgeld, Addition und Subtraktion –, bis Lysander von lauter babylonischem Zahlengewirr der Kopf schwirrte und die Essensglocke läutete. Da Herr Barth nur für Frühstück und Logis bezahlte, zog er sich zurück, während Lysander den getäfelten Speiseraum am anderen Ende des Flurs ansteuerte, wo ihn Frau Kriwanek höchstpersönlich erwartete.

Frau K, wie sie insgeheim von ihren drei Pensionsgästen genannt wurde, war der Inbegriff von Anstand und Frömmigkeit. Eine Witwe in den Vierzigern, die traditionelle österreichische Kleidung trug – in erster Linie moosgrüne Dirndl mit bestickten Blusen und Schürzen sowie klobige Schnallenschuhe – und sich einer derart überzogenen Höflichkeit befleißigte, dass sie höchstens für die Dauer einer Mahlzeit zu ertragen war, wie Lysander rasch festgestellt hatte. In ihrer Welt waren ausschließlich Menschen, Ereignisse und Dinge enthalten beziehungsweise zugelassen, die entweder *angenehm* oder *erfreulich* waren. So lauteten ihre Lieblingsattribute, die sie bei jeder erdenklichen Gelegenheit verwendete. Der Käse war angenehm, das Wetter erfreulich. Die junge Gemahlin des Kronprinzen machte einen angenehmen Eindruck, das neue Postamt war erfreulich gelungen. Und so weiter.

Lysander lächelte ihr unverbindlich zu, als er an der Tafel seinen Stammplatz einnahm. Er spürte förmlich, wie die Jahre von ihm abfielen: Frau K gab ihm das Gefühl, wieder ein Halbwüchsiger zu sein – jünger sogar, präpubertär. Ihre Anwesenheit entmannte ihn, wirkte seltsam einschüchternd und ehrfurchtgebietend; er erkannte sich dann selbst nicht wieder – wurde zu einem Mann ohne eigene Meinung.

Er sah noch ein drittes Gedeck – für den anderen Pensionsgast, Leutnant Wolfram Rozman, der offenbar nicht da oder spät dran war. Das Abendessen begann um Punkt acht Uhr. Frau K schätzte Lysander sehr – er war angenehm und erfreulich und noch dazu Engländer (angenehme Leute) –, doch den Leutnant schätzte sie wohl weniger, wie Lysander intuitiv erfasste. Er war nicht sehr angenehm, geschweige denn erfreulich.

Leutnant Wolfram Rozman hatte sich etwas zuschulden kommen lassen. Was genau, wusste niemand, aber sein Aufenthalt in der Pension Kriwanek deutete darauf hin, dass er in Ungnade gefallen war. Irgendeine Regimentsangelegenheit, hatte Lysander von Herrn Barth gehört. Man habe den Leutnant wegen des wie auch immer gearteten Skandals zwar nicht unehrenhaft entlassen, aber vorläufig aus der Kaserne verwiesen, sodass er gezwungen war, so lange hier zu wohnen, bis ein Urteil gefällt und über seinen Verbleib in der Armee entschieden wurde. Das schien den Leutnant nicht übermäßig zu stören, soweit Lysander beurteilen konnte – offenbar weilte er bereits seit fast sechs Monaten in der Pension –, aber je länger er blieb, desto unangenehmer wurde er in den Augen von Frau K. Auch wenn Lysander dem Austausch zwischen beiden erst seit zwei Wochen beiwohnte, war ihm aufgefallen, wie der Ton sich deutlich verschärfte, die Förmlichkeit zunehmend frostiger wurde.

Lysander mochte Wolfram – wie er ihn fast umgehend nennen durfte und sollte –, wohlweislich gab er das Frau K gegenüber aber nicht zu erkennen. Nun bedachte sie ihn mit ihrem dünnen Lächeln und läutete nach dem Dienstmädchen. Gleich darauf tauchte das Mädchen namens Traudl mit einer Suppenterrine auf, die klare Kohlsuppe mit Croûtons enthielt. Das war stets der erste Gang in der Pension Kriwanek, sommers wie winters. Traudl, eine Achtzehnjährige mit rundem Gesicht, die jedes Mal errötete, wenn sie sprach oder angesprochen wurde, setzte die Terrine so abrupt auf dem Tisch ab, dass die Suppe zweimal überschwappte und ein Teil auf der blütenweißen Decke landete.

»Für die Reinigung dieser Decke wirst du selbst aufkommen, Traudl«, sagte Frau K, ohne die Stimme zu erheben.

»Aber gern doch, gnädige Frau«, antwortete Traudl, errötete, machte einen Knicks und ging.

Frau K sprach das Tischgebet, mit geschlossenen Augen und erhobenem Kopf – Lysander senkte seinen –, und teilte für sie beide klare Kohlsuppe mit Croûtons aus.

»Der Leutnant ist spät dran«, bemerkte Lysander.

»Er hat für das Essen bezahlt, es liegt an ihm, ob er es auch einnimmt.« Wieder lächelte sie Lysander an. »Hatten Sie einen angenehmen Tag, Herr Rief?«

»Äußerst angenehm.«

Nach dem Essen (Paprikahuhn) war es Brauch, dass Frau K den Speiseraum verließ und die Herren rauchen durften. Lysander zündete sich eine Zigarette an; nun, da Frau K gegangen war, wurde er wieder er selbst und fragte sich wie jedes Mal, wenn er ihre Gesellschaft genossen hatte, ob er in ein Hotel oder in eine andere Pension ziehen sollte, doch als er das Für und Wider erwog, wurde ihm klar, dass er sich in der Pension Kriwanek eigentlich sehr wohl fühlte und – abgesehen von der täglichen Mahlzeit mit Frau K – alles nach seinen Wünschen verlief.

Tatsächlich war die Pension eine große Wohnung im dritten Stock eines recht neuen Gebäudes, auf der Südseite eines Hofes jenseits der Mariahilfer Straße gelegen, etwa 800 Meter vom Ring entfernt. Sie war mit einer Warmwasserheizung und elektrischem Licht ausgestattet; das großzügige Badezimmer, das von allen Gästen genutzt wurde, war modern (Toilette mit Wasserspülung) und sauber. In einer Agentur hatte Lysander sich eine Liste von Pensionen geben lassen, die ihm ein komfortables Schlafzimmer mit geräumigem Kleiderschrank sowie einen zuverlässigen Wäschedienst boten (er hatte sehr genaue Vorstellungen, was die Stärkung seiner Hemden anging), außerdem sollte eine Tramhaltestelle in der Nähe sein. Die Pension Kriwanek war die erste auf seiner Besichtigungstour, und als er sah, dass das Zimmer aus einem Salon, einem durch Vorhänge abgetrennten Alkoven samt Doppelbett und einer kleinen Schrankkammer bestand, die als Ankleidezimmer diente, mit ausreichend Regalen und Stauraum für seine Garderobe, machte er sich nicht die Mühe weiterzusuchen. Und das hatte ihn vermutlich dazu bewogen, nach dem Essen über einen Umzug nachzudenken – hätte er nicht erkunden sollen, was in Wien sonst noch möglich war? Doch hier hatte er immerhin einen Hauslehrer, das durfte er nicht außer Acht lassen.

Betrat man die Wohnung im dritten Stock, gelangte man durch die Flügeltüren zunächst in eine große Diele – groß genug für zwei Bergères mit Rohrlehnen und einen runden Tisch, in dessen Mitte eine ausgestopfte Eule unter einer Glasglocke thronte. Von der Diele führte ein langer Flur zum Speiseraum, zu den drei Gästezimmern – in denen Lysander, Wolfram und Herr Barth untergebracht waren – und zum gemeinsamen Bad. Am Ende des Flurs befand sich eine Tür mit dem Schild »Privat«; dahinter vermutete Lysander den Küchenbereich und die Gemächer von Frau K. Nie hatte er gewagt, durch diese Tür zu gehen. Da auch Traudl in der Pension wohnte, musste sie dort irgendwo ein Eckchen für sich haben. Allem Anschein nach verlief parallel zum Flur noch ein schmaler Dienstbotengang von der Küche zum Speiseraum – der mit zwei Türen ausgestattet war –, doch davon abgesehen, hatte Lysander nur eine vage Vorstellung vom Grundriss der Pension – wer wusste schon, was sich hinter dem Privat-Schild verbarg? Die Räume waren komfortabel, man hatte seine Ruhe. Das Frühstück wurde einem aufs Zimmer serviert, Abendessen gab es gegen Aufpreis, Lunchpakete konnte man einen Tag im Voraus bestellen. Ihm wurde bewusst, dass er sich hier auf seltsame Art heimisch fühlte.

Traudl kam herein und räumte die Dessertteller ab.

»Wie geht's, Traudl?«, fragte Lysander. Sie war ein kräftiges, dralles Mädchen, ziemlich unbeholfen dazu.

Wie aufs Stichwort ließ sie einen Dessertlöffel fallen.

»Nicht so gut, mein Herr«, sagte sie, hob den Löffel auf und rieb den Vanillesoßenfleck mit einer Serviette weg.

»Warum denn?«

»Ich schulde Frau Kriwanek so viel Strafgeld, dass mir in diesem Monat kein Lohn bleibt.«

»Das tut mir leid. Du musst besser aufpassen.«

»Traudl? Traudl soll aufpassen? Völlig undenkbar!«, ertönte eine männliche Stimme.

»Guten Abend, Herr Leutnant«, sagte Traudl errötend.

Wolfram Rozman zog einen Stuhl vom Tisch und ließ sich darauf fallen.

»Traudl, mein kleines Flauschküken, bring mir doch ein bisschen Brot und Käse.«

»Aber gern, Herr Leutnant.«

Wolfram lehnte sich über den Tisch und klopfte Lysander auf die Schulter. Er trug einen hellblauen Anzug und eine fliederfarbene Fliege. Er war sehr groß, um einiges größer als Lysander, und bewegte sich mit dieser lockeren, schlaksigen Trägheit, die für hochgewachsene Männer typisch ist. So fläzte er sich hin, den Arm über die Lehne des Nachbarstuhls geworfen, und streckte die Beine unter dem Tisch aus. Seine hellblauen Hosenaufschläge und Gamaschen ragten neben Lysanders Platz unter dem Tisch hervor. Wolfram hatte einen verhangenen, müden Blick und einen dichten blonden Schnurrbart mit gewachsten Enden, die über seine vollen weichen Lippen gezwirbelt waren.

Lysander bot ihm eine Zigarette an, Wolfram nahm sie und zündete sie, nachdem er seine Taschen vergeblich nach Streichhölzern durchforstet hatte, mit Lysanders Feuerzeug an.

»Ich stehe wohl auf ihrer allerschwärzesten Liste«, sagte Wolfram und blies formvollendete Rauchringe in die Luft. »Schwarz wie die Nacht.«

»Sagen wir einfach, du bist nicht besonders ›erfreulich‹.«

»Ich bin den ganzen Weg hierher gerannt, weil ich nicht zu spät kommen wollte, und dann dachte ich – Herrgott sakra, nein, das halte ich nicht aus. Und so bin ich stattdessen ins Café gegangen und habe Schnaps getrunken.«

»Warum verzichtest du nicht ganz aufs Abendessen, so wie Barth? Dann würdest du sie gar nicht zu Gesicht bekommen.«

»Das Regiment kommt für alle Kosten auf. Nicht ich.«

Traudl brachte einen Teller mit mehreren Scheiben Schwarzbrot und etwas Streichkäse.

»Danke, mein Äffchen.«

Traudl schien etwas sagen zu wollen, überlegte es sich jedoch anders, knickste und ging durch die Hintertür.

Wolfram beugte sich vor.

»Lysander – du weißt doch, dass du Traudl besteigen kannst, wenn du ihr zwanzig Kronen gibst?«

»Besteigen?«

41

»Flachlegen.«

»Im Ernst?« Lysander rechnete schnell nach: Zwanzig Kronen waren nicht einmal ein Pfund.

»Ich mache es mehrmals wöchentlich. Das Mädchen braucht Geld – und eigentlich ist es ganz nett mit ihr.« Wolfram drückte seine Zigarette im Aschenbecher aus, bestrich eine Brotscheibe mit Käse und fing an zu essen. »Diese süßen großen Landeier haben einige erstaunliche Tricks auf Lager – ich wollte dir bloß Bescheid geben, falls dir mal danach ist.«

»Danke. Ich behalte es im Hinterkopf«, sagte Lysander etwas perplex. Wie würde Frau K wohl reagieren, wenn sie von diesen Machenschaften erführe? Er würde Traudl jedenfalls von nun an mit anderen Augen sehen.

»Du wirkst so überrascht«, sagte Wolfram, sein Käsebrot kauend.

»Das bin ich auch. Ich hatte ja keine Ahnung. Ausgerechnet hier – in dieser Pension. Wie sehr der Schein doch trügt.«

Wolfram richtete sein Messer auf Lysander.

»Diese Pension – die Pension Kriwanek – ist genau wie Wien. An der Oberfläche befindet sich die Welt von Frau K. So angenehm und erfreulich, alle lächeln höflich, niemand furzt oder popelt in der Nase. Aber darunter fließt ein dunkler, reißender Strom.«

»Was für ein Strom?«

»Der Strom der Lust.«

6

Der Sohn von Halifax Rief

I ch bin im Foyer des Majestic Theatre an der Strand. Ich bewege mich durch einen Pulk elegant gekleideter Damen – jüngere und ältere. Sie plaudern und tratschen, ab und an wirft mir eine von ihnen einen Blick zu. Die Damen schenken mir nicht die geringste Beachtung – obwohl ich splitternackt bin.«

Lysander hielt inne. Gerade las er Dr. Bensimon aus seinen *Autobiographischen Untersuchungen* vor.

»Jaaaa ...«, sagte Dr. Bensimon bedächtig. »Das ist interessant. Haben Sie das gestern Nacht geträumt?«

»Ja. Ich habe es umgehend aufgeschrieben.«

»Aber was hat es mit dem Theater auf sich?«

»Das liegt auf der Hand«, sagte Lysander. »Es wäre noch viel interessanter, wenn es sich *nicht* um ein Theater handeln würde.«

»Ich verstehe nicht ganz.«

»Ich bin Schauspieler«, erklärte Lysander.

»Von Beruf?«

»Ich verdiene meinen Lebensunterhalt auf der Bühne, meistens im Londoner West End.«

Er hörte Bensimon aufstehen und das Zimmer durchqueren, um sich am Fußende des Diwans zu setzen. Lysander drehte sich im Sessel zur Seite – Bensimon musterte ihn aufmerksam.

»Rief«, sagte er. »Der Name kam mir gleich so bekannt vor. Sind Sie zufällig mit Halifax Rief verwandt?«

»Er war mein Vater.«

»Mein Gott!« Bensimon schien aufrichtig überrascht. »Ich habe ihn als King Lear gesehen, im … Wo war das noch mal?«

»Im Apollo.«

»Stimmt, im Apollo … Er ist doch gestorben, nicht wahr? Mitten in der Spielzeit.«

»'99. Ich war dreizehn.«

»Gütiger Himmel. Sie sind der Sohn von Halifax Rief. Nicht zu fassen.« Bensimon starrte Lysander an, als sähe er ihn zum ersten Mal. »Ich meine, eine gewisse Ähnlichkeit zu erkennen. Und Sie sind auch noch Schauspieler.«

»Nicht so erfolgreich wie mein Vater – aber ich kann ganz gut davon leben.«

»Ich liebe das Theater. In welchem Stück haben Sie zuletzt mitgespielt?«

»*Ein romantisches Ultimatum.*«

»Sagt mir nichts.«

»Eine Salonkomödie von Kendrick Balston – wurde nach vier Monaten Laufzeit im Shaftesbury abgesetzt. Dann bin ich gleich hierhergekommen.«

»Gütiger Himmel …«, wiederholte Bensimon und nickte unmerklich, als hätte er gerade eine Offenbarung erlebt. Er ging zu seinem Schreibtisch zurück, und Lysander betrachtete das silberne Flachrelief. Allmählich hatte er das Gefühl, es in- und auswendig zu kennen, obwohl das erst seine zweite Sitzung bei Bensimon war.

»Sie stehen also nackt im Foyer des Majestic. Sind Sie erregt?«

»Offenbar fühle ich mich dort ganz wohl. Ich schäme mich nicht, vor diesen Leuten nackt zu sein. Es ist mir nicht peinlich.«

»Niemand lacht oder kichert, niemand zeigt mit dem Finger auf Sie oder verspottet Sie?«

»Nein. Die anderen scheinen das völlig normal zu finden.

44

Wenn es überhaupt eine Reaktion gibt, dann höchstens vage Neugier. Sie blicken mich flüchtig an und setzen ihr Gespräch fort.«

»Erntet Ihr Penis auch ›flüchtige Blicke‹?«

»Wenn Sie mich so fragen, ja. Tatsächlich.«

Daraufhin setzte Stille ein. Lysander schloss die Augen, er konnte das Kratzen von Bensimons Füller hören. Um zwischendurch auf andere Gedanken zu kommen, besann er sich auf die Freuden des vergangenen Wochenendes. Er hatte den Zug nach Puchberg genommen und dort die Nacht im Bahnhofshotel verbracht. Dann war er mit der Zahnradbahn auf den Hochschneeberg gefahren und den ganzen Weg zum Alpengipfel hin- und wieder zurückgelaufen (seine Wanderstiefel hatte er mitgebracht). Wie immer, wenn er in den Bergen oder auf dem Land wandern ging, fielen alle Sorgen und Bedenken von ihm ab. Vielleicht war das der beste Grund gewesen, nach Österreich zu fahren, dachte er – neue Wege, neue Landschaften. Am Wochenende konnte er immer den Zug nehmen und in den Bergen wandern, um den Kopf freizubekommen, seine Probleme zu vergessen. Die Wanderkur ...

»Träumen Sie das häufiger?«, fragte Bensimon.

»Ja. Mit kleinen Abweichungen. Manchmal sind weniger Leute da.«

»Aber Sie stehen im Vordergrund – nackt, inmitten vollständig bekleideter Frauen.«

»Ja. Allerdings nicht immer im Theater.«

»Warum träumen Sie das, was glauben Sie?«

»Eigentlich hatte ich gehofft, Sie würden mir das verraten.«

»Lassen Sie uns beim nächsten Mal fortfahren.« Mit diesen Worten beendete Bensimon die Sitzung. Lysander stand auf und streckte sich – es war anstrengend, sich derart konzentrieren zu müssen.

»Schreiben Sie weiterhin alles auf«, sagte Bensimon, als er ihn zur Tür brachte. »Wir machen Fortschritte.« Er schüttelte ihm die Hand.

»Bis nächsten Mittwoch«, sagte Lysander.

»Der Sohn von Halifax Rief, wer hätte das gedacht.«

Lysander saß im Café Central, trank einen Kapuziner und dachte an seinen Vater. Sein Versuch, ihn heraufzubeschwören, scheiterte wieder einmal. Er hatte nur das Bild eines großen massigen Mannes vor sich, dazu ein feistes vierschrötiges Gesicht, von dickem ergrautem Haar gekrönt. Die berühmte Stimme hatte er natürlich noch im Ohr, den klangvollen grollenden Bass, aber was ihm vor allem in Erinnerung geblieben war, war der Geruch seines Vaters – der Duft der Brillantine, die er sich in die Haare rieb und sein Barbier eigens für ihn zubereitete. Ein beißender Hauch von Lavendel als anfängliche Note, unterlegt vom reichhaltigeren Aroma des Lorbeers. Ziemlich stark parfümiert, mein Vater, dachte Lysander. Und dann starb er.

Lysander sah sich im weitläufigen Café mit den hohen Decken und der Glaskuppel um. Es war ruhig. Ein paar Zeitung lesende Gäste, eine Mutter, die mit ihren zwei kleinen Töchtern den Kuchenwagen in Augenschein nahm. Die Sonne fiel schräg durch die großen Fenster und ließ die rubinroten und bernsteingelben Buntglasrauten aufleuchten. Lysander winkte dem Kellner und bestellte einen Cognac, er wollte die beschauliche Stimmung noch ein wenig auskosten. Als ihm der Cognac serviert wurde, kippte er ihn in den Kapuziner und zog Blanches Brief hervor. Ihr erster, seit er nach Wien gekommen war – er hatte ihr vier Mal geschrieben … Er strich die Blätter glatt. Königsblaue Tinte, ihre schwungvolle zackige Handschrift, die sich über die ganze Seite erstreckte, bis zum Rand.

Liebster Lysander,

*Du bist mir sicher böse, aber ich vermisse Dich wirklich
sehr, und ich wollte Dir auch die ganze Zeit schreiben,
aber Du kennst mich, und Du weißt ja, wie furchtbar hek-
tisch es hier zugeht. Wir haben die Probelesung von »June
in Flammen« abgehalten, aber es ist wohl nicht so gut gelaufen, zwei Tage später mussten wir wieder geschlossen
antreten. Für mich ist das eine wunderbare Rolle, und es
kommt auch ein junger Gardeoffizier vor, für den Du in
meinen Augen die Idealbesetzung wärst. Soll ich unserem
guten Manley sagen, dass es Dich interessiert? Er würde
mir einfach jeden Wunsch erfüllen, der liebe alte Narr.
Aber dann müsstest Du schleunigst nach Hause zurückkommen, mein Schatz. Es wäre zu schön, wieder mit Dir
zu arbeiten. Schlägt Deine mysteriöse Kur an? Dauert sie
noch lange? Nimmst Du Salzbäder und duschst kalt und
trinkst Eselsmilch und all das Zeug? Wenn mich Leute
fragen, sage ich, dass Du »unpässlich« bist, und dann antworten sie »Ach. Ja. Verstehe«, und hasten mit todernster
Miene davon. Morgen fahre ich nach Boreham Wood, um
»kinematographische Testaufnahmen« machen zu lassen.
Dougie meint, ich hätte genau das richtige Gesicht fürs
»Kintopp«, wir werden ja sehen. Von Deiner Mutter habe
ich eine reizende Nachricht bekommen, sie wollte wissen,
ob wir schon einen Termin für den »großen Tag« ins Auge
gefasst haben. Lass es Dir bitte durch den Kopf gehen,
Liebling. Ich zeige allen meinen Ring, und dann fragen sie
»Wann?«, und ich lache – glockenhell, Du weißt schon –
und sage, dass wir es nicht so eilig haben. Aber ich habe
tatsächlich an eine Winterhochzeit gedacht, das wäre mal
etwas Besonderes. Ich könnte in Pelz gehen –*

Er faltete den Brief und steckte ihn mit einem Gefühl leichten Unwohlseins wieder ein. Ihm war, als hörte er ihre

Stimme, sie erinnerte ihn an das, was ihn nach Wien geführt hatte, konfrontierte ihn mit den Auswirkungen seines speziellen Problems. Unter diesen Umständen konnte er Blanche wohl kaum heiraten. Man stelle sich nur die Hochzeitsnacht vor …

Er zündete sich eine Zigarette an. Blanche hatte vor ihm schon mehrere Liebhaber gehabt, wie er wusste. Sie hatte ihn quasi eingeladen, das Bett mit ihr zu teilen, aber er hatte darauf beharrt, den Anstand zu wahren – nun waren sie offiziell verlobt. Er zog sein Notizbuch aus der Tasche und rechnete schnell nach. Sein letzter Versuch, geschlechtlich mit einer Frau zu verkehren, war mit dieser jungen Dirne gewesen, die er in Piccadilly aufgegabelt hatte. Er rechnete zurück: vor drei Monaten und zehn Tagen. Kurz nachdem er Blanche den Heiratsantrag gemacht hatte, und auch nur als ein notwendiges Experiment. Er erinnerte sich an das muffige kleine Zimmer in der Dover Street, eine einzige Gaslampe, einigermaßen saubere Laken auf dem schmalen Bett. Das Mädchen war eigentlich recht hübsch gewesen, auf eine grelle Art, denn sie war stark geschminkt, aber wenn sie lächelte, kam ein schwarzer Zahn zum Vorschein. Es fing gut an, doch dann stellte sich das Unvermeidliche ein. Nichts. Wir können es noch mal versuchen, hatte das Mädchen gesagt, als er ihr Geld gab, ist ja nichts passiert, und das zählt nicht so richtig, oder? Aber bezahlen müssen Sie trotzdem – knallen tut auch die Platzpatrone.

Lysander bequemte sich zu einem bitteren Lächeln – das hatte sie vermutlich von einem Soldaten-Freier aufgeschnappt und nicht wieder vergessen. Er drückte seine Zigarette aus. Vielleicht sollte er Bensimon erzählen, dass er mit Blanche Blondel verlobt war – das könnte ihn ähnlich beeindrucken wie Halifax Rief.

Er zahlte – dachte daran, den Hut aufzusetzen – und trat in den warmen sonnigen Nachmittag hinaus; er blieb auf den Kaffeehausstufen stehen, überlegte, ob er zu Fuß in die Pension Kriwanek zurückkehren, unter Umständen das Abendessen schwänzen sollte, fragte sich außerdem, wohin er am nächsten Wochenende fahren könnte – Baden vielleicht, oder sogar Salzburg, eine kleine Reise unternehmen, nach Tirol –

»Mr Rief?«

Lysander zuckte unwillkürlich zusammen. Ein hochgewachsener Mann, hageres strenges Gesicht, makelloser dunkler Schnurrbart.

»Wollte Sie nicht erschrecken. Wie geht's? Alwyn Munro.«

»Tut mir leid – ich war in Gedanken gerade woanders.« Er gab ihm die Hand. »Natürlich! Wir sind uns in Dr. Bensimons Praxis begegnet. Welch ein Zufall«, sagte Lysander.

»Im Café Central treffen Sie früher oder später alle, die sich in Wien tummeln«, erwiderte Munro. »Wie gefällt es Ihnen hier?«

Lysander war nicht nach belangloser Konversation zumute.

»Sind Sie Patient bei Dr. Bensimon?«, fragte er.

»Bei John? Nein. Wir sind befreundet. Haben zusammen studiert. Manchmal löchre ich ihn mit Fragen. Ist ein kluger Mann.« Munro merkte offenbar, dass Lysander das Gespräch nicht unbedingt fortsetzen wollte. »Sie haben es sicher eilig. Gehen Sie ruhig.« Er angelte eine Visitenkarte aus seiner Tasche und überreichte sie ihm. »Ich bin hier an der Botschaft tätig, falls Sie mich mal brauchen sollten. Hat mich gefreut.«

Er tippte mit dem Zeigefinger an die Melonenkrempe und ging in das Café hinein.

Lysander schlenderte zur Mariahilfer Straße zurück, die Sonne genießend. Er zog die Jacke aus und warf sie sich über die Schulter. Tirol, ja, dachte er – richtige Berge. Er wollte gerade den Opernring überqueren, als er ein weiteres zerfetztes Plakat erblickte. Bei diesem hatte das Ungeheuer seinen Kopf behalten – eine wüste Mischung aus Drache und Krokodil –, und der Name des Komponisten war vollständig: Gottlieb Toller. Lysander fiel ein, dass er Herrn Barth nach diesem Toller fragen könnte. Er hörte eine Kapelle, sie spielte die militärisch angehauchte Version eines Strauss'schen Walzers, und er passte seinen Schritt dem Takt der Trommelschläge an. Dabei dachte er an Blanches schönes längliches Gesicht, ihre dünnen knochigen Handgelenke mit den klirrenden Armreifen, ihre hohe schmale Gestalt. Er liebte sie wirklich, dachte er, darum wollte er sie heiraten – nicht, um den Schein zu wahren oder den Konventionen zu genügen. Um ihretwillen musste er sich bemühen, wieder gesund zu werden, ein normaler Mann, der mit einer wundervollen Frau eine glückliche Ehe führen konnte.

Er überquerte den Ring mit aller gebotenen Vorsicht, unterdessen stimmte die Kapelle eine Art Schnellmarsch oder Polka an. Der Rhythmus beflügelte ihn, als er die Mariahilfer Straße entlangbummelte, hinter ihm wurde die Musik immer leiser, ging im Verkehrslärm unter, während die Kapelle in Richtung Kaserne zurückmarschierte, sie hatte ihre Pflicht erfüllt und die biederen Wiener Bürger ein Stündchen lang bespaßt. Lysander spürte die Sonne auf seinen Schultern brennen, eine Fülle seltsam widersprüchlicher Gefühle befiel ihn – Stolz darüber, dass er sich aus freien Stücken für eine Therapie entschieden hatte, Genuss am Bummel durch die inzwischen vertrauten Straßen dieser fremden Stadt, beides unterlegt von einer verhaltenen melancholischen Freude, weil Blanche mit den allwissenden, verständnisvollen Augen weit, weit weg war.

7
Die primäre Sucht

Wie ist es beim Masturbieren?«, fragte Bensimon.

»Da klappt es fast immer. In neun von zehn Fällen, würde ich sagen. Das ist nicht das Problem.«

»Aha. Die primäre Sucht.«

»Wie bitte?«

»Ein Ausdruck von Dr. Freud ...« Bensimon hielt den Füller bereit. »Was stimuliert Sie?«

»Es kommt darauf an.« Lysander räusperte sich. »Ich denke meist an Personen – Frauen –, die ich früher begehrt habe, und dann stelle ich mir eine –« Er verstummte. Nun erkannte er, wie hilfreich es war, dass er seinem Gesprächspartner nicht gegenübersaß. »Ich stelle mir eine Situation vor, bei der alles nach Wunsch verläuft.«

»Natürlich rein hypothetisch. Die Hypothese einer perfekten Welt. Die Wirklichkeit ist weitaus komplizierter.«

»Ja, mir ist schon bewusst, dass das reine Phantasie ist.« Lysander versuchte, seine Gereiztheit nicht anklingen zu lassen. Bensimon nahm das Gesagte manchmal allzu wörtlich.

»Aber das ist durchaus von Nutzen«, sagte Bensimon. »Ist Ihnen ›Parallelismus‹ ein Begriff?«

»Nein. Ist das schlimm?«

»Keineswegs. Es handelt sich um eine Theorie, die ich selbst entwickelt habe, gewissermaßen als Ergänzung zum zentralen Ansatz von Dr. Freuds Psychoanalyse. Vielleicht kommen wir später einmal darauf zurück.«

Stille. Lysander hörte Dr. Bensimons Plopplaute. Ploppploppplopp machten seine Lippen. Nervtötend.

»Lebt Ihre Mutter noch?«

»Sie erfreut sich bester Gesundheit.«

»Erzählen Sie mir mehr. Wie alt ist sie?«

»Neunundvierzig.«

»Beschreiben Sie Ihre Mutter.«

»Sie ist Österreicherin. Spricht fließend Englisch, praktisch akzentfrei. Sie ist sehr elegant. Immer auf der Höhe der Zeit.«

»Ist sie schön?«

»Ich denke schon. Als junge Frau war sie sehr schön. Ich habe Fotos gesehen.«

»Wie heißt sie?«

»Anneliese. Meistens wird sie Anna gerufen.«

»Mrs Anneliese Rief.«

»Nein. Lady Faulkner. Nach dem Tod meines Vaters hat sie einen Lord Faulkner geheiratet.«

»Wie ist Ihr Verhältnis zu Ihrem Stiefvater?«

»Sehr gut. Crickmay Faulkner ist älter als meine Mutter – deutlich älter. Er ist über siebzig.«

»Aha.« Lysander hörte den Füller kratzen.

»Denken Sie auch in sexueller Hinsicht an Ihre Mutter?«

Lysander unterdrückte ein müdes Stöhnen. Er hatte wirklich Besseres von Bensimon erwartet.

»Nein«, sagte er. »Bestimmt nicht. Nie. Niemals.«

8

Ein schneidiger Kavallerieoffizier

Lysander staunte, als er Wolfram sah. In voller militärischer Uniform stand er in der Diele, sein Säbel schleifte am Boden, den Tschako trug er unterm Arm, die schwarzen Stiefel waren gespornt und mit Knieschonern versehen. Er wirkte ungeheuer imposant.

»Großer Gott«, rief Lysander bewundernd aus. »Steht eine Parade an?«

»Nein«, sagte Wolfram ein wenig bedrückt. »Heute findet meine Gerichtsverhandlung statt.«

Lysander betrachtete ihn von allen Seiten. Die Uniform war schwarz mit schwerem goldenem Schnurbesatz, der sich schlangenartig über die Brust zog. Eine Überjacke aus Pelz war über die Dolmanschulter gehängt. Der Tschako war passend zu den roten Kragenspiegeln und Hosentressen mit einer roten Feder geschmückt.

»Dragoner?«, mutmaßte Lysander.

»Husar. Hast du vielleicht etwas zu trinken da? Etwas Hochprozentiges? Ich gestehe, dass ich leicht nervös bin.«

»Ich kann dir Scotch anbieten, wenn du magst.«

»Perfekt.«

Wolfram folgte ihm in sein Zimmer und setzte sich mit rasselndem Säbel. Lysander schenkte den Whisky in einen Zahnputzbecher ein, den Wolfram in einem Zug leerte und ihm sogleich zum Nachfüllen hinhielt.

»Sehr guter Tropfen – finde ich.«

»Du kannst doch nicht mit einer Whiskyfahne vor Gericht erscheinen.«

»Zuvor rauche ich noch eine Zigarre.«

Lysander setzte sich ebenfalls und musterte dieses ruritanische Idealbild eines schneidigen Kavallerieoffiziers. Wenn er den Tschako aufsetzte, dürfte er an die 2,15 Meter heranreichen, schätzte Lysander.

»Worum geht es bei deiner Verhandlung?«, fragte er. Nun, da der Tag der Abrechnung gekommen war, konnte er ruhig versuchen, den Grund für Wolframs Zwangsaufenthalt in der Pension Kriwanek in Erfahrung zu bringen.

»Um Geld, das aus der Offiziersmesse entwendet wurde«, antwortete Wolfram gelassen. Dann gab er die Details preis: Der Regimentsoberst sollte in Pension gehen, und die Offiziere hatten gesammelt, um ihm ein opulentes Abschiedsgeschenk zu machen. Die Spenden erfolgten anonym, das Geld wurde einfach in den Schlitz einer verschlossenen Kassette gesteckt, die auf einer Anrichte in der Messe stand. Als die Kassette schließlich geöffnet wurde, reichte das Geld höchstens, um dem Oberst »eine mittelgroße Kiste Trabuco-Zigarren oder ein paar Flaschen ungarischen Schaumwein« zu spendieren, wie Wolfram erklärte. »Offenbar hatten wir für unseren geliebten Oberst kaum etwas erübrigen können – oder jemand hatte lange Finger gemacht.«

»Wer verwahrte den Kassettenschlüssel?«

»Der jeweils aufsichtführende Offizier, im wöchentlichen Wechsel. Die Kassette stand drei Monate dort. Drei Monate entsprechen zwölf Wochen, macht also zwölf Verdächtige, von denen jeder weidlich Zeit gehabt hätte, den Schlüssel nachmachen zu lassen und Geld zu entnehmen. Ich war einer dieser zwölf aufsichtführenden Offiziere.«

»Aber warum verdächtigt man ausgerechnet dich?« Lysander war Wolframs wegen entrüstet.

»Weil ich Slowene in einem deutschen Regiment bin. Das heißt, unter deutschsprachigen Österreichern. Es gibt auch ein paar Tschechen, aber die deutschen Offiziere werden immer den Slowenen in Verdacht haben – deshalb musste ich ein halbes Jahr hier zubringen, während sie überlegten, was sie mit mir anstellen sollten.«

»Aber das ist doch lächerlich. Nur, weil du Slowene bist?« Wolfram lächelte matt.

»Wie viele Länder zählt unser stolzes Kaiserreich?«

»Österreich, Ungarn und ...« Lysander dachte nach. »Und Kroatien –«

»Und das ist erst der Anfang. Die Krain, Mähren, Galizien, Bosnien, Dalmatien – ein Gemüseeintopf, ein riesiger Salat, der zum Himmel stinkt. Von den Italienern oder Ukrainern ganz zu schweigen. Ich nehme noch einen letzten Schluck Whisky.«

Lysander schenkte ihm ein.

»Hier hast du Österreich.« Wolfram rückte die Flasche beiseite und stellte den Becher daneben ab. »Hier hast du Ungarn. Die anderen Länder sind eine Art Harem für diese beiden mächtigen Sultane. Sie benutzen uns nach Belieben. Wer hat also das Geld des Obersts geklaut? Das muss der verschlagene Slowene gewesen sein.«

Es klopfte an der Tür, dann steckte Traudl den Kopf herein und wurde rot.

»Herr Leutnant, Ihr Fiaker wäre da.«

Wolfram stand auf, knöpfte seinen Kragen zu, zog die Handschuhe an, packte seinen Säbel.

»Viel Glück«, sagte Lysander und gab ihm die Hand. »Du bist unschuldig, du hast nichts zu befürchten.«

Wolfram zuckte lächelnd mit den Schultern. »Kein Mensch ist ganz frei von Schuld ...«

»Das ist wohl wahr. Aber du weißt, was ich meine.«

»Ich komm schon zurecht«, sagte Wolfram. »Der verschlagene Slowene hat noch ein paar Trümpfe im Ärmel.« Er verneigte sich leicht, schlug die Hacken zusammen – kurzes Sporenklappern – und ging.

Lysander kehrte an seinen Schreibtisch zurück und nahm sich die *Autobiographischen Untersuchungen* vor. Er fühlte eine gewisse Verzagtheit. Egal, wie die Verhandlung ausging – Wolfram würde die Pension bald verlassen, würde entweder rehabilitiert in die Kaserne zurückkehren oder unehrenhaft in das Zivilleben entlassen werden. Dann würde er vermutlich wieder in Slowenien landen ... Wolfram würde ihm fehlen. Er notierte sich ein paar Fakten zum Fall des Leutnant Rozman. »Kein Mensch ist ganz frei von Schuld«, hielt er fest, und dabei fiel ihm ein, wie raffiniert es tatsächlich wäre, für ein Dutzend potenzieller Verdachtspersonen zu sorgen, wenn man einen Diebstahl plante. Eine Ansammlung von Verdächtigen, die den Täter verdeckte. Er unterstrich den Satz »Kein Mensch ist ganz frei von Schuld«. Vielleicht war es an der Zeit, dass er Bensimon sein schwärzestes, schändlichstes Geheimnis anvertraute ...

Wieder klopfte es an der Tür. Lysander warf einen Blick auf seine Armbanduhr. Herr Barth käme erst in einer Stunde. Auf sein »Herein« tauchte Traudl zum zweiten Mal auf und machte die Tür hinter sich zu.

»Grüß dich, Traudl. Was gibt's?«

»Frau Kriwanek ist gerade bei ihrer Schwester zu Besuch, und Herr Barth schläft in seinem Zimmer.«

»Nun gut, so weiß ich Bescheid.«

»Bevor er das Haus verließ, hat Leutnant Rozman mir zwanzig Kronen gegeben und gesagt, ich soll zu Ihnen gehen.«

»Weshalb?«

»Damit Sie sich mit mir vergnügen.«

Bei diesen Worten bückte sie sich und raffte ihren schweren Rock samt Schürze bis zur Taille hoch; im Halbschatten darunter erblickte Lysander ihre Oberschenkel, zwei hellen Säulen gleich, und das dunkle Dreieck ihrer Scham.

»Danke, aber daran habe ich keinen Bedarf, Traudl.«

»Und was ist mit den zwanzig Kronen?«

»Die kannst du behalten. Ich werde Leutnant Rozman sagen, dass wir uns prächtig amüsiert haben.«

»Sie sind ein herzensguter Mensch, Herr Rief.« Traudl machte einen Knicks.

Kein Mensch ist ganz frei von Schuld, dachte Lysander, während er Traudl die Tür aufhielt. Er wollte ihr Trinkgeld geben und wühlte in den Hosentaschen nach Münzen, fand aber nur eine Visitenkarte. Was brauchte sie auch Trinkgeld – sie hatte gerade zwanzig Kronen verdient.

»Ich kann gern ein andermal vorbeikommen«, sagte Traudl.

»Nein, nein, nicht nötig.«

Lysander machte die Tür hinter ihr zu. Sieh einer an, der Strom der Lust. Er betrachtete die Visitenkarte in seiner Hand – wer war das überhaupt?

»Hauptmann Alwyn Munro DSO«, las er. »Militärattaché, Britische Botschaft, Metternichgasse 6, Wien III.«

Schon wieder so ein gottverdammter Soldat. Er legte die Karte auf seinen Schreibtisch.

9
Autobiographische Untersuchungen

Es ist der Sommer des Jahres 1900. Ich bin vierzehn und lebe in Claverleigh Hall in East Sussex, dem Landsitz meines Stiefvaters Lord Faulkner. Mein Vater ist seit einem Jahr tot. Neun Monate nach seiner Beerdigung hat meine Mutter Lord Faulkner geheiratet. Sie ist seine zweite Ehefrau, die neue Lady Faulkner. In der Nachbarschaft freuen sich alle für den alten Lord, einen schroffen, aber gütigen Witwer Ende fünfzig, der einen erwachsenen Sohn hat.

Ich weiß noch immer nicht so recht, wie ich dieses neue Arrangement finde, diese neue Familie, dieses neue Zuhause. Claverleigh und die dazugehörigen Ländereien bleiben für mich in weiten Teilen Terra incognita. Jenseits der beiden umfriedeten Gärten gibt es Wälder und Felder, Haine und Auen, Koppeln und zwei Bauernhöfe, die sich über die Hügel von East Sussex erstrecken. Ein großes, gut geführtes Anwesen, auf dem ich mich unablässig fremd fühle, obwohl die Bediensteten alle sehr freundlich sind, die Lakaien, Hausmädchen, Kutscher und Gärtner. Sie lächeln, wenn sie mich sehen, und nennen mich »Master Lysander«.

Man hat mich von meiner Londoner Schule genommen – »Mrs Chalmers Musterschule für Jungen« –, nun werde ich vom hiesigen Pfarrer unterrichtet, dem Reverend Farmiloe, einem alten, gelehrten Junggesellen. Mutter hat mir gesagt, dass ich im Herbst höchstwahrscheinlich auf ein Internat komme.

Es ist Samstag, ich habe also keinen Unterricht, aber der

Reverend hat mir aufgetragen, ein Gedicht von Alexander Pope zu lesen, »Der Lockenraub«. Es fällt mir sehr schwer. Nach dem Mittagessen nehme ich das Buch in den großen umfriedeten Garten mit, auf der Suche nach einer abgeschiedenen Bank, um meine mühselige Lektüre fortzusetzen. An sich mag ich Lyrik, ich kann sie mir gut einprägen, aber zu Alexander Pope finde ich keinen Zugang – anders als zu Keats oder Tennyson, meinem Lieblingsdichter. Auf den lang gezogenen Blumenrabatten tummeln sich die Gärtner und Aushilfsburschen, sie jäten Unkraut und grüßen mich, während ich vorbeigehe: »Guten Tag, Master Lysander.« Ich grüße zurück – inzwischen kenne ich sie fast alle. Old Digby, den Chefgärtner, Davy Bledlow und seinen Sohn Tommy. Tommy ist ein paar Jahre älter als ich und hat mich gefragt, ob ich Lust hätte, mit ihm auf Hasenjagd zu gehen. Er besitzt ein preisgekröntes Frettchen namens Ruby. Ich sagte: Nein danke. Ich habe keine Lust, Hasen zu jagen und zu töten – das finde ich grausam. Tommy Bledlow ist ein großer Kerl mit eingedrückter Nase, die ihn ziemlich seltsam aussehen lässt – wie einen bedrohlichen Clown. Ich verlasse den umfriedeten Garten und steige über den Zauntritt in den Wald von Claverleigh.

Die Sonne dringt durch das frische grüne Blattwerk der uralten Eichen und Buchen. Ich entdecke ein moosbewachsenes Eckchen zwischen zwei knorrigen Brettwurzeln einer großen Eiche. Ich strecke mich auf einem sonnenbeschienenen Fleck aus und genieße die Wärme auf der Haut. Es weht eine ganz leichte Brise. In der Ferne höre ich einen Zug die Strecke Lewes-Pevensey entlangtuckern. Vogelgesang – eine Drossel, glaube ich, eine Schwarzdrossel. Es herrscht himmlischer Frieden. Ein warmer Sommertag in Südengland zu Beginn des neuen Jahrhunderts.

Ich schlage das Buch auf und fange an zu lesen, versuche, mich zu konzentrieren. Ich unterbreche meine Lektüre, um

Schuhe und Strümpfe auszuziehen. Ich strecke die Zehen und lese weiter.

> Durch weißen Mull traf scheu ein Sonnenstrahl
> Das Auge, das sein leuchtender Rival.

Im London der Rokokozeit liegt eine schöne junge Frau im Bett, bald wird sie aufwachen, sich ankleiden und ihr gesellschaftliches Leben aufnehmen – das ist so weit ersichtlich. Ich lehne mich zurück, sodass ich mit dem Kopf im Schatten liege und mit dem Körper in der Sonne.

> Mit Himmelsbrust und goldener Kronen Glast

Von wegen »Brust«, fällt mir dann auf, da steht »Blust«. *Himmelsblust.* Warum habe ich mich verlesen? Immerhin ruht Belinda, die Heldin, noch auf ihrem weichen Lager, leicht bekleidet, wer weiß, was da hervorblitzt – ich blättere um.

> Was wahrt beim Maskenfest, bei Hof, beim Tanz
> Der hingeschmolzenen Jungfrau ihren Kranz

Warum »hingeschmolzen«? Da fällt mir die Küchenmagd ein – heißt sie nicht auch Belinda? –, die große mit den kecken Augen. Ihre Brust verheißt auf jeden Fall *weiche Ruh*. Ich weiß noch, einmal habe ich sie an der Feuerstelle knien sehen, mit hochgekrempelten Ärmeln und aufgeknöpfter Bluse, die Hitze war fast unerträglich. Aber was hat der Kranz damit zu tun? Ich ahne dunkel, was …

Mein Penis regt sich unter dem Hosenstoff, ein angenehmes Gefühl. Die Sonne wärmt mir den Schoß. Ich sehe mich um – weit und breit keine Menschenseele. Ich öffne Gürtel und Hosenknöpfe, ziehe Hose und Unterhose bis zu den

Knien hinunter. Die Sonne ist wie Balsam. Ich streichle mich.

Ich denke an Belinda – die Küchenmagd. Stelle mir kissenweiche Brüste vor, stelle mir vor, wie wir in der Hitze dahinschmelzen. Ich packe fester zu. Bewege langsam die Faust auf und nieder ...

Als Nächstes erinnere ich mich an die Stimme meiner Mutter, die nach mir ruft.

»Lysander? Lysander, mein Schatz ...«

Ich träume. Und dann wird mir bewusst, dass das kein Traum ist. Ich wache mühsam auf, als wäre ich betäubt worden. Ich öffne die Augen, blinzle und sehe die Silhouette meiner Mutter im Gegenlicht. Meine Mutter steht da und sieht auf mich herunter. Sie wirkt sehr verstört.

»Lysander, mein Schatz, was ist passiert?«

»Was?« Ich schlafe noch immer halb. Meine Augen folgen ihrem Blick: Hose und Unterhose bauschen sich um meine Knie, ich sehe meinen schlaffen Penis und das kleine, dunkle Haarbüschel darüber.

Ich ziehe die Hosen hoch, rolle mich zu einer Kugel zusammen und fange hemmungslos zu weinen an.

»Was ist denn passiert, mein Schatz?«

»Tommy Bledlow«, schluchze ich aus unerfindlichen Gründen. »Tommy Bledlow hat mir das angetan.«

10

Auf merkwürdige Art auserwählt

Lysander hörte auf vorzulesen. Im Rückblick brannte er vor Scham, wie knochentrockenes Feuerholz, lodernd und prasselnd vor Hitze. Sein Mund war ausgedörrt. Komm schon, sei erwachsen, dachte er, du bist siebenundzwanzig – das ist Schnee von vorgestern.

Er blieb stumm. Sein Arzt musste den Anfang machen.

»Aha«, sagte Bensimon. »So, so. Damals waren Sie also vierzehn.«

»Ich hatte wohl ein paar Stunden geschlafen und deswegen die Teestunde verpasst. Meine besorgte Mutter machte sich auf die Suche. Die Gärtner erzählten ihr, dass ich in den Wald gegangen war.«

»Und Sie hatten zu masturbieren begonnen –«

»Und war eingeschlafen. Tief und fest. Die Sonne, die Hitze. Ein reichhaltiges Mittagessen ... Und dann fand mich meine Mutter allem Anschein nach bewusstlos vor, mit heruntergezogener Hose, halb entblößt, ungeschützt. Da musste sie ja in Panik geraten.«

»Wie wurde mit dem jungen Gärtner verfahren?«

»Er wurde vom Gutsverwalter umgehend entlassen, ohne Lohn und ohne Zeugnis. Andernfalls hätte man die Polizei eingeschaltet. Sein Vater beteuerte, Tommy habe nichts verbrochen – auch wenn er einräumen musste, dass sein Sohn nicht den ganzen Nachmittag im Garten zugebracht hatte –, und wurde ebenfalls entlassen.«

»Wie sollte man dem jungen Master Lysander auch keinen Glauben schenken?«

»Ja genau. Ich hatte entsetzliche Schuldgefühle. Sie dauern bis heute an. Ich weiß nicht, was aus ihnen geworden ist. Auch ihr Cottage auf dem Anwesen haben sie verloren. Ich wurde krank – ich erinnere mich, dass ich tagelang geweint habe – und lag zwei Wochen im Bett. Danach brachte mich meine Mutter nach Margate in ein Hotel. Ich wurde von mehreren Ärzten untersucht und bekam alle möglichen Medikamente verabreicht, zur ›Stärkung meiner Nerven‹. Und dann wurde ich in dieses schreckliche Internat verfrachtet.«

»Und es wurde nie wieder darüber gesprochen?«

»Nie wieder. Ich war schließlich das Opfer. Krank, zerrüttet, bleich. Ich weinte jedes Mal, wenn ich nach dem Vorfall gefragt wurde. Darum verhielten sich in meinem Umfeld alle sehr vorsichtig, ängstlich darauf bedacht, mich nicht zu verletzen, nach allem, was ich ›durchlitten‹ hatte. Man behandelte mich wie ein rohes Ei.«

»Interessant, dass Sie den Gärtnerssohn beschuldigt haben ...« Bensimon schrieb etwas auf. »Wie hieß er doch gleich?«

»Tommy Bledlow.«

»Das wissen Sie noch.«

»Wie sollte ich es je vergessen.«

»Er hatte Sie eingeladen, mit ihm auf die Jagd zu gehen – mit seinem Frettchen.«

»Das hatte ich abgelehnt.«

»Fühlten Sie sich zu ihm sexuell hingezogen?«

»Oh ... Nein. Jedenfalls nicht so, dass es mir aufgefallen wäre. Er war bloß der Letzte, mit dem ich gesprochen hatte. Vor lauter Panik und Eile habe ich einfach den erstbesten Namen aus der Luft gegriffen.«

Lysander fuhr mit der Tram in die Mariahilfer Straße zurück. Während sie sich scheppernd und schaukelnd durch die Stadt bewegten, saß er wie betäubt da. Bensimon war der einzige Mensch, dem er je die Wahrheit über diesen Jahrhundertwende-Sommertag verraten hatte, und er musste sich eingestehen, dass die Preisgabe seines dunklen Geheimnisses zu einer gewissen Katharsis geführt hatte. Er blickte sich um, seltsam unbeschwert, als löste er sich von seiner Vergangenheit, von der Welt, die er gerade durchquerte, und von ihren Bewohnern. Er betrachtete die anderen Fahrgäste – sie lasen, schwatzten, träumten, starrten mit leerem Blick aus dem Tramfenster – und fühlte sich auf merkwürdige Art auserwählt. Wie der Mann mit dem Gewinnlos in der Tasche, oder der Mörder, der unentdeckt vom Tatort zurückkehrt – er hatte den Eindruck, abseits, über ihnen zu stehen, ihnen fast überlegen zu sein. Wenn ihr nur wüsstet, was ich heute enthüllt habe; wenn ihr nur wüsstet, wie grundlegend sich mein Leben von nun an ändern wird ...

Letzteres war nur ein frommer Wunsch, wie er gleich erkannte. Was an jenem Nachmittag im Juni 1900 passiert war, bildete die ausradierte Stelle in der Geschichte seines Lebens, eine große, eingeklammerte weiße Lücke in der Chronik seines Alltags als Vierzehnjähriger. Anschließend hatte er nie wieder daran gedacht – hatte eine undurchdringliche geistige Quarantänesperre darum errichtet, um alles abzuwehren, was unerwünschte Erinnerungen hätte wachrufen können. Er war oft im Wald von Claverleigh spazieren gegangen; er und seine Mutter standen sich sehr nah; er hatte sich mit den Gärtnern und Gutsarbeitern unterhalten, ohne ein einziges Mal an Tommy Bledlow zu denken. Der Vorfall war vergessen, ausgelöscht – hatte sich mit der Zeit erfolgreich verflüchtigt –, als hätte man ihm ein krankes Organ oder einen Tumor entfernt und danach eingeäschert.

Er stieg an seiner Haltestelle aus und blieb kurz stehen, um zu überlegen, warum er ausgerechnet auf dieses Bild gekommen war. Nein – er war froh, Bensimon alles erzählt zu haben. Vielleicht war das im Grunde das Einzige, was die Psychoanalyse wirklich bewirken konnte: im Rahmen eines therapeutischen Dialogs über das Wesentliche, Elementare, Bedeutsame zu sprechen – das man sonst niemandem anvertrauen würde. Was hätte Bensimon ihm nunmehr mitzuteilen, was er sich nicht selbst erschließen konnte? Der Beichtakt war eine Art von Befreiung, und er fragte sich, ob er Bensimon überhaupt noch brauchte. Lysander hatte das Gefühl, sich sogar physisch von dem Mann zu unterscheiden, der die Ereignisse jenes Tages zu Papier gebracht hatte. Nun wurde ihm bewusst, wie wichtig es gewesen war, das niederzuschreiben. Etwas hatte sich verändert – es war so etwas wie eine Reinwaschung gewesen, eine Offenbarung, eine Lossprechung.

Langsam, gedankenverloren ging er von der Haltestelle zur Pension und blieb unterwegs nur stehen, um hundert englische Virginia-Zigaretten bei der Tabaktrafik an der Ecke zu kaufen. Ob er wohl zu viel rauchte? Eine richtig lange Bergtour würde ihm guttun. Er widmete sich der angenehmen Frage, wie er sein Wochenende verbringen sollte.

Traudl staubte gerade die von Glas umfangene Eule ab, als er die Tür öffnete. Ihm fiel auf, dass sie keinen Knicks machte und ihr Begrüßungslächeln ein wenig anzüglich war. Kein Wunder, dachte Lysander, da wir beide jetzt ein kleines Geheimnis teilen.

»Der Leutnant möchte Sie gern sprechen, mein Herr«, sagte sie. Dann blickte sie sich um und wisperte: »Vergessen Sie das mit den zwanzig Kronen nicht.«

»Sicher. Er wird ohnehin annehmen, dass wir ... du weißt schon.«

»Ja. Gut. Bitte sagen Sie ihm das unbedingt, mein Herr.«

»Das werde ich, Traudl. Verlass dich drauf.«

»Und ich habe Ihnen die Post ins Zimmer gelegt, mein Herr.«

»Danke.«

Lysander klopfte an Wolframs Tür und wurde prompt hereingebeten. Das breite Grinsen des Leutnants und die Flasche Champagner, die in einem Eiskübel bereitstand, signalisierten ihm auf Anhieb, dass die Verhandlung gut ausgegangen war. Wolfram trug wieder Zivil – einen karamellfarbenen Tweedanzug mit schokoladenbrauner Krawatte.

»Freigesprochen!«, sagte Wolfram mit theatralisch erhobenen Armen, bevor sie einander herzlich die Hand reichten.

»Gratuliere. Ich hoffe, es war keine allzu große Zumutung«, bemerkte Lysander.

Geschäftig öffnete Wolfram die Flasche und schenkte den Champagner aus.

»Tja, sie versuchen natürlich, einen mächtig einzuschüchtern«, antwortete er. »All diese höheren Offiziere in Galauniform mit ihren verächtlichen Blicken – mit ihren feierlichen Mienen. Die lassen einen stundenlang schmoren.« Er schenkte Lysander nach. »Wenn man dann Haltung und Ruhe bewahrt, ist die Sache schon halb gewonnen.« Lächelnd setzte er hinzu: »Dein hervorragender Whisky hat mir dabei gute Dienste geleistet.«

Sie stießen miteinander an.

»Das wäre also erledigt«, sagte Lysander. »Was hat ihnen denn zur Einsicht verholfen?«

»Ein beschämender Mangel an Beweisen. Dafür habe ich ihnen einen kleinen Denkanstoß verpasst. Der hat geholfen, den Verdacht vom verschlagenen Slowenen abzulenken.«

»Ach – und wie?«

»Im Regiment gibt es diesen Hauptmann, Frankenthal. Er kann mich nicht leiden. Ein arroganter Kerl. Irgendwie ist es mir gelungen, meine Vorgesetzten daran zu erinnern, dass Frankenthal ein jüdischer Name ist.« Wolfram zuckte mit den Achseln. »Frankenthal hatte den Schlüssel eine Woche lang in seiner Obhut, genau wie ich.«

»Aber was spielt es für eine Rolle, dass er Jude ist?«

»Ist er nicht – seine Familie hat sich schon vor einer Generation zum katholischen Glauben bekehrt. Und dennoch ...« Wolfram grinste schalkhaft. »Sie hätten ihren Namen ändern sollen.«

»Mir ist nicht klar, warum.«

»Mein lieber Lysander – wenn sie das Verbrechen schon keinem Slowenen anhängen können, dann ist ein Jude sogar noch besser.« Wolfram trank sein Glas aus. »Geschieht dem Mistkerl recht. Und ich habe einen Monat Urlaub, als Wiedergutmachung für diese ›Zumutung‹. Ich bleibe dir also noch ein Weilchen erhalten. Ende September fangen wir mit den Feldübungen an.« Er lächelte. »Wie war's mit dem Landei?«

»Oh, mit Traudl meinst du. Ja. Sehr nett. Vielen Dank.« Lysander wechselte rasch das Thema. »Was hättest du gemacht, wenn es nicht zum Freispruch gekommen wäre?«

Wolfram dachte kurz nach. »Dann hätte ich mich wohl umgebracht.« Er runzelte die Stirn, als ginge er in Gedanken nüchtern sämtliche Möglichkeiten durch. »Wahrscheinlich hätte ich mir eine Kugel in den Kopf gejagt. Oder Gift genommen.«

»Mein Gott! Das ist doch nicht dein Ernst?«

»Aber sicher – du musst nämlich wissen, Lysander, dass der Freitod hier in Wien, in unserem verfallenden Kaiserreich, als vollkommen vernünftige Lösung gilt. Jeder wird verstehen, was in einem vorgegangen ist und warum man keine andere Wahl hatte – niemand wird einen deswegen verdammen.«

»Wirklich?«

»Ja. Sobald du das verstehst, verstehst du uns.« Wolfram lächelte. »Wir haben ihn zutiefst verinnerlicht. Den *Selbst-*

mord – das Wort spricht für sich. Eine durchaus ehrenwerte Art, diese Welt zu verlassen.«

Nachdem sie die Flasche ausgetrunken hatten, ging Lysander einigermaßen angeheitert in sein Zimmer. Er dachte daran, das Abendessen diesmal ausfallen zu lassen – er könnte vielleicht in ein Café gehen und weitertrinken. Ihm war ganz beschwingt zumute, natürlich freute er sich für Wolfram, aber auch, weil es ihm selbst endlich gelungen war, das Schweigen über seine Vergangenheit zu brechen.

Auf dem Schreibtisch erwartete ihn seine Post. Ein Brief von Blanche, einer von seiner Londoner Bank und ein Umschlag mit österreichischer Briefmarke und einer ihm unbekannten Handschrift. Er riss ihn auf. Darin steckte eine Einladung zur *Vernissage* einer Ausstellung »neuerer Werke« des Künstlers Udo Hoff in einer zentral gelegenen Galerie – der Bosendorfer-Renz-Galerie für moderne Kunst. Am unteren Rand stand in grüner Tinte und mit ausladenden bauchigen Buchstaben der Appell: »Kommen Sie! Hettie Bull.«

11

Parallelismus

Auf Bensimons Anregung hin war Lysander vom Sessel zum Diwan gewechselt. Er wusste noch nicht so recht, was dieser Platztausch und die veränderte Körperhaltung bewirken würden, doch Bensimon hatte darauf bestanden. Den Kopf auf mehrere Kissen gebettet, hatte Lysander immer noch eine ausgezeichnete Sicht auf das afrikanische Flachrelief.

»Wie alt war Ihre Mutter, als Ihr Vater starb?«, fragte Bensimon.

»Fünfunddreißig ... sechsunddreißig, um genau zu sein.«

»Noch recht jung.«

»Durchaus.«

»Wie hat sie auf den Tod Ihres Vaters reagiert?«

Lysander dachte an diese Zeit zurück, an den grausamen Schock, die bodenlose Trauer, die er selbst empfunden hatte, als die Nachricht kam. Im dunklen Nebel seiner von eigenen Gefühlen befrachteten Erinnerung fiel ihm wieder ein, wie schwer es seine Mutter getroffen hatte.

»Sie war am Boden zerstört – kein Wunder. Sie betete meinen Vater an, lebte nur für ihn. Als sie heirateten, gab sie ihre Karriere auf. Sie begleitete ihn auf sämtlichen Reisen. Nach meiner Geburt war auch ich immer dabei. Er hatte nämlich eine eigene Truppe, abgesehen von seinen Engagements an Londoner Theatern. Sie half ihm bei der Organisation, erledigte die tägliche Verwaltungsarbeit. Wir waren immerzu auf Tournee durch ganz England, Irland, Schottland. Lebten in gemieteten Häusern oder Wohnungen – ein richtiges Heim hatten wir eigentlich nie. Als er starb, waren wir in einer Wohnung in South Kensington untergebracht. Trotz seines Ruhms und Erfolgs war mein Vater bei seinem Tod praktisch bankrott – er hatte sein ganzes Geld in die Halifax Rief Theatre Company gesteckt. Für meine Mutter war kaum etwas übrig geblieben. Ich weiß noch, dass wir nach Paddington umziehen mussten. Zwei Zimmer, ein Kamin, Küche und Badezimmer teilten wir mit zwei anderen Familien.«

Lysander hatte die Zimmer lebhaft vor Augen. Vor Schmutz starrende Fenster, auf dem Boden abgenutztes Linoleum voller Flicken. Der Rußgestank vom benachbarten Bahnhof, das Tuten und Pfeifen auf den Rangiergleisen, das Poltern und Donnern der Eisenbahnwaggons und seine Mutter, die Tag und Nacht leise vor sich hin weinte. Dann lernte sie aus heiterem Himmel Crickmay Faulkner kennen, und alles wurde anders.

Nach reiflicher Überlegung fügte er hinzu: »Eine Zeit lang hat sie getrunken. Das hat sie sehr diskret gehandhabt, doch in den Monaten nach der Beerdigung hat sie viel getrunken. Sie hat sich nie ungebührlich benommen, aber ich konnte es riechen, wenn sie ins Bett kam.«

»Ins Bett kam?«

»Damals hatten wir nur ein Wohnzimmer und ein Schlafzimmer zur Verfügung«, erklärte Lysander. »Wir haben im selben Bett geschlafen. Bis Lord Faulkner um ihre Hand anhielt und uns in Putney unterbrachte, wo ich ein eigenes Zimmer bekam.«

»Ich verstehe. Wie hat Ihre Mutter Ihren Vater kennengelernt? Ist er nach Wien gekommen?«

»Nein. Meine Mutter sang im Chor einer deutschen Opernkompanie, die 1884 durch England und Schottland tourte. Sie hatte – hat – einen sehr schönen Mezzosopran. In Glasgow trat sie im King's Theatre auf, in Wagners *Tristan*,

der abwechselnd mit der *Macbeth*-Inszenierung von Halifax Riefs Theatertruppe aufgeführt wurde. Sie lernten sich
hinter den Kulissen kennen. Es war Liebe auf den zweiten
Blick, sagte mein Vater immer.«

»Warum auf den zweiten Blick?«

»Auf den ersten Blick hatte er nach eigenem Bekunden
nicht gerade an Liebe gedacht. Wenn Sie verstehen, was ich
meine.«

»Aber sicher. ›Liebe auf den zweiten Blick‹. Ein hübsches
Kompliment.«

»Warum stellen Sie mir all diese Fragen über meine Mutter, Dr. Bensimon? Ich bin schließlich nicht Ödipus.«

»Gott bewahre, das ganz bestimmt nicht. Ich glaube allerdings, das, was Sie mir beim letzten Mal erzählt – was Sie
mir vorgelesen – haben, birgt den Schlüssel zu Ihrer Heilung. Ich versuche nur, mehr über die Hintergründe zu erfahren, über Ihr Leben.«

Lysander hörte ihn den Stuhl zurückschieben. Die Sitzung war beendet.

»Ich hatte Sie doch gefragt, ob Ihnen Parallelismus ein Be-
griff ist, wissen Sie noch?« Bensimon hatte den Raum durch-
quert und stand nun direkt am Rande seines Blickfelds. Ein
Schatten, der die Hand ausstreckte. Lysander schwang die
Beine vom Diwan, stand auf und nahm das dargebotene
Büchlein entgegen, das kaum umfangreicher war als eine
Broschüre. Marineblauer Einband mit Silberschrift. *Unsere
Parallelleben. Eine Einführung,* von Dr. J. Bensimon MB BS
(Oxon).

»Ein Privatdruck. Gerade arbeite ich die vollständige Fassung aus. Mein Opus magnum. Nimmt leider ziemlich viel
Zeit in Anspruch.«

Lysander drehte und wendete das Buch.

»Könnten Sie mir in ein paar Worten sagen, worum es
geht?«

»Tja, das ist gar nicht so einfach. Gehen wir mal davon aus, dass die Welt an sich neutral ist – flach, leer, ohne jeden Sinn und Gehalt. Bis wir sie kraft unserer Vorstellung mit Farben, Gefühlen, Bedeutungen füllen. Wir machen die Welt lebendig. Haben wir das einmal begriffen, können wir unsere Welt nach Belieben selbst gestalten. Theoretisch.«

»Klingt sehr radikal.«

»Im Gegenteil – es ist sehr vernünftig, wenn man es nur richtig handhabt. Lesen Sie es, lassen Sie es auf sich wirken.« Er blickte Lysander forschend an. »Ich scheue mich ein wenig, das zu sagen, und es kommt sehr selten vor, dass ich eine solche Prognose wage, aber ich glaube, dass der Parallelismus Sie heilen wird, Mr Rief, das glaube ich wirklich.«

Andromeda

Am Tag von Udo Hoffs Vernissage war Lysander seltsam verunsichert. Er hatte schlecht geschlafen, und schon, als er sich am Morgen rasierte, fühlte er sich nicht wohl in seiner Haut – er verspürte eine ganz und gar untypische Nervosität, wegen dieser anstehenden Vernissage, wegen des Wiedersehens mit Miss Bull. Er schäumte den Pinsel mit Rasierseife ein und trug sie auf Wangen, Kinn und um den Kiefer herum auf; als er sich, die Lippen einziehend, mit dem Pinsel unter die Nase fuhr, überlegte er automatisch, ob er sich einen Schnurrbart wachsen lassen sollte. Die Antwort kam wie immer aus der Pistole geschossen und lautete Nein. Das hatte er bereits ausprobiert und es stand ihm nicht; es ließ ihn dreckig erscheinen, als hätte er versäumt, sich einen Klecks Ochsenschwanzsuppe von der Oberlippe zu wischen. Für einen Schnurrbart hatten seine Haare nicht den richtigen Braunton. Bei einem jungen Gesicht war ein Schnurrbart nur gerechtfertigt, wenn er einen starken Kontrast erzeugte – wie bei diesem Munro von der Botschaft, beinah schwarz und völlig akkurat, wie angeklebt.

Er zog sich mit Bedacht an, kombinierte seinen leichten marineblauen Anzug mit schwarzen Budapestern und einem weißen Stehkragenhemd sowie einer scharlachroten, getüpfelten Krawatte mit einfachem Knoten. Ein knalliger Farbtupfer, der seine ach so künstlerische Ader anzeigen sollte. Sein Vater hätte das nicht gebilligt – Halifax Rief, selbst stets elegant und erlesen gekleidet, war der Ansicht gewesen, dass niemand den Stil eines Mannes beziehungsweise die Mühe und Sorgfalt, die er auf seine Kleidung verwendete, bemerken sollte, ehe nicht mindestens fünf Minuten verstrichen waren. Jegliche Form von Zurschaustellung fand er geschmacklos.

Lysander entschloss sich, das Kunsthistorische Hofmuseum am Burgring zu besichtigen. Er war sich darüber im Klaren, dass das nur eine symbolische Handlung war, völlig sinnlos, aber er sah sich in der Galerie herumstehen, die Hoffs Werke ausstellte, von lauter Menschen umgeben, die sich alle mit klassischer und zeitgenössischer Kunst auskannten und zu allem eine Meinung hatten. Wie sollte er mit diesen Intellektuellen, Kunstkritikern, Sammlern und Experten ins Gespräch kommen? Wieder wurden ihm die riesigen Lücken bewusst, die in seiner Allgemeinbildung klafften. Shakespeare, Marlowe, Sheridan, Ibsen, Shaw konnte er seitenweise zitieren – zumindest jene Werkauszüge, die er im Lauf seiner Tätigkeit hatte pauken müssen. Er hatte eine Menge Lyrik des 19. Jahrhunderts gelesen – diese Lyrik liebte er –, aber er hatte so gut wie keine Ahnung von der sogenannten »Avantgarde«. Er kaufte regelmäßig Zeitungen und Zeitschriften, verfolgte mehr oder weniger das Weltgeschehen und die europäische Politik – auf den ersten Blick wirkte er wie die äußerst glaubwürdige Verkörperung eines weltläufigen, gebildeten, kompetenten Zeitgenossen, doch wenn er auf echten Geist und Intellekt traf, erkannte er jedes Mal, wie dürftig seine Maskerade war. Du bist doch Schauspieler, ermahnte er sich, dann spielst du ihnen eben etwas vor! Außerdem hast du noch jede Menge Zeit, dir Wissen anzueignen, du bist beileibe kein Idiot, im Gegenteil, graue Zellen hast du zuhauf. Es ist ja nicht deine Schuld, dass du ständig die Schule wechseln musstest und deine Bildung darunter gelitten hat. Als Erwachsener hast du dich eben auf deine Theaterkarriere konzentriert – Vorsprechen, Proben, kleine Rollen, die zunehmend größer wurden. Eigentlich hatte er nur im letzten Stück, in dem er mitgespielt hatte – *Ein romantisches Ultimatum* –, eine nennenswerte Hauptrolle gehabt, immerhin die zweite männliche Hauptrolle, auf dem Plakat prangte sein Name in genauso großen Lettern wie der von Mrs Cicely Brightwell, keinen Millimeter kleiner, und daran zeigte sich klar und deutlich, wie weit er es binnen weniger Jahre schon gebracht hatte. Sein Vater wäre stolz auf ihn gewesen.

Im Museum lief er durch die großzügigen Säle im ersten Stock, betrachtete die düsteren, firnisbedeckten Bilder von Heiligen und Madonnen, antiken Gottheiten und melancholischen Kreuzigungen, trat näher, um die Künstlernamen am Rahmenrand zu lesen, und hakte sie in Gedanken ab. Caravaggio, Tizian, Bonifazio, Tintoretto, Tiepolo. Natürlich waren ihm diese Namen geläufig, doch nun konnte er sagen: »Kennen Sie Bordones Version von *Venus und Adonis*? Wie's der Zufall will, habe ich sie mir heute im Hofmuseum angesehen. Wirklich ergreifend, ein Meisterwerk.« Nach und nach entspannte er sich. Es war schließlich auch nur Theater, und das wiederum war sein Metier, seine Berufung, sein Spezialgebiet.

Er ging weiter. Auf einmal waren die Maler alle holländisch – Rembrandt, Frans Hals, Hobbema, Memling. Und was war das? *Überfall auf einen Wagenzug* von Philips Wouwerman. Kraftvoll, abgründig, dunkelhäutige Räuber, die mit silbernen Entermessern und spitzen Hellebarden angriffen. »Sind Sie mit Wouwermans Werk vertraut? Es hat eine ungeheure Wucht.« Wo waren eigentlich die Deutschen? Ach, hier also – Cranach, d'Pfenning, Albrecht Dürer ... Doch inzwischen verwirbelte und verballhornte er im Geist die vielen Namen und wurde schlagartig müde. Zu viel Kunst – museale Erschöpfung. Zeit für eine Zigarette und einen Kapuziner. Er hatte genug Stoff gesammelt, um für flüchtigen Smalltalk aller Art gewappnet zu sein – es ging ja nicht darum, eine Anstellung als Kurator zu ergattern, um Himmels willen.

Am Ring entdeckte er eine Bude, wo er, am Tresen gelehnt, eine Virginia rauchte und an seinem Kaffee nippte. Wirklich eine Prachtstraße, dachte er – in London gab es nichts Vergleichbares, allerhöchstens die Mall, die dagegen aber deutlich abfiel. Der ausgedehnte Kreis, den der Straßenzug um den alten Stadtkern bildete, die sorgfältig angeordneten Palais und öffentlichen Bauten mit ihren Park- und Gartenanlagen. Wunderschön. Er warf einen Blick auf seine Armbanduhr – bevor er sich in der Galerie zeigen konnte, musste er noch eine gute Stunde totschlagen. Er fragte sich, wie Udo Hoff wohl sein mochte. Wahrscheinlich sehr prätentiös, genau die Sorte Mann, die auf Miss Bull eine unwiderstehliche Anziehungskraft ausüben dürfte.

Er schlenderte auf den spitzen Rathausturm zu. Dabei hörte er eine laute Stimme ertönen, und als er näher kam, sah er Hunderte von Menschen, die sich im kleinen Rathauspark zusammendrängten. Auf einem hölzernen Podium von etwa 1,80 Meter Höhe rief ein Mann herrische Worte durch sein Megafon.

Während die Tageshitze langsam abklang, rasten Automobile und Kraftomnibusse vorbei. Der Feierabendverkehr hatte eingesetzt. Wie Überbleibsel einer vergangenen Epoche klapperten Touristen in Pferdekutschen am Bordstein entlang. Allenthalben schlängelten sich Radfahrer durch den Verkehr. Lysander überquerte die Straße mit der gebotenen Vorsicht und schloss sich der murmelnden Menschenmenge an.

Offenbar handelte es sich um Arbeiter, die sich in ihrer symbolträchtigen Kluft zu dieser Versammlung eingefunden hatten. Zimmermänner in Latzhosen, den Hammer am Gürtel befestigt, Steinmetze mit Lederschürzen, Automechaniker in Overalls, Chauffeure, die Lederhandschuhe und Doppelreiher trugen, Förster mit langen Handketten-sägen. Es gab sogar eine Gruppe von mehreren Dutzend Minenarbeitern, schwarz vor Kohlenstaub, die Gesichter so dunkel verschmiert, dass die Zähne gelb wirkten und das Weiße im Auge verstörend hervorstach.

Lysander trat noch näher heran, neugierig, eigenartig fas-ziniert von den schwarzen Gesichtern und Händen. Ihm wurde bewusst, dass er zum ersten Mal richtige Minen-arbeiter sah, anders als bisher die Abbildungen in Büchern und Zeitschriften. Sie hörten dem Redner aufmerksam zu, der unaufhörlich über Stellen und Löhne blaffte, über sla-wische Gastarbeiter, die den rechtmäßigen Verdienst der österreichischen Arbeiter unterboten. Während seine An-sprache immer flammender wurde, begannen seine Zuhö-rer zu klatschen und zu johlen. Lysander wurde von einem Mann angerempelt, der sich höflich, ja wortreich bei ihm entschuldigte.

Lysander drehte sich um. »Schon gut«, sagte er.

Der Mann war jung, Anfang zwanzig, er trug einen grauen Filzhut, dem das Band abhandengekommen war, und seine langen dunklen Haare hingen über den Kragen. Sein Bart war schütter und ungepflegt. Trotz des schönen Wetters trug er einen kurzen gelben Umhang mit Gummi-beschichtung. Darunter hatte er kein Hemd, wie Lysander nun sah – ein Landstreicher, ein Geisteskranker. Er dünstete den sauren Geruch der Armut aus.

Bei einem neuerlichen Ausbruch des Redners johlte die Menge laut auf.

»Die haben ja keine Ahnung«, schimpfte der Umhang-träger. »Nichts als leere Worte, heiße Luft.«

»Politiker«, sagte Lysander und verdrehte demonstrativ die Augen. »Alle gleich. Worte sind ja wohlfeil.« Nun fiel ihm auf, dass er allmählich Blicke auf sich zog. Wer war wohl dieser herausgeputzte junge Mann mit der getüpfelten Krawatte, der sich mit dem Irren unterhielt? Zeit zu gehen. Er ließ die Gruppe von Minenarbeitern hinter sich – schwarze Troglodyten, die ihren unterirdischen Höhlen entstiegen waren, um die moderne Metropole zu entdecken. Lysander spürte auf einmal die Idee zu einem Gedicht in sich heranreifen.

Die Bosendorfer-Renz-Galerie lag in einer Seitenstraße des Graben. Lysander verharrte zunächst in einiger Entfernung, um sich zu vergewissern, dass tatsächlich Besucher hineingingen – die Anwesenheit von anderen würde ihm die nötige Sicherheit geben. Mit gezückter Einladung trat er auf die Tür zu, doch offenbar überprüfte niemand die Identität der Gäste, und so steckte er sie wieder ein und folgte einem älteren Ehepaar in Räumlichkeiten, die eher nach Antiquitätenladen als nach Kunstgalerie aussahen. Im kleinen Schaufenster standen ein paar aufwendig geschnitzte Stühle und ein holländisches Stillleben auf einer Staffelei (Äpfel, Trauben und Pfirsiche, dazu die unvermeidliche, effektvoll platzierte Fliege). Hinter dem ersten Raum lockte ein hell erleuchteter Durchgang, aus dem ein zunehmendes Stimmengewirr drang. Lysander holte tief Luft und steuerte darauf zu.

Es war ein großer Saal mit hoher Decke, womöglich eine umgewidmete Lagerhalle, von drei elektrischen Kronleuchtern erhellt. Lang gezogene Trennwände aus Holz, auf kleine Räder montiert, unterteilten den Raum. Es herrschte rege Betriebsamkeit, vierzig bis fünfzig Gäste waren bereits eingetroffen, wie Lysander erfreut zur Kenntnis nahm – er konnte sich in der Menge verlieren. Hoffs Leinwände hingen von einer hohen Bildleiste herab; hier und da waren kleine Skulpturen und Maquetten auf schmale, brusthohe Plinthen verteilt. Er nahm sich vor, einen schnellen Rundgang zu machen, Miss Bull zu grüßen,

Hoff zu gratulieren und nach getaner Pflicht in die Nacht zu entschwinden.

Auf den ersten Blick wirkte Hoffs Werk konventionell und mittelmäßig – Landschaften, Stadtansichten, das eine oder andere Porträt. Bei näherem Hinsehen entdeckte Lysander jedoch die eigenartigen, ausgeklügelten Lichteffekte. Eine Wiese mit Waldhintergrund schien in strahlendes Bogenlicht getaucht, die tiefschwarzen, messerscharf konturierten Schatten verliehen dem an sich banalen Motiv einen düsteren, apokalyptischen Anstrich, sodass man sich unwillkürlich fragte, welches lodernde Himmelslicht das unheimliche Leuchten hervorrief. Eine Sahara-Sonne, die auf ein nordeuropäisches Tal herabbrannte. Auf einem anderen Bild war der Sonnenuntergang so grell dargestellt, dass der Himmel in Verwesung begriffen schien. Bei einer Stadtansicht – *Dorf im Schnee* – fiel Lysander plötzlich auf, dass zwei Häuser weder Türen noch Fenster hatten und die Kirchturmspitze nicht mit einem Kreuz, sondern mit einem kreisrunden O versehen war. Welche Geheimnisse barg dieses harmlose kleine Dorf?

Während Lysander sich im Ausstellungsraum umsah und nach diesen wirkungsvollen Störzeichen Ausschau hielt, stellte er fest, dass Hoffs subtil abweichende, zutiefst beunruhigende Sicht der Dinge ihn immer mehr beeindruckte. Die umfänglichste Arbeit war das lebensgroße Bild einer stark geschminkten Frau, die einen bestickten Kaftan trug und in einem Sessel saß: *Porträt von Fräulein Gustl Cantor-De Castro*. Auf den zweiten Blick zeigte sich, dass ihr Kaftan im Schoß aufgeknöpft war, sodass ihre Scham zum Vorschein kam. Die Pfeilspitze aus dunklem Haar hatte zunächst wie ein Teil des dekorativen Friesmusters auf dem reich bestickten Kaftan ausgesehen. Als Lysander bewusst wurde, was er da in Wirklichkeit betrachtete, war er zunächst aufrichtig schockiert. Der ausdruckslose Blick der hartgesichtigen Frau schien ausschließlich auf ihn gerichtet zu sein, sodass er entweder als Eingeweihter an ihrer Selbstentblößung beteiligt – nur für ihn hatte sie diese Stelle aufgeknöpft – oder bloß ein Voyeur war, auf frischer Tat ertappt.

Er wandte sich ab und sah einen Kellner ein Tablett mit Weingläsern herumreichen. Lysander nahm sich ein Glas – Riesling, eine Spur zu warm – und zog sich in eine Ecke zurück, um die Leute zu beobachten, die offenbar lieber miteinander plauderten, als Udo Hoffs Werke zu würdigen. Er fragte sich, wer von ihnen Hoff war. Die Künstler waren leicht zu erkennen – es gab einen mit rasiertem Schädel, einen ohne Krawatte, auch einen bärtigen Kerl im vollgekleksten Malerkittel, der geradewegs aus seinem Atelier gekommen sein musste. Hanebüchen, sich so offensichtlich von den anderen abzuheben, dachte Lysander, einfach stillos. Von Miss Bull war allerdings weit und breit nichts zu sehen.

Er stellte sein leeres Glas auf einem Tisch ab und setzte seinen Rundgang an den mobilen Raumteilern fort. Was er dort erblickte, ließ ihn jäh, beinah slapstickhaft innehalten. Er hatte eine Trennwand umrundet, die auf einer Seite mit kleinen gerahmten Zeichnungen von Krügen und Flaschen vollgehängt war, um zu erkunden, was sich auf der anderen Seite befand, und stand nun vor der Skizze – der Originalvorlage – eines Theaterplakats: Eine fast nackte Frau, die Hände schützend um ihre Brüste gewölbt, während eine Art Drachen, ein riesiger Schuppenaal, sein derbes Haupt erhob und sie bedrohte – er hatte nur ein einziges, orange glühendes Auge und streckte seine gespaltene Schlangenzunge in Richtung ihrer Lenden aus. Die Beschriftung lautete: *Andromeda und Perseus, eine Oper in vier Akten von Gottlieb Toller*. Also hatte Udo Hoff das anstößige Plakat entworfen, dessen Fetzen Lysander überall in der Stadt hatte hängen sehen ... Damit war schon mal ein Rätsel gelöst. Und es handelte sich um Perseus, nicht um Persephone.

Lysander trat zurück, um sich eine bessere Übersicht zu verschaffen. Das Bild war in der Tat eine unerhörte Provokation. Der schuppige lange Hals und Kopf des Ungeheuers mit dem einsamen eitrigen Auge. Selbst der argloseste Bourgeois musste den Symbolgehalt zwangsläufig erkennen. Und die junge Frau, diese Andromeda, schien –

»Haben Sie die Oper gesehen?« Die Stimme sprach Englisch – mit Manchester-Akzent.

Lysander drehte sich um. Vor ihm stand Dr. Bensimon in Abendgarderobe – Frack und weiße Fliege –, mit frisch gestutztem und getrimmtem Bart. Er gab ihm die Hand. Lysander war seltsam berührt, seinen Arzt hier zu sehen, außerhalb des üblichen Rahmens. Dann fiel ihm ein, dass auch Miss Bull seine Patientin war.

Bensimon erging es offenbar nicht anders. »Hätte nie damit gerechnet, Sie hier anzutreffen, Mr Rief. Als ich Sie sah, traute ich meinen Augen nicht.«

»Miss Bull hat mich eingeladen.«

»Ach. Das erklärt natürlich alles.« Bensimon deutete auf das Plakat. »Die Oper wurde nur drei Mal in Wien aufgeführt – in einem Kabarett namens *Hölle*. Ja, wirklich. Kein anderes Theater wollte es wagen. Und dann wurde die Inszenierung von der Obrigkeit abgesetzt.«

»Abgesetzt? Warum?«

»Wegen grober Unschicklichkeit. Ich für mein Teil hätte sie allein wegen der Musik abgesetzt. Unerträglich kreischende Atonalität. Als spielte Richard Strauss verrückt.« Bensimon lächelte. »Altmodisch bin ich nur in einer Hinsicht – was die Musik angeht. Ich schätze schöne Melodien.«

»Und was war daran so unschicklich?«

»Miss Bull.«

»Hat sie etwa mitgesungen?«

»Nein, das nicht. Aber sie hat die Andromeda gegeben, wenn man so will. Ist Ihnen die Ähnlichkeit auf dem Plakat nicht aufgefallen? Sie kennen den Mythos: Andromeda ist am Meeresufer an einen Felsen gekettet, als Sühneopfer für das Seeungeheuer Ketos. Perseus kommt vorbei, tötet Ketos, befreit Andromeda, heiratet sie und so weiter und so fort. Tja, und die Sopranistin, die Andromeda spielen sollte – ihr Name tut nichts zur Sache –, hätte man leicht für einen Schwergewichtsboxer halten können. Darum verfiel Toller auf die Idee, für die Szene mit dem angreifenden Ungeheuer ein Andromeda-Double einzusetzen – unsere Miss Bull. Dazu gab es ein tatsächlich sehr beeindruckendes Schattenspiel – das Ungeheuer wurde nach orientalischer Art auf die Rückwand projiziert –, es war enorm. Perseus stand vorne auf der Bühne und sang eine nicht enden wollende Tenorarie – gefühlte zwanzig Minuten –, während Andromeda in höchster Gefahr schwebte. Hinter den Kulissen jaulte und schrie die Sopranistin. Eine einzige Kakofonie, anders kann man das nicht nennen.«

»Was war denn so unschicklich an Miss Bulls Verkörperung der Andromeda?«, fragte Lysander neugierig.

»Sie war splitterfasernackt.«

»Oh. Verstehe. Dann ...«

»Nun ja, sie hatte so einen halb durchsichtigen Gazestreifen um. Dennoch blieb der Phantasie nichts überlassen.«

»Ganz schön mutig.«

»An Wagemut fehlt es unserer Miss Bull nicht. Aber Sie können sich den Skandal vorstellen. Das Getöse. Das Theater wurde geschlossen, jedes Plakat in Fetzen gerissen. Dem armen Toller wurde alles Mögliche zur Last gelegt – Sittenlosigkeit, Obszönität, Pornographie. Sie haben ihn jedes erdenklichen Verbrechens bezichtigt.« Bensimon zuckte mit den Schultern. »Und so hat er sich eben umgebracht.«

»Wie bitte?«

»Ja. Er hat sich gleich an Ort und Stelle aufgehängt – in der *Hölle*. Ein höchst dramatischer Abgang. Und traurig, natürlich.«

Beide ließen das Plakat eine Weile stumm auf sich wirken. Die Ähnlichkeit mit Miss Bull war unbestreitbar, wie Lysander nun erkannte, als er nicht mehr Andromedas nackten Körper, sondern ihr Gesicht betrachtete.

»Ich muss jetzt los«, erklärte Bensimon. »Zu einem hochoffiziellen Diner, darum habe ich mich so in Schale geworfen. Dutzende von Ärzten, ich kann mein Glück kaum fassen. Haben Sie Miss Bull schon gesehen?«

»Nein«, sagte Lysander. Sie blickten sich im überfüllten Saal um. Plötzlich sah er sie – ihre zierliche kleine Gestalt. »Da ist sie.« Er zeigte in ihre Richtung.

»Wir sollten ihr Guten Tag sagen«, regte Bensimon an, und sie bahnten sich einen Weg quer durch den Raum.

Miss Bull war von drei Männern umgeben. Lysander stellte fest, dass sie eine kirschrote Pluderhose im Haremstil trug, ein Bolerojäckchen aus schwarzem Satin mit Strassknöpfen sowie einen Kragen mit Krawatte. Ihre Haarmassen hatte sie mit unzähligen Schildpattkämmen locker aufgesteckt. Von ihrer Schulter hing eine kleine bestickte Tasche an einer geflochtenen Kordel, die ihr fast bis zu den Knien reichte. Als sie sich umdrehte, um ihn und Bensimon zu begrüßen, hörte Lysander in Bodennähe ein leises Klimpern und senkte den Blick: An ihre Schuhspitzen waren silberne Glöckchen genäht. Bensimon verabschiedete sich und ging. Miss Bull wandte sich Lysander zu. Diese riesigen braungrünen Augen.

»Wie finden Sie Udos Bilder?«, fragte sie.

»Sie gefallen mir. Sehr. Wirklich.«

Miss Bull starrte ihn eindringlich an, schien aber in ruhiger, stabiler Verfassung zu sein. Vielleicht hatte sie erneut Dr. Bensimons Medizin eingenommen. Das Jäckchen mit

dem Kragen und der Krawatte verlieh ihr etwas Andro-
gynes.

»Das müssen Sie ihm schon selbst mitteilen«, sagte sie
und schritt mit klingelnden Füßen auf einen Mann zu, der
wenige Meter entfernt stand, im Gespräch mit zwei Frauen,
die große Schlapphüte trugen. Sie berührte seinen Ellbogen
und führte ihn zu Lysander.

»Udo Hoff – Mr Lysander Rief.«

Er schüttelte dem Künstler die Hand. Hoff war ein stark
untersetzter, stämmiger Mann in den Dreißigern, kleiner als
Lysander, mit ungeheuer breiter Brust und breitem Kreuz,
rasiertem Schädel und rotbraunem Spitzbart. Er wirkte
übertrieben muskulös, wie ein Zirkus-Kraftmensch, als
könnten seine gespannten Hemdknöpfe jederzeit platzen.
Sein Stiernacken sprengte schier den Kragen.

»Mr Rief lässt sich auch von Dr. Bensimon behandeln«,
erklärte Miss Bull. »So haben wir uns kennengelernt.«

Lysander wünschte, das hätte sie für sich behalten, weil
Hoff ihn nun feindselig von Kopf bis Fuß musterte und sich
ein gewisser Hohn auf seinem Gesicht abzeichnete.

»Aha, die Wiener Kur«, sagte er. »Ist das in London etwa
der letzte Schrei?« Er hatte eine gute englische Aussprache.

»Nein, keineswegs«, wehrte Lysander ab. Der Mann war
offensichtlich darauf aus, ihn zu provozieren. Also würde er
seinen Charme spielen lassen. Sich von seiner angenehmen
und erfreulichen Seite zeigen. Frau K wäre stolz auf ihn.

»Ich bewundere Ihre Arbeit wirklich sehr. Starke Bilder.
Absolut fesselnd.«

Hoff wedelte mit der Hand, als wollte er eine lästige
Fliege verscheuchen.

»Wie gefällt Ihnen unsere Stadt?«, fragte er tonlos.

Lysander überlegte, ob das wohl ein Scherz oder eine
Fangfrage war. Er entschied sich, die Frage ernst zu nehmen.

»Sehr gut. Als ich vorhin auf dem Weg hierher den Ring

entlangging, war ich wieder zutiefst beeindruckt. Die Bauten sind einfach grandios, und das Ganze so großzügig angelegt wie sonst in keiner –«

»Sie mögen den Ring?«, fragte Hoff zweifelnd.

»Und wie. Ich finde ihn –«

»Sie wissen aber, dass diese Gebäude praktisch neu sind? Keines zählt mehr als ein paar Jahrzehnte, wenn überhaupt.«

»Meinen Reiseführer habe ich aufmerksam geles-«

Da bohrte Hoff ihm doch tatsächlich einen Finger in den Arm, mit zerquältem Stirnrunzeln und zirkumflexartig erhobenen Augenbrauen.

»Ich verabscheue den Ring«, sagte Hoff mit leicht bebender Stimme. »Der Ring ist eine groteske Zurschaustellung bourgeoisen Größenwahns. Er ist eine Beleidigung fürs Auge, ein Verstoß gegen Anstand, Ehre und Tradition. Ich kann seinen Anblick nicht ertragen. Neue Bauten, die als altehrwürdige Monumente posieren. Eine Schande. Wir Wiener Künstler sind uns ständig dieser Schande bewusst.« Er stieß Lysander noch einmal an, wie um seinen Worten Nachdruck zu verleihen, und ging weg.

»Du liebe Zeit … tut mir leid«, sagte Lysander zu Miss Bull. »Ich hatte ja keine Ahnung, dass dieses Thema so heikel ist.«

»Es ist nun mal so, das Künstlervölkchen darf dem Ring auf keinen Fall etwas abgewinnen«, erwiderte sie. Mit gesenkter Stimme fügte sie hinzu: »Obwohl ich das durchaus tue.«

»Ja, ich auch. In London haben wir nichts Vergleichbares.«

Sie hob den Kopf, um ihn anzusehen. Eine richtige Kindfrau, dachte Lysander, ich könnte sie ohne Weiteres auf dem Arm tragen.

»Wann kann ich Sie porträtieren?«, fragte Miss Bull. »Sie bleiben doch noch eine Weile in der Stadt?«

»Ich denke schon. Mit Dr. Bensimon lässt es sich recht gut

an – und so bin ich bestimmt noch einen Monat da, mindestens.«

»Dann schauen Sie doch mal nachmittags in meinem Atelier vorbei, damit ich zur Vorbereitung ein paar Skizzen anfertigen kann.« Sie wühlte in ihrem Täschchen herum und kritzelte eine Adresse auf einen Fetzen Papier.

»Es liegt etwas außerhalb. Sie können mit der Bahn nach Ottakring fahren und vom Bahnhof aus laufen. Beim ersten Mal nehmen Sie zur Sicherheit vielleicht lieber einen Fiaker. Wie wäre es mit Montag um vier?«

»Also gut.« Lysander las die Adresse. War das klug? Doch irgendwie reizte es ihn. »Danke.«

Sie legte ihm die Hand auf den Arm. »Wunderbar. Sie haben ein ausgesprochen interessantes Gesicht.« Sie blickte sich um. »Ich sehe mal lieber nach Udo, für den Fall, dass er sich noch mehr aufregt. Bis Montag.« Lächelnd entfernte sie sich, und das Klingeln ihrer Glöckchen ging rasch im allgemeinen Gesprächslärm unter.

13
Autobiographische Untersuchungen

Als Gott den Mann vollbracht
Und die Frau, mit mehr Bedacht,
Blieb noch Staub übrig ohne Behuf
Daraus er den Minenarbeiter erschuf.

Minenarbeiter – Bergmann, der keine Gipfel erklimmt
Minenarbeiter – Bildhauer der Unterwelt
Minenarbeiter – Segler der Erdadern (?)
Minenarbeiter – Jäger/Sammler/Schatzsucher/
  Raubbauer

Mit der ersten Strophe bin ich gar nicht mal so unzufrieden.
Danach weiß ich nicht weiter.

Miss Bull. Ein Bulle von Kerl – Udo Hoff. Bulle Ramm-
bock Stier. Stierkämpfer. Matador. Bolerojäckchen. Weißes
Hemd mit Krawatte. Bulle gegen Bulle.

»Glückliche Menschen sind niemals brillant. Kunst setzt
Reibung voraus.« Von wem war das? So ein Quatsch. Kunst
ist das Streben nach einer Form von Harmonie und Inte-
grität. Ein harmonisches, durch und durch integres Leben
ist demnach künstlerisch wertvoll. Quod erat demons-
trandum.

Traum. Während ich mich rasierte, wurde mein Gesicht im
Spiegel zum Gesicht meines Vaters. Wie geht's dir, Sohn?,

fragte er. Mir geht's gut, Vater, sagte ich. Du fehlst mir. Dann tritt doch durch den Spiegel und komm zu mir, sagte er, na los, mein Junge. Ich berührte den Spiegel und sein Gesicht wurde wieder zu meinem.

Ich weiß noch, dass Blanche und ich uns einmal gestritten haben, weil sie mir eine mit Bleistift verfasste Nachricht hinterlassen hatte. Ich war der Meinung, es zeuge von einem Mangel an Respekt – als würde sie bloß eine Einkaufsliste hinkritzeln, anstatt mir zu schreiben, jemandem, den sie liebte. Das gehörte sich nicht. Sie nannte mich einen dämlichen arroganten Korinthenkacker. Und sie hatte vollkommen recht – manchmal denke ich, dass Pedanterie und Arroganz zu meinen schlimmsten Fehlern zählen. Arroganz vielleicht nicht, aber dieser Hang, sich über Kleinigkeiten aufzuregen, die absolut belanglos sind.

Große Schauspielkunst heißt, dass man in der Lage ist, »Reich mir mal bitte das Salz« zu sagen, ohne sich komisch oder sonderbar oder dämlich oder unheilvoll anzuhören. Große Schauspielkunst heißt, dass man in der Lage ist, »O Grausen, Grausen, Grausen!« zu sagen, ohne sich komisch oder sonderbar oder dämlich oder unheilvoll anzuhören.

Leben ist mehr als Liebe. Und jetzt andersherum. Liebe ist mehr als Leben. Ergibt genauso viel Sinn. Allerdings nicht, wenn man Liebe mit geschlechtlicher Liebe gleichsetzt. Leben ist mehr als geschlechtliche Liebe. Geschlechtliche Liebe ist nicht mehr als das Leben. Stimmt. Hatte Dostojewski nicht etwas Ähnliches gesagt? Man kann nicht zweimal in denselben Fluss steigen, und so kann es auch keinen einzigen einfachen Gedanken geben. Jeder Gedanke, und sei er noch so einfach, kann immer wieder relativiert werden. Ich habe Kopfschmerzen – weil ich mit Wolfram zu viel Schnaps getrunken habe, er hat mich zum Lachen gebracht. Auch der schlichte Kopfschmerz hat eine Geschichte, eine Penumbra, steht im Zusammenhang mit meinem Leben davor und (hoffentlich) meinem Leben danach. Alles ist unfassbar kompliziert. Wirklich alles.

14
Die Fabulierfunktion

Ich habe Ihr Büchlein gelesen«, sagte Lysander und streckte sich auf dem Diwan aus. »Hochinteressant. Ich glaube, ich habe das Prinzip verstanden. Mehr oder weniger.«

»Es geht vor allem darum, die eigene Vorstellungskraft einzusetzen«, antwortete Dr. Bensimon. »Heute werde ich die Vorhänge schließen, wenn Sie nichts dagegen haben.«

Lysander hörte ihn die Vorhänge an allen drei Fenstern zuziehen, und dann wurde das Zimmer dunkel und schummrig, nur noch von der Lampe auf Bensimons Schreibtisch beleuchtet. Als der Arzt zu seinem Stuhl zurückkehrte, huschte sein gewaltiger Schatten über die Wand neben dem Kamin.

Nach allem, was Lysander verstanden hatte, besagte Bensimons Parallelismus-Theorie, dass die Wirklichkeit an sich neutral war – »karg« war sein wiederkehrender Ausdruck. Ohne die Wahrnehmung durch unsere Sinne war die Welt nichts als ein Skelett, armselig, ohne jede Regung. Sobald wir die Augen öffneten, sobald wir anfingen zu riechen, zu hören, zu berühren und zu schmecken, verliehen wir den Knochen Fleisch, entsprechend unserem Charakter und der Wirksamkeit unseres Vorstellungsvermögens. So verwandelt das Individuum »die Welt« – im Geist webt es seine eigene bunte Decke, die es über die neutrale Wirklichkeit breitet. Diese Welt wird von uns jeweils als eine »Fiktion« erschaffen, sie gehört nur uns allein, sie ist einzigartig und man kann sie mit keinem anderen teilen.

»Mir kommt der Gedanke, dass die Welt ›fiktiv‹ sein soll, ein wenig problematisch vor«, sagte Lysander zögerlich.

»Aber das liegt auf der Hand«, entgegnete Bensimon. »Sie wissen doch, wie sich das anfühlt, wenn Sie gut gelaunt aufwachen. Die erste Tasse Kaffee schmeckt besonders köstlich. Und wenn Sie spazieren gehen, nehmen Sie die Farben wahr, die Klänge, Sie genießen den Anblick eines Sonnenstrahls auf einer alten Ziegelmauer. Wenn Sie hingegen lustlos und traurig aufwachen, haben Sie keinen Appetit. Ihre Zigarette schmeckt bitter und kratzt in der Kehle. Unterwegs reizt Sie das Scheppern der Tram, die Passanten sind hässlich und rücksichtslos. Und so weiter. Das Ganze passiert, ohne dass wir einen Gedanken daran verschwenden – und ich versuche, diese Fähigkeit, die wir alle in uns tragen, ins Bewusstsein zu rücken, sie uns vor Augen zu führen.«

»Verstehe.« So betrachtet, fand Lysander das durchaus nachvollziehbar.

Bensimon fuhr fort: »Und so ergänzen wir menschliche Wesen die Welt mit dem, was der französische Philosoph Bergson *la fonction fabulatrice* nennt. Die Fabulierfunktion. Kennen Sie Bergsons Schriften?«

»Äh, nein.«

»Ich habe diesen Gedanken gewissermaßen von ihm übernommen und aufbereitet. Die Welt, unsere Welt, stellt für jeden von uns eine einzigartige Verbindung – Vermischung, Verschmelzung – von individueller Vorstellung und Wirklichkeit dar.«

Lysander schwieg, den Blick auf das Flachrelief über dem Kamin gerichtet, und fragte sich, wie der Parallelismus ihn von seiner Anorgasmie heilen könnte.

Bensimon ergriff wieder das Wort. »Sie kennen doch das alte Sprichwort: ›Die Götter Afrikas sind immer Afrikaner.‹ Das ist die Fiktion, die der afrikanische Geist ersonnen hat –

seine ureigene Verbindung von Vorstellung und Wirklichkeit.«

Das erklärte vielleicht das Flachrelief, dachte Lysander.

»Dieses Beispiel leuchtet mir ein«, sagte er, noch auf der Hut. »Ein afrikanischer Gott kann sicher kein Chinese sein. Aber wie soll man das auf mein spezielles Problem anwenden?«

Lysander hörte, wie Bensimon seinen Stuhl vom Schreibtisch wegzog und am Fußende des Diwans abstellte. Hörte das Leder knarren, als er sich setzte.

»Genau so«, antwortete Bensimon. »Wenn unsere Alltagswelt, unsere alltägliche Wirklichkeit eine selbstgeschaffene Fiktion ist, gilt das auch für unsere Vergangenheit – sie besteht aus lauter fiktiven Begebenheiten, die wir bereits durchlebt haben –, für unsere Erinnerungen. Ich würde Sie nun gern dazu bringen, diese alten Geschichten zu ändern, die Sie mit sich herumschleppen.«

Das überstieg allmählich sein Fassungsvermögen, dachte Lysander.

»Ich werde Sie in eine ganz leichte, ganz seichte Hypnose versetzen. Darum ist das Zimmer verdunkelt. Schließen Sie bitte die Augen.«

Lysander gehorchte.

Bensimons Stimme wurde tiefer, er verfiel in eine eigenartig monotone Sprechweise. Er artikulierte sehr langsam und deutlich.

»Entspannen Sie sich. Versuchen Sie, sich voll und ganz zu entspannen. Sie liegen still und regungslos da. Das Gefühl von Entspannung spüren Sie zunächst in Ihren Füßen. Langsam steigt es Ihre Beine hinauf. Sie spüren es in den Waden. Jetzt hat es Ihre Knie erreicht ... Ihre Oberschenkel ... Atmen Sie so langsam wie möglich. Ein – aus. Ein – aus. Es steigt immer höher hinauf, jetzt ist es in Ihrer Brust, breitet sich in Ihrem ganzen Körper aus. Sie sind vollkommen entspannt.«

Lysander wurde von einer Art Schwindel erfasst. Er war zwar bei vollem Bewusstsein, hatte aber das Gefühl, so gut wie gelähmt zu sein, als könnte er keinen Finger rühren, und ein paar Zentimeter über der Diwandecke zu schweben. Bensimon fing an, mit seiner tiefen, monotonen Stimme rückwärts zu zählen.

»Zwanzig, neunzehn, achtzehn … Sie sind vollkommen entspannt … fünfzehn, vierzehn, dreizehn …«

Nun fühlte sich Lysander von Müdigkeit übermannt, seine Augen waren fest geschlossen, Bensimons Stimme klang merkwürdig entfernt und gedämpft, während er bis null zählte.

»Denken Sie an diesen Tag zurück«, fuhr Bensimon fort. »Sie sind noch ein Junge, vierzehn Jahre alt. Sie tragen Ihr Buch bei sich, ›Der Lockenraub‹. Sie laufen durch den umfriedeten Garten. Sie grüßen die Gärtner. Sie steigen über den Zauntritt in den Wald. Es ist ein herrlich sonniger Tag, warm und lind, die Vögel singen. Sie gehen in den Wald und setzen sich am Fuß einer uralten Eiche. Sie fangen an zu lesen. Die Sonne wärmt Sie. Sie nicken ein. Bald schlafen Sie. Sie schlafen zwei Stunden lang, Sie kommen zu spät zum Tee. Sie wachen auf. Sie nehmen das Buch und gehen zum Haus zurück, wo Ihre Mutter auf Sie wartet. Sie entschuldigen sich für die Verspätung, und dann gehen Sie beide ins Wohnzimmer, um Tee zu trinken …«

»Öffnen Sie die Augen.« Bensimon klatschte einmal kurz. Zweimal.

Lysander reagierte sofort, auf einmal war er angespannt, hatte für einen Augenblick vergessen, wo er sich befand. Er war eingeschlafen. Hatte er etwas Entscheidendes verpasst? Bensimon zog die Vorhänge auf, und das Zimmer wurde wieder von Tageslicht erfüllt.

»Bin ich eingeschlafen? Tut mir leid, wenn ich –«

»Nur ein paar Sekunden. Das ist ganz natürlich. Sie werden sich an alles erinnern, was ich gesagt habe.«

»Ich weiß noch, dass ich mich entschuldigt habe, weil ich zu spät zum Tee erschienen bin.«

»Richtig.« Bensimon kam auf ihn zu. »Sie waren nicht in Trance. Sie haben sich nur in eine Parallelwelt hineinversetzt. Eine Welt, in der Sie an einem sonnigen Nachmittag im Wald eingeschlafen, wieder aufgewacht und zum Tee nach Hause gegangen sind. Konzentrieren Sie sich auf diesen Tag in Ihrer Parallelwelt. Statten Sie ihn mit Details aus und konzentrieren Sie sich auf die Gefühle, die der Tag ausgelöst hat. Nutzen Sie Ihre *fonction fabulatrice*. In dieser Parallelwelt ist gar nichts vorgefallen. Vorstellung und Wirklichkeit verschmelzen zur Fiktion, die uns am Leben erhält. Jetzt haben Sie eine Alternative.«

Lysander bestellte sich einen Cognac im Café Central. Er dachte über das nach, was in der Sitzung passiert war, und befolgte Bensimons Anweisung, sich den Details der von ihm geschaffenen Parallelwelt zu widmen – des sonnigen Tages, an dem nichts vorgefallen war, abgesehen davon, dass er über seinem Buch eingeschlafen war, als er in Claverleigh Wood unter einer Eiche lag. Ja, er konnte sich selbst beim Aufwachen zusehen, wie er sich die Augen rieb, sich leicht steifbeinig und schwankend aufrichtete, sein Buch aufhob und nach Hause ging. Über den Zauntritt, durch den umfriedeten Garten – die Gärtner waren alle fort – und durch eine Seitentür ins Gutshaus hinein, wie er die Stufen zum grünen Salon hinaufpolterte, wo seine Mutter wartete und der runde Tisch zum Tee gedeckt war. Er dachte – ja, sie hat nach frischem heißem Wasser geläutet, um die Kanne zu wärmen, weil ich mich verspätet habe und der Tee kalt geworden ist. Für mich gibt es gebutterte Toastdreiecke mit Erdbeerkonfitüre und eine Scheibe Kümmelkuchen, mein Lieblingsgebäck. Ich setze mich und wische mir einen Grashalm von der Hose. Meine Mutter nimmt die silberne Teekanne – nein, es ist die hellgrüne Porzellankanne mit dem Efeurankenmuster und dem angeschlagenen Deckel – und fragt, während sie mir eine Tasse Tee einschenkt: »Wie kommst du mit der Lektüre voran, mein Schatz?«

Lysander wollte das Cognacglas an die Lippen führen und hielt mitten in der Bewegung inne. Es war so echt. Vollkommen echt und in seiner Sicht vollkommen wahr. Er hatte sich ganz bewusst in eine Parallelwelt versetzt und seine Vorstellungskraft zur Anwendung gebracht. Erstaunlich. Seine Mutter trug ... Was? Einen orangeroten Hausmantel mit Fledermausärmeln. Einen Jade-Armreif, der klirrend an ihre Tasse stieß. Stevens, der Lakai, räumte das Tablett ab. Es war so leicht. Wie hieß das noch? Seine *fonction fabulatrice*. Er hatte eine vertraute Welt erschaffen und einen Tag ohne Widrigkeiten gestaltet. Er verspürte reines Glück ... Vielleicht sollte er mehr von diesem Bergson lesen. Er nippte an seinem Cognac, genoss die Wärme, die seine Kehle hinunterrann, die samtige, rauchige Süße, und lächelte vor sich hin.

15

Das Atelier in Ottakring

Am Morgen fand Lysander einen Brief von Blanche vor.
Als er ihn aufriss, stieg ihm flüchtig ein Resthauch von
Rosenwasser in die Nase, ihrem bevorzugten Parfum. Vier
Seiten lila Briefpapier, dicht beschrieben mit ihrer großen,
zackigen Klaue.

Mein Allerliebster,
»June in Flammen« wird ein Riesenerfolg – ich habe im
Gefühl, dass es über Monate laufen wird. Wann kommst
Du nach Hause? Fühlst Du Dich jetzt wohler in Deiner
Haut? Dein kleines Kätzchen möchte sich wieder in Dei-
nen Schoß kuscheln. Ich habe eine Rolle in einem »Strei-
fen« ergattert – ist das nicht unglaublich? Dafür gibt es
richtig gutes Geld. Du musst unbedingt Probeaufnahmen
machen, wenn Du wieder da bist. Es ist kinderleicht –
man braucht keinen Text zu lernen! Du hast genau das
passende Gesicht dafür, außerdem ist das spaßig und
macht nicht die geringste Mühe, gemessen an dem, was
wir Abend für Abend auf der Bühne leisten –

Lysander legte den Brief weg, er würde ihn später zu Ende
lesen. Es ärgerte ihn, dass Blanche auf keine einzige seiner
Fragen eingegangen war. Briefe waren doch dazu da, eine Art
Zwiegespräch zu führen, sich gegenseitig auszutauschen –
für Blanche schien es sich aber um eine Art Einbahnstraße
zu handeln, sie gab einfach ihre Gefühle zum Besten und
erzählte von sich, ohne im Geringsten zu berücksichtigen,

was er ihr mitgeteilt hatte. Wenn er Blanche schrieb, hatte er stets ihren jüngsten Brief parat. Eine Korrespondenz lebte vom Dialog, Monologe – und seien sie noch so lebhaft und persönlich – waren nicht gerade interessant.

Seine etwas gereizte Stimmung hielt an, als er zur Stadt-bahnhaltestelle lief und eine Rückfahrkarte nach Ottak-ring löste. Während der kleine Zug seinem Ziel auf einer Zweigstrecke entgegentuckerte, sah Lysander auf Wiens westliche Vororte hinaus. Auf einmal hatte er keine Lust mehr, Miss Bull Modell zu stehen und sich von ihr zeichnen zu lassen – warum hatte er sich nur darauf eingelassen? Miss Bull war allerdings hartnäckig, man konnte ihr schwer wi-derstehen – so viel war ihm bereits klar geworden.

In Ottakring zeigte er einem Fiaker die Adresse des Ate-liers und stieg in die Kutsche. Sie klapperten weiter nach Westen, an Schrebergärten, Apfelplantagen und einem großen Friedhof mit Staketenzaun vorbei, bevor sie in einen schlammigen Feldweg einbogen. Der Fiaker hielt vor einem leuchtend scharlachrot gestrichenen Tor, Lysan-der stieg aus und entrichtete das bescheidene Fahrgeld. Er dachte bereits an die Heimreise: Vom Bahnhof aus war das natürlich kein Problem gewesen, aber wie sollte er dorthin zurückkehren? Er würde eine Stunde bleiben – keine Se-kunde länger.

Vom Tor aus führte ein Ziegelpfad zu einer alten Stein-scheune am Rand einer baumbestandenen Weide, auf der zwei Shirepferde grasten. Der Scheuneneingang war von Blumentöpfen mit bunten Zinnien und Margeriten umstellt. Lysander drückte das Tor auf und löste damit eine laute Messingglocke aus, die an einer geschwungenen Metall-stange montiert war. Miss Bull tauchte fast umgehend im Türrahmen auf und schüttelte ihm die Hand. Sie trug einen knielangen Leinenkittel, der mit Ton- und Gipsspritzern übersät war.

»Sie sind es ja tatsächlich, Mr Lysander Rief. Ich kann es gar nicht glauben!«, rief sie und führte ihn in das Atelier.

Die alte Scheune war zu einer geräumigen, fenster- und deckenlosen Bildhauerwerkstatt umgebaut worden. Man hatte einen großen Teil des Ziegeldachs durch Glasscheiben ersetzt. In einer Ecke stand ein großer, breiter Gusseisenofen mit einem hohen, schmalen Rauchrohr, das mehrfach gewinkelt bis zum Dach reichte. Tapeziertische reihten sich an einer Wand entlang, bedeckt mit Brettern und Töpfen und Holzblöcken von unterschiedlicher Größe. An einem Ende stapelten sich Innengerüste aus gebogenem Draht. In einer anderen Ecke befand sich eine Sitzgruppe – vier Rohrsessel um einen niedrigen Tisch mit bunter Decke und einem Krug Anemonen. Mitten im Raum stand auf einem hohen Drehbock die grobe, etwa neunzig Zentimeter große Tonskulptur eines kauernden Minotaurus – ein stumpfer Rinderkopf mit stummelartigen Hörnern, der einem massigen, muskulösen Leib aufgesetzt war. Daneben stand ein Podest, mit einem eigens zugeschnittenen Teppichstück ausgelegt. Lysander sah sich um.

»Wunderbares Licht«, sagte er im Glauben, dies sei die passende Bemerkung beim Betreten eines Künstlerateliers.

Als Miss Bull ihren Kittel ablegte, kamen eine cremeweiße Muselinbluse und ein wadenlanger schwarzer Sergerock zum Vorschein. An den Füßen trug sie Holzschuhe. Ihre zerzausten dunklen Haare waren nachlässig hochgesteckt, mit etlichen langen losen Strähnen. Nirgends waren Gemälde zu sehen.

»Arbeitet Hoff auch hier?«, fragte Lysander.

»O nein. Wir wohnen auf der anderen Seite des Feldes, einen knappen Kilometer entfernt. Udos Familiensitz. Wir haben versucht, zu zweit in seinem Atelier zu arbeiten, aber das war eine Katastrophe – wir haben uns nur gestritten. Darum habe ich diese alte Scheune gemietet und halbwegs

instandgesetzt.« Sie deutete nach oben. »So habe ich vernünftiges Licht.« Dann zeigte sie auf eine Tür am hinteren
Ende. »Dort ist ein Schlafzimmer, falls ich mich zwischendurch mal hinlegen möchte, außerdem noch eine kleine
Küche. Der Donnerbalken ist draußen hinterm Haus.«

»Sehr hübsch.« Er korrigierte sich: »Perfekt.«

»Trinken Sie einen Madeira mit.« Sie ging zu den Tape-
ziertischen und schenkte den Wein in zwei kleine Becher-
gläser ein. Lysander folgte ihr, und sie stießen miteinander
an, ehe sie tranken. Eigentlich mochte er keinen Likörwein
– Sherry, Porto und dergleichen – und spürte über einem
Auge sofort die ersten Anzeichen leichter Kopfschmerzen.

»Beeindruckend.« Er wies auf den kauernden Minotaurus.

»Ich werde ihn in Bronze gießen«, sagte Miss Bull. »Falls
ich es mir leisten kann. Dafür hat Udo Modell gestanden –
nie wieder. Dieses ewige Gejammer. Während ich ständig
nackt für ihn posiere. Das ist einfach ungerecht.« Sie stellte
ihr Glas ab und nahm einen großen Skizzenblock sowie ein
Stück Zeichenkohle in die Hand. »Also, was meinen Sie –
wollen wir mit der Arbeit anfangen?«

»Soll ich mich auf das Podest stellen?«

»Ja. Aber Sie müssen sich erst ausziehen.«

Lysander lächelte reflexartig, er hielt das für einen von
Miss Bulls typischen zweideutigen Scherzen.

»Ausziehen?«, sagte er. »Sehr witzig.«

»Meine Skulpturen handeln von nackten Körpern. Es
hätte also keinen Sinn, Sie in Ihren Kleidern zu zeichnen.«
Lächelnd zeigte sie auf die Tür am hinteren Ende des großen
Raums. »Sie können sich dort ausziehen.«

»Gut. Schön.«

Das Schlafzimmer war klein und schlicht mit weiß
getünchten Wänden und einem rauen Dielenboden, auf dem
ein Flickenteppich lag. Es gab ein schmales Eisenbett mit
einer braunen Decke und eine Kommode mit einem einfa-

chen Waschkrug samt Schüssel. Auf dem Brett des kleinen Fensters, das auf einen unkrautüberwucherten Gemüsegarten hinausblickte, stand ein Einmachglas mit getrockneten Gräsern, das einzig Persönliche in diesem Raum.

Lysander blieb unschlüssig in der Mitte stehen. Was wurde hier eigentlich gespielt? Kurz überlegte er, ob er nicht einfach die Tür öffnen, hinaustreten und Miss Bull mitteilen sollte, er könne ihrem Wunsch nicht entsprechen und müsse nun dringend gehen. Er wusste jedoch, dass Miss Bull ihn dafür verachten würde. Und er wollte nicht, dass sie ihn für einen Schnösel oder verklemmten Wichtigtuer hielt. Er schob seine Zweifel beiseite und begann, sich auszuziehen.

Als er nur noch in Strümpfen und Unterhose dastand, verursachte ihm die Kühnheit seines Unterfangens ein gewisses Prickeln. Er warf einen Blick auf seine Sachen, die ordentlich auf dem Bett abgelegt waren. Letzte Chance. Er streifte seine Strümpfe ab und zupfte an der Bundschleife. Kaum war die Unterhose gefallen, wurde ihm im Lendenbereich kalt. Neben der Kommode hing ein Handtuch, das band er sich um die Hüfte und kehrte ins Atelier zurück. Miss Bull saß in einem Rohrsessel, den sie näher an das Podest herangeschoben hatte. Sie streckte ihm etwas entgegen, das wie eine kleine Lederschleuder aussah.

»Ist mir eben erst eingefallen. Vielleicht hätten Sie lieber ein *Cachesexe*? Mir ist es egal.«

»Aber nein. *Au naturel* – macht für mich keinen Unterschied.«

Er stieg auf das Podest, spürte den kratzigen Teppich unter seinen Fußsohlen und merkte, dass ihm das Herz auf einmal bis zum Hals schlug.

»Ich wäre dann so weit«, sagte Miss Bull ruhig.

Er ließ das Handtuch fallen und richtete den Blick auf das rußige Rohr, das ihm gegenüber aus dem Ofen ragte, dann hörte er nur noch das hurtige Kratzen der Zeichenkohle auf Miss Bulls Skizzenblock. Er straffte die Schultern und nahm sich erneut vor, sich endlich zu entspannen. Er war zwar nicht besonders groß, aber er wusste, dass er dank seiner schmalen Hüften und breiten Schultern eine gute Figur hatte – jedenfalls überhäufte ihn sein Schneider stets mit Komplimenten. »Das klassische männliche Schönheitsideal, Mr Rief. Sie sollten mal meine anderen Kunden sehen. Ein Bild des Jammers!«

»Könnten Sie sich ganz leicht nach links drehen? Wunderbar.«

Lysander drehte sich und versuchte, sich als griechischen Olympioniken zu sehen, als Diskuswerfer oder Speerschleuderer, der entkleidet zu den Spielen antrat. Wozu machte man überhaupt so viel Aufhebens vom nackten menschlichen Körper? Allein im Bereich der Kunst war er im Übermaß vertreten – man denke nur an die Akte, die seit jeher gemalt wurden, die unbekleideten Statuen in öffentlichen Parks, Michelangelos David, die unzähligen Venusbilder und Götter und Gladiatoren mit entblößtem Hintern. Er atmete tief ein und ließ seine Finger leicht über die Oberschenkel streifen. Entspann dich, entspann dich, entspann dich.

»Könnten Sie die Hände in die Hüften stemmen?«

Das tat er und kniff dabei unwillkürlich die Pobacken zusammen, plötzlich von der Vorstellung ernüchtert, dass Udo Hoff sein Atelier verlassen und das Feld durchqueren könnte, um bei seiner Geliebten nach dem Rechten zu sehen … Daran darfst du gar nicht denken. Lass dir eine Parallelwelt einfallen, deine Parallelwelt … Er blendete sämtliche Gedanken aus.

Er hörte die Sesselbeine kurz über den Boden schleifen und das Klappern von Miss Bulls Holzschuhen – sie ging weg und kam wieder.

»Wollen wir eine Pause machen?«, fragte sie. »Sie haben sich ein weiteres Glas Madeira verdient.«

Nun konnte er sie ansehen. Da stand sie und reichte ihm lächelnd das Glas. Er bückte sich nach dem Handtuch, hielt es sich locker vor und stieg vom Podest, um ihr das Glas abzunehmen. Erst dann fiel ihm auf, dass er sich das Handtuch nicht umbinden konnte, weil er keine Hand mehr frei hatte – ach, was soll's, dachte er. Er genoss die Situation – sie hätten ebenso gut am Tresen eines Cafés stehen und miteinander plaudern können. Miss Bull wirkte völlig gelassen. Für sie war es natürlich nur eine von vielen Aktklassen.

»Sie haben schön stillgehalten.«

»Danke.«

»Als wäre es nicht das erste Mal.«

»Ist es aber. Definitiv.« Er nahm einen großen Schluck Madeira und dann gleich den nächsten – zu süß für seinen Geschmack, aber er brauchte jetzt eine kleine Stärkung.

»Möchten Sie sehen, was ich gemacht habe?« Miss Bull hielt ihm mit einem eigentümlichen Lächeln den Skizzenblock hin. Es kam ihm so absurd wie selbstverständlich vor, dass er sich nackt in diesem Raum befand, mit nichts als einem Handtuch, um »seine Blöße zu bedecken«, wie es so schön hieß, keinen Meter entfernt von einer jungen Frau, die mit Muselinbluse, Sergerock und Holzschuhen vollständig bekleidet war. Sie nahm ihm das Glas ab und drückte ihm den Block in die Hand.

Lysander betrachtete die Zeichnung. Sehr plastisch und detailliert, sie hatte die Kohle mit den Fingerspitzen verrieben, um Schattierungen zu erzeugen. Eine kraftvolle, sichere Hand, eine hervorragende Zeichnerin. Es schnürte ihm die Kehle zu, und ein Schauer lief ihm über den Rücken.

Er räusperte sich. »Wie würden Sie das bezeichnen? Als ›Männliche Genitalstudie‹?«

»Ihre Vorhaut ist ziemlich kurz, ist mir aufgefallen«, sagte sie in vertraulich leisem Ton. »Zunächst dachte ich, Sie sind beschnitten, wie Udo.« Sie tat einen Schritt auf ihn zu. »Doch bei näherem Hinsehen habe ich festgestellt, dass Sie das nicht sind.«

»Nein, ich bin nicht beschnitten«, brachte er mühsam hervor, während sich eine Wärmewelle über seine Brust ausbreitete – erst jetzt zeigte der Madeira Wirkung. Sein Penis regte sich und schwoll an, als reagierte er bewusst auf den Umstand, dass von ihm die Rede war.

Miss Bull senkte den Blick unterhalb seiner Gürtellinie und schob das herabhängende Handtuch beiseite.

»Wenn überhaupt, würde ich *das* als männliche Genitalstudie bezeichnen«, sagte sie. Mit der freien Hand fuhr sie ihm sanft über den Rücken, was ihn erschauern ließ. Ihre Fingerspitzen strichen über seinen Hintern.

»Wollen wir ins Bett gehen?«, fragte sie, an ihn gelehnt, mit lächelnd erhobenem Kopf, die großen braungrünen Augen von Lachen erfüllt.

16
Ein teuflischer Plan

Dr. Bensimon sah Lysander zweifelnd an.

»Nun, das erscheint mir mehr als außergewöhnlich.«

»Ich weiß«, räumte Lysander ein und schüttelte den Kopf, nicht minder ratlos.

»Und alles hat funktioniert?«

»Völlig problemlos. Ganz normal. Ich habe es sogar wiederholt – nur um mir zu beweisen, dass das kein bloßer Zufall war.«

»Zwei Mal?«

»Binnen vierzig Minuten, so in etwa.«

Lysander dachte daran zurück – zwei Tage nach dem Ereignis war er immer noch verwirrt und verwundert. Sie waren in die kleine Schlafkammer gegangen und wurden dann von einem Strudel erfasst, seine Kleider wirbelten von der Wolldecke hinunter, Miss Bull riss sich Bluse, Rock, Mieder, Unterrock und Schlüpfer vom Leib, dann fanden sie sich im Eisenbett wieder, ihr schmaler, kleiner, straffer Körper wand sich in seinen Armen, seine Erregung wurde heftiger und fordernder. Gewisse Details prägten sich ihm auf Anhieb ein – ihre dunklen Haare, die sich auf dem Kissen ausbreiteten, ihre unerwartet prallen Brüste mit den kleinen kreisrunden Warzen, ihre kohleverschmierten Fingerspitzen –, danach schien er jedoch in eine Art sexuelle Trance geraten zu sein, in der alles andere verschwamm, während er sich auf das Wesentliche konzentrierte. Und als er schließlich zum Höhepunkt kam und sich entlud, war er derart überrascht, dass er »Mein Gott!« brüllte, von Lust und Erstaunen überwältigt, und sie ihn fragte, ob mit ihm alles in Ordnung sei.

Sie lösten sich voneinander und fielen zurück, Lysander vergrub den Kopf in das dünne Kissen, ihm kamen die Tränen, als Hettie – von nun an Hettie, nicht mehr Miss Bull – die Madeiraflasche und die Gläser holen ging. Sie tranken, sie streichelten einander, sie unterhielten sich.

»Das war doch alles bloß ein teuflischer Plan, nicht wahr?«, klagte er sie an.

»Ja. Das gebe ich zu – ich gestehe. Schon vom ersten Tag an, als wir uns in Dr. Bensimons Praxis begegnet sind. Ich war damals völlig außer mir, weißt du noch?«

»Ja.«

»Und trotzdem bist du mir danach nicht mehr aus dem Kopf gegangen, warum auch immer. Vielleicht, weil du mich anstandslos vorgelassen hast und so verständnisvoll warst. Du warst nicht unangenehm, sondern nett. Und hübsch dazu.«

»Und dann hast du hin und her überlegt und schließlich diese teuflische List ausgeheckt.«

»Wobei ich mir nicht sicher war, dass es funktionieren würde. Du hättest ja auch empört reagieren und Reißaus nehmen können. Aber dann dachte ich mir, da du Schauspieler –«

»Woher wusstest du, dass ich Schauspieler bin?«

»Ich habe Dr. Bensimon danach gefragt … Und so dachte ich mir, als Schauspieler bist du dieser Herausforderung vielleicht gewachsen und wirst schon deinen Mann stehen.«

»Jegliches Wortspiel wäre rein zufällig.«

»Jetzt darf ich dich doch Lysander nennen?« Sie küsste ihn aufs Kinn und ließ die Hand nach unten gleiten.

»Das scheint mir zwingend geboten.«

Und dann schliefen sie wieder miteinander, und Lysander erlebte seinen zweiten Orgasmus, der ihm sogar noch mehr Lust verschaffte als der erste, weil er sich im Vorfeld abzeichnete und sein Bewusstsein ausreichend Gelegenheit gehabt hatte, sich einzuschalten. Wie durch ein Wunder gelangte er unaufhaltsam zu einem zweiten Höhepunkt, den er in vollen Zügen auskostete.

Dr. Bensimon klopfte mit seinem Füller auf den Löschpapierblock und dachte angestrengt nach.

»Wer war Ihre Partnerin? Eine Prostituierte?«

»Äh ... Nein.«

»Entsprach sie Ihren sexuellen Vorlieben, war sie gewissermaßen Ihr ›Typ‹?«

»Eigentlich nicht ... Sie war gar nicht mein Typ.«

»Faszinierend. Haben Sie dafür eine Erklärung?«

Lysander überlegte. »Nein. Oder vielleicht doch. Vielleicht habe ich es Ihnen zu verdanken – unseren vielen Gesprächen. Vielleicht lag es am Parallelismus ...«

17
Autobiographische Untersuchungen

Hettie Bull – wer hätte das gedacht? Aber wie soll ich es erklären? Wie soll ich die Wirkung, die sie auf mich ausübt, begreifen und in Worte fassen? Jetzt wird mir klar, dass ich mich auf Anhieb zu ihr hingezogen fühlte, gegen jede Logik – jedenfalls gegen meine emotionale Logik, ich kenne doch meinen Hang zu diesen hoch aufgeschossenen Mädchen und Frauen mit langem Hals und dünnen Handgelenken – hoch aufgeschossenen Frauen wie Blanche. Woher stammen solche Vorlieben eigentlich, wie kommen sie zustande? Warum finden manche eher Gefallen an dunklen denn an blonden Haaren? Oder mögen runde Frauen lieber als schlanke? Wie muss ein Gesicht beschaffen sein – Augenbrauen im Verhältnis zur Nase, Stirnhöhe, mehr oder weniger volle Lippen, die veränderliche Geometrie eines Lächelns –, das insbesondere mich anspricht und keinen anderen? Hängt das mit irgendeiner atavistischen Vorstellung vom idealen Paarungspartner zusammen – »das ist sie, das ist die Richtige« –, verdrängt unsere urtümliche *sexuelle* Natur den rationalen zivilisierten Geist und führt uns dadurch in die Irre?

Hettie Bull. Ich frage mich, ob das der Auslöser war, der Kontrast des biederen soliden Namens – Tochter von John Bull, Englands Symbolfigur – und der olivhäutigen, großäugigen, unheimlichen, psychisch labilen Erscheinung. Hat je ein Mensch einen unpassenderen Namen getragen? So viele Fragen. Doch muss ich hier Zeugnis ablegen über ihren schmalen, nackten Körper, der sich als derart wirksamer

Katalysator erwiesen hat – so klein und geschmeidig, so begeisterungsfähig ... vielleicht ist das der Schlüssel? Sie ist so dreist und unerschrocken. Wenn ein Mann sich begehrt weiß – so begehrt, dass man ihm eine ausgeklügelte Falle stellt, von solcher Hinterlist, dass er sich aus freien Stücken auszieht und nackt vor die Frau stellt, die ihm nachjagt ... Eine spürbare sinnliche Präsenz, dazu offenkundiges Begehren und völlige Schamlosigkeit sowie eine ideale Gelegenheit. Es war einfach unwiderstehlich.

Wurde ich von Hettie Bull geheilt? Kann ich jetzt nach London zurückfahren und Blanche endlich mit sexuellem Selbstvertrauen beglücken? Sie wird mich in ihr Bett locken, das weiß ich, sie hat es mir praktisch schon angekündigt. Warum fahre ich also nicht einfach nach Hause?

Sei ehrlich. Hettie Bull hat dich irgendwie verhext. Du bist von ihr restlos bezaubert und willst sie wiedersehen, du musst sie wiedersehen, du kannst es kaum erwarten, sie wiederzusehen ... Es gibt aber zwei Dinge, die an mir nagen: das Gefühl, dass meine Beziehung zu Hettie Bull mich in Schwierigkeiten bringen wird – egal, in welche Richtung sie sich entwickelt, und die Tatsache, dass mein Verrat an Blanche umso schwerer wiegt, je stärker ich mich auf Hettie einlasse.

Als ich am späten Nachmittag heimkehrte – der kleine Zug hatte mich durch die allmählich heraufziehende Dämmerung nach Wien zurückgefahren –, ging ich gleich in mein Zimmer, schloss die Tür ab und zog mich komplett aus. Mein Körper war von rußigen Fingerabdrücken gezeichnet, zarten Blutergüssen gleich, die sich dicht an dicht drängten, Kohlenstaub, der ihr von den Fingerspitzen gerieselt war, als ihre Hände mich von oben bis unten erkundeten. Ich wusch sie mit einem feuchten Lappen ab und legte frische Kleidung an. Die Spuren ihrer Finger ließen sich leicht entfernen, doch während ich hier sitze und das alles aufschreibe, blitzen vor meinem inneren Auge verführerische Ansichten ihres Körpers auf, lebhafte Erinnerungen an die Zeit, die wir miteinander verbracht haben. Ihre Brüste, die mir vor der Nase pendelten, als sie nach ihrem Madeiraglas griff. Die Art und Weise, wie sie mich beobachtete, als ich mich wieder anzog, und sie nackt zwischen dem zerwühlten Bettzeug liegen blieb, den Kopf auf eine Hand gestützt. Und wie sie dann, als ich ging, aus dem Bett schlüpfte und den Nachttopf darunter hervorholte. Ich blieb auf der Schwelle stehen und sah ihr zu, während sie über dem Topf hockte, bis sie mich lachend aus dem Zimmer scheuchte. Ich glaube, ich stecke in Schwierigkeiten. Ich weiß, dass ich in Schwierigkeiten stecke. Aber was soll ich tun?

18

Mentale Erregung

Lysander erkannte nach und nach, dass Dr. Bensimons Fragen einem bestimmten Muster folgten, er ahnte, in welche Richtung er so behutsam geführt wurde.

»Wie war Ihre Mutter angezogen, als Sie an jenem Tag nach Hause kamen?«

»Sie trug ein Teekleid, eins ihrer liebsten – aus Satin, kupferfarben, mit viel Spitzen- und Schleifenverzierung am Kragen.«

»Erinnern Sie sich an weitere Details?«

»Ärmel und Saum waren mit Zobel verbrämt, das Oberteil war mit unzähligen Perlen besetzt.«

Bensimon warf einen Blick auf seine Notizen.

»Sie haben Buttertoast mit Erdbeerkonfitüre gegessen.«

»Und Kümmelkuchen.«

»Gab es noch andere Konfitüren oder pikante Brotaufstriche?«

»Es gab Sardellenpaste – und Honig. Meine Mutter nimmt immer Honig zum Frühstück und zum Tee.«

»Beschreiben Sie mir den Raum.«

»Wir nennen ihn den Grünen Salon, er befindet sich im ersten Stock neben dem westlichen Treppenhaus. Die Wände sind leuchtend smaragdgrün lackiert. An einer Wand hängen etwa dreißig Miniaturen – Bilder vom Gutshaus und den Ländereien; ich glaube, eine von Lord Faulkners Tanten hat sie gemalt. Durchaus gekonnt, die Rahmen tragen allerdings erheblich zur Wirkung bei, wenn Sie verstehen, was ich meine. Der Raum ist klein, aber komfortabel – der

Hauptsalon mit Blick auf den Südrasen ist sehr weitläufig –, er bietet ausreichend Platz für vierzig Personen.«

»Sie sind also instinktiv in den grünen Salon gegangen?«

»Den Tee haben wir immer dort eingenommen.«

»Wie sieht der Boden aus?«

»Ein klassischer Parkettboden mit einem sehr schönen Teppich – einem Shiraz.«

Langsam, aber sicher brachten die Fragen immer mehr präzise Details ans Licht. Lysander erlebte, wie dieser Pa-Paralleltag, an dem nichts vorgefallen war, sich stufenweise konkretisierte, zur greifbaren Wirklichkeit wurde, die den ursprünglichen katastrophalen Tag mit seinem Ratten-schwanz an diffusen Erinnerungen in den Schatten stellte. Der verhängnisvolle Nachmittag verblasste allmählich und verschwand hinter der wachsenden Sammlung von Fakten und Einzelheiten aus der neuen Parallelwelt. Im Lauf der Sitzungen stellte er fest, dass er diese neue Welt viel besser heraufbeschwören konnte als die alte; die fiktiven Erinne-rungen nahmen, von seiner *fonction fabulatrice* angetrieben, Gestalt an, übertrumpften die quälenden Urbilder, ließen sie derart verschwimmen und undeutlich werden, dass er sich mit der Zeit fragte, ob sie nicht bloß vage Reminiszen-zen an einen Albtraum waren.

Bald positionierte er seine Mutter nach der Teestunde am Klavier – einem Stutzflügel – und brachte sie dazu, mit ih-rem klangvollen Mezzosopran ein Schubertlied zu singen. Von der Musik angelockt, gesellte sich Lord Faulkner zu ih-nen und rauchte eine Zigarre; vom Rauch musste Lysander niesen. Lord Faulkner bestellte eine frische Kanne Tee, und zwar Assam, seine Lieblingssorte. Die Tatsache, dass es sich dabei um das Ergebnis einer autosuggestiven Übung han-delte, entwertete diese »Erinnerungen« nicht im Gerings-ten, wie Lysander erkannte. Durch einen reinen Willensakt, Ausdauer und Genauigkeit hatte er seine Parallelwelt so weit gedeihen lassen, dass sie sein Gedächtnis beherrschte, genau, wie Bensimon vorhergesagt hatte, und das häusliche Wohlbehagen an diesem neuen fiktiven Tag sämtliche Eindrücke verdrängte, die ihm solchen Kummer bereitet und unerträgliche Scham ausgelöst hatten.

Als er seinen Panamahut vom Ständer nahm, trat Bensimons strenge, bebrillte Sprechstundenhilfe mit einem Umschlag vor ihn. Wahrscheinlich eine Quittung über die Zahlung vom vergangenen Monat, dachte er.

»Herr Rief«, sagte sie, ohne ihm in die Augen zu sehen. »Das wurde für Sie hinterlegt.«

Lysander nahm den Brief und las ihn auf dem Weg nach unten. Er war von Hettie.

»Komm nächsten Mittwoch um sechs. U fährt nach Zürich. Pack ein paar Sachen ein.«

Lysander spürte eine unbändige Aufregung in sich aufsteigen. Es ging ihm wie einem Jungen, der mitten im Schuljahr beurlaubt wird – dieses Gefühl geschenkter Freiheit, unverhoffter Möglichkeiten. Unterwegs kam er jedoch auf dunklere Gedanken. Sicher konnte er Hettie für seine »Heilung« dankbar sein, aber er durfte nicht außer Acht lassen, dass sie ihn in die Falle gelockt hatte und er arglos hineingetappt war – was sich zwischen ihnen abgespielt hatte, musste zwangsläufig passieren. Das konnte er gerade noch mit seinem Gewissen vereinbaren – es war ein einmaliger Lapsus gewesen, der seine Ehre nur vorübergehend befleckte, ein Augenblick rasender Leidenschaft, den er getrost ad acta legen und vergessen konnte. Niemand wusste davon, niemand war verletzt worden. Doch wenn er Hettie erneut aufsuchen und ein oder zwei Nächte mit ihr verbringen würde, läge der Fall gleich ganz anders. Wollte er seine Verlobung, seine Beziehung und Zukunft mit Blanche nicht aufs Spiel setzen, musste er Hettie absagen – es durfte sich nicht wiederholen, sonst wäre er verloren, das wusste er.

Am Burgtheater überquerte er den Ring und musste sofort an Udo Hoff und dessen architekturkritische Tirade denken. Und daraus erwuchs wiederum eine gewisse prickelnde Euphorie bei der Vorstellung, Hettie wiederzusehen. Er malte sich aus, wie es wohl wäre, eine ganze Nacht mit ihr in diesem schmalen Bett zu verbringen, dann morgens aufzuwachen, warm und noch schläfrig, Schenkel an Schenkel, sich umzudrehen und nach ihr zu greifen …

In der Pension setzte er sich gleich hin und schrieb an Blanche, um die Verlobung zu lösen. Das war der einzige ehrbare Ausweg, auch wenn die Lügen aus seiner Feder nur so flossen. Er teilte ihr mit, er sei, nachdem er in Wien mehrere Ärzte und Psychoanalytiker konsultiert habe, zur Überzeugung gelangt, dass ihn höchstens eine äußerst aufwendige und langwierige Kur heilen könne. Außerdem sei er in Sorge über das bedenkliche Ausmaß seiner »mentalen Erregung«, und angesichts all dessen habe er das Gefühl, es sei mit »Rücksicht auf Dich, liebste Blanche, dringend geboten, Dich von Deinen Versprechen und Gelöbnissen zu entbinden«. Er bat sie um Verzeihung und Verständnis und ermunterte sie, nach Belieben mit dem Ring zu verfahren, den er ihr geschenkt hatte – sie könne ihn in die Themse werfen, verkaufen, einer Nichte oder Patentochter vermachen –, was immer ihr am passendsten erschiene. Er würde ihre Schönheit und liebevolle Art stets in Erinnerung behalten und bedauere zutiefst, dass ihn diese »widrigen Umstände« daran hinderten, ihr ergebener Gatte zu werden.

Lysander versiegelte den Umschlag mit gemischten Gefühlen – Schuldbewusstsein, Trauer und überschwänglicher Freude sowie leiser Selbstzufriedenheit, weil er dem falschen Spiel so schnell ein Ende bereitet hatte. Hinzu kam ein erhebendes Moment der Erlösung. Er war nun ein freier Mann – seine leidige Anorgasmie gehörte der Vergangenheit an, war nur mehr eine schlimme Erinnerung. Und aus der Liaison mit Miss Bull konnte alles Mögliche werden. Er nahm sich jedoch vor, keine Zukunftspläne zu schmieden, ehe er sie wiedergesehen hatte. Seine Aufregung speiste sich schließlich auch aus einem echten Gefühl von Bedrohung – in den Kulissen lauerte ein betrogener Liebhaber –, ganz abgesehen von Hetties heftigen Stimmungsschwankungen (er hatte sie selbst miterlebt – er blendete sie keinesfalls aus). Doch das Einzige, woran er im Augenblick denken konnte, war der nächste Mittwoch.

Beim anschließenden Abendessen sagte Wolfram zu ihm: »Offenbar bist du allerbester Laune, Lysander.«

»Das bin ich in der Tat«, gestand er. »Jetzt weiß ich nämlich, dass diese Wienreise das Beste ist, was ich jemals unternommen habe.«

»Das höre ich gern, Herr Rief«, sagte Frau K. »Ich war schon immer der Meinung, dass Wien die angenehmste Stadt Europas ist.«

»Der Welt«, fügte Lysander hinzu. »Die angenehmste Stadt der Welt.«

19

Der Bogen einer Liebesaffäre

Ende September arrangierten Lysander und Hettie ein langes gemeinsames Wochenende in Linz. Sie reisten getrennt an und buchten, um den Schein zu wahren, jeder ein Zimmer im Hotel Goldener Adler. Hettie hatte Hoff erzählt, sie wolle sich einen Marmorflöz ansehen, der in einem Steinbruch bei Urfahr ausgegraben worden war. Ihren Worten nach schien er nicht den kleinsten Verdacht zu schöpfen.

Lysander rechnete mit einer ganz anderen Art von Zusammensein als in Wien. Die geraubten Nachmittage und seltenen Nächte in der Scheune waren stets von einer gewissen Anspannung getrübt – der Furcht, ertappt zu werden. Die Gefahr drohte nicht allein von Hoff – es konnte genauso gut ein Nachbar oder ein Freund sein, der unangekündigt vorbeikam. Wenn sie nun zwei ganze Liebesnächte miteinander verbrachten, würde sich das sicher auf ihre Stimmung auswirken. Alles wäre wie neu. Lysander war von dieser Aussicht entzückt, während Hettie zunächst merkwürdig gereizt und nervös schien. Zum ersten Mal sah er sie Bensimons Medizin spritzen. Erst schüttete sie etwas weißes Pulver aus einem kleinen Umschlag in ein Glas Wasser, dann zog sie die Lösung in ihrer Spritze auf und injizierte sie mit geübtem Griff in eine Vene ihrer Ellbogenbeuge.

»Was ist das?«

»Koka.«

»Tut es weh?«

»Überhaupt nicht. Es beruhigt mich«, erklärte sie. »Es gibt mir mehr Selbstvertrauen.«

»Es ist aber doch kein Morphium, oder?«

»Du kannst es in der Drogerie kaufen. Allerdings musst du dann Namen und Adresse hinterlegen, und das will ich nicht, darum lasse ich es mir von Dr. Bensimon geben. Seins ist ohnehin von besserer Qualität, sagt er jedenfalls.«

Es wirkte im Handumdrehen. Kurz danach lächelte sie wieder und küsste ihn. Sie erzählte, sie habe sich vor ihrer Abreise »bis aufs Blut« mit Hoff gestritten und sei deswegen so verstört gewesen. Im Zug nach Linz sei sie auf die fixe Idee gekommen, dass sie verfolgt werde, und habe dann vom Bahnhof zum Hotel einen riesigen Umweg gemacht, um ihren etwaigen Verfolger abzuschütteln.

»Ich war mit den Nerven völlig am Ende«, erklärte sie. »Und jetzt nicht mehr. Jetzt bin ich die Ruhe selbst. Siehst du? Möchtest du es mal probieren?«

Lysander nahm sie in die Arme. »Noch mehr Glück halte ich nicht aus, sonst platze ich.« Er küsste sie. »Du bist meine Medizin, Hettie. Ich brauche keine Drogen.«

»Dr. Freud verwendet ebenfalls Koka«, rechtfertigte sie sich. »So hat Bensimon überhaupt davon erfahren.«

Sie schlenderten die Donaupromenade entlang und aßen Linzer Torte im Volksgarten, wo eine Kapelle Marschmusik spielte. Als sie wieder in Lysanders Zimmer waren – das größere der beiden –, entkleidete ihn Hettie, sie nahm ihm die Krawatte ab, zog ihm das Hemd aus, öffnete seinen Gürtel und knöpfte seine Hose auf. Das mache sie gern, erklärte sie und zog sich dann selbst aus. Lysander ließ es geschehen, er fühlte sich dadurch vage an ihr erstes Mal erinnert, an den Tag, als seine Anorgasmie restlos verflogen war.

Am Sonntag nutzte er seinen Aufenthalt in Linz, um eine Cousine seiner Mutter zu besuchen, eine gewisse Hermine Gantz. Seine Mutter hatte ihm die Adresse gegeben, als er den Wunsch äußerte, seine österreichische Verwandtschaft kennenzulernen. Doch als er im Haus in der Bürgerstraße vorstellig wurde und seine Visitenkarte hinterlegen wollte, erfuhr er, dass man dort noch nie von einer Frau Gantz gehört habe. Seine Mutter hatte sich wohl geirrt – immerhin war sie seit über zwanzig Jahren nicht mehr in Österreich gewesen.

Als sie am nächsten Tag ihre Koffer packten, um nach Wien zurückzufahren, sah er Hettie erneut ihre Koka-Lösung herstellen. Eine Vorsichtsmaßnahme, meinte sie, Hoff sei möglicherweise noch verstimmt – ein überaus cholerischer Mann.

Mein geliebter Lysander,
   daraus wird nichts. Ich werde Deinen Brief einfach ignorieren. Du sollst nicht an mich denken, sondern an Dich. Sobald Du wieder gesund bist und zu Deinem liebenswürdigen Naturell zurückgefunden hast, wirst Du nach Hause kommen und Deinen Schatz in die Arme schließen. Ich liebe Dich, mein Herz, wie sollte ich überhaupt Deine Frau werden, wenn ich nicht auch in Deinen dunklen Stunden zu Dir stünde? Nein, nein und noch einmal nein! Wir sind füreinander bestimmt, und sosehr ich Dein zartfühlendes und selbstloses Angebot würdige, mich von meinen »Versprechen zu entbinden«, möchte ich davon nie wieder ein Wort hören. Lass Dir Zeit, mein Liebster, alle Zeit, die Du brauchst – drei Monate, sechs Monate, ein ganzes Jahr, wenn es sein muss. Ich werde auf Dich warten. Es heißt, die Wiener Ärzte wären die besten der Welt, und so bin ich sicher, dass Du am richtigen Ort bist, um die richtigen Antworten zu finden. Ich werde Deinen Brief auf der Stelle zerreißen und verbrennen (in London ist es so eisekalt, dass ich schon zum Frühstück ein Feuer anzünde).

Es hat den Brief nie gegeben, Du hast ihn nie geschrie-
ben, ich habe ihn nie gelesen, meine Liebe zu Dir ist so fest
und beständig wie der »Felsen von Gibraltar« (Du weißt
schon).
   Deine Dich aus tiefstem Herzen liebende
Blanche

Das Café Sorgenfrei wurde zu ihrem Briefkasten, ein kleines, dunkles, ziemlich verdrecktes Bohemelokal in einer
Gasse beim Hohen Markt. Hoff hatte als Kunststudent
dort Hausverbot erteilt bekommen und seither geschwo-
ren, nie wieder einen Fuß hineinzusetzen, Hettie zufolge
war es darum perfekt geeignet. Sie hinterließ für Lysander
Nachrichten hinter der Bar – Orte und Zeiten für mögliche Treffen, sie teilte ihm auch mit, wann er gefahrlos in
die Scheune kommen konnte. Lysander antwortete ihr auf
demselben Weg. Manchmal schrieb er einfach »Ich muss
Dich sehen«, notierte dazu den Namen eines schäbigen Hotels in Bahnhofsnähe oder mit Blick auf den Donaukanal
und gab an, er habe dort für den und den Tag im Voraus
ein Zimmer gebucht, in der Hoffnung, dass es ihr dann ge-
lingen würde, sich an Ort und Stelle einzufinden. Es gelang
ihr jedes Mal, und Lysander machte sich allmählich Sorgen,
dass dieses ständige Kommen und Gehen Hoffs Argwohn
wecken könnte. Hettie hielt das für ausgeschlossen, er habe
immer nur eines im Kopf – sich selbst. Solange er sich durch
ihre Abwesenheit nicht gestört fühlte, würde er sich nicht
im Geringsten um ihren Verbleib scheren.

Kennst du das Mädchen meiner Träume?
Morgens schmücken sie Perlen aus Tau
Wenn hell das Licht durch Mondnebel bricht
Und die Sterne versinken im Blau.

Oft überstrahlt sie den Sonnenschein,
Der Wind trägt ihr klingend Lied zu mir,
Große Wunder sind ihre Augen,
Ihr Lächeln schöner als ein Saphir.

Sie wird auf ewig die meine sein,
Ich bin ihrem Zauber erlegen.
Du kennst das Mädchen meiner Träume:
Du bist es, Tag und Nacht mein Segen.

Um die Tage zwischen den Treffen mit Hettie auszufüllen, griff Lysander zu Weiterbildungsmaßnahmen. Er konnte seine Zeit ja nicht nur im Café vertrödeln und Liebesgedichte schreiben, und so stellte er sich einen anspruchsvollen Stundenplan zusammen. Er nahm mehr Deutschunterricht bei Herrn Barth und fing nun auch mit französischer Konversation an – sein Französisch war ganz passabel –, bei einem pensionierten Lehrer, einem gewissen Herrn Fuchs, der nur wenige Straßen entfernt wohnte.

Jeden Tag besuchte er eins von Wiens unzähligen Museen, ging in die Oper und ins Konzert, sah sich Ausstellungen in Kunstgalerien an und streifte mit seinem Reiseführer durch die Stadt; von den Kirchen, die darin Erwähnung fanden, ließ er keine einzige aus. Ab und zu unternahm er einen Tagesausflug, um die Trampelpfade im Wienerwald zu erkunden oder über Bergpfade zu fernen Gipfeln zu gelangen, in einer Hand die Landkarte, in der anderen einen Wanderstab aus robuster Esche.

Wolfram verließ schließlich doch noch die Pension – zu Frau K's unverhohlener Freude –, um mit seinem Regiment groß angelegte Feldübungen in Galizien durchzuführen. Der Abschied stimmte sie beide traurig, aber Lysander und er wollten den Kontakt aufrechterhalten, und wenn sie noch so unterschiedliche Lebenswege einschlügen. Wolfram versprach hoch und heilig, ihn bei seinem nächsten Urlaub zu besuchen – »Und dann gehen wir zum Spittelberg hinauf, besaufen uns und suchen uns zwei lustige Mädels.«

Der Gast, der auf ihn folgte, war ein Ingenieur mittleren Alters namens Josef Plischke. Wortkarg, steif und etwas aufgeblasen, war er der ideale Tischgefährte für Frau K. Lysander gab die Halbpension auf und behielt nur das Frühstück bei, als Grund gab er einen wirtschaftlichen Engpass an und nicht etwa, dass er sonst Gefahr liefe, sich zu Tode zu langweilen. Leider müsse er den Gürtel enger schnallen, erklärte er Frau K, und das entsprach durchaus der Wahrheit – sein Geld ging zur Neige. Seine Affäre mit Hettie war kostspielig – er kam für alles auf, da sie finanziell voll und ganz von Hoff abhing. Dieser war, wie Lysander nun erfuhr, erstaunlich wohlhabend, nicht nur, weil seine verstorbenen Eltern ihm einiges hinterlassen hatten, sondern auch, weil seine Werke immer höhere Preise erzielten.

Lysander schickte seiner Mutter ein Telegramm mit der Bitte, ihm noch einmal zwanzig Pfund zu überweisen.

Im Dezember brach der Winter mit voller Wucht ein – schwerer Frost und Schneegestöber –, und so imposant der Ofen in der alten Scheune auch war, ließ er als Wärmequelle zu wünschen übrig. Wenn Lysander bei Hettie war, zerrte er die Matratze vom Bett, schleifte sie ins Atelier und legte sie vor den Ofen, durch dessen offene Doppeltür man die Flammen tanzen sah.

Hettie entdeckte in Hoffs Bibliothek einen Band mit erotischen japanischen Farbholzschnitten und brachte ihn mit, sodass sie und Lysander in der Scheune experimentieren konnten. Sie nahm seinen Penis in den Mund. Er scheiterte bei dem Versuch, sie von hinten zu nehmen. Gemeinsam probierten sie, die verdrehten Positionen nachzustellen, und studierten die Bilder so aufmerksam wie Architekten einen Bauplan.

»Du sollst das Bein über meine Schulter legen, nicht unter meine Achsel.«

»Aber dann breche ich mir das Bein.«

»Ich kann dich nicht spüren.«

»Du bist zu weit weg. Ich komme nicht hin.«

Sie bestand immer noch darauf, ihn auszuziehen, besonders liebte sie, wie sie sagte, den Moment, wenn sie ihm Hose und Unterhose herunterriss und seinen »kleinen Freund« befreite.

Einmal sagte sie zu ihm, als sie gerade in ihrem schäbigen Hotel am Donaukanal im Bett lagen: »Warum küsst du nie meine Brüste? Andere Männer stürzen sich darauf.«

Lysander dachte: um ja keine Anorgasmie zu riskieren. Laut sagte er: »Ich weiß auch nicht warum ... Vielleicht kommt mir das etwas kindisch vor.«

»Kindisch ist doch nicht verkehrt. Komm her.«

Sie setzte sich im Bett auf und winkte ihn heran. Folgsam schmiegte er sich an sie. Sie nahm eine Brust in die Hand und bot ihm die Warze keck mit zwei Fingern dar. »Siehst du? Ist doch schön.«

Hettie wollte unbedingt, dass er an der Silvesterfeier in Hoffs Atelier teilnahm. Lysander sträubte sich zunächst, aber sie setzte alles daran, ihn zu überreden.

»Wenn du kommst, schöpft er erst recht keinen Verdacht. Er hat ohnehin nicht die leiseste Ahnung. Du musst einfach kommen – um Mitternacht will ich dich küssen.«

Also fügte sich Lysander und fühlte sich bei dieser lärmenden Zusammenkunft von Künstlern, Mäzenen und Galeristen fehl am Platz. Er drückte sich in den Ecken des geräumigen Ateliers herum und begnügte sich mit Hetties

Anblick, die in balinesischer Wickelhose, kariertem Jackett und Glöckchenschuhen ihre Runden drehte. Udo Hoff wusste offenbar nicht mehr, wer er war – jedes Mal, wenn sich ihre Blicke trafen, sah Hoff ihn an wie einen Fremden.

Gleich nach Mitternacht führte Hettie ihn durch einen dunklen Gang, der mit Mänteln, Schals und Hüten vollgehängt war. Dort küsste sie ihn, die Zunge tief in seinem Mund, während er die Hände auf ihre Brüste legte. Sekunden später ging das Licht an und Hoff tauchte auf, allem Anschein nach sturzbetrunken. Hettie wühlte zwischen den Mänteln herum.

»Ach, da bist du ja, Liebling. Mr Rief geht gerade – er wollte nur kurz vorbeischauen.«

»Mit Licht sucht es sich leichter.«

»Mr Rief hat den Schalter nicht gefunden.«

Lysander gab Hoff die Hand. Nun sah ihn der Maler durchdringend, wenn auch etwas unstet an.

»Danke für dieses wunderbare Fest«, sagte Lysander.

»Sie sind doch dieser Engländer, stimmt's?«

»Ja, der bin ich.«

»Ich wünsche Ihnen ein gutes neues Jahr. Wie kommen Sie mit Ihrer Therapie voran?«

»Ich bin praktisch geheilt – ja, das ist wohl objektiv der Fall.«

Hoff gratulierte Lysander, dann bat er Hettie, mit ihm für Champagnernachschub zu sorgen. Sobald er ihnen den Rücken kehrte, hauchte Hettie Lysander einen Kuss zu, bevor sie Hoff folgte. Nach fünf Minuten machte Lysander endlich seinen Hut und Mantel ausfindig und verließ das Haus, immer noch zitternd, weil er so knapp davongekommen war. Eine Liebesaffäre bildete keineswegs einen Bogen, wie er einmal gehört hatte, sondern schlug immer wieder aus – wie eine Wellen- oder Zickzacklinie in einer Grafik. Sie verlief alles andere als gleichmäßig, selbst wenn man tagtäglich seine Freude daran hatte. Er lief die Auffahrt hinunter. Es schneite dicke weiche Flocken, der Weg zum Bahnhof wurde zusehends weißer, von Radspuren unberührt, Stille hüllte die Welt ein, als die letzten fernen Glocken weiterhin das Jahr 1914 einläuteten.

»Sie haben wohl recht«, sagte Bensimon. »Wir haben alles getan, was getan werden konnte – mit der gebotenen Gründlichkeit. Betrachten wir den Fall als abgeschlossen.«

»Ich kann Ihnen gar nicht genug danken, Herr Doktor. Ich habe so viel gelernt.«

»Sie sind fest davon überzeugt, dass das Problem vollständig und nachhaltig gelöst ist?«

Lysander zögerte – manchmal fragte er sich, ob Bensimon überhaupt ahnte, dass Hettie Bull seine Geliebte war. Wie sollte er ihm erzählen, dass Hettie ihm viele Dutzend Male die nachhaltige Lösung seines Problems bewiesen hatte? Schließlich war sie immer noch seine Patientin.

»Sagen wir mal, ich weiß aus jüngster Erfahrung – jüngsten Erfahrungen – mit Bestimmtheit, dass alles bestens funktioniert.«

Bensimon lüpfte ganz kurz seine undurchdringliche professionelle Maske und lächelte – von Mann zu Mann.

»Ich freue mich, dass Wien Ihnen noch anderes zu bieten hatte«, sagte er trocken, während er Lysander zur Tür geleitete. »Ich würde gern über Ihren Fall schreiben, wenn Sie nichts dagegen haben – die Heilung einer Anorgasmie verdient es, dokumentiert zu werden –, und ihn bei unserer nächsten Tagung vortragen, vielleicht auch in einer Fachzeitschrift publizieren.« Lächelnd fügte er hinzu: »Keine Sorge, Ihre Identität wird durch die Verwendung eines Initials oder Pseudonyms wirksam geschützt. Außer uns beiden wird niemand wissen, von wem die Rede ist.«

»Ich würde Ihren Vortrag gern lesen«, sagte Lysander. »Ich lasse Ihnen meine Adresse da – die Adresse vom Familiensitz, so kann man mich immer erreichen.«

Er schüttelte Bensimon die Hand und dankte ihm aufs Neue. Er mochte den Arzt, dem er seine intimsten Geheimnisse erzählt hatte, und hielt ihn für absolut vertrauenswürdig – dennoch musste er sich eingestehen, dass er den Mann im Grunde nicht kannte.

Danach beglich er die letzten offenen Rechnungen bei der gestrengen Sprechstundenhilfe, die ihm ein knappes Lächeln schenkte, als er ihr zum Abschied die Hand gab, und ging den inzwischen vertrauten Weg von der Praxis in der Wasagasse zum Franzensring. Zum letzten Mal, wie er leicht betrübt feststellte, doch zugleich auch erfreut, weil er das wichtigste Ziel seines Wienaufenthalts erreicht hatte. Hatte Wolfram nicht vom »Strom der Lust« gesprochen, der unterschwellig durch die Stadt floss? Das war seine Rettung gewesen – das und Dr. Bensimons Parallelismus. Es ging ihm gut, nun müsste das Leben eigentlich einfacher, die Richtung klar sein, und doch gestaltete sich alles um einiges komplexer, seit er hier war. In Wien gab es Hettie, in London Blanche, und er hatte nicht die geringste Ahnung, was er tun sollte.

Er hatte gerade das stattliche Café Landtmann passiert, als ihm auffiel, dass er es in den vielen Monaten noch kein einziges Mal betreten hatte, und so lief er zurück. Es war riesig und gar nicht so schön, der Glanz alter Zeiten verblasst, aber pompöser als die Cafés, die er gewöhnlich aufsuchte – hier kam man am besten im Sommer hin, dachte er, und setzte sich dann auf die Terrasse. Er wählte eine Nische mit freier Sicht auf den Verkehr, der draußen auf dem Ring vorbeirauschte, zündete sich eine Zigarette an, bestellte Kaffee und Cognac und schlug sein Notizbuch auf. *Autobiographische Untersuchungen* von Lysander Rief. Er blätterte die Seiten durch, viele Notizen, Traumbeschreibungen, ein paar Skizzen, Gedichtentwürfe – auch das hatte er seinem Wienaufenthalt zu verdanken. Bensimon hatte ihm dringend ans Herz gelegt, das Buch als Bestandteil der Therapie weiterzuführen. »Das kommt Ihnen vielleicht etwas nichtssagend und müßig vor«, waren Bensimons Worte, »aber wenn Sie es sich nach einigen Monaten wieder vornehmen, wird es Sie faszinieren.«

Das Café war ruhig, es herrschte die typische Flaute zwischen der regen Mittagszeit, die die Wiener in Ehren hielten, und dem Eintreffen der ersten Nachmittagsgäste, die Kaffee und Kuchen wünschten. Einige Kellner polierten Besteck und falteten Servietten, andere breiteten saubere Leinendecken über die Tische oder lehnten schwatzend am Serviertresen. Aus dem Hintergrund drang das Scheppern von Tellern, die aufgestapelt wurden. Der Oberkellner kämmte sich diskret die Haare, als Spiegel diente ihm ein Silbertablett, das gegen die Wand gestützt war. Lysander blickte sich um – es waren wirklich kaum Gäste da –, aber dann fiel ihm ein Mann ins Auge, der wenige Tische entfernt saß, er trug einen Tweedanzug und einen altmodischen Krawattenschal, las Zeitung und rauchte eine Zigarre. Lysander schätzte ihn auf Ende fünfzig. Die dünnen ergrauenden Haare waren glatt gekämmt, der schneeweiße Bart akribisch gestutzt. Lysander legte sein Notizbuch weg und schlenderte zu dem Mann hinüber.

»Herr Dr. Freud«, sagte er, »verzeihen Sie bitte die Störung, aber ich wollte Ihnen gern einmal die Hand geben. Einer Ihrer glühendsten Anhänger, Dr. Bensimon, hat mich mit dem denkbar größten Erfolg behandelt.«

Freud hob den Kopf, legte die Zeitung zusammen und stand auf. Die beiden Männer begrüßten sich mit Handschlag.

»Ach ja, John Bensimon, mein anderer Engländer«, sagte Freud. »Wir hatten durchaus unsere Meinungsverschiedenheiten, aber er ist ein tüchtiger Mann.«

»Ich weiß ja nicht, wo Ihre Differenzen lagen, aber dank ihm habe ich äußerst fruchtbare psychoanalytische Sitzungen erlebt. So habe ich auch erfahren, wie sehr er Sie verehrt – er bezieht sich ständig auf Sie.«

»Sind Sie Engländer?«

»Ja. Halb Engländer, um genau zu sein. Und halb Österreicher.«

»Das erklärt Ihr hervorragendes Deutsch.«

»Danke.« Lysander trat aus Rücksicht einen Schritt zurück. »Es war mir eine Ehre, Ihnen die Hand zu drücken. Nun möchte ich Sie aber nicht länger von Ihrer Zeitungslektüre abhalten.«

Freud schien jedoch noch nicht geneigt, das Gespräch zu beenden. Er wedelte kurz mit seiner Zigarre, um Lysander zum Bleiben zu bewegen.

»Wie lange waren Sie bei Dr. Bensimon in Behandlung?«

»Mehrere Monate.«

»Und jetzt ist die Behandlung vorbei?«

»Zumindest aus meiner Sicht. Ich bin der Meinung, dass mein psychosomatisches Problem endgültig gelöst ist.«

Freud zog nachdenklich an seiner Zigarre. »Das ging ja schnell«, sagte er. »Ich bin beeindruckt.«

»Seine Parallelismus-Theorie verhalf mir schließlich zum Durchbruch. Ein bemerkenswerter Ansatz.«

»Oh, Parallelismus«, sagte Freud geradezu spöttisch. »Dazu äußere ich mich lieber nicht. Guten Tag. Leben Sie wohl.«

Der große Mann höchstpersönlich, dachte Lysander, als er an seinen Tisch zurückkehrte. Er war froh, dass er den Mut *gehabt* hatte, ihn anzusprechen. Das war nun wirklich eine Jahrhundertbegegnung.

Er hatte Hettie seit vier Tagen nicht gesehen und vermisste sie furchtbar. Er rechnete nach – tatsächlich hatte er sie eine ganze Woche nicht gesehen … Seit Beginn ihrer Affäre waren sie noch nie so lang getrennt gewesen. Er schrieb ihr schnell ein Briefchen und machte sich umgehend auf den Weg ins Café Sorgenfrei. Vielleicht hatte auch sie ihm dort eine Nachricht hinterlassen. Draußen war es kalt, aber nicht frostig, und der Neujahrsschnee wurde zu Matsch; Automobilreifen spritzten die braune Brühe an die Beine der Fußgänger, die sich zu nah an die Fahrbahn heranwagten.

Während er sorgfältig auf den Verkehr achtete, fragte sich Lysander nicht zum ersten Mal, ob er Autofahren lernen sollte. Vielleicht würde er seine Wiener Erziehung damit vervollständigen – aber dann fiel ihm ein, dass er sich gar keine Fahrstunden leisten konnte. Gerade hatte er Frau K die nächste Monatsmiete im Voraus entrichtet, und ihm blieben noch knapp hundert Kronen. Den Deutsch- und Französischunterricht hatte er bis auf Weiteres abgesagt und seine Mutter wieder einmal per Telegramm um Geld gebeten. Das behagte ihm nicht – warum sollte seine Mutter seine Liebesaffäre mit Hettie unterstützen? Er musste einsehen, dass er die vergangenen Wochen in einer Art selbst gewählten Seifenblase verbracht hatte, ohne Entscheidungen zu treffen, er hatte sich einfach treiben lassen und für den Augenblick gelebt. Das Problem, dem er sich nun stellen musste, da ihm das Geld ausging und eine Rückkehr nach London unausweichlich wurde, war, dass er sich eine Zukunft ohne Hettie kaum vorstellen konnte. War das vielleicht der Anfang? Starke sexuelle Anziehung, die sich in Liebe verwandelte? Dabei hatte sie in diesen vielen Wochen kein einziges Mal davon gesprochen, Hoff zu verlassen, trotz aller ausgetauschten Zärtlichkeiten und gegenseitigen Liebesbekundungen.

Was sollte er tun? Er zwängte sich durch die Schwingtür des Café Sorgenfrei und stieß den schweren Samtvorhang, der die Zugluft abhalten sollte, mit dem Ellbogen beiseite.

Dicke Rauchschwaden hingen in der Luft und ließen seine Augen tränen, als er zum Tresen ging, um seinen Umschlag abzugeben. Dahinter stand der junge Barmann – wie hieß er doch gleich? – mit seiner braunroten Weste und dem albernen Dragoner-Backenbart.

»Guten Tag, Herr Rief«, sagte er, als er Lysanders Brief entgegennahm. »Und ich habe hier ein Päckchen für Sie.« Er holte ein flaches, mit Bindfaden verschnürtes Paket unter dem Tresen hervor. Lysander verspürte einen Anflug von Freude. Offenbar hatten sie gleichzeitig aneinander gedacht. Er bestellte ein Glas Riesling und trug das Päckchen zu einem Tisch am Fenster. Behutsam packte er etwas aus, das sich als Libretto entpuppte. *Andromeda und Perseus. Eine Oper in vier Akten von Gottlieb Toller.* Den Umschlag zierte eine farbige Reproduktion von Hoffs Plakat – Hettie in ihrer ganzen Nacktheit ... Er blätterte die Seiten durch, um die ersehnte Nachricht zu finden, und als kein loser Zettel herausfiel, blätterte er zur Titelseite zurück, auf der Suche nach einer Widmung. Da stand sie: »Für Lysander. In Liebe. Andromeda.« Und darunter las er folgende säuberlich untereinander geschriebene Zeilen:

Manchmal bin ich sehr zuversichtlich, was das Schicksal
    von HB angeht
Aber dann gibt es Momente, in denen mir klar wird, dass
    ich
nicht ganz aufrichtig bin
Oberflächlich
Doppelzüngig
Feige

Lysander fragte sich, warum er seinen eingeschränkten finanziellen Mitteln zum Trotz den Aufschlag von zwei Kronen bezahlt hatte, um an diesem Abend mit Frau K und

Josef Plischke zu speisen. Vielleicht hatte er sich bloß nach ein wenig Gesellschaft gesehnt, und sei sie noch so glanzlos und ermüdend. Der Hauptgang – nach der obligatorischen Kohlsuppe mit Croûtons – war Tafelspitz, Fleisch von einem uralten Rindvieh, Lysanders Ansicht nach, das schon vor Tagen gekocht worden war und seither auf einer Herdplatte in der unsichtbaren Küche endlos vor sich hin schmoren durfte. Dennoch war die Brühe wässrig und das Fleisch sehnig und zäh. Plischke aß mit großem Appetit und lobte Frau K's Kost in höchst kriecherischen Tönen, die ihr ein dünnes Lächeln entlockten, das angenehmste, zu dem sie imstande war.

Während die beiden sich über eine Luftschau mit einem Dutzend Flugmaschinen unterhielten, die im Sommer in Aspern stattfinden sollte, rechnete Lysander im Kopf seine Finanzen durch – vor zwei Tagen hatte er seiner Mutter telegraphiert, um sie um weitere zwanzig Pfund zu bitten. Mit etwas Glück würde die Summe morgen auf seinem Konto eintreffen, und mit noch etwas mehr Glück und äußerster Sparsamkeit dürfte er damit noch ein oder zwei Monate auskommen. Wie es dann weitergehen sollte, wenn er erneut auf dem Trockenen saß, blendete er lieber aus. Vielleicht sollte er sich Arbeit suchen – könnte er den Wienern nicht Englisch beibringen? Zwei Monate länger in Wien bedeuteten zwei Monate länger mit Hettie. Er erschrak leicht, als ihm bewusst wurde, dass sein Leben allmählich nur noch um sie kreiste –

Von der Wohnungstür drang lautes Klopfen zu ihnen, und Lysander hörte Traudl hingehen. Kurz malte er sich aus, es sei Wolfram, der ihn betrunken abholen und in die Bordelle von Spittelberg entführen wollte.

Da erschien Traudl zitternd und feuerrot an der Tür.

»Gnädige Frau«, sagte sie mit schwacher Stimme, »es ist die Polizei.«

Ob dieser Entehrung ihrer rechtschaffenen Pension verzerrte Frau K angeekelt das Gesicht und marschierte in die Diele. Plischke steckte sich einen Zahnstocher in den Mund und suchte nach Tafelspitzresten. Lysander musterte ihn – diese Gelassenheit kam ihm etwas zu dick aufgetragen vor. Was Sie sich wohl vorzuwerfen haben, Josef Plischke?

Frau K tauchte wieder im Türrahmen auf.

»Die Polizei wünscht Sie zu sprechen, Herr Rief.«

Lysander ging sofort vom Schlimmsten aus, es traf ihn wie ein Schlag in die Magengrube. Seine Mutter. Tot? Schwerkrank? Ihm wurde übel. Er warf seine Serviette auf den Tisch.

In der Diele standen drei Polizisten. Graugrüne Uniform, schwarzer Ledergürtel. Schirmmütze mit Abzeichen und flachem Kopfteil. Einer der Männer trug einen kurzen Umhang. Er grüßte als Erster und stellte sich als Inspektor Strolz vor.

»Sind Sie Lysander Rief?«

»Ja. Was ist los? Gibt es ein Problem?«

»Das kann man wohl sagen.« Strolz lächelte entschuldigend. »Sie sind verhaftet.«

Lysander hörte Frau K hinter ihm nach Luft ringen.

»Lächerlich. Weswegen sollten Sie mich festnehmen?«

»Wegen Vergewaltigung.«

Lysander hatte kurz das Gefühl, den Boden unter den Füßen zu verlieren. »Das ist doch absurd. Es kann sich nur um einen Irrtum handeln –«

»Kommen Sie bitte mit. Wenn Sie unseren Anweisungen folgen, können wir auf Handschellen verzichten.«

»Darf ich ein paar Dinge mitnehmen?«

»Bitte sehr.«

Den Kopf voller wirrer Hypothesen und Gegenhypothesen, ging Lysander in sein Zimmer. Dort blieb er zunächst wie eine Salzsäule stehen – Strolz behielt ihn von der Tür aus im Auge – und überlegte verzweifelt, was er alles brauchen würde. Seinen Mantel, seinen Hut, seine Brieftasche. Sein Notizbuch? Nein. Auf einmal fühlte er sich ausgeliefert und allein gelassen. Und dann kam ihm eine Idee. Er wühlte in der Schreibtischschublade herum und fand schließlich, was er suchte.

Lysander kehrte in die Diele zurück, Frau K's Blick tunlichst meidend, und fragte Strolz, ob er noch kurz mit Herrn Barth, einem Freund, sprechen dürfe.

»Aber machen Sie schnell.«

Strolz blieb dicht hinter ihm stehen, als Lysander an Herrn Barths Tür klopfte und ihn sagen hörte: »Einen Moment bitte« und dann »Herein«.

Nun wurde Lysander bewusst, dass er in all den Monaten, die sie Tür an Tür verbracht hatten, erst zum zweiten Mal Herrn Barths winziges Schlafzimmer betrat. Ihm fielen die hohen, schwankenden Notenstapel ins Auge, der Notenständer, über den Herr Barth seine feuchten Wolltrikots zum Trocknen drapiert hatte, der riesige Kontrabasskasten in der Ecke neben dem durchhängenden Bett mit der bestickten Tagesdecke.

»Habe ich richtig gehört, Herr Rief? Die Polizei? Sie ist doch nicht meinetwegen hier?«

»Nein, meinetwegen – ein schrecklicher Irrtum, aber ich muss jetzt mitgehen. Könnten Sie bitte diese Person kontaktieren und melden, dass ich verhaftet wurde? Dafür wäre ich Ihnen sehr dankbar. Dort wird man wissen, was zu tun ist.«

Lysander überreichte ihm Alwyn Munros Visitenkarte. »Er ist bei der britischen Botschaft.«

Herr Barth nahm die Karte sichtlich erleichtert entgegen.

»Sie können auf mich zählen, Herr Rief. Gleich morgen früh.« Als er über Lysanders Schulter spähte und Strolz erblickte, der nur wenige Schritte entfernt stand, senkte er die Stimme. »Das sind lauter Dummköpfe, bei der Polizei, seien Sie einfach ausgesucht höflich, so können Sie ihnen das Maul stopfen. Das wird sie beeindrucken, und Sie haben Ihre Ruhe.«

Lysander kehrte ein weiteres Mal in die Diele zurück, wo die Wohnungstür nun offen war. Daneben stand Frau K, die Hände ringend, und warf dem Mann, der diese Schande über ihr Etablissement gebracht hatte, hasserfüllte Blicke zu.

»Das ist nur ein furchtbarer Irrtum«, sagte Lysander, als er mit den drei Polizisten im Gefolge an ihr vorbeischritt. »Ich habe nichts verbrochen. Morgen bin ich wieder da.«

Doch er ahnte, dass das nicht der Fall sein würde, und wusste genau, dass Frau K ihm ins Gesicht gespuckt hätte, wären keine Zeugen zugegen gewesen.

Die Männer brachten ihn zu einem Polizeiwagen an der Ecke Mariahilfer Straße. Sie öffneten die Hecktüren, und er kletterte hinein. Durch das kleine vergitterte Fenster ohne Glas, das an einer Seite eingelassen war, betrachtete er die verschneiten Wienansichten, die an ihm vorbeizogen – die Oper, die Hofburg, das Hofburgtheater. Alle Monumente dieser altneuen Stadt blitzten flüchtig vor seinem Auge auf, wie bei einem Stereoskop, bis sie die Polizeidirektion am Schottenring erreichten.

20

Junge oder Mädchen?

D er Wagen bog vom Schottenring ab und fuhr durch
einen gewaltigen Torbogen in einen Innenhof, während die riesigen hölzernen Torflügel sich langsam und
leise hinter ihnen schlossen. Lysander wurde durch einen
langen Gang zu einem Vernehmungsraum geführt. Es roch
nach Desinfektionsmittel, und in den leeren Fluren hallten
irritierenderweise Schritte aus anderen Gebäudeteilen, als
tummelten sich hier die Geister früherer Häftlinge, die bis
in alle Ewigkeit in ihre Zellen hinein- und wieder hinaus-
geleitet wurden.

Lysander nahm Platz. Hinter dem Schreibtisch saß ihm
der tüchtige Inspektor Strolz teilnahmslos gegenüber. Er
trug Lysanders Personalien in ein umfangreiches Register
ein, mit Federhalter und Tintenfass, wie ein viktorianischer
Schreiber. Lysander, noch im Mantel, mit dem Hut auf den
Knien, versuchte seiner wachsenden Empörung – in die sich
unterschwellig aufflackernde Panik mischte – Herr zu werden. Als er nun offiziell beschuldigt wurde, fand er es an der
Zeit, selbst ein paar wesentliche Fragen zu stellen.

»Wen soll ich denn vergewaltigt haben?«

Strolz sah in seinem Notizbuch nach.

»Fräulein Esther Bull. Am 3. September des vergangenen
Jahres oder unmittelbar darauf.«

»Das ist völlig ausgeschlossen.« Er dachte nach. Am
3. September war er wohl das erste Mal in der Scheune gewesen. »Und zwar, weil ...«, fuhr er mit bebender Stimme
fort, unfähig, das Gefühl von Kränkung, von Ungerechtig-

133

keit länger zu unterdrücken, »weil Fräulein Bull und ich eine ...« Er unterbrach sich. »Seit vier Monaten sind wir ein Liebespaar. Wie sollte sie mir da eine Vergewaltigung vorwerfen? Verstehen Sie, Herr Inspektor? Es ist doch unmöglich, jemanden zu vergewaltigen und anschließend eine Liebesbeziehung – eine innige, leidenschaftliche, zärtliche Liebesbeziehung – mit dem Opfer einzugehen, eine Beziehung, die über Monate andauert. Das verstößt gegen jede Logik. Die Beschuldigung ist absurd.«

Strolz nahm das mit einem Nicken zur Kenntnis. »Wie dem auch sei, Herr Rief, für uns ist dieser Umstand nicht relevant. Vor Gericht fällt er vielleicht stärker ins Gewicht.«

»Aber warum sollte sie mir eine Vergewaltigung andichten?«

»Fräulein Bull ist im vierten Monat schwanger. Sie wirft Ihnen vor, ihr an besagtem Tag, dem 3. September 1913, Gewalt angetan zu haben. Offenbar ist das der Tag, an dem das Kind gezeugt wurde.«

Lysander hatte es die Sprache verschlagen. *Gezeugt?* Er hatte Hettie doch eine Woche zuvor gesehen und sie hatte kein Wort davon verlauten lassen ... Im vierten Monat schwanger? Was wurde hier gespielt?

»Sie brauchen Miss Bull nur herzubringen«, stieß er schließlich mühsam hervor, »dann wird sich alles aufklären. Diese Farce, diese heillose Verwirrung –«

»Das ist uns leider nicht möglich. Fräulein Bull hat die Anzeige nicht allein erstattet, sondern gemeinsam mit ihrem Lebensgefährten ...« Strolz warf wieder einen Blick in sein Notizbuch. »Herrn Udo Hoff. Tatsächlich war Herr Hoff derjenige, der die Polizei eingeschaltet hat.« Er klappte das Register zu und stand auf. »Morgen werden Sie dem Richter zur förmlichen Klageerhebung vorgeführt – und so sind Sie heute Nacht unser Gast. Haben Sie alles, was Sie brauchen? Zigaretten? Soll ich Ihnen Kaffee bringen lassen?«

Lysander wurde über eine Treppe in das Halbparterre hinuntergeleitet und dort in seine Zelle gesperrt. Die Einrichtung bestand aus einer verglasten Glühbirne, die in die Decke eingebaut war, einem Holzbett mit Strohmatratze und einer Wolldecke, einem Waschbecken mit einem Wasserhahn und einem Blechnachttopf mit Klappdeckel. An der Außenwand befand sich ganz oben ein vergittertes Fensterchen. Durch die Lüftungsschlitze in der Tür verkündete eine Stimme, dass man das Licht in zehn Minuten ausschalten würde.

Zehn Minuten später lag er rauchend im Dunkeln auf dem Bett, immer noch im Mantel, und versuchte, sich einen Reim auf die Ereignisse zu machen. Quälende Fragen spukten ihm unablässig im Kopf herum. Wann hatte Hettie entdeckt, dass sie schwanger war? Warum hatte sie Hoff davon erzählt? Sie musste sich aus irgendeinem unerfindlichen Grund dazu durchgerungen haben, woraufhin Hoff völlig entrüstet zur Polizei gerannt war. Sie hatte ihn wohl angeschwindelt, überlegte Lysander weiter, um ihre eigene Haut zu retten, und dieses Märchen ersonnen, wonach er sie im Atelier besucht und im Verlauf jenes Nachmittags sexuell genötigt hatte. Es lag auf der Hand, dass sie Hoff die anschließende Affäre verschwiegen hatte. Warum eigentlich, wenn sie doch wusste, dass sie schwanger war? Aber wie konnte sie schwanger sein? Ihm hatte sie erzählt, sie sei unfruchtbar – angeblich bekäme sie ihre Regel nur alle paar Monate, wenn überhaupt, und würde sie kaum bemerken. Aus diesem Grund hatte er keine Verhütungsmittel benutzt. Hatte sie ihn belogen? Hatte sie ihm wieder eine Falle stellen wollen?

Kurzzeitig empfand er eine Art blinde Wut auf Hettie; man hatte ihm unrecht getan, und die Unverschämtheit, die wahnsinnige Durchtriebenheit, die dahintersteckte, raubte ihm schier den Atem. Er setzte sich auf, rang wie ein Erstickender nach Luft und ermahnte sich zur Ruhe. Ihm war so schwindlig, dass er sich um seinen Blutdruck sorgte. Wenn er sich derart von seinen Gefühlen übermannen ließ, wäre nichts gewonnen. Klares, logisches Denken war das Einzige, womit er sich zur Wehr setzen konnte. Er durfte sich nicht gehenlassen.

Zunächst beruhigte er sich, doch im Lauf der Nacht nahmen seine Ängste zu, während er die verschiedenen Szenarien immer wieder durchspielte. Lysander erkannte, dass er sich nur verteidigen konnte, wenn er die Affäre offenlegte – er musste aller Welt (und Hoff) sämtliche Details seiner Beziehung zu Hettie preisgeben. Was sollte Hoff bei dieser Beweislage noch vorbringen? Gar nichts. Und so würde die Klage doch bestimmt abgeschmettert werden, oder nicht?

Er blieb im Dunkeln liegen, nur ab und zu lief er in seiner kleinen Zelle auf und ab. Auf den Sonnenaufgang wartend, rauchte er seine Zigaretten auf, konnte weder ruhen noch schlafen, da seine Gedanken unaufhörlich rasten. Ja, das war die einzige Möglichkeit – er musste Hetties haarsträubende Geschichte aufdecken und sie als Lügnerin entlarven. Er dachte an ihr Geschenk, das Andromeda-Libretto mit der rätselhaften Widmung. Nun wurde ihm klar, dass sie ihm damit im Vorfeld ein Geständnis gemacht hatte, und er fragte sich, ob es auch eine Warnung sein sollte.

Am frühen Morgen wurde Lysander gemeinsam mit zwei anderen Übeltätern zum Gericht gefahren. Um zehn nach acht stand er einem verschlafenen vorsitzenden Richter gegenüber, dem ein Stückchen Eiweiß im ausladenden, nikotinverfärbten Schnurrbart steckte. Lysander wurde offiziell wegen Notzucht angeklagt, eine Kautionsstellung wurde ihm verweigert – wie stets in solchen Fällen, erklärte der Richter – und sein Verhandlungstermin auf den 17. Mai 1914 festgesetzt. Weil er keinen Anwalt hatte, wurde er gleich zur Polizeidirektion zurückgebracht und wieder in seine Zelle gesperrt. Um zehn Uhr bekam er eine Schale Karottensuppe und einen Kanten Schwarzbrot. Als Lysander nach Inspektor Strolz fragte, erfuhr er, dass der Inspektor einen zweiwöchigen Urlaub angetreten hatte.

Angesichts seiner Ohnmacht verspürte Lysander eine schleichende Furcht, die er als Zeichen beginnender Verzweiflung deutete. Wie sollte er sich nur einen Anwalt beschaffen? Vermutlich würde ihm das Gericht für die Verhandlung im Mai einen Pflichtverteidiger zuteilen. Bis dahin waren es über drei Monate. Würde er so lange in dieser Zelle verwahrt oder in ein Gefängnis überstellt werden? Er fing an, Hettie wegen dieser abscheulichen, aberwitzigen Lüge zu verfluchen. Warum hatte sie Hoff nicht einfach die Wahrheit gesagt? Was versprach sie sich von diesem grauenhaften Schlamassel, in den sie ihn gestürzt hatte?

Er hämmerte so lange gegen die Zellentür, bis jemand kam, und bat um Stift und Papier. Die Bitte wurde ihm abgeschlagen.

Er urinierte in den Nachttopf.

Er wusch sich Hände und Gesicht am Becken und trocknete sich mit dem Mantelfutter ab.

Er legte sich hin und döste eine Stunde.

Er zog Mantel und Krawatte aus und machte ein paar simple Gymnastikübungen – Liegestütze, Scherensprünge, auf der Stelle laufen –, bis er außer Atem war.

Er urinierte in den Nachttopf.

Er setzte sich auf das Bett und dachte angestrengt nach, versuchte, sich den genauen Ablauf und die Einzelheiten ihrer Affäre in Erinnerung zu rufen. Zeiten und Orte. Er ließ die Namen sämtlicher Hotels, in denen sie gewesen waren, Revue passieren – alles, was die Affäre zu einer unbestreitbaren Tatsache machte. Dann musste er wieder an Hettie denken und an den gewichtigen neuen Umstand, dass sie sein Kind unterm Herzen trug. Fast hätte er geweint. Er schniefte, hüstelte, atmete tief ein und versuchte, seine Wut zu schüren, vor allem bei dem Gedanken, dass dieser Fötus mit an Sicherheit grenzender Wahrscheinlichkeit abgetrieben werden würde, eine weitere grausame Folge der misslichen Lage, in die Hettie ihn gebracht hatte. Hoff würde gewiss dafür sorgen, keine Frage. Junge oder Mädchen?, fragte er sich unwillkürlich. Bub oder Mädel?

Man brachte ihm eine dicke Scheibe kalte fettige Wurst, einen Kanten Käse und Schwarzbrot sowie einen lauwarmen Becher Kaffee.

Lysander warf einen Blick auf seine Armbanduhr. Es war halb drei am Nachmittag.

Der Tag verstrich so quälend langsam, dass er sich wie eine ganze Woche anfühlte. Als die Sonne unterging, beobachtete Lysander, wie sich das schmale Rechteck Himmel hinter dem Zellenfenster allmählich verdunkelte. Ein Hauch Zinnoberrot hing am Wolkenrand. Die Nebengeräusche des Zellentrakts hallten pausenlos und unverändert weiter, während die Stunden sich zäh dahinzogen. Geklirr, Gebrüll, Schritte, das Rumpeln der Rollwagen, gelegentlich ein Lachen, das Schaben steifer Besenborsten, die den Zellengang ausfegten.

Nach vollständigem Einbruch der Dunkelheit wurde das elektrische Licht angeschaltet. Lysander machte ein paar weitere Liegestütze und fragte sich zugleich, wo dieses Bedürfnis nach sportlicher Betätigung auf einmal herkam. Mit dem Knopfrand kerbte er einen Strich in den Putz der Zellenwand. Tag eins. Diese melodramatische Anwandlung rang ihm immerhin ein ironisches Lächeln ab. Warum hatte er seine Zigaretten bloß letzte Nacht schon alle geraucht?

Die Tür wurde aufgesperrt, ein Polizist steckte den Kopf hindurch.

»Kommen Sie mit«, sagte er.

Lysander folgte ihm ergeben die Treppe hinauf und dann in einen weiteren Gang, wo man ihn in einen fensterlosen Raum mit einem Tisch und zwei Stühlen führte. Er setzte sich und bemühte sich, ruhig zu bleiben. Hatte Hettie möglicherweise beschlossen, ihm zu Hilfe zu eilen? Zwei Minuten später betrat Alwyn Munro den Raum.

Lysander wäre Munro am liebsten um den Hals gefallen. Herr Barth hatte Wort gehalten – die gute Seele, der treue Freund. Das würde er ihm nie vergessen! Er begrüßte Munro mit einem warmen Händedruck.

»Da haben Sie sich aber ganz schön was eingebrockt«, scherzte Munro. Er nahm Platz und bot Lysander eine Zigarette an.

»Alles haltlose Beschuldigungen. Ein Lügengespinst. Wir sind seit Monaten ein Liebespaar.« Lysander sog so gierig an seiner Zigarette, dass ihm flau wurde.

Munro legte eine Visitenkarte auf den Tisch.

»Das ist Ihr Anwalt. Ein hervorragender Mann. Leider konnte er keine Kautionsstellung erwirken. Das ist das Problem bei Notzuchtsfällen. Aber Sie haben Glück, dem Vernehmen nach wirft Ihnen Miss Bull jetzt keine Vergewaltigung mehr vor, sondern nur noch tätlichen Angriff. Die Kaution ist hierfür sehr hoch – zehntausend Kronen.«

»Aber das ist ja absurd!«, beschwerte sich Lysander. »Tätlicher Angriff? Ich soll Miss Bull ›tätlich angegriffen‹ haben? Ich bin doch kein Verbrecher. Und wo soll ich so viel Geld hernehmen? Warum wird die Kaution so hoch angesetzt?«

»Hoffs Vater war offenbar ein überaus angesehener Bezirkshauptmann. Einflussreiche Freunde. Minister, Regierungsbeamte, Richter ... Mir kommt sie auch etwas unverhältnismäßig vor.«

»Ich kann eine solche Summe nicht auftreiben – für wen halten die mich?«

»Keine Sorge – wir haben bereits gezahlt.« Munro lächelte. »Betrachten Sie es als Darlehen – wenn auch leider nicht zinslos.«

Lysander hüpfte das Herz vor Freude. Er schluckte. Seine Hände zitterten.

»Mein Gott ... Ich bin Ihnen ja so dankbar. Heißt das, dass ich jetzt frei bin?«

»Nicht ganz. Es wurden bestimmte Bedingungen gestellt.« Munro lehnte sich zurück, als wollte er eine objektivere Sicht gewinnen. »Bis zur Verhandlung werden Sie auf dem Gelände der Britischen Botschaft konfiniert. Genauer gesagt im Behelfskonsulat, wo wir Attachés arbeiten.« Lächelnd fügte er hinzu: »Es ist und bleibt dennoch ein Fleckchen Großbritannien in Wien.«

»Warum werde ich dort festgehalten?«

»Man ist offensichtlich der Meinung, dass Sie eher die Flucht antreten, als sich vor Gericht verantworten werden. Und weil wir die Kaution gestellt haben, wurde uns aufgetragen, auf Sie aufzupassen.«

Lysanders Euphorie ließ allmählich nach.

»Ich wandere also nur von einer österreichischen Zelle in eine britische.«

»Dort dürften Sie es wesentlich bequemer haben.« Munro zuckte mit den Schultern. »Mehr konnten wir nicht erreichen. Hierzulande nimmt man solche Verbrechen sehr ernst, Vergewaltigungen, Sexualmorde, tätliche Angriffe und dergleichen.«

»Ich habe niemanden vergewaltigt oder tätlich angegriffen.«

»Gewiss. Ich erkläre Ihnen nur, warum sie diese Bedingungen gestellt haben. Wir haben für Sie ein Plätzchen hinter dem Konsulat. Mit einem kleinen Garten. Man wird Sie nicht einsperren, aber Sie dürfen das Gelände nicht verlassen.« Munro stand auf. »Wollen wir?«

21

Eine kleine, klassizistische Villa

Das Behelfskonsulat entpuppte sich als kleine, leicht heruntergekommene klassizistische Villa, ein paar Straßen von der eigentlichen Botschaft in der Metternichgasse entfernt, gegenüber vom Botanischen Garten. Lysanders »Gefängnis« war ein zweistöckiges oktogonales Gartenhaus am Ende eines von hohen Mauern umfriedeten Parterres, das an der hinteren Villenterrasse begann. Oben stand ihm ein oktogonales Schlafzimmer und unten ein oktogonales Wohnzimmer mit kleinem Kamin zur Verfügung. Zwar gab es weder Toilette noch Bad, aber sonst war es durchaus komfortabel, wie er einräumen musste. Wenn er frische Luft schnappen oder sich die Beine vertreten wollte, konnte er jederzeit die verunkrauteten Kieswege des verwildernden Parterres entlanglaufen. Dreimal täglich wurde ihm auf einem Tablett Essen aus einem benachbarten Restaurant serviert, es wurde für ihn Feuer gemacht, jeden Morgen bekam er einen Krug heißes Wasser, damit er sich waschen konnte, seine Schmutzwäsche wurde eingesammelt und sauber zurückgebracht (er hatte seine Kleidung und andere Habseligkeiten aus der Pension Kriwanek holen lassen) und sein Nachttopf wurde von diversen Botschaftsbediensteten, die beinah täglich zu wechseln schienen, diskret geleert und wieder hingestellt. Selten bekam er einen von ihnen mehr als zweimal zu Gesicht. Die Mahlzeiten und den Wäschedienst würde man ihm in Rechnung stellen, wie Lysander erfuhr. Sämtliche Kosten würden auf die zehntausend Kronen aufgeschlagen, die er der Regierung

Seiner Majestät bereits schuldete – von den stetig wachsenden Anwaltskosten ganz zu schweigen.

Er hatte schon mehrere Besprechungen mit seinem Anwalt, einem gewissen Herrn Feuerstein, hinter sich. Ein ernster junger Mann, etwa so alt wie Lysander, mit Kneifer und gepflegtem Bart, der jedes Mal finster die Stirn runzelte und missbilligend vor sich hin murmelte, wenn er die Punkte im anliegenden Fall durchging, als wollte er bei seinem Mandanten nicht den kleinsten Funken Hoffnung oder Optimismus aufkommen lassen. Er war allerdings auch der Meinung, dass eine Offenlegung der Affäre die beste Verteidigung wäre. Und so notierte er mit seiner kleinen gestochenen Schrift jede Einzelheit, die Lysander von seinen mehreren Dutzend Treffen mit Hettie noch erinnerlich war. Feuerstein erklärte sich bereit, die Hotels, in denen sie in Wien, Linz und Salzburg abgestiegen waren, aufzusuchen und Abschriften von den Einträgen im Gästebuch anzufertigen, ja vielleicht sogar Hetties Atelierscheune heimlich zu fotografieren. Er bat Lysander, ihm einen detaillierten Grundriss der Scheune zu zeichnen und ein möglichst vollständiges Inventar aus dem Gedächtnis zu erstellen. Er mag ja Pessimist sein, dachte Lysander, aber immerhin ist er ein gründlicher Pessimist.

Außerdem erhielt Lysander täglich Besuch von Alwyn Munro und dem anderen Attaché – dem Marineattaché –, einem Mann namens Jack Fyfe-Miller. Dieser war blond und stämmig, Anfang dreißig und trug einen hellen Vollbart – ganz der alte Seebär, passend zur Marine, dachte Lysander. In Cambridge war er für sein Rugbyspiel ausgezeichnet worden. Nach den ersten paar Begegnungen befand Lysander, er sei ein »Holzkopf«. Fyfe-Miller hatte ihn in London auf der Bühne gesehen (in *Der Widerspenstigen Zähmung*) und schien sich nur für das Treiben hinter den Kulissen zu interessieren, insbesondere für die Schauspielerinnen. Ständig fragte er: Kennen Sie Ellen Terry? Haben Sie jemals Dolly Baird getroffen? Wie ist Mrs Mabel Troubridge in Wirklichkeit? Ab und zu ließ er jedoch eine Bemerkung fallen, die von größeren intellektuellen Kapazitäten zeugte, sodass Lysander allmählich zu dem Schluss kam, seine plumpvertrauliche Naivität sei nur aufgesetzt.

Nach einer Woche im Gartenhaus am Ende des Grundstücks hatte er sich eingewöhnt, der alltägliche Ablauf war geregelt, und er führte ein beinah normales Leben. Lysander fasste sich ein Herz und fragte Munro, ob sich nicht doch ein Treffen mit Hettie arrangieren ließe.

»Wohl keine so gute Idee«, sagte Munro.

»Wenn ich Gelegenheit hätte, mit ihr zu sprechen – und sei es nur für ein paar Minuten –, würde sich bestimmt alles klären.«

Sie spazierten gerade über die moosigen Parterrewege, die um das kleine Zementbecken des trockenen Springbrunnens in der Mitte führten. Auf einem Haufen eingestürzter, rissiger Blöcke erhob sich ein flechtenüberzogenes Steinengelchen, das einen Fisch mit weit aufgerissenem Maul in die Höhe hielt. Der Fisch schien eher nach Luft schnappen als Wasser in einen Brunnen führen zu wollen, der nie wieder sprudeln würde.

»Schauen Sie«, sagte Lysander und deutete auf eine kleine, blasig gestrichene Tür an der hinteren Gartenmauer. »Sie könnten Miss Bull hier doch unbemerkt hineinschmuggeln. Geben Sie mir nur eine Minute mit ihr unter vier Augen – dann wird sie die Anzeige zurückziehen.«

Nachdenklich strich Munro seinen adretten Schnurrbart glatt.

»Mal sehen, was ich tun kann.«

22
Autobiographische Untersuchungen

Hettie. Dieser blanke Wahnsinn – wie konntest du mir das antun? Halt. Erst die Fakten, das Zwiegespräch. Gestern Abend ist sie gekommen, kurz vor elf. Jack Fyfe-Miller hat sie durch die hintere Gartentür zu mir geführt und dann im Wagen gewartet, während wir miteinander sprachen. Sie ist zwanzig Minuten geblieben.

Zunächst haben wir uns geküsst, wie ein altes und geübtes Liebespaar, voller Leidenschaft, als wäre nichts von alldem vorgefallen. Sie hat sich an mich geklammert, beteuert, wie sehr ich ihr fehle, und gefragt, wie es mir gehe. Das kam mir einfach grotesk vor – als hätte sie mich bloß eine Weile nicht gesehen, weil ich erkältet gewesen war. Einen Augenblick lang raste ich derart vor Wut, dass ich lieber einen Schritt zurücktrat und ihr den Rücken zukehrte.

HETTIE: Ist alles in Ordnung? Wie geht es dir?

ICH: Wie es mir geht? Du fragst, wie es mir geht? Hundsmiserabel. Ich bin am Boden zerstört. Was glaubst denn du?

HETTIE: Scheint ja ein nettes Häuschen zu sein. Hübsch hast du's hier. Ist das dein Garten?

ICH: Hettie, ich wurde nur gegen Kaution freigelassen und stehe hier unter Arrest. Bald werde ich wegen tätlichen Angriffs vor Gericht gestellt. Weil ich dich »tätlich angegriffen« haben soll.

HETTIE: Ich weiß. Es tut mir so leid. Ich wusste nicht, was ich sagen sollte, als Hoffes bemerkt hat. Und so habe ich irgendein wirres Zeug geredet, nur, damit er endlich aufhört zu schreien.

Vor lauter Aufregung und Anspannung hatte ich vergessen, dass sie schwanger ist – dass sie unser Kind unterm Herzen trägt. Ich legte ihr meine Hand auf den Bauch – er wirkte ziemlich flach.

ICH: Du fühlst dich gar nicht schwanger an.

HETTIE: Ich hatte ja selbst keine Ahnung. Wie du weißt, hielt ich mich für unfruchtbar. Ich war davon überzeugt – ehrlich. Mir war auch kein bisschen übel. Ich hatte nicht zugenommen, es gab nicht das geringste Anzeichen. Aber dann wurden meine Brustwarzen dunkler, und das ist Udo aufgefallen, er hat mich zum Arzt gebracht. Nach der Untersuchung sagte der, ich sei im vierten Monat schwanger.

ICH: Mir sind deine Brustwarzen nie aufgefallen.

HETTIE: Weil du sie ständig vor Augen hattest. Du hast keine Veränderung bemerkt, weil sie schleichend war. Offen gesagt, habe ich sie auch nicht bemerkt. Udo hingegen hatte meine Brüste wochenlang nicht zu sehen bekommen. Es traf ihn wie ein Schock – darum hat er mich gleich zum Arzt geschleift. Und als Udo dann hörte, dass ich schwanger bin, hat er einen Tobsuchtsanfall bekommen. Darum habe ich deinen Namen ins Spiel gebracht.

ICH: Aber ich habe dich weder vergewaltigt noch tätlich angegriffen, wenn ich mich recht entsinne. Ja, wenn ich mich recht entsinne, hast du dich eher an mir vergriffen – wer hat hier wen entkleidet?

HETTIE: Ich wusste doch, dass dir so etwas gefällt.

ICH: Wie kommst du denn darauf?

HETTIE: Ich habe deine Patientenakte gelesen – als ich bei Dr. Bensimon war. Er hat das Sprechzimmer einmal verlassen, und deine Akte lag auf dem Tisch. Bensimon war schon ein paar Minuten weg, mir wurde langweilig, und als ich die Akte sah, war meine Neugier geweckt.

ICH: Das ist ja unerhört!

HETTIE: Geschadet hat es dir nicht, dass ich über deine Träume Bescheid wusste, deine Phantasien …

ICH: Nein. Das war alles nur Teil der Therapie. Und kein Grund, die Polizei ein-

HETTIE: Sei doch nicht so zynisch. Udo war gleich der Ansicht, du hättest mir Gewalt angetan, und ich habe ihm nicht widersprochen, sondern nur gesagt, kann schon sein, ja, du hast sicher recht. Keine Ahnung, warum ich das getan habe. Er tobte regelrecht. Und ich sagte, du habest dich meiner bemächtigt und gab ihm unversehens recht. Einfach, um seiner Schreierei ein Ende zu setzen. Es tut mir wirklich leid, mein Liebling. Du musst mir verzeihen – ich wusste vor Panik weder ein noch aus.

Auf einmal verspürte ich nur noch ungeheure Erschöpfung, eine bleierne Müdigkeit.

ICH: Warum ist Udo nicht davon ausgegangen, dass es sein Kind ist?

HETTIE: Weil, na ja … wir schlafen nicht mehr miteinander. Schon seit über einem Jahr nicht. Er wusste auf Anhieb, dass das nicht sein Sohn ist.

ICH: »Sohn«?

HETTIE: Es ist ein Junge, das Baby, ich weiß es.

ICH: Du bist dir aber der Tatsache bewusst, dass ich vor Gericht die Wahrheit aussagen werde – über dich und mich und unsere Affäre.

HETTIE: Nein! Nein, das darfst du nicht. Udo bringt mich um – mich und das Kind.

ICH: Unfug. Das kann er nicht. Er ist doch kein Unmensch.

HETTIE: Du weißt nicht, wozu er imstande ist. Er wird mich vor die Tür setzen, Mittel und Wege finden, mich zu vernichten. Mich zu bestrafen und auch das Baby – unser Baby.

ICH: Du solltest dich von ihm trennen. Komm nach London und wohne bei mir. Was schuldest du ihm? Gar nichts.

HETTIE: Alles. Als ich ihn in Paris kennenlernte, war ich … ich steckte in ernsthaften Schwierigkeiten. Udo hat mich gerettet. Er hat mich nach Wien mitgenommen. Ohne ihn wäre ich gestorben – oder mir wäre noch Schlimmeres passiert. Bitte, Lysander, ich flehe dich an – er darf nichts von unserer Beziehung erfahren.

ICH: Du wirst das Kind aber nicht abtreiben lassen.

HETTIE: Niemals. Er ist unser Sohn. Dein Kind und meins, Liebster.

Just in diesem Moment tauchte Fyfe-Miller auf und klopfte an die Fenstertür. Hettie gab mir einen Abschiedskuss und wisperte mir zuletzt noch zu: »Ich flehe dich an, Lysander. Behalt es für dich. Stürze mich nicht ins Verderben.«

Heute Morgen hatte ich wieder eine Besprechung mit Herrn Feuerstein. Ich fragte ihn, wie schwer meine Strafe ausfallen würde, wenn man mich schuldig spräche. »Acht bis zehn Jahre, wenn Sie Glück haben«, sagte Feuerstein. Dann fuhr er fort: »Man wird Sie aber nicht schuldig sprechen, Herr Rief. Sobald Sie Ihre Aussage machen, wird die Anklage in sich zusammenfallen.« Er wedelte mit der Akte. »Hier ist alles dokumentiert. Die Hotels in Wien, Linz und Salzburg. Die Zeugenaussagen des Personals. Wie war noch dieser englische Ausdruck? *Cakewalk* – ein Kinderspiel.« Ausnahmsweise gestattete er sich ein Lächeln. Ich dachte nur: Wenn Feuerstein derart zuversichtlich ist, bedeutet es für Hettie das Aus. »Ich freue mich richtig auf die Verhandlung«, fuhr mein Anwalt fort. »Schade, dass es bis zum 17. Mai noch so lange hin ist.«

Nun warte ich auf Munro und Fyfe-Miller, wir wollen uns hier im Sommerhaus treffen. Ich werde ihnen sagen, dass mir keine andere Wahl bleibt. Dieser Fall darf niemals vor Gericht kommen.

23
Ein nagelneuer Messingschlüssel

Lysander saß in seinem oktogonalen Wohnzimmer Alwyn Munro und Jack Fyfe-Miller gegenüber. Schneegestöber stieß sanft gegen die Fenstertüren, und im Kamin kämpfte ein Feuer gegen die Kälte an. Aus unerfindlichem Grund trug Fyfe-Miller seine Marineuniform – samt einer Reihe Orden auf der Brust –, die ihn seriöser und eindrucksvoller erscheinen ließ, als einsatzbereiter Offizier. Munro trug einen Dreiteiler aus schwerem Tweed, als wollte er ein Jagdwochenende in Perthshire verbringen.

»Ich habe die letzten Tage viel nachgedacht«, fing Lysander behutsam an. »Und dabei ist mir eines unmissverständlich klar geworden. Ich darf auf gar keinen Fall vor Gericht erscheinen.«

»Feuerstein hat mir gesagt, dass Ihre Verteidigung unschlagbar ist«, bemerkte Munro.

»Wir wissen alle, wie leicht etwas schiefgehen kann.«

»Sie wollen also die Flucht ergreifen«, sagte Fyfe-Miller und zündete sich eine Zigarette an. Nicht zum ersten Mal stellte Lysander fest, dass hinter der ausdruckslosen Fassade ein wacher Geist steckte.

»Genau.«

Die beiden Attachés wechselten einen Blick. Munro lächelte.

»Wir haben heimlich darum gewettet, wie lange Sie brauchen würden, um zu dieser Einsicht zu gelangen.«

»Ich sehe keinen anderen Ausweg.«

»So einfach ist das aber nicht«, sagte Munro und erklärte,

wo die Schwierigkeiten lagen. Wie jede andere Botschaft in Wien war auch die Britische Botschaft von Spitzeln durchsetzt. Von den österreichischen Mitarbeitern stand seinen Schätzungen zufolge jeder Dritte im Sold des Innenministeriums. Das sei ganz natürlich und nicht anders zu erwarten, fügte er hinzu – in London ginge es schließlich genauso zu.

»Das heißt«, fuhr er fort, »es würde sofort auffallen, wenn Sie uns abhandenkämen. Sie stehen die ganze Zeit unter Beobachtung, auch wenn es nicht den Anschein hat. Jemand würde gleich die Polizei benachrichtigen.«

Fyfe-Miller schaltete sich ein. »Außerdem wären wir als Ihre Wärter verpflichtet, Ihre Flucht umgehend bei den Obrigkeiten anzuzeigen. Und die Kaution würden Sie natürlich verlieren.«

Daran wollte Lysander lieber nicht denken. »Und wenn ich mich mitten in der Nacht davonschliche? Dann würde es doch Stunden dauern, bis mein Fehlen bemerkt wird.«

»Im Gegenteil. Mitten in der Nacht ist die gefährlichste Zeit. Die Wachleute, die Polizisten, das Nachtpersonal – nachts sind sie alle besonders aufmerksam. Ich bin mir ziemlich sicher, dass draußen vor dem Tor ein paar Polizisten in Zivil postiert sind, Tag und Nacht sitzen sie in einem Automobil auf der Lauer. Mitten an einem Werktag wäre viel unauffälliger.« Munro lächelte. »So merkwürdig es klingt.«

»Wenn Sie fliehen«, überlegte Fyfe-Miller laut, »hätten Sie höchstens eine Stunde Vorsprung. Wenn Sie bis dahin niemand angezeigt hat, müssten wir es tun – nach einer Stunde.«

»Rechnen Sie besser nur mit einer Viertelstunde Vorsprung«, sagte Munro. »Die sind nicht auf den Kopf gefallen.«

»Wo würdest du hinfliehen, Alwyn?«, fragte Fyfe-Miller *betont* beiläufig.

»Nach Triest. Damit ist man praktisch schon in Italien – dort hasst man die Kakanier. Ja, ich würde nach Triest fliehen und mit dem Dampfer nach Italien übersetzen.«

Lysander war der verborgene Sinn dieses Austauschs nicht entgangen. Nun wusste er mit Sicherheit, was hier gespielt wurde: Munro und Fyfe-Miller erstellten gerade einen Plan, gewissermaßen einen Leitfaden, dem er nur zu folgen brauchte. Tu, wie dir geheißen, lautete die geheime Botschaft, dann wird alles gut gehen.

»Wo fahren die Züge nach Triest eigentlich ab?«, fragte er ebenso betont beiläufig.

»Vom Südbahnhof aus. In Graz muss man umsteigen. Die Fahrt dauert insgesamt etwa zehn bis zwölf Stunden«, antwortete Fyfe-Miller.

»In Triest würde ich gleich zum Lloyds-Büro gehen und mir eine Dampferkarte nach …« Munro runzelte nachdenklich die Brauen.

»Auf keinen Fall Venedig.«

»Nein. Das wäre zu offensichtlich. Vielleicht nach Bari – jedenfalls viel weiter südlich, als man erwarten würde.«

Lysander schwieg, nur zu gern begnügte er sich damit, den beiden zuzuhören und sich seinen Teil zu denken.

Munro erhob einen warnenden Zeigefinger. »Man muss davon ausgehen, dass die Polizei als Erstes jeden Bahnhof absucht.«

»Stimmt. Man müsste sich also auf die ein oder andere Weise verkleiden. Natürlich würde die Polizei vermuten, dass es nach Norden gehen soll, Richtung England. Darum ist es ratsam, gen Süden zu fahren.«

»Ohne Geld käme man nicht weit«, sagte Munro, zückte seine Brieftasche und entnahm ihr zweihundert Kronen, die er fächerartig auf dem Tisch anordnete. »Was haben wir heute für einen Tag? Dienstag. Morgen Nachmittag wäre gut. Dann wäre man Donnerstag früh in Triest.«

»Und das Ganze hätte sich erledigt.«

Die beiden Männer sahen Lysander offen an, ohne das geringste Anzeichen von Verschwörung oder Heimlichtuerei im Blick. In dieser bewussten Arglosigkeit steckte wieder eine Botschaft – das hier ist nur eine Plauderei. Eine Plauderei über eine rein hypothetische Reise – mehr nicht. Wir übernehmen keinerlei Verantwortung.

»Das Risiko ist hoch«, sagte Munro, als wollte er die implizite Botschaft noch untermauern.

»Wenn man Sie schnappt, kommt das praktisch einem Schuldeingeständnis gleich«, fügte Fyfe-Miller hinzu.

»Sie müssten sehr umsichtig vorgehen. Vorausschauend denken. Verschiedene Möglichkeiten durchspielen – auf alles gefasst sein.«

»Lassen Sie sich etwas einfallen.«

Munro stand auf und ging zur Tür, Fyfe-Miller folgte ihm. Das Geld blieb auf dem Tisch liegen.

Lysander öffnete ihnen die Tür. Nun wusste er genau, was von ihm erwartet wurde.

»Es war sehr interessant, mit Ihnen zu plaudern. Danke.«

»Wir sehen uns morgen«, antwortete Munro. Fyfe-Miller salutierte stramm, und Lysander blickte den beiden hinterher, während sie im fallenden Schnee zum Konsulat zurückeilten.

Als das Schneegestöber am späteren Nachmittag nachgelassen und die niedrigen Buchsbaumhecken des Parterre mit einer dicken weißen Glasur überzogen hatte, ging Lysander eine Weile im Garten spazieren. Er dachte fieberhaft nach. Das Geld hatte er in der Tasche, Munro und Fyfe-Miller hatten den besten Fluchtweg skizziert. Sobald er Triest erreichte, wäre er in Sicherheit – dort gab es zwanzig Mal mehr Italiener als Österreicher. Für ein paar Kronen würde ihn ein Trampdampfer oder Frachter nach Italien bringen. Plötzlich fiel ihm etwas Unerwartetes ins

Auge – ein Funkeln, ein Blitzen. Er schlenderte zur kleinen Gartentür.

Im Türschloss steckte ein nagelneuer Messingschlüssel, dessen makellose polierte Oberfläche im schwachen letzten Sonnenlicht glänzte. Lysander steckte ihn ein. Es konnte also losgehen – morgen nach dem Mittagessen würde er den Befreiungsschlag wagen.

24
Einfallsreichtum

Lysander ließ die Hälfte seines Mittagessens – geschmortes Schweinefleisch mit Meerrettich – absichtlich auf dem Teller liegen. Als der sauertöpfische Diener mit den vorstehenden Zähnen das Tablett abräumte, erklärte Lysander, er fühle sich nicht wohl und werde sich später hinlegen. Kaum war er wieder allein, zog er seinen Mantel an, sammelte die wichtigsten Dinge ein, die er in seinen diversen Taschen verstauen konnte, nahm seinen Hut vom Türhaken und ging hinaus.

Es war ein windiger Tag mit tief treibenden Wolken, und der Schnee war beinah zur Gänze geschmolzen. Lysander drehte eine Runde im Garten, um den Anschein zu erwecken, es handle sich um seinen üblichen Spaziergang nach dem Essen. Als er die kleine Tür an der hinteren Gartenmauer erreichte, schloss er sie blitzschnell auf, schlüpfte hindurch und schloss sie von außen wieder ab. Den Schlüssel warf er über die Mauer in den Garten zurück. Er blickte sich um – eine unbekannte Seitenstraße im 3. Bezirk, einem Teil von Wien, mit dem er nicht vertraut war. Als er zur nächsten Hauptstraße vorstieß, sah er, dass es sich um den Rennweg handelte und fand die Orientierung wieder. Er war etwa fünf Gehminuten vom Südbahnhof entfernt, wo er in den Zug nach Triest springen könnte – aber zuerst musste er sich etwas einfallen lassen. Vor der Hof- und Staatsdruckerei standen zwei Fiaker. Lysander lief über den Rennweg, um einen herbeizuwinken.

Binnen einer Viertelstunde war er in der Mariahilfer

Straße. Das entsprach genau dem Vorsprung, mit dem er laut Munro und Fyfe-Miller rechnen durfte. Er könnte längst am Südbahnhof sein, die Fahrkarte nach Triest schon in der Hand. Machte er gerade einen Fehler? Lassen Sie sich etwas einfallen, hatte Munro gesagt. Es war wohl weniger als Ratschlag denn als Warnung gemeint.

Mit einem Stoßgebet klingelte Lysander an der Tür der Pension Kriwanek. Möge Frau K außer Haus (nach dem Mittagessen erledigte sie für gewöhnlich Einkäufe oder Besuche) und Herr Barth im Haus sein.

Traudl öffnete ihm die Tür. Sein Anblick überraschte und verstörte sie derart, dass sie bis zum Haaransatz rot wurde.

»O Gott!«, sagte sie. »Herr Rief! Das kann nicht sein!«

»Grüß dich, Traudl. Doch, ich bin's. Ist Frau Kriwanek da?«

»Nein. Was suchen Sie hier, mein Herr?«

»Ist Herr Barth da?«

»Nein. Er ist auch nicht da.«

Glück und Pech gehabt, dachte Lysander und zwängte sich sanft an Traudl vorbei in die Diele. Dort standen immer noch die beiden Bergères und die ausgestopfte Eule unter ihrer Glasglocke, Überreste seines schönen früheren Lebens, dachte Lysander mit einem Anflug von Ärger, weil man ihn gezwungen hatte, dieses Leben aufzugeben.

»Kannst du mir bitte das Zimmer von Herrn Barth aufschließen, Traudl?«

»Ich habe den Schlüssel nicht, mein Herr.«

»Natürlich hast du den Schlüssel.«

Kleinlaut drehte sie sich um, lief durch den Flur zu Barths Zimmer, holte den Schlüsselbund unter ihrer Schürze hervor und schloss die Tür auf.

»Du darfst niemandem erzählen, dass ich hier war, Traudl. Klar? Ich werde Herrn Barth später alles erklären – aber du darfst kein einziges Wort darüber verlauten lassen.«

»Frau Kriwanek wird es ja doch erfahren, Herr Rief. Sie erfährt immer alles.«

»Das stimmt nicht. Von dir und Leutnant Rozman hat sie beispielsweise noch nichts erfahren ...«

Traudl ließ den Kopf hängen.

»Ich würde Frau Kriwanek nur sehr ungern mitteilen, was du und der Leutnant so getrieben habt.«

»Bitte, Herr Rief. Ich wäre Ihnen wirklich sehr dankbar, wenn Sie mich nicht verraten würden.«

»Und vergiss nicht, dass du mir zwanzig Kronen schuldest, Traudl.«

»Ich sage es keiner Menschenseele. Ich schwör's.«

Lysander gewährte Traudl den Vortritt in das winzige Zimmer von Herrn Barth. »Nach dir«, sagte er und folgte ihr.

25

Triest

Lysander blickte aus dem Fenster des Grazer Express und sah auf den kurzen Streckenabschnitten zwischen den unzähligen Tunneln, durch die der Zug auf seiner Talfahrt in die Küstenstadt hindurchdonnerte, die ersten Sonnenstrahlen am Golf von Triest aufschimmern. Diese Aussicht auf die Adria mit ihrer Felsenküste erschien ihm wie ein Symbol seiner Rettung, etwas, das er im Gedächtnis bewahren sollte. Nun hatte er den äußersten Rand von Österreich-Ungarn erreicht und würde dem Land in wenigen Stunden für immer den Rücken kehren. Er hatte Hunger – seit der halben Portion vom Vortag hatte er nichts gegessen, und er nahm sich vor, im Bahnhofsrestaurant ordentlich zu frühstücken, sobald sie angekommen waren. Er hatte immer noch gut hundert Kronen in der Tasche, mehr als genug, um eine Dampferüberfahrt nach Ancona zu buchen – es war gar nicht nötig, so weit südlich zu fahren wie Bari. Von Ancona aus würde er nach Florenz gehen und sich dort Geld überweisen lassen, um seine Rückreise über Frankreich fortzusetzen. Jetzt, da er fast schon in Triest war, wirkten diese Pläne alle plausibel und leicht umsetzbar.

Mit ächzenden, quietschenden Bremsen hielt der Grazer Express an der Stazione Meridionale. Lysander trat auf den Bahnsteig. Er brauchte nur die italienischen Schilder zu sehen und wusste: Er hatte es geschafft. Er war frei –

»Rief?«

Als er sich ganz vorsichtig umdrehte, sah er Jack Fyfe-

Miller mit einem kleinen Lederkoffer aus einem Wagen der ersten Klasse steigen.

Lysander verspürte eine gewisse Erleichterung.

»Bravo!« Fyfe-Miller klopfte ihm auf die Schulter. »Sie haben bestimmt Hunger. Ich spendiere Ihnen ein Frühstück.«

Sie gingen ins Café Orientale im Lloyds-Palast an der Piazza Grande, wo Lysander ein Sechs-Eier-Omelett mit Schweinesteak bestellte und dazu Unmengen süßer kleiner Brötchen verspeiste. Fyfe-Miller trank einen Gespritzten und rauchte eine Zigarette.

»Sie haben uns sehr beeindruckt«, sagte er.

»Wie das?«

»Munro und ich haben am Südbahnhof nach Ihnen Ausschau gehalten. Wir hatten Sie schon fast aufgegeben – dachten, Sie hätten es nicht rechtzeitig geschafft. Die Polizei war nämlich im Handumdrehen dort. Und plötzlich tauchen Sie doch noch auf, fluchen im schönsten Italienisch und schleppen einen Kontrabass.«

»Ich habe mir etwas einfallen lassen, wie geheißen.«

Lysander hatte sich das Kopfkissen von Herrn Barth unters Hemd gestopft und den Mantel über seinem neuen Kugelbauch zugeknöpft. Dann hatte er Herrn Barths uralten Zylinder aus Pressfilz genommen und mit einem kräftigen Hieb eingedellt. Der riesige Kontrabass im Lederkasten stellte sich als erstaunlich leicht, wenn auch recht sperrig heraus. Zu guter Letzt hatte er Traudl in Herrn Barths Zimmer eingeschlossen und von der Mariahilfer Straße aus einen Fiaker zum Bahnhof genommen. Dort hatte er eine Fahrkarte nach Triest erworben (dritter Klasse), ehe er sich – unter lauten Mi scusi-, *Attenzione*- und *Lasciami passare*-Rufen – zum Bahnsteig begab. Die Leute drehten sich nach ihm um, er sah Kinder lächeln und mit dem Finger auf ihn zeigen, er sah auch Polizisten, die ihm flüchtige Blicke zuwarfen. Ein Gepäckträger half ihm, den Kontrabass in den Wagen zu hieven. Keiner suchte nach einem dicklichen italienischen Kontrabassisten mit speckiger Kopfbedeckung. Lysander fand einen Platz am Fenster und wartete so gelassen wie möglich auf den Abfahrtspfiff.

»Manchmal ist eine auffällige Erscheinung die beste Tarnung«, fügte Lysander hinzu.

»Das haben wir auch festgestellt ... Wo ist der Kontrabass denn abgeblieben?«

»Ich habe ihn im Zug gelassen, als ich in Graz umsteigen musste. Das hat mir ein wenig leidgetan.«

»Munro und ich waren begeistert. Wir haben Tränen gelacht, bevor ich ebenfalls in den Zug gesprungen bin.«

»Haben Sie mich als vermisst gemeldet?«

»Selbstverständlich. Nach genau einer Stunde – aber sie wussten schon Bescheid. Die Botschaftsspitzel waren uns zuvorgekommen. Wir haben uns dennoch rechtschaffen empört gezeigt und uns tausendmal entschuldigt. Wir waren zutiefst beschämt.«

Nach dem Frühstück kaufte ihm Fyfe-Miller die Fahrkarte nach Ancona und sie gingen gemeinsam zum neuen Hafen, um die Mole ausfindig zu machen, wo der Postdampfer lag.

Am Fuß der Landungsbrücke gab Fyfe-Miller Lysander die Hand. »Auf Wiedersehen, Rief. Und alle Achtung. Ich bin sicher, dass Sie die richtige Entscheidung getroffen haben.«

»Ich gehe nur schweren Herzens«, sagte Lysander. »In Wien gäbe es für mich noch eine Menge zu klären.«

»Tja, Sie werden auf keinen Fall dorthin zurückkehren können«, entgegnete Fyfe-Miller mit seiner üblichen Schroffheit. »Für die österreichisch-ungarischen Behörden sind Sie jetzt ganz offiziell ein Gerichtsflüchtling.«

Diese Vorstellung betrübte Lysander. Da ertönte die Dampfpfeife am Schornstein.

»Ich danke Ihnen für Ihre Unterstützung – Ihnen und Munro«, sagte Lysander. »Das vergesse ich Ihnen nie.«

»Wir auch nicht«, erwiderte Fyfe-Miller mit einem breiten Grinsen. »Sie schulden der Regierung Seiner Majestät eine beträchtliche Summe.«

Nach dem Händedruck wünschte Fyfe-Miller ihm *bon voyage*, und Lysander ging an Bord des verlotterten Küstenfrachters. Die Dampfzufuhr wurde erhöht, die Schiffstaue gelöst, dann verließ das kleine Schiff den geschäftigen Hafen von Triest. Lysander blieb am Achterdeck stehen, an die Reling gelehnt, und beobachtete, wie die Stadt samt ihrem Schloss auf den Klippen allmählich verschwand, ließ die großartige dalmatinische Steilküste auf sich wirken. Ein herrlicher Anblick im Wintersonnenlicht, das war nicht zu leugnen; ein melancholisches Gefühl von Frieden erfüllte ihn, und er fragte sich, ob er dieses Land je wiedersehen würde. Verzagt dachte er, dass alles, was er in Wien noch hätte klären wollen – die Sache mit Hettie und ihrem gemeinsamen Kind –, wohl für immer ungeklärt bliebe.

Teil zwei

London 1914

I
Maß für Maß

Nachdem Lysander sich geräuspert, geschnäuzt und bei den anderen Mitwirkenden entschuldigt hatte, nahm er sein Rollenbuch wieder zur Hand. Die Fenster und Türen standen alle weit offen, sodass drinnen vermutlich fast ebenso viele Sommerpollen umherschwirrten wie draußen im Garten. Das dürfte seinen Niesanfall erklären, dachte Lysander. Am anderen Ende des langen Tisches fächelte sich Gilda Butterfield mit den Fingern Luft an den feuchten Hals. Wahrhaft ein Juni in Flammen, und mit diesem Bild war er in Gedanken sogleich bei Blanche. Ihre Vorhersage hatte sich bewahrheitet – *June in Flammen* wurde zu einem nachhaltigen Riesenerfolg, und inzwischen war sie damit zu einer endlos langen Tournee aufgebrochen. Wo war sie gerade? Dublin, überlegte er, oder Edinburgh? Ja, er sollte wirklich versuchen, sie zu …

»Wenn du bereit bist, können wir gern weitermachen, Lysander«, sagte Rutherford Davison. Lysander fiel auf, dass er von allen anwesenden Männern als Einziger seine Jacke anbehalten hatte, der Hitze zum Trotz. Er las seinen Text.

»Und daß kein andres Mittel ihn zu retten wäre,
als ihr müßtet entweder diesem vorausgesezten
den Genuß eurer Schönheit überlassen,
oder euern Bruder leiden sehen,
was würdet ihr thun?«

Davison hob die Hand.

»Warum sagt er das wohl? Was meinst du?«

»Weil er frustriert ist. Vor Begierde brennt. Und aus Verbitterung«, sagte Lysander, ohne nachzudenken.

»Verbitterung?«

»Er hat das Gefühl, zu kurz gekommen zu sein.«

»Aber er stammt doch aus dem Hochadel, er beherrscht ganz Wien.«

»Auch Wien schützt nicht vor Verbitterung.«

Alle lachten, stellte Lysander erfreut fest, obwohl er gar keinen Witz intendiert, sondern sich nur spontan geäußert hatte. Ihm war völlig entfallen, dass *Maß für Maß* in Wien spielte – dieses merkwürdige Stück über Wollust und Reinheit, Tugend und Laster, das ihn auf unbehagliche Weise an die Stadt und alles, was er dort erlebt hatte, erinnerte. Für einen Rückzieher war es nun allerdings zu spät, außerdem hätte er seine Gründe kaum offenlegen können. Davison hatte für sein unfreiwilliges Bonmot nicht einmal ein müdes Lächeln übriggehabt. Offenbar strebte er den konfrontativen Kurs an, der bei Theaterregisseuren neuerdings so beliebt war. Am Vorabend hatte Lysander noch mit Greville darüber gesprochen, wie lästig und sinnlos dieser Trend war.

»Machen wir für heute Schluss«, sagte Davison, als hätte er gemerkt, wie stickig es war, und wie unangenehm, am späten Freitagnachmittag hier herumzusitzen. »Ich wünsche euch allen ein schönes Wochenende. Montag fangen wir mit *Fräulein Julie* an.«

Die Probe endete mit dem fröhlichen Geplapper der Schauspieler und munterem Stühlerücken. Sie befanden sich in einem Gemeindesaal in St John's Wood – einem idealen Probenraum mit kleinem Hintergarten, in dem man bei Bedarf jederzeit frische Luft schnappen konnte. Die »Internationale Theatertruppe«, so der Name der Gruppe, war von Rutherford Davison höchstselbst gegründet worden, um dem – wie er sagte – übersättigten und selbst-gefälligen Londoner Publikum die interessantesten Stücke aus dem Ausland zu präsentieren. Kein schlechter Einfall, wie Lysander insgeheim zugeben musste, während er seine Jacke von der Stuhllehne nahm. Das Konzept sah vor, ein eingeführtes, allgemein anerkanntes Stück zusammen mit einem neueren ausländischen Drama, das eine größere Herausforderung darstellte, ins Repertoire zu nehmen. In der letzten Saison hatten sie Galsworthys *Silberdose* mit Tschechows *Kirschgarten* kombiniert. In dieser Saison spielten sie neben *Maß für Maß* noch *Fräulein Julie* von Strindberg. Besser gesagt *Fröken Julie*, wie Davison das Stück beharrlich nannte, im Glauben, den Zensor mit einem fremdsprachigen Titel besser täuschen zu können. Anscheinend war das Stück 1911 verboten worden. Davison hatte von einer amerikanischen Theatertruppe eine neue Übersetzung erworben und dachte, der schwedische Titel würde vom skandalösen Ruf des Inhalts ablenken. Lysander hatte das Stück noch nicht gelesen, wollte es sich aber am Wochenende vornehmen. Er sollte Jean, den Diener, verkörpern, ein ziemlicher Kraftakt, da er zugleich Angelo in *Maß für Maß* spielte. Gilda Butterfield und er waren die erfahrensten Schauspieler der Truppe, was ihm eigentlich schmeicheln sollte, und wenn die Inszenierungen Anklang fanden, würde das seiner Karriere und seinem Ruf sehr förderlich sein. Doch wenn Davison ihn weiterhin so gängelte, wäre die Arbeit weit weniger anregend, als er sich das vorgestellt hatte.

»Und, hast du am Wochenende schon was vor?«

Lysander drehte sich um und sah Gilda Butterfield vor sich stehen, Fräulein Julie in Person – und Isabella aus *Maß für Maß*. In den kommenden Wochen würden sie eine Menge Zeit miteinander verbringen. Sie hatte sehr helle Haut und eine Masse blonder, mit einer Samtschleife zusammengebundener Locken – eine durchaus skandinavische Erscheinung, dachte er. Auf Nasenrücken und Wangen schimmerten ein paar Sommersprossen durch den Puder hindurch. Davon abgesehen, wirkte sie wie eine lebenslustige junge Frau. Sinnenfroh und natürlich. Es war nicht zu übersehen, dass sie sich für ihn interessierte, und er fragte sich, ob dieses Engagement sich möglicherweise noch mit einer kleinen Romanze krönen ließe.

»Ich fahre nach Sussex.« Er zog sein Etui aus der Tasche, bot ihr eine Zigarette an und gab ihr Feuer. »Mein Onkel kehrt nach zwei Jahren von Forschungsreisen in Afrika zurück. Wir feiern Wiedersehen.« Lysander zündete sich ebenfalls eine Zigarette an, dann liefen sie gemeinsam zum Ausgang.

»Wo genau in Sussex?«, fragte Gilda. Als sie mit beiden Händen ihr Haarband im Nacken richtete, die Zigarette zwischen die Lippen geklemmt, zeichneten sich ihre Brüste deutlich hinter der plissierten Bluse ab. Zunächst genoss Lysander die unbekümmerte Sinnlichkeit dieser Pose, bis ihm einfiel, dass er für eine weitere Tändelei noch nicht bereit war. Nicht nach Hettie.

»Claverleigh«, antwortete er. »Kennst du es? Liegt kurz hinter Lewes. In der Nähe von Ripe.«

»Mein Bruder lebt in Hove«, sagte sie, nachdem sie das Haarband fester gezurrt hatte. Sie achtete darauf, den Rauch nicht in seine Richtung zu blasen. »Kann sein, dass wir uns eines schönen Wochenendes beide gleichzeitig in Sussex einfinden.«

»Das wäre wunderbar.« Ziemlich dreist, dachte Lysander, so bringt sie sämtliche Schauspielerinnen in Verruf. Was würde Greville wohl dazu sagen? Als er ihr die Tür aufhielt, trat Rutherford Davison hindurch.

»Ach, Lysander, hättest du kurz Zeit?«

Der Schweiß lief Lysander über den Rücken – er hätte lieber den Bus nehmen sollen statt der Untergrundbahn. Es war tatsächlich sehr heiß, aber vor allem schwitzte er stärker als sonst, weil er sich geärgert hatte. Nachdem alle anderen gegangen waren, hatte Davison ihn noch zwanzig Minuten zurückgehalten und ihm einen Haufen stumpfsinniger Fragen zu seiner Figur gestellt. War Angelo ein Einzelkind oder hatte er Geschwister? Falls ja, wie viele und welchen Geschlechts? Was hatte er wohl unmittelbar vor seinem großen Monolog im zweiten Akt gemacht? Hatte er viel von der Welt gesehen? Ob er gesundheitliche Probleme hatte, die er geheim hielt? Lysander hatte sich alle Mühe gegeben, die Fragen ernsthaft zu beantworten, er wusste, dass Davison ein Jahr zuvor in Russland Stanislawski begegnet und dessen neuen Schauspieltheorien erlegen war, seiner Überzeugung nach ließen das außerliterarische Material und die Details, die man hinzuerfand, die Figur lebendig werden und stützten den Text. Gern hätte Lysander eingewendet, dass Shakespeare es sicher in sein Stück hätte einfließen lassen, wenn Angelos potenzielle Reisen oder Hämorrhoiden von Belang wären. Um des lieben Friedens willen hatte er jedoch genickt und Dinge von sich gegeben wie »sehr treffend«, »interessanter Ansatz« und »ich behalte das mal im Hinterkopf«. Angelo war eine tragende Figur, und da wollte man den Regisseur lieber zum Verbündeten haben.

Eine von Davisons Anregungen lautete: »Es gibt da ein Buch, das dir vielleicht hilft, die Rolle anzulegen – *Die Traumdeutung* von Sigmund Freud. Hast du davon gehört?«

»Ich habe den Autor kennengelernt«, hatte Lysander entgegnet. Das stopfte Davison das Maul.

Bei der Erinnerung an diesen Nachmittag im Café Landtmann musste er lächeln. Davison hatte ihn mit ungewohntem Respekt angesehen. Vielleicht würden sie doch noch miteinander auskommen.

Am Leicester Square stieg Lysander aus und setzte seinen Strohhut auf. Er dachte daran, in ein Pub zu gehen, um seinen Durst mit einem erfrischenden Gemisch aus Bier und Limonade zu löschen und sich von der schweißtreibenden Hitze zu erholen. Als er die Station verließ, sog er die Luft ein – London im Juni, einem brütend heißen Juni, der die Pferdeäpfel zum Dampfen brachte.

Mit Greville Varley hatte er eine Wohnung in Chandos Place gemietet, dort gab es auch ein Pub, das er mochte, das Peace and Plenty an der Ecke William IV Street. Klein und schlicht, mit geschrubbten Holzdielen und Wandtäfelung, ohne den Ätzglas- und Samttapetenschnickschnack so vieler anderer Londoner Pubs. Greville wäre ohnehin noch nicht zu Hause, er hatte eine Nachmittagsvorstellung. Nein, am Freitag bestimmt nicht. Die Nachmittagsvorstellung wäre morgen.

»Tag, Mr Rief. Ist Ihnen warm genug?«

»Ja, danke, Molly, aber vielleicht könntest du morgen für ein bisschen Abkühlung sorgen? Ich fahre aufs Land.«

»Jedem das Seine, Mr Rief.«

Bardame Molly war die Nichte des Wirts und stammte aus Devon – oder war es Somerset? Ein kräftiges Mädchen mit Vollmondgesicht, das ihn an Traudl erinnerte.

Die zuvorkommende, stets errötende Traudl in der Pension Kriwanek, dachte Lysander, während er seinen Halbliterkrug zu einem Eckplatz trug, vor Kurzem war das noch mein Leben, eines seiner vertrauten Bestandteile. Jemand hatte eine Zeitung liegen lassen, Lysander warf einen Blick auf die Schlagzeilen und legte sie sogleich wieder aus der Hand. Er interessierte sich nicht für die irische Selbstverwaltung oder einen drohenden Kohlestreik. Und wofür interessierst du dich dann?, fragte er sich harsch. Für dein Leben? Deine Arbeit? Deine Freunde? Deine Familie?

Gute Frage. Er nippte an seinem Bier, wägte seine Freuden und Nöte ab ... Seit seiner überstürzten Rückkehr aus Wien hatte er seine alte Wohnung aufgegeben und mit Greville eine neue gefunden – das war schön. Er hatte eine Rolle in einem abendfüllenden Spielfilm ergattert und an zwei Arbeitstagen fünfzig Pfund verdient – nicht übel. Er hatte an vielen Vorsprechen teilgenommen und dieses traumhafte Doppelengagement bei der Internationalen Theatertruppe an Land gezogen – auch nicht zu verachten. Ach ja, Blanche hatte die Verlobung von sich aus gelöst.

Er lehnte sich zurück und setzte den Hut ab. Blanche ...

Ihm war vor ihrem Wiedersehen einigermaßen bang zumute gewesen, mit gutem Grund, wie sich herausstellen sollte. Er hatte sich nervös, seltsam wortkarg, übellaunig und reizbar gezeigt.

»Es gibt eine andere, nicht wahr, in Wien?«, hatte Blanche nach fünf Minuten gefragt.

»Nein. Das heißt ja ... es gab eine andere, aber das ist jetzt vorbei. Aus und vorbei.«

»Das sagst du so – dabei kommst du mir vor wie die täuschend echte Verkörperung eines liebeskranken Mondkalbs, das vor Sehnsucht nach seiner Angebeteten vergeht.«

Sie streifte seinen Ring ab und gab ihn Lysander zurück. Da aßen sie gerade nach Blanches Vorstellung in einem Wirtshaus an der Strand zu Abend.

»Ich werde deine Freundin bleiben, Lysander«, sagte sie wohlwollend, »aber nicht deine Verlobte.« Sie ergriff seine Hand. »Komm erst einmal zur Besinnung, Liebling. Und wenn dir dann immer noch danach ist, machst du mir wieder einen Heiratsantrag. Mal sehen, was ich dann sage.«

Lysander ging zum Tresen, um sich noch einen Krug zu holen. Erst vier Uhr nachmittags, und er war beim zweiten Bier. Er sah Molly beim Zapfen zu – sie zog zweimal lange am Hebel, schon schwappte die Schaumkrone fast über den Rand. Er legte eine Handvoll Kupfermünzen auf den Tresen, und Molly suchte sich die richtige Summe zusammen. Ihre künstlich wirkenden Locken klebten vor Schweiß an den Schläfen. Er sollte Blanche heiraten, zum Teufel – diese Frau war für ihn in jeder Hinsicht die Richtige.

»Greville? Bist du da?«, rief Lysander, als er die Wohnungstür hinter sich schloss. Keine Antwort. Er ließ die Schlüssel in eine Schale auf dem Dielentisch fallen. Mrs Tozer, die Haushälterin, war zum Aufräumen und Putzen gekommen, der Geruch von Bienenwachspolitur stieg ihm in die Nase. Die Post hatte sie in zwei Stapel für ihre jeweiligen »Gentlemen« aufgeteilt, und er stellte leicht verdrießlich fest, dass Greville doppelt so viele Briefe erhalten hatte wie er. Die Wohnung befand sich im letzten Stock eines Gebäudes, das höchstens zehn Jahre zählte. Von Grevilles Schlafzimmer aus konnte man einen Blick auf Nelson auf der Säulenspitze am Trafalgar Square erhaschen. Es gab ein Wohnzimmer, zwei geräumige Schlafzimmer, eine kleine Küche und ein Bad mit Wasserklosett. Die Dienstmädchenkammer hatten sie zu einem begehbaren Kleiderschrank und Ankleideraum umfunktioniert, den sie gemeinsam nutzten, sowohl Greville als auch er hatten viel zu viel Kleidung. Alle Habseligkeiten, die er im Wiener Gartenhaus zurückgelassen hatte, waren von Munro umgehend nach London verschifft worden – von Lysanders Aufenthalt war nicht die kleinste Spur geblieben.

Er sah seine Post durch – Rechnung, Rechnung, eine Postkarte aus Dublin (»Wärst du doch auch hier. B«), ein Telegramm von seiner Mutter (BITTE KIEBITZEIER BEI FORTNUMS ABHOLEN STOP) und – er bekam einen trockenen Mund – ein Umschlag mit österreichischer Briefmarke, Kaiser Franz-Josef im Profil, eine Nachsendung von seiner alten Wohnung, das Datum des Poststempels lag mehr als zwei Wochen zurück.

Lysander ging ins Wohnzimmer und schlitzte den Umschlag mit einem Brieföffner auf. Er wusste, welche Neuigkeit ihn erwartete, verharrte eine Weile reglos am Schreibtisch, wagte nicht, den Brief herauszuziehen.

»Komm schon«, sprach er sich laut zu. »Sei nicht albern.«

Ein einziges Blatt. Hetties kindlich ungelenke Handschrift.

Liebster Lysander,

es ist mir eine große Freude, Dir die Geburt unseres Sohnes anzuzeigen. Ich hatte Dir doch gesagt, dass es ein Junge werden würde, nicht wahr? Am 12. Juni um halb elf Uhr abends hat er das Licht der Welt erblickt. Ein stattliches Baby von fast viereinhalb Kilo, mit einem kräftigen Paar Lungen. Ich hätte ihm gern Deinen Vornamen gegeben, aber das kam natürlich nicht infrage, und so habe ich ihn stattdessen Lothar genannt. Wenn man Lysander-Lothar ein paarmal ganz schnell hintereinander spricht, klingen beide Namen fast gleich – in meinen Ohren jedenfalls.

Du fehlst mir sehr, und ich danke Dir aus tiefstem Herzen für das, was Du auf Dich genommen hast. Deine Flucht hat in Wien einen Riesenskandal ausgelöst, ein paar Zeitungen haben darüber berichtet. Die Polizei wurde wegen ihres völligen Versagens heftig angeprangert. Du kannst Dir vorstellen, wie ich mich gefühlt habe, als ich von Deinem Verschwinden hörte und erfuhr, dass es keine Verhandlung geben würde.

Du kannst mir jederzeit an die Adresse des Cafés Sorgenfrei, Sterngasse, Wien schreiben. Doch ich nehme an, dass Du für mich nur noch Hass empfindest, nach allem, was ich Dir angetan habe. Statt meiner kannst Du Lothar, unseren kleinen Jungen, lieben. Bald schicke ich Dir ein Bild von ihm.

Alles Liebe,

Hettie und Lothar

Lysander schloss die Augen, ihm liefen heiße Tränen über die Wangen. Hettie und Lothar. Ein paar Minuten lang heulte er wie ein Baby – wie Baby Lothar –, über den Tisch gebeugt, das Gesicht in den Händen vergraben. Dann stand er auf und schenkte sich an der Hausbar einen Fingerbreit Cognac ein, den er auf Lothar Riefs Wohl erhob, ihm ein langes Leben und gute Gesundheit wünschend, ehe er das Glas leerte. Als er Greville die Wohnungstür aufschließen hörte, trocknete er sich die Augen, doch vergeblich. Kaum hatte Greville das Wohnzimmer betreten, sagte er: »Um Himmels willen, was ist mit dir los?«, und Lysander brach erneut in Tränen aus.

2

Sommerabend

In Lewes nahm Lysander vom Bahnhof ein Taxi nach Claverleigh Hall. Als er durch das Tor in den Park trat, am Elisabethanischen Pförtnerhaus mit den verspielten Ziegelschornsteinen vorbei, hatte er ein Gefühl von Heimkehr, auch wenn er dieses Gefühl sogleich wieder hinterfragte, wie er das immer zu tun pflegte. Sein halbes Leben war er tatsächlich hier zu Hause gewesen – wenn man den Ort, an dem das verbliebene Elternteil wohnte, als »Zuhause« bezeichnen konnte. Zwar hatte er sein altes Zimmer über dem L-förmigen Küchenflügel behalten, der an der Rückseite angebaut worden war, als das Haus gegen Ende des vergangenen Jahrhunderts im »italienischen Stil« umfassend neu gestaltet wurde – man hatte die Fassade stuckiert, einen Vorbau mit vier toskanischen Säulen errichtet –, aber das erste Heimatgefühl wich wieder einmal der Einsicht, dass er nur zu Besuch hier war. Es würde immer der Familiensitz der Faulkners sein, selbst ein langjähriger Stiefsohn, dessen Name nun mal Rief lautete, nahm sich dort wie eine Art Eindringling aus.

Claverleigh Hall war von bescheidener Größe, ein zweistöckiges Herrenhaus mit nachträglich eingebauten Dachgauben. Es zeichnete sich vor allem durch seine – »repräsentative« – Haupttreppe aus, die sich von der Eingangshalle zu einer kleinen Kuppel im Soane'schen Stil emporschwang. Außerdem zog sich im ersten Stock ein Galeriesaal mit neun hohen Fenstern über die gesamte Längsseite des Hauses. Dort gab es zwei Kamine, und die Decke galt allgemein als überladen, lauter Girlanden und Schnecken aus Gips, aus den Ecken quollen Kränze, Blumen, Früchte und Putten. Dennoch war es ein behagliches Heim, das die Faulkners seit über hundert Jahren bewohnten, seit der zweite Baron es mit dem Vermögen gekauft hatte, das er einer klugen Investition in karibische Zuckerrohrplantagen verdankte.

Die Tür wurde ihm von Marlowe geöffnet, Lord Faulkners Butler, der Lysander den Koffer abnahm und ihn zu seinem alten Zimmer geleitete.

»Alles in Ordnung, Marlowe?«

»Ja, Sir. Nur dass der Major heute Abend verhindert ist.«

»Wie schade. Was ist denn passiert?«

Der Major war sein Onkel – Major Hamo Rief, Träger des Victoriakreuzes, der nicht sonderlich berühmte Afrikaforscher.

»Er ist unpässlich«, erklärte Marlowe, »offenbar ist es aber nichts Ernstes.«

»Und wer wird beim Abendessen alles zugegen sein?«

Marlowe zufolge würde das Essen im engsten Familienkreis stattfinden – Lord und Lady Faulkner, der ehrenwerte Hugh Faulkner (Crickmays Sohn) und seine Gemahlin May sowie die beiden »Töchterchen«. Die örtlichen Honoratioren, die Major Rief einen würdigen Empfang hatten bereiten wollen, waren auf den Zeitpunkt seiner Genesung vertröstet worden. Lysander entspannte sich. Er mochte seinen Stiefbruder Hugh. Ein hochgewachsener, umgänglicher Mann in den Vierzigern, dessen Haupthaar sich zu lichten begann und der doppelt so oft zu blinzeln schien wie jeder andere, dem Lysander begegnet war. Er wurde als bedeutendster Zahnarzt der Harley Street gerühmt. Gut möglich, dass das eine seltsame Berufswahl war für einen Mann, der eines Tages zum sechsten Baron Faulkner aufrücken würde, aber er konnte hervorragend davon leben und wurde aufgrund seines Rangs besonders gern von Vertretern der höchsten Londoner Kreise konsultiert. Seine Frau May war herzlich und dynamisch, und ihre beiden Töchter, Emily (zwölf) und Charlotte (zehn), lustig und kein bisschen verzogen.

Also ein rein familiäres Abendessen – gut, dachte Lysander. Vielleicht würde er am nächsten Tag nach Winchelsea laufen und dem Major einen Besuch abstatten. Von Claverleigh aus waren das gut zwanzig Meilen über Feldwege – eine Tagestour –, doch angesichts seiner momentanen Verfassung gäbe es für ihn nichts Besseres. Er würde dem Major ein Telegramm schicken, um ihn vorzuwarnen.

Lysander entnahm seinem Koffer zwei Dutzend sorgsam verpackte Kiebitzeier und überreichte sie Marlowe.

»Wo finde ich meine Mutter?«, fragte er.

»Lady Faulkner befindet sich gerade im kleinen umfriedeten Garten, Sir.«

Lysander drückte die Tür in der hohen Ziegelmauer auf, die zum kleineren der umfriedeten Gärten führte, und fand seine Mutter beim schwungvollen Auspflücken welker Dahlienblüten vor. Über ihrem Kleid trug sie einen weiten hellgrünen Staubmantel aus leichtem Segeltuch und auf dem Kopf einen breiten Strohhut, den sie mit einem Seidenschal festgebunden hatte. Als er sie auf die Wange küsste, roch er ihr Parfum, Veilchen und Lavendel, ein gespenstischer Hauch seines Vaters, der nach wie vor an ihr haftete.

Sie nahm ihn bei der Hand und führte ihn zu einer hölzernen Gartenbank, die im rechten Winkel zur Mauerecke stand. Als er sich gesetzt hatte, blickte sie ihn forschend an. Sie hatten sich schon einige Wochen nicht mehr gesehen, und Lysander kam sie sehr entspannt vor, passend zum lässigen Stil ihrer Gärtnerinnenkleidung, mit losen, teils schon ergrauten Haarsträhnen, die im Wind wehten. Nach-

her, beim Abendessen, würde sie ein ganz anderes Bild ab-
geben, wie er wusste, mit viel Puder und rot geschminkten
Lippen, von majestätischer Schönheit, die Haare zu einem
Zwiebeldutt aufgesteckt, in einem eng taillierten Kleid mit
breiter Schärpe, das ihre immer noch jugendliche Sand-
uhr-Figur zur Geltung brachte. Abends trug sie stets einen
tiefen Ausschnitt, der die üppige Wölbung ihrer Brüste unter hauchdünnem Stoff durchschimmern ließ. Bei solchen
Anlässen musste Lysander daran denken, dass sie früher
auf der Bühne gestanden hatte und die Verwandlung in
eine glamouröse Nachtgestalt für sie inzwischen die einzige Gelegenheit war, eine Rolle zu spielen, Aufmerksamkeit zu wecken und verstohlen-begehrliche Blicke auf sich
zu ziehen.

»Du siehst erschöpft aus, mein Schatz«, sagte sie und
strich ihm mit dem Fingerknöchel über die Wange. »Bestimmt arbeitest du zu viel. An welchem Stück eigentlich?«

»An zwei Stücken, das ist das Problem. *Maß für Maß* und
ein schwedisches Drama namens *Fräulein Julie.*«

»Ist das nicht herrlich unmoralisch?«

»Ich habe es noch nicht gelesen. Aber ich habe es dabei.«

»Ich weiß noch, wie es war, als dein Vater Ibsen aufführte.
Hedda Gabler. Das Publikum war völlig verstört. Was haben diese Skandinavier nur an sich?«

»Vermutlich geht es darum, echte Reaktionen auszulösen.
Es verspricht durchaus interessant zu werden.« Er hielt inne.
»Mutter ... Ich habe ziemlich bedeutsame Neuigkeiten.«

Lysander hatte seiner Mutter nicht das Geringste über
die Gründe und Umstände seiner Abreise aus Wien verraten – sie dachte, er habe seinen Aufenthalt plangemäß beendet. Er hatte nur etwas von einem Techtelmechtel – einem
Flirt – angedeutet, außerdem wusste sie, dass er nicht mehr
mit Blanche verlobt war. Das tat ihr leid, denn sie mochte
Blanche sehr gern.

»Ich habe dir doch erzählt, dass ich mich in Wien mit einer jungen Frau eingelassen habe.«

»Mit dieser Engländerin, dieser Miss Bull. Wie sollte ich einen solchen Namen je vergessen? Ihretwegen war Blanche so wütend. Und ich stehe übrigens voll und ganz auf Blanches Seite.«

»Verstehe. Tja, Miss Bull hat mir geschrieben. Sie hat ein Kind bekommen.«

Seine Mutter musterte ihn, riss die Augen erst auf und verengte sie dann.

»Das will sie dir hoffentlich nicht unterjubeln.«

»Es ist von mir. Daran besteht kein Zweifel. Ein Junge namens Lothar. Dein erstes Enkelkind.«

Seine Mutter stand auf, zog ein Taschentuch aus dem Ärmel und ging ein paar Schritte weit weg. Sie tupfte sich die Augen auf recht theatralische Weise ab, wie ihm schien.

»Als Kind hatte ich einen Spielkameraden, der Lothar hieß«, sprach sie über die Schulter. »Lothar Hinz.« Als sie sich wieder gefasst hatte, kehrte sie zur Bank zurück, setzte sich und ergriff seine beiden Hände. »Lass uns ganz offen reden, mein Schatz, ohne ein Blatt vor den Mund zu nehmen. Du weißt, als Frau eines Schauspielers bin ich äußerst aufgeschlossen. Was birgt dieses so überaus freudige Ereignis für mögliche Schrecken?«

»Der Junge ist mein Sohn, aber ich weiß nicht, wann und ob ich ihn überhaupt jemals zu Gesicht bekommen werde.«

»Ist noch ein anderer Mann in die Sache verwickelt?«

»Ja. Miss Bulls sogenannter Lebensgefährte. Ein unangenehmer Kerl, ein Maler namens Udo Hoff.«

»Maler sind immer schwierig. Aber wenigstens stehst du in Kontakt mit Miss Bull. Wie heißt sie mit Vornamen?«

»Esther.«

»Klingt irgendwie religiös. Ist sie's?«

»Nicht im Geringsten. Sie wird Hettie gerufen.«

»Hettie Bull. Wir hatten ein Zimmermädchen namens Hettie.«

»Hettie Bull ist eine ... sehr außergewöhnliche Frau. Ich war vollkommen ...« Lysander verstummte kurz. »Sie hat mir sehr geholfen, und ich habe den Kopf verloren. Sie hat mich überwältigt. Wir haben uns gegenseitig überwältigt.«

»Es war also sehr leidenschaftlich.«

»Sehr.«

»Und der kleine Lothar ist das Ergebnis.«

Sie schwiegen eine Weile.

»Hast du ein Foto von dieser Hettie Bull?«

»Komischerweise nein. Ich bin so eilig abgereist. Ich habe nur das hier.«

Lysander zog das Libretto von *Andromeda und Perseus* aus der Tasche und gab es seiner Mutter.

»Das ist sie. Sie hat für Andromeda Modell gestanden.«

»Ganz schön gewagt. Sie ist ja splitternackt. Hübsches Mädchen. Ist sie groß?«

»Winzig klein. Eine richtige Kindfrau. Ein Wirbelwind.«

Lysander kam plötzlich der Gedanke, dass das ein gutes Zeichen war, ein weiterer Beweis für den Erfolg seiner Wiener Therapie, wenn er mit seiner Mutter nun sogar über sexuelle Dinge sprechen konnte. Sie streckte die Hand aus und zupfte ihm Distelflaum vom Revers.

»Ich dachte, dir gefallen große Frauen, so wie Blanche.«

»Ja. Bis ich Hettie getroffen habe.«

Sie warf wieder einen Blick auf den Librettoumschlag.

»Kann ich mir das ausleihen? Hast du die Musik gehört? Der Komponist sagt mir nichts.«

»Die Oper soll sehr modern sein. Ich habe sie allerdings nicht gehört. Du kannst das Libretto gern behalten.«

»Lysander! Warum sagt uns keiner, dass du hier bist?«

Aus dem großen umfriedeten Garten trat die hoch aufgeschossene Gestalt des ehrenwerten Hugh Faulkner.

Er drehte sich um und rief durch die offene Gartentür: »Kommt her! Onkel Lysander ist hier!«

Diese Ankündigung wurde mit entzücktem Gekreisch quittiert, und wenige Sekunden später rannten Emily und Charlotte über die Wiese auf sie zu.

»Ich denke, wir sollten diese Neuigkeit vorerst für uns behalten«, sagte seine Mutter leise. »Vorsicht, Mädchen, nicht dass ihr hinfallt und eure bezaubernden Kleider schmutzig macht!«

Crickmay Faulkner bot Lysander eine Zigarre an.

»Du spielst in einem anrüchigen Stück mit, hat mir deine Mutter erzählt.«

»Danke, ich nehme lieber eine Zigarette. Ja, es ist schwedisch, *Fräulein Julie*.«

»Klingt verlockend. Ich hätte gern Premierenkarten für die erste Reihe.« Crickmay lächelte. »Bevor ich sterbe, will ich mich versündigen.«

»Ich auch«, warf Hugh ein, der sich eine Zigarre anzündete. »Ich will mich auch versündigen. Du hast aber noch eine ganze Menge Jahre vor dir, Papa.« Er reichte die Portweinkaraffe an Lysander weiter. »Wovon handelt das Stück?«

»Von einer reichen Adligen, die sich mit einem Diener einlässt.«

»Großartig. Aber das werdet ihr nie und nimmer aufführen dürfen.«

Sie lachten. Crickmay zog an seiner Zigarre, fing an zu husten und schlug sich auf die Brust.

»Kein Wort zu deiner Mutter, sonst ist sie mir böse.«

Inzwischen wirkte er tatsächlich wie ein alter Mann, dachte Lysander, sein Gesicht fiel zunehmend ein, unter den wässrigen Augen hatten sich dicke Tränensäcke gebildet. Der buschige weiße Schnurrbart musste dringend gestutzt werden.

Die drei Männer trugen Smoking und saßen noch im Esszimmer beisammen, rauchten und tranken Portwein, während die Damen sich in den Salon zurückgezogen hatten. Lysander, bereits leicht angetrunken, schenkte sich nach. Das Gespräch mit seiner Mutter über Hettie und Lothar hatte ihn ermuntert, tiefer als beabsichtigt ins Glas zu schauen. Brandy mit Soda vor dem Abendessen, zum Lammbraten zu viel Bordeaux und nun Portwein. Er sollte lieber damit aufhören, wenn er am nächsten Tag nach Winchelsea wandern wollte.

»Sollen wir den Damen Gesellschaft leisten?« Crickmay stand mühsam auf und humpelte hinaus.

»Nimm den Portwein mit, Lysander«, sagte Hugh. »Gehst du morgen in die Kirche? Falls nicht, gehe ich auch nicht.«

Lysander packte die Karaffe.

»Nein. Morgen laufe ich nach Winchelsea, um nach dem Major zu sehen.«

»Dieser Teufelskerl. Wo hat er sich in letzter Zeit wieder herumgetrieben?«

Sie gingen den breiten Flur entlang, der zum grünen Salon führte.

»Irgendwo in Westafrika. Soviel ich weiß, hat er den Oberlauf des Benue erkundet. Er war zwei Jahre fort.«

Die beiden Männer traten in den Salon, wo May gerade Klavier spielte, während Lysanders Mutter in den Notenblättern nach einem Lied suchte. Es war ihr Kabinettstückchen, eine Reverenz an ihre Vergangenheit, die allen Genuss bereitete. Lysander stellte sich neben den Kamin und bewunderte seine Mutter, sie stand im Flügelrund, eine Hand am Notenhalter, und hob energisch das Kinn, bereit zu singen. Draußen war es noch hell – das dunkelnde Blau einer kurzen Sommernacht hatte eben erst begonnen, die letzten Sonnenschimmer am Himmel zu überlagern. Lysander verspürte einen leichten Druck im Kreuz, dann breitete sich ein Gefühl von Frieden in ihm aus. Er hatte einen Sohn – nun wurde ihm das richtig bewusst. Einen Sohn namens Lothar. Er fragte sich, ob er ihn eines Tages nach Claverleigh Hall bringen würde, damit er seine Großmutter kennenlernte. Diesen Traum zu verwirklichen erschien ihm unmöglich. Seine Mutter fing an zu singen, und ihre warme, volle Stimme erfüllte den Raum.

Arm und Nacken, weiß und lieblich,
Schimmern in dem Mondenscheine ...

Brahms, wie Lysander erkannte, eines seiner Lieblingslieder. »Sommerabend«. Die schlichten Verse lösten eine schmerzliche Sehnsucht in ihm aus. Hettie, dachte er sogleich – er hatte das alles offensichtlich noch nicht verwunden. Während seine Mutter weitersang, trat er ans Fenster und spähte durch seine Spiegelung hindurch in den Park, der allmählich in der Dämmerung versank, die Sonne war nun untergegangen, auch wenn ihr Widerschein die blaugraue Atmosphäre noch immer erhellte. Die alten Linden, Eichen und Ulmen schienen sich innerhalb ihrer Einfriedung zu verdichten, sie waren nicht mehr als einzelne Bäume zu erkennen, sondern mutierten zu riesigen, kompakten und struppigen Monolithen, die, nachdem auch das letzte Licht von ihnen gewichen war, die kunstvolle Gestaltung des Gartenarchitekten umso stärker zutage treten ließen, der die zarten Bäumchen ein Jahrhundert zuvor hier und dort verteilt hatte – auf sanften Hügeln, am Ufer des kleinen Sees, in Talmulden zu Hainen gruppiert –, um von Menschenhand eine ideale Landschaft zu erschaffen, die er selbst nie erblicken würde.

3
Der Weg nach Winchelsea

Lysander stand um sechs Uhr auf und ging in die Küche, wo er rasch eine Tasse Tee trank und sich zwei Sandwiches mit Käse und sauren Gurken belegen ließ. In seinem Schrank hatte er eine Cordhose und ein Paar Wanderstiefel entdeckt, die er mit einer Leinenjacke und einem Panamahut kombinierte. Seiner Schätzung nach waren es bis Winchelsea etwa 23 Meilen auf mehr oder weniger gerader Strecke, auf Pisten und Feldwegen entlang über die Dörfer Herstmonceux und Battle und schließlich ein kurzes Stück auf der Hauptstraße, die in Richtung Küste nach Winchelsea führte.

Der Tag versprach zwar warm zu werden, da Marlowe ihn aber vor möglichen Schauern gewarnt hatte, stopfte er einen gummierten Regenumhang in seinen Rucksack, dazu die Sandwiches und sein Rollenbuch, bevor er den Park durchquerte, auf der Suche nach einem Feldweg, dem er ostwärts in Richtung Herstmonceux folgen konnte.

In der Morgenfrische kam er auf dem hügeligen Gelände gut voran, erhaschte regelmäßig einen Blick auf das silbrige Meer zu seiner Rechten, wenn die Täler, die sich unter ihm erstreckten, die Sicht nach Süden freigaben. Er fühlte sich durch und durch wohl, wie immer, wenn er auf ein bestimmtes Ziel zulief, sein Kopf wurde ganz frei, und er hatte nur noch Augen und Ohren für seine unmittelbare Umgebung, während er die Eichen- und Buchenhaine umging, eingesunkenen Pfaden folgte, die von Hagebuchen und Heckendorn gesäumt waren, dem zweitönigen Lied eines

späten Kuckucks lauschte, von Anhöhen aus auf Miniatur-
farmen herabblickte, Hauptstraßen hurtig überquerte, um
Verkehr und Lärm des 20. Jahrhunderts so weit wie möglich
hinter sich zu lassen.

Auf den Feldern, die er passierte, wurde bereits Heu
geschnitten, die Heumacher mähten die Wiesen ab und
setzten den stechend süßen Geruch geschnittenen Grases frei. Im Lauf des Vormittags wurde ihm klar, dass er
wohl etwas vom Weg abgekommen war. Das Meer hatte er
schon seit einer Stunde nicht mehr gesehen, zwar bewegte
er sich – dem Sonnenstand nach – grob in Richtung Osten, auf den letzten Kilometern war ihm jedoch weder ein
Wegweiser noch ein Dorfschild aufgefallen. Als ihm ein
glöckchenbehangener Vierspänner begegnete, fragte er den
Kutscherjungen, der die Pferde führte, wo die Straße nach
Herstmonceux lag. Der Junge erklärte ihm, dass er am Dorf
vorbeigelaufen war und wieder umkehren sollte. Wenn er
nur immer stur geradeaus ginge, würde er zu einer Feldkir-
che gelangen. Dort gebe es auch einen Wegweiser.

Bei der wuchtigen alten Kirche legte Lysander eine Pause
ein. Sie war mit graublauem Feuerstein verkleidet, verfügte
über einen Zinnenturm und einen Friedhof, der zur Hälfte
von Nesseln, Gräsern und Wiesenkerbel überwuchert war.
Krumme, knorrige Apfelbäume flankierten die Friedhofs-
mauer. Dort aß er sein erstes Sandwich und bekam vom
Käse und den sauren Gurken einen solchen Durst, dass er
Battle ansteuerte, nachdem er einem alten Meilenstein am
Wegesrand entnehmen konnte, dass das Städtchen zweiein-
halb Meilen entfernt war. Battle und seine Pubs. Er lag gut
in der Zeit – ein Krug Ale, eine Zigarette, dann würde er
weiterziehen.

In Battle fand er unweit der Abtei ein ruhiges Pub namens The Windmill – es war gerade erst Mittag geworden.
Für einen Sixpence bekam er einen halben Liter trübes Ale,

setzte sich damit auf eine Bank am Fenster und beobachtete drei Heumacher in verdreckten Kitteln beim Dominospielen. Dann zog er *Fräulein Julie* aus dem Rucksack, er sollte das Stück vor der ersten Probe, die für den morgigen Nachmittag in St John's Wood angesetzt war, endlich lesen. Nach den ersten zwei Seiten klappte er das Buch wieder zu, August Strindberg passte seiner Ansicht nach nicht in diese Welt, und er wollte weder Strindberg noch dem Windmill-Pub in Battle einen Tort antun, indem er sie zusammenbrachte.

Während er in diesem kleinen Pub mit dem kühlen Steinplattenboden saß, dem Murmeln der Heumacher und dem Klicken der fallenden Dominosteine lauschte und sein Bier trank, hier in England, im Hochsommer des Jahres 1914, hatte er plötzlich das Gefühl zu erstarren, als litte er an einer Art geistiger Lähmung – als sei die Zeit stehengeblieben und habe die Welt aufgehört, sich zu drehen. Das war ein höchst eigenartiges Gefühl, dass er für immer und ewig hier feststecken würde, an diesem Tag Ende Juni 1914, wie eine Fliege im Bernstein, und die Vergangenheit für ihn ebenso nichtig wäre wie die Zukunft. Der perfekte Stillstand. Eine höchst verlockende Untätigkeit.

Und dann verschwand dieses Gefühl ebenso plötzlich, wie es gekommen war, als ein Lastwagen hupend vorbeirumpelte und die Welt sich erneut zu drehen begann. Lysander lud sich den Rucksack auf und trug seinen leeren Krug zum Tresen.

Als er Battle verließ, setzte Nieselregen ein, dennoch entschied er sich, weiterzulaufen, ging so bald wie möglich von der stark befahrenen Straße nach Hastings ab und folgte einer Piste, die ihn nach Auskunft einer Gruppe von Förstern – die gerade Erlenstämme spalteten – querfeldein bis nach Guestling Thorn führen würde. Dort müsste er sich dann für ein, zwei Meilen auf die verkehrsreiche

Hauptstraße von Rye wagen, aber so würde er auf direktem Weg in Winchelsea und beim Major ankommen.

Winchelsea gefiel ihm, dachte er, als er das Dorf erreichte und eine der breiten Straßen entlangging, um zu Hamos Cottage zu gelangen. Alle Dorfstraßen sollten so breit sein: Winchelsea strahlte vor Licht, bot sich auf seinem Hügel ganz der Sonne dar. Hamos weißes verschaltes Cottage befand sich am Westrand und bot einen herrlichen Ausblick auf die Bucht von Rye bis zu den Camber Sands und dem ausgedehnten Marschland von Romney. Lysander klopfte an die Tür.

4
Ein ganz lieber Junge

Tja, ich wollte nur, dass du dir über die Situation im Klaren bist«, sagte der Major. »Du kennst meinen Standpunkt, Lysander – man muss ehrlich sein, darauf kommt es im Leben an. Ehrlichkeit ist das Fundament jeder Beziehung. Ich mache keinen Hehl daraus, wie du siehst. Ich habe es nie getan und werde es nie tun.«

Der Major stand in seinem Wohnzimmer mit dem Rücken zum Kamin, wo ein kleines Feuer brannte. Er trug eine alte gesteppte Hausjacke aus rotem Samt, dazu eine Krawatte und auf seinem kahlen Schädel ein weißes, perlenbesetztes Scheitelkäppchen. Ein hagerer Mann mit wettergegerbter Haut, immer noch stark sonnengebräunt, über seine Wangen zogen sich tiefe Furchen, als hätte er monatelang nichts anderes getan, als die Zähne zusammenzubeißen. Aus seinem dunklen Gesicht stachen die hellblauen Augen besonders hervor.

»Ich verstehe dich, Hamo«, antwortete Lysander. »Das weißt du. Es macht mir nicht das Geringste aus.«

Ein junger Afrikaner trug ein Tablett mit einer Flasche Whisky, zwei Gläsern und einem Sodawassersiphon herein.

»Danke, Femi«, sagte der Major.

Der junge Mann – vielleicht siebzehn oder achtzehn Jahre alt – stellte das Tablett mit einem Lächeln ab.

»Femi – das ist mein Neffe, Lysander Rief.«

»Sein sehr erfreut, Sar.« Femi ergriff die Hand, die Lysander ihm entgegenstreckte. Er trug einen kakigrünen Trainingsanzug und eine schwarze Strickkrawatte, war groß und hatte eine hohe Stirn. Ein schön gemeißeltes afrikanisches Gesicht, dachte Lysander.

»Natürlich erregt er ein bisschen Aufsehen, wenn wir in Rye einkaufen gehen, kannst du dir ja vorstellen«, erklärte der Major genüsslich. »Aber ich erzähle allen, mein Gast sei ein afrikanischer Prinz, und dann sind sie ganz schnell wieder beruhigt.«

Femi verbeugte sich leicht, bevor er in die Küche zurückkehrte.

»Ich sehe mal nach, was unser Essen macht«, sagte Hamo und folgte ihm. Lysander streifte derweil im Wohnzimmer umher. Es war voller Artefakte, die Hamo von seinen Expeditionen nach West- und Zentralafrika mitgebracht hatte – Skulpturen, Töpferwaren, Kalebassen, Tierhäute, die auf dem Boden lagen, unter anderem ein ganzes Zebrafell vor dem Kamin. An einer Wand stand eine Glasvitrine mit Waffen – Zeremonialäxte und -dolche, fein gearbeitete Speere mit langen Klingen, aber auch Hamos Vorderlader für die Elefantenjagd und sein Martini-Henry-Mark-II-Gewehr aus dem zweiten Burenkrieg. »Das zuverlässigste Gewehr der Welt, selbst auf 400 Meter Entfernung«, hatte Hamo ihm einmal erklärt. »Weiche Bleigeschosse richten einen Höllenschaden an.« Daneben stand ein geschnitztes Ebenholzfries, das von phantastischen Kreaturen wimmelte – Kobolde mit riesigen Ohren und unzähligen Gliedern sowie hermaphroditische Gestalten – und Lysander an Bensimons Flachrelief erinnerte. Ihm wurde bewusst, dass er die Sitzungen bei Bensimon vermisste.

Als er Hamo zurückkehren hörte, drehte er sich um.

»Femi war mein Führer am Niger«, sagte Hamo. »Hat mir mindestens drei Mal das Leben gerettet«, fügte er sachlich hinzu, dann warf er einen zärtlichen Blick in Richtung Küche. »Ein ganz lieber Junge. Sein Englisch macht erstaunliche Fortschritte.«

Er schenkte Lysander wieder Whisky ein, mit einem Schuss Sodawasser.

»Du bist also den ganzen Weg von Claverleigh hierher gelaufen? Ich sollte dich auf meine nächste Expedition mitnehmen.«

Das Victoriakreuz hatte Hamo Rief 1900 im Zweiten Burenkrieg errungen. Als die Belagerung von Ladysmith aufgehoben werden sollte, sah er eine Schar burische Berittene Teile der Feldartillerie entwenden, woraufhin er den Stoßtrupp im Alleingang zurückschlug, die Waffen wiedererlangte, vier Männer tötete und fünf verwundete, nachdem er selbst drei Mal verwundet worden war. Als Hamos Regiment ihn aufgrund seiner Verletzungen mit allen Ehren entließ, stellte er fest, dass die Wanderlust, die ihn überhaupt erst zur Armee geführt hatte, nicht verflogen war, und so schlug er den Weg eines Amateurforschers ein, schloss sich der Royal Geographical Society an und finanzierte 1907 mit eigenen Mitteln eine Expedition nach Westafrika, um quer durch den Kontinent vom Niger zum Nil zu reisen. Tatsächlich schaffte er es nur bis zum Tschadsee, wo er vom Denguefieber befallen wurde und mehrere Monate bis zu seiner Genesung verbrachte; diese Zeit nutzte er, um Proben zu sammeln und anthropologische Studien über die einheimischen Stämme anzustellen. *Afrikas verlorener See,* das Buch, das er nach seiner Rückkehr schrieb und veröffentlichte, wurde zu einem Überraschungserfolg und finanzierte die jüngste Expedition, bei der Hamo, anders als ursprünglich von Lysander angenommen, nicht den Oberlauf des Benue, sondern verschiedene Inseln in der Bucht von Benin erforscht hatte.

Lysander freute sich sehr, Hamo nach zweijähriger Abwesenheit wiederzusehen. Als Kind war er ihm zwar fern gewesen – damals verbrachte Hamo mit seinem Regiment etliche Jahre in Indien –, doch als er ihn nach dem Tod seines Vaters näher kennenlernte, schloss er seinen Onkel ins Herz. Er bewunderte seine Kühnheit und Furchtlosigkeit, ob in militärischen oder gesellschaftlichen Zusammenhängen. Hamo hatte keinerlei Ähnlichkeit mit seinem großen Bruder – er hatte einen kleinen Kopf, eine Glatze und war von Natur aus dünn –, aber für Lysander bildete er die letzten Blutsbande zu seinem toten Vater. Hamo sprach von sich aus gern über ihn und vergaß nie zu erwähnen, dass der einzige Mensch, den er jemals wirklich geliebt habe, sein Bruder Halifax war.

»Halifax hat mich immer verstanden, von klein an«, hatte Hamo Lysander einmal anvertraut. »Als ich ihm – da war ich wohl vierzehn – erzählte, dass Mädchen mich nicht die Bohne interessierten, sagte er, Alexander dem Großen sei es genauso gegangen. Dann hat er mir ein paar Sonette von Shakespeare vorgelesen – und ich habe mir deswegen nie wieder einen Kopf gemacht.«

Zum Abendessen gab es kalten Hammelbraten mit Salzkartoffeln. Femi gesellte sich zu ihnen. Anschließend tischte Hamo einen halben Stiltonkäse und einen Teller Hartkekse auf, bevor er die nächste Bordeauxflasche vor einer brennenden Kerze dekantierte; dabei zeigte er Femi, wie man dank des beleuchteten Flaschenhalses vermeiden konnte, Bodensatz in die Karaffe zu gießen.

»Tut mir leid, dass ich das Willkommensfestmahl in Claverleigh absagen musste«, sagte er. »Ich werde deiner Mutter so bald wie möglich schreiben und ihr die Umstände erklären. Ich war einfach noch nicht so weit – verstehst du?«

»Ich kann dich gut verstehen.«

»Ich hatte schlicht keine Lust, den Bürgermeister von Lewes zu treffen oder den tiefverehrten Sir Humphrey Bumphrey und seine hochgeschätzte Gemahlin Lady Tralala. Außerdem schien mir der junge Femi noch nicht bereit für eine Feuerprobe dieser Art.«

»Offen gesagt dürfte es Crickmay sogar ganz recht gewesen sein – inzwischen wird er schnell müde. Meine Mutter hat es auch nicht weiter gestört. Sie wollten dir sicher nur eine Freude machen – das gemästete Kalb schlachten, ein opulentes Gelage ausrichten nach deinen dürren Afrika-Jahren.«

Hamo schenkte ihnen Wein nach.

»Sie ist eine kluge, bezaubernde Frau. Ich weiß die Geste zu schätzen. Und da ich ohnehin eine Lesung abhalten muss, in London, werde ich alle dorthin einladen.« Er wandte sich Femi zu und berührte seinen Arm. »Ist alles in Ordnung, mein lieber Junge?«

»Ja, Sar. Bestens.«

Hamo richtete seinen Blick wieder auf Lysander.

»Erzähl schon, was treibt die verruchte Theaterwelt? Wusstest du eigentlich, dass Ellen Terry in Winchelsea ein Cottage besaß? Lebte dort in wilder Ehe mit Henry Irving. Sie tanzte gern barfuß und im Nachthemd auf der Wiese herum. Wir sind ein sehr tolerantes kleines Dorf. Breite Straßen, weite Herzen.«

Nachdem er den Tisch abgeräumt hatte, ging Femi schlafen, während Hamo und Lysander noch lange rauchend und plaudernd am Kamin sitzen blieben. Bald kamen sie auf Halifax Rief zu sprechen, genau wie Lysander gehofft hatte.

»Ein ungeheurer Verlust. Ich will es bis heute nicht richtig wahrhaben. Einmal habe ich zu Femi gesagt: Du musst unbedingt meinen Bruder Halifax kennenlernen. Das ist mir einfach so herausgerutscht. Und dann ist mir wieder eingefallen, dass er schon so lange tot ist. Ständig denke ich: Das muss ich Halifax erzählen. Das wird ihn zum Lachen bringen. Ich kann nicht anders.«

»Ich war damals zu klein«, sagte Lysander. »Und ich habe ihn viel zu selten gesehen, um mir seine Persönlichkeit wirklich einzuprägen. Für mich war er einfach nur ›der Vater‹. Immer war er im Theater oder auf Tournee.«

Hamo deutete mit seinem Pfeifenstiel auf Lysander. »Vor Schauspielern haben Femis Leute große Achtung. Im Grunde gilt das für alle Afrikaner – sie respektieren Schauspieler, Tänzer, Musiker, Darsteller aller Art. Du solltest mal erleben, wie manche aus Femis Stamm Tiere nachahmen – Reiher, Leoparden, Affen. Einfach unglaublich. Ein bisschen Farbe, zwei, drei Federn, ein Stock und dazu ein paar Gebärden, die Körperhaltung – verblüffend, was sie damit erreichen. So hat man beispielsweise den Eindruck, einen Graureiher zu beobachten, der durch sumpfiges Wasser schreitet und einen Fisch mit dem Schnabel aufspießt. Halifax wäre begeistert gewesen.«

»In welcher Rolle hast du ihn das letzte Mal auf der Bühne gesehen?« Lysander kannte zwar die Antwort, aber er wollte Hamos Gedächtnis auf die Sprünge helfen.

»Als Lear. Ja … etwa eine Woche vor seinem Tod. Ich hatte meinen Urlaub in London verbracht und sollte nach Indien zurückkehren, zum Regiment. Eine unvergessliche Darbietung. Dein Vater war ja ein kräftiger Mann, aber als König Lear ist er förmlich vor deinen Augen geschrumpft, wurde immer schwächer und hinfälliger. Du kennst natürlich diesen Monolog: ›Blast, Winde, sprengt die Backen!‹«

»Die Sturmszene.« Lysander breitete die Arme aus und deklamierte: »Wütet, blast! Ihr Katarakte, Wolkenbrüche, speit, bis ihr die Türm ersäuft, die Hähn ertränkt!«

»Genau. Allerdings hat er ganz leise gesprochen. Er stand praktisch regungslos da – von Schwulst keine Spur. Das jagte einem Schauer über den Rücken. Möchtest du vielleicht noch einen Whisky, mein Junge?«

»Ja gern – ich habe ziemlich bedeutsame Neuigkeiten. Und ich brauche deinen Rat.«

Bei zwei weiteren Gläsern Whisky erzählte Lysander seinem Onkel alles über Hettie, die Anzeige wegen Vergewaltigung und tätlichen Angriffs, seine Festnahme und die Flucht von Wien nach Triest. Er erzählte ihm auch von Lothars Geburt.

»Wie heißt er? Wiederhole das bitte.«

»Lothar. Lothar Rief.«

»Aber du kannst jetzt wohl nicht mehr nach Österreich reisen. Und wenn du dich verkleiden würdest?«

»Ich sollte es besser nicht riskieren.«

»Wie wäre es, wenn ich an deiner Stelle führe? Ich könnte dieses Mädchen, Hettie, aufspüren und unauffällig mit ihr in Kontakt treten. Kein Mensch würde bei einem alten Knacker wie mir Verdacht schöpfen.«

»Würdest du das wirklich tun?«

»Jederzeit.« Seine hellblauen Augen blitzten vor Unternehmungslust. »Ich könnte den Jungen ausfindig machen. Diesem Künstler – diesem Hoff – auf den Zahn fühlen. Ich tue einfach so, als wollte ich ihm ein Bild abkaufen. Schaue ein bisschen, wie die Verhältnisse sind, und erstatte dir dann Bericht.«

»So abwegig ist das gar nicht ...« Lysander hatte sich von Hamos Eifer anstecken lassen. »Ich habe auch einen Freund vor Ort«, fügte er hinzu, »einen Husarenleutnant. Er könnte dir nützlich sein.«

»Aber ich spreche kein Deutsch.«

»Der Leutnant heißt Wolfram Rozman. Er spricht hervorragend Englisch.«

»Wir werden einen richtigen Plan aushecken, Lysander. Und dann bringen wir den kleinen Lothar dorthin, wo er hingehört. Vielleicht entführe ich ihn einfach ...« Hamo bedachte Lysander mit einem seiner seltenen, schiefen Lächeln und zwinkerte ihm zu.

Am nächsten Morgen war Lysander in aller Frühe auf den Beinen, um den Zug von Rye nach Claverleigh zu nehmen. In der Küche fand er Femi barfuß in einem wild gemusterten Baumwollgewand vor, das ihm bis zum Knöchel reichte. Auf einmal wirkte er überaus afrikanisch in dieser kleinen Cottageküche mit dem kochenden Wasserkessel auf dem Herd und den Stapeln von Geschirr auf dem Abtropfbrett. Er gab Lysander die Hand.

»Der Major sprechen von Ihnen oft, oft«, sagte Femi.

Lysander war gerührt. Er verließ das Haus mit einem ganz neuen Gefühl von Zielstrebigkeit, und zum ersten Mal, seit er von Lothars Geburt erfahren hatte, verspürte er leise Zuversicht. Der Plan nahm Gestalt an. Er sprang in einen Pferdewagen, der vor dem Wirtshaus von Winchelsea auf Fahrgäste wartete, und erreichte den Bahnhof von Rye noch rechtzeitig, um in den Zug nach Brighton zu steigen, der um 7.45 Uhr abfuhr und unterwegs in Hastings und Lewes hielt, zusammen mit allen anderen Montagmorgen-Pendlern, Männer mit ausdruckslosen Mienen, grauen Anzügen, gestärkten Kragen und Bowlerhüten, die Zeitung lasen und die Stunden zählten, bis sie wieder in den Zug steigen konnten, der sie nach Hause fahren würde. In ihrer Mitte nahm Lysander sich wie ein bunter Vogel aus, mit seiner ausgebeulten Cordhose und dem Panamahut, den Rucksack auf einer Seite geschultert, während er über Hamos Plan nachsann und unwillkürlich lächeln musste, weil sein Herz vor Freude einen Satz tat.

5

Eine groteske Beleidigung des Barden

Lysander schwirrte immer noch der Kopf. Er empfand diese seltsame Mischung aus restloser Erschöpfung und adrenalingesättigtem Überschwang, die ihn jedes Mal befiel, wenn er nach einer Premiere von der Bühne ging – insbesondere, wenn seine Rolle nicht ganz unbedeutend war. Das konnte noch eine gute Stunde vorhalten, seine Augenlider flatterten und wurden schwer, sie fielen fast von allein zu. Gilda sprach auf ihn ein, aber er hatte nicht die Kraft, ihr zuzuhören. Im Geist ging er noch einmal seinen Auftritt als Angelo durch und fragte sich besorgt, ob er seinen großen Monolog im zweiten Akt nicht doch vernuschelt hatte. Das würde Rutherford ihm morgen früh bestimmt ...

Das Taxi holperte über ein paar Pflastersteine hinweg, was ihn aus seinem Dämmerschlaf riss. Gilda rutschte seitlich weg und hielt sich an seinem Arm fest.

»Pardon«, sagte sie. »Aber findest du das nicht auch?«

»Was?«

»Du hast mir ja gar nicht zugehört, du elender Kerl.«

»Meinst du, ich war zu schnell bei ›Ist es deine Schuld oder meine? Wer sündiget am meisten, der Versucher oder der Versuchte?‹ Ich hatte den Eindruck, es war zu hastig gesprochen.«

»Kam mir nicht so vor. Was ich dich eben fragen wollte – sind wir wahnsinnig?«

»In welcher Hinsicht?«

»Uns auch noch *Fräulein Julie* zuzumuten. Die Premiere ist schon in zwei Wochen, ich kann es gar nicht fassen.«

»Es sind doch nur neunzig Minuten, und es gibt keine Pause.«

»Mag ja sein … Aber es ist so intensiv – wir werden völlig ausgelaugt sein. Was haben wir uns da nur aufgebürdet?«

Das Wageninnere war ganz von ihrem Parfum erfüllt – ein penetranter, breiiger Duft nach Lilien und Zimt. »Matins de Paris«, lautete ihre Antwort, als er sie nach dem Namen fragte. Er hatte sich bereit erklärt, nach der Vorstellung auf sie zu warten, aber dann stellte sich heraus, dass sie eine Dreiviertelstunde brauchte, um sich stadtfein zu machen. Nun warf sie einen Blick in den Spiegel ihrer Puderdose, um ihre Frisur zu überprüfen, ihren Lippenstift – ein ganz zarter Roséton. Er stand ihr gut.

»Wir werden die Letzten sein«, sagte Lysander.

»Dann fallen wir eben richtig auf. Schließlich ist das *unser* Abend.«

»Lass das bloß nicht Rutherford hören.«

Sie lachte – ihr echtes Lachen, wie Lysander feststellte, ziemlich tief und rau, ganz anders als ihr künstliches Lachen, eine Art mädchenhaftes Trillern. Inzwischen hatten sie bei den Proben für *Maß für Maß* und *Fräulein Julie* so viel Zeit miteinander verbracht, dass es ihm leichtfiel, zwischen ihren beiden Lachen zu unterscheiden, genauso, wie er die echte Gilda Butterfield vom »Fräulein« Butterfield unterscheiden konnte, die von vielen Lackschichten überzogen war, Pseudo-Vornehmheit, Dünkel, Koketterie und andere Zierereien, von denen ihr affektiertes Lachen noch das geringste Übel war.

»Rutherford hat mir wieder eine dieser Fragen zu *Fräulein Julie* gestellt, auf die ich keine richtige Antwort habe«, sagte sie.

»Ach ja, seine berühmten Stanislawski-Fragen.« Lysander war nun hellwach – der Überschwang hatte die Erschöpfung bezwungen. »Was hat er dich denn gefragt?«

»Er fragte: Was passiert deiner Meinung nach, als Julie und Jean hinausgehen – unmittelbar vor dem Tanzspiel?«

»Und was hast du geantwortet?«

»Dass sie sich wahrscheinlich küssen.«

»Na hör mal, Gilda. Du bist doch eine Frau von Welt.«

»Was sollten sie sonst tun?«

Lysander wagte den Sprung ins kalte Wasser. Gilda hatte etwas an sich, das ihn provozierte. Und sie war schließlich Schauspielerin. Er senkte die Stimme.

»Ist doch klar. Sie fi-, sie verlustieren sich miteinander.«

»Lysander! Das nenne ich mal unverblümt.« Immerhin lachte sie aufs Neue.

»Ich wollte dir nicht zu nahe treten. Aber das ist so offensichtlich. Und das muss dem Publikum unbedingt klar werden, wenn die beiden zurückkommen. Wenn wir beide zurückkommen.«

»Jetzt begreife ich allmählich, was du meinst, ja …« Sie nahm wieder zu ihrem Spiegel Zuflucht, vermutlich aus Verlegenheit. Lysander fragte sich, ob er zu weit gegangen war.

»Wenn Jean und Julie nach dem Tanzspiel wieder auf die Bühne kommen, ist alles anders«, erklärte er. »Sie haben im Rosengarten keineswegs nur miteinander geschnäbelt und gekost. Sie haben – du weißt schon, leidenschaftlich, hingebungsvoll …« Er hielt inne. »Das ist ausschlaggebend für das ganze Stück. Deswegen begehst du ja Selbstmord.«

»Du klingst haargenau wie Rutherford«, sagte sie. »Oder hast du zu viel D. H. Lawrence gelesen?«

Sie fuhren über die Regent Street zum Café Royal. Es war eine warme, sternenklare Nacht, nicht allzu schwül für Ende Juli. Als der Wagen gehalten hatte, bezahlte Lysander den Fahrer und war Gilda beim Aussteigen behilflich. Sie trug einen ganz engen Schlauchrock, der ihr nur winzige Schritte erlaubte, und eine ärmellose Seidenbluse voller Rüschen und Schleifen, dazu ein Perlenhalsband und lange weiße Handschuhe, die ihr fast bis zu den Achseln reichten. Ihre blonden Locken wurden von einer Unmenge Haarschmuck gebändigt. Er reichte Gilda ihre Chiffonstola, die sie sich locker um die bloßen Schultern drapierte.

»Du siehst wunderschön aus, Gilda«, sagte er. »Und als Isabella warst du vorhin großartig«, fügte er aufrichtig hinzu.

»Kein Wort mehr. Sonst muss ich weinen.«

Er bot ihr seinen Arm an, dann traten sie durch die Drehtür des rauchgeschwängerten Cafés, in dem es von Stimmengewirr und Gelächter nur so brummte.

»Wir gehören zur Gesellschaft von Rutherford Davison«, sagte Lysander dem Oberkellner.

»Oben im ersten Stock. Das kleinere der beiden Separees.«

Schon auf der Treppe hörten sie den fröhlichen Lärm, den die restliche Truppe veranstaltete, durch die Separeetür dringen, sie stand halb offen, wie um die Nachzügler willkommen zu heißen. Ein Champagnerkorken knallte, es wurde laut geklatscht. Gilda hielt Lysander am Ellbogen zurück, so blieben sie beide im dunklen Flur stehen. Nachdem sie sich umgeblickt hatte, nahm sie seine Hand und zog ihn an sich. Ihre Gesichter berührten sich fast.

»Was soll das werden?«, fragte Lysander.

Sie küsste ihn heftig auf den Mund und presste sich an ihn. Er öffnete die Lippen, als er den Vorstoß ihrer Zunge spürte. Dann trat sie einen Schritt zurück, zupfte die Rüschen an ihrer Bluse zurecht und drapierte die Stola neu. Lysander tupfte sich den Mund mit seinem Taschentuch ab, um etwaige Lippenstiftspuren zu beseitigen. Sie blickte ihn offen an – das war die echte Gilda Butterfield.

»Lass uns lieber reingehen«, sagte sie, »sonst fragen sie sich noch, wo wir abgeblieben sind.«

Gilda hängte sich wieder bei ihm ein, und sie betraten gemeinsam das Separee. Alle Anwesenden erhoben sich, um ihnen zu applaudieren.

Lysander ließ sich vom Kellner Champagner nachschenken, während er versuchte, Rutherford Davisons Worten zu lauschen. Er konnte Gilda auf der anderen Zimmerseite nicht ausblenden, genauso wenig wie die vielen Blicke, die sie ihm zuwarf. Wo sollte das nur hinführen? Er nahm sich vor, die Dinge einfach auf sich zukommen zu lassen. An diesem Abend wollte er sich vom Instinkt leiten lassen, nicht von der Vernunft.

»Nein«, hörte er Rutherford gerade sagen. »Erst spielen wir zwei volle Wochen *Maß für Maß* und dann kündigen wir *Fräulein Julie* an. Ich fürchte sehr, dass sie das Stück absetzen lassen, nachdem die ersten Kritiken erschienen sind, darum sollten wir bis dahin so viele Vorstellungen wie möglich schaffen.«

»Aber du hast doch gesagt, dass das Stück dieses Jahr bereits in Birmingham aufgeführt wurde. Damit hätten wir einen Präzedenzfall.«

»Den Präzedenzfall einer todlangweiligen, prüden Inszenierung, die auf Nummer sicher geht. Wir werden es ganz anders anpacken – du wirst über meinen Ansatz staunen.«

»Du hast hier das Sagen.«

Mittlerweile mochte er Rutherford – »mögen« war vielleicht nicht der richtige Ausdruck, aber er hatte dessen Intuition und Intelligenz schätzen gelernt. Zwar war der Regisseur kein herzlicher oder offener Mensch, doch er wusste offenbar genau, was er wollte, und setzte das zielstrebig um. Ihm zufolge ergaben *Maß für Maß* und *Fräulein Julie* eine ideale Kombination, da sich beide Stücke vorrangig um Sexualität drehten, auch wenn dreihundert Jahre dazwischen lagen. Tatsächlich hatten die Untertöne und Doppelbödigkeiten, die an diesem Abend auf der Bühne enthüllt wurden, das Publikum mehrfach hörbar aufmerken lassen. Lysander überlegte, wie die Kritiken ausfallen würden, selbst wenn er sie keineswegs zu lesen beabsichtigte. Rutherford meinte, er lese immer nur die Adjektive – diesmal hoffte er auf »schockierend« und »gewagt«, ja sogar »schändlich« würde ihm zupasskommen. Wir sind hier, um für Wirbel zu sorgen, hatte er seiner Truppe eröffnet. Wir werden ihnen einen Shakespeare zeigen, der ebenso abgründig und irdischen Gelüsten zugeneigt ist wie der Verfasser der Sonette. Der süße Schwan vom Avon hat sich in einer Kloake gesuhlt.

Lysander zog weiter seine Runden. Er aß ein paar Häppchen und plauderte mit einigen Schauspielerkollegen sowie deren Freunden, ohne Gilda aus den Augen zu verlieren, die sich in die andere Richtung bewegte, gegen den Uhrzeigersinn. Es war bereits nach Mitternacht. Er ging zum Tresen und bestellte einen Brandy mit Soda.

»Hätte der nette Herr mal Feuer für mich?« Unverkennbarer Cockney-Akzent. Lysander drehte sich um.

Vor ihm stand Gilda mit erhobener Zigarettenspitze aus Jett. Sie kam ihm etwas beschwipst vor. Er zückte sein Feuerzeug und zündete ihre Zigarette an. Sie nahm einen tiefen Zug, drückte die Zigarette fester in die Spitze und atmete den Rauch zur Seite aus. Dann lehnte sie sich vor, als wollte sie ihm etwas ins Ohr wispern. Als er ihren warmen Atem an seinem Hals spürte, bekam er eine Gänsehaut.

»Na, mein lieber Lysander, sollten wir uns vielleicht miteinander verlustieren? Natürlich nur, damit unsere *Fräulein Julie* möglichst authentisch ausfällt. Was meinst du?«

»Wenn es rein künstlerischen Zwecken dient, ist dagegen sicher nichts einzuwenden?«

»Gar nichts. Selbst Rutherford würde uns seinen Segen geben.«

»Ich halte das für eine sehr gute Idee. Und ich wohne

in der Nähe. Heute Nacht habe ich sturmfreie Bude. Wir könnten ganz ungestört proben.« Greville war gerade in Manchester, er tourte zusammen mit Virginia Farringford, die unter anderem Nance Oldfield spielte.

Wer sündiget am meisten, der Versucher, oder der Versuchte?, dachte Lysander, der in große Versuchung geraten war. Er sah Gilda in die Augen – sie hielt seinem Blick unverwandt stand.

»Geh schon mal vor«, sagte sie lächelnd, »treib ein Taxi für uns auf, und ich komme in fünf Minuten nach.«

Bevor sie sich entfernte, warf sie ihm noch mit Schmollmund einen Luftkuss zu. Lysander fühlte eine Beklommenheit in der Brust, das Blut stieg ihm in den Kopf, Anzeichen seiner beginnenden Erregung. Vermutlich war das alles andere als eine gute Idee, bestimmt würde er sich bis zum Ende der Spielzeit dafür verfluchen, doch zum ersten Mal, seit er in Wien mit Hettie zusammen gewesen war, hatte er Sehnsucht nach einer Frau – genauer gesagt, Sehnsucht nach Gilda Butterfield.

Nachdem er sich von der Runde verabschiedet hatte, ging er nach unten. Der Oberkellner schickte einen Pagen auf die Straße, um für Lysander ein Taxi anzuhalten, und während er wartete, summte er voller Vorfreude ein Liedchen – *My Melancholy Baby*. Den Gedanken, dass diese Nacht sich als Nagelprobe für seine Heilung durch Dr. Bensimon erweisen würde, verdrängte er. Mit Hettie hatte es in dieser Hinsicht nie das kleinste Problem gegeben, allerdings hatte es nach Hettie auch niemand anderes gegeben ... Eine vage vertraute Gestalt fiel ihm ins Auge, ein Mann, der an der Garderobe Hut und Mantel abholte. Als sich ihre Blicke trafen, erkannten sie einander auf Anhieb wieder. Alwyn Munro schlenderte ihm entgegen.

»Wenn das nicht Lysander Rief ist, der große Befreiungskünstler!«

Er gab ihm die Hand. Lysander stellte fest, dass er sich freute, Munro wiederzusehen, warum auch immer.

»Was gibt's zu feiern?«, fragte Munro und deutete auf Lysanders Smokingjacke mit der Blume im Knopfloch.

»Premiere. *Maß für Maß.*«

»Gratuliere. Wie's der Zufall will, haben wir heute über Sie gesprochen.« Munro warf ihm einen listigen Blick zu. »Wo wohnen Sie jetzt eigentlich? Ich möchte Ihnen etwas schicken.«

Lysander gab ihm seine Adresse in Chandos Place.

»Sind Sie immer noch in Wien?«, fragte er.

»Nein. Inzwischen sind wir fast alle ausgereist. Es wird wohl Krieg geben.«

»Krieg? Ich dachte, das wäre alles nur Säbelrasseln zwischen Österreich und Serbien.«

»Die Russen, die Deutschen und die Franzosen rasseln nun auch mit den Säbeln. Sie werden sehen, bald sind wir an der Reihe.«

Lysander kam sich vor wie ein Dummkopf. »Ich habe die ganze Zeit nur in Proben gesteckt«, erklärte er schwach.

»Unglaublich, wie schnell das alles passiert«, sagte Munro. »Selbst mir fällt es schwer, damit Schritt zu halten.«

»Ihr Taxi, Sir«, sagte der Page. Lysander wollte ihm ein Trinkgeld geben und wühlte in seiner Hosentasche nach kleinen Münzen. Aus dem Augenwinkel sah er Gilda langsam die Treppe herabkommen. Das bedeutete, er sollte schleunigst ins Taxi springen – man durfte auf keinen Fall sehen, dass sie gemeinsam wegfuhren.

»Ich muss los«, sagte er zu Munro und berührte ihn zur Beschwichtigung kurz am Ellbogen. »Viel Glück mit Ihrem Krieg.«

Gildas Körper war wirklich außergewöhnlich, dachte Lysander. Noch nie hatte er dergleichen gesehen oder erlebt – wobei er auf diesem Gebiet keineswegs ein Experte war, bisher hatte er höchstens ein halbes Dutzend nackter Frauen so unmittelbar in Augenschein genommen. Mit ihrer unglaublich hellen Haut schien Gilda jedoch fast einer anderen Spezies anzugehören, Hals und Dekolleté waren von unzähligen Sommersprossen übersät, die auch zwischen ihren kleinen kecken Brüsten mit den ganz blass roséfarbenen, fast unsichtbaren Warzen nisteten. Sommersprossen sprenkelten Schultern und Rücken, und hier und da – auf Rippen, Oberarmen und -schenkeln – fanden sich stecknadelkleine Leberflecke in unterschiedlich dichten Konstellationen, wie braune Farbspritzer. Als hätten ihre Pigmente ein bisschen verrückt gespielt, so wirkten die Sommersprossen wie winzige ausgeblichene Tätowierungen. Als Gilda sich ausgezogen hatte, wusste Lysander nicht recht, wie er auf ihre durchscheinende Blässe reagieren würde, aber dann fand er diese weiße Haut mit den hellbraunen Tupfen äußerst verführerisch.

Da er darauf bestanden hatte, ein Kondom zu verwenden, bestand sie darauf, es ihm überzustreifen. Damit war der heitere Ton gesetzt, der ihre gemeinsame Nacht prägte – »Passt wie angewachsen, Sir«, sagte sie mit ihrem Cockney-Akzent –, und sie alberten unaufhörlich weiter.

»Mir gefallen deine Flecken«, sagte Lysander, als sie die Beine für ihn spreizte. »Wie bei einer Banane, die zu lange in der Schale gelegen hat – oder einem dieser Meerestiere.«

»Danke für die Blumen.«

»Eigentlich müsste ich daraus die Zukunft ablesen können wie aus Teeblättern.«

»Sehr witzig. Eigentlich möchte ich mir die Flecken wegmachen lassen.«

»Bloß nicht. Du bist einzigartig. Wie ein Wachtelei.«

»Was für reizende Komplimente. Meerestier, Wachtelei. Du bist ja der geborene Charmeur, Mr Rief ...«

Er kam tatsächlich zum Höhepunkt – der ihm eine unge- heure Lust bescherte –, aber es blieb bei diesem einen Mal. Es war schon spät, und sie waren müde, wie sie beide ein- räumten, kein Wunder, nach Premiere und Party. Vielleicht am Morgen.

Und nun schlief sie in seinem Bett, während er sich anklei- dete, eine lange weiße Lende war entblößt, das zerknitterte Laken bedeckte nur knapp den klar konturierten Rand ih- res goldenen Schamdreiecks. Fräulein Julie … Tja. Er band sich eine Krawatte um und zog eine Jacke über. In der Kü- che gab es weder Milch noch Tee, Kaffee, Zucker, Brot oder Butter – nur ein Glas Marmelade. Er wollte rasch ein paar Lebensmittel besorgen. Danach könnten sie im Bett früh- stücken und sehen, was sich daraus ergeben würde. Ruther- ford erwartete sie erst am Nachmittag wieder im Theater.

Lysander schritt über Gildas Sachen hinweg, die unor- dentlich auf einem Haufen lagen – Rock, Bluse, Unterkleid, Korsett, Leibchen, Schlüpfer, Seidenstrümpfe, Schuhe – und trat leise aus dem Zimmer. Beschwingt ging er die Treppe hinunter. Unter Umständen würde sich eine flüchtige Af- färe mit Gilda doch nicht als Desaster entpuppen, dachte er. Vielleicht würde das sogar Blanches Eifersucht wecken, wenn die Leute darüber tuschelten.

Vom Chandos Place würde er nach Covent Garden laufen, das wäre am schnellsten. Er wollte für Gilda Blumen kaufen.

Jack Fyfe-Miller kam in Marineuniform über die Straße auf ihn zu.

»Rief! Guten Morgen! Ich wollte Ihnen nur dieses Päck- chen in den Briefkasten stecken. Munro legte großen Wert darauf, dass Sie es baldmöglichst erhalten.« Er überreichte ihm einen festen braunen Umschlag.

»Was ist das?«

»Eine Überraschung … Sie sehen blendend aus. Ihre Auf- führung wurde in der heutigen *Mail* aber ganz schlecht besprochen. Sie sei ›schockierend‹. Und ›eine groteske Beleidigung des Barden‹.«

»Wir hatten uns so etwas Ähnliches erhofft.«

Er hatte das Gefühl, dass Fyfe-Miller ihn durchdringend ansah.

»Ist alles in Ordnung?«, fragte Lysander.

»Ich dachte nur – das letzte Mal habe ich Sie am Kai von Triest gesehen. Und ich wusste, dass wir uns irgendwann wiederbegegnen würden.«

»Wie jetzt. Sie und Munro, alle beide, binnen zwölf Stunden. Ist das nicht ein erstaunlicher Zufall?«

»Ja, nicht wahr?«

»Fahren Sie jetzt wieder zur See?«

»O nein. Die komplette britische Flotte wurde an die Kriegsstützpunkte zurückbeordert. Ich breche gleich nach Portsmouth auf.«

»Kriegsstützpunkte? Wirklich? Heißt das …«

»Ja. Die Lage ist ziemlich ernst.« Fyfe-Miller salutierte lächelnd. »Wir sehen uns bestimmt bald wieder«, sagte er und kehrte in Richtung Trafalgar Square um.

Lysander steckte den Umschlag ein und eilte nach Covent Garden, um seine Einkäufe zu erledigen. Er wollte wieder zu Hause sein, wenn Gilda aufwachte.

6

Autobiographische Untersuchungen

Ich konnte gar nicht fassen, was in dem Umschlag steckte, den Fyfe-Miller mir übergeben hatte. Ich öffnete ihn, als Gilda gegangen war (gegen zehn Uhr – auch das zweite Mal mehr als zufriedenstellend), und fand darin eine offizielle Rechnung des Außenministeriums, in der sämtliche Posten aufgeführt waren, die ich der Regierung Seiner Majestät schuldete. Die verwirkte Kaution von 10 000 Kronen schlug mit 475 Pfund zu Buche. Die Spesen und Anwaltskosten von Herrn Feuerstein beliefen sich auf astronomische 350 Pfund, während die Ausgaben für Verpflegung, Getränke und Wäscherei nicht minder absurde 35 Pfund betrugen. Immerhin wurde mir für das Logis im Gartenhaus nichts berechnet, wie ich erleichtert feststellte. Gesamtkosten: 860 Pfund. Ich musste lachen. »Bitte überweisen Sie die Summe so bald wie möglich.« Als Mitglied der Internationalen Theatertruppe verdiene ich pro Woche 8 Pfund 10 Shilling. Meine Ersparnisse wurden vom langen Wienaufenthalt so gut wie komplett aufgebraucht. Ich schulde meiner Mutter über 100 Pfund. Meine Fixkosten (Miete, Kleidung, Nahrung etc.) sind beträchtlich. Grob überschlagen dürfte ich diese Schulden im Laufe von fünf Jahren begleichen, also bis 1919, immer vorausgesetzt, ich kann volle 52 Wochen im Jahr arbeiten (welcher Schauspieler kann das schon?). Außerdem beträgt der Zinseszins pro Jahr fünf Prozent. Ich habe die Rechnung zerrissen.

Auch wenn ich Munro und Fyfe-Miller zutiefst dankbar bin, weil sie mir unerlässliche Fluchthilfe geleistet haben, wirkt das Ganze von einem durchaus nicht unvoreingenommenen Standpunkt aus – nämlich meinem – wie eine ausgeklügelte Masche, um Geld für das Außenministerium aufzutreiben. Ich könnte fast mein ganzes Leben damit zubringen, diesen Betrag abzustottern.

Heute Morgen Probe für *Fräulein Julie*. Anders als Gilda habe ich keine Schwierigkeiten damit, mir den Text zu merken. Die zwei Sprachuniversen – Shakespeare und Strindberg – unterscheiden sich auf ideale Weise voneinander, es ist, als besetzten die auswendig gelernten Zeilen jeweils andere Teile meines Gehirns. Gilda hingegen muss immer noch aus ihrem Rollenbuch ablesen, was Rutherford zutiefst verärgert. Heute Morgen hat er sich derart aufgeregt, dass sie fast in Tränen ausgebrochen wäre. Als ich sie tröstete, konnten wir uns verstohlen einen Kuss geben – mehr war uns seit der ersten Nacht (und dem ersten Morgen) nach der Premierenfeier nicht vergönnt. Allerdings zeigt sie sich mir gegenüber kühler als vorher, als bereute sie schon, sich mit mir eingelassen zu haben. Sie ist zwar freundlich, nach der Vorstellung aber immer anderweitig beschäftigt. Eine kranke Mutter, Freunde, die zu Besuch in London sind – stets hat sie eine gute Ausrede parat.

Rutherford will, dass wir nach dem Tanzspiel beide mit verrutschten Kleidern und Stroh im Haar auf die Bühne zurückkehren. Er hat sogar vorgeschlagen, dass ich dabei meinen Hosenschlitz zuknöpfe. Gilda lehnt das als viel zu unschicklich ab, doch Rutherford ist so hartnäckig, dass uns noch erbitterte Kämpfe bevorstehen. Offenbar ist er wild entschlossen, die Inszenierung binnen vierundzwanzig Stunden absetzen zu lassen.

Merkwürdiger Traum von Hettie. Ich zeichnete sie – sie stand mir nackt Modell – in der Scheune. Da klopfte es an der Tür, und wir duckten uns beide, im Glauben, es sei Hoff. Aber dann trat mein Vater ein.

Beim Warten auf die U-Bahn am Leicester Square habe ich folgende Unterhaltung mit angehört. Zwei Frauen (arm, Arbeiterklasse), die eine Anfang, Mitte zwanzig, die andere um einiges jünger, vielleicht sechzehn.

FRAU: Ich hab sie gesehen, erst am Haymarket, später in den Burlington Arcades.

MÄDCHEN: Mir hat sie gesagt, sie arbeitet als Putzmacherin in Mayfair.

FRAU: Die macht bestimmt keinen Putz, so angemalt wie die war.

MÄDCHEN: Sie hat Kummer, hat sie gesagt. Darum trinkt sie so viel.

FRAU: Kummer hab ich auch. Haben wir alle. Aber wir führen uns deswegen noch lange nicht so auf.

MÄDCHEN: Als Zofe hätte sie auch arbeiten können, hat sie gemeint. Für fünf Pfund das Jahr plus Fressalien. So verdient sie fünf Pfund die Woche, sagt sie.

FRAU: Ich wette, sie wird noch in der Gosse enden. Wie kann sie nur. Sich für ein paar Pennies an einen Schuhwichser verkaufen.

MÄDCHEN: Sie hat eine gute Seele, Lizzie.

FRAU: Sie ist halb irre und zu drei Vierteln besoffen.

Möglicherweise ein gefundenes Fressen für Herrn Strindberg, wenn er noch unter uns weilte. Der Strom der Lust ist in London nicht minder reißend als in Wien.

5. August. Nach Mitternacht sei die Kriegserklärung an Deutschland erfolgt, erzählte Greville, als er nach Hause kam. Heute Morgen wollte ich eine Zeitung kaufen, aber sie waren bereits alle vergriffen. Zu unserer Abendvorstellung sind höchstens zwanzig Zuschauer gekommen, dennoch haben wir so viel Elan an den Tag gelegt wie vor einem vollen Haus. Rutherford ist völlig niedergeschlagen – er meint, Ende der Woche dürfte für uns Schluss sein. Und so wird die Welt auf Lysander Rief und Gilda Butterfield in August Strindbergs *Fräulein Julie* verzichten müssen. Gilda war außer sich. Ich erklärte ihr, die Tatsache, dass deutsche Truppen in Belgien einmarschiert waren und Lüttich angegriffen hatten, ließe unsere schauspielerischen Sorgen und Nöte nichtig erscheinen. »Mir nicht«, fauchte sie. Kurz hatte ich das Gefühl, sie würde mir ins Gesicht schlagen.

7. August. In der Zeitung stand, dass die HMS Amphion vor Harwich auf eine Mine gelaufen und gesunken ist. Aus unerfindlichen Gründen habe ich mich gefragt, ob die Amphion vielleicht Fyfe-Millers Schiff gewesen sein könnte – und dieser Gedanke machte mir den Krieg plötzlich auf eine Art und Weise bewusst, wie es keine der lauten Schlagzeilen in den vergangenen Tagen vermocht hatte. Indem ich mir vorstellte, wie Fyfe-Miller vor Harwich im Meer ertrunken war, bekam der Krieg ein Gesicht. Es ließ mir das Blut in den Adern gefrieren.

Gestern habe ich für einen neuen Anzug Maß nehmen lassen und meinem Schneider gesagt, dass ich mit Taillenabnähern liebäugle. »Sehr amerikanisch, Sir«, erwiderte Jobling, als wäre das Thema damit vom Tisch. Ich führte an, dass mir das sicher schmeicheln würde. »Als Nächstes werden Sie schräge Eingrifftaschen verlangen«, sagte Jobling kichernd. Das sei gar keine schlechte Idee, entgegnete ich.

»Ihr Vater würde sich im Grabe umdrehen, Sir«, konterte er und sprach dann weiter über Umschlagmanschetten und doppelte Kragen. Damit war die Sache erledigt. Meines Vaters Geist bestimmt nach wie vor, was ich anziehen darf.

Mit der Nachmittagspost kam ein Brief von Hettie. Schweizer Briefmarke.

Mein lieber Lysander,
ist das nicht furchtbar? Ich muss die ganze Zeit über diesen grausamen Aberwitz weinen. Warum hat uns Großbritannien nur den Krieg erklärt? Was hat Wien London oder Paris angetan? Udo sagt, es handle sich um eine rein balkanische Angelegenheit, die aber den anderen Ländern als Vorwand dient. Stimmt das?

Ich habe Angst, entsetzliche Angst, und ich wollte Dir so schnell wie möglich schreiben, um Dir mitzuteilen, was ich in dieser schrecklichen Lage zu tun gedenke. Wie Du Dir vorstellen kannst, stecke ich in einer Zwickmühle. Als britische Untertanin lebe ich in einem Land, das sich mit Großbritannien im Kriegszustand befindet. Udo hat mir angeboten, Lothar zu adoptieren, um ihn zu beschützen und zum Staatsbürger zu machen. Damit wäre der Junge sicher, selbst wenn man mich internieren sollte. Natürlich habe ich zugestimmt. Sobald die Anträge genehmigt sind, wird er Udos Namen annehmen und »Lothar Hoff« heißen. Das ist zu seinem Besten, liebster Lysander – ich kann und darf nur an das Wohl des Jungen denken, auf mich oder auf Deine Gefühle darf ich keine Rücksicht nehmen, auch wenn ich mir nur zu gut ausmalen kann, was in Dir vorgeht.

Lothar ist putzmunter, gesund und glücklich. Ich wünsche uns allen glücklichere und friedlichere Zeiten.
Alles Liebe von uns beiden, Hettie

Hamo hat versucht, mich zu trösten – er war sehr lieb und verständnisvoll. Für den kleinen Kerl sei es so am besten, meinte er. Gestern (Sonntag) Abend bin ich nach Winchelsea gefahren. Hamo denkt seinerseits daran, Femi zu adoptieren, weil sich in Westafrika bereits deutsche und britische Kolonialherren bekriegen. Britische und Empire-Truppen sind in die deutsche Kolonie Togo einmarschiert.

Gestern haben wir uns noch bis spät in die Nacht unterhalten. Ich sagte zu Hamo, ich ginge davon aus, dass seine geplante Wienreise wohl ausfallen würde.

»Da ist nichts zu machen, mein Junge«, antwortete er. »Doch sobald dieser verdammte Krieg aufhört, fahre ich hin. Mit etwas Glück dauert es nicht allzu lange.«

Während ich dies schreibe, sitze ich im Gästezimmer unter den Dachbalken des kleinen Cottage und frage mich, was ich tun soll. Alles scheint sich gegen mich verschworen zu haben. Heute Nacht weht eine ziemlich steife Brise, die die ersten Blätter von den Bäumen reißt. Ich sollte mir wohl ein neues Engagement suchen, denn die Theater machen keinerlei Anstalten zu schließen, aber wenn ich nur an die Vorsprechen denke, wird mir flau. Draußen klappert ein Mülltonnendeckel, den der Wind mitgerissen hat, er wirbelt die Straße hinab, ein blecherner, nervtötender Missklang im mächtig brausenden Sturm, der vom Meer aufzieht.

7

Illegale und feindliche Ausländer

Sprühregen setzte ein, als der LKW abrupt vor dem Lager hielt. Lysander sprang mit der neuen Wachmannschaft vom Heck.

»Scheiße«, sagte Obergefreiter Merrilees. »Scheißregen.«

»Eigentlich sollte es heute Nachmittag aufklaren.« Lysander nahm seine Mütze ab und sah die graue Wolkenmasse prüfend an. Kalte Tropfen klatschten ihm ins Gesicht.

»Kann dir ja egal sein. Du bist doch Schauspieler, oder? Alles so verdammt warm und plüschig.«

Merrilees führte seine Abteilung am Stacheldrahtzaun vorbei, und Lysander trat sich den Schlamm von den Stiefeln, bevor er die Stufen des Klubhauses hinaufging.

Das Internierungslager von Bishop's Bay war vor Kriegsbeginn der Golfklub von Bishop's Bay gewesen, bis zur Requirierung durch das Innenministerium, das ihn als Sammelort für »illegale und feindliche Ausländer« nutzen wollte. Er lag an der Mumbles-Landzunge, ein paar Meilen westlich von der Küste bei Swansea entfernt, und war in ein eingezäuntes Gefangenenlager mit rund vierzig Holzbaracken verwandelt worden. Die Baracken, in denen jeweils zwanzig Leute in Doppelstockbetten Platz fanden, waren entlang der achtzehnten Spielbahn gebaut worden. Das Klubhaus wurde zum Verwaltungssitz und der Mitgliedsraum zur Lagerkantine umfunktioniert, in der bei Bedarf drei Schichten von je zweihundert Gefangenen abgespeist werden konnten. Die Auslastung schwankte zwischen vierhundert und sechshundert Internierten, Männer,

Frauen und Kinder. Andere Bereiche des Golfplatzes waren als Fußball- und Hockeyfelder abgeteilt worden, die jedoch kaum genutzt wurden. Unter den Internierten herrschte das dumpfe Gefühl vor, ungerecht behandelt zu werden; sie vertrieben sich die Zeit hauptsächlich mit Murren und träger Aufsässigkeit.

Lysander klopfte an die Tür des Lagerkommandanten. »Hauptmann J. St. J. Teesdale« stand daneben auf einem behelfsmäßigen Schild. Als Teesdale »Herein!« brüllte, zwang sich Lysander, lächelnd »Guten Morgen, Sir« zu sagen. Teesdale hatte diesen Posten erst seit zwei Wochen inne und empfand seine neue Macht als schwere Bürde. Mit seinen neunzehn Jahren hatte er alle Mühe, sich den ersten Schnurrbart wachsen zu lassen.

»Morgen, Rief. Ganz schön mieses Wetter für Mitte Mai.«

»Die kalte Sophie, die bringt zum Schluss ganz gern noch einen Regenguss«, zitierte Lysander.

»Was?«

»Eine alte Bauernregel, Sir. Sie besagt, dass der Sommer erst anfängt, wenn der Mai vorbei ist.«

»Ach so.« Teesdale warf einen Blick in seine Unterlagen. »Als Erste ist wohl leider Frau Schumacher dran. Sie besteht wieder auf einen Arztbesuch.«

Lysander nahm sein Notizbuch, ein Bündel Akten sowie leere Formulare mit und folgte Teesdale vom Klubsekretariat zur Bar Das 19. Loch. Dort kümmerten sich ein paar Schreibdamen mittleren Alters aus Swansea mithilfe eines einzigen Telefons um die Lagerverwaltung; ihre Schreibtische befanden sich an einem Ende des lang gezogenen Raums, während vor dem breiten Erkerfenster am anderen Ende ein langer Tapeziertisch stand, an dem die täglichen Besprechungen und Befragungen stattfanden. Das Fenster bot über den Golfplatz und den ersten Abschlag hinaus einen Panoramaausblick auf den kabbeligen Bristolkanal,

über den sich dräuende, mausgraue Wolkenmassen türmten. Die Wände waren mit gerahmten Fotos ehemaliger
Golfspieler bedeckt – Viererspielgruppen, Medaillenträger
des Monats und Amateurmeister des Golfverbands von
Südwales, die ihre silbernen Trophäen reckten. Man hatte
Flaschen und Gläser aus der Bar geräumt und die Regale
reihenweise mit Pappordnern gefüllt, einen pro Internierten. Für Lysander war das einer der trostlosesten Räume, in
denen er sich jemals aufgehalten hatte.

Frau Schumacher saß mit dem Rücken zum Fenster am
Tapeziertisch, die Arme kampflustig vor der Brust verschränkt, das pausbäckige Gesicht unversöhnlich verzerrt.
Kaum sah sie Lysander und Teesdale den Raum betreten,
fing sie an zu husten. Lysander setzte sich ihr gegenüber.
Teesdale zog seinen Stuhl außer Reichweite von Frau Schumachers Hustensalve, die im Stakkato abgefeuert wurde.
Lysander schlug ihre Akte auf.

»Guten Morgen, Frau Schumacher, wie geht es Ihnen
heute?«, fragte er auf Deutsch.

Er brauchte eine Stunde, um sie dazu zu bringen, in
ihre Baracke zurückzukehren, mit der schriftlichen Zusage, dass sie binnen vierundzwanzig Stunden von einem
Arzt untersucht werden würde, vorausgesetzt, in Swansea
ließe sich ein Arzt auftreiben. Lysander hatte nichts gegen
Frau Schumacher, auch wenn er sie fast jeden zweiten Tag
zu Gesicht bekam; fast alle, die im Internierungslager von
Bishop's Bay festgehalten wurden, hatten allerlei Anlass
zu Beschwerden, nicht zuletzt die Inhaftierung an sich.
Es gab Handelsmatrosen – darunter ein halbes Dutzend
mürrischer Türken –, deren deutsche Kohletransporter
bei Kriegsausbruch im Hafen von Swansea beschlagnahmt
worden waren; rund zwanzig Schulkinder aus München,
die noch immer ihrer Rückführung in die Heimat harrten,
nachdem sie eine hochsommerliche Radtour durch Wales

unternommen hatten; etliche hiesige Kleinunternehmer – Metzger, Teesalonbetreiber, ein Bestatter, Musiklehrer – mit deutschen Namen beziehungsweise deutschen Vorfahren. Frau Schumacher hatte bloß ihre Cousine in Llanelli besucht, die mit einem Waliser namens Jones verheiratet war. Am Morgen des 5. August war die ganze Familie aus den Betten gescheucht und Frau Schumacher verhaftet worden. Am 6. August hätte sie nach Bremen zurückfahren sollen.

Was für ein Pech, was für ein verdammtes Pech, dachte Lysander, als er ins Freie trat, um ein bisschen frische Luft zu schnappen, schon erschöpft, nachdem er eine Stunde lang Frau Schumachers gallige Nörgeleien gedolmetscht hatte. Er klappte den Kragen seiner Uniformjacke hoch, drückte sich die Mütze auf den Kopf und suchte in den Taschen nach Zigaretten. Dann zündete er sich eine an und lief an einer Spielbahn entlang auf die niedrige Dünenlandschaft zu, hinter der sich ein schmaler Strand erstreckte. Von einem der Wachtürme brüllte jemand »Hey, Schauspieler!«, worauf Lysander munter den Daumen hob.

Es nieselte noch, aber das machte ihm nicht viel aus, er war froh, allein am Strand zu stehen und zu beobachten, wie der Wind den Schaum von den stürmischen, stahlgrauen Wellen peitschte. Seinen Schätzungen nach musste Ilfracombe genau gegenüber liegen, wenn auch außer Sichtweite, etliche Seemeilen entfernt auf der anderen Seite des breiten Kanals. Einmal hatte er dort die Ferien verbracht, mit neun, im Jahr 1895. Er erinnerte sich, dass er seinen Vater hatte überreden wollen, mit ihm Krabben zu fischen, ohne Erfolg. »Nein, mein Junge, für Krabben habe ich nichts übrig.« Als er die Zigarette aufgeraucht hatte, schleuderte er sie in die Wellen und schlenderte zum Klubhaus zurück. Unterdessen hatte sich eine kleine Schlange von Internierten gebildet, die Lysander ausdruckslos anblickten, als er an ihnen vorbeiging.

»Viel los heute«, sagte Teesdale, als der erste Bittsteller

hereinschlurfte. »Wie kommt's, dass Sie so gut Deutsch sprechen, Rief?«

»Ich habe vor dem Krieg in Wien gelebt.« So ein knapper Satz, dachte Lysander, nur acht Wörter, doch wie viel war darin enthalten. Er sollte ihn als Grabinschrift verwenden. »Fangen wir besser an«, fügte er hinzu, denn er merkte, dass Teesdale zum Plaudern aufgelegt war.

»Und wo sind Sie zur Schule gegangen?«

»Ich habe viele Schulen besucht, Sir. Bin als Kind viel herumgekommen.«

Von allen dämlichen Entscheidungen seines Lebens, dachte Lysander, war die dämlichste wohl jene, die er am Morgen nach seinem Besuch bei Hamo getroffen hatte. In Rye musste er eine halbe Stunde auf den Zug nach London warten, und so lief er ziellos durch die Stadt, dachte voller Bitterkeit an Hettie und seinen unbekannten kleinen Sohn Lothar, der bald Udo Hoffs Sohn sein würde, jedenfalls dem Namen nach. Im Schaufenster eines leeren Gemüseladens sah er ein großes Plakat mit dem Aufdruck: EAST SUSSEX' LEICHTE INFANTERIE »THE MARTLETTS«. MÄNNER, TUT EURE PFLICHT FÜR ENGLAND! Ein feister Feldwebel stand im Türrahmen und fing Lysanders Blick auf.

»Sie sind ein schmucker Kerl. Garantiert kräftig und wendig. Solche wie Sie können wir gut brauchen.«

Und so war Lysander dem Ruf dieser unwahrscheinlichen Sirene gefolgt, hatte den Laden betreten und sich freiwillig verpflichtet. Aus ihm wurde Gefreiter 10099 im 2/5. Unterstützungsbataillon des Leichten Infanterie-Regiments von East Sussex. Zwei Tage später meldete er sich zur sechswöchigen Grundausbildung beim Regimentslager in Eastbourne. Für ihn war es eher Bußakt als Pflichterfüllung. Wenigstens wäre er nicht untätig, und er wünschte sich nichts anderes als eine tägliche Routine und

Disziplin, die kein Nachdenken erforderte. Er würde nach Frankreich gehen, um den Feind zu bekämpfen, außerdem spukte irgendwo in seinem Hinterkopf die romantische Vorstellung umher, wie er siegreich in Wien einmarschierte, um die erste freudige Begegnung mit seinem kleinen Sohn herbeizuführen.

»Gute Nacht, Mr Rief«, sagte eine der Schreibdamen im Hinausgehen. Lysander stand in der Eingangshalle des Klubhauses und wartete auf den LKW, der ihn zur Truppenunterkunft in Swansea zurückbringen würde. Die romantische Vorstellung war schnell verblasst. Näher als Swansea würde er Frankreich und der Front nicht kommen. Das 2/5. Unterstützungsbataillon der E.S.L.I. war dazu abkommandiert worden, den Küstenschutz in Südwales zu überwachen. Nach einigen Monaten, in denen sie an den Kais von Swansea und Port Talbot patrouillierten, die Strände mit Drahtverhauen versahen oder frierend in frisch ausgehobenen Schützengräben hockten, neben Artilleriebatterien, die auf den Bristolkanal gerichtet waren, war es einer Art Erlösung gleichgekommen, als seine Kompanie, die Kompanie C des Bataillons, den Befehl erhalten hatte, Wachmannschaften und Gefangeneneskorten für das jüngst eingerichtete Internierungslager von Bishop's Bay zu stellen. Lysander hatte sich als Dolmetscher für die unzähligen Probleme der Internierten angeboten, machte sich rasch unentbehrlich und verbrachte seine Dienstzeit inzwischen am langen Tapeziertisch in der Klubbar. Es war Mai 1915. Greville Varley befand sich als Leutnant des Dorsetshire-Regiments in Mesopotamien. Die *Lusitania* war versenkt worden. Die Invasion von Gallipoli verlief offenbar anders als erwartet. Italien hatte Österreich-Ungarn den Krieg erklärt. Dieser maßlose, weltumspannende Krieg dauerte nun schon zehn Monate, und Lysander hatte noch nicht einmal ...

»Hätten Sie einen Moment Zeit, Rief?« Teesdale lehnte in der Tür seines Büros. Lysander ging wieder hinein und bekam einen Platz sowie eine Zigarette angeboten. Als er dem jungen Teesdale mit dem fast unsichtbaren Schnurrbart gegenüber saß, fühlte er sich sehr alt. Alt und müde.

»Haben Sie jemals erwogen, sich um ein Offizierspatent zu bewerben?«, fragte Teesdale.

»Ich möchte kein Offizier sein, Sir. Ich bin gern einfacher Soldat.«

»Sie hätten es dann bequemer. Sie hätten einen Dienstburschen. Ein richtiges Bett. Sie könnten von einem Teller essen.«

»Ich bin vollauf zufrieden, Sir.«

»So geht das nicht, Rief. Sie sind hier fehl am Platz – ein gebildeter Mann, der überdies eine Fremdsprache beneidenswert fließend beherrscht.«

»Ob Sie es glauben oder nicht: Ich bin hier wirklich sehr glücklich«, log Lysander.

»Was haben Sie vor dem Krieg gemacht?«

»Ich war Schauspieler.«

Teesdale setzte sich auf.

»Lysander Rief. Lysander Rief … Natürlich. Ja! Wissen Sie was, ich glaube, ich habe Sie tatsächlich spielen sehen.« Teesdale runzelte die Stirn und schnipste mit den Fingern beim Versuch, sich zu erinnern. »1912. Horsham College, zehnte Klasse, Theatergruppe. Wir haben eine Fahrt nach London unternommen … Was haben wir uns bloß angesehen?«

Lysander zählte die Stücke auf, in denen er 1912 mitgespielt hatte: »*Evangeline, Niemand ist schuld, Pflücke die Rosenknospen* …«

»Das war's – *Pflücke die Rosenknospen.* Blanche Blondel. Hinreißende Frau. Bezauberndes Geschöpf.«

»Sehr hübsch, ja.«

»Lysander Rief – wirklich erstaunlich. Ob Sie mir vielleicht ein Autogramm geben würden?«

»Mit dem größten Vergnügen, Sir.«

»Schreiben Sie einfach ›für James‹.«

Lysander saß auf seinem Bett, zog die Stiefel aus und löste seine Wickelgamaschen. Die Kompanie C war im Lagerhaus eines ehemaligen Sägewerks untergebracht, das nach Baumsäften, frisch verarbeitetem Holz und Sägespänen roch. Es war trocken und gut isoliert, mit vier Reihen Betten aus Holz und Hühnerdraht ausgestattet, draußen hatte man eine große Gemeinschaftslatrine ausgehoben. Sie bekamen regelmäßig und reichlich zu essen, außerdem gab es in der Gegend eine Menge Pubs. Die meisten Angehörigen der Kompanie verbrachten ihre dienstfreie Zeit in möglichst betrunkenem Zustand. Für jede Aufgabe stand ein gutes Dutzend Männer zur Verfügung. Der Hinterhof des Lagerhauses war hunderte Male gefegt, jedes Gebäude und jede Wand mindestens sieben Mal getüncht worden. Müßige Trunkenbolde wurden von den Unteroffizieren zu harter Arbeit gezwungen. Lysander mied jeden Ärger.

Als er sich hinlegte, hörte er den Hühnerdraht unter seinem Strohsack quietschend nachgeben und schloss die Augen. Noch zwei Tage, dann hätte er eine Woche Urlaub.

London.

»He, Schauspieler!«

Lysander schlug die Augen auf. Obergefreiter Merrilees stand vor ihm. Frank Merrilees, Anfang zwanzig, hatte sehr dunkle Haare, ein fliehendes Kinn und war so scharfsinnig wie hinterhältig.

»Kommst du mit ins Pub?«

Lysander wusste, dass sie gern mit ihm trinken gingen, weil er mehr Geld hatte als sie und regelmäßig eine Runde ausgab. Er erfüllte gern ihre Erwartungen, nicht, um sich

Beliebtheit zu erkaufen, sondern seine Ruhe. Die anderen ließen ihn in Frieden; er musste sich nicht an ihrem hohlen Gezänk, Geläster und Gespött beteiligen.

»Gute Idee.« Lysander setzte sich wieder auf und griff nach seinen Stiefeln.

Merrilees Lieblingspub hieß The Anchor. Lysander fragte sich, ob es in Hafennähe lag; obwohl er seit Wochen im Sägewerk wohnte, hatte er keine Ahnung, in welchem Bezirk von Swansea es sich befand. Er wurde auf der Ladefläche eines LKWs von der Unterkunft zum Lager und wieder zurück gekarrt und sah von Swansea nur die bescheidenen, regenglänzenden Straßen, die hinter der flatternden Öffnung der LKW-Plane zum Vorschein kamen – darauf beschränkte sich sein ganzes Kriegsumfeld.

Das Pub war nur wenige Straßen entfernt und leicht ohne öffentliche Verkehrsmittel zu erreichen, vielleicht war es deswegen so beliebt. Dort gab es den Barraum und ein kleines Extrazimmer, zu dem die E. S. L. I.-Soldaten keinen Zugang hatten. Merrilees wurde von vier Zechkumpanen begleitet, die Lysander nur zu gut kannte – Alfie »Finger« Doig, Nelson Waller, Mick Eltherington und Horace Lefroy. Wenn sie eine Runde spendierten, kam Lysander für die Spirituosen auf – Whisky, Brandy, Rum, Gin –, die zu den Krügen wässrigen Biers gereicht wurden. Darum duldeten sie ihn. Sie unterhielten sich wie immer in einer höchst derben Sprache – Scheißdies und Kackdas – und ihre Gespräche erschöpften sich, genau wie die der Internierten, in einer kruden Litanei des Unrechts und der Kränkungen, die sie erlitten hatten, brutalen Rachegelüsten oder sexuellen Prahlereien.

»Letzte Runde, Jungs«, rief die Bardame.

»Die würde ich gern übernehmen«, schlug Lysander vor.

»Schauspieler, du bist ein echter Offizier und Gentleman«, sagte Merrilees mit glasigem Blick. Die anderen pflichteten ihm lautstark bei.

Lysander trug das Tablett mit den sechs leeren Halbliterkrügen und fünf Schnapsgläsern zum Tresen und gab seine Bestellung bei der Bardame auf. Als er ihr beim Zapfen zusah, erkannte er sie zwar vom letzten Mal wieder, doch ihre Haare waren anders – nun waren sie in einem seltsam karottigen Rostbraun gefärbt. Er hatte sie blond in Erinnerung. So klein und zierlich die Bardame war, trug sie ein Mieder, das ihren stattlichen, vom V-Ausschnitt ihrer Satinbluse halb entblößten Busen zur Geltung brachte. Lysander ertappte sich beim Gedanken, dass sie so klein und zierlich war wie Hettie. Ihre Nase war ein bisschen krumm, und am Kinn hatte sie ein Grübchen, das der Form nach an ihren Brustansatz erinnerte. Ihre Augenbrauen waren dicht und dunkel.

»Und noch drei Gin und zwei Whisky«, fügte er hinzu, als sie die Biere alle gezapft hatte. »Ihr Haar gefällt mir. Die neue Farbe.«

»Danke«, sagte sie. »Von Natur aus bin ich nämlich rothaarig.« Sie sprach mit einem starken walisischen Akzent.

Lysander nahm seinen Krug vom Tablett und gab Waller ein Zeichen, er solle den Rest holen. Das Pub leerte sich allmählich, aber er wollte lieber mit diesem Mädchen reden, als mit den Soldaten fluchen und schimpfen.

»Ihr Jungs vom Militär seid ja richtige Stammgäste.«

»Das ist unser Lieblingspub«, erwiderte er. »Wir sind im alten Sägewerk um die Ecke untergebracht.«

»Sie sind aber anders als die anderen, oder?« Sie sah ihn prüfend an. »Ich hör's an Ihrer Stimme.«

»Wie heißen Sie?«, fragte er.

»Cerridwyn. Alter walisischer Name. Bedeutet ›Holde Dichterin‹.«

»Cerridwyn«, wiederholte er. »Ein schöner Name für eine Dichterin. Ich schreibe selbst hin und wieder Gedichte.« Lysander konnte sich nicht erklären, warum er ihr das erzählt hatte.

»Ach ja?« Unverhohlene Skepsis. »Dann lassen Sie doch mal hören.«

Lysander überlegte nicht lange und deklamierte:

»Sie wird auf ewig die meine sein,
Ich bin ihrem Zauber erlegen.
Du kennst das Mädchen meiner Träume:
Du bist es, Tag und Nacht mein Segen.«

Cerridwyn war sichtlich beeindruckt – ja sogar bewegt. Vielleicht war es das erste Mal, dass man ihr Lyrik vortrug.

»Das haben Sie nie im Leben selbst geschrieben«, sagte sie. »Das haben Sie auswendig gelernt.«

»Ich kann es zwar nicht beweisen, aber auch nicht leugnen: Jeder einzelne Buchstabe stammt von mir.«

»Tja – hört sich gut an. Wie ging noch mal die letzte Zeile?«

»Du bist es, Tag und Nacht mein Segen.«

Auf einmal verspürte er den Drang, sich auf sie zu stürzen, ihre Satinbluse aufzuknöpfen und ihre grellen Haare zu lösen. Und er erkannte sogleich, dass ihr die Veränderung in seinem Blick aufgefallen war. Wie kommt das zustande?, fragte er sich. Was sind das für atavistische Signale, die wir ungewollt aussenden?

»Montag ist mein freier Tag«, sagte sie absichtsvoll.

»Montag fahre ich auf Urlaub nach London«, erwiderte er.

»Ich war noch nie in London.«

»Warum kommen Sie nicht einfach mit?«

»Dann können Sie mir die Stadt zeigen.«

»Das würde ich sehr gern tun.« Er musste verrückt sein, dachte Lysander. »Wir treffen uns hier am Bahnhof. Um neun. Am Fahrkartenschalter.«

»Ach, Sie werden ja doch nicht kommen.«

»Ich komme ganz bestimmt.«

»Wie heißen Sie?«, fragte sie, als wollte sie seine Ehrlichkeit auf die Probe stellen.

»Lysander Rief.«

»Seltsamer Name.«

»Nicht seltsamer als Cerridwyn.«

Merrilees kam auf Lysander zugetaumelt und sagte, sie sollten nun besser gehen.

»Montag früh um neun«, rief Lysander über die Schulter, während er Merrilees am Ellbogen fasste und ihn zum Ausgang führte.

Auf dem Rückweg zum Sägewerk wurden pausenlos anzügliche Witzchen über Lysander und die Bardame gemacht. Lysander hörte weg und überließ die anderen ihren zotigen Mutmaßungen. Er gab sich angenehmen Vorstellungen hin: der Zug nach London, ein schnelles Mittagessen in einem Steakhaus oder einer Austernbar. Ein kleines Hotel, das er in Paddington entdeckt hatte. Am Morgen würde Cerridwyn mit dem Milchzug nach Swansea zurückfahren. Für sie beide ein Abenteuer.

Vor dem Tor zum Sägewerk stand Feldwebel Mott und spielte mit seinem langen Schlagstock. Von Lysander abgesehen, waren sie alle sturzbesoffen. Merrilees salutierte, dann fiel er hin.

»Hau schon ab, du Mistkerl«, sagte Mott. »Mich interessiert bloß der Schauspieler.«

Die anderen waren im Nu verschwunden.

»Ich bin nicht betrunken«, sagte Lysander. »Hab mir nur ein paar Bierchen genehmigt.« Er hatte Angst vor Mott.

»Mir doch egal«, entgegnete Mott. »Im Büro wartet jemand auf Sie.«

Hauptmann Dayson, der Kompaniechef, hatte auf der anderen Hofseite im Bürogebäude des Sägewerks Quartier bezogen. Lysander knöpfte seine Uniformjacke zu, rückte seine Mütze zurecht und klopfte an die Tür.

»Ah, Rief, da sind Sie ja«, sagte Dayson in seinem üblichen schleppenden Tonfall. Faul, wie er war, freute er sich maßlos über den Einsatz im Internierungslager und hoffte, er würde bis zum Kriegsende vorhalten. »Sie haben Besuch.«

Lysander trat ein.

Alwyn Munro erhob sich. Er trug Uniform, und Lysander fielen die Oberstabzeichen an seinen Schultern auf. Er war befördert worden. Lysander vergaß nicht zu salutieren.

»Sie sind schwer zu finden, Rief«, sagte Munro und gab ihm die Hand.

»Was kann ich für Sie tun?«, fragte Lysander, während ihm tausend andere Fragen durch den Kopf gingen.

»Das werde ich Ihnen auf unserer Fahrt nach London erklären«, antwortete Munro. »Draußen wartet ein Automobil. Wollen Sie vielleicht noch Ihre Sachen packen?«

8

Autobiographische Untersuchungen

Die Fahrt brachte keinerlei Erkenntnisse. Ich saß neben Munro auf der Rückbank eines großen Militärfahrzeugs, an dessen vorderem Kotflügel eine Art Wimpel flatterte, während wir nach London brausten. Als wir Swansea hinter uns gelassen hatten, bot Munro mir eine Zigarette an, und ich fragte ihn, was eigentlich los sei.

»Wissen Sie was?«, sagte er, als wäre ihm der Gedanke gerade erst gekommen. »Sie sollten erst mal Ihren wohlverdienten Urlaub genießen. Entspannen Sie sich, lassen Sie es sich gut gehen. Am nächsten Montag melden Sie sich dann bei dieser Adresse. In Zivil.«

Er zog ein kleines Notizbuch hervor und notierte Straße und Hausnummer.

»Und was passiert dann?«, fragte ich.

»Sie erhalten neue Anweisungen«, antwortete er, ziemlich kühl, wie ich fand, wie um mir jedes Mitspracherecht zu verwehren. »Sie dienen immer noch als Soldat, Rief, vergessen Sie das nicht.«

Mehr wollte er partout nicht verraten. Wir haben uns zwanglos über den Kriegsverlauf ausgetauscht – vor allem über die große Offensive von Aubers – sowie über meine Erlebnisse beim E. S. L. I. und die Arbeit im Lager von Bishop's Bay.

»Ich denke, dieses Kapitel Ihres Lebens können Sie als abgeschlossen betrachten«, war Munros einziger Kommentar.

Also sitze ich hier in einem kleinen Hotel in Bayswater (Greville und ich haben die Wohnung am Chandos Place untervermietet) und habe eine Woche Urlaub vor mir. Mehr weiß ich nicht, ich habe nicht die geringste Ahnung, was mich erwartet, außerdem wären Spekulationen müßig. Egal, was Munro mit mir vorhat, es dürfte in jedem Fall interessanter sein als Frau Schumachers Wehwehchen.

Was das Ende der Swansea-Episode angeht, empfinde ich nur Cerridwyns wegen leises Bedauern. Ich male mir aus, wie sie – fein herausgeputzt für ihren Ausflug nach London – am Bahnhof von Swansea neben dem Fahrkartenschalter steht und auf mich wartet. Und dann fährt auch schon der Neun-Uhr-Zug. Natürlich wird sie auf den nächsten warten, für alle Fälle, aber mit stetig schwindender Zuversicht, und nachdem ich auch nach einer guten Stunde nicht erschienen bin, wird sie nach Hause gehen und die ewige Doppelzüngigkeit der Männer verfluchen.

9
Der Kriegshilfefonds von
Claverleigh Hall

E s ist ein Riesenerfolg. Damit hätte ich nie gerechnet.
Wir haben bereits mehr als 200 Pfund eingenommen,
und das vor dem Mittagessen. Gestern waren es insgesamt
500 Pfund«, sagte Lysanders Mutter, die sich vor Erstaunen
fast beschämt zeigte. Sie standen in der Haupteinfahrt und
betrachteten die in Reihen geparkten Automobile und großen Mietkutschen, während eine meterlange Schlange von
Menschen darauf wartete, ihren Shilling Eintrittsgebühr für
die »GROSSE KIRMES VON CLAVERLEIGH HALL« zu entrich-
ten – wie das Plakat am Parkeingang verkündete.

»Bravo«, sagte Lysander. »Die belgischen Flüchtlinge
können sich glücklich schätzen.«

»Ach was«, antwortete seine Mutter. »Jetzt haben wir eine
viel größere Reichweite. Gerade haben wir wieder sechs
Ambulanzen nach Frankreich entsandt.«

Die Wohltätigkeit von Claverleigh Hall hatte kurz nach
Kriegsausbruch als lokale Initiative begonnen, um belgi-
sche Flüchtlinge mit warmer Kleidung, Wolldecken und
Zelten zu versorgen. Der überwältigende Zuspruch ani-
mierte Anna Faulkner weiterzumachen, und so konnte sie
ihre ganze Energie in den Kriegshilfefonds von Claverleigh
Hall, wie die Initiative inzwischen hieß, stecken, ebenso
wie ihr Organisationstalent, das jahrelang brachgelegen
hatte – seit sie nicht mehr die Geschäfte der Theaterkom-
panie von Halifax Rief führte. Plötzlich hatte sie wieder
einen Grund, sich zu engagieren, und die beträchtlichen

Geldsummen, die sie sammelte, verliehen ihrer Stimme Gewicht. Nun fuhr sie ein- bis zweimal die Woche nach London, um sich mit Vertretern des Innenministeriums zu treffen, und auch mit hohen Offizieren im Kriegsministerium. Ihr neuer Plan sah vor, eine Schule zu eröffnen, in der angehende Krankenschwestern in erster Linie lernten, die Leiden und Wunden von Frontsoldaten zu behandeln. Wer braucht bei Fußbrand schon eine Hebamme?, lautete eine ihrer eingängigsten Parolen. Man bat sie immer öfter, sich diesem oder jenem Komitee anzuschließen oder Petitionen zu unterschreiben oder sich für andere gute Zwecke einzusetzen. Lysander kam sie jetzt noch jünger vor, als sie ohnehin schon ausgesehen hatte. So wurde man also belohnt, wenn man mit seinem Leben etwas Sinnvolles anfing.

»Wie geht es Crickmay heute?«, fragte er. Seit seiner Ankunft hatte er seinen Stiefvater noch nicht zu Gesicht bekommen.

»Unverändert schlecht. Er keucht und hustet und soll immer noch das Bett hüten, der Arme.«

»Nach dem Mittagessen muss ich nach London zurück«, sagte Lysander.

»Er wird nicht mit uns essen. Ich richte ihm deine Genesungswünsche aus. Ihr werdet euch sehen, wenn du das nächste Mal kommst.«

Mit diesen Worten eilte seine Mutter davon, um die übervolle Geldkassette am Eingang gegen eine leere auszutauschen, und Lysander streifte durch den Park, passierte die Verkaufsstände für Kuchen und Konfitüre, die Wurfbude, das Bierzelt, die Hundeschau, die Laufspiele – Eierlauf, Sackhüpfen, Dreibeinlauf –, die Viehausstellung und das Reitfest, während er nach Hamo Ausschau hielt, der eine Stunde zuvor eingetroffen war und Saatkartoffeln für seinen Gemüsegarten kaufen wollte.

Er fand seinen Onkel beim Cricketfeld, wo man für einen Sixpence als Werfer gegen zwei führende Schlagmänner des Cricket Club von Sussex County antreten konnte – Vallance Jupp und Joseph Vine.

Hamo war vom Schauspiel sichtlich gebannt.

»Nicht zu fassen, wie gut manche Kinder schon sind«, sagte er. »Dieser Knirps hat Jupp eben in einem Over zweimal ausgebowlt. Eine Blamage für den Schlagmann – der Ball ist 60 Zentimeter weit geflogen.«

»Hast du von Femi gehört?«, fragte Lysander. Er wusste, dass Femi nach Westafrika zurückgekehrt war, weil er in Winchelsea vor Heimweh verging.

»Er ist in Lagos angekommen. Viel mehr werde ich wohl nicht erfahren. Er hat Geld und spricht jetzt gut Englisch – er wird es schon packen ...« Hamo blickte nach Süden, in Richtung Ärmelkanal, in Richtung Afrika, symbolisch gesehen. »Der letzte Winter hat ihm den Rest gegeben – und das ständige Gestarre. Erstaunlich, wie unhöflich Engländer sein können, wenn ihnen etwas fremd ist. Sobald dieser Krieg aus ist, fahre ich Femi nach. Wir könnten zusammen ein Unternehmen aufziehen, ein bisschen Handel treiben.« Hamo richtete seinen funkelnden hellblauen Blick auf Lysander. »Ich habe ihn wirklich ins Herz geschlossen, weißt du. Es vergeht kein Tag, an dem ich ihn nicht vermisse. Ein durch und durch aufrichtiger, liebenswerter Mensch. Rechtschaffen und loyal.«

»Wie schön für dich«, sagte Lysander, bevor er das Thema wechselte. »Crickmay geht es offenbar gar nicht gut.«

»Er kann praktisch nicht mehr atmen. Leidet an einer Art Lungenstauung. Wenn er nur zehn Schritte geht, muss er sich danach fünf Minuten ausruhen. Ein Glück, dass deine Mutter mit ihren Wohltätigkeitsprojekten beschäftigt ist. Sonst würde sie wohl nur dasitzen und auf seinen Tod warten.«

Sie schlenderten gemeinsam weiter über die Kirmes. Eine riesige Menschenmenge scharte sich um ein Artilleriegeschütz – eine Haubitze – und um ein kleines, kompaktes Flugzeug mit stumpfer Nase, das aus bestrichenem Segeltuch und Streckdraht bestand. Lysander fiel ein Rekrutierungszelt der E.S.L.I. auf, vor dem sich eine stattliche Schlange bildete. Swansea erwartete die jungen Männer.

»Mir wird gerade bewusst, wie belanglos mein Soldatenleben bisher verlaufen ist«, sagte Lysander, als er mit seinem Onkel an der Schlange vorbeiging.

»Sei froh«, antwortete Hamo. »Krieg ist eine scheußliche Angelegenheit.«

»Ich habe allerdings das Gefühl, dass alles nun eine Wende nehmen wird.«

Lysander erzählte Hamo von Munros Besuch in Swansea und den neuen Weisungen.

»Kommt mir ziemlich merkwürdig vor«, sagte Hamo. »In Zivil? Tu ja nichts Unbedachtes.«

»Ich werde wohl kaum Bedenkzeit bekommen«, erwiderte Lysander. »Man hat mir sehr deutlich zu verstehen gegeben, dass ich die Befehle befolgen muss.«

»Jeder Idiot kann Befehle ›befolgen‹«, sagte Hamo finster. »Es kommt darauf an, wie man sie interpretiert.«

»Das merke ich mir.«

Hamo blieb stehen und fasste ihn am Arm.

»Gib Bescheid, falls du jemals Hilfe brauchst, mein Junge. Ich habe noch ein paar Freunde beim Militär. Und ich bin selbst das eine oder andere Mal in Schwierigkeiten geraten. Ich habe Dutzende von Männern getötet. Nicht dass ich darauf stolz wäre – nicht im Geringsten. Aber es ist nun mal eine Tatsache.«

»Ich glaube zwar nicht, dass ich in diese Verlegenheit kommen werde, aber trotzdem vielen Dank.«

Hamo und Lysander ließen das Gedränge im Park hinter sich, gerade, als beim Sackhüpfen der Sieger ins Ziel lief und lauter Jubel aufstieg, und gingen über die Einfahrt zum Haus, wo das Mittagessen auf sie wartete.

10

Der Code

Straße und Nummer entpuppten sich als ein vierstöckiges Reihenhaus in Islington, das Kellergeschoss befand sich unterhalb eines Lanzettengeländers aus Eisen, das Erdgeschoss war mit Stuck und einem Erkerfenster versehen und die beiden Obergeschosse bestanden aus rußgeschwärztem Backstein. Harmloser, banaler ging es nicht, dachte Lysander, als er klingelte. Ein einfacher Matrose in Uniform machte ihm die Tür auf und führte ihn ins Wohnzimmer. Es war so gut wie leer – mittendrin stand ein Stuhl hinter einem Klapptisch, vor dem weitere drei Stühle gruppiert waren. Lysander legte Regenmantel und Hut ab und nahm Platz. Er trug einen Dreiteiler aus grauem Flanell mit dezentem Karomuster, ein Hemd mit steifem Kragen sowie seine Regimentskrawatte. Die E.S.L.I. wäre stolz auf ihn.

Zuerst betrat Munro den Raum, ebenfalls in Anzug, und gab Lysander die Hand. Ihm folgte ein älterer Mann, der einen Gehrock trug – ganz altmodisch – und als Oberst Massinger vorgestellt wurde. Sein Gesicht war fahl und faltig, und er hatte eine krächzende Stimme, wie nach einer Kehlkopfentzündung. Die schütteren dunklen Haare waren mit reichlich glänzendem Öl an den Schädel geklatscht, die Zähne auffallend braun, als kaute er regelmäßig Tabak. Als Letzter trat Fyfe-Miller in Erscheinung, leutselig und dynamisch. Das gab Lysander zu denken. Den angebotenen Tee lehnte er dankend ab. Dabei stellte er fest, dass ihm tatsächlich ein wenig übel war – dieses Treffen hatte eher etwas von einem Tribunal an sich. Tee würde ihn möglicherweise würgen lassen.

Nach kurzem höflichem Geplänkel (»Wie war Ihr Urlaub?«) reichte ihm Massinger ein Blatt Papier, das mit Zahlenkolonnen beschrieben war. Für Lysander ergaben sie selbst nach eingehendem Studium keinen Sinn.

3	14	11	2
11	21	2	3
24	15	7	10
3	2	2	7

Und so weiter.

»Was sagen Sie dazu?«, fragte Munro.

»Ist das eine Art Code?«

»Sie haben es erfasst. In Genf arbeitet ein Agent für uns, in den letzten Monaten hat er sechs Briefe abgefangen, die solche Blätter enthielten.«

Ein »Agent«, dachte Lysander. »Abgefangen«? Worauf lief das Ganze hinaus – auf irgendeinen Spionageeinsatz im Auftrag des Kriegsministeriums?

»Er basiert ganz klassisch auf einem Geheimalphabet«, erklärte Munro. »Weil dieses Alphabet aber mithilfe eines Schlüsseltextes erzeugt wurde, der nur dem Sender und dem Empfänger bekannt ist, können wir es unmöglich knacken.«

»Verstehe.«

»Was wir nun von Ihnen erwarten«, schaltete sich Massinger ein, der es eilig zu haben schien, als müsste er gleich zum nächsten Termin weiterhasten, »ist, dass Sie nach Genf fahren und sich mit unserem Agenten treffen. Er wird Sie zu dem Mann führen, der die Geheimbotschaften empfängt.«

»Darf ich fragen, wer dieser Mann ist?«

»Ein deutscher Konsularbeamter.«

Lysander verspürte einen beinah unwiderstehlichen Lachdrang. Vielleicht hätte er doch eine Tasse Tee annehmen sollen. Er hätte gern an etwas genippt.

»Und dann?«

»Dann bringen Sie diesen Konsularbeamten dazu, Ihnen den Schlüssel zu geben, damit wir den Geheimtext dechiffrieren können.«

Lysander schwieg. Er nickte ein paarmal, als handelte es sich um ein durch und durch vernünftiges Ansinnen.

»Und wie soll ich ihn Ihrer Meinung nach ›dazu bringen‹?«

»Lassen Sie sich etwas einfallen«, warf Fyfe-Miller ein.

»Eine üppige Bestechungssumme dürfte sich als zielführend erweisen«, sagte Munro.

»Warum ich?«

»Weil Sie ein unbeschriebenes Blatt sind«, antwortete Oberst Massinger. »In Genf wimmelt es nur so von Spionen und Informanten, Agenten und Kurieren. Sie schwirren überall herum. Kein Engländer kann dort unbemerkt anreisen. Er wird umgehend registriert, überprüft und früher oder später enttarnt, egal, wie seine Legende lautet.«

Lysander war halbwegs sicher, dass ihm die Gesichtszüge nicht entgleist waren.

»Ich bin Engländer«, gab er zu bedenken. »Also wird es mir bestimmt nicht anders ergehen.«

»Doch.« Massinger deutete ein Lächeln an, das seine braun verfärbten Zähne entblößte. »Weil Sie nämlich gar nicht mehr existieren werden.«

»Nun hätte ich doch gern eine Tasse Tee.«

Fyfe-Miller ging den Tee bestellen, und als die Kanne eintraf, schenkten sie sich alle eine Tasse ein.

»Vielleicht habe ich mich eben eine Spur zu dramatisch ausgedrückt«, sagte Massinger, der unaufhörlich seinen Tee umrührte. Kling-kling-kling. »Man wird Sie als ›nach Kampfeinsatz vermisst‹ melden. Unterdessen fahren Sie unter neuer Identität nach Genf. Heimlich.«

»Sie werden die Identität eines Schweizer Eisenbahningenieurs annehmen«, führte Munro aus. »Somit wird Ihre Ankunft, Ihre ›Heimkehr‹ in die Schweiz keinerlei Aufsehen erregen. Vor Ort werden Sie unseren Agenten kontaktieren und weitere Anweisungen erhalten.«

»Darf ich vielleicht erfahren, worum es eigentlich geht?«

Munro sah Massinger an. Massinger hörte auf, in seinem Tee zu rühren.

»Das ist alles höchst kompliziert, Rief«, sagte Massinger.

»Ich weiß nicht, wie aufmerksam Sie die Kriegsnachrichten verfolgen, aber wir haben dieses Jahr mehrere Vorstöße – große Durchbruchsversuche – unternommen, in Neuve Chapelle, Aubers und vor Kurzem in Festubert. Die Niederlagen sind vielleicht noch einigermaßen zu verschmerzen, doch wir haben fast alle unsere Ziele eklatant verfehlt.« Er stellte die Tasse ab. »Offenbar wurden wir schon erwartet. Auf der anderen Seite gab es verstärkte Schützengräben, neu errichtete Schanzen, Reservetruppen für den Gegenangriff, zusätzliche Artillerie hinter den Unterstützungslinien. Geradezu unheimlich ... Wir haben schwere, sehr schwere Verluste erlitten.«

Seine Stimme wurde immer leiser, und einen Augenblick lang wirkte Oberst Massinger bekümmert, fast verzweifelt.

Munro übernahm das Ruder.

»Offen gesagt sind wir der Meinung, dass es in unserem Führungsstab einen ...« Er verstummte, als wüsste er nicht weiter. »Nein, man kann es nicht anders ausdrücken – einen Verräter gibt. Der den Feind über geplante Angriffe informiert.«

»Und Sie halten diese chiffrierten Texte für einen Beweis«, sagte Lysander.

»Genau.« Fyfe-Miller beugte sich vor. »Sobald wir den Code entschlüsseln können, wissen wir, wer der Verräter ist. Das ist die gute Nachricht.«

Fyfe-Miller sah ihn mit seinem eigentümlich freundlichaggressiven Blick durchdringend an. Lysander bekam einen trockenen Mund, während seine linke Wade zu zucken begann. Fyfe-Miller lächelte ihn an.

»Wir wissen, wozu Sie imstande sind, Rief – haben Sie das etwa vergessen? In Wien haben wir mit eigenen Augen gesehen, wie geschickt Sie sich aus der Affäre gezogen haben. Darum haben wir an Sie gedacht. Sie sprechen hervorragend Deutsch, niemand kennt Sie, niemand rechnet mit Ihnen. Sie sind intelligent und können blitzschnell reagieren.«

»Da werde ich mich wohl freiwillig melden müssen.«

Munro hob beschwichtigend die Hände.

»Ich fürchte, Sie haben keine andere Wahl«, sagte er. »Als sich freiwillig zu melden.«

Lysander atmete auf. In gewisser Hinsicht war es besser, derart in die Ecke getrieben als nur freundlich gebeten zu werden.

»Wir haben ja noch gar nicht über die Summe gesprochen, die Sie seit diesem Vorfall in Wien der Regierung Seiner Majestät schulden«, sagte Massinger. »Soviel ich weiß, beläuft sie sich inzwischen auf über 1000 Pfund.«

»Mit dieser Mission wären Ihre Schulden vollständig getilgt«, fügte Munro hinzu. »Als Entschädigung für die recht ungewöhnliche Aufgabe, die Sie in unserem Auftrag erfüllen sollen.«

»Tausch ist kein Raub«, sagte Fyfe-Miller.

Lysander nickte, als wüsste er genau, was gemeint war. Dabei musste er ständig an Hamos Worte denken: Jeder

Idiot kann Befehle befolgen – es kommt darauf an, wie man sie interpretiert.

»Das ist auf jeden Fall ein Anreiz«, antwortete Lysander, bemerkenswert gelassen, wie er fand. »Ich stehe zu Ihrer Verfügung.«

Alle lächelten. Es wurde eine frische Kanne Tee bestellt.

11

Autobiographische Untersuchungen

Danach wurde ich von Fyfe-Miller in ein Schlafzimmer hinaufgeleitet. Auf dem Bett lag ein Koffer, den er schwungvoll aufklappte.

»Das ist Ihre neue Uniform. Sie sind jetzt Leutnant, mit entsprechendem Sold, und gehören dem Generalstab an. Wir werden Sie an die Front führen – wir haben uns bemüht, die bestmögliche Stelle zu finden –, dann können Sie einfach eines Nachts auf Patrouille gehen ...« Hier hielt er inne und lächelte. »Schauen Sie doch nicht so besorgt drein, Rief. Sie werden im Vorfeld unzählige Instruktionen bekommen. Dann kennen Sie den Plan besser als Ihre eigene Familiengeschichte. Wollen Sie die Uniform nicht anprobieren?«

Er ging aus dem Zimmer, solange ich mich auszog und in meine neue Uniform mit rotem Kragenspiegel schlüpfte. Sie passte wie angegossen, und das sagte ich Fyfe-Miller auch.

»Ihr Schneider, Jobling, war uns eine große Hilfe.« Er sah mich mit seinem leicht manischen Grinsen an. »Der geborene Offizier, Rief. Sehr fesch.«

Wieder einmal frage ich mich, welche Ränke sich hinter den Kulissen abgespielt haben. Woher wussten sie von Jobling? Ihn ausfindig zu machen war wohl nicht so schwer. Ich denke über diese drei Männer nach, über den Einfluss, den sie neuerdings auf mich und mein Schicksal ausüben: Munro, Fyfe-Miller und Massinger. Zwei, die ich ein wenig kenne, und ein Unbekannter. Wer führt hier Regie? Massinger? Falls ja, wem ist er Rechenschaft schuldig? Ist Fyfe-Miller den beiden anderen unterstellt? Fragen über

Fragen. Mein Leben verläuft jetzt auf einer völlig fremden Bahn – als säße ich in einem fahrenden Zug, ohne die Strecke oder die Endstation zu kennen.

Ich bin in ein anderes Hotel gezogen, von Bayswater nach South Kensington. Ich habe ein Schlafzimmer und einen kleinen Salon mit Kamin – sollte ich überhaupt ein Kaminfeuer benötigen. Die Tage werden spürbar wärmer, der Sommer bricht allmählich an.

Und auf einmal kommen mir – als unmittelbar Betroffenem – die Neuigkeiten von der Front äußerst wichtig vor. Ich ertappe mich dabei, das blutige, schleppende Ende der Schlacht von Festubert mit außergewöhnlichem Interesse zu verfolgen. Ich lese über den großen Sieg, den die britischen und Empire-Truppen (Inder und Kanadier waren ebenfalls beteiligt) errungen haben, doch selbst dem Uneingeweihten springen die negativen Aspekte und Einschränkungen der Schlachtberichterstattung ins Auge. »Grenzenlose Opferbereitschaft«, »sich wacker geschlagen«, »unaufhörlich dem feindlichen Feuer ausgesetzt« – diese abgedroschenen Wendungen sagen alles. Hier und da wird sogar fast unverhüllt Kritik geübt: »Es fehlte an schweren Geschützen.« Die Zahl der Gefallenen beträgt offiziell weit über zehntausend. Vielleicht mehr.

Mutter hat mir die Post nachgesandt. Zu meiner Überraschung ist auch ein Brief von Dr. Bensimon dabei, den ich hier einfüge:

Mein lieber Rief,
Ich hoffe, bei Ihnen steht alles zum Besten, in jeder Hinsicht. Sie sollten wissen, dass ich Wien mit meiner Familie verlassen habe, als sich herausstellte, dass der Krieg unausweichlich ist. Nun habe ich in London eine Praxis eröffnet,

sodass Sie mich jederzeit aufsuchen können, falls Sie meinen professionellen Rat benötigen.

Ich würde mich jedenfalls über ein Wiedersehen freuen. Meine Praxis befindet sich am Highgate Hill 117. Telefon: HD 7634.

Mit besten Grüßen, John Bensimon

PS: *Die Ergebnisse unserer Wiener Therapiesitzungen von 1913 wurden in der aktuellen Frühjahrsausgabe des Bulletin für psychoanalytische Forschung veröffentlicht. Ihr Deckname lautet »Der Zirkusdirektor«.*

Dieser Brief wärmt und rührt mein Herz. Ich habe Bensimon immer sehr geschätzt, aber ich wusste nie so recht, was er von mir hält. »Ich würde mich jedenfalls über ein Wiedersehen freuen.« Das scheint mir ein klares Signal zu sein, geradezu herzlich, eine ausdrückliche Aufforderung, mich bei ihm zu melden.

Unter der Woche gehe ich täglich, von Montag bis Freitag, zum Haus in Islington, um mich von Munro, Fyfe-Miller und, im zunehmenden Maße, Massinger instruieren zu lassen. Ich studiere Landkarten und mache mich im Keller mit einem detaillierten Sandmodell des bewussten Frontabschnitts vertraut. Zunächst dachte ich, es müsse sich um eine Operation des Kriegsministeriums handeln, aber nun habe ich den Verdacht, dass eine andere, geheime Regierungsdienststelle dahintersteckt. Es gab einen Tag, an dem Massinger sich mehrmals verplappert und einen gewissen »C« erwähnt hat. Ich habe gehört, wie er recht hitzig, ja verärgert zu Fyfe-Miller sagte: »Ich bin für die Schweiz zuständig, aber ›C‹ hält das für Zeitverschwendung. Er findet, wir sollten uns auf Holland konzentrieren. Wir zählen auf Rief, um ihm das Gegenteil zu beweisen.« Was zum Teufel soll das heißen? Wie soll ich eine solche Herausforderung meistern? Als sich die Gelegenheit dazu ergab, habe ich Fyfe-Miller gefragt, wer dieser »C« ist, aber er meinte nur: »Ich habe nicht die leiseste Ahnung, von wem Sie sprechen. Sie müssen sich verhört haben.«

Meine Identität als Schweizer Eisenbahningenieur nimmt rasch Gestalt an. Sie beruht wesentlich auf einem wirklichen Ingenieur – einem Mann, der sich wegen chronischer Zwölffingerdarmgeschwüre in einem belgischen Sanatorium aufhält. Während er halb ohnmächtig, leidend, mit stetig schwindender Hoffnung auf seiner Station liegt, haben wir uns heimlich, still und leise einen Großteil seiner persönlichen Daten geborgt. Mein Name ist Abelard Schwimmer. Ich bin ledig, meine Eltern sind tot, ich lebe in einem kleinen Dorf in der Nähe von Zürich. Heute habe ich meinen Pass gesehen – er wirkt täuschend echt und ist voller Stempel und Marken der Grenzen, die ich überquert habe, Frankreich, Belgien, Holland und Italien. Im französischen Thonon soll ich die Fähre nach Genf besteigen und mir dort ein mittelklassiges Hotel suchen. Der Agent, den ich kontaktieren soll, läuft unter dem Namen »Freudenfeuer«. Zirkusdirektor trifft auf Freudenfeuer. Bensimon würde darüber sicher lachen.

Heute Morgen hat Munro mich zu einem Militärschießplatz im Osten von Beckton mitgenommen und mich im Gebrauch meiner Dienstwaffe, des Webley-Revolvers Mark VI, unterwiesen. Ich habe viele Dutzend Male auf die Zielscheiben geschossen und dabei ziemlich oft getroffen. Der Rückstoß ist bei diesem schweren Revolver so stark, dass mein Arm nach einer Weile zu schmerzen begann.

»Hoffentlich werde ich das Ding nie benutzen müssen«, sagte ich.

»Wir versuchen nur, Sie für alle Eventualitäten zu wappnen, Rief«, antwortete Munro. »Haben Sie schon mal eine Handgranate geworfen?«

»Nein.«

»Dann wird es wohl Zeit. Diese Mills-Granate ist sehr einfach zu handhaben, vorausgesetzt, man ist in der Lage, bis fünf zu zählen.«

Als wir wieder in Islington waren, hat er mir einige wichtige Informationen gegeben. Die Adresse einer sicheren Zuflucht in Genf. Die geheime Telefonnummer des Militärattachés an der dortigen Botschaft – »nur für den äußersten Notfall«. Eine Kontonummer bei der Eidgenössischen Bank, um das benötigte Bestechungsgeld abzuheben. Und ein ausgeklügeltes Doppelkennwort, das mir erlauben würde, Agent Freudenfeuer zu identifizieren – und umgekehrt, natürlich.

»Sie sollten sich das einprägen«, merkte Munro noch an. »Falls Sie Ihrem Gedächtnis nicht trauen, empfehle ich Ihnen eine Tätowierung an einer möglichst intimen Körperstelle.«

Es ist wohl das erste Mal, dass Munro sich, zumindest in meiner Gegenwart, an einem Witz versucht hat.

Gestern Abend war ich mit Blanche bei Pinoli's in Soho essen, das ist eins ihrer Lieblingsrestaurants. Als Nächstes wird sie im Alhambra in *Ein Held wider Willen* mitwirken, und sie hat mir erzählt, dass die Theater so gut besucht sind wie vor dem Krieg. Ich verspürte einen gewissen Neid und hatte plötzlich das Bedürfnis, zu meinem früheren Leben zurückzukehren, wieder auf der Bühne zu stehen, zu spielen, ein anderer zu sein. Und dann fiel mir ein, dass mir genau das bevorsteht. Der Titel ihres Stücks würde ebenso gut zu meinem Vorhaben passen. Diese Einsicht wirkte ziemlich ernüchternd.

»Du gefällst mir in deiner Uniform«, sagte sie. »Aber ich dachte, du wärst Gefreiter.«

»Ich wurde befördert«, antwortete ich. »Bald breche ich nach Frankreich auf. Tatsächlich ...«

Stumm sah sie mich an, auf einmal hatte sie Tränen in den Augen.

»O Gott, nein.«

Als sie sich wieder gefangen hatte, fügte sie hinzu: »Es tut mir so leid ...« Sie warf einen Blick auf ihre Hände – auf den fehlenden Verlobungsring, nahm ich an – und sagte dann ganz unvermittelt: »Warum ist es mit uns beiden so schiefgegangen, Lysander?«

»Es ist nicht schiefgegangen. Das Leben ist uns dazwischengekommen.«

»Und jetzt ist uns ein Krieg dazwischengekommen.«

»Wir können immer noch ...«

»Sag das bloß nicht! Ich kann diese Phrase nicht leiden«, erwiderte sie bissig.

Ich schwieg also und schnitt eine große Ecke von meinem Kasslersteak ab. Als ich hineinbiss, löste sich meine Krone.

»Ich kann dir gern eine neue machen«, sagte mir der ehrenwerte Hugh Faulkner. »Allerdings wird es aufgrund der bedauerlichen Umstände eine Weile dauern.«

»Steck die alte einfach wieder drauf, wenn das irgendwie geht«, antwortete ich. »Ich bin praktisch schon auf dem Sprung nach Frankreich.«

»Von meinen Studienfreunden sind schon fünf gefallen«, sagte Hugh traurig. »An die Schulkameraden wage ich gar nicht zu denken.«

Darauf gab es keine vernünftige Antwort, und so schwieg ich. Er schwieg ebenfalls, während er immer wieder mit der Schuhspitze gegen den Stuhlsockel aus Chrom trat. Ich saß in Hughs kippbarem Behandlungsstuhl in seiner Zahnklinik an der Harley Street.

»Wir brauchen alle ein bisschen Glück«, sagte ich, um ihn

aus seinen düsteren Tagträumen zu reißen und den Tritten ein Ende zu setzen.

»Tja, du kannst tatsächlich von Glück reden, dass du sie nicht verschluckt hast«, entgegnete Hugh, als er meine Krone unter das Licht hielt. »Früher wurden sie aus Elfenbein gefertigt, ist das nicht erstaunlich?« Er knöpfte seine Manschetten auf und rollte sie hoch. »Schön weit aufmachen.«

Hugh führte die große Lampe näher heran und spähte in meinen Mund. Mir fiel auf, dass er einen dunklen Dreiteiler und eine Krawatte trug, die mir bekannt vorkam, auch wenn ich nicht wusste, woher. Er fing an, mit seiner scharfen Metallsonde in meinem Mund herumzustochern.

»Deine Zähne sind eigentlich ganz gut in Schuss ...«

»Aaaargh!«

»Tut mir leid!«

Ich dachte, er habe einen Nerv getroffen oder die Sonde tief in einen faulen Zahn versenkt.

Ich war leichenblass, verschwitzt und völlig erstarrt.

»Großer Gott, Hugh ... Das hat entsetzlich wehgetan.«

»Tut mir wirklich leid. Ich habe bloß diese große Füllung berührt – im rechten zweiten Molar im Oberkiefer.«

»Muss sie erneuert werden?«

»Nein. Mit dem Zahn ist alles in Ordnung.« Hugh lachte leise vor sich hin. »Du hast nur einen elektrischen Schock abbekommen. Wenn zwei Metallteile aufeinandertreffen und der Speichel als Elektrolyt fungiert: Aua! Genau wie die Silberfolie bei der Schokolade. Du brichst dir ein Stück ab, an dem noch Folie klebt, fängst an zu kauen – und bekommst einen kleinen Elektroschock. Deinen Zähnen fehlt nichts.« Er trat einen Schritt zurück, fuhr sich durch die Haare und lächelte zerknirscht. »Genug gealbert. Ich stecke dir jetzt die Krone wieder auf.«

Als im Türrahmen dein Bild erschien,
Traumgesicht wirbelnder Derwische,
War mir, als berühre eine Sonde
Blitzartig ungeahnte Schichten,
Gleißender als jedes Edelmetall.

Abends im Tal ballen sich
Silbern die Nebelschleier.
Ich greife nach ihnen und
Schnüre daraus ein Bündel, das
Dir zur Zierde gereichen soll.

Ich sitze in meinem alten Zimmer in Claverleigh. Eben
war ich bei Crickmay, um Abschied zu nehmen. Morgen
reise ich ab – nach Frankreich. Crickmays Atmung hörte
sich an wie eine alte Pumpe, die gurgelnd versucht, eine
überflutete Grube zu leeren. Eine Mischung aus Luft und
Wasser.

Schnaufend brachte er ein »Wiedersehen« zustande und
drückte mir die Hand.

Mutter wartete im Flur, aufgewühlt, aber beherrscht.

»Wie lange wirst du weg sein?«, fragte sie.

»Das weiß ich noch nicht. Ein, zwei Monate, vielleicht
länger.« Massinger hatte keine genauen Angaben gemacht.
Die Dauer hing vom Fortgang der Operation und von
Agent Freudenfeuer ab.

»Er wird nicht mehr da sein, wenn du zurückkommst«,
sagte sie tonlos.

»Was willst du dann machen?«

»Ich komme schon zurecht. Wenn es sein muss, kann ich
mich auch vierundzwanzig Stunden am Tag um die Kriegs-
hilfe kümmern. Ich weiß ohnehin nicht, was ich ohne sie

getan hätte. Inzwischen beschäftigen wir sechs Angestellte im Büro von Lewes.«

»Das ist großartig.« Ich küsste sie auf die Wange, und sie nahm meine Hände. Dann trat sie einen Schritt zurück, um mich von Kopf bis Fuß in Augenschein zu nehmen.

»Du siehst phantastisch aus in deiner Uniform«, sagte sie. »Dein Vater wäre sehr stolz auf dich gewesen.«

Wenn ich daran denke, schießen mir auch jetzt Tränen in die Augen.

12

L'officier anglais

Munro und Lysander nahmen ihr Mittagessen in Aire ein, etwa zwanzig Kilometer hinter der Front. Von der Tatsache abgesehen, dass sämtliche Restaurantgäste männlich waren und in Uniform steckten, hätten sie auch 1912 nicht genussvoller speisen und trinken können, dachte Lysander. Sie aßen einen köstlichen *Coq au vin*, tranken eine Karaffe Beaujolais, bekamen zwölf Käse zur Auswahl präsentiert und rundeten das Mahl mit einer *Tarte tatin* und einem Calvados ab.

»Eine zünftige Henkersmahlzeit«, bemerkte Lysander.

»Sosehr ich Ihren Galgenhumor schätze, Rief, ist er hier nicht angebracht. Sie gehen kein Risiko ein, zumindest kein nennenswertes. Dieser Frontabschnitt ist ausgesprochen ruhig – nur drei Tote im vergangenen Monat.«

Munros beschönigende Worte trugen nicht gerade zu Lysanders Beschwichtigung bei: Tot ist tot. In diesem Monat gäbe es vielleicht nur ein Opfer – und das könnte er sein. Dennoch würden alle die zunehmende Ruhe dieses ruhigen Abschnitts bejubeln.

Ein Militärwagen brachte sie in das Hinterland am äußersten südlichen Ende der britischen Linien, wo die erste Armee des britischen Expeditionscorps an die zehnte französische Armee grenzte. Sie durchquerten das Städtchen Béthune und bogen dann von der Hauptstraße ab, um über Feldwege zum Quartier des 2 / 10. Bataillons der Loyal Manchester Fusiliers zu fahren. Ein Knüppelweg führte sie schließlich zu einer von Apfelplantagen gesäumten Wiese, auf der reihenweise Rundzelte aufgeschlagen waren. In einer Ecke befand sich eine recht große Feldküche. Von einer benachbarten Weide hörte man Kampf- und Hochrufe sowie dumpfe Stöße von Leder auf Leder, die auf ein Fußballspiel hindeuteten.

Als Lysander aus dem Wagen ausstieg, fühlte er sich wie ein Junge am ersten Schultag – aufgeregt, nervös und ängstlich. Man schickte Munro und ihn zum Bataillonshauptquartier, das ganz in der Nähe in einem beschlagnahmten Bauernhof eingerichtet war. Dort überreichte Munro die offiziellen Dokumente einem wortkargen und sichtlich verdrossenen Adjutanten, der sich für die Lektüre ausgiebig Zeit nahm und dabei kleine Rachengeräusche von sich gab, gleichsam als Ersatz für die Kraftausdrücke, die er lieber verwendet hätte.

»Von Haig höchstpersönlich gezeichnet«, stellte er fest und blickte Lysander ziemlich feindselig an. »Sie sollen bei Bedarf also ›jede erdenkliche Unterstützung erhalten‹, Leutnant Rief. Sie müssen ja ein sehr bedeutender Mann sein.«

»Das ist er«, fiel ihm Munro ins Wort. »Es ist unbedingt erforderlich, dass man alles daransetzt, dem Leutnant in jeder Hinsicht behilflich zu sein. Haben wir uns verstanden, Major?«

»Ja und nein«, antwortete der Major lakonisch und erhob sich. »Folgen Sie mir bitte.«

Tja, das war's dann wohl, dachte Lysander. Munro ist eindeutig zu weit gegangen. Es fühlte sich an, als würde man in einem Klub geschnitten werden. Mit zutiefst verächtlicher Miene führte der Major sie über einen Ziegelweg zu einem Kuhstall, in dem mehrere Feldbetten aufgestellt waren. Er wies Lysander ein Bett zu.

»Lassen Sie Ihr Zeug hier. Ich werde Ihnen einen Burschen zuteilen. Gegessen wird um sechs im Kantinenzelt.«

»Überlassen Sie ihn mir«, sagte Munro, als er und Lysander dem Major hinterherblickten. »Ich werde mit diesem feinen Herrn noch ein Wörtchen unter vier Augen reden.« Lächelnd fügte er hinzu: »Ihm eine Heidenangst einjagen.«

Manchmal war es durchaus von Vorteil, jemanden wie Munro an seiner Seite zu haben, dachte Lysander. Dennoch saß er das ganze Abendessen hindurch schweigend im Kantinenzelt. Keiner der anderen Offiziere richtete das Wort an ihn, was Lysander allerdings eher übertriebener Vorsicht als Verächtlichkeit zuschrieb. Weiß Gott, was Munro geäußert hatte. Und so machte er sich über das Essen her, Rindseintopf mit Klößen und gedämpften Pudding mit Vanillesoße, obwohl er schon längst satt war und sich unwohl fühlte, aber er spürte, dass es bloß weiteren Unmut auslösen würde, wenn er seinen Teller nur halb anrührte.

Sobald es die Höflichkeit zuließ, kehrte er zu seinem Bett im Kuhstall zurück und rauchte eine Zigarette.

»Mr Rief, Sir?«

Lysander setzte sich auf. Ein Soldat stand in der Tür.

»Ich bin Feldwebel Foley, Sir.«

Die beiden Männer salutierten voreinander. Lysander kam es immer noch seltsam vor, mit »Sir« angeredet zu werden. Foley war robust und untersetzt, Ende zwanzig, wie Lysander vermutete, und hatte eine ausgeprägte Himmelfahrtsnase. Sein breiter Lancashire-Akzent passte ganz gut zu seiner muskulösen Statur.

»Gleich zieht eine Drahtschneidegruppe los. Wir können mit.«

Die haben es ganz schön eilig, mich wieder loszuwerden, dachte Lysander, während er schnell das Nötigste zusammenpackte – eine Flasche Whisky, Zigaretten, Taschenlampe, Kompass, Landkarte, die Tasche mit den zwei Granaten, einen Schal und ein Paar frische Socken. Seinen Regenmantel ließ er da – die Nacht war warm und sternenklar – und folgte Foley nach draußen, auf einmal befiel ihn eine lähmende Furcht, die ihm den Atem abschnürte. Immer mit der Ruhe, sagte er sich, denk dran, das ist ein ruhiger Abschnitt – gekämpft wird woanders –, darum bist du hier. Du wurdest bestens auf diesen Einsatz vorbereitet, du hast die Karten eingehend studiert, du hast denkbar simple Anweisungen erhalten – befolge sie einfach.

Foley und er bildeten das Schlusslicht der Gruppe, als sie einen Feldweg entlanggingen und dann in einen zunächst hüfthohen Laufgraben stiegen, der allmählich tiefer wurde, bis die Feldschanzen auf beiden Seiten den Abendhimmel auf einen orange-grauen Streifen über seinem Kopf reduzierten.

Als sie schließlich die Unterstützungslinien erreichten, verspürte Lysander erste Anzeichen von Müdigkeit. Foley führte ihn zum Offiziersunterstand, wo Lysander sich dem Kompaniechef Hauptmann Dodd vorstellte, einem Mann mit hängendem, feucht wirkenden Schnauzer, der die Dreißig bereits deutlich überschritten hatte, sowie zwei blutjungen Leutnants namens Wiley und Gorlice-Law, die höchstens zwanzig sein konnten und Lysander an Aufsichtsschüler in einem Internat erinnerten. Sie wussten, wer er war, offenbar hatte man sie bereits informiert, doch so freundlich und zuvorkommend sie sich verhielten, entging Lysander nicht, dass sie seine Stabsoffiziersabzeichen misstrauisch beäugten, als wäre er auf irgendeine Art und Weise infiziert. Er bekam ein Stockbett zugewiesen und zog die Whiskyflasche als Gastgeschenk aus seinem Tornister hervor. Sofort genehmigten sich alle einen Schluck, und die Atmosphäre entspannte sich merklich.

Lysander gab seine Legende zum Besten – er sei vom »Corps« gesandt, um das Gebiet jenseits der britischen und französischen Gräben aufzuklären und, falls möglich, die Stärke der deutschen Truppen einzuschätzen.

»Die haben fast das ganze Grün vor ihrem Stacheldraht abgefackelt«, bemerkte Dodd wenig zuversichtlich.
»Schwer, sich dort heranzupirschen.«

Lysander holte seinen Grabenplan hervor und bat ihn,
die exakte Stelle zu bestimmen, an der die britische Linie
endete und die französische anfing. Dodd zeigte auf eine
V-förmige Erhebung, die in das Niemandsland hinausragte.

»Da«, sagte Dodd. »Aber dort ist alles voller Stacheldraht.
Sie kommen auf keinen Fall durch.«

»... und sie kommen niemals zusammen«, sagte Wiley
fröhlich.

»Foley ist der Richtige, um Sie dorthin zu führen«, erklärte Gorlice-Law. »Anscheinend patrouilliert er für sein
Leben gern.« Er bestrich einen Hartkeks mit Sardellenpaste
und biss genüsslich hinein, wie ein Junge, der sich am Schul-
kiosk Süßigkeiten beschafft hat. »Köstlich«, sagte er entschuldigend. »Ich habe immer einen Bärenhunger – warum,
weiß ich nicht.«

Dodd schickte Wiley mit dem Befehl hinaus, den Frontgraben abzugehen und die Wachposten zu überprüfen. Lysander schenkte Whisky in die Becher nach.

»Man sagt, es bringt Unglück, wenn Stabsleute an die
Front kommen«, stellte Dodd düster fest. Der Hauptmann
hat nicht gerade ein sonniges Gemüt, dachte Lysander.

»Tja, übermorgen bin ich weg«, sagte er. »Sie werden
mich ganz schnell wieder vergessen.«

»Kann schon sein, aber das ändert nichts an der Tatsache,
dass Sie hier waren, oder? Hier bei uns«, sagte Dodd beharrlich. »Wie wollen Sie bei Ihrem Angriff eigentlich vorgehen?«

»Hören Sie, ich bin doch nur zur Aufklärung hier«, antwortete Lysander und hätte ihm am liebsten gesagt, dass
er kein echter Stabsoffizier war und der Fluch aus diesem
Grund nicht greifen konnte. »Vielleicht kommt gar nichts
dabei raus.«

»Das würden Sie uns ohnehin nicht verraten, nicht wahr?«, sagte Gorlice-Law und nahm sich einen weiteren Hartkeks. »Alles streng geheim. Siegel der Verschwiegenheit und so weiter.«

»Trinken Sie doch noch einen Schluck Whisky«, sagte Lysander.

Er schlief unruhig im schmalen harten Bett, seine unaufhörlich rasenden Gedanken und Dodds tiefes Schnarchen hielten ihn zumeist wach. Nachdem bei Sonnenaufgang der Pfiff zum Morgenappell ertönt war, trank er zum Frühstück Tee und aß Marmeladenbrote, die ihm Dodds Bursche gebracht hatte. Dann kam Foley zu Lysander und bot an, ihm den Frontgraben zu zeigen, damit sie einen Blick in das Niemandsland »riskierten«.

Die Gräben am äußersten rechten Flügel des britischen Expeditionscorps waren schmal, tief und in gutem Zustand, soweit Lysander sehen konnte. Außerdem trocken, mit Holzbrettern ausgelegt, solider Brustwehr abgetreppt und von hohen Sandsackstapeln umstellt. Die Wachposten standen hinter der Brustwehr, während die anderen Soldaten in Mulden und kleinen Halbhöhlen auf der anderen Grabenseite kauerten, aßen, sich rasierten oder ihre Ausrüstung reinigten; Lysander stellte erheitert fest, dass die meisten Shorts trugen und gebräunte Knie hatten – als würden sie eine seltsame Form von Sommerfrische verleben –, während er Foley durch die Quergänge zu einer Schießscharte folgte, die mit einem Netz abgedeckt war. Er bekam einen Feldstecher ausgehändigt.

»Hier sind Sie vor Heckenschützen sicher«, erklärte Foley. »Sie können durch das Netz hindurchsehen, aber von außen sieht man nichts.«

Lysander hielt sich den Feldstecher vor Augen und spähte ins Niemandsland hinaus. Hohes Gras und wilder Weizen, von verdorrtem Sauerampfer durchzogen. Auf halber Strecke erhob sich direkt vor ihnen eine kleine Ruine – im Grunde nichts weiter als ein Haufen Steintrümmer –, weiter hinten standen drei laubige, krumme Ulmen, bei denen einige Hauptzweige weggesprengt waren. Es wirkte still und idyllisch. Eine warme Brise fuhr in die Wiese des Niemandslands und brachte sie zum Wogen, die hohen Gräser und Ähren neigten sich im sanften Wind.

»Wie weit sind ihre Gräben entfernt?«, fragte Lysander.

»Etwa dreihundert Meter, dort drüben. Sie können sie nicht sehen, mittendrin wellt sich der Boden ganz leicht.«

Das wusste Lysander bereits, genau wie er wusste, dass die Trümmer Überreste eines Familiengrabs waren. Sie sollten ihm nachts als Orientierung dienen.

»Was ist mit der Ruine?«

»Die hatten einen Verbindungsgraben angelegt, für Horchposten, aber wir haben sie vor einem Monat rausgebombt. Sie sind nicht wiedergekommen.«

»Das möchte ich mir heute Nacht genauer ansehen, Feldwebel. Gibt es hier Abflussgräben?«

»Ein paar. Alle ziemlich verstopft und überwuchert. Sehen Sie diese Weiden – drüben rechts?«

Lysander schwenkte den Feldstecher herum. »Ja.«

»Dort fängt der tiefste an. Er verläuft entlang unserer Front, dann macht er eine scharfe Biegung in den Stacheldrahtverhau der Froschfresser.«

Lysander vermerkte das alles auf seinem Plan – er würde sich nun leichter orientieren können. Außerdem hatte er die Taschenlampe und seinen Kompass. Er käme schon zurecht.

»Wann wollen Sie losziehen?«, fragte Foley. Lysander fiel auf, dass er sich das »Sir« inzwischen schenkte.

»Wenn es am dunkelsten ist. Zwei, drei Uhr.«

»Es wird eine sehr kurze Nacht. Die Sommersonnenwende ist gerade erst vorbei.«

»Wir werden nicht lange brauchen. Ich muss nur ein paar Kleinigkeiten überprüfen. Binnen einer halben Stunde sind Sie zurück. Sind wir zurück«, korrigierte Lysander sich hastig.

»Offenbar wird Leutnant Gorlice-Law uns begleiten«, sagte Foley. »Bisher war er noch nicht auf Patrouille. Hauptmann Dodd meint, dass es für ihn eine gute Übung wäre.«

»Nein«, antwortete Lysander. »Nur Sie und ich, Foley.«

»Ich pass schon auf den kleinen Kerl auf, Sir. Seien Sie ganz unbesorgt.« Der Feldwebel lächelte. »Halten wir den Hauptmann lieber bei Laune.«

Am Nachmittag flogen zwei Spähflugzeuge des Royal Flying Corps über die Gräben, und Lysander hörte zum ersten Mal Artilleriefeuer von den deutschen Linien. Danach fing in der Ferne jemand zu schreien an. Eine einsame Stimme irgendwo im Niemandsland. Die Männer lachten.

»Was schreit er denn? Wer ist das?«, fragte Lysander Foley.

»Er kommt fast immer nachmittags herausgekrochen, wenn es ruhig ist, und beschimpft uns. Man könnte die Uhr nach ihm stellen.«

Lysander stellte sich hinter die Brustwehr und lauschte. Schwach, aber vernehmlich drang durch das hohe Gras der Ruf: »Hey, ihr englischen Hurensöhne! Geht endlich nach Hause, ihr beschissenen englischen Hurensöhne!«

Lysander glaubte, auch auf der deutschen Seite Gelächter zu hören.

Nach dem Abendappell wurde er wieder zunehmend nervös. Im Geist ging er sämtliche Anweisungen noch einmal Punkt für Punkt durch. Verstohlen sah er nach den beiden Mills-Granaten No. 5 in seinem Tornister und vergewisserte sich zum zwanzigsten Mal, dass die Zünder drinsteckten. Gorlice-Law bereitete sich voller Begeisterung auf die

Patrouille vor, schwärzte sich das Gesicht, reinigte seinen Revolver und lud ihn mehrmals.

»Wir erkunden nur das Gelände«, fühlte Lysander sich zu erklären bemüßigt. »Ich glaube nicht, dass es sich für Sie lohnt.«

»Ich bin erst seit zwei Tagen da«, antwortete Gorlice-Law. »Ich kann es gar nicht erwarten.«

»Damit eins klar ist: Beim ersten Anzeichen von Ärger suchen wir das Weite.«

Dodd befahl dem jungen Mann, sich das Gesicht zu waschen und den »Esstisch« – einen Türflügel, der auf zwei Munitionskisten ruhte – zu decken, mit den Worten: »Ich denke nicht daran, mit einem Mohren zu speisen, Leutnant.« Danach wurde das Abendessen aufgetragen, Doseneintopf und Hartkekse, gefolgt von Dosenplumpudding und dem Rest von Lysanders Whisky. Als es dunkel wurde, brachte Foley die Rumration. Ein starker Rum, wie Lysander feststellte, er roch intensiv nach Melasse und war so dickflüssig wie Hustensirup. Die Wirkung, die er nach dem Whisky auf Gorlice-Law hatte, war nicht zu übersehen – der Leutnant bekam glasige Augen, er konnte sich nur schwer konzentrieren, runzelte die Augenbrauen, schürzte die Lippen und artikulierte langsam, wenn er sprach.

Gegen halb zwei in der Frühe bugsierte Lysander ihn den Graben hinauf, um sich Foley am Ausstiegspunkt anzuschließen. Eine kurze Holzleiter lehnte an der Grabenwand gegenüber der Lücke im Stacheldrahtverhau. Foley trug eine aufgerollte Balaklava auf dem Kopf, eine dreckige Lederjacke mit Koppeltragehilfe, Shorts, Leinenturnschuhe und ein Paar Reservesocken, die er sich um die Knie gebunden hatte. In seiner Tasche steckte ein Revolver, und er hatte sich einen Lanyard mit Pfeife umgehängt.

»Drei Pfiffe bedeuten, wir kehren um«, sagte der Feldwebel und sah Lysander scheel an.

»Was ist denn, Foley?«

»Sie sind in voller Uniform, Sir. Als wollten Sie zur Parade aufziehen.«

»Ich habe nichts anderes dabei.«

Foley holte eine Dose schwarzes Kerzenfett hervor, mit dem er Lysander ein paar Streifen ins Gesicht malte. Dann wandte er sich Gorlice-Law zu, der Jacke, Koppeltragehilfe und Wickelgamaschen abgelegt und seinen Revolver in den Gürtel gesteckt hatte.

»Ab jetzt tun Sie alles, was ich sage, Leutnant. Verstanden?«

»Ja, Feldwebel.«

Foley schoss ein rotes Leuchtsignal ab, um dem Frontbataillon mitzuteilen, dass eine Patrouille unterwegs war, bevor sie die Leiter hinaufkletterten, über die Sandsäcke stiegen und schließlich durch den Drahtverhau in die alles verschlingende Dunkelheit des Niemandslands hinauskrochen.

Es war eine mondlose Nacht, dennoch staunte Lysander darüber, wie schnell er die Orientierung verloren hatte, als sie durch das hohe Gras robbten. Schon nach einer Minute wusste er nicht mehr, in welche Richtung er sich bewegte, während er Foley folgte und Gorlice-Law die Nachhut bildete. Hinter den deutschen Linien stieg eine weiße Leuchtkugel auf, sodass die Welt ein paar Sekunden lang einfarbig erstrahlte. Lysander verspürte auf einmal den Drang aufzustehen und sich umzusehen. Sie rührten sich alle nicht mehr von der Stelle.

»Wo ist die Ruine?«, zischte er Foley zu, als das gleißende Licht allmählich verblasste und verschwand.

»Etwa fünfzig Meter schräg rechts.«

»Führen Sie uns dorthin.«

Foley wechselte die Richtung, und sie robbten weiter. Einige Kilometer nördlich fand irgendein »Spektakel« statt – Leuchtgranaten, fernes Artilleriefeuer, das hustenartige Knattern von Maschinengewehren. Lysander warf einen Blick über die Schulter – in den Schützengräben des 2/10. Bataillons der Loyal Manchester Fusiliers tat sich jedoch nichts. Dort herrschte schwarzer ländlicher Frieden. Selbst die Leuchtraketen, die vorsichtshalber zur Erkundung abgeschossen wurden, waren anscheinend alle verglüht. Man wollte wohl in Ruhe schlafen.

»Wie weit sind wir jetzt?« Lysander tippte an Foleys Knöchel.

»Sie müssen noch über den kleinen Hügel rüber, dann sind Sie da.«

Wurde auch Zeit.

»Sie bleiben hier«, sagte Lysander zu Foley. »Lassen Sie ihn nicht zurück.«

»Nein, Sir. Sie können nicht alleine gehen. Ich komme mit.«

»Das ist ein Befehl, Foley. Kümmern Sie sich um den Leutnant.«

Lysander ließ die beiden anderen hinter sich und robbte den Hügel hinauf – eigentlich nur eine winzige Erhebung, die ihm aber freie Sicht auf den blassen Trümmerhaufen des verfallenen Grabmals gewährte. Er hielt rechts Ausschau nach den verwüsteten Ulmen und glaubte ihre Umrisse zu erkennen, die dunkler waren als der Nachthimmel. Trümmer, Ulmen, Abflussgraben – wenigstens konnte er sich inmitten der fließenden Dunkelheit und des wispernden Grases an diese konkreten Punkte halten.

Er ließ sich auf der anderen Seite hinuntergleiten, auf die Ruine zu. Einst musste es sich um ein ziemlich prachtvolles Bauwerk gehandelt haben, dachte er, von einem lokalen Würdenträger errichtet, damit der Name seiner Familie überdauerte. Tja, er hatte wohl nicht bedacht, dass …

Lysander erstarrte. Er hörte ein Quieken. Ratten? Dafür war es zu beständig. Sickerndes Wasser? Dann hörte es auf. Er holte die Taschenlampe aus seinem Tornister und die beiden Mills-Granaten. Zieh den Sicherungsstift, zähl bis drei, wirf und sieh zu, dass du schleunigst wegkommst. Die Explosionen sollten als Ablenkungsmanöver dienen, sie wären die Ursache seines »Todes«, sodass er zu den französischen Linien würde vordringen können.

Das quiekende Geräusch setzte wieder ein, ganz schwach. Lysander lehnte gegen die ersten Steinblöcke der eingestürzten Grabmauer. Er richtete seine Taschenlampe auf die Stelle, an der er das Geräusch vermutete, und schaltete sie kurz ein. Im flüchtig aufblitzenden Licht sah er zwei weiße Gesichter aus einem Verbindungsgraben emporblicken, der tief unterhalb des Grabsockels ausgehoben worden war. Er erkannte einen Mann mit schwarzem Schnurrbart und einen sehr hellhäutigen, blonden Jungen sowie eine Telefonkabelrolle, die langsam abgewickelt wurde – und dabei leise quietschte.

Lysander schaltete die Taschenlampe aus, zog den Stift aus der Granate und schleuderte sie in den Verbindungsgraben. Gepolter. Flüche. Er warf auch die zweite Granate und rannte anschließend geduckt in die Richtung, in der nach seinem Dafürhalten die Ulmen standen.

Nach einer gefühlten Ewigkeit hörte er die Granaten detonieren – nur wenige Sekunden hintereinander –, das dumpfe *Blap! Blap!* der Explosionen im engen Raum unterhalb des Grabmals. Jemand fing an zu schreien.

Lysander fiel auf die Knie. Die rauen schrillen Schreie ertönten weiterhin. Unmittelbar darauf setzte von beiden Seiten blindwütiges Artilleriefeuer ein – die Wachposten waren von den Granaten jäh aus ihrem Dämmerschlaf gerissen worden. Grüne, rote, weiße Leuchtraketen stiegen in den Nachthimmel auf. Er sah sich schlagartig in eine Welt von grellen Grundfarben versetzt. Dann ertönte das Pfeifen und Dröhnen von Granatgewehren. Eine Maschinenpistole feuerte los. Lysander kroch nun auf dem Bauch und wagte nicht aufzusehen. Schätzungsweise war er fünfzig oder sechzig Meter südlich von der Ruine entfernt. Wo waren nur die verfluchten Ulmen? Als es zwischendurch plötzlich still wurde, hörte er den alarmierten Schrei *Foley? Foley! Wo sind Sie?* Im starken Licht einer weißen Leuchtkugel erkannte er, dass er die Ulmen bereits passiert hatte. Er war weiter gekommen als gedacht, also musste er die Richtung ändern, um zu den Weiden und dem Abflussgraben zu gelangen. Er rollte sich zur Kugel zusammen und schaltete die Taschenlampe ein, um seinen Kompass zu konsultieren: Momentan steuerte er geradewegs auf die deutschen Linien im Osten zu, dabei musste er sich nach Süden wenden. Er drehte sich um neunzig Grad und robbte weiter. Hinter ihm lärmte eine Kakofonie von diversen Schüssen, donnernde Einschläge zeigten Lysander an, dass inzwischen auch schwere Mörser eingesetzt wurden. Sein kleines Ablenkungsmanöver war irgendwie außer Kontrolle geraten – er hoffte, dass Foley und Gorlice-Law unversehrt zurückgekehrt waren.

Lysander fiel in den Abflussgraben, wo ihn die verbliebenen zehn Zentimeter Wasser gründlich durchnässten. Er ging in die Hocke, lehnte sich an die Böschung und atmete zunächst einmal tief durch. Es wurden noch ein paar Raketen abgeschossen, aber dann ließ das Feuer allmählich nach. Falscher Alarm. Nicht weiter schlimm. Er war mit dem Schrecken davongekommen.

Wieder holte er den Plan hervor, schirmte die Taschenlampe mit der Hand ab und versuchte, sich zu orientieren. Falls dieser Abflussgraben wirklich derjenige war, den Foley ihm beschrieben hatte, musste er ihm nur knapp hundert Meter folgen, bis der Graben nach rechts abknickte und ihn direkt zur Drahtsperre der Franzosen führte. Dann brauchte er bloß noch nach den grünen Leuchtsignalen Ausschau zu halten, die von den französischen Linien abgefeuert werden sollten, um ihm den Weg zu weisen. Vorausgesetzt, es lief alles nach Munros Plan … Lysander warf einen Blick auf die Uhr. Halb vier. In spätestens einer Stunde würde es wieder hell werden – er musste dringend weiter.

Nachdem er eine Weile durch den Graben gewatet war, machte dieser tatsächlich eine Biegung nach rechts, aber dann schien er vor einer uralten Rohrleitung abrupt zu enden. Lysander spähte in die Dunkelheit hinaus. Theoretisch müsste sich ihm gegenüber die Frontdrahtsperre der zehnten französischen Armee befinden. Von den grünen Leuchtsignalen, die Munro ihm versprochen hatte, war jedoch weit und breit nichts zu sehen. Alle zehn Minuten sollte eins abgefeuert werden, hatte Munro gesagt. Bestimmt hatten sie den Krach und das Durcheinander vernommen, die die Explosion seiner Granaten ausgelöst hatte.

Er dachte über die Granaten nach, die er in den Verbindungsgraben unterhalb des Grabmals geschleudert hatte. Vor seinem inneren Auge tauchten die beiden Gesichter, die zu ihm aufgeblickt hatten, wieder auf – der Mann mit dem schwarzen Schnurrbart und der hellblonde Junge –, zutiefst verblüfft und schockiert. Zwei Fernmelder, die ein Telefonkabel verlegen wollten, um den Horchposten wieder aufzubauen, vermutete Lysander. Er musste wohl davon ausgehen, dass seine Granaten die beiden getötet oder zumindest schwer verletzt hatten. Diese Schreie. Schmerzerfüllt, fast tierisch. Die Panik im Dunkeln, als die Mills-Granaten gegen das Gestein knallten. Fieberhaft tastende, suchende Finger, Fluchen und dann – BUMM!

Lysander begann zu zittern und umschlang seine Knie. Es hatte keinen Sinn, daran zu denken, an das, was möglicherweise mit den beiden Fernmeldern passiert war. Woher hätte er wissen sollen, dass sie dort sein würden? Nein, am besten harrte er hier bis zum Sonnenaufgang aus. Dann würde ihm vielleicht einfallen, was zu tun war.

Es war ein schöner, etwas gespenstischer Anblick, als der Himmel hinter den deutschen Linien heller wurde. Lysander konnte nach und nach die Schlüsselmerkmale der Landschaft ausmachen – die drei Ulmen befanden sich zu seiner Rechten, und vor ihm wurde die dunkle Kreuzschraffur der französischen Drahtsperre sichtbar. Die Kanalöffnung bestand aus einem groben Steinbogen, dicht von Binsen umwachsen, die dank der Feuchtigkeit aus dem Abflussgraben bestens gediehen. Als eine Brise aufkam, roch er den Rauch, der über das Niemandsland hinwegzog, weil in den Schützengräben Feuer gemacht wurde. Er merkte, dass er Hunger hatte – ein paar knusprige Speckscheiben und ein Kanten in heißes Fett getunktes Brot wären jetzt genau das Richtige.

Ganz vorsichtig schob er die Binsen beiseite und musterte den Stacheldrahtverhau, der in knapp zwanzig Meter Entfernung vor den französischen Linien angelegt war. So dicht und kunstvoll, dass er sich dort unmöglich herauswinden konnte. Lysander sah aus den Gräben dahinter zwar eine graue Rauchsäule aufsteigen, die vom Wind erfasst wurde, aber keine Spur einer Sandsackbrustwehr oder Schießscharte.

Er legte die Hände trichterförmig um den Mund und rief: »*Allo! Allo! Je suis un officier anglais.*«

Nach etwa fünf Sekunden wiederholte er *Allo!* Als Antwort knallte ein Gewehrschuss.

»*Je suis un officier anglais. Je ne suis pas allemand.*«

Darauf folgten mehr Schüsse, die ihn jedoch weiträumig verfehlten. Dann hörte Lysander hinter den französischen Linien ein Brüllen.

»*Tu nous prends pour des crétins, Monsieur Boche? Vas te faire enculer!*«

Lysander wusste nicht weiter. Vielleicht war es ein Fehler gewesen, Französisch zu sprechen.

»Ich bin Engländer!«, rief er. »Englischer Offizier. Ich habe mich verlaufen! *Perdu!*«

Wieder knallten Gewehrschüsse ins Blaue. Lysander blickte über die Schulter auf die deutschen Linien und hoffte, dass die Deutschen sich nicht zum Zurückschießen verleiten ließen, sonst würde er ins Kreuzfeuer geraten.

»*Parlez-vous anglais?*«, rief er erneut. »Ich bin ein englischer Offizier! Ich habe mich verirrt!«

Damit handelte er sich weitere Beschimpfungen ein – anschauliche Kraftausdrücke, die er nicht kannte oder nur vage verstand und die offensichtlich von diversen sexuellen Handlungen mit Tieren und engen Angehörigen handelten.

Ziemlich verzweifelt hockte er sich wieder hin. Was sollte er nur tun? Unter Umständen müsste er bis Einbruch der Dunkelheit warten und dann zu den Manchesters zurückkehren. Dort hätte er vielleicht auch das Pech, von einem nervösen Wachposten erschossen zu werden, dem der Schreck der vorigen Nacht noch in den Knochen saß. Doch gesetzt den Fall, er käme wohlbehalten zurück, wie stünde er vor den anderen da? Wäre dann nicht die ganze Genfer Operation gefährdet? Was für ein beschissen dämlicher Plan, dachte er. Warum musste er unbedingt »nach Kampfeinsatz vermisst« werden? Warum konnte er nicht einfach als Abelard Schwimmer nach Genf fahren?

»*L'officier anglais?*« Der Ruf kam von den französischen Linien. Dann hörte Lysander auf Englisch: »Sind Sie noch da?«

»Ja! Hier im Graben! *Le fossé!*«

»Bewegen Sie sich nach links. Sobald Sie ...« Die Stimme verstummte.

»Sobald ich was?«

»Sie sehen ein *poteau rouge*!«

»Ein roter Pfosten! *Je comprends!*«

»Das ist der Zugang durch das … ach, *notre barbelé*.«

»Ich komme! Nicht schießen! *Ne tirez pas!*«

»Aber ganz langsam!«

Lysander stieg aus dem Graben und robbte nach links, so flach wie nur möglich. Auf einmal fühlte er sich vollkommen ungeschützt. Nachdem er sich etwa eine Minute lang gewunden und geschlängelt hatte, erblickte er einen roten Pfosten, der neben einer Lücke im Drahtgewirr eingeschlagen war. Er kroch darauf zu – nun konnte er sehen, dass der Pfosten eine Zickzackschneise durch das Labyrinth anzeigte.

»Je suis là!«, brüllte er.

Langsam kroch er durch die Lücke und erblickte weiter oben die mit Sandsäcken befestigte Brustwehr.

»Ich komme!«, rief er, plötzlich von der Furcht ergriffen, dass man ihn nur herangelockt hatte, um ihn zu erschießen. Er reckte seine Mütze hoch, seine kakigrüne englische Armeemütze, und wedelte damit. Als Lysander die Sandsäcke erreichte, wurde er von starken Armen hochgehievt und sanft am Boden des Schützengrabens abgesetzt.

Er blieb einen Moment auf dem Boden liegen und rang nach Luft, während er zu den Riesen aufblickte, die um ihn herum standen – bärtige dreckige Männer in schmutzigen blauen Uniformen, die seltsamerweise alle Pfeife rauchten. Sie blickten ihn ebenfalls neugierig an. Einer von ihnen sagte:

»Pour sûr. Un véritable officier anglais.«

Lysander saß in einem Unterstand, hielt einen Emaillebecher mit schwarzem ungesüßtem Kaffee in der Hand und verspürte einen nie gekannten Grad von Erschöpfung. Nur mühsam schaffte er es, den Becher an die Lippen zu führen, als höbe er einen schweren Felsblock oder eine bleierne Kanonenkugel. Er stellte ihn ab und schloss die Augen. Schlafen. Eine ganze Woche schlafen. Lysander hatte dem Offizier, in dessen Unterstand er sich gerade befand, den versiegelten Brief aus seinem Tornister überreicht. Die bärtigen blauen Riesen hatten ihn hierhergeführt. Jetzt brauchte er dringend eine Zigarette. Er tastete seine Taschen ab, bis ihm einfiel, dass er seine Packung in Dodds Unterstand hatte liegenlassen. Dodd. Wiley und Gorlice-Law. Hatte Gorlice-Law so inbrünstig nach Foley gerufen? Lysander konnte nur hoffen, dass sie alle …

»Da ist er ja. Unser falscher Fuffziger.«

Lysander sah sich um und musste blinzeln. In der Tür stand Fyfe-Miller. Sehr schick in einer Jacke mit gekreuzten Ledergurten, Jodhpurhose und auf Hochglanz polierten Reitstiefeln. Hinter ihm war der französische Offizier.

»*Notre mauvais centime*« übersetzte Fyfe-Miller für den Franzosen, ohne sich einen Deut um die Aussprache zu scheren. Er half Lysander aufzustehen, mit seinem typischen leicht irren Grinsen. Lysander hätte ihn am liebsten geküsst.

»Phase eins wäre hiermit abgeschlossen«, sagte Fyfe-Miller. »Das war der einfache Teil.«

Teil drei

Genf 1915

I

Die Glockner-Briefe

Die Fähre aus Thonon schob sich langsam in den Genfer Hafen; als der Motor umgesteuert wurde, um das Heck nach vorn zu bringen, erbebte das ganze kleine Schiff. Lysander – Abelard Schwimmer – verlor beinah das Gleichgewicht und klammerte sich an die Holzreling des Oberdecks, während Matrosen dicke graue Taue auswarfen und am Kai um die Poller legten, um die Fähre festzumachen. Die Gangway wurde herabgelassen, Lysander nahm seinen karierten Koffer und stellte sich in die Menge der Passagiere, die an Land drängten. Nach einer Weile trat auch er über die abschüssige Holzfläche auf Schweizer Boden. Vor ihm erstrahlte Genf im Morgenlicht, einzig die Kathedrale erhob sich über die rotbraunen und grauen Dächer, über die stattlichen Wohngebäude direkt am See – aus unerfindlichem Grund erinnerte sie ihn vage an Wien. Dahinter sanfte Hügel und in der Ferne das blendende Weiß verschneiter Kuppen. Er sog die Schweizer Luft tief ein, setzte seinen Homburg auf, dann machte sich Abelard Schwimmer auf die Suche nach seinem Hotel.

Nachdem Lysander und Fyfe-Miller von der Front wieder ins Hinterland gelangt waren, wurden sie nach Amiens chauffiert, wo man für Lysander ein Zimmer im Hôtel Riche et du Sport reserviert hatte. Er legte sich sogleich ins Bett und schlief den ganzen Tag, bis Fyfe-Miller ihn am Abend wachrüttelte und ihm mitteilte, er müsse den Zug nach Paris nehmen. Von dort aus sollte er nach Lyon weiterfahren. Lysander schlüpfte in die Kleidung von Abelard Schwimmer – einen schlecht geschnittenen Anzug aus dunkelblauem Serge (der ihm auf Anhieb zu warm war), ein beiges Hemd mit weichem Kragen und vorgebundener Fliege sowie klobige braune Schuhe. Sollte Fyfe-Miller es darauf angelegt haben, seinen Geschmack zu beleidigen, hatte er erstklassige Arbeit geleistet, dachte Lysander. Er erhielt einen Pappkoffer mit rotem Schottenkaromuster, darin befanden sich ein paar frische Hemden und Unterhosen, außerdem war im Futter ein flaches Bündel Schweizer Franken versteckt, damit würde er zwei Wochen auskommen, erklärte Fyfe-Miller, und das sei mehr als genug Zeit, um die Mission zu erfüllen. Vollendet wurde diese Ausstattung durch einen dunkelgrünen Regenmantel und einen Homburger Hut.

»Die ideale Verkörperung des *homme moyen sensuel*«, bemerkte Fyfe-Miller. »Sie sind ja nicht wiederzuerkennen.«

»Ihre Aussprache ist schauderhaft«, antwortete Lysander. »*Hhhommä mojen sensül* – das versteht doch kein Mensch.« Er führte Fyfe-Miller die richtige Aussprache vor. »Im Französischen ist das h stumm.«

Fyfe-Miller lächelte ohne eine Spur von Verlegenheit.

»*Quel hhhorreur.* Man versteht mich durchaus. Mehr will ich gar nicht.«

Am Bahnhof von Amiens nahmen sie Abschied.

»Viel Glück«, sagte Fyfe-Miller. »Bisher läuft alles nach Plan. In Paris dürfen Sie nicht trödeln – zum Umsteigen haben Sie vierzig Minuten. In Lyon werden Sie von Massinger erwartet.«

»Wo ist Munro?«

»Gute Frage … In London, glaube ich.«

Lysander fuhr nach Paris, dann mit dem Nachtzug nach Lyon, erster Klasse – wohl das Vorrecht eines Eisenbahningenieurs. Er war in einem Abteil mit zwei französischen

Obersten, die ihn mit offener Verachtung straften und keines Wortes würdigten. Das bekümmerte ihn nicht. Lysander döste ein und träumte von den beiden Fernmeldern, die entgeistert zu ihm aufgeblickt hatten, als er die Granaten in den Verbindungsgraben schleuderte. Als er im Morgengrauen aufwachte, waren die Obersten weg.

Im Bahnhof von Lyon drängten sich französische Truppen, die zur Front fahren sollten. Lysander fiel ein, dass die Front tatsächlich nicht weit entfernt war, sie erstreckte sich über die Ardennen und die Champagne hinaus, bildete einen Bogen von der Nordsee bis zur Schweizer Grenze, eine mäandernde, rund 750 Kilometer lange Linie. Davon wurden etwa 75 Kilometer von der britischen Armee kontrolliert. Massinger erwartete ihn im Bahnhofsrestaurant und trank dabei Bier. Sie fuhren mit dem Bummelzug nach Thonon am Südufer des Genfersees, dann quartierten sie sich im Hôtel de Thonon et Terminus ein, das praktischerweise in Bahnhofsnähe in der Unterstadt lag.

Massinger war gereizter Stimmung und fühlte sich offenbar unbehaglich. Als Lysander ihm von seiner nervenaufreibenden Nacht im Niemandsland erzählen wollte, schien der Oberst nur mit halbem Ohr hinzuhören, als hätte er Wichtigeres im Kopf. »Ach so. Was Sie nicht sagen. Ist ja fürchterlich.« Lysander ging nicht weiter ins Detail, erwähnte weder die Granaten, die er geschleudert, noch den Sonnenaufgang über den deutschen Linien, den er beobachtet hatte, als er inmitten von Binsen im Abflussgraben kauerte.

Beim Abendessen war die Atmosphäre nach wie vor gezwungen und angespannt, als hätten sie nur zufällig Bekanntschaft geschlossen, weil sie das Pech hatten, die zwei einzigen Engländer in einem französischen Städtchen zu sein. Sie waren höflich, sie täuschten Geselligkeit vor, aber es lag auf der Hand, dass beide viel lieber allein gegessen hätten.

Wenigstens konnte Massinger ihm weitere Informationen und Anweisungen zu seiner Mission geben. Sobald Lysander in Genf angekommen war und sein Hotelzimmer bezogen hatte, sollte er zweimal täglich ein bestimmtes Café aufsuchen, um 10.30 Uhr und dann wieder um 16.30 Uhr, und dort jeweils eine Stunde bleiben. Früher oder später würde ihn Agent Freudenfeuer ansprechen, sie würden das Doppelkennwort austauschen und dann gäbe es neue Anweisungen, falls Agent Freudenfeuer die Zeit für reif hielt.

»Freudenfeuer hat das Heft also fest in der Hand«, sagte Lysander unbedacht.

»Freudenfeuer ist zurzeit vermutlich unser wichtigster Trumpf, und zwar für unseren gesamten Spionagekrieg«, entgegnete Massinger in feindseligem Ton, sodass seine Reibeisenstimme noch harscher klang als gewohnt. »Freudenfeuer liest die komplette ein- und ausgehende Korrespondenz der deutschen Botschaft in Genf. Was meinen Sie wohl, wie wertvoll das für unsere Zwecke ist? Na?«

»Äußerst wertvoll, würde ich meinen.«

»Ich muss mich darauf verlassen können, dass Sie sich zu den genannten Zeiten in der Taverne des Anglais einfinden, morgens wie nachmittags.«

»Taverne des Anglais? Ist das nicht ein bisschen zu offensichtlich?«

»Das ist eine ganz unscheinbare Brasserie. Was hat ein Name schon zu besagen?«

Beim Essen schwiegen sie. Lysander hatte einen Fisch bestellt, dessen lokale Bezeichnung ihm unbekannt war, und bekam ein zerkochtes, fades und wässriges Etwas serviert. Massinger hatte ein Kalbskotelett genommen, das allem Anschein nach sehr zäh war, so wie der Oberst daran herumsäbelte.

»Da gibt es eine Sache, die mir keine Ruhe lässt, Massinger.«

»Was denn?«

»Ich soll doch diesen Beamten bestechen ... Aber was ist, wenn er sich nicht bestechen lässt?«

»Wird er. Garantiert.«

»Lassen Sie uns bitte einmal vom unwahrscheinlichen Fall ausgehen, dass er es nicht tut.«

»Dann hacken Sie ihm die Finger ab. Einen nach dem anderen. Das dürfte ihm die Zunge lösen.«

»Sehr lustig.«

Massinger legte Messer und Gabel aus der Hand und musterte ihn, beinah gehässig, was Lysander aus der Fassung brachte.

»Damit ist es mir bitterernst, Rief. Sie müssen Genf mit diesem Codeschlüssel verlassen. Andernfalls brauchen Sie gar nicht erst zurückzukommen.«

»Hören Sie –«

»Wissen Sie eigentlich, was hier auf dem Spiel steht?«

»Sicher. Verräter, Führungsstab und so weiter. Ich weiß Bescheid.«

»Dann tun Sie Ihre Pflicht als britischer Soldat.«

Nach dem Abendessen unternahm Lysander zur Beruhigung einen kleinen Spaziergang am Hafen und rauchte eine Zigarette. Er blickte über den weiten See – Lac Léman, wie er auf französischer Seite hieß – auf die dunklen Schweizer Berge, die er im Zwielicht erahnen konnte. Am Abendhimmel zeichnete sich ein eigentümliches Strahlen ab, das zwischen blassestem Blau und Grau changierte – *Alpenglühen,* so nannte man das, eine einzigartige Verbindung von Tälern, die sich bei Sonnenuntergang rot färbten, und golden leuchtenden Bergkuppen. Lysander verspürte eine gewisse Aufregung – morgen würde er gleich mit der ersten Fähre nach Genf übersetzen und nur zu gern vom reizbaren, kleinmütigen Massinger Abschied nehmen. Jenseits des dunklen stillen Wassers harrte seiner Phase zwei, wie

Fyfe-Miller sicher genüsslich bemerkt hätte. Lysander war bereit.

Auf dem Rückweg ins Hotel musste er wieder an die Manchesters denken und an seine flüchtige Erfahrung des Grabenkriegs. Er dachte an die ebenso flüchtigen, aber intensiven Bekanntschaften, die er geschlossen hatte – Foley, Dodd, Wiley und Gorlice-Law. Während er durch die Straßen von Thonon schlenderte, kamen sie ihm so vertraut vor wie alte Freunde, er erinnerte sich so lebhaft an sie wie an Familienangehörige. Ob er sie jemals wiedersehen würde? Wohl nicht. Solche abrupten Trennungen brachte der Krieg mit sich, doch diese Einsicht schenkte ihm keinen Trost. Im Hotel wurde ihm mit dem Zimmerschlüssel auch eine Nachricht von Massinger übergeben. Er wollte Lysander daran erinnern, dass seine Fähre um 6.30 Uhr in der Frühe ging, und ihm mitteilen, dass er ihn nicht zum Hafen begleiten würde, da er unpässlich sei.

Das Hôtel Touring de Genève war eine herbe Enttäuschung. Der beinah schon zwei Jahre während Krieg hatte dem üblichen Publikumsverkehr – Touristen, Bergsteiger, Kurgäste –, auf den ein solches Etablissement angewiesen war, den Garaus gemacht. Die Stimmung in der Lobby hatte etwas Defätistisches an sich, allem Anschein nach wurde sie nicht mehr geputzt, überall lag Staub, die Papierkörbe waren voll. Auf der kleinen Terrasse verdorrten die Geranien in ihren Töpfen, und das im Frühsommer. Von den achtzig Hotelzimmern waren nur fünf besetzt. Selbst die unverhoffte Ankunft eines neuen Gastes, der auf unbestimmte Zeit bleiben wollte, konnte die Rezeptionistin nicht aufheitern.

An seinem ersten Abend war er im Speisesaal der einzige Gast. Der Kellner sprach nur gebrochen Deutsch (und stellte ihm ein paar Fragen zu Zürich, die er ausweichend beantwortete). Lysander erkannte nun, warum Munro ausgerechnet diese Tarnung für ihn ausgesucht hatte – als deutschsprachiger Schweizer Eisenbahningenieur, der in der französischsprachigen Schweiz in einem zweitklassigen Hotel wie das Touring abstieg, war Abelard Schwimmer eine vollkommen gewöhnliche, unauffällige Erscheinung – geradezu unsichtbar.

Das Hotel befand sich am linken Ufer, zwei Häuserblöcke vom See entfernt, in einer trambefahrenen Geschäftsstraße. An seinem ersten Morgen kaufte Lysander ein Paar schwarze Schuhe, einige weiße Hemden sowie zwei Seidenkrawatten und ersetzte den Homburg durch einen Panamahut. Nachdem er sich umgezogen hatte, fühlte er sich wieder wie er selbst – ein gut gekleideter Engländer auf Reisen –, aber dann fiel ihm ein, dass er damit den Sinn und Zweck seiner Mission verfehlte. Er schlüpfte erneut in die braunen Schuhe und setzte den Homburg auf, brachte es jedoch nicht über sich, eine vorgebundene Fliege anzulegen.

Um 10.30 Uhr ging er in die Taverne des Anglais, wo er im Lauf der vorgeschriebenen Stunde zwei Gläser Münchner Helles trank. Während dieser Wartezeit sprach ihn niemand an, auch am Nachmittag ab 16.30 Uhr nicht. Abends ging er ins Kino und sah sich eine Komödie über einen verpatzten Banküberfall an, die ihm kein einziges Lächeln entlockte. Er fasste den Vorsatz, sich nach der Rückkehr in seinen angestammten Beruf verstärkt um Filmrollen zu bemühen – die Arbeit schien lächerlich einfach.

Am nächsten Tag kaufte er sich um die Mittagszeit ein Sandwich (beim 10.30-Uhr-Termin war er wieder versetzt worden), mietete ein Ruderboot an der Promenade du Lac und ruderte ein paar Kilometer am rechten Ufer entlang. Es war ein strahlend sonniger Tag, und die Wohngebäude mit den weißen und rosafarbenen Stuckfassaden, steilen Dächern, Kuppeln und merkwürdig abgeschrägten Schornsteinaufsätzen aus Zinn zeugten ausschließlich von Frieden und Wohlstand, genau wie die Uferpromenaden und der Kursaal samt Theater, Cafés und Restaurants. Unterwegs konnte er jenseits der Stadt und der niedrigen Felsumgebung die gleißend weißen Kuppen des Mont Blancs und seiner Berggruppe im Westen erkennen. Vor der mächtigen Fassade des Grand Hôtel du Beau-Rivage – oder du Beau-Espionage, wie Massinger es genannt hatte – verweilte Lysander ein wenig. »Dort dürfen Sie sich auf keinen Fall blicken lassen. Da tummeln sich anrüchige Damen aus aller Herren Länder, es wimmelt von Spitzeln und Informanten, jeder wird versuchen, Ihnen für ein paar Francs vermeintliche Informationen zu verkaufen – vom Hoteldirektor bis zur Wäscherin. Die reinste Jauchegrube.« Im großen Schwimmbad an der Jetée des Pâquis kreischten und planschten Kinder, und Lysander überlegte kurz, ob er sich einen Badeanzug kaufen und sich dazugesellen sollte – die Sonne brannte ihm im Rücken, er hätte sich gern erfrischt. Dann war er versucht, zum Parc Mon Repos weiterzurudern, dessen Haine und Rasenflächen hinter der Mole zum Vorschein kamen, doch ein Blick auf die Uhr zeigte ihm, dass es bald halb fünf sein würde. Er sollte lieber zur Taverne des Anglais zurückkehren und sich mit einem kühlen Bier begnügen.

Auch aus diesem Treffen wurde nichts, also aß er in einem Grillrestaurant früh zu Abend und lauschte anschließend einem Orgelkonzert in der Kathedrale, mit Werken von Joseph Stalder und Hans Huber, zwei Komponisten, von denen er noch nie etwas gehört hatte. Im Touring bat er um ein ruhigeres Zimmer, das nach hinten hinausging, weil die Trams ihn schon im Morgengrauen weckten. Lysander fiel auf, wie schlecht er inzwischen schlief – ständig träumte er davon, wie er seine Granaten in den Verbindungsgraben unterhalb des Grabmals schleuderte. Mal erschienen ihm die grell erleuchteten Gesichter des hell-blonden Jungen und des schnurrbärtigen Mannes, mal Fo-ley und Gorlice-Law. Er litt weniger unter Schlafmangel als unter den Träumen, die der Schlaf mit sich brachte – allein der Gedanke daran wurde ihm unerträglich. Er nahm sich vor, später ins Bett zu gehen. Er würde bis tief in die Nacht durch die Straßen bummeln, ab und zu ins Café gehen, um ein Heißgetränk oder einen Cognac zu sich zu nehmen, und sein Hotelzimmer erst wieder aufsuchen, wenn die Langeweile ihn dazu trieb. Vielleicht würde er dann besser schlafen.

Nachdem er am nächsten Morgen wieder eine Stunde in der Taverne vertan hatte (wo man ihn mittlerweile als Stammgast begrüßte), ging er in eine Apotheke, um sich ein Schlafmittel zu kaufen. Als der Apotheker das Chloral-hydrat einpackte, riet er Lysander, einen Kurort aufzu-suchen – aber in mindestens 2000 Metern Höhe. Nur in dieser Höhe ließe sich Schlaflosigkeit kurieren. Er schlug seinem Kunden das Hotel Jungfrau-Eggishorn vor, hoch über dem Rhônegletscher – vor dem Krieg sei es bei den Engländern äußerst beliebt gewesen, bemerkte der Mann mit einem vielsagenden Lächeln. Lysander wurde bewusst, dass er seine Tarnung versehentlich nicht gewahrt hatte – er musste sich unbedingt auf Abelard Schwimmer konzen-trieren und Französisch mit deutschem Akzent sprechen.

Als er die Apotheke verließ, fiel ihm ein Ladenschild auf: G. N. LOTHAR & CIE. Der Anblick dieses Namens, des Na-mens seines Sohnes, versetzte ihm einen Stich, erinnerte ihn an seinen seltsamen Verlust, an die schmerzliche Liebe, die er für ein Wesen empfand, das er nie gesehen, nie ken-nengelernt hatte, das in seinem Leben nur eine abstrakte Rolle spielte, als sein »Sohn«, den er in Anführungszeichen setzen musste, um ihm überhaupt eine Art von Präsenz zu verleihen, als Gegenstand seiner Zuneigung. Natürlich flammte sein Zorn auf Hettie erneut auf – auf ihren kindlichen Leichtsinn, ihre sträfliche Unbesonnenheit –, aber ihm wurde schnell klar, wie vergeblich das war. Bloße Zeitverschwendung.

Als er am Nachmittag in der Taverne saß, um eine weitere Stunde ungenutzt verstreichen zu lassen, und frustriert über dieses Kind nachdachte, das seins war und auch wieder nicht, dachte er zugleich darüber nach, wie albern und absurd diese Vorgehensweise war, mehr Spiel als Spionage. Er war auf dem See gerudert, im Kino gewesen und hatte ein Konzert in der Kathedrale gehört. Vielleicht würde er sich später eine Ausstellung ansehen oder sich einen Drink an der Bar des Beau-Rivage genehmigen und den »anrüchigen Damen« einen Korb geben.

Am Fenster saßen zwei junge, recht attraktive Frauen und tranken Tee. Lysander hatte den Eindruck, dass die eine immer wieder verstohlen zu ihm blickte, während er von seinem Bier trank. Aber nein, das wäre zu riskant, sogar im Rahmen dieses läppischen Spiels.

Jemand setzte sich an den Nebentisch und nahm ihm die Sicht. Eine Witwe, die schwarzen Krepp trug, dazu einen flachen Strohhut mit kleinem Halbschleier. Lysander winkte dem Kellner – noch ein Bier, dann ginge er.

Die Witwe drehte sich um und sah ihn an.

»Verzeihen Sie bitte, sind Sie Monsieur Dupetit?«, fragte sie auf Französisch.

»Ah ... Nein. Bedaure.«

»Aber Sie kennen sicher Monsieur Dupetit.«

»Ich kenne einen Monsieur Lepetit.«

Sie stand auf, um sich zu ihm zu setzen, und schlug ihren Schleier zurück. Lysander erblickte das Gesicht einer Frau über dreißig, das einst schön gewesen sein musste, bevor es zur kalten Maske der Resignation erstarrt war. Schwere Lider, eine gebogene römische Nase, der schmale Mund von zwei tiefen Furchen gleichsam in Klammern gesetzt. Er fragte sich, ob sie jemals lächelte.

»Wie geht es Ihnen?«, sagte sie und reichte ihm ihre in schwarze Spitze gehüllte Hand. Sie hatte einen zupackenden Griff, wie Lysander feststellte.

»Sind Sie gekommen, um mich zu ihm zu führen?«, fragte er.

»Zu wem?«

Er senkte die Stimme: »Freudenfeuer.«

»Ich bin Freudenfeuer.«

»Verstehe.«

»Hat Massinger Ihnen das nicht gesagt?«

»Zum Geschlecht hat er keine Angaben gemacht.«

Sie sah sich im Raum um, offenbar verärgert, sodass Lysander ihr Profil betrachten konnte. Ihre kleine Nase wies tatsächlich einen perfekten Bogen auf, wie bei einem Kaiser auf einer römischen Münze oder dem gefangenen Indianerhäuptling, den er einmal auf Fotos gesehen hatte.

»Ich bin Madame Duchesne«, sagte sie. »Sie sprechen hervorragend Französisch.«

»Danke. Möchten Sie vielleicht etwas trinken?«

»Einen kleinen Dubonnet. Wir können hier gefahrlos reden.«

Sie kam gleich zur Sache. Am nächsten Morgen würde sie ihn um zehn im Hotel abholen und ihm die Wohnung des Konsularbeamten zeigen. Ein Junggeselle namens Manfred Glockner. Für gewöhnlich brach er gegen Mittag ins Konsulat auf und kehrte am späten Abend nach Hause zurück. Sie wusste zwar nicht, welche offiziellen Aufgaben er innehatte, beschrieb ihn aber als »stilvollen Herrn mit intellektueller Aura«. Als er plötzlich Briefe aus England erhielt, wurde sie neugierig und beschloss, der Sache nachzugehen. Die ersten drei hatte sie verpasst, doch die folgenden sechs konnte sie alle öffnen. Insgesamt waren es neun Briefe in acht Monaten gewesen, von Oktober 1914 bis Juni 1915.

»Sie haben die Briefe geöffnet?«, hakte Lysander nach. »Arbeiten Sie denn auch beim Konsulat?«

»Nein. Mein Bruder leitet hier in Genf die zentrale Postdienststelle. Er bringt mir alle Briefe, um die ich ihn bitte. Ich öffne und lese sie, fertige Kopien derjenigen an, die mir interessant erscheinen, dann klebe ich die Umschläge wieder zu und sie werden dem Adressaten übermittelt. So mache ich es mit allen Briefen, ob sie eingehen oder ausgehen.«

Kein Wunder, dass Massinger so große Stücke auf seine Agentin hielt, dachte Lysander.

»Wie gelingt es Ihnen, die Briefe zu öffnen, ohne dass es jemand merkt?«

»Das ist mein Geheimnis«, antwortete sie. Andere hätten hier vielleicht zufrieden gelächelt, aber Madame Duchesne reckte nur leicht herausfordernd das Kinn. »Es hat mit der Anwendung extremer Temperaturen zu tun. Trockene Hitze, trockene Kälte. Nach kurzer Zeit springen die Umschläge von allein auf. Ganz ohne Dampf. Sobald ich sie gelesen habe, klebe ich sie mit Leim wieder zu. Es gibt nicht das geringste Anzeichen dafür, dass sie geöffnet wurden.«

Sie holte ein paar Papierbögen aus ihrer Handtasche hervor.

»Das sind die sechs Glockner-Briefe.«

Lysander blätterte sie durch: sechs dicht mit Zahlen beschriebene Seiten, wie diejenige, die er in London gesehen hatte. Er faltete die Blätter und steckte sie in die Tasche. Plötzlich überkam ihn eine Art Unruhe – aus dem Spiel war Ernst geworden.

»Morgen zeige ich Ihnen, wo Glockner wohnt. Ich würde vorschlagen, dass Sie ihn entweder mitten in der Nacht oder an einem Sonntag aufsuchen – wenn im Haus alles ruhig ist.«

Morgen ist Freitag, dachte Lysander. Mein Gott …

»Dann sollte ich wohl zur Bank gehen«, sagte er.

»Das müssen Sie wissen«, antwortete sie teilnahmslos. »Ich werde Ihnen bloß die Wohnung zeigen. Alles Weitere ist Ihre Sache.« Sie trank ihren Dubonnet aus und stand auf. Lysander fiel auf, dass sie groß und ihr Kleid aus hochwertigem Stoff gemacht und gut geschnitten war. Madame Duchesne zog ihren Halbschleier wieder über die Augen.

»Offensichtlich sind Sie in Trauer …«

»Mein Mann war Offizier – Hauptmann – in der französischen Armee. Wir haben in Lyon gelebt. Er ist in der zweiten Kriegswoche gefallen, beim Rückzug aus Mühlhausen, August 1914. Ein Schuss hat ihn getroffen und schwer verletzt, man nahm ihn gefangen, ohne seine Wunden zu verarzten. Man hat ihn einfach sterben lassen. Ich stamme ursprünglich aus Genf, und so bin ich zurückgekehrt, um bei meinem Bruder zu sein.«

»Mein herzlichstes Beileid«, sagte Lysander etwas verhalten. Er fragte sich, wie man einer Fremden aufrichtig kondolieren sollte, zumal der Todesfall fast schon ein Jahr zurücklag.

Madame Duchesne wedelte mit der Hand, wie um die banale Floskel zu verscheuchen.

»Darum möchte ich Sie so gern bei diesem Krieg unterstützen. Unsere Alliierten. Das nur, um die Frage zu beantworten, die Ihnen sicher unter den Nägeln brennt.«

Das tat sie wirklich, aber Lysander beschäftigte noch etwas anderes.

»Diese Briefe an Glockner – hatten die einen Poststempel?«

»Ja, alle aus West-London. Und englische Briefmarken, natürlich, das hat mein Interesse geweckt. Ich habe eine Liste sämtlicher Angestellten beim deutschen Konsulat. Mein Bruder bringt mir deren Briefe routinemäßig immer zuerst. Wir sehen uns morgen, Herr Schwimmer.«

Sie nickte ihm leicht zu – eine fast unmerkliche Kopfbewegung – und ging mit festem, entschiedenem Schritt. Eine Frau, die ihren Überzeugungen treu war. Lysander musste sich eingestehen, dass ihre bittere Strenge, ihre eherne Trauer und tiefe Melancholie einen gewissen Reiz auf ihn ausübten. Wie sie wohl im Bett aussah, nackt, von Champagner beschwipst, sich kringelnd vor Lachen … Er bestellte sich noch ein Glas Münchner Helles. Allmählich fand er Geschmack an diesem Bier.

2

Die Brasserie des Bastions

Lysander und Madame Duchesne saßen in einem Café fast direkt gegenüber dem Eingang von Glockners Wohnhaus. Es war Mittag. Madame Duchesne trug selbstverständlich Schwarz, hatte diesmal allerdings auf den Schleier verzichtet. Lysander hätte gern gewusst, wie sie mit Vornamen hieß, ahnte jedoch, dass er einer so flüchtigen Bekannten diese Frage nicht stellen durfte. Die Witwe lud nicht zu Vertraulichkeiten ein. Bei näherer Überlegung wurde ihm klar, dass der Kontakt vermutlich enden würde, sobald sie ihm Glockner gezeigt hätte – damit hätte sie ihre Mission erfüllt.

»Heute ist er später dran als sonst«, sagte sie.

Lysander fiel das geschlossene Goldmedaillon auf, das sie um den Hals trug – es enthielt bestimmt ein Bild des verstorbenen Capitaine Duchesne.

»Da ist er«, fügte sie hinzu.

Lysander sah einen eleganten, mittelgroßen Mann aus dem Gebäude treten. Er trug einen leichten rehbraunen Mantel und einen Fedorahut. Dazu Gamaschen, einen Gehstock und einen Aktenkoffer. Ob er einen Schnurrbart hatte, konnte Lysander nicht erkennen, weil der Mann sich bereits umgedreht hatte und die Straße hinunterlief.

»Gibt es eine Concierge?«, fragte er.

»Ich gehe davon aus.«

»Tja. Da werde ich mich wohl an ihr vorbeischummeln müssen.«

»Das ist einzig und allein Ihr Problem, Herr Schwimmer.«

Madame Duchesne stand auf. Sie wünschte ihm auf Englisch viel Glück und dann noch *bon courage*.

Lysander stand ebenfalls auf. Wenn es nach ihm ginge, sollte dies nicht ihr letztes Treffen sein.

»Dürfte ich Sie heute Abend vielleicht zum Essen einladen, Madame Duchesne? Ich bin nun schon seit vier Tagen in der Stadt und langweile mich allmählich in meiner Gesellschaft.«

Sie sah ihn forschend an, wobei ihr hartes Gesicht keine Regung zeigte. Er stellte fest, dass ihre Augen dunkelbraun waren. Du Trottel, dachte er – das hier ist doch keine Vergnügungsreise.

»Danke, sehr gern.«

Ihre Antwort löste bei ihm eine fast jungenhafte Freude aus.

»Großartig. Wo möchten Sie hingehen?«

»In Nähe des Place Neuve gibt es ein Restaurant mit einer sehr schönen Terrasse, die nur im Sommer geöffnet ist. Die Brasserie des Bastions. Wollen wir uns um halb acht dort treffen?«

»Wunderbar. Dann sehen wir uns heute Abend.«

Am Nachmittag ging Lysander zur Bank und hob 25 000 Franc in 500er-Scheinen ab – etwa 1000 Pfund. Man hatte ihm zwar 1000er-Scheine angeboten, aber er dachte sich, je dicker das Geldbündel, mit dem er wedeln konnte, desto erfolgreicher der Bestechungsversuch. Er fragte sich, worauf Massinger seine Überzeugung gründete, dass Glockner käuflich war – vielleicht nur auf der plumpen Prämisse, dass Botschaftsmitarbeiter nicht eben üppig entlohnt wurden. Glockner war ihm aber keineswegs bedürftig oder abgearbeitet vorgekommen, sondern frisch und wie aus dem Ei gepellt – er trug weder Zelluloidmanschetten noch eine pflegeleichte Hemdbrust aus Pappe. Auf den ersten Blick gab es jedenfalls keinen Anhaltspunkt für seine potenzielle Bestechlichkeit.

Lysander erschien zeitig in der Brasserie, die sich als Gebäude aus Holz und Gusseisen entpuppte, mit zwei großzügigen Veranden, die von einem kunstvoll verzierten Gewächshaus ausgingen. Es lag vom Place Neuve zurückgesetzt im ehemaligen botanischen Garten, weit genug entfernt von den vielen Bussen und Automobilen, die unaufhörlich um den Platz fuhren, um nicht von Lärm oder Staub belästigt zu werden. Er hatte seine verhassten braunen Schuhe gegen die schwarzen getauscht, den Homburg gegen den Panamahut, außerdem trug er eine seiner neuen Seidenkrawatten mit einfachem Knoten zum weißen Hemd. Nun fühlte er sich wieder wie der lässig-charmante Schauspieler Lysander Rief und nicht mehr wie der behäbige Eisenbahningenieur Abelard Schwimmer. Ob Madame Duchesne den feinen Unterschied wohl –

»Herr Schwimmer? Sie sind ja früh dran.«

Er drehte sich um und sah Madame Duchesne über eine von jungen Linden gesäumte weiße Kiesallee kommen. Natürlich trug sie nach wie vor Trauerkleidung, dazu aber einen offenen, rüschenbesetzten Sonnenschirm als Schutz vor den letzten Strahlen, und ihr feines Taftkleid war an Ausschnitt und Ärmeln mit Spitzen versehen, nach der neuesten Mode nur knöchellang, sodass darunter ihre schillernd blaugrauen geknöpften Stiefelchen mit Pompadourabsatz zu sehen waren. Sie mochte zwar lange, dafür aber äußerst stilvoll trauern, dachte Lysander. Als sie einander zur Begrüßung die Hand reichten, überlegte er, inwiefern sie ihre auffallend schlanke Linie dem Korsett zu verdanken hatte und was sie unter diesem knisternden, eng anliegenden Kleid wohl für Wäsche trug. Leicht beschämt und verwundert, weil Madame Duchesne eine solche Lüsternheit in ihm wachrief, zügelte er seine Gedanken. Als man sie zu ihrem Zweiertisch führte, stieg ihm ein Hauch ihres Parfums in die Nase – intensiv und moschushaltig. Puder oder Lippenstift hatte sie nicht verwendet, aber das Parfum war nicht ohne Bedeutung – vielleicht hatte sie es für ihn aufgelegt. Er stellte sich vor, wie sie vor dem Spiegel stand und ganz zuletzt nach ihrem Flakon griff – jeweils einen Tupfer am Hals und auf die Innenseite der Handgelenke ... Halt. Das reichte.

»Sollen wir Champagner bestellen?«, regte er an. »Ich glaube nicht, dass Massinger etwas dagegen hätte.«

»Ich trinke keinen Champagner«, erwiderte sie. »Nur etwas Rotwein zum Essen.«

Sie entschieden sich beide für das *menu du jour*: Consommé, Kalbsfrikassee, Käse und Apfeltarte. Der Wein, den er ausgesucht hatte, erwies sich allerdings als rau und recht säuerlich, sodass sie die Flasche nur zur Hälfte leerten. Lysander verspürte eine wachsende Anspannung, und ihr Gespräch gelangte nie über das Förmliche oder Oberflächliche hinaus.

Als sie den Kaffee bestellten, fragte ihn Madame Duchesne, ob er Soldat sei.

»Ja. Ich habe mich kurz nach Kriegsausbruch freiwillig gemeldet.« Er gab keine Details aus seinem Soldatenleben preis, erwähnte lediglich, dass sein Regiment die E.S.L.I. war, doch das genügte offenbar, um Eindruck zu machen. Er hatte das diffuse Gefühl, dass Madame Duchesne ihn nun mit anderen Augen sah.

»Und was haben Sie davor gemacht?«, fragte sie.

»Ich war Schauspieler.«

Zum ersten Mal geriet ihr Gleichmut ins Wanken, für den Bruchteil einer Sekunde ließ sie sich ihre Überraschung anmerken.

»Von Beruf?«

»Ja. Auf Londoner Bühnen. Ich bemühe mich, in die

Fußstapfen meines Vaters zu treten. Er war ein ganz großer Schauspieler – eine Berühmtheit.«

»Das ist ja interessant«, sagte sie, und er merkte, dass sie es ernst meinte. Nun hatte er tatsächlich ihr Interesse geweckt. Erfreut bestellte er die Rechnung und nahm sich vor, woanders noch eine Zigarette zu rauchen und Cognac zu trinken. Immerhin endete ihr gemeinsamer Abend besser, als er begonnen hatte – besser als erwartet. Und was genau hast du erwartet?, fragte er sich ungehalten. Du Idiot. Als Zeitvertreib hatte es seinen Zweck erfüllt, das war die Hauptsache. Morgen wollte er Glockners Wohnhaus samt Umgebung erkunden und danach entscheiden, um welche Uhrzeit er am Sonntag loslegen würde.

Während sie auf sein Wechselgeld warteten, stellte Madame Duchesne eine kleine Pappschachtel auf den Tisch.

»Ein Geschenk von Massinger«, erklärte sie.

Lysander nahm die Schachtel – sie war schwer und es klapperte darin.

»Vielleicht sollten Sie sie besser im Hotel öffnen«, sagte Madame Duchesne.

Dafür war seine Neugier zu groß, er stellte die Schachtel unterhalb der Tischplatte auf seine Knie und hob den Deckel. Er sah den kurzen Lauf eines kleinen Revolvers aufblitzen. Daneben lagen ein paar lose Kugeln.

»Was soll ich damit?«

»Vielleicht wird er Ihnen noch von Nutzen sein, wer weiß? So einen habe ich auch von Massinger bekommen.«

Lysander steckte die Schachtel ein, dann traten sie in die Parkanlage hinaus – Buchsbaumhecken, in Reih und Glied gepflanzte Linden und Platanen, geharkte Kieswege. Der Himmel war noch immer einigermaßen hell und die Luft frisch.

»Danke für das Abendessen. Es war mir ein Vergnügen, Sie näher kennenzulernen«, sagte sie.

Ihr Händedruck fiel so fest aus wie beim ersten Mal. Wieder verspürte er dieses eigenartige Verlangen nach ihr – nach einer Frau, die selbst anscheinend kein Verlangen mehr kannte.

»Mein echter Name lautet übrigens Lysander Rief.«

»Das hätten Sie mir wohl besser nicht verraten.«

»Dürfte ich Ihren Vornamen erfahren? Verzeihen Sie bitte, aber das lässt mir keine Ruhe. Ohne vollständigen Namen fällt es mir schwer, mein Gegenüber richtig zu erfassen.«

»Florence.« Sie sprach es französisch aus, und so klang es viel schöner als auf Englisch.

»Florence Duchesne. Ein bezaubernder Name.«

»Gute Nacht, Herr Schwimmer. Und für Sonntag wünsche ich Ihnen viel Glück.«

3

25 000 *Franc, erste Rate*

Am Sonntagmorgen um Viertel vor zehn beobachtete Lysander, wie die Concierge mit ihrem Ehemann Glockners Wohnhaus verließ, um in die Kirche zu gehen. Als er das Haus am Vortag mit einem vermeintlichen Paket für einen gewissen Monsieur Glondin betreten hatte, bekam er von der Concierge zu hören, hier wohne niemand mit diesem Namen – im letzten Stock gebe es zwar einen Monsieur Glockner, aber nirgendwo einen Glondin. Woraufhin Lysander sagte, sein Adressat sei ganz bestimmt Monsieur Glondin, es müsse sich wohl um ein Versehen handeln, er bitte sie, die Störung zu entschuldigen. Auf diese Weise hatte er einen guten Eindruck von der Eingangshalle und dem Treppenhaus gewonnen. Außerdem hatte er aus dem dicken Kreuz, das die Concierge als Anhänger trug, und dem noch größeren Kreuz an der Wand ihrer Loge geschlossen, dass diese fromme Seele am Sonntag gewiss beim ersten Glockenläuten in die Kirche eilte.

Kurz danach drückte er die Eingangstür auf und ging, vom kleinen Jungen, der statt der Concierge in der Loge saß und mit gesenktem Kopf in ein Heft kritzelte, unbemerkt zur Treppe, um in den vierten Stock hinaufzusteigen, wo Glockner seine Wohnung hatte.

Als er vor dessen Tür stand, bereit zu klingeln, ging er in Gedanken noch einmal alle Punkte seines Plans durch sowie jeden Gegenstand, den er in seiner kleinen Reisetasche mitgebracht hatte – hoffentlich hatte er wirklich für alle Fälle vorgesorgt. Er holte den Revolver hervor und drückte auf die Klingel. Nach einer Weile hörte er hinter der Tür eine Stimme.

Oui? Qui est là?

»Der Klempner. Man hat mich gerufen, weil aus Ihrer Wohnung Wasser durch den Boden tropft.«

Lysander hörte, wie ein Schlüssel umgedreht wurde, dann ging die Tür auf. Vor ihm erschien Glockner in einem seidenen Morgenmantel.

»Ein Leck? Sind Sie –«

Bevor Glockner klar wurde, dass er nicht im Mindesten wie ein Klempner aussah, richtete Lysander seinen Revolver auf ihn.

»Treten Sie bitte zurück.«

Er gehorchte, erkennbar verängstigt, und Lysander schloss die Tür hinter sich ab. Mit dem Revolver bedeutete er Glockner, er solle ins Wohnzimmer gehen. Glockner gewann allmählich die Fassung wieder. Er steckte die Hände in die Taschen seines Morgenmantels und wandte sich Lysander zu.

»Falls Sie ein gebildeter Dieb sind, werden Sie vielleicht ein paar lohnende Bücher finden. Falls nicht, verschwenden Sie hier nur Ihre Zeit.«

Der Raum war mit Bücherregalen vollgestellt, manche verglast, andere nicht. Heller Parkettboden mit dunkelblauem Teppich. Ein tiefer Ledersessel neben einer Leselampe mit verstellbarem Schirm. Ein Schreibtisch samt Stuhl und an der einzigen freien Wand eine Reihe gerahmter Stiche – Stadtansichten. Hier wohnte tatsächlich ein Intellektueller – Florence Duchesne hatte ihn treffend beschrieben. Glockner sprach gut Französisch, mit einem kaum vernehmbaren deutschen Akzent. Er hatte ein ebenmäßiges, glatt rasiertes Gesicht, war ungefähr Mitte dreißig und schielte ein wenig auf dem rechten Auge, was seinen Blick seltsam fehlgeleitet wirken ließ, als hörte er nicht richtig zu oder wäre nicht ganz bei der Sache.

Lysander zog den Stuhl vom Schreibtisch und stellte ihn in die Mitte.

»Setzen Sie sich bitte.«

»Sind Sie Deutscher? Wir können Deutsch sprechen, wenn Sie das bevorzugen«, sagte Glockner in seiner Muttersprache.

Lysander blieb bei Französisch.

»Bitte setzen Sie sich. Falten Sie die Hände hinter dem Rücken.«

»Aha, Engländer«, bemerkte Glockner vielsagend, er nickte und lächelte breit, als er sich setzte, wobei er eine umfassende Brücke mit Silbergerüst im Unterkiefer enthüllte.

Lysander stellte sich hinter ihn, entnahm seiner Reisetasche eine kurze Seilschlinge, die er um Glockners Handgelenke führte und fest zuzog. Nun konnte er den Revolver beiseitelegen. Mit weiteren Seilstücken band er Glockners Arme an die Stuhllehne. Dann steckte er den Revolver ein, stellte seine Reisetasche auf den Tisch und holte das Bündel 500er-Scheine heraus. Er deponierte das Bündel auf Glockners Knie.

»25 000 Franc, erste Rate.«

»Hören Sie mir zu, Sie dämlicher englischer Schwachkopf –«

»Nein, Sie hören mir zu. Ich möchte von Ihnen nur die Antwort auf eine einfache Frage. Dann lasse ich Sie mit dem Geld allein. Niemand wird je erfahren, dass Sie mit mir gesprochen haben.«

Glockner beschimpfte ihn auf Deutsch.

»Und wenn Sie schön artig sind«, fuhr Lysander ungerührt fort, »bekommen Sie in einem Monat wieder 25 000 Franc.«

Inzwischen hatte Glockner offenbar jede Selbstbeherrschung verloren. Beim Versuch, Lysander anzuspucken, verfehlte er ihn. Eine dünne blonde Haarsträhne fiel ihm geradezu neckisch in die Stirn. Während er Lysander weiterhin wüst beschimpfte, funkelte das Silber in seinem Mund.

Lysander schlug ihm – nicht allzu fest – ins Gesicht, er wollte ihn damit nur zum Schweigen bringen. Glockner empfand das sichtlich als Affront.

»Die Sache ist ganz einfach«, sagte Lysander nun auf Deutsch. »Wir wissen alles – die Briefe aus London, der Code. Uns liegen Kopien sämtlicher Briefe vor. Jetzt brauche ich nur noch den Schlüssel.«

Glockner sann über das Gehörte nach. Lysander hatte den Eindruck, dass diese Neuigkeiten ihn tatsächlich beunruhigten, als würde ihm erst jetzt bewusst, wie misslich seine Lage war.

»Ich habe ihn nicht«, antwortete Glockner mürrisch.

»Ein Schlüssel ist bei diesem Code unerlässlich – natürlich haben Sie ihn. Genau wie die Person, die Ihnen die Briefe zukommen lässt. An Ihnen haben wir kein Interesse, nur an jener Person. Geben Sie uns den Schlüssel, dann können Sie sich einen schönen Sonntag machen.«

Wie um seinen Worten Nachdruck zu verleihen, fingen die großen Glocken der benachbarten Kathedrale zu läuten an, laut und volltönend.

»Sie haben gerade Ihr Todesurteil unterschrieben«, sagte Glockner, eine Spur zu auftrumpfend. »Ich habe den Schlüssel nicht, ich leite die Briefe nur nach Berlin weiter.«

»Sicher. Das kaufe ich Ihnen aber nicht ab.«

Lysander nahm das Geldbündel von Glockners Knien und zog eine Wäscheleinespule aus seiner Reisetasche, wickelte sie auf und fesselte Glockner komplett an den Stuhl – Brust und Arme, Oberschenkel und Schienbeine –, so fest wie eine Spinne, die mit klebrigen Fäden ein Netz um die erbeutete Fliege knüpft. Dann kippte er den Stuhl nach hinten, sodass Glockner am Boden lag.

Lysander beugte sich über ihn. Im Grunde wusste er nicht so recht, was er als Nächstes tun sollte. Die Bestechung war fehlgeschlagen, so viel stand fest. Allerdings befand sich Glockner nun in einer derart hilflosen Lage, dass der Boden für weitere »Überredungsversuche« bereitet war, das musste auch dem Deutschen klar sein.

»Sie könnten es leichter haben, Herr Glockner«, sagte er so überzeugend wie möglich. »Sie müssen nicht leiden. Sie sollten nicht leiden.«

Er lief im Zimmer auf und ab und betrachtete die Stiche an der Wand – Münchner Straßenszenen.

»Sind Sie aus München?«

»Sie werden diesen Tag nicht überleben«, sagte Glockner. »Man wird Sie ausfindig machen und töten – die Hintermänner wissen über alles Bescheid, was in dieser Stadt los ist. Um elf habe ich einen Termin. Wenn ich nicht erscheine, kommen sie direkt hierher.«

»Das heißt also, uns bleibt weniger als eine Stunde, um Sie zur Vernunft zu bringen.«

Wieder lief Lysander auf und ab. Er zog die Vorhänge zu und schaltete das elektrische Licht ein, während er fieberhaft nachdachte. Was hatte Massinger ihm doch gleich geraten? Hacken Sie ihm die Finger ab, einen nach dem anderen … O ja, wirklich zielführend. Und wie fange ich das an? Natürlich würde er es nie über sich bringen, den Mann zu verstümmeln, und so wurde Lysander von einer ohnmächtigen Wut erfasst, die sich gegen Massinger und dessen gnadenlose Selbstgefälligkeit richtete. Er hatte Massinger gebeten, genau diese Situation in Betracht zu ziehen – was tun, wenn Glockner unbestechlich bliebe? –, und sich damit nur eine beißende Abfuhr eingehandelt. Zunehmend frustriert verließ er das Wohnzimmer, um in die Küche zu gehen.

Die Wohnung war klein – außer dem Wohnzimmer gab es noch ein Schlafzimmer, ein Bad und eine blitzsaubere kleine

Küche mit Herd, Specksteinspüle und Fliegenschrank. Lysander riss eine Schublade nach der anderen auf, er suchte nach einem Messer oder nach einer Schere – am besten eine Geflügelschere, damit ließe sich bestimmt ein Fingergelenk knacken. Er wollte Glockner bloß drohen, höchstens eine seiner Fingerspitzen kurz in die Zange nehmen, das mochte genügen, um ihm den gebotenen Schrecken einzujagen. Was man sich in der Phantasie ausmalt, ist manchmal schlimmer als das, was in Wirklichkeit passieren kann.

In der ersten Schublade befanden sich Putzutensilien – Reinigungsmittel, Topfkratzer aus Stahlwolle, diverse Spül- und Scheuerbürsten. In der zweiten entdeckte er zwar keine Scheren, dafür aber sehr scharfe Messer. Unter der Spüle erblickte er einen Eimer – der eignete sich möglicherweise als Requisite, um zu signalisieren, dass Blut fließen würde und aufgewischt werden müsste. Das könnte dieser Farce etwas Glaubwürdigkeit verleihen.

Plötzlich hielt Lysander inne – aus heiterem Himmel war ihm etwas eingefallen. Er zog die erste Schublade wieder auf und entnahm ihr die beiden Topfkratzer, einen für jede Hand – grobe Stahlmaschen, die einen kleinen weichen Ballen bildeten. Er überlegte – es wäre gar nicht nötig, auch nur einen Tropfen Blut zu vergießen … Er hielt die Topfkratzer unter den Wasserhahn, schüttelte sie aus, steckte sie in die Tasche und kehrte ins Wohnzimmer zurück.

»Das ist Ihre letzte Chance, Herr Glockner. Geben Sie mir den Codeschlüssel.«

»Ich sagte Ihnen doch, dass ich ihn nicht habe. Ich leite die Briefe nach Berlin weiter, wo sie entschlüsselt werden.«

»Die allerletzte Chance.«

»Wie heißt es doch auf Englisch? Ficken Sie Ihre Mutter, ficken Sie Ihre Schwester, ficken Sie Ihre Frau, ficken Sie Ihre kleine Tochter.«

Lysander beugte sich über ihn.

»Sie haben gerade einen schrecklichen Fehler gemacht.«

Er hielt Glockner mit zwei Fingern die Nase zu, und als dieser reflexartig den Mund aufriss, um nach Luft zu schnappen, stopfte Lysander ihm den ersten Topfkratzer hinein – und dann den zweiten.

Glockner schluckte und würgte. Die beiden Stahlwolle-kissen wirkten wie eine Kiefersperre und blähten seine Wangen auf. Er versuchte, sie mit der Zunge auszustoßen, aber sie steckten hinter seinen Zähnen fest.

Lysander ging zum Sessel, zog den Stecker der Leselampe heraus und riss das Kabel vom Sockel. Es handelte sich um ein schlichtes zweiadriges Kabel mit geflochtenen Drähten, deren Enden goldfarbig herausragten. Er zupfte sie ausein-ander, legte die Drähte frei und formte sie zu einem Y.

Er schleifte Glockner mitsamt Stuhl in die Nähe der Steck-dose. Anschließend steckte er das Kabel wieder hinein und streckte das nun stromführende »Y« Glockner entgegen.

Zunächst scheute Lysander noch davor zurück, sein Vor-haben auszuführen. Doch dann sprach er sich insgeheim Mut zu – es wäre nur eine kurze Berührung, kein Schneiden und kein Hacken, nichts Unanständiges, keine Klingen, die ins Fleisch eindringen, nur etwas, das sich durch Pech oder Ungeschick vermutlich weltweit täglich in allen Zahnarzt-praxen abspielte. Glockner ging zum Zahnarzt – niemand nahm das gern auf sich, niemand konnte ermessen, wie viel Schmerz die Behandlung mit sich bringen würde. Es war jedes Mal ein Risiko.

»Offenbar gehen Sie regelmäßig zum Zahnarzt, Herr Glockner. Das ist sehr löblich. Leider wird Ihnen diese kostspielige Behandlung gleich unvorstellbare Schmerzen bereiten. Jeder einzelne Zahn in Ihrem Mund stößt an die Stahlwolle der Topfkratzer. Ihr reichlicher Speichelfluss – er tropft Ihnen ja schon aus den Mundwinkeln – ist ein hoch-wirksamer Elektrolyt. Wenn ich nun dieses stromführende

Kabel an die Topfkratzer in Ihrem Mund halte ...« Lysander verstummte kurz. »Tja, diese Qualen werden Sie ein Leben lang nicht vergessen.«

Er wedelte mit dem Draht vor Glockners Augen.

»Wenn Sie mir den Schlüssel zu Ihrem Code geben, bin ich in fünf Minuten weg. Nicken Sie einfach, falls Sie einverstanden sind.«

Von Glockner waren zwar ein paar Krächzlaute zu vernehmen, aber es war vor allem seine Mimik, die anschwellende Stirn und die irren Blicke, die Lysander zeigte, dass er ihn wieder nur beschimpfen wollte.

Lysander zögerte nicht länger. Er führte die elektrischen Drähte an den zerfaserten Rand des Topfkratzers, der zwischen Glockners entblößten Zähnen hervorschaute. Nur für die Dauer einer Sekunde.

Glockners animalischer Aufschrei war so markerschütternd, dass Lysander vor lauter Mitgefühl zusammenzuckte. Die akustische Entsprechung seiner entsetzlichen Pein. Lysander riss die Drähte zurück und beobachtete, selbst etwas mitgenommen, wie Glockner sich unter seinen Fesseln wand und mit dem Hinterkopf gegen das Parkett schlug, während ihm Tränen in die Augen schossen. Himmel. Großer Gott.

Lysander nahm ein Kissen von einem der Sessel und bettete Glockners Kopf darauf. Er wollte nicht riskieren, dass von unten jemand käme, um sich nach dem Lärm zu erkundigen. Ein anderes Kissen behielt er in der Hand, um etwaige neue Schreie zu dämpfen.

»Tja, Herr Glockner. Und das war gerade mal eine Sekunde. Stellen Sie sich vor, wie das sein wird, wenn ich die Drähte anlege und bis zehn zähle.«

Lysander wartete seine Antwort gar nicht erst ab – er wollte das so schnell wie möglich hinter sich bringen –, sondern drückte die Drähte in den Topfkratzer und warf das Kissen auf Glockners Gesicht. Eins, zwei – nein, dazu war er einfach nicht imstande. Er zog das Kabel weg und hielt das Kissen fest. Glockners Schreie wurden leiser und verwandelten sich in ein rhythmisches Schluchzen, eine Art Hecheln, fast wie bei einem Hund. Zitternd nahm Lysander das Kissen weg.

Glockners Gesicht schien eingefallen, als wären die Muskeln völlig erschlafft. Unter halb gesenkten Lidern blinzelte er unkontrolliert.

»Nicken Sie, wenn Sie mir den Schlüssel nun geben wollen.«

Glockner nickte.

So schnell wie behutsam zog Lysander die Topfkratzer aus dem klaffenden Mund. Glockner würgte mehrmals, drehte den Kopf und spuckte auf den Boden. Lysander stand auf und legte das immer noch stromführende Kabel vorsichtig auf den Tisch, wo er es mit einem Briefbeschwerer fixierte.

»Das haben Sie nun davon. Hätten Sie meine Frage auf Anhieb beantwortet, wäre Ihnen das erspart geblieben – und Sie wären jetzt ein reicher Mann. Wo ist der Schlüssel?«

»Im mittleren Bücherregal …« Glockner keuchte und stöhnte.

Lysander trat zum Regal und öffnete die Glastüren. Alles voller deutscher Literatur – Goethe, Schiller, Lessing, Schopenhauer, Liliencron …

»Zweite Reihe von oben. Das fünfte Buch von links.«

Lysander fuhr mit dem Finger über die Rücken. Die klassische Buchchiffre. Auch als szwb-Code bekannt, wie Munro ihm erklärt hatte – Seite, Zeile, Wort, Buchstabe. Ohne das entsprechende Buch war dieser Code nicht zu knacken.

Hier, das fünfte Buch von links. Er zog es heraus.

Andromeda und Perseus.

Andromeda und Perseus. Eine Oper in vier Akten von Gottlieb Toller.

Lysander überlief es eiskalt, in ihm erstarrte alles. Dann verspürte er auf einmal das dringende Bedürfnis, sich zu entleeren.

Die Fragen, die auf ihn einstürmten, verdrängte er vorerst. Jetzt nicht. Jetzt auf keinen Fall. Später.

Er wandte sich Glockner zu, der offenbar in Ohnmacht gefallen war. Er hatte die Augen geschlossen und atmete flach. Lysander gab sich einen Ruck und richtete den Stuhl wieder auf. Glockners Kopf fiel zur Seite, ein dicker Speichelfaden hing ihm aus dem Mund und schwang leicht hin und her wie ein durchsichtiges Pendel.

Lysander band Glockner rasch los und schleifte ihn zum Teppich, wo er ihn liegen ließ. Danach zog er das Kabel aus der Steckdose und wickelte es auf, bevor er es in die Tasche steckte. Glockners Aktenkoffer stand auf dem Boden neben dem Schreibtisch. Lysander klappte ihn auf, um das Bündel mit den 25 000 Franc in eine Innentasche zu stopfen. Dann klappte er ihn wieder zu und stellte ihn auf den Boden zurück. Die Seile und Topfkratzer sammelte er ein und warf sie zusammen mit dem Libretto von *Andromeda und Perseus* in seine Reisetasche. Er warf einen letzten prüfenden Blick in Küche und Wohnzimmer. Dort strich er ein paar Wellen im Teppich glatt und rückte die Bücher in der zweiten Reihe des mittleren Regals so zurecht, dass keine Lücke zu erkennen war, bevor er die Türen schloss. Ein Mann, der ohne die geringste Spur von Gewaltanwendung bewusstlos auf dem Rücken lag. 25 000 Franc in seinem Aktenkoffer. Eine Stehlampe ohne Kabel. Wer sollte diesen Fall lösen?

Lysander verweilte kurz im Flur, um sich noch einmal jeden Punkt vor Augen zu führen. Danke, ehrenwerter Hugh Faulkner, danke sehr. Er fing an zu zittern. Beängstigend, wie leicht das gewesen war. Es musste kein Blut fließen, es hatte keine besondere Anstrengung erfordert, nur ein bisschen logisches Denken und die Anwendung von elektrischem Strom. Halt. Du musst dich konzentrieren. Er holte einen leichten Regenmantel und eine Baumwoll-schiebermütze aus seiner Reisetasche. Der Mann, der das Gebäude verließ, würde anders aussehen als der Mann, der es betreten hatte. Er ließ den Schlüssel innen stecken und zog die Tür hinter sich zu. Dann stieg er die Stufen ganz ruhig hinab, ohne jemandem zu begegnen, und stellte unten erleichtert fest, dass die Concierge offenbar noch in der Kirche war und der kleine Junge seinen Posten verlassen hatte. Lysander trat auf die Straße hinaus und ging los. Er warf einen Blick auf seine Armbanduhr: 10.40 Uhr. Sein Aufenthalt in der Wohnung von Herrn Glockner hatte keine ganze Stunde gedauert.

4

Der Unmensch

Den Nachmittag verbrachte er damit, die Glockner-Briefe äußerst gewissenhaft zu entschlüsseln – das bewahrte ihn davor, an anderes zu denken. Während der Inhalt sich ihm nach und nach erschloss – es war mühsame Kleinarbeit –, begriff er, dass es um die Verschickung von Munition und Wehrmaterial aus England an diverse Frontabschnitte ging.

Auf einem Blatt stand etwa: »Fünfzehnhundert Tonnen HauGe 15 cm nach St Omer nach Béthune.«

Auf einem anderen: »Fünfundzwanzig Tau Kästen nach Allouagne.«

Und weiter: »Eine Mil fünf Tau drei null drei Côte d'Aubers Sektor«; »Sechs Feldlazarette Dörfer hinter Lens«; »Munitionsdepots St Venant Lapugnoy erste Armee Strazeele Kavallerie«; »Sechzehn fdl Feldlaz. Grenay Vermelles Cambrin Givenchy Beuvry«; »Vierzehn Gr.mörser La Bassée-Kanal«.

Die dichten Zahlenreihen, die in den sechs Briefen enthalten waren, ergaben im Verlauf seiner Entschlüsselungsarbeit eine erstaunlich lange und detaillierte Liste. Berücksichtigte man das Versanddatum der abgefangenen Briefe, ließ sich aus diesen Fakten recht genau erschließen, wo ein Angriff geplant war. Artilleriegeschosse, Munition für Handfeuerwaffen, Feldrationen und Einsatzverpflegung, Signalanlagen, Feldlazarette, Lasttiere, Transportmittel – auf den ersten Blick wirkte das fast zu beliebig, doch jeder, der sich mit militärischen Vorstößen auskannte, wäre in der

Lage, diese Zeichen zu deuten und den Angriffssektor bemerkenswert präzise einzugrenzen.

Außerdem stand für Lysander fest, dass diese Informationen von weit hinter den Frontlinien stammten – Umfang und Größenordnung betrafen keine Regimenter und Bataillone, sondern Armeen und Divisionen. Die Bataillone bezogen ihren Nachschub aus Depots, für deren Auffüllung diese Logistikbefehle sorgten. Der Befehlshaber war sogar noch weiter entfernt – da war die Rede von zehn 18-Pfünder-Batterien, die von Folkestone nach Le Havre verschifft und dann mit dem Zug nach Abbeville gebracht werden sollten; in Borre wurde ein Lokschuppen errichtet; ein neues Furagedepot in Mautort; es gab eine Gleisübersicht vom Verkehrsamt in Abbeville; eine Auflistung sämtlicher Remonten, die im Mai von England aus an die Erste Armee geschickt wurden. Manche dieser Fakten und Zahlen waren den Generalstabsoffizieren in Frankreich sicher bekannt, doch das Spektrum und die Brisanz der Informationen, die in den Glockner-Briefen enthüllt wurden, zeugten – soweit Lysander das in seiner Ignoranz beurteilen konnte – von einer deutlich übergeordneten Rolle im Transport- und Logistikwesen, mit Augenmerk auf das britische Expeditionscorps an der Westfront. Lysanders Einschätzung nach saß der Verfasser dieser codierten Briefe nicht im Führungsstab von General Sir John French in Saint-Omer, sondern fern aller Gefahren in der Londoner Heimat, entweder im Kriegs- oder im Bewaffnungsministerium.

Er legte den Füller aus der Hand und griff mit einigem Unbehagen zum Schlüsseltext – *Andromeda und Perseus*. Ein prüfender Blick auf das Titelblatt zeigte zu seiner Erleichterung, dass es sich nicht um die gleiche Ausgabe handelte wie seine. Diese war 1912 in Dresden erschienen, ein Jahr vor seiner Wienreise, und ihr Umschlag war nicht illustriert, sondern nannte nur Titel und Autor. Er wusste, dass die verhängnisvolle Wiener Inszenierung von Tollers Oper nicht die erste gewesen war, die Uraufführung hatte vermutlich in Dresden stattgefunden, dort, wo dieses Exemplar veröffentlicht worden war ...

Ein böser Zufall? Nein, ausgeschlossen. Wenn man es auf einen möglichst obskuren Text anlegte, konnte man sicher keinen ausgefalleneren finden als *Andromeda und Perseus*. Doch je länger Lysander über die mögliche Provenienz des Schlüssels für den SZWB-Code nachdachte, desto größer wurde seine Verwirrung. Warum diese völlig unbekannte Oper? Und wie konnte es sein, dass ausgerechnet er diesem Geheimnis auf die Spur kam? Die einzige Person, von der er wusste, die ebenfalls ein Exemplar des Librettos besaß, war Lysander Rief. Der Gedanke war ihm unangenehm. Was ließe sich daraus folgern?

Es war müßig, sich diesen Spekulationen länger hinzugeben. Er musste nach Hause fahren, um die Auswirkungen seiner Entdeckung eingehend mit Munro und Fyfe-Miller zu erörtern. Von Genf aus konnte er an einem Sonntagnachmittag nicht viel tun – das Hôtel des Postes hatte seit zwölf geschlossen, sodass er bis morgen warten musste, um ein Fernschreiben an Massinger in Thonon zu schicken. Er würde um sieben zur Post gehen, sobald sie öffnete. Lysander steckte die Transkriptionen der sechs Briefe in einen Umschlag, versiegelte ihn und schrieb darauf seinen Namen und die Adresse von Claverleigh Hall. Die Details wollte er für sich behalten, bis er entschieden hatte, was er über den Schlüsseltext preisgeben – oder auch nicht preisgeben – würde.

Am späten Nachmittag ging er spazieren. Eigentlich hätte er sich gern mit Florence Duchesne über diese Angelegenheit unterhalten – ganz diskret –, aber er kannte ja ihre Adresse nicht. Vielleicht war es ohnehin das Beste, wenn sie so wenig wie möglich wusste.

Er fuhr mit der Tram über die Arve und stieg an einem der Eingänge zum Bois de la Bâtie am anderen Stadtufer aus. Dort lief er in den dichten Wald und verließ den Pfad, um ein abgeschiedenes Plätzchen zu finden – fern von Spaziergängern oder Familien beim Picknick –, wo er Glockners *Andromeda-und-Perseus*-Ausgabe geduldig Seite um Seite verbrannte. Dann stampfte er das Häufchen zarte Asche mit aller Kraft in den Boden, als bestünde die Gefahr, dass man ihre ursprüngliche Form wiederherstellen und sie lesbar machen könnte. Inzwischen war Lysander davon überzeugt, dass er den Schlüsseltext um jeden Preis für sich behalten musste – warum, wusste er nicht so recht, doch während ihm im Kopf noch zahllose Fragen und Antworten umherspukten, hatte er intuitiv bereits einen bestimmten Kurs eingeschlagen. Er würde das Geheimnis wahren, ohne jeden Mitwisser – wie konnte man ausschließen, dass andere etwas preisgäben, und sei es aus Versehen? Natürlich würde Massinger ihn als Erstes danach fragen, aber bis dahin hatte Lysander reichlich Zeit, sich eine glaubhafte Geschichte einfallen zu lassen.

An der Anlegestelle aß er in einer Brasserie ein Omelett, bevor er sich die Abfahrtszeiten der Expressdampfer anschaute, die auf dem See Tagesrundfahrten unternahmen. Dabei trank er zu viel Wein, sodass sich seine neue Zielstrebigkeit allmählich auflöste, während er durch die Straßen lief. Jäh wurde ihm bewusst, dass er an diesem Sonntagmorgen in Genf einen Mann gefoltert und ihm Informationen abgepresst hatte. Was war nur mit ihm los? Wie konnte er sich in einen solchen Unmenschen verwandeln? Doch dann fragte er sich, ob »Folter« wirklich das richtige Wort war. Schließlich hatte er Glockners Kopf nicht zu Brei geschlagen; er hatte ihm nicht die Genitalien zerquetscht oder die Fingernägel ausgerissen. Außerdem hatte er ihn vorgewarnt, hatte ihm immer wieder Gelegenheit gegeben, von sich aus den Mund aufzumachen ... Dennoch musste Lysander sich eingestehen, dass er verstört war – ihn verstörte sein eigener Einfallsreichtum, seine schnelle Reaktionsfähigkeit. Vielleicht lag es daran, dass kein Blut – und auch kein Schleim, Urin oder Kot – geflossen war, dass es ihm so leichtfiel, sich mit seinem ... Er suchte nach einem passenden Ausdruck – Kunstgriff –, sich mit seinem Kunstgriff abzufinden. Was er getan hatte, ähnelte eher einem Experiment in einem Chemielabor als der vorsätzlichen Folter eines Mitmenschen ... Aber dann ermahnte ihn wieder eine andere Stimme, er solle nicht so dämlich und überempfindlich sein: Er stehe unter Befehl, habe eine Mission erfüllen müssen, und die Erkenntnisse, die er dank seines raffinierten, beherzten und zugegebenermaßen brutalen Vorgehens gewonnen habe, seien äußerst kriegswichtig und könnten unter Umständen unzählige Menschenleben retten. Das war nicht von der Hand zu weisen. Schließlich hatte man ihm unmissverständlich bedeutet, er solle seine Pflicht als Soldat tun – und genau das hatte er getan.

Der Nachtportier des Hôtel Touring öffnete ihm nach Mitternacht verschlafen und unwillig die Tür. So erschöpft Lysander sich fühlte, als er in sein Zimmer hinaufging, war er sicher, dass ihm keine Minute Schlaf vergönnt sein würde, da seine Gedanken nach wie vor unaufhörlich rasten. Dazu trug nicht zuletzt die Nachricht bei, die man ihm unter die Tür geschoben hatte. Auf dem Umschlag war zwar kein Absender angegeben, aber er riss ihn trotzdem gleich auf, denn er wusste, von wem die Nachricht kam.

»Dein Bruder Manfred ist schwer krank. Du musst sofort nach Hause fahren. Alle sind ernstlich besorgt.«

Das konnte nur von Florence Duchesne stammen. Manfred – woher wusste sie, was mit Glockner los war? Und was hatte dieses dick unterstrichene »besorgt« zu bedeuten? Lysander legte sich in seiner Straßenkleidung aufs Bett und dachte darüber nach, wie er am nächsten Tag verfahren sollte – um das, was von ihm erwartet wurde, mit dem in Einklang zu bringen, was für ihn am besten war. Als bei Sonnenaufgang das erste Licht durch die Vorhänge drang, lag er immer noch wach.

Um sieben Uhr früh stand Lysander als Dritter in der Schlange vor dem Hauptpostamt in der Rue du Mont-Blanc. Das gewaltige, überaus repräsentative Gebäude wirkte mehr wie ein Museum oder Staatsministerium denn wie ein Postamt. Als es seine Tore öffnete, begab sich Lysander zum erstbesten Schalter in der weitläufigen Gewölbehalle und gab gleich ein langes Telegramm an Massinger in Thonon auf.

HABE DEN SCHLÜSSEL STOP BESTÄTIGT VERMUTUNG DASS IM HAUPTMOTOR EINE MASSIVE STÖRUNG VORLIEGT STOP RATE DRINGEND VON AUSFLÜGEN IN NAHER ZUKUNFT AB STOP KOMME 16.40 IN ÉVIAN LES BAINS AN STOP

Der letzte Glockner-Brief war gut zwei Wochen zuvor abgefangen worden. Man durfte davon ausgehen, dass die dort gemachten Angaben zum Materialnachschub sämtliche Angriffe betrafen, die im Spätsommer erfolgen sollten. Wo und wie die Herbstoffensive ungefähr stattfinden würde, war für den Feind nun ein offenes Geheimnis.

Lysander gab außerdem auch den an ihn adressierten Brief nach Claverleigh Hall auf und verließ das Postamt um 7.20 Uhr. Der erste Expressdampfer, der die Rundfahrt über Nyon, Ouchy, Montreux und Evian absolvierte, legte um 9.15 Uhr ab. Madame Duchesnes Nachricht vom Vorabend ließ darauf schließen, dass Anlegestellen und Bahnhöfe möglicherweise überwacht wurden – ihm blieben knapp zwei Stunden, um die nötigen Vorkehrungen zu treffen.

5
Tom of Bedlam

Unter Deck schloss er sich in der Herrentoilette ein und stellte den Sack sowie den Stuhl ohne Sitzfläche ab. Dann setzte er sich auf das Klosett, zog mit einem Seufzer der Erleichterung seine Schuhe aus und kippte die Kieselsteine weg. Anschließend wusch er sich die Vaseline von der Oberlippe und fuhr sich mit den Fingern durch die kurz geschnittenen Haare, um sie einigermaßen zu glätten und zu bändigen. Ein Blick in den Spiegel zeigte ihm, dass er die Schere zu weit oben angesetzt hatte.

Nach dem Gang zur Post hatte Lysander alle anderen nötigen Besorgungen erledigt, sobald die entsprechenden Läden in der Rue du Mont-Blanc öffneten. Zunächst erstand er einen Wäschesack aus grobem Leinen, in den er den Regenmantel und die Schiebermütze stopfte – den Pappkoffer hatte er zusammen mit seiner restlichen Kleidung im Hotelzimmer zurückgelassen, Abelard Schwimmer hatte dafür keine Verwendung mehr. Danach kaufte er in der Apotheke einen Tiegel Vaseline und eine Haarschere, suchte dann ein Möbelgeschäft auf, wo er nach einigem Suchen einen billigen Küchenstuhl aus Kiefernholz mit einer Sitzfläche aus geflochtenem Stroh fand. Wie der Stuhl aussah, spielte keine Rolle – auf den Strohsitz kam es an. Um 8.30 Uhr hatte er den Fluss bereits wieder überquert und sich im Jardin Anglais in einer ruhigen Ecke auf eine Bank gesetzt, um das Geflecht aufzutrennen und die Strohstreifen zu entwirren. Er band die Streifen zu einem lockeren Achtknoten, den er an die Stuhllehne befestigte. Die Requisite hatte er nun – fehlte nur noch das Kostüm.

Sein Einfall – die Eingebung – stammte von einer Rolle, die sein Vater einst verkörpert hatte und die Lysander in Erinnerung geblieben war: Halifax Rief als Armer Tom, Tom of Bedlam, der verkleidete Edgar, der Wahnsinnige, dem König Lear während des Sturms begegnet. Um Toms Wahnsinn zu veranschaulichen, hatte sein Vater die Haare mit Achsenfett zu Stacheln geformt, sich außerdem noch die Oberlippe eingefettet und seine Schuhe mit spitzen Kieseln gefüllt. Der Verwandlungseffekt war enorm – da er nicht mehr in der Lage war, normal oder schmerzfrei zu laufen, war sein Gang zugleich schwankend und ruckartig, und das verschmierte Fett wirkte wie Rotz aus einer unaufhörlich laufenden Nase. Die wirren, unfassbar fettigen Haare trugen zum dreckigen und ungepflegten Gesamteindruck bei. Eine abgerissene Jacke machte die Metamorphose perfekt.

So weit konnte Lysander nicht gehen, aber zumindest in diese Richtung. Er nahm ein paar runde Steinchen vom Kiesweg und steckte sie in seine braunen Schuhe, die er lose zuband, nachdem er die Schnürsenkel herausgenommen und nur teilweise wieder eingefädelt hatte. Dann knöpfte er die Ärmel seiner Sergejacke auf und rollte sie bis zu den Ellbogen hoch, sodass die offenen Hemdmanschetten heraushingen. Er knöpfte die Jacke falsch zu, damit das Revers aufklaffte. Die Krawatte steckte er in die Tasche, bevor er sich die Haare büschelweise abschnitt und mit Vaseline einschmierte. Er vergaß auch nicht, sich einen dicken Vaselinetupfer unter die Nase zu setzen. Zu guter Letzt packte er den Stuhl ohne Sitzfläche, warf sich die Strohschlinge über eine Schulter, den Leinensack über die andere und lief schlurfend und humpelnd zur Mole, wo der Dampfer lag. Man würde ihn wohl für einen armen, geistesschwachen Vagabunden halten, der als Möbelflicker ein paar Centimes verdiente.

Lysander fielen weder Polizisten noch offenkundige Zivilfahnder auf, die die kleine Warteschlange im Auge behielten. Die meisten ließ er vorgehen, ehe er selbst mühsam die Gangway erklomm, seine Fahrkarte vorzeigte und sogleich einen der Heckplätze in Beschlag nahm, mit gesenktem Kopf vor sich hin murmelnd. Wie erwartet, wollte sich niemand in seine Nähe setzen. Einen Pass musste er nicht vorweisen, weil die Rundfahrt abends wieder in Genf endete. Massinger hatte sein Telegramm inzwischen bestimmt erhalten und konnte sich in aller Ruhe nach Evian aufmachen, um seine Ankunft dort abzupassen. Anschließend könnte Lysander ihn über den wesentlichen Inhalt der Glockner-Briefe unterrichten. Der Zuträger im Kriegsministerium dürfte infolgedessen bald enttarnt werden – nur wenige hatten Zugang zu einer solchen Informationsfülle.

Als die Maschinen unter Deck, direkt unter seinen Füßen, zu dröhnen und vibrieren begannen, jubelte er innerlich kurz auf. Er hatte es geschafft – es war nicht leicht gewesen, ganz im Gegenteil, aber er hatte die ihm aufgetragene Mission erfüllt. Was konnte man mehr verlangen?

Der Dampfer legte ab und glitt auf den See hinaus. Der Morgenhimmel war zwar bedeckt, nur vereinzelt blitzte das Blau hervor, doch dann brach die Sonne durch, und die Wasseroberfläche glitzerte derart, dass es Lysander in den Augen wehtat. Er zog sich in den Schatten des Vordachs zurück. Bald fuhren sie unter Volldampf auf Nyon zu, und er hatte das Gefühl, seine Verkleidung nun gefahrlos ablegen zu können.

Nachdem er sich in der Herrentoilette so gut wie möglich gesäubert hatte, zerlegte er den Küchenstuhl mit Hieben und Tritten in Stücke. Danach stopfte er die splittrigen Kiefernlatten sowie das Strohbündel in den dunklen, leeren Schrank unter den beiden Waschbecken. Er zog den Regenmantel und die Schiebermütze an, rückte vor dem Spiegel noch seine Manschetten zurecht und knöpfte die Jacke richtig zu. So konnte er sich sehen lassen – ein Tourist, der sich wie so viele andere eine Seerundfahrt gönnte. Den leeren Leinensack warf er ebenfalls in den Schrank, seine Habseligkeiten hatte er in den Taschen verstaut. Zum Schein betätigte er die Spülung, bevor er die Tür entriegelte.

Nach Nyon ließ der Dampfer das Ufer weit hinter sich und fuhr mitten über den See nach Ouchy, dem Hafen von Lausanne. Von dort aus fuhr er direkt nach Vevey und dann im Bogen Richtung Westen, wobei Montreux und die bewaldeten Hügel gleich in den Blick rückten, während hinter der breiten Rhônemündung in der Ferne die gezackten Spitzen der Dents du Midi aufragten.

Lysander lief wieder zum Heck und lehnte sich über die Reling. Er sah zu, wie Genf mit der sanften Hügelumgebung und den Bergen im Hintergrund immer weiter zurückwich. Auf dem See waren ein paar der berühmten Genfer Barken unterwegs, flache, offene Zweimaster mit aufgeblähten, dreieckigen Segeln, die ein Eigenleben zu führen schienen. Aus manchen Blickwinkeln wirkten sie wie riesige Schmetterlinge, die sich zwischendurch zum Trinken auf dem Wasser niedergelassen hatten, ohne einen Flügel zu regen. Lysander verfolgte ihr träges Dahingleiten, während er einen Moment abwartete, in dem kein anderer Passagier in Sicht war. Dann warf er seinen kleinen Revolver rasch über Bord und drehte sich um. Keiner hatte etwas bemerkt. Lysander entfernte sich vom Heck.

An jedem anderen Tag hätte er die herrliche Aussicht genossen, doch nun lief er pausenlos auf und ab, von einem Deck zum anderen, und dachte über alles Mögliche nach. Hinter dem hohen schmalen Schornstein befand sich ein kleiner verglaster Salon, in dem Imbisse und Erfrischungen serviert wurden, aber er hatte keinen Hunger. Tatsächlich bekam er auf einmal seine Müdigkeit zu spüren, die Anspannung der letzten vierundzwanzig Stunden hatte ihn restlos erschöpft. Lysander stieg ein paar Stufen zu einem kleinen Sonnendeck hinauf, das der Brücke vorgelagert war, und mietete beim Steward für zwei Franc einen Liegestuhl. Dort ließ er sich nieder und zog sich die Mütze über die Augen. Vielleicht würde er so ein bisschen dösen können, wenn er schon keinen Schlaf fand – er wollte sich nur ein wenig ausruhen.

Lysander träumte von Hettie, sie rannte durch einen weitläufigen, verwilderten Garten und hielt einen kleinen, dunkelhaarigen Jungen an der Hand. Waren sie etwa auf der Flucht – oder spielten sie nur? Jäh fuhr er aus dem Schlaf hoch und versuchte, sich die Gesichtszüge des kleinen Jungen in Erinnerung zu rufen. Konnte es sein, dass er Lothar im Traum begegnet war – seinem Sohn, den er noch nie zu sehen bekommen hatte, nicht einmal auf einem Foto? Allerdings war Lothar erst ein Jahr alt – der Junge im Traum hingegen vier oder fünf. Es konnte nicht sein –

»Sie haben fast zwei Stunden geschlafen.«

Er riss den Kopf herum.

Knapp einen Meter von ihm entfernt saß Florence Duchesne in einem Liegestuhl, wie üblich in Schwarz gewandet. Auf dem Kopf trug sie einen Samtschlapphut, den sie mit einem Chiffonschal festgebunden hatte.

»Mein Gott, Sie haben mir aber einen Schrecken eingejagt. Ich habe geträumt.«

Lysander setzte sich auf und versuchte, sich zu orientieren. Die Sonne stand tiefer am Himmel, die Berge auf der linken Seite waren niedriger. Frankreich?

»Wo sind wir?«

»In einer Stunde sind wir in Évian-Les-Bain.« Sie sah ihn an – er glaubte, die Spur eines Lächelns zu erkennen.

»Ich hätte Sie fast übersehen«, sagte sie. »Ich dachte, Sie wären gar nicht an Bord gegangen. Dabei hatte ich Sie durchaus bemerkt – mit dem Stuhl und dem Sack, dem merkwürdigen Humpeln. Und dann, just als der Dampfer abfuhr, ist es mir wie Schuppen von den Augen gefallen. Massinger hatte mich ja vorgewarnt: Passen Sie gut auf, er wird ganz anders aussehen als der Mann, mit dem Sie rechnen.«

»Wie konnte Massinger das wissen?«

Sie zuckte mit den Schultern. »Das hat er mir nicht verraten. Er hat mich nur darauf hingewiesen, dass Sie sich vielleicht verkleiden würden. Gratuliere übrigens – niemand hätte Sie erkannt.«

»Man kann nicht vorsichtig genug sein.« Lysander dachte kurz nach. »Was machen Sie eigentlich hier?«

»Massinger wollte sichergehen, dass Sie ungeschoren davonkommen. Er hat mich gebeten, Sie unauffällig zu beschützen. So komme ich in den Genuss eines schönen Ausflugs und fahre nachher mit dem Dampfer nach Genf zurück.«

»Wie haben Sie das gemeint, als Sie mir schrieben, dass ›alle ernstlich besorgt‹ sind?«

»Manfred Glockner ist tot.«

»Was?«

»Er hatte einen Herzinfarkt. Als man ihn bewusstlos in seiner Wohnung auffand, wurde er sofort ins Krankenhaus gebracht – aber es war schon zu spät.«

Lysander schluckte. Großer Gott.

»Wissen Sie vielleicht, was zu seinem Tod geführt haben könnte?«, fragte sie ihn beiläufig.

»Als ich ging, war er noch bei bester Gesundheit«, antwortete Lysander aufs Geratewohl, während er gleichzeitig an das Drahtgeflecht des Topfkratzers dachte, den elektrischen Strom … »Ich gab ihm das Geld, er zählte es nach, dann hat er mir den Codeschlüssel verraten und ich bin gegangen.«

Madame Duchesne sah ihn durchdringend an.

»Das Geld wurde in seinem Aktenkoffer gefunden«, sagte sie.

»Woher wissen Sie das?«, entgegnete er.

»Ich habe einen Kontaktmann bei der deutschen Botschaft.«

»Wen?«

»Einen Mann, dessen Post ich geöffnet habe. Darunter waren Fotografien, die er lieber geheim halten wollte. Ein paar habe ich aufgehoben, um ihn bei Bedarf an unsere Abmachung zu erinnern. Also ist er immer sehr auskunftsfreudig, wenn ich etwas in Erfahrung bringen möchte.«

Lysander stand auf und ging zur Reling. Obwohl ihm bewusst war, dass er allergrößte Vorsicht walten lassen musste, konnte er sich nicht so recht erklären, warum er sie auf Anhieb belogen hatte. Er blickte über den stillen See hinweg auf die französische Seite – die Berge wurden wieder höher, und ihm fiel ein eher kleines, aber vollendet schönes Schloss unmittelbar am Wasser auf.

Madame Duchesne stellte sich zu ihm, sodass er ihr Profil bewundern konnte, während sie das allmählich näher rückende Ufer fixierte. Den makellosen Bogen ihrer kleinen Nase, die an einen Vogelschnabel erinnerte. Als sie tief einatmete, bebten ihre Nasenflügel, und ihre Brust hob sich. Sie hatte wirklich etwas an sich, das ihn reizte, sie –

»Ein wunderschönes Schloss – das Château de Blonay«, erklärte sie. »Dort würde ich zu gern wohnen.«

»Könnte ein bisschen einsam werden.«

»Ich habe ja nicht gesagt, dass ich dort allein wohnen möchte.« Sie wandte sich Lysander zu. »Welcher Schlüsseltext liegt dem Code zugrunde? Hat Glockner Ihnen den Text gegeben?«

»Nein. Ich habe ihn im Kopf. Glockner hat mir das Prinzip erläutert – es ist ganz simpel.«

»Welcher Text ist es nun?«

»Die Bibel – auf Deutsch«, antwortete Lysander. Er hätte nie damit gerechnet, dass sie ihn so unverblümt danach fragen würde. »Der Trick ist nur, dass die erste Zahl nicht der Seitenzahl entspricht. Es handelt sich um eine zweifache Verschlüsselung. Man muss eine Zahl addieren oder subtrahieren, um die richtige Seite zu finden.«

»Das soll der Trick sein? Ist das nicht eine Spur zu kompliziert?« Sie runzelte skeptisch die Stirn. »Welche Zahl muss man nun wie einsetzen?«

»Das sollte ich Ihnen wohl besser nicht verraten.«

»Massinger wird es bestimmt wissen wollen.«

»Ich sage es ihm, wenn wir uns sehen.«

»Mir wollen Sie es aber nicht sagen?«

»Was in den Briefen steht, ist äußerst heikel.«

»Sie vertrauen mir nicht«, sagte sie mit unergründlicher Miene.

»Doch. Aber manchmal ist es ratsam, möglichst wenig zu wissen. Ich will Sie nur schützen.«

»Ich muss Ihnen etwas zeigen«, antwortete sie. »Wenn Sie das gesehen haben, vertrauen Sie mir vielleicht eher.«

Sie führte ihn die Treppe hinab durch eine Tür und dann noch ein paar Stufen nach unten. Das Stampfen und Drehen der Dampfmaschinen wurde lauter, als sie durch ein Schott auf das nächste Deck hinunterstiegen.

»Wo gehen wir hin?« Lysander sprach nun lauter.

»Ich habe eine kleine Kabine gebucht, hier unten.«

Sie befanden sich in einem schmalen Durchgang. Er musste praktisch schreien, um sich Gehör zu verschaffen: »Hier sind keine Kabinen!«

»Doch, gleich um die Ecke, Sie werden sehen!«

Als sie um die Ecke bogen, standen sie vor einer Tür mit dem Schild *Défense d'entrer*. Daneben schwang sich eine steile Metallstiege zu den oberen Decks empor. Offenbar standen sie direkt über dem Maschinenraum.

»Einen Moment!«, rief sie und wühlte in ihrer Handtasche. Dann holte sie ihren kleinen Revolver mit dem kurzen Lauf hervor und richtete ihn auf Lysander.

»Was soll das! Nein!«, brüllte er vollkommen entgeistert. Reflexartig hob er die linke Hand, ein vergeblicher Versuch, sich zu schützen.

Der erste Schuss verfehlte sein Ziel und traf ihn im linken Oberschenkel. Die schiere Wucht ließ ihn schwanken, obwohl er nichts spürte. Der zweite, unmittelbar danach abgefeuerte Schuss brach durch seine erhobene Handfläche, er spürte den Einschlag, als die Kugel seine linke Schulter traf, es war wie ein Fausthieb, der ihn zur Seite kippen ließ, sodass der dritte Schuss ihm in die Brust knallte.

Schwerfällig sank Lysander zu Boden und hörte die Stiege klappern, als Madame Duchesne die Stufen hinaufeilte. Er stemmte sich auf den Ellbogen und wurde mit dem erschütternden Anblick seines eigenen leuchtend roten Blutes konfrontiert, das aus seinen Wunden floss und unter ihm allmählich eine Pfütze bildete, bevor er auf den Boden zurückfiel und am ganzen Körper taub wurde, während er das fröhlich schnaufende *Fuuut-Fuuut!* der Dampfpfeife vernahm, die von der Ankunft am sonnigen, belebten Hafen von Évian-les-Bains kündete.

Teil vier

London 1915

I

Autobiographische Untersuchungen

E inen Vorzug hat das Ganze: Ich wurde endlich zur Universität von Oxford zugelassen. Nun bin ich im Somerville College an der Woodstock Road und bekomme eine Art Campusleben vorgegaukelt. Obwohl sich mein Zimmer in einem reinen Frauencollege befindet, gibt es weit und breit keine Frauen, abgesehen von den Krankenschwestern und vom Hauspersonal. Die Studentinnen wurden für die Dauer des Krieges in das Oriel College umquartiert. Hier sind wir Männer unter uns, lauter Offiziere, die in Frankreich und auf anderen Schlachtfeldern verwundet wurden und die unterschiedlichsten Versehrungen davongetragen haben – manche bieten einen schockierenden Anblick (bei den mehrfach Amputierten, den Verbrennungsopfern), andere sind hingegen unsichtbar, wie im Fall der katatonen Opfer von Psychosen, die durch Kanonenlärm und Szenen unmenschlicher Brutalität ausgelöst wurden. Somerville ist jetzt Teil des 3. Southern General Hospital, wie der neue Name des Radcliffe-Krankenhauses lautet, das einige hundert Meter weiter oben an der Woodstock Road liegt.

Florence Duchesne hat drei Mal auf mich geschossen und mir dabei sieben Wunden zugefügt. Mit der letzten fange ich an. Die dritte Kugel, die sie zum Schluss abgefeuert hat, drang mir durch die Brust, weit oben rechts, sie trat fünf Zentimeter unterhalb des Schlüsselbeins ein und trat oberhalb des Schulterblatts wieder aus. Die zweite Kugel jagte durch meine linke – vergeblich zum Schutz erhobene – Hand und sauste unbeirrt weiter durch den Muskel meiner linken Schulter. Ich weiß noch, wie ich – im Bruchteil einer Sekunde – das Blut wie eine Blume aus meinem Handrücken sprießen sah, als die Kugel herausschoss. Die Narbe ist zwar gut verheilt, aber mir bleiben die Stigmata erhalten – das eine inmitten der Handfläche und das andere auf dem Handrücken, runzlige braunrosa Plaketten in Sixpence-Größe. Die erste Kugel war in gewisser Hinsicht ein Fehlschuss – jedenfalls hat Florence Duchesne zu tief gezielt, sodass ich am linken Oberschenkel getroffen wurde; die Kugel stieß auf ein Häufchen Kleingeld in meiner Hosentasche und trieb einige Münzen tief in den geraden Oberschenkelmuskel. Der Wundarzt erzählte mir später, er habe vier Franc und siebenundsechzig Centime herausgezogen – er überreichte sie mir in einem kleinen Umschlag.

Die Kugel, die mich in die Brust traf, führte zum Lungenkollaps. Außerdem dürfte sie für den hohen Blutverlust verantwortlich gewesen sein, den ich mit eigenen Augen gesehen habe, bevor ich das Bewusstsein verlor. Ich habe das Glück – falls das bei multiplen Schussverletzungen der richtige Ausdruck ist –, dass sechs der sieben Wunden durch eine wieder austretende Kugel verursacht wurden. Allein die Handvoll Kleingeld verwehrte den Austritt, sodass mein Oberschenkel mir immer noch Schmerzen bereitet – ansonsten geht es mir wieder viel besser. Seinetwegen hinke ich und muss zurzeit noch einen Gehstock benutzen.

Ich kann auch von Glück reden, weil irgendein Mechaniker oder Heizer aus dem Maschinenraum getreten ist, nachdem Florence Duchesne enteilt war, und mich in meiner stetig größer werdenden Blutlache vorgefunden hat. Ich wurde sofort in eine kleine Klinik in Évian eingeliefert, wo Massinger mich schließlich aufspürte. Er sorgte dafür, dass man mich umgehend mit einem eigenen Krankenwagen in das britische Hauptlazarett in Rouen überführte.

Dort blieb ich vier Wochen zur Genesung, weil sich in meiner verletzten Lunge ständig Blut sammelte und regelmäßig abgesaugt werden musste. Meine linke Hand war eingegipst, da die Kugel unterwegs ein paar Knöchelchen zerschmettert hatte. Doch es war mein Oberschenkel, der partout nicht heilen wollte. Obwohl die Kugel und die Münzen in Rouen herausgezogen wurden, schien die Wunde sich immer wieder von selbst zu infizieren und musste unablässig dräniert, gereinigt und neu verbunden werden. In dieser Zeit war ich meist gezwungen, mit Krücken zu gehen.

Ende August wurde ich nach England beziehungsweise Oxford eingeschifft. Meine Mutter besuchte mich, kaum dass ich mein Zimmer im Somerville College bezogen hatte. Von Kopf bis Fuß schwarz gekleidet, kam sie in mein Zimmer gerauscht, und vor lauter Schreck glaubte ich zunächst, Florence Duchesne wäre zurückgekehrt, um mir den Gnadenschuss zu geben. Crickmay Faulkner war einen Monat zuvor gestorben – als ich mich gerade in Genf aufhielt –, und meine Mutter war noch in Trauer.

Sie erzählte mir, die schlimmste Nacht ihres Lebens habe sie nach Empfang des Telegramms mit der Meldung, ich sei »nach Kampfeinsatz vermisst«, verbracht. Crickmay lag im Sterben, und sie dachte, ihr Sohn wäre ebenfalls dem Leben entrissen. Am folgenden Morgen hatte sie allerdings Besuch von einem »Marineoffizier« bekommen – bärtig, mit einem äußerst eigenartigen, geradezu unheimlichen Lächeln, wie meine Mutter sagte –, der den weiten Weg nach Claverleigh nicht gescheut hatte, um ihr mitzuteilen, man habe mich offenbar gefangen genommen, ohne mir ein Härchen zu krümmen. Nun fiel es ihr schwer zu begreifen, wieso ich, »von Kugeln durchsiebt«, in einem englischen Hospital lag. Ich erklärte ihr, dass der Marineoffizier (es konnte nur Fyfe-Miller gewesen sein) es zwar gut gemeint hatte, aber nicht richtig informiert war.

Trotz ihrer frischen Witwenschaft war sie allem Anschein

nach blendend gelaunt und machte durch den großzügigen Einsatz von schwarzer Spitze und Straußenfedern das Beste aus ihrer Trauerkleidung. Crickmays Ableben sei ein Segen, meinte sie, sosehr sie ihn, Gott hab ihn selig, geliebt habe, und Hugh lasse auf dem Anwesen gerade ein entzückendes kleines Cottage als eine Art Witwensitz für sie vorbereiten. Der Wohltätigkeitsfonds wachse weiter, demnächst würde sie bei Hofe Queen Mary vorgestellt werden. Nachdem wir den Kolleghof durchquert und ich meine Mutter zu ihrem Taxi geleitet hatte, wollte einer der Verwundeten – der mein Vorleben kannte – wissen, ob sie Schauspielerin sei. Als ich verneinte, fragte er: »Ist sie dein Mädchen?« Der Krieg wirkt sich wohl auf jeden anders aus – meine Mutter blüht jedenfalls auf, sie ist sichtlich verjüngt.

Heute habe ich ein Telegramm von Munro erhalten, der mir sein Mitgefühl ausspricht und zugleich gratuliert. Wir sollen die Glockner-Briefe gemeinsam auswerten, und wenn die Zeit reif sei, wolle er mir diesbezüglich ein Angebot unterbreiten. Ich denke mir, dass Glockners Tod die Suche nach dem Zuträger im Kriegsministerium etwas weniger dringlich macht. Der Verräter muss sich zunächst einmal einen neuen Verbindungsmann suchen, und das dürfte einige Zeit in Anspruch nehmen.

Hamo ist gerade gegangen. Er war sehr betroffen, als er mich sah – ich lag im Bett, nachdem man mir wieder einmal die Lunge abgesaugt hatte –, und erkundigte sich eingehend nach meinen Verletzungen. Er wollte genau wissen, was ich empfunden hatte, als ich getroffen wurde. Stellte sich der Schmerz sofort ein oder erst später? Wirkte sich der Schock in irgendeiner Weise betäubend aus? Hielt das Taubheitsgefühl an, solange ich auf dem Schlachtfeld lag? Und so weiter. Ich antwortete ihm so wahrheitsgemäß wie möglich und schwieg mich nur über die Person aus, die mich niedergeschossen hatte sowie über den Schauplatz. »Als ich verwundet wurde, hatte ich die seltsamsten Empfindungen, darum frage ich«, erklärte Hamo. »Ich hatte Männer erlebt, die sich wegen eines gebrochenen Fingers die Seele aus dem Leib schrien, während ich in meinem Blut dalag und nichts anderes fühlte als eine Art Prickeln, wie von winzigen Nadelstichen.« Zum Abschied drückte er mir fest die Hand. »Bin froh, dass du wieder bei uns bist, mein Junge. Mein lieber, tapferer Junge.«

Heute Abend bin ich nach St. Giles gewandert, bis zum Martyrs' Memorial und wieder zurück – die längste Strecke, die ich seit Genf zurückgelegt habe. Auf dem Heimweg habe ich in einem Pub ein Viertel Cider getrunken. Ich wurde komisch angesehen – vielleicht, weil meine Blässe und mein Gehstock vom »Opfer« zeugen, das ich gebracht habe. Ständig vergesse ich, dass ich ein Offizier in Uniform bin (Munro hat mir eine neue Ausstattung zukommen lassen). Leutnant Lysander Rief, E. S. L. I., der seine Kriegsverletzungen auskuriert. An diesem warmen Spätsommerabend wirkte St. Giles mit dem uralten, rußgeschwärzten College auf der einen und dem Ashmolean Museum auf der anderen Seite so zeitlos wie berückend – natürlich mit Ausnahme der Automobile und Handwerker-Lastwagen –, sodass ich ein wenig neidisch war auf alle, die das Glück hatten, hier zu leben und zu studieren. Für mich ist es leider zu spät.

Am Nachmittag saß ich auf einer Bank in der Sonne, unweit der Pförtnerloge, und las Zeitung, als eine Krankenschwester mich ansprach: »Ah, da sind Sie ja, Mr Rief. Jemand möchte Sie besuchen, er war schon in Ihrem Zimmer, aber wir konnten ihm nicht sagen, wo Sie sind.« Und dann trat Massinger in Erscheinung, er trug Zivil.

Er setzte sich zu mir auf die Bank, äußerst angespannt, und wagte es offenbar kaum, mir in die Augen zu sehen.

»Ich habe Ihnen ja noch gar nicht richtig gedankt«, sagte ich, um das Eis zu brechen. »Dafür, dass Sie mich so schnell nach Rouen befördert haben, mit eigenem Krankenwagen und allem Pipapo. Ich hätte mir keine bessere Pflege wünschen können.«

»Ich muss mich bei Ihnen entschuldigen, Rief«, antwortete Massinger, den Blick auf seine Hände gerichtet, die er im Schoß verschränkt hatte wie zum Gebet. »Ich kann Ihnen gar nicht sagen, wie froh ich war, Sie in Évian lebend anzutreffen. Wie froh ich heute bin.«

»Danke«, erwiderte ich, bevor ich nachhakte: »Warum eigentlich?«

»Weil ich glaube – ich habe das schreckliche Gefühl, dass ich Ihren Tod in Auftrag gegeben habe. Ein entsetzlicher Irrtum, das will ich gar nicht verhehlen. Ich habe alles durcheinandergebracht.«

Dann erklärte er mir, er habe an jenem Montagmorgen, als Glockners Tod gemeldet wurde, rasch ein paar Telegramme mit Madame Duchesne gewechselt. Sie hatte den starken Verdacht, dass sein Tod mit mir in Zusammenhang stehe. Darum hatte er sie sogar angerufen, etwa eine Stunde bevor mein Dampfer ablegte. Massinger hatte mein Telegramm erhalten und im Fahrplan nachgesehen, wann ich aufbrechen würde. Er trug Madame Duchesne auf, mitzufahren und mich auf dem Schiff zu befragen. Falls ich mich in ihren Augen wirklich als Verräter entpuppte, sollte sie alle erforderlichen Schritte unternehmen, um mich meiner gerechten Strafe zuzuführen.

Als ich das hörte, war ich wie vor den Kopf geschlagen.

»Und als ich sie dann in Évian sah, erzählte sie mir, sie habe Sie erschossen«, sagte Massinger. »Sie können sich vorstellen, wie mir zumute war.«

»Sie sah?«

»Wir haben uns am Hafen getroffen. Sie war der Meinung, dass Sie in Bezug auf den Codeschlüssel – den Schlüssel-text – gelogen haben. Sie sagte, Sie hätten etwas zu verbergen. Und sie war davon überzeugt, dass Sie Glockner umgebracht haben. Wahrscheinlich war Ihre Verkleidung für sie Beweis genug.«

»Ach ja, woher wussten Sie, dass ich mich verkleiden würde?«

Die Frage brachte Massinger leicht aus der Fassung.

»Munro hat mir von Ihren Verwandlungskünsten erzählt. Oder Fyfe-Miller? Als ich die beiden in Wien getroffen habe.«

»Sie waren in Wien?«

»Hin und wieder. Vor allem letztes Jahr vor Kriegsaus-bruch – als ich mein Netzwerk in der Schweiz aufgebaut habe. Ihre Flucht war Stadtgespräch.«

»Verstehe …« Das war mir neu. Ich verdrängte jeden Ge-danken daran. »Aber warum sollte ich Madame Duchesne überhaupt etwas verraten? Ich stand doch kurz davor, Ih-nen Bericht zu erstatten, und zwar komplett – auf französi-schem Boden. Während Sie meine Tötung anordneten.«

Massinger zog eine Grimasse.

»Das trifft nicht ganz zu. Madame Duchesne bezichtigte Sie vehement des Verrats und des Mordes. Darum sagte ich …« Massinger hielt inne. »Mein Französisch ist ein bisschen eingerostet, müssen Sie wissen. Ich habe mich ihr gegenüber wohl nicht klar genug ausgedrückt. Ich wollte sie beschwichtigen und sagte so etwas wie: Wir können na-türlich nicht ganz ausschließen, dass Abelard Schwimmer – Sie – ein Verräter ist. Das sei zwar unwahrscheinlich, doch falls ihr Verdacht sich bestätigen würde, sollte Madame Du-chesne Sie entsprechend behandeln, ohne Gnade.«

»Gar nicht so einfach, das auf Französisch zu vermitteln,

selbst wenn man die Sprache fließend beherrscht«, bemerkte ich.

»Da haben Sie recht, ich war etwas überfordert. Ich habe wohl *traître* und *traiter* verwechselt.« Massinger sah mich zerknirscht an. »Ich fürchte, ich habe von Ihnen als *traître sans pitié* gesprochen ...«

»Das ist recht unmissverständlich. Ein ›gnadenloser Verräter‹.«

»Dabei wollte ich sagen, dass man Sie ohne –«

»Mir ist schon klar, wie die Verwirrung zustande gekommen ist.«

»Ich habe nächtelang wach gelegen und den genauen Wortlaut zu rekonstruieren versucht. Glockners Tod hatte uns beiden einen Schock versetzt. Wir waren im Ausnahmezustand.«

»Mag ja sein. Die Frau hat aber drei Mal auf mich geschossen. Aus kürzester Entfernung. Und das alles nur wegen Ihres Pennälerfranzösisch.«

»Wie ist Glockner gestorben?«, fragte Massinger, offensichtlich darauf erpicht, das Thema zu wechseln.

»An einem Herzinfarkt – wie ich von Madame Duchesne erfahren habe.«

»Als Sie ihn verließen, ging es ihm aber noch gut.«

»Ja. Er hat sein Geld gezählt.«

Warum muss ich immerzu lügen? Meine innere Stimme sagt, je weniger ich preisgebe, desto besser. Massinger und ich haben uns noch ein Weilchen unterhalten, und er teilte mir mit, dass Munro mich aufsuchen würde, um die Briefe zu entschlüsseln. Schließlich stand er auf und gab mir die Hand.

»Ich bitte Sie aufrichtig um Entschuldigung, Rief.«

»Was soll ich da noch sagen, in Anbetracht der Umstände. Was ist eigentlich mit Madame Duchesne passiert?«

»Sie ist mit dem Zug nach Genf zurückgefahren. Dort

ist sie nun wieder als Agent Freudenfeuer im Einsatz. Der Wert ihrer Arbeit ist mit Gold nicht aufzuwiegen.«

»Weiß sie, dass ich überlebt habe?«

»Sicher glaubt sie, dass Sie tot sind. Ich hielt es für besser, die Angelegenheit ihr gegenüber nicht mehr zu erwähnen – um sie nicht über Gebühr zu beunruhigen. Sie glaubte ja, meinen Befehl auszuführen. Daraus kann man ihr kaum einen Vorwurf machen.«

»Das ist hochanständig von Ihnen.«

Meine Mutter hatte mir die Post aus Claverleigh mitgebracht, darunter befand sich auch der Umschlag mit den Glockner-Dechiffrierungen, den ich mir selbst aus Genf geschickt hatte. Ich fertigte von allen sechs Briefen saubere Kopien an und gab sie Munro, als er mich gestern besuchte.

Wir saßen im Aufenthaltsraum des College. Abgesehen von einer Bridgerunde, die sich auch dorthin zurückgezogen hatte, war es ruhig. Ein kühler, verregneter Tag, der den Herbst einläutete.

Ich breitete die Transkriptionen auf dem Tisch aus. Munro blickte ernst drein.

»Mich beunruhigt, dass dieser Mann offenbar über alles Bescheid weiß«, sagte er. »Sehen Sie hier – Verlegung von zwei Schießkurven auf der Bahnstrecke von Hazebrouck nach Ypres ...« Munro deutete auf einen anderen Brief. »Oder hier – die Anzahl der Lazarettzüge in Frankreich, die genaue Lage der Munitionsbahnhöfe ...«

»Könnte er mit der Bahnverwaltung zu tun haben?«

»Ziemlich naheliegend – aber was ist mit diesen vielen Furage-Angaben?«

»Stimmt, das verstehe ich auch nicht«, erwiderte ich.

»Im Frankreicheinsatz kommt auf drei Männer jeweils ein Pferd. Das sind Hunderttausende, und die müssen alle gefüttert werden.«

»Ach so. Man folgt einfach der Furage-Spur und findet die Truppenverstärkung.«

Munro grübelte weiter. »Wo mag er stecken? Im Bewaffnungsministerium? Im Verwaltungsrat des Eisenbahnamts? Im Sekretariat des Generalquartiersmeisters? Im Generalstabsquartier? Im Kriegsministerium? Aber wie passt das damit zusammen?« Er nahm den fünften Brief und zitierte: »›Zwei Tau Kühlla aus Kanada angefordert.‹ Kühllaster. Woher weiß er das?«

»Was macht man damit?«

»Ein Soldat will auch an der Front frisches Fleisch essen, oder etwa nicht, Leutnant?«

Während Munro nachdachte, strich er sich mit dem Zeigefinger über den adretten Schnurrbart. Dann sah er mich mit seinem klaren, forschenden Blick an.

»Was wollen Sie eigentlich tun, Rief?«

»Wie bitte?«

»Wollen Sie zu Ihrem Bataillon zurückkehren? Es ist nach wie vor in Swansea. Dann können Sie Ihren Dienstgrad aber nicht behalten. Oder Sie bitten um eine ehrenhafte Entlassung. Sie haben Ihre Pflicht mehr als erfüllt – das rechnen wir Ihnen hoch an, und wir sind Ihnen sehr dankbar.«

Da musste ich nicht lange überlegen. »Ich entscheide mich für die ehrenhafte Entlassung, vielen Dank.« Ich konnte auf keinen Fall zum 2 / 5. E. S. L. I. zurückkehren. »In ein paar Wochen kann ich hier wohl raus«, fügte ich hinzu.

Munro erstarrte, als wäre ihm gerade etwas eingefallen.

»Oder würden Sie vielleicht einen letzten Auftrag für uns übernehmen? In London? Was meinen Sie?«

»Ich denke tatsächlich, dass ich meine Pflicht mehr als –«

»Ich habe das als Frage formuliert, Rief, um Ihnen Gelegenheit zu einer positiven Antwort zu geben.« Munro lächelte zwar, doch es war kein herzliches Lächeln. »Sie bleiben Leutnant, bei gleichem Sold.«

»Nun, wenn das so ist – ja. Unter der Bedingung, dass man nicht wieder auf mich schießt.«

In diesem Augenblick traten ein paar Serviermädchen ein, um den langen Tisch unter lautem Tellerklirren und Besteckklappern für das Mittagessen einzudecken.

»Möchten Sie vielleicht einen Happen zu sich nehmen?«, fragte ich Munro.

»Ich möchte auf keinen Fall Spitalfraß zu mir nehmen. Gehen wir in ein Pub?«

Wir nahmen den Hinterausgang zur Walton Street.

»Ich war noch nie in diesem College«, bemerkte Munro. »Obwohl ich bestimmt hundertmal daran vorbeigegangen bin.«

»An welchem College waren Sie?«, fragte ich. Es überraschte mich wirklich nicht im Geringsten, dass er in Oxford studiert hatte.

»Magdalen«, antwortete er. »Am anderen Ende der Stadt.«

»Und dann sind Sie in den diplomatischen Dienst getreten.«

»Stimmt, gleich nach meiner Zeit beim Militär.« Er warf mir einen fragenden Blick zu. »An welchem College waren Sie?«

»Ich habe nicht studiert. Nach der Schule habe ich gleich beim Theater angefangen.«

»Ach, die Universität des Lebens.«

Das Pub hieß The Temeraire, und sein Schild stellte eine grelle Verzerrung von Turners Meisterwerk dar. Es war klein und holzvertäfelt, mit niedrigen Tischen, dreibeinigen Schemeln und Stichen alter Linienschiffe an den Wänden. Munro holte zwei Krüge Bier und bestellte sich eine Kalbsfleisch-Schinken-Pastete mit Kartoffelpüree und eingelegten Zwiebeln. Ich erklärte, ich hätte keinen Hunger.

»Bald steht ein großer Angriff an«, sagte Munro, während er Salz und Pfeffer über Pastete und Püree streute. »Tatsächlich schon in wenigen Tagen. Wir unterstützen einen Vorstoß der Franzosen. Im Loos-Sektor.«

Ich traute meinen Ohren nicht. »Um Himmels willen«, sagte ich mit erhobenen Händen, »ich hatte doch eindringlich davor gewarnt, die Operationen fortzusetzen. Sie werden uns schon erwarten – sehen Sie sich die letzten beiden Glockner-Briefe an. Sie können das Gebiet auf Anhieb selbst eingrenzen.«

»Wenn es nur so einfach wäre. Die Franzosen beharren darauf.« Er deutete ein trauriges Lächeln an, offenbar war er genauso bekümmert wie ich. »Hoffen wir das Beste.«

»Sicher. Hoffen kann man bis zuletzt, kostet ja nichts.«

Munro sah bedrückt drein und machte sich zunächst schweigend über seine Pastete her. Ich zündete mir eine Zigarette an.

»Eins hat unser Zuträger allerdings übersehen«, sagte Munro. »Seltsamerweise. In Loos werden wir Giftgas einsetzen – wir nennen es ›Zubehör‹, wenn davon die Rede ist.«

»Tja, das haben sie mit uns in Ypres schließlich auch gemacht. Im Krieg und in der Liebe ist alles erlaubt.« Ich überlegte, warum er mir das erzählte. Sollte das eine Art Test sein?

»Ich frage mich, warum er das übersehen hat«, fuhr Munro fort. »Vielleicht hilft uns dieser Umstand, ihn dingfest zu machen.« Er trank einen Schluck Bier. »Nehmen Sie sich eine Woche Urlaub, wenn Sie aus dem Krankenhaus entlassen werden. Danach möchte ich Ihnen in London jemanden vorstellen. Wir müssen unsere Vorgehensweise abstimmen.«

»Ich soll also Leutnant bleiben.«

»Genau.« Dann sagte Munro betont beiläufig: »Sie haben mir noch gar nicht erzählt, was der Schlüsseltext war.«

»Ich habe es Massinger und Madame Duchesne mitgeteilt.«

»Ach ja, eine deutsche Bibelausgabe. Aber das war offensichtlich gelogen.«

Man darf nie vergessen, wie gerissen Munro ist, das rächt sich, wie mir beim Schreiben nun klar wird. Meistens wirkt er so langweilig korrekt – der Berufssoldat, der Berufsdiplomat, ein überaus gepflegter, standesbewusster Mann, der sich bemüht, nicht allzu selbstgefällig und überlegen zu wirken. Doch das ist alles nur Fassade, um sein Gegenüber einzulullen. Ich weiß zwar nicht genau, was mich geritten hat, aber ich versuchte nun meinerseits, ihn zu testen, nachdem er mich mit dem ›Zubehör‹ herausgefordert hatte.

»Ich wollte es den beiden lieber nicht anvertrauen«, antwortete ich. »Tatsächlich war es das Libretto einer unbekannten deutschen Oper.«

»Ach was. Wie ist der Titel?«

Ich musterte ihn eindringlich.

»Andromeda und Perseus.«

Munro runzelte die Stirn. »Ich fürchte, das sagt mir nichts«, erwiderte er mit der Andeutung eines Lächelns.

»Das ist nicht weiter verwunderlich. Die Oper ist von Gottfried Toller. Wurde 1912 in Dresden uraufgeführt.«

»Eine zeitgenössische Oper also. Das erklärt alles. Ich dachte an Lullys *Persée*.«

Das jagte mir einen kalten Schauer über den Rücken, und so beschloss ich auf der Stelle, Munro nicht mehr zu vertrauen, obwohl ich ihn mochte. Jeder, der sich 1913 in Wien aufhielt, musste von Tollers *Andromeda* gehört haben. Wirklich jeder – insbesondere jemand, dem Lullys *Persée* ein Begriff war. Warum hatte Munro gelogen? Warum belogen wir uns gegenseitig und lächelten uns dabei an? Wir standen doch auf derselben Seite.

»Hat Glockner Ihnen sein Libretto gegeben?«

»Ja. Dafür nahm er das Geld.«

»Wo ist das Libretto jetzt?«

»Ich habe es verloren. In dem ganzen Durcheinander, das auf die Schüsse folgte. Wahrscheinlich ist es in Évian in der Klinik liegengeblieben. Jedenfalls habe ich es seither nicht mehr gefunden.«

Munro legte Messer und Gabel aus der Hand und schob seinen Teller beiseite.

»Schade. Könnten Sie uns ein anderes Exemplar beschaffen? Vielleicht über Ihre Kontakte in der Theaterwelt?«

»Ich kann es gern versuchen.«

»Wollen wir noch ein Bier trinken? Um auf Ihre rasche Genesung anzustoßen.«

2

Ein Turner-Zweisitzer mit Klappdach

Eine Woche später wurde Lysander aus dem Somerville College entlassen, und er beschloss, seinen Urlaub in Sussex zu verbringen, als Hamos Gast im Winchelsea-Cottage. Hamo hatte sich inzwischen ein Automobil gekauft – einen Turner-Zweisitzer mit Klappdach –, sodass sie gemeinsam Fahrten über die Downs unternahmen, nach Bexhill und Beachy Head, nach Dungeness und Sandgate in Kent, und sogar einen denkwürdigen Ausflug nach Canterbury, wo sie über Nacht blieben, ehe sie die Heimfahrt antraten. Zwischendurch begab sich Lysander auf Wanderungen, die stetig länger wurden, während er wieder zu Kräften kam und sein verletztes Bein stärker belasten konnte. Die Narbe am Oberschenkel war immer noch scheußlich anzusehen, unförmig und grellrot – bei der Suche nach den schwer fassbaren Münzen wurde viel Muskelgewebe weggeschnitten –, und nach seinen Wanderungen, die sich von einer halben über eine bis hin zu zwei Meilen steigerten, war das Bein steif und wund. Lysander hatte das Gefühl, dass ihm das dennoch guttat, während er seine alte Liebe zum Laufen aufs Neue entdeckte. Sobald er sicher genug war, warf er seinen Gehstock erleichtert weg.

Am letzten Samstag vor Lysanders Rückkehr nach London fuhren Hamo und er zum Mittagessen nach Rye und gingen anschließend am Strand von Camber Sands spazieren. Sie bahnten sich ihren Weg dorthin durch Stacheldraht und behelfsmäßige Invasionssperren. Es war gerade Ebbe, und die ausgedehnte Sandfläche wirkte wie das Über-

bleibsel einer uralten, vollendeten Wüste, die an die Südküste von England gespült worden war, ungeheuer glatt
und eben. Etwa eine Meile entfernt ließ jemand einen Drachen steigen, ansonsten hatten sie den riesigen Strand ganz
für sich. Plötzlich blieb Lysander stehen – er glaubte, in der
Ferne grollende Explosionen zu hören.

»Das dringt doch nicht aus Frankreich zu uns?«, fragte er,
wohl wissend, dass der große Angriff nun jederzeit erfolgen
konnte.

»Nein«, antwortete Hamo. »Es gibt einen Schießübungs-
platz weiter oben an der Küste – für Geschützführer. Wie
geht's deinem Bein?«

»Immer besser. Ich habe keine Schmerzen mehr, auch
wenn ich es noch spüre, du kennst das.«

Schweigend liefen sie weiter. In der Nachmittagsluft lag
bereits ein Hauch von Kälte.

»Sagt dir der Name Bonham Johnson etwas?«, fragte
Hamo.

»Der Schriftsteller?«

»Ja. Er wohnt hier in der Nähe. Richtung Romney. Offenbar ist er ein großer Bewunderer meines Afrikabuchs. Er hat
mich zur Feier seines sechzigsten Geburtstags eingeladen.«

»Jetzt kannst du ja mit dem Auto hinfahren.«

»Er hat mich aufgefordert, jemanden mitzubringen. Tatsächlich hat er dich erwähnt – den Schauspielerneffen. Er
hat dich wohl auf der Bühne gesehen. Wärst du dazu bereit?
Morgen in einer Woche.«

Lysander hatte dazu nicht die geringste Lust, aber er
spürte, dass Hamo einiges daran lag, auch wenn er die Einladung so nebenher ausgesprochen hatte.

»Ja, wenn ich am Wochenende freihabe. Könnte ganz interessant werden.«

Hamo war sichtlich erfreut. »Lauter Literaten – grässlich.
Ich brauche einfach moralische Unterstützung.«

»Von uns beiden bist du derjenige, der bereits ein Buch geschrieben hat, Hamo.«

»Ach – du bist doch der berühmte Schauspieler. Mich werden sie gar nicht zur Kenntnis nehmen.«

Am Sonntagabend fuhr Lysander nach London. Weil die Wohnung am Chandos Place noch immer untervermietet war, zog er in ein kleines Hotel – mit dem hochtrabenden Namen The White Palace – in Pimlico, nahe dem Fluss. Bis zum Parliament Square waren es knapp dreißig Minuten zu Fuß. Munro hatte ihn für Montagmorgen an einem Ort namens Whitehall Court einbestellt, ohne ihm zu verraten, wer außerdem dabei sein und worum es gehen würde.

Am Montagmorgen stellte Lysander dann fest, dass Whitehall Court zu jenen Londoner Gebäuden zählte, die ihm von fern schon unzählige Male aufgefallen waren, ohne dass er sich bemüht hätte, sie richtig zuzuordnen. Es sah aus wie ein riesiges französisches Renaissanceschloss – mit Mansarddächern und Türmchen und Tausenden von Zimmern – und beherbergte einen Herrenklub, ein Hotel sowie viele Etagen mit Apartments und Büros. Es lag ein gutes Stück von der Themse zurückgesetzt in einem eigenen Garten, zwischen der Waterloo Bridge und der Eisenbahnbrücke zur Charing Cross Station.

Ein livrierter Portier sah nach, ob Lysander ordnungsgemäß angemeldet war, bevor er ihm den Weg wies: Er solle in den letzten Stock hinaufsteigen, links durch eine Tür gehen, dann den Flur entlang, dort würde ihn jemand in Empfang nehmen. Als Lysander den Fuß auf die erste Stufe setzte, sah er, wie der Portier zum Telefonhörer griff.

Er wurde von Munro – in Zivil – empfangen, der ihn in ein schlichtes, nüchtern möbliertes Büro mit Blick auf die Themse führte. Dort wartete schon Massinger in Uniform und begrüßte Lysander etwas gezwungen, als hegte er noch immer Schuldgefühle wegen des beinah tödlichen Missverständnisses, das sein mangelhaftes Französisch verursacht hatte. An der Wand gegenüber den Fenstern stand ein großer Schreibtisch aus Walnussholz mit Ledereinlage. Der Stuhl dahinter war verwaist. Noch fehlte jemand, der offenbar höhergestellt war.

Die drei Männer setzten sich auf die anderen freien Stühle. Munro bot Getränke – Tee – an, was höflich abgelehnt wurde. Massinger fragte Lysander nach seinem Befinden und bekam zu hören, es gehe ihm wieder ziemlich gut, vielen Dank. Ein Zug ratterte über die Brücke von Charing Cross; auf sein Pfeifen hin öffnete sich, wie aufs Stichwort, die Tür und ein älterer grauhaariger Mann, seiner Uniform nach Kapitän zur See, trat humpelnd ein. Der harte Aufprall des linken Beins auf den Boden ließ Lysander vermuten, dass es sich um eine Prothese handelte. Der Mann wirkte freundlich, liebenswürdig. Vom Holzbein abgesehen hatte er nichts Außergewöhnliches an sich. Er wurde nicht namentlich vorgestellt.

»Das ist Leutnant Rief, Sir«, sagte Munro. »Derjenige, der in Genf so ausgezeichnete Arbeit geleistet hat.«

»Herausragender Einsatz«, warf Massinger herrisch ein. Lysander erinnerte sich, dass die Schweiz sein Gebiet war.

»Gratuliere«, sagte der Kapitän. »Sie sind also der Mann, der unser schwarzes Schaf ausfindig gemacht hat.«

»Gefunden haben wir es noch nicht, Sir«, erwiderte Lysander. »Aber wir ahnen, auf welcher Koppel es grast.«

Der Kapitän lachte leise vor sich hin.

»Wie wollen wir nun vorgehen?«, fragte er und sah dabei Munro und Massinger an.

»Das fällt eigentlich nicht in meine Zuständigkeit«, wehrte Massinger ab, und Lysander fragte sich nicht zum ersten Mal, wie es hier um die Hierarchie stand. Der Kapitän war eindeutig der Oberhäuptling, aber wie verhielt es sich mit

Munro und Massinger? Wer von beiden agierte unabhängiger, wenn überhaupt?

»Wir müssen Rief irgendwie ins Kriegsministerium schleusen«, sagte Munro. »Sein größter Trumpf ist, dass ihn niemand kennt – anders als uns. Ein Neuling – ein Außenstehender.«

Der Kapitän trommelte mit den Fingern auf seinem Schreibtisch. »Wie das? Er ist bloß einfacher Leutnant. Im Kriegsministerium sitzen aber nur hohe Tiere.«

»Wir setzen eine Untersuchungskommission ein«, antwortete Munro. »Zu einem gähnend langweiligen Thema. So können wir Rief ins Ministerium schicken, mit der Befugnis, Fragen zu stellen und Unterlagen zu prüfen.«

»Sir Horace Ede hat letztes Jahr eine Transportkommission geleitet«, sagte der Kapitän. »Daraus könnten sich jetzt weitere Fragen ergeben –«

»Genau. Fragen, denen Leutnant Rief nun nachgehen muss.«

»Und da bald eine internationale Konferenz ansteht, ist auch klar, warum wir dafür sorgen wollen, dass es nichts zu beanstanden gibt.«

»Klingt überzeugend.«

Massinger fühlte sich zunehmend unwohl, weil man ihn derart überging und er nichts beizutragen hatte. Er räusperte sich so laut, dass um ihn herum alle verstummten und ihn ansahen. Er hob beschwichtigend die Hände. Dann zog er ein Taschentuch hervor und putzte sich die Nase.

»Bis wann könnten Sie das in die Wege leiten, Sir?«, fragte Munro.

»Geben Sie mir ein paar Tage«, antwortete der Kapitän. »Je höher die Instanz, die Rief eine Vollmacht ausstellt, desto leichter wird es vor Ort für ihn werden.« Er wandte sich Lysander zu. »Halten Sie sich bereit, Rief.«

Massinger ergriff schließlich das Wort: »Meinen Sie nicht, dass wir damit dem MI5 auf die Füße treten, Sir?«

»Dieses ganze Desaster hat doch in Genf angefangen«, entgegnete der Kapitän eine Spur ungehalten. »Es war Ihre Angelegenheit – also ist es auch unsere. Ich regele das mit Kell. Er kann ohnehin keine Leute erübrigen.«

Lysander hatte nicht die geringste Ahnung, wovon sie sprachen. Er zupfte an einem losen Nagelhäutchen an seinem Zeigefinger.

»Gut, lassen Sie mich nur machen«, sagte der Kapitän. »Wir sollten unserem schwarzen Schaf allerdings einen Decknamen geben, wenn wir uns darüber unterhalten wollen.«

»Schwebt Ihnen etwas Bestimmtes vor?«, fragte Munro.

Lysander überlegte schnell. »Wie wäre es mit Andromeda?«, sagte er, ohne Munro aus den Augen zu lassen. Munro zuckte nicht einmal mit der Wimper.

»Von mir aus Andromeda – Hauptsache, wir finden ihn, bald«, bemerkte der Kapitän und erhob sich. Die Besprechung war beendet. Er ging auf Lysander zu und gab ihm die Hand. »Ich habe Ihren Vater Macbeth spielen sehen. Hat mir eine Heidenangst eingejagt. Viel Glück, Rief. Oder sollte ich sagen: Willkommen an Bord?«

3

Das Nebengebäude am Embankment

Als Munro ihn verabschiedete, riet er ihm, sich ein paar schöne Tage zu machen, bevor man ihn zum Einsatz rief. Sobald alles vorbereitet war, würde man ihn instruieren und ihm genaue Anweisungen erteilen. Und so kehrte Lysander zum White Palace Hotel in Pimlico zurück und versuchte, sich so gut wie möglich zu beschäftigen und abzulenken, trotz des wachsenden Unbehagens, das er unterschwellig verspürte. Wer war dieser allmächtige Kapitän? Welche Rolle spielte er, wie viel Einfluss hatte er? Inwieweit konnte Lysander, wenn überhaupt, sich auf Munro und Massinger verlassen? Durfte er dem einen oder dem anderen trauen? Und warum hatte man wieder einmal ihn dazu auserkoren, seine Pflicht als Soldat zu erfüllen? Vielleicht würde er in den nächsten Tagen ja ein paar Antworten auf diese Fragen bekommen, die ihm momentan keine Ruhe ließen.

Er suchte seinen Schneider auf, um die Uniformjacke mit einer kleinen Knöpfvorrichtung für seine Verwundetenauszeichnung – ein Messingstäbchen, das senkrecht am linken Ärmel getragen wurde – versehen zu lassen. Jobling war sichtlich bewegt, als Lysander ihm von seiner Verwundung erzählte. Drei seiner Zuschneider hatten sich freiwillig gemeldet, zwei von ihnen waren bereits gefallen. »Gehen Sie nicht wieder an die Front, Mr Rief, Sie haben Ihr Blutsoll schon erfüllt«, sagte er. Jobling machte ihm die Uniformjacke außerdem enger – Lysander hatte während seiner Rekonvaleszenz an Gewicht verloren.

Er ging ins Comedy Theatre, um Blanche in *Stunde der Gefahr* zu sehen. Als er sie anschließend in ihrer Garderobe besuchte, durfte er sie nicht auf den Mund küssen. Seine Einladung zum Essen schlug sie mit der Begründung aus, dass es in ihrem Leben jemanden gebe. Lysander wollte dessen Namen erfahren, aber sie gab ihn nicht preis, und ihr Abschied war kühl, um nicht zu sagen bitter. Am nächsten Tag schickte er ihr Blumen.

Kurz darauf arrangierte er für sich und vier seiner Schauspielerfreunde ein kleines Abendessen in einem Separee des Hyde Park Hotels, ausschließlich in der Absicht, den Namen von Blanches neuem Verehrer herauszufinden. Alle wussten Bescheid, und zu Lysanders Schrecken stellte sich heraus, dass auch er ihn flüchtig kannte – es war James Ashburnham, ein recht erfolgreicher Dramatiker, für den er einmal vorgesprochen hatte. Ein Witwer Ende vierzig, ein gut aussehender Mann in den besten Jahren, der in Theaterkreisen als Schürzenjäger galt. Lysander fühlte sich zunächst betrogen und hintergangen, bis ihm bewusst wurde, dass er dazu kein Recht hatte – immerhin hatte er die Verlobung gelöst, nicht Blanche. Sie hatten beschlossen, Freunde zu bleiben, mehr nicht, daran musste Blanche ihn erinnern, und ihr Privatleben ging ihn nichts mehr an.

Dass sie sich einen anderen gesucht hatte, verletzte ihn natürlich, und die Gefühle, die er ursprünglich für sie gehegt hatte, stellten sich wieder ein. Blanche war eine außergewöhnlich schöne, liebenswerte junge Frau, was sie einst miteinander verbunden hatte, ließ sich nicht so einfach abtun. Was dachte sie sich eigentlich bei dieser Affäre mit einem Stückeschreiber, der alt genug war, ihr Vater zu sein, oder doch fast? Verblüfft stellte Lysander fest, wie sehr er sich aufregte.

Am Freitagmorgen klopfte Plumtree, das junge Zimmermädchen, an seine Tür und teilte Lysander mit, dass ihn ein

Gentleman erwarte. Er ging mit leichtem Herzklopfen nach unten – nun wurde es ernst, das Stück wurde wieder aufgenommen, Orchester, Einsatz bitte. Fyfe-Miller war gekommen, schneidig in seiner Kommandantenuniform, einen Stapel Papiere unterm Arm. Bevor er sie auf dem Tisch ausbreitete, schloss er die Tür ab. Gemeinsam mit Munro hatte er die Informationsfülle in den entschlüsselten Glockner-Briefen analysiert, und sie waren beide zu der Überzeugung gelangt, dass im Kriegsministerium nur eine Abteilung dafür infrage kam: die Verschickungsabteilung. Zurzeit war sie in einem Nebengebäude des Kriegsministeriums am Embankment untergebracht, in der Nähe der Waterloo Bridge. Dort sollte Lysander sich unverzüglich beim Abteilungsleiter melden, dem Oberstleutnant ehrenhalber Osborne-Way, der dafür sorgen würde, dass er ein eigenes Büro und ein Telefon bekäme. Er wurde für den Nachmittag erwartet – sie hatten keine Zeit zu verlieren.

»Kann das nicht bis Montag warten?«, fragte Lysander klagend.

»Ihnen ist offenbar nicht klar, dass wir uns mitten im Krieg befinden, Rief«, erwiderte Fyfe-Miller, diesmal ohne sein obligatorisches Grinsen. »Was haben Sie nur für eine Einstellung? Je früher wir diese Person ausfindig machen, desto sicherer werden wir alle sein.«

Am Nachmittag um halb drei stand Lysander auf der Straßenseite gegenüber dem siebenstöckigen Gebäude, in dem sich die Verschickungsabteilung befand, etwa auf halbem Wege zwischen der Waterloo Bridge und der Charing-Cross-Eisenbahnbrücke. Die Nadel der Kleopatra ragte ein paar Meter zu seiner Linken auf. »Die Nadel im Heuhaufen suchen« kam ihm in den Sinn, was ihn nicht gerade zuversichtlich stimmte. Hinter ihm war die Themse, und er hörte das Wasser an die Piere und vertäuten Boote plätschern, während die Flut verebbte. Lysander sah gut aus in seiner neuen Uniform mit dem Messingstäbchen und den auf Hochglanz polierten, mit Schnallen bestückten Ledergamaschen, die vom Schuh bis zum Knie reichten. Er nahm die Mütze ab, strich sich die Haare glatt und setzte sie wieder auf. So nervös er war, wusste er genau, dass es nun vor allem darauf ankam, selbstsicher aufzutreten. Immer mit der Ruhe – zunächst einmal zündete er sich eine Zigarette an. Er hörte ein Flattern, und als er sich umdrehte, sah er eine große schwarze Krähe herabschießen und ein paar Meter von ihm entfernt auf dem Bürgersteig landen. Aus der Nähe erschien ihm der Vogel riesig – so groß wie ein kleines Huhn. Schwarzer Schnabel, schwarze Augen, schwarzes Gefieder, schwarze Beine. »Stadt der Geier und Krähen« hatte Shakespeare London irgendwo genannt. Lysander beobachtete, wie die Krähe auf ein Rosinenbrötchen zuhüpfte, das in den Rinnstein gefallen war. Sie pickte ein Weilchen daran und sah sich währenddessen wachsam um, bis ein Automobil so dicht vorbeifuhr, dass sie ärgerlich krächzend zu einer Platane aufflog.

Lysander fielen drei oder vier düstere Deutungen des Symbolgehalts ein, den man dieser Begegnung mit einer Londoner Krähe hätte zuschreiben können, aber die wollte er lieber nicht ergründen. Er schnippte seine Zigarette in die Themse, nahm seinen Aktenkoffer und überquerte das Embankment.

Nachdem er sich am Eingang ausgewiesen hatte, wurde Lysander von einer Ordonnanz in den vierten Stock hinaufgeführt. Durch eine Schwingtür gelangten sie in eine Halle mit zwei Fluren auf jeder Seite. An der Wand waren diverse Abteilungen und kryptische Akronyme aufgelistet, kleine Pfeile wiesen den Weg in die entsprechenden Flure – LKMA, Hafen & Transport, Eisenbahn- und Straßenbau, ZL (Kriegsministerium), Artillerie (Frankreich), Lebensmittelüberwachung (Dover), KEG (Mesopotamien), LRO (II) und dergleichen mehr. Lysander folgte der Ordonnanz nach rechts und lief einen breiten Gang mit Linoleumbelag entlang, von dem unzählige Türen abgingen. Das Klappern der Schreibmaschinen und das Klingeln der Telefone verfolgten sie bis zur Tür mit dem Schild »Leiter der Verschickungsabteilung«. Die Ordonnanz klopfte, und Lysander durfte eintreten.

Der Abteilungsleiter, Oberstleutnant ehrenhalber Osborne-Way (Worcester Regiment) war nicht im Mindesten erfreut, ihn zu sehen, wie Lysander binnen Sekunden erkannte. Sein Verhalten war äußerst schroff und kühl. Osborne-Way bot ihm keinen Stuhl an, er gab ihm nicht die Hand und machte auch sonst keine Anstalten, seinen Gruß zu erwidern. Lysander überreichte ihm den magischen Passierschein, der ihm den Weg ins Allerheiligste dieser Abteilung ebnen sollte – ein Blatt Papier mit Briefkopf und Unterschrift des Chefs des Imperialen Generalstabes höchstselbst, Generalleutnant Sir James Murray, KCB, auf dem stand, dass »der unten genannte Offizier, Leutnant L. U. Rief, jede erdenkliche Unterstützung und Zugang zu allen Unterlagen erhalten soll. Er ist mir direkt unterstellt.«

Osborne-Way las das Sendschreiben mehrmals, als könnte er nicht fassen, was da schwarz auf weiß stand. Er war ein kleiner Mann mit grauem Bürstenschnurrbart und dicken Tränensäcken. Auf seinem Schreibtisch standen sieben Telefone in einer Reihe, und in einer Büroecke war ein Feldbett samt Decke aufgestellt.

»Ich verstehe das nicht«, sagte er schließlich. »Was hat das überhaupt mit dem C. I. G. S. zu tun? Warum schickt er Sie? Weiß er nicht, wie überlastet wir sind?«

Wie zur Bestätigung klingelten zwei seiner Telefone gleichzeitig. Er hob beim ersten den Hörer ab und sagte: »Ja. Ja ... Noch mal ... ja. Jawohl.« Dann nahm er den zweiten Anruf entgegen, hörte kurz zu, sagte »Nein« und legte auf.

»Ich wurde nicht gefragt, Sir«, sagte Lysander versöhnlich. Dabei verfiel er in einen etwas näselnden, schleppenden Ton, der ihn leicht blasiert und flegelhaft wirken ließ. Ihm war bewusst, dass dieser Tonfall Osborne-Way noch mehr gegen ihn aufbringen würde, aber das war ihm egal – das hier war kein Beliebtheitswettbewerb. »Ich befolge lediglich Befehle. Für die Nachbereitung der Ergebnisse, die Sir Horace Edes Transportkommission erarbeitet hat, müssen noch ein paar Fragen geklärt werden. Und zwar recht bald, angesichts der bevorstehenden internationalen Konferenz.«

»Und wie können wir Ihnen in dieser Angelegenheit dienen?«, fragte Osborne-Way und gab Lysander das Schreiben zurück, als würde er sich sonst die Finger daran verbrennen.

»Ich hätte gern eine Liste sämtlicher Mitarbeiter dieser Abteilung, aus der die Aufgabenverteilung ersichtlich wird. Und ich wäre Ihnen sehr verbunden, wenn Sie alle Betroffenen davon unterrichten könnten, dass ich hier zu tun habe. Jeder Mitarbeiter soll von mir befragt werden. Je früher ich meine Arbeit beenden kann, desto früher sind Sie mich los.« Lysander lächelte. »Sir.«

»Gut.«

»Soviel ich weiß, wird mir hier ein Büro zugeteilt.«

Osborne-Way nahm einen der Telefonhörer ab und brüllte »Tremlett!« in die Sprechmuschel.

Sofort erschien ein Obergefreiter in der Tür. Er trug eine schwarze Augenklappe.

»Tremlett, das ist Leutnant Rief. Führen Sie ihn ins Zimmer 205.« Dann sagte Osborne-Way, an Lysander gerichtet: »Tremlett wird Ihnen alle Akten und anderen Unterlagen holen, die Sie benötigen, sowie jede Person, die Sie befragen möchten, außerdem wird er Sie mit Tee und Keksen versorgen. Guten Tag.« Er zog eine Schreibtischschublade auf und entnahm ihr diverse Papiere. Die Unterredung war beendet. Lysander folgte Tremlett durch den breiten Gang und um zwei Ecken.

»Schön, Sie an Bord zu haben, Sir«, sagte Tremlett, drehte sich um und bedachte ihn mit einem schiefen Lächeln. Unterhalb der Augenklappe regte sich kein Muskel. Er war jung, Anfang zwanzig, und sprach mit Londoner Akzent. »Ich bin unter der 11 zu erreichen. Klingeln Sie einfach durch, wenn Sie mich brauchen. Da wären wir, Sir.«

Er öffnete die Tür zu Zimmer 205, einer fensterlosen Besenkammer mit verdrecktem Oberlicht. Darin befanden sich ein Tisch, zwei Stühle und ein vorsintflutlicher Aktenschrank. Auf dem Tisch stand ein Telefon. Kein Raum, in dem man lange verweilen wollte, dachte Lysander.

»Was riecht denn hier so komisch?«, fragte er.

»Desinfektionsmittel, Sir. Oberstleutnant Osborne-Way war der Meinung, dass wir den Raum ordentlich schrubben sollten, bevor Sie herkommen.«

Lysander bat Tremlett, ihm die gewünschte Liste schnellstmöglich zu bringen, setzte sich und zündete sich eine Zigarette an. Das beißende Desinfektionsmittel brannte ihm in den Augen. Die Fronten waren abgesteckt – der Leiter der Verschickungsabteilung hatte einen Präventivschlag ausgeführt.

Für die Abteilung im vierten Stock waren siebenundzwanzig Mitarbeiter tätig, die eine Heerschar von Schreibkräften unterstützte. Fast alle Mitarbeiter waren Armeeoffiziere, die infolge von Verwundungen nicht mehr im Feld dienen konnten. Während Lysander die Namensliste durchging, fragte er sich: Wer von euch ist Andromeda? Wer von euch hat Manfred Glockner verschlüsselte Botschaften nach Genf geschickt? Wer hat Zugang zu diesen erstaunlich detaillierten Informationen? Wo steckst du, Andromeda? Etwa hinter dem kommissarischen Hauptmann J.C.T.Baillie (Royal Scots)? Oder dem kommissarischen Major S.A.M.M.Goodforth (Irish Guards)? Lysander blätterte weiter durch das Typoskript und überlegte, warum er ausgerechnet Andromeda als Decknamen für den Verräter gewählt hatte. Andromeda – ein schönes Mädchen, das, nackt und hilflos an einen Meeresfelsen geschmiedet, angsterfüllt auf das Erscheinen des Seeungeheuers Ketos wartet – entsprach nicht unbedingt dem Bild von einem Mann, der Landesverrat begeht. Ketos wäre vielleicht passender gewesen, aber Lysander gefiel die paradoxe Vorstellung, eine ungleich faszinierendere Andromeda aufzuspüren.

Wie schwierig sich die Suche gestalten würde, erkannte Lysander allerdings schon beim ersten Blick auf Osborne-Ways Liste. Er griff wahllos einen Namen heraus: Kommissarischer Hauptmann M.J.McCrimmon (Royal Sussex Regiment). Aufgabenbereiche: 1. Entsendung von Einheiten und Einzelpersonen nach Indien und Mesopotamien. 2. Interkolonialer Truppenaustausch. 3. Marinetruppentransport und Einzelüberfahrten von und nach Indien. Lysander suchte einen anderen heraus: Kommissarischer Major E.C.Lloyd-Russell (a.D. Special Reserve). Aufgabenbereiche: 1. Entsendung von Einheiten und Einzelpersonen von Indien nach Frankreich (Truppe A) und Ägypten (Truppe E). 2. Kontingent der Südafrikanischen Union. Entsendung von Arbeitscorps aus Südafrika und Indien nach Frankreich. 3. Kontrolle der Ausrüstungslieferungen aus den USA und Kanada in das Vereinigte Königreich. Dann gab es auch Major L.L.Eardley (Royal Engineers). Aufgabenbereiche: 1. Reisegenehmigungen und Regelwidrigkeiten. 2. Ausgabe von Bahnberechtigungsscheinen ohne anschließende Einschiffung. 3. Allgemeine Fragen, die

Bahnstrecken und Wasserstraßen innerhalb des Vereinigten Königreichs betreffen.

Und so ging es in einer Tour weiter. Lysander wurde leicht schwindlig, als er versuchte, diese Berge von Arbeit – »Aufgabenbereiche« – nachzuvollziehen. Er bat Tremlett um eine Kanne Tee und ein paar Kekse. Lysander kam sich vor wie ein Kind auf dem Dach einer riesigen Fabrik, das durch ein Oberlicht auf die gewaltigen Maschinen und unzähligen Menschen im Inneren blickte. Wer waren diese Leute? Was machten sie? Was wurde eigentlich erzeugt? All diese merkwürdigen Pflichten und Zuständigkeiten: Technischer Eisenbahndienst. Verwaltung Arbeitsdienst. Nutzung und Vermietung von Bahnliegenschaften. Schiffsstatistiken. Arbeitscorps nach Frankreich. Remonten nach Frankreich. Langstrecken-Lazarettschiffe. Ausrüstungsversendung zu Kriegsschauplätzen außerhalb Frankreichs. Bau von Nebengleisen ... Es wollte kein Ende nehmen. Und dabei war das nur eine Abteilung von vielen im Kriegsministerium, wo Tausende arbeiteten. Und es handelte sich bloß um eins der kriegführenden Länder. Eine Verschickungsabteilung gab es sicher auch in Frankreich, in Deutschland, in Russland, in Österreich-Ungarn ...

Je mehr Lysander sich bemühte, die gigantischen Auswüchse zu ermessen, die diese industrieartige Bürokratisierung der zivilisierten Welt nahm, stets im Hinblick auf das gleiche Ziel, nämlich die kriegführenden Armeen mit Nachschub zu versorgen, desto schwindliger wurde ihm. Welch herkulische Anstrengung, Millionen von Arbeitsstunden, die Tag für Tag, Woche für Woche, Monat für Monat darauf verwendet wurden. Als er sich dieses unfassbare tägliche Ringen vor Augen führte, war er bizarrerweise froh, das Frontleben am eigenen Leib erfahren zu haben. Möglicherweise wurden hier aus diesem Grund verwundete Soldaten anstelle von Staatsbeamten oder sonstigen Funktionären beschäftigt. Die kommissarischen Hauptmänner und Majore, die in der Verschickungsabteilung schalteten und walteten, kannten wenigstens die physischen, persönlichen Konsequenzen der »Ausrüstungslieferung«, die sie veranlassten.

Lysander dachte grimmig an seine eigenen Erfahrungen zurück. Als er die Mills-Granaten Nr. 5 in den Graben unterhalb des verfallenen Grabmals geworfen hatte, war damit auch die langwierige Reise dieser kleinen Bomben zu Ende gegangen – eine Reise, die weit durch Zeit und Raum zurückreichte, einer makabren, immer länger werdenden Kielspur gleich. Die Granaten hatten als Erz begonnen, das in Kanada abgebaut und nach England verschifft worden war, wo es verhüttet, gegossen, gedreht, gefüllt und in eine Schachtel verpackt wurde, unter der Bezeichnung »Ausrüstung, die vom Vereinigten Königreich nach Frankreich zu liefern ist«. Vielleicht waren in irgendeinem ländlichen Bahnhof in Nordfrankreich neue Nebengleise für den Zug gebaut worden, der diese Ausrüstung transportierte (und was musste wohl alles aufgeboten werden, um ein Nebengleis zu bauen?). Von dort aus waren die Granaten zu einem Munitionslager oder Depot gebracht worden, und zwar mit einem Lasttier, dessen Furage ebenfalls über Rouen und Le Havre angeliefert wurde. Danach hatten Soldaten die Munitionsschachteln durch vom »Arbeitscorps aus der Südafrikanischen Union« ausgehobene Laufgräben zur Front getragen. Und dann wurden diese Mills-Granaten Nr. 5 in den Tornister von Leutnant Lysander Rief gesteckt, der sie im Niemandsland in einen Verbindungsgraben unterhalb eines Grabmals warf, wo ein Mann mit schwarzem Schnurrbart und ein hellblonder Junge sie verzweifelt im Dunkeln suchten, inmitten der Trümmer, inständig hoffend und betend, dass sie aufgrund eines handwerklichen Fehlers oder Transportschadens nicht explodieren würden … Pech gehabt.

Lysander brach der Schweiß aus. Halt. Dieser Weg führt

zum Wahnsinn. Er dachte zunächst an die Spitze eines Eis-
bergs oder an eine umgedrehte Pyramide, aber dann fiel ihm
aus heiterem Himmel ein Bild ein, das sich viel besser zur
Veranschaulichung dieser Vorgänge eignete. Ein Winterlagerfeuer.

Er erinnerte sich, wie es zuweilen an eiskalten Wintertagen
war, wenn man ein Lagerfeuer anzündete und der Rauch
nicht richtig aufsteigen wollte. Der kleinste Windhauch
breitete ihn flächig über die Umgebung aus, als waagrechte
Rauchwolke, die langsam anwuchs und dicht über dem
Boden schwebte, ohne sich in höheren Sphären aufzulösen
wie an wärmeren Tagen. Auf ihn wirkten diese ungeheuren
Kriegsanstrengungen wie ein Winterlagerfeuer – ja, aber unter umgekehrten Vorzeichen. Als ballte sich die gewaltige
über dem Boden schwebende Rauchwolke an einem einzigen winzigen Punkt zusammen, um das wütend lodernde
Feuerchen zu nähren. Kilometerlange, breite Bahnen dichten Rauchs, die sich zusammenzogen und voll und ganz auf
die knisternden, flackernden kleinen Flammen ausrichte-
ten, die inmitten welken Laubs und abgestorbener Zweige
orangerot leuchteten.

Lysander verließ Zimmer 205. Auf seinem Gang durch die
Abteilungsflure begegnete er anderen Offizieren sowie einigen Schreibkräften. Niemand schenkte ihm Beachtung,
und überall war dieselbe Geräuschkulisse aus klingelnden
Telefonen und klappernden Schreibmaschinen zu vernehmen. Er spähte in einen Raum, dessen Tür halb offen stand,
und sah drei Offiziere, die hinter ihren Schreibtischen alle
gleichzeitig telefonierten. Zwei Sekretärinnen, die einander
gegenübersaßen, hämmerten auf ihre Schreibmaschinen
ein, als gälte es, ein Duell auszutragen. Als er die Treppe
hinunterging, fielen ihm die Schilder in den anderen Stock-
werken auf:

STRASSEN- UND SCHIENENVERKEHR
BINNENGEWÄSSERTRANSPORT (FRANKREICH)
GENERALINSPEKTEUR (ALLE GEBIETE)
IRISCHE EISENBAHN

Ziemlich erschlagen trat er auf das Embankment hinaus und atmete die dreckige Londoner Luft in tiefen Zügen ein. Er streckte sich, dehnte die Schultermuskeln, drehte den Kopf hin und her, um den Nacken zu entspannen. Angesichts der überwältigenden Größe der Aufgabe, die man ihm übertragen hatte, wäre er vor Mutlosigkeit fast in Tränen ausgebrochen. Wer zum Teufel war Andromeda? Und was würde passieren, wenn er den Mann erst gefunden hätte?

4
Ein bisschen Mut

W eißt du, was merkwürdig ist?«, sagte Hamo laut, um den Motor zu übertönen. »Normalerweise bin ich nie nervös, aber heute schon.«

Es war Sonntagvormittag, und sie fuhren im Turner-Zweisitzer Richtung Romney, um an Bonham Johnsons festlichem Mittagessen teilzunehmen.

»Das kenne ich.« Lysander beugte sich zu ihm und hielt sich die Hand trichterförmig um den Mund. »Als ich mich vor ein paar Tagen im Kriegsministerium vorstellen musste, ging es mir genauso. Wie am ersten Schultag.« Am Straßenrand blitzte ein Wegweiser auf: Fairfield, zwei Meilen. »Lass uns doch einen Zwischenstopp in einem Pub oder Hotel einlegen. Dann trinken wir uns ein bisschen Mut an.«

»Wunderbare Idee«, sagte Hamo. Er trug eine umgestülpte, eng anliegende Lederkappe und eine Fahrerbrille. Das Verdeck hatten sie heruntergeklappt, weil das Wetter so schön, wenn auch leicht windig war. Sie steckten beide in Wintermänteln, und Lysander hatte seinen Trilby mit einem Schal am Kopf festgebunden.

In Fairfield entdeckten sie ein kleines Pub, wo sie Whisky Soda bestellten.

»Ich habe einfach schreckliche Angst, dass mich einer dieser Literaten auf Shakespeare oder Milton anspricht«, sagte Hamo.

»Das wird keiner tun. Sie wollen doch dich kennenlernen. Du hast den *Verlorenen See* geschrieben. Darauf werden sie dich ansprechen – nicht auf Keats oder Wordsworth.«

»Ich wünschte, ich wäre so zuversichtlich wie du, mein Junge.«

»Hamo, du wurdest mit dem Victoriakreuz ausgezeichnet, verdammt. Und die sind bloß ein Haufen nichtsnutziger Schreiberlinge.«

»Aber ...«

»Kein Aber. Mach's so wie ich. Wenn es mir an Selbstsicherheit fehlt, täusche ich sie vor.«

»Ich will es versuchen. Dein Vater hätte mir denselben Rat erteilt. Weißt du was? Ein zweiter Whisky könnte mir dabei helfen.«

»Nur zu. Mir auch.«

Lysander blickte seinem Onkel hinterher, als er zum Tresen ging, und fühlte eine große Zuneigung. Er wirkte so schlank und aufrecht in seinem dunkelgrauen Anzug. Das Deckenlicht brach sich an seinem kahlen Schädel und versah ihn gleichsam mit einem Halo. Hamos Halo. Eine nette Vorstellung.

Das Haus von Bonham Johnson – Pondshill Place – war groß und eindrucksvoll, ein viktorianisches Gehöft aus rotem Backstein mit Terrakotta-Ornamenten und hohen Schornsteinen. An einer Seite befand sich ein breites Erkerfenster mit Blick auf den Terrassengarten, der sanft zu einem Spiegelteich hin abfiel. Der Teich war von gestutzten Buchsbaumobelisken umgeben. Auf der anderen Seite befand sich der Scheunen- und Stallkomplex, wo die Gäste ihre Wagen abstellen sollten. Ein Knecht winkte sie in den Hof, in dem bereits ein Dutzend Automobile in zwei ordentlichen Reihen parkten.

»Sehr gut«, sagte Hamo. »Wir sind bei Weitem nicht die einzigen Gäste. Ich kann mich in der Menge verstecken.«

Ein Butler öffnete ihnen die Tür und forderte sie auf, zum »Saloon« durchzugehen. Damit war das Wohnzimmer mit dem großen, geschwungenen Erkerfenster gemeint, in dem sich bereits an die zwanzig Menschen tummelten – alle sehr leger gekleidet, wie Lysander feststellte, froh, dass er einen Anzug aus leichtem Harris-Tweed gewählt hatte. Ihm fielen einige krawattenlose Männer und Frauen in grellbunt gemusterten Kleidern auf. Er flüsterte Hamo »Entspann dich!« zu, und sie nahmen sich beide ein Glas Sherry vom Tablett, das ihnen ein in Lysanders Augen auffallend hübsches Dienstmädchen reichte.

Bonham Johnson entpuppte sich als wohlbeleibter Mann mit länglichen, schütteren Haaren und einem grauen Spitzbart, der ihm einen leicht jakobinischen Anstrich verlieh. Nachdem er sich seinen Gästen vorgestellt hatte, ließ er eine wortreiche Lobeshymne auf *Afrikas verlorenen See* vom Stapel – »herausragend, einzigartig«. Selbst der hart gesottene Hamo musste sich von diesen schmeichelhaften Äußerungen erweichen lassen, und Lysander ließ gern zu, dass Johnson seinen Onkel entführte. Er hörte ihn noch fragen: »Kennen Sie Joseph Conrad? Nein? Sie würden sich blendend mit ihm verstehen.«

Lysander wandte sich wieder dem Dienstmädchen mit dem Tablett zu und nahm sich noch ein Glas Sherry.

»Wann wird das Mittagessen serviert?«, fragte er, während er das Mädchen eindringlich musterte. Sie war tatsächlich bildhübsch. Was für eine Vergeudung, dass sie Bonham Johnsons Gäste bediente.

»Gegen halb zwei, Sir. Es werden noch einige Gäste erwartet.«

»Meine Frage hört sich vielleicht seltsam an, aber haben Sie jemals daran gedacht –«

»Lysander?«

Als er sich umdrehte, erkannte er sie nicht auf Anhieb. Ihre Haare waren dunkler, kurz geschnitten, mit einem strengen geraden Pony über den Augenbrauen. Sie trug ein Jerseykleid mit einem Muster aus großen bunten Rauten –

Orange, Goldgelb, Zimtrot. Lysander zuckte unter dem Schock zusammen.

»Hettie ...«

»Ich bin so froh, dass du hier bist. Ich habe Bonham gesagt, dass man dich bestimmt über deinen Onkel ködern könne.« Sie reckte sich, um ihn auf die Wange zu küssen, und er roch wieder ihr Parfum, zum ersten Mal seit anderthalb Jahren. Nun kamen ihm die Tränen. Er schloss die Augen.

»Du steckst also dahinter ...«

»Ja. Ich musste einen Weg finden, dich wiederzusehen. Du bist mir doch nicht böse?«, fragte sie.

»Nein. Bin ich nicht.«

»Ist alles in Ordnung? Du bist auf einmal so blass.«

»Ist Lothar auch hier?«

»Nein, wo denkst du hin? Er ist in Österreich.«

Noch nie war Lysander einem solchen Wechselbad der Gefühle ausgesetzt gewesen.

»Können wir kurz vor die Tür gehen?«, brachte er mühsam hervor.

»Nein. Das würde Jagos Argwohn wecken. Es wird ihm ohnehin nicht gefallen, dass ich mich so lange mit dir unterhalte.«

»Wer ist Jago?«

»Mein Ehemann – Jago Lasry.«

Lysander ahnte, dass er mit diesem Namen eigentlich etwas verbinden müsste, aber er hatte noch nie von dem Mann gehört.

Hettie warf ihm einen süffisanten Blick zu.

»Tu doch nicht so. Jago Lasry, der Autor von *Crépuscules*. Na? Klingelt es jetzt bei dir? *Der blitzschnelle Blaufuchs und andere Erzählungen*. Sagt dir das nichts?«

»Seit der Krieg ausgebrochen ist, bin ich bei der Armee – vom Rest der Welt abgeschnitten.«

Als sie näher trat, wurde ihm wieder bewusst, wie klein

und zart sie war – ihr Scheitel reichte ihm gerade mal bis zur Brust. Sie senkte die Stimme.

»Beim Essen werde ich neben dir sitzen, aber wir müssen so tun, als ob wir uns nicht kennen – oder nur ganz flüchtig. Und ich werde nicht mehr Hettie genannt. Jetzt heiße ich Venora.«

»Venora?«

»Ein keltischer Name. Ich habe Hettie immer gehasst. In Wien ging es ja noch, aber hier ist das unvorstellbar. Hettie Lasry! Wie hört sich das an. Wir sehen uns bei Tisch.«

Noch immer zutiefst aufgewühlt, blickte Lysander ihr mit feuchten Augen hinterher, während sie sich ihren Weg durch die Gästeschar bahnte, um sich zu einem der krawattenlosen jungen Männer zu gesellen. Ein drahtiges Kerlchen, Ende zwanzig, schätzte Lysander, mit einem dunklen, ungleichmäßigen Bart. Er trug einen kastanienbraunen Cordanzug. Jago Lasry, der Autor von *Crépuscules*. Lysander sah, dass er sich den Hals nach ihm verrenkte. Also hatte Hettie / Venora dafür gesorgt, dass man ihn einlud … Er fragte sich, was sie wohl von ihm wollte, trank seinen Sherry aus und holte sich noch ein Glas.

Den Rest von Hetties Geschichte bekam er beim Mittagessen zu hören – in kleinen, unzusammenhängenden Häppchen, mit vielen Wiederholungen und Erläuterungen, die auf sein Drängen hin erfolgten. Er war entgeistert, als er erfuhr, dass sie schon seit Jahresbeginn in England lebte. Sie hatte Wien im November 1914 verlassen und war zunächst in die Schweiz gereist, bevor sie über Italien und Spanien in ihre Heimat zurückkehrte.

»Warum hast du Lothar nicht mitgenommen?«

»In Österreich ist es für ihn viel schöner. Er wohnt in Salzburg, bei einer Tante von Udo, und ist dort sehr glücklich.«

»Hast du ein Foto von ihm?«

»Ja, aber ... nicht hier. Jago weiß nichts von Lothar. Das bleibt also bitte unter uns, wenn du nichts dagegen hast.«

Kurz nach ihrer Rückkehr war sie Jago begegnet, und sie hatten im Mai geheiratet, wie sie Lysander berichtete (»Es war Liebe auf den allerersten Blick«). Zurzeit wohnten sie in Cornwall in einem Cottage, das Bonham Johnson gehörte. Lasry wurde Hettie zufolge von Johnson großzügig protegiert, der ihn allen möglichen Verlegern und Lektoren vorgestellt hatte und ihm bei Bedarf auch kleinere Summen vorstreckte. Lysander warf einen Blick auf Lasry, der ihm schräg gegenüber saß – ein hagerer Mann von leidenschaftlichem Ernst, der offenbar mit der gleichen konzentrierten Hingabe aß, mit der er sprach. Lysander vermutete, dass Bonham Johnson für seinen Schützling mehr als bloße Freundschaft empfand.

»Ich habe Jago erzählt, dass du und ich uns in Wien gelegentlich über den Weg gelaufen sind«, sagte Hettie. »Weil wir bei demselben Arzt in Behandlung waren. Nur für den Fall, dass er misstrauisch wird.«

»Weißt du eigentlich, dass Bensimon wieder in London ist? Er hat mir geschrieben.«

Hettie sah ihn auf diese befremdliche Art an, die nur ihr eigen war. Eine merkwürdige Mischung aus jäh erwachtem Interesse und unterschwelliger Aggression.

»Ist ja wie in guten alten Tagen.«

»Wie meinst du das?«

Sie wandte sich ab und bat ihren anderen Sitznachbarn, ihr das Salz zu reichen. Lysander spürte ihre Hand, die unter dem Tisch seinen Oberschenkel berührte und sich rasch zur Wölbung in seiner Hose vortastete. Sie packte seinen Penis unter dem Stoff fest an und streichelte ihn mit den Fingerspitzen. Lysander griff nach seinem Weinglas, um eine Art Halt zu finden – er befürchtete, in Ohnmacht zu fallen oder laut aufzuschreien. Sie ließ ihn wieder los.

»Ich muss dich sehen«, sagte er leise, ein wenig heiser, die Augen auf seinen Teller gerichtet, um ihren Blick zu meiden. Dabei schnitt er das Lammfleisch in winzige Stücke. »Ich wohne in London. In einem kleinen Hotel namens The White Palace. Sie haben Telefon.«

»Ich weiß nicht, ob ich so einfach nach London fahren kann. Aber ich will es versuchen.«

»Schick mir eine Postkarte. The White Palace Hotel, Pimlico, Südwest-London.«

Nun sahen sie sich beide an, und als er in diese etwas zu großen, durchscheinend hellen braungrünen Augen starrte, wurde ihm klar, dass diese Wiederbegegnung für ihn einen Wendepunkt darstellte. Er hatte das Gefühl, ganz bei sich zu sein, genau zu wissen, wer er war, was er brauchte, was er vom Leben wollte …

»Ich tue mein Bestes, versprochen«, sagte sie. »Könntest du mir vielleicht ein bisschen Geld borgen?«

»Erstaunlich netter Mensch, dieser Bonham Johnson«, bemerkte Hamo. »Dank ihm habe ich mich auf Anhieb wohlgefühlt. Weiß gar nicht, warum ich mich im Vorfeld so geziert habe. Ich konnte gleich sehen, dass er verzaubert ist.«

»Verzaubert?«

»Einer von uns.«

»Ach so.«

»Wofür hast du eigentlich diese zehn Pfund gebraucht?«, fragte Hamo, während er sich bückte, um den Turner anzukurbeln. »Ein Glück, dass ich so viel Bares dabeihatte.«

»Ich musste sie dieser Frau leihen, die ich dir vorgestellt habe. Venora Lasry.«

»Das nenne ich großzügig.« Hamo stieg in das nun sanft bebende Vehikel. »Einer Unbekannten so viel Geld zu überlassen.«

»Das war diejenige, welche, Hamo«, vertraute Lysander

ihm erleichtert an. »Das war Hettie Bull – die Mutter meines Sohnes.«

»Großer Gott!«

Sie fuhren vom Hof und dann über die flache, ausgedehnte Marschlandschaft auf die Hauptstraße nach Rye. Lysander beugte sich vor, um Hamo eine kurze Schilderung der Ereignisse ins Ohr zu brüllen. Kopfschüttelnd bekundete ihm Hamo seine Verwirrung und Anteilnahme.

»Was soll ich dazu sagen, mein lieber Junge. Ich werfe dir nichts vor. Ich weiß genau, was in dir vorgeht. *Le cœur a ses raisons.* So ist es nun mal!«

Während sie bei gleichbleibender Geschwindigkeit dahinrollten, schwand allmählich das Licht, und als sie sich der Küste näherten, erhaschten sie immer wieder einen Blick auf den Ärmelkanal. Die untergehende Sonne ließ das Meer schimmern wie gehämmertes Silber. Lysander war so euphorisch wie bang zumute. Die jüngste Begegnung mit Hettie hatte ihm wieder einmal bewusst gemacht, dass er unbestreitbar von ihr besessen war. War das nun wirklich Besessenheit – oder Liebe? Oder etwas Abgründigeres – reine Gier, eine Art Sucht?

Hamo und er saßen noch lange zusammen, unterhielten sich und tranken Whisky. Lysander nutzte die Gelegenheit, um Hetties Geschichte ausführlicher zu erzählen.

»Wirst du sie wiedersehen?«, fragte Hamo.

»Ja. Es muss sein.«

»Ob das so klug ist? Inzwischen ist sie doch verheiratet?«

»Es ist alles andere als klug. Aber ich kann nicht anders, Hamo. Ich bin ihr verfallen.«

»Das verstehe ich. Nur zu gut.«

Nach dem Mittagessen hatte Hettie ihn mit Jago Lasry bekannt gemacht, und Lysander war sich wie ein Verbrecher vorgekommen, so argwöhnisch und feindselig musterte ihn der andere. Hettie hakte sich bei ihrem Mann ein und versuchte, wie eine rundum glückliche Ehefrau zu wirken.

»Wir waren in Wien beide bei demselben Arzt in Behandlung«, erklärte Lysander, um diesem hitzigen kleinen Mann möglichst keine Angriffsfläche zu bieten.

»Beim selben Quacksalber, wollen Sie sagen.«

»So weit würde ich nicht gehen.«

»Wie weit würden Sie denn gehen, Mr Rief?«

»Mir hat Dr Bensimon mit seiner Therapie sehr geholfen. Er hat mein Leben verändert.«

»Venora hat er bloß mit Drogen vollgepumpt.«

»Freud hat auch Koka genommen. Er hat darüber ein Buch geschrieben.«

Daraufhin entbrannte zwischen ihnen eine kurze, heftige Diskussion über die Defizite Sigmund Freuds und des Freudianismus. Lysander fühlte sich zunehmend überfordert, als Lasry von Carl Jung und dem IV. Internationalen Psychoanalytischen Kongress anfing, der 1913 in München stattgefunden hatte, Themen, die Lysander völlig fremd waren. Insgeheim versuchte er, Lasrys Akzent zu orten – Mittelengland, dachte er, die Kohlenreviere von Nottingham, doch bevor er darüber Gewissheit erlangen konnte, nahm Johnson Lasry beiseite, um ihm den Herausgeber der *English Review* vorzustellen. Lysander blieb ausgelaugt zurück.

»Ich sollte ihm lieber folgen«, sagte Hettie. »Du hast ihn offensichtlich schwer verstimmt.«

»Warum bist du nicht gleich zu mir gekommen, als du wieder in England warst?«, fragte Lysander, der sich auf einmal gekränkt und verletzt fühlte.

»Ich dachte, das hätte keinen Sinn. Ich dachte, du würdest mir die Sache mit Lothar niemals vergeben. Und das mit der Polizei. Und alles andere.«

Lysander dachte daran, was er Hetties wegen in Wien alles hatte erdulden müssen, und plötzlich kamen seine ganze Wut und Enttäuschung wieder hoch. Er fragte sich, warum er den rasenden Zorn, den Hettie regelmäßig in ihm auslöste, nicht aufrechterhalten konnte. Was hatte sie nur an sich? Wie konnte sie ihm so schnell den Wind wieder aus den Segeln nehmen?

»Ich vergebe dir«, sagte er matt. »Komm mich in London besuchen. Bitte. Dann wird sich alles klären.«

Wie hatte er das bloß gemeint?, überlegte Lysander, als er am späten Abend in sein Zimmer hinaufging, benebelt und betäubt vom vielen Whisky, den er getrunken, und vom Gefühlsaufruhr, der ihn den ganzen Tag gepeinigt hatte. Als er sich auszog, fiel ihm ein, dass die Jagd nach Andromeda am nächsten Morgen ernsthaft losgehen sollte. Vor lauter Trunkenheit kam ihm der Gedanke, dass er der echten Andromeda in einem Haus in Romney, inmitten der Marschen, bereits wieder begegnet war, in ihrer ganzen aufdringlichen Schönheit.

Zufall? Gab es eine Verbindung zwischen Wien und der Andromeda-Sache?, fragte er sich schläfrig. Wenn Hettie ihn nicht der Vergewaltigung bezichtigt, wenn er Munro nicht über die Botschaft kontaktiert, wenn er seine eigene Flucht nicht so kunstvoll geplant und ausgeführt hätte, würde sein Leben nun ganz anders verlaufen. Aber wozu Rückschau halten? Sie zeigte doch nur die vielen verschiedenen Wendungen, die das Leben eines Einzelnen nimmt, die genutzten und verpatzten Gelegenheiten, die Willkür von Glück und Pech. Dennoch ließen ihm diese und andere Fragen die ganze Nacht keine Ruhe, während er sich im Bett hin und her wälzte, die Kissen umdrehte und ausklopfte, die Fenster öffnete und wieder schloss, darauf wartend, dass die Sonne aufging. Er brachte eine Stunde Schlaf zustande und war bei Morgenanbruch auf den Beinen, gestiefelt und gespornt, um am Gasthof von Winchelsea einen Pferdewagen zu besteigen und sich nach Rye kutschieren zu lassen. Montag, der 27. September 1915. Die Jagd hatte begonnen.

5

Autobiographische Untersuchungen

Heute Morgen habe ich mir auf dem Weg zur Arbeit eine Zeitung gekauft. »Durchschlagende Offensive in Loos«; »Feind weicht vor unserer Geheimwaffe zurück«; »Trotz schwerer Verluste entscheidende Vorstöße an der ganzen Front«. Die hurrapatriotischen Worthülsen des Militärjournalismus. Begonnen hatte die Offensive an diesem Wochenende, während ich in Winchelsea und später bei Bonham Johnsons Geburtstagsessen war, am Sherry nippte, mich von Hettie unter dem Tisch berühren ließ und mit ihrem unausstehlichen Gatten über Freud stritt. Hier sieht man allerdings viele lange Gesichter. Gerade in unserer Abteilung erfährt man schnell, wann die Lazarettzüge ausgelastet sind. Man hatte für 40 000 Verwundete vorgesorgt, und es zeigt sich schon jetzt, dass das bei Weitem nicht reicht. Es hatte an schwerer Artillerie gefehlt, die Munitionslager waren nicht rechtzeitig aufgefüllt worden. Und die Wirksamkeit unserer Giftgaswolke scheint sehr begrenzt gewesen zu sein – Beschwerden zufolge verharrte sie über dem Niemandsland oder schwebte sogar zu unseren Gräben zurück, wo sie unsere eigenen Leute blendete und verwirrte, während sie sich auf den Angriff vorbereiteten. Für kräftigen Westwind hatte die Verschickungsabteilung leider nicht sorgen können.

Während ich Osborne-Ways Liste durchgehe, wird mir schnell klar, dass die meisten Offiziere in dieser Abteilung sicher keinen Zugang zu allen Informationen haben, die in den Glockner-Briefen enthalten waren. Trotzdem habe ich aus taktischen Gründen beschlossen, ausnahmslos alle zu befragen – ich möchte mich nicht auf einzelne Gruppen beschränken und dadurch Verdacht erregen. Andromeda, wer es auch sei, darf auf keinen Fall durch diese Untersuchung beunruhigt werden, die offiziell der Nachbereitung von Sir Horace Edes Transportkommission dient. Also habe ich Tremlett kommen lassen und ihm die komplette Liste in die Hand gedrückt, damit er mit allen Termine vereinbart. Ich werde mit einem gewissen Major H. B. O'Terence beginnen, der für »Reisegenehmigungen zu Land. Verwandtenbesuche bei Verwundeten in Krankenhäusern auf französischem Boden« zuständig ist. Er wird in den nächsten Tagen und Wochen eine Menge zu tun bekommen – darum sollte ich ihn möglichst als Ersten befragen.

Das Wiedersehen mit Hettie hat mich völlig aus der Bahn geworfen. Im Handumdrehen verspürte ich die gleiche sexuelle Anziehung wie früher. Dieses unfassbare Verlangen. Ich sah sie erneut nackt vor mir, dachte an unsere gemeinsamen Tage und Nächte. Die Verwirrung und die widersprüchlichen Gefühle, die sie stets bei mir ausgelöst hatte, sind sofort zurück. Venora Lasry – kaum zu glauben. Und was ist mit Lothar? Dein Sohn, dein kleiner Junge. Auch hier wechseln meine Gefühle ständig. Zunächst kommt er mir unwirklich vor, wie ein reines Produkt meiner Phantasie, eine Erfindung – und dann denke ich an diesen kleinen Jungen, fast noch ein Baby, der bei Udo Hoffs Tante in einem Vorort von Salzburg lebt. Ob Hettie ihn vermisst? Warum will sie ihrem neuen Mann partout nicht erzählen, dass er einen Stiefsohn hat? Ich habe mir Lasrys Gedichtband gekauft, *Crépuscules*. In erster Linie modernistischer Unsinn. Er zeigt mir, wie verführerisch und gefährlich der freie Vers ist – er verleitet einen schnell dazu, manieriert und kryptisch zu werden. Meiner Meinung nach schießt Lasry oft übers Ziel hinaus. Ich hingegen bemühe mich um Genauigkeit.

SIEBTES CAPRICCIO IN PIMLICO

Der junge Morgen erschuf sich selbst
Und warf über die Schulter einen Blick
Auf seine Schöpfung.

Abfall, Plunder, Scherben und einen Tick
Grünes England, unbesudelt, reine
Schönheit. Sieh nur den Reigen:
Die Mädchen steigen empor,
Die Jungen fallen um.
Die Piccadilly Line nehmen,
Am Leicester Square tropische Luft
Atmen, sich locken und betören lassen.
Irre ich mitternachts durch die Straßen,
Täuschen die Gaslaternen strahlend
Mir den Sonnenaufgang vor.

Les colombes de ma cousine
Pleurent comme une enfant.

Ich habe Tremlett gebeten, mir einen Gefallen zu tun und die Verlustlisten der Manchester Fusiliers nach einem Leutnant Gorlice-Law und einem Feldwebel Foley durchzusehen. Tremlett kehrte mit der Nachricht zurück, dass Leutnant Gorlice-Law am 27. Juni seinen Verwundungen erlegen war und ein Feldwebel namens Foley in Stoke Newington im Krankenhaus lag. »Ist wohl erblindet, Sir«, sagte Tremlett und deutete auf seine Augenklappe. »Jedenfalls hat man mir dort den Glubscher entfernt.« Gorlice-Law war also

einen Tag nach unserem Streifzug im Niemandsland gestorben ... Ich denke, ich sollte Foley besuchen und herausfinden, was genau in jener Nacht passiert ist, nachdem
ich fortgerobbt bin und sie zurückgelassen habe. Ich werde
von Schuldgefühlen heimgesucht, die sich nicht ohne Weiteres verscheuchen lassen. War es wirklich meine Schuld?
Nein, du Schwachkopf. Man hatte dir befohlen, diesen Verbindungsgraben zu bombardieren, als Ablenkungsmanöver.
Danach haben Mars und Fortuna das Zepter übernommen,
und du warst ihren unberechenbaren Launen ebenso hilflos
ausgeliefert wie jeder andere der abertausend Soldaten, die
einander auf beiden Seiten der Front gegenüberstanden.

6

Unwahrscheinliche Verdächtige

Die folgenden drei Tage führte Lysander seine Befragung der Offiziere im beengten, aseptischen Umfeld von Zimmer 205 aus. Dabei schlug er stets den Ton langweiliger Routine und entschuldigender Höflichkeit an – niemand sollte das leiseste Misstrauen hegen. Er bat die Betroffenen um Verständnis – ihm sei durchaus bewusst, dass er kostbare Zeit beanspruche – und bemühte sich um größtmögliche Liebenswürdigkeit, aber die Offiziere begegneten ihm alle mit Argwohn und Verärgerung, zuweilen sogar mit Geringschätzung. Osborne-Way hatte offensichtlich den Boden bereitet.

Nach Abschluss der Befragungen hielt Lysander sechs Namen auf seiner Liste fest, darunter auch den des Abteilungsleiters. Jeder dieser Männer war theoretisch in der Lage, die spezifischen Informationen weiterzugeben, die in den Glockner-Briefen enthalten waren. Vier von ihnen waren für die »Verschickung und Überwachung von Kriegsmaterial und Ausrüstung nach Frankreich« zuständig. Einer war mit der allgemeinen Hafenkontrolle befasst, ein anderer mit dem Eisenbahnmaterial – »Panzerzüge, Schotter, Nutzholz, Schlacke und Kohle«. Einer zählte zu den wenigen Zivilisten der Abteilung und kümmerte sich ausschließlich um die Erstellung von Schiffsstatistiken – was bedeutete, dass sämtliche Fakten und Zahlen auf seinem Schreibtisch landeten. Abgesehen von Osborne-Way (ein unwahrscheinlicher Verdächtiger, den Lysander aber keineswegs verwerfen wollte – je unwahrscheinlicher, desto verdächtiger), erregten zwei Männer sein besonderes Interesse: ein gewisser Major Mansfield Keogh (Royal Irish Regiment), stellvertretender Abteilungsleiter, die Nummer zwei nach Osborne-Way, sowie Hauptmann Christian Vandenbrook (King's Royal Rifle Corps), der den »Versand von Munition, Artillerie, Nachschub und Pionierausrüstung nach Frankreich« verantwortete.

Im Prinzip erlosch die Zuständigkeit der Verschickungsabteilung, sobald die Ausrüstung in Le Havre, Rouen oder Calais angekommen war; dann ging sie auf den Stab des Generalsquartiersmeisters im Hauptquartier in Saint Omer über. Doch in der Praxis ergaben sich immer wieder Probleme – Züge verschwanden, die Munition landete im falschen Depot, Schiffe wurden im Ärmelkanal versenkt. Lysander fand es bezeichnend, dass sowohl Keogh als auch Vandenbrook 1915 beide unabhängig voneinander nach Frankreich gereist waren, und zwar drei Mal (Osborne-Way war zwei Mal dort gewesen), um sich mit dem Leiter der Abteilung für Bahntransporte sowie seinem Personal abzustimmen und den Bau von Verschiebebahnhöfen und Nebengleisen zu überwachen. Ideale Gelegenheiten, um alles in Erfahrung zu bringen, was die Glockner-Briefe preisgaben.

Keogh war ein stiller, ernster, tüchtiger Mann, den ein privater Kummer zu bedrücken schien. Trotz seiner Höflichkeit und Auskunftsbereitschaft hatte Lysander das Gefühl, dass er in dessen Augen ein Nichts war – eine summende Fliege, ein Fetzen Papier, ein welkes Blatt auf dem Bürgersteig. Keogh sah ihn ausdruckslos an. Im Gegensatz dazu entpuppte sich Vandenbrook als der zugänglichste und freundlichste aller Befragten. Er war klein und schlank, ein gut aussehender Mann mit ebenmäßigen Zügen und einem hellen, schneidig gezwirbelten Schnurrbart. Seine Zähne – er lächelte gern und oft – wirkten auf Lysander fast unnatürlich weiß. Vandenbrook war der Einzige, der an ihm Interesse zeigte und sich offenbar gern daran erinnerte, dass er Leutnant Rief vor dem Krieg im Theater gesehen hatte. In der Abteilung war sein Vorleben allgemein bekannt, wie Lysander wusste – mehr als einmal hatte er mitbekommen, wie Osborne-Way ihn als »diesen verfluchten Bühnenheini« bezeichnete –, aber niemand außer Vandenbrook wollte das offen und vorurteilsfrei anerkennen. Damit gewann er Lysanders Sympathie.

Dass Keogh und Vandenbrook mehrfach nach Frankreich gereist waren, hatte Lysander dem Kriegstagebuch der Abteilungsleitung entnommen. Tremlett beschaffte ihm den Ordner, in dem sämtliche »Reisegenehmigungen zu Land« aufgeführt waren. Keogh war für den Hafen von Dover zuständig, Vandenbrook für Folkestone. Beide fuhren alle paar Tage in die jeweilige Hafenstadt, wo die Abteilung Zweigstellen unterhielt, und ihre Reisekosten – Zugfahrkarten, Hotelübernachtungen, Taxifahrten, Gepäckträger, Mahlzeiten und Getränke – wurden registriert, kopiert und abgeheftet. Lysander beschloss, Keogh als Ersten zu durchleuchten, danach Vandenbrook und als Letzten Osborne-Way. Das höchste Tier zum Schluss.

Als Lysander Keogh aus dem Gebäude treten sah, folgte er ihm zum Charing Cross, aus sicherer Entfernung, obwohl er kaum Gefahr lief, erkannt zu werden. Lysander trug einen falschen Schnurrbart, einen Bowlerhut und eine Aktentasche. Er hatte einen alten dunklen Anzug herausgesucht und die Ärmel so justiert, dass seine ausgefransten Pappmanschetten hervorlugten, er hoffte, auf diese Weise genauso auszusehen wie die tausend kleinen Beamten, die am Ende des Werktages aus den großen Staatsministerien in Whitehall strömten und die Heimfahrt mit öffentlichen Verkehrsmitteln antraten – mit Bus und Zug, Tram und

Untergrundbahn. An der Charing Cross Station stieg er hinter Keogh in die U-Bahn ein und nahm am anderen Ende des Wagens Platz. Sie fuhren mit der District Line über die Themse nach East Putney. Dort beobachtete Lysander, wie Keogh die Upper Richmond Road hinaufstapfte und dann in eine Straße mit Doppelhäusern aus Backstein einbog. Keogh betrat die Nummer 26. Lysander konnte leises Hundebellen hören, dem schnell Einhalt geboten wurde. Ihm fiel auf, dass sämtliche Rollläden heruntergelassen waren. Dabei war es immer noch hell – vielleicht handelte es sich um einen der wenigen Londoner Haushalte, die eine ordentliche Verdunkelung zum Schutz vor den Zeppelin-Luftangriffen einhielten, auch wenn das bei nachlässigen Nachbarn nicht viel nützte. Ein familiärer Todesfall?

Lysander sah auf der anderen Seite eine Frau mit Kinderwagen, rasch überquerte er die Straße und holte sie ein. Mit leichtem Cockney-Einschlag fragte er sie, in welchem Haus Mr und Mrs Keogh wohnten.

»Hab wohl an die falsche Tür geklopft, Missus.«

»Bei der Nummer 26 sind Sie goldrichtig. Fragen Sie aber bloß nicht nach Mrs Keogh«, sagte die Frau.

»Warum nicht?«

»Weil sie vor zwei Monaten gestorben ist. Diphtherie. Ein furchtbares Unglück. Jammerschade um die junge Frau. Sie war so nett. Und so schön.«

Lysander bedankte sich und ging. Keogh war also erst kürzlich verwitwet – das erklärte seinen leeren, stumpfen Blick. Aber war er damit entlastet? Oder konnte der sinnlose Tod einer schönen jungen Frau zu blinder Zerstörungswut führen? Er würde sich noch etwas eingehender mit Major Keogh befassen. Doch zuvor wollte er sich Hauptmann Christian Vandenbrook widmen.

Vandenbrook war so wohlhabend, dass er sich stets nach Hause chauffieren ließ. Am späten Nachmittag lauerte Lysander ihm vom Rücksitz eines Taxis aus auf. Er wartete, bis Vandenbrook seinerseits ein Taxi anhielt, und folgte ihm zu seinem Klub in St. James. Zwei Stunden später trat Vandenbrook wieder heraus, winkte das nächste Taxi herbei und wurde nach Knightsbridge gefahren, zu einem großen weißen Haus mit Stuckfassade, das sich in einem eleganten Bogen von der Brompton Road absetzte. Eine auffallend gute Adresse für einen Hauptmann des King's Royal Rifle Corps.

Lysander schickte sein Taxi weg und schritt die Straße mit den mondsichelförmig angeordneten, stattlichen Häusern ab. Ein Blick durch eines der Fenster zeigte ihm, wie Vandenbrook ein Whiskyglas aus geschliffenem Kristall vom Silbertablett nahm, das ihm ein Butler reichte. Personal konnte er sich also auch leisten. Zwanzig Minuten später fuhr ein anderes Taxi vor, dem ein Paar in Abendkleidung entstieg. Lysander kehrte in sein kleines Hotel in Pimlico zurück, nachdem er zu dem Schluss gekommen war, dass ein Mann, der so offenkundig privilegiert war wie Vandenbrook, keinen Grund hatte, Landesverrat zu begehen. Nun würde er sich Osborne-Way vorknöpfen.

Im Hotel erwartete ihn eine Postkarte aus St. Austell, Cornwall, mit der Nachricht: »Komme Freitagabend an. Habe ein Zimmer im White Palace, Pimlico, gebucht. Venora.«

Tremlett brachte ihm erneut den Ordner mit den »Reisegenehmigungen zu Land« und blieb in Erwartung weiterer Befehle neben dem Schreibtisch stehen, während Lysander den Ordner durchblätterte.

»Für Oberstleutnant Osborne-Way liegen keine Reisekostenabrechnungen vor?«

»Nein, Sir. Seine schickt er direkt dem Kriegsministerium.

Er gehörte dem Generalstab an, bevor er zeitweilig hierher versetzt wurde.«

»Seltsam. Können wir sie dort anfordern?«

Tremlett schnalzte mit der Zunge.

»Wir können es versuchen, aber es wird wohl dauern. Und wahrscheinlich müssen Sie dafür selbst mit Ihrem magischen Passierschein wedeln.«

»Danke, Tremlett. Das wäre vorerst alles.«

Lysander sah Keoghs Abrechnungen durch und notierte sich, wann er in den letzten Monaten nach Dover gefahren war. Als er die Daten mit Vandenbrooks Reiseterminen abglich, stellte er fest, dass die Tage nur manchmal übereinstimmten. Dabei fiel ihm auf, dass Vandenbrook höchst selten in Folkestone übernachtete – seine Belege wiesen Hotels in Deal, Hastings, Sandwich, Hythe und einmal in Rye auf. Vielleicht versucht er zwischendurch immer, eine Runde Golf zu spielen, mutmaßte Lysander, oder er sucht nach Feierabend etwas Abstand von der Abteilung und ihrer Zweigstelle. Kluger Mann.

Es klopfte. Lysander stellte die Champagnerflasche wieder in den Eiskübel, ging so gefasst wie möglich zur Tür und öffnete sie. Vor ihm stand Hettie, lächelnd, als wäre diese Zusammenkunft das Natürlichste und Normalste der Welt.

»Was hast du dir nur für ein komisches kleines Hotel ausgesucht«, sagte sie beim Eintreten. »Mein Zimmer ist winzig.« Als Lysander die Tür schloss, hatte er das Gefühl, mit warmer, rauer Wolle ausgestopft zu sein – er konnte kaum atmen und brachte kein einziges Wort zustande. Seine Knie waren so weich, dass er fast umgefallen wäre.

»Willst du mir keinen Kuss geben?«, fragte Hettie. Sie nahm ihren Hut ab und schleuderte ihn auf einen Sessel. »Weg mit den Kleidern – dann können wir von mir aus gern Champagner trinken.«

»Hettie, um Himmels willen –«

»Komm schon, Lysander. Wer als Erster fertig ist.«

Sie küssten sich lange und innig. Und nachdem sie sich beide ausgezogen hatten, schenkte Lysander den Champagner ein. Ihm war nicht entgangen, dass Hettie ihre Seidenstrümpfe und hochhackigen Schuhe anbehalten hatte, genau wie den Schmuck. Jettperlen um den Hals, unzählige Elfenbeinreifen am Arm.

»Was tun wir da?«, fragte er mit schwacher Stimme. »Warum muss es so ablaufen?«

»Weil ich dich kenne, Lysander. Weißt du noch?« Es klang fast, als wollte sie ihn schelten. »Weil ich genau weiß, was dir gefällt.« Ganz unbefangen spazierte sie im Zimmer herum und prüfte, ob die Vorhänge ganz zugezogen waren. »Findest du das nicht aufregend? In einem Hotel in Pimlico nackt Champagner zu trinken ...« Sie blickte nach unten. »Mir scheint, die Antwort ist Ja.«

Hettie trat auf ihn zu. Er strich ihr sanft über die Brüste und schloss sie in die Arme. Am liebsten hätte er geweint, als würde sich hier, in diesem bescheidenen Zimmer, seine Bestimmung erfüllen: Hettie endlich wieder in den Armen zu halten. Das war ja das Problem, oder vielmehr sein Problem mit ihr – keine andere Frau konnte ihm das geben, was Hettie ihm gab. Keine andere löste ein solches Verlangen in ihm aus.

Hettie küsste ihn auf die Brust und presste sich mit ihrem kleinen Leib an ihn. »Du hast mir gefehlt«, flüsterte sie. Dann führte sie ihn zum Bett.

7

Das Dene Hotel in Hythe

Seit Ende 1914 unterhielt die Verschickungsabteilung Zweigstellen in Dover und Folkestone, um die Verladung und Beförderung der Millionen Tonnen von Ausrüstung, die wöchentlich nach Frankreich verschifft wurden, besser beaufsichtigen zu können. Das Personal bestand überwiegend aus ehemaligen Beamten der Hafenbehörde und Bürokräften, allerdings fuhren Keogh und Vandenbrook regelmäßig hin, um die Arbeit der jeweiligen Zweigstelle zu überprüfen oder, was häufiger der Fall war, Probleme zu lösen.

Am Montag las Lysander im jüngsten Abteilungsbericht, dass zwei Frachter im Ärmelkanal kollidiert waren, einer war infolgedessen gesunken, was mit dem Verlust von »600 schwarzen Arbeitscorpssoldaten (ca.)« einherging. Am Rand hatte Osborne-Way mit seiner kleinen, schwer lesbaren Schuljungenschrift vermerkt: »Hauptmann VdenB. zur Kenntnis«. Lysander bat Tremlett, sich nach Vandenbrooks Verbleib zu erkundigen, und erfuhr, dass der Hauptmann am Morgen nicht erschienen, sondern gleich nach Folkestone gefahren war, »um die katastrophale Lage zu sondieren«.

Lysander ließ sich von Tremlett einen Eisenbahnpass besorgen und bestieg noch am Vormittag einen Zug, der vom Victoria-Bahnhof aus Richtung Küste fuhr. In Folkestone verhandelte er so lange mit einem Taxifahrer, bis dieser sich widerwillig bereit erklärte, ihm für fünf Pfund in bar bis Mitternacht zur Verfügung zu stehen. Lysander musste an die Soldaten denken, die pro Tag 18 Pennies erhielten, dafür, dass sie in den Schützengräben eine ganz besondere Art von Plackerei auf sich nahmen. Er musste aber beweglich bleiben – er ahnte, dass Vandenbrook nicht in Folkestone übernachten würde.

Er forderte den Fahrer auf, ein kleines Stück oberhalb der Zweigstelle an der Marine Parade zu parken, und wartete dann ab. Wie sich herausstellte, musste er lange warten, denn Vandenbrook verließ das Gebäude erst um 19 Uhr. Er wurde von einem Wagen abgeholt, der ihn stadtauswärts Richtung Westen fuhr, über die Küstenhauptstraße nach Hythe. Dort wurde Vandenbrook vor dem Eingang des Dene Hotels abgesetzt – ein gepflegtes, zweistöckiges Backsteinhaus mit Garage und modernem Anbau an der Rückseite, direkt an der Hauptstraße gelegen, am Fuß des Hügels, der zu St. Leonard führte, Hythes bedeutendster Kirche. Der Wagen fuhr weg, vermutlich zurück nach Folkestone. Lysander ließ fünf Minuten verstreichen, bevor er Vandenbrook ins Hotel folgte.

Die Lobby war mit einer niedrigen Balkendecke und Türen versehen, die zu einer eleganten Bar und einem Speisezimmer führten. Eine schöne Eichentreppe schwang sich zu den Gästezimmern im ersten Stock empor. Bestimmt weitaus komfortabler als das Commercial Hotel in Folkestone, wo die auswärtigen Mitarbeiter normalerweise abstiegen. An der Rezeption stand eine Vase mit frischen Blumen, neben dem Speisezimmer hing eine Karte, die Lysander in Augenschein nahm. Eine einfache, aber klassische Auswahl englischer Gerichte – Braten, Lammrücken, pikante Hammelnierchen, Seezunge. Plötzlich bekam er Hunger. Kein Wunder, dass Vandenbrook sich seine Unterkunft lieber selbst aussuchte.

Lysander ging in die Bar und setzte sich so, dass er die Lobby durch die Glastür im Auge behalten konnte. Er bestellte einen Whisky Soda und begann zu warten. Wenn Vandenbrook zum Abendessen herunterkam, würde er sich zu erkennen geben, sie würden beide herzhaft lachen, und er könnte wenigstens eine ordentliche Mahlzeit zu sich nehmen, bevor er in den letzten Zug nach London sprang.

Er nippte an seinem Whisky und zündete sich eine Zigarette an. Dabei kehrte er in Gedanken unweigerlich zu Hettie zurück. Sie könne nur über Nacht bleiben, hatte sie erklärt, weil sie am nächsten Tag Lasry in Brighton treffen sollte, wo sie sich nach einer neuen Bleibe umsehen wollten – im fernen Cornwall wurde es ihnen allmählich langweilig, und Bonham Johnson drängte sie, in die Nähe von London zu ziehen. Hettie hatte Lysander versprochen, wiederzukommen und länger zu bleiben, sobald ihr eine Ausrede einfiel, die ihren misstrauischen Gatten zufriedenstellen würde. Lysander dachte daran, ein kleines Apartment in einem zentral gelegenen Wohnhaus zu mieten, wo sie ungestört zusammen sein könnten. Er war des Hotellebens ohnehin überdrüssig, und es war nicht abzusehen, wie lange er noch in der Verschickungsabteilung auf der Suche nach Andromeda ausharren musste. Die Aussicht, Osborne-Way auf Herz und Nieren zu prüfen, erfüllte ihn nicht gerade mit Freude. Er würde höllisch aufpassen müssen, um sich nicht zu –

Seine Mutter hatte soeben das Hotel betreten.

Lysanders erster Impuls war, in die Lobby zu stürzen und sie zu überraschen, doch irgendetwas brachte ihn dazu, stattdessen tiefer in seinen Sessel zu rutschen. Sie trug einen Pelzmantel und einen dieser neumodischen kleinen Hüte. Nachdem sie kurz mit dem Rezeptionisten gesprochen hatte, wurde ein Page gerufen. Gepäck? Würde sie etwa über Nacht bleiben? Der Oberkellner trat in die Lobby und begrüßte sie unterwürfig. Also war sie nicht zum ersten Mal hier … Sie verschwand im Speisezimmer.

Wie gern hätte Lysander das als einen der vielen Zufälle abgetan, die das Leben ausmachen. Zufälle ereigneten sich am laufenden Band, oft waren sie so erstaunlich, dass sie selbst den absurdesten Schwank in den Schatten stellten. Doch das hier fiel in eine andere Kategorie – Lysander konnte förmlich spüren, dass die Umlaufbahnen von Vandenbrook, Rief und Anna, Lady Faulkner, sich nicht zufällig kreuzten. Da sah er Vandenbrook die Treppe hinabkommen, mit einer Zigarette in der Hand, und in das Speisezimmer gehen. Lysander wusste auf Anhieb, dass der Hauptmann sich zu seiner Mutter setzen würde, dass dieses Treffen geplant war, doch bevor er dafür den »Augenbeweis« suchte, wollte er noch ein paar Minuten warten. Er verließ die Bar und gab vor, den Stadtplan von Hythe zu studieren, der praktischerweise rechts neben dem Speisezimmer ausgehängt war. Die Tür stand halb offen, sodass er hineinspähen konnte. Er sah einen Kamin und ein Dutzend Tische, von denen die Hälfte besetzt war. Und er sah seine Mutte in der Ecke sitzen, gerade wurde ihr vom Sommelier ein Glas Wein serviert. Ihr gegenüber saß tatsächlich Christian Vandenbrook. Die beiden prosteten einander zu, offenbar kannten sie sich gut. Während sie plauderten und die Speisekarte konsultierten, erkannte Lysander, dass sie all die abgenutzten Finten und konventionellen Masken und lächerlichen Tricks einsetzten, mit denen ein heimliches Liebespaar die Öffentlichkeit zu täuschen versucht.

8

Des Oberstleutnants Daimler

Ich brauche einen Wagen, Tremlett«, sagte Lysander. »Ich muss die ganze Südostküste abfahren. Gibt es abteilungseigene Fahrzeuge?«

»Da wäre das Automobil von Oberstleutnant Osborne-Way, Sir. Ein Daimler. Steht oft wochenlang in der Garage herum.«

»Genau das Richtige.«

»Dafür müssen wir aber sicher Ihren magischen Schein vorweisen, Sir.«

Das Auto war ein großer Siebensitzer, schwarz und weinrot, Baujahr 1914, den der Direktor einer Leipziger Chemiefabrik bei den Daimler-Werken in Coventry bestellt und auch gleich bezahlt hatte. Bevor der Daimler nach Deutschland verschifft werden konnte, wurde er bei Kriegsausbruch von den Behörden beschlagnahmt. Wieso Osborne-Way ihn als Dienstwagen nutzen durfte, war allerdings ein Rätsel. Lysander kam er wie gerufen, und Tremlett bot sich sofort voller Begeisterung als Chauffeur an. Mit Kopien aller relevanten Reiseanträge und Abrechnungen ausgerüstet, brachen sie – wobei Lysander sich wie ein Grandseigneur auf der mit senfgelbem Ziegenleder bezogenen Rückbank niederließ – am nächsten Tag zu einer Tour sämtlicher Hotels an den Küsten von Kent und Sussex auf, in denen Christian Vandenbrook abzusteigen beliebte.

Eine Übernachtung in Ramsgate erwies sich als Niete, aber Sandwich, Deal und Hythe passten alle in das Muster.

Lauter kleine, ziemlich teure Hotels, die von renommierten Reiseführern wärmstens empfohlen wurden. Die Einträge in den Gästebüchern zeigten, dass es zu jeder Reservierung von Hauptmann Vandenbrook eine entsprechende Reservierung von Lady Faulkner gab. Das galt jedoch nicht für Rye und Hastings – vielleicht aufgrund der allzu großen Nähe zu Claverleigh, mutmaßte Lysander. Insgesamt hatten sie im Zeitraum von September 1914 bis zu jenem jüngsten Treffen im Oktober neun Nächte unter demselben Hoteldach verbracht. Lysander nahm an, dass sie sich auch in London getroffen hatten – seine Mutter fuhr zwei-, dreimal im Monat hin –, aber Vandenbrook konnte natürlich keine Belege über Londoner Hotelkosten bei der Buchhaltung einreichen.

Eine Affäre also, die bereits länger als ein Jahr währte, und als sie begonnen hatte, war Crickmay Faulkner noch am Leben gewesen, überlegte Lysander. Ihm war unwohl bei der Vorstellung, dass seine Mutter eine körperliche Beziehung zu Vandenbrook unterhielt, das machte sie für ihn zu einer Fremden, als hätte sie nichts mehr mit der Frau zu tun, die er kannte und liebte. Sicher, sie war nicht alt, dachte er, das Leben hielt für sie noch andere Rollen bereit als die der Mutter, seiner Mutter. Sie war eine außerordentlich attraktive reife Frau, gebildet, lebhaft, selbstbewusst. Und Vandenbrook – weltmännisch, charmant, gut aussehend, amüsant, wohlhabend – war genau die Art Mann, die ihr gefallen dürfte. Das konnte er nachvollziehen. Er wollte sie deswegen nicht verurteilen.

In Hastings, im Pelham Hotel, dem letzten auf ihrer Route, hatte sich das Personal besonders beflissen gezeigt. Vandenbrook hatte dort viermal übernachtet und offenbar gutes Trinkgeld gegeben. Die junge Rezeptionistin fragte besorgt nach.

»Hoffentlich war alles zu Captain Vandenbrooks Zufriedenheit. Es täte uns furchtbar leid, wenn er etwas zu beanstanden hätte.«

»Das ist nicht der Fall. Ich führe lediglich eine Routinebefragung durch.«

»Gibt es ein Problem, Sir?«

»Nun ja …« Lysander musste improvisieren. »Unterwegs ist etwas verloren gegangen … Wir rekonstruieren nur die einzelnen Schritte des Hauptmanns über die letzten Wochen und Monate.«

»Arbeiten Sie mit ihm zusammen?«, fragte die Rezeptionistin. Sie war jung, achtzehn oder neunzehn, und hatte sich die Haare so frisiert, dass sie ihr merkwürdig tief in die Stirn hingen, nicht gerade vorteilhaft, wie Lysander fand, das ließ sie ein wenig einfältig wirken, obwohl sie das keineswegs war. Vermutlich hatte Vandenbrook seinen Charme mehr als einmal bei ihr spielen lassen.

»Ja, in London.«

»Könnten Sie ihm dann bitte ausrichten, dass seine Umschläge alle abgeholt wurden, wie von ihm angeordnet? Und zwar stets innerhalb von zwei Tagen.«

»Das richte ich ihm gern aus, danke.«

Beim Abschied versprach er außerdem, dem Hauptmann die herzlichsten Grüße des Personals vom Pelham Hotel in Hastings zu übermitteln, und versuchte, so gelassen wie möglich hinauszugehen. Tremlett stand rauchend neben dem Daimler, die Mütze in den Nacken geschoben. In Verbindung mit der Augenklappe machte das einen ungewöhnlich schlampigen Eindruck. Als Lysander auf ihn zutrat und ihm die Mütze richtete, warf Tremlett seine Zigarette weg.

»Nach London zurück, Sir?«

»Nach Hythe.«

»Ich dachte, für heute wäre die Arbeit erledigt, Sir.«

»Arbeit ist das ganze Leben, Tremlett. Ein bisschen Tempo, bitte.«

Und so fuhren sie über die Küstenstraße nach Hythe und kehrten ins Dene Hotel zurück. Als Lysander an die Rezeption trat, hatte er das Gefühl eines Déjà-vu. Zum dritten Mal binnen 48 Stunden fand er sich hier ein.

»Guten Abend, Sir. Willkommen zurück.«

»Ich hätte da noch eine Frage ... Hat Hauptmann Vandenbrook etwas dagelassen – möglicherweise in seinem Zimmer?«

»Ach, Sie meinen den Umschlag. Das hätte ich Ihnen schon heute Morgen sagen sollen. Sonst werden sie immer von einem Dienstmann abgeholt.«

Der Rezeptionist holte einen großen, gelbbraunen Umschlag unter dem Tresen hervor. Darauf stand: »Hauptmann C. Vandenbrook – wird abgeholt.«

Lysander bedankte sich und ging in die Bar. Dort war es ruhig – einzig ein alter Mann saß in der Ecke, rauchte Pfeife und las Zeitung. Ein eisiger Schauer lief Lysander über den Rücken, als stünde er in arktischer Zugluft. Seltsamerweise fing seine Oberschenkelwunde auf einmal an zu schmerzen, eine Art Brennen. Er wusste genau, was in dem Umschlag steckte. Er riss ihn auf und las:

»145 tau Haubitz Geschosse 15 cm nach Béthune. 65 beladene Güterwagen in Le Mans. Reparatur Telegraphenleitungen Hazebrouck, Lille, Orchies, Valenciennes. Neue Regelspur Gezaincourt-Albert. Geschützgleis Pionierausrüstungsdepots Dernancourt. 12 unbefristete Lazarettzüge Dritte Armee Zweite Armee.«

Lysander überflog die nächste Seite. So ging es endlos weiter. Er schob die drei Briefbögen behutsam in den Umschlag zurück, faltete ihn einmal längs und steckte ihn in die Jackentasche. Danach bestellte er ein großes Glas Brandy und versuchte sich zu sammeln. Er durfte sich nur auf eines konzentrieren – weiterführende Spekulationen wären müßig. Er hatte seine Andromeda gefunden.

9
Autobiographische Untersuchungen

Ich beschloss, es vorerst für mich zu behalten und nichts zu unternehmen. Zu vieles kam mir unstimmig vor – nicht zuletzt die Präsenz meiner Mutter. Als ich den Umschlag aufmachte, hatte ich mit jenen Zahlenkolonnen gerechnet, die ich aus den sechs Glockner-Briefen kannte, doch stattdessen waren die Seiten mit Klartext beschrieben – mit den nackten Fakten, die Vandenbrook dank seiner Position in Erfahrung bringen konnte. Nicht zum ersten Mal seit Beginn dieser Geschichte hatte ich das Gefühl, im Nebel zu stochern – zwar konnte ich ein paar Einzelheiten ausmachen, aber keinen Zusammenhang erkennen – und an unsichtbaren Strippen zu hängen, die von einem oder mehreren Fremden gezogen wurden. Ich brauchte Zeit, um diese neuen Erkenntnisse zu verarbeiten, um nachzudenken, außerdem musste ich jeden meiner künftigen Schritte mit äußerster Vorsicht erwägen. Vielleicht sollte ich nun selbst zur Offensive übergehen. Ich musste erst ein paar Dinge klären, bevor ich meine erstaunliche Entdeckung mit Munro und Massinger teilen konnte. Zunächst wollte ich Vandenbrook zur Rede stellen, mal sehen, zu welchen Ausflüchten er greifen würde, um den Inhalt seines Umschlags zu rechtfertigen. Danach musste ich mich dringend mit meiner Mutter unterhalten.

John Bensimons Bart ist stark ergraut, seit ich ihn das letzte Mal in Wien gesehen habe. Er hat auch zugenommen, trotzdem kam er mir in gewisser Weise schmächtiger vor. Vielleicht liegt es nur daran, dass wir uns in England wiederbegegnet sind. Wer als Psychoanalytiker in Wien eine vornehme Praxis sein Eigen nennt, nur wenige Straßen von Dr. Freud entfernt, macht naturgemäß mehr Eindruck als jemand, der seinen Patienten in ein zweckentfremdetes Schlafzimmer an der Rückseite eines Reihenhauses in Highgate führt.

Bensimon schien sich wirklich über meinen Besuch zu freuen – möglicherweise, weil ich ihm seine Glanzzeiten in Erinnerung rief – und begrüßte mich sehr herzlich, obwohl ich am späten Nachmittag unangemeldet an seine Tür geklopft hatte. Er stellte mir seine Frau Rachel vor – eine sehr schüchterne Frau – und seine Zwillingstöchter Agatha und Elizabeth, bevor er mich in sein Arbeitszimmer mit Blick auf die verrußten Rückseiten der anderen Reihenhäuser hinaufführte. Davor erstreckten sich lange, schmale Gärten mit den kleineren und größeren verfallenen Schuppen, die stets am Ende dieser vernachlässigten urbanen Parzellen stehen, mit ihren blasigen Dächern aus Teerpappe, kaputten Fenstern und kreosotbeschichteten Holzlatten, Wäscheleinen und überquellenden Regentonnen.

Seinen Schreibtisch, die umgedrehte Couch und den Sessel aus der Wasagasse hatte er behalten, und auch das silberne afrikanische Flachrelief, wie ich erfreut feststellte.

»Kein Vergleich«, sagte er, als hätte er meine Gedanken gelesen. »Aber wir müssen versuchen, das Beste aus dem zu machen, was wir haben.«

»Wie läuft das Geschäft?«, fragte ich.

»Schleppend, könnte man sagen«, räumte er mit einem traurigen Lächeln ein. »In England haben die Menschen noch nicht begriffen, wie sehr sie uns brauchen. Es ist hier ganz anders als in Wien.« Er bot mir wahlweise die Couch oder den Sessel an. »Ist das ein Freundschaftsbesuch oder suchen Sie professionellen Rat?«

Ich sagte ihm, dass ich an unsere Wiener Zeit anknüpfen wollte – vielleicht mit einer wöchentlichen Sitzung. Dann nahm ich im Sessel Platz und betrachtete die vertrauten Monster und Fabelwesen, genoss einen Augenblick lang die Illusion, es wäre noch das Jahr 1913 und ich hätte seither nichts erlebt. Dabei hatte ich mich in Wirklichkeit stark und unwiderruflich verändert – ich war ein anderer. Eine Einsicht, die mich verstörte.

»Ist es wieder das alte Problem?«, fragte er. »Ich habe Ihre Patientenakte aufbewahrt.«

»Nein, das scheint zum Glück nachhaltig gelöst zu sein«, sagte ich. »Mein neues Problem ist, dass ich nachts nicht schlafen kann. Oder besser gesagt, dass ich nachts nicht schlafen will, weil ich immer dasselbe träume.«

Ich erzählte ihm von meinem Traum – das wiederkehrende, verworrene Erlebnis meiner Nacht im Niemandsland, das stets darin gipfelte, dass ich die Granaten in den Graben warf und diese beiden Gesichter im Schein meiner Taschenlampe auftauchten – der Mann mit dem schwarzen Schnurrbart und der hellblonde Junge, die zu mir aufsahen.

»Und was passiert dann?«, fragte Bensimon.

»Ich wache auf. Meist mit tränennassem Gesicht, obwohl ich mich nicht daran erinnern kann, im Traum geweint zu haben. Ich nehme Chloralhydrat. Das einzige Mittel, was mir erlaubt, nachts durchzuschlafen.«

»Wie lange nehmen Sie das schon?«

»Einige Monate, seit ich in der Schweiz war«, sagte ich unbedacht.

»Ach, Sie waren in der Schweiz. Waren Sie länger dort?«

»Nur ein paar Tage.«

»Verstehe.« Taktvolles Schweigen. »Tja, Sie sollten das Chloral besser absetzen. Die Folgen einer langfristigen Einnahme können recht drastisch sein.«

»Was meinen Sie damit?«

»Sie könnten eine starke Abhängigkeit entwickeln. Es könnte sich destabilisierend auswirken. Das geht dann oft mit – wie soll ich sagen –, mit Realitätsverlust einher.«

»Was heißt schon Realität … Manchmal möchte ich nichts anderes als einen solchen Realitätsverlust. Ich möchte nachts einfach schlafen.«

»Das sagen sie alle. Und dann …«

»Meinetwegen können wir es auch wieder mit Hypnose versuchen.«

»Ich denke, in Ihrem Fall wäre der Parallelismus ideal. Aber zuerst müssen wir das Chloral absetzen.«

Er stellte mir ein Rezept für ein anderes »Somnifer« aus und teilte mir mit, dass er in England zwei Guineen pro Stunde verlange. Wir vereinbarten einen Termin für die kommende Woche. Zu diesem Preis war das geradezu geschenkt, dachte ich, und mir fiel plötzlich ein Stein vom Herzen. Ich hatte das Gefühl, dass Dr. Bensimon mich von allem heilen konnte. Nun ja, von fast allem.

Dieser Gedanke brachte mich dazu, ihm beim Abschied zu erzählen, dass ich Hettie Bull wiedergesehen hatte. Seine Miene verfinsterte sich.

»Es geht mich zwar nichts an, aber ich an Ihrer Stelle würde mich von dieser jungen Frau fernhalten, Mr Rief. Sie ist sehr gefährlich. Sehr labil.«

Als ich heute Abend die Büros verließ, hörte ich auf der Straße jemanden meinen Namen rufen: »Rief! Hallo! Hier bin ich!« Ich drehte mich um und sah einen Mann auf der anderen Seite vom Embankment stehen, an die Flussmauer gelehnt. Ich musste erst die Straße überqueren, um Jack Fyfe-Miller zu erkennen – der allerdings wie ein Hafenarbeiter gekleidet war, mit Schirmmütze, Halstuch, Baumwollhose und schweren Stiefeln. Bei der Begrüßung nahm ich ihn fachmännisch in Augenschein.

»Fast perfekt«, sagte ich. »Aber Ihnen fehlt der Dreck unter den Fingernägeln – er müsste auch in die Nagelhaut eingerieben sein. Sie haben die Hände eines Geistlichen.«

»Hier spricht der Experte.«

»Schwarze Stiefelwichse«, riet ich. »Hält den ganzen Tag vor.«

»Wo wollen Sie hin?«, fragte er und starrte mich mit dieser seltsamen Eindringlichkeit an, die für ihn typisch ist.

»In mein Hotel.«

»Ah, das süße Hotelleben. Wenn man es sich leisten kann.«

»Es ist nichts Besonderes. Nur ein kleines Hotel in Pimlico.«

»Haben Sie eine Freundin, Rief?«

»Was? Nein. Es war einmal vor langer Zeit, da hatte ich eine Verlobte …«

»Wenn ich meine Traumfrau finde, heirate ich sie – aber es muss die Richtige sein. Ist schwer zu finden.«

Ich hätte ihm gern zugestimmt, aber ich schwieg, während wir Seite an Seite liefen, Fyfe-Miller offenbar in Gedanken an seine Traumfrau. Ab und zu trat er wie ein trotziger Teenager in das Laub und schrammte dabei mit seinen Nagelschuhen den Pflasterstein, dass die Funken stoben. Wir gingen unter der Eisenbahnbrücke durch, vor mir ragten in der Ferne die schlossartigen Dachtürmchen von Whitehall Court auf. Ich fragte mich, ob Fyfe-Miller von dort gekommen war, und vielleicht rissen ihn der Anblick und die Erinnerung an unser letztes Treffen in diesem Gebäude aus seinen Tagträumen, denn plötzlich hielt er mich fest.

»Was Neues von Andromeda? Irgendeine Spur?«, fragte er abrupt.

»Noch nicht. Aber ich bin wohl ziemlich nah dran.«

»Nah dran, was?« Fyfe-Miller grinste. »Andromeda hart auf den Fersen.«

Nicht zum ersten Mal kamen mir leise Zweifel an seiner Zurechnungsfähigkeit.

»Zunächst muss ich die möglichen Verdächtigen einkreisen«, erklärte ich, um Zeit zu gewinnen. »Genau analysieren, wer überhaupt Zugang zu diesen spezifischen Informationen hat.«

»Trödeln Sie nicht zu lange, Rief, sonst macht sich Ihre kostbare Andromeda womöglich aus dem Staub.« Mit diesen Worten nahm er die Mütze ab, verneigte sich spöttisch und machte auf dem Absatz kehrt. Über die Schulter rief er mir noch zu: »Schuhwichse unter den Fingernägeln, das merk ich mir!«

Auf dem Weg zum White Palace dachte ich über seine Ermahnung nach. Im Grunde hatte er recht – allzu viel Zeit konnte ich mir nicht lassen, Vandenbrook dürfte bald Lunte riechen. Hatte ich soeben eine Art Warnschuss abbekommen? Hatten Munro und Massinger Fyfe-Miller befohlen, mehr Druck auf mich auszuüben? Ich kaufte mir die *Evening News* und las, dass Blanche Blondel bei der gestrigen Premiere von *Das Gewissen des Königs* im Lyceum stürmischen Beifall erhalten hatte. Blanche – ich könnte ihr eine Nachricht am Bühneneingang hinterlassen ... Fyfe-Miller hatte mich ungewollt an sie erinnert, und vielleicht war jetzt der richtige Moment für ein Wiedersehen gekommen.

10

Geschichte der unbeabsichtigten Folgen

Lysander recherchierte rasch die wichtigsten Hinter-
grundfakten zu Christian Vandenbrook. Der Hauptmann war während der hektischen ersten Kriegswochen in
den Massenrückzug aus Mons verwickelt gewesen, hatte
infolge einer Artillerieexplosion das Bewusstsein verloren
und drei Tage im Koma gelegen. Danach litt er an perio-
disch wiederkehrenden Ohrenblutungen und verlor für
mehrere Monate den Gleichgewichtssinn. Er wurde als
für den Feldeinsatz untauglich befunden und schloss sich
dem Generalstab in London an. Zunächst wunderte sich
Lysander über diese komfortable Versetzung, bis er her-
ausfand, wer Vandenbrooks Schwiegervater war: Brigade-
general Walter McIvor, Earl of Ballatar, Held der Schlacht
am Waitara-Fluss während der Maorikriege in Neuseeland.
Vandenbrook hatte die jüngere Tochter des Earls geheiratet,
Lady Emmeline, und mit ihr wiederum zwei Töchter bekommen, Amabel und Cecilia. Ein Mann also, der über die
denkbar besten Beziehungen verfügte, der sich Geld und
Ansehen erheiratet hatte. Das erklärte, warum er sich mit
seinem Hauptmannssold das hochherrschaftliche Haus in
Knightsbridge und die anderen kostspieligen Annehmlich-
keiten leisten konnte. Das erklärte jedoch nicht, warum er
Landesverrat beging. Oder warum er sich auf eine Affäre
mit Anna, verwitwete Lady Faulkner, einließ. Diese Fragen
würden sich nur klären lassen, wenn er Vandenbrook so
schnell wie möglich stellte.

Eine Art Lähmung befiel Lysander, als er überlegte, wohin seine nächsten Schritte ihn wohl führen würden, und er verspürte den beinah unwiderstehlichen Drang, das Ganze noch weiter hinauszuzögern. Sobald er Vandenbrook mit der Beweislage konfrontierte, würde sich alles ändern – nicht nur für Vandenbrook, sondern auch für ihn. Und vielleicht für seine Mutter. Er machte sich bewusst, dass jede Handlung unbeabsichtigte Folgen nach sich zieht und er daran so oder so nichts ändern konnte.

Am späten Nachmittag suchte er Vandenbrook unter großer Anspannung in seinem Büro auf. Der Hauptmann diktierte seiner Sekretärin gerade einen Brief und wies Lysander einen Stuhl zu. In der Ecke stand eine Grünpflanze in einem Topf aus handgearbeitetem Messing, auf dem Boden lag ein Perserteppich und an der Wand hing ein Porträt aus dem 19. Jahrhundert, das einen Dragoner mit Backenbart darstellte, dessen Hand auf dem Knauf seines gewaltigen Säbels ruhte.

»Aus diesem Grund wären wir Ihnen für eine möglichst prompte und detaillierte Auskunft zutiefst verbunden«, schloss Vandenbrook. »Ich habe die Ehre, Ihr ergebener Diener zu sein, mit vorzüglichster Hochachtung etc. pp. Vielen Dank, Miss Whitgift.« Die Sekretärin verließ den Raum.

»Da musste ich jemandem ein bisschen Feuer unterm Hintern machen.« Er zwinkerte Lysander zu. »Was kann ich für Sie tun, Rief?«

»Ich würde gern unter vier Augen mit Ihnen sprechen. Die Sache ist recht heikel.«

»›Unter vier Augen‹? ›Heikel‹? Hört sich ja gefährlich an«, sagte Vandenbrook heiter und nahm seinen Mantel vom Türhaken. »Ich gehe jetzt nach Hause – kommen Sie doch mit. So können wir uns einen ordentlichen Drink genehmigen und ganz ungestört reden.«

Sie nahmen ein Taxi nach Knightsbridge. Vandenbrook

erklärte, dass seine Frau und seine Töchter aufs Land gefahren waren – »nach Inverswaven«, sagte er so beiläufig, als müsste das Lysander ein Begriff sein. Er nickte und antwortete aufs Geratewohl: »Bestimmt herrlich zu dieser Jahreszeit.« So nervös er insgeheim war, so entspannt verhielt er sich nach außen hin und empfand wieder einmal Dankbarkeit für seinen Beruf, der ihm erlaubte, selbst unter widrigsten Bedingungen eine solche Ruhe und Selbstsicherheit vorzutäuschen. Er bot Vandenbrook eine Zigarette an, gab ihm schwungvoll Feuer und zündete sich selbst eine an, bevor er das Streichholz aus dem Fenster schnippte und mit klarer, fester Stimme eine banale Konversation bestritt, über London, das Wetter, den Verkehr, den jüngsten Zeppelin-Angriff, die lachhafte Unwirksamkeit der Verdunkelungsmaßnahmen – »Wozu die Deckel der Straßenlaternen schwärzen? Den Lichtschein kann man von oben immer noch sehen. Völlig absurd. Widersinnig.« Vandenbrook ließ sich auf den Plauderton ein, und so unterhielten sie sich angeregt, während sie gen Westen fuhren. Vandenbrook bat ihn um eine Theaterempfehlung. Lysander legte ihm Blanche Blondel in *Das Gewissen des Königs* ans Herz, worauf Vandenbrook entgegnete, von Blanche Blondel würde er sich sogar ein Lehrbuch der Infanterie vorlesen lassen. Im Nu hatten sie Knightsbridge erreicht.

Vandenbrooks Butler servierte ihnen Brandy mit Soda, und sie nahmen im großen Salon im ersten Stock Platz. Lysander fand ihn zu überladen, der Flügel in der Ecke nahm so viel Raum ein, dass das restliche Mobiliar zusammengedrängt schien. Es gab unzählige Vasen mit Blumen, als wäre jemand im Haus ernsthaft erkrankt, und an den Wänden hingen in schweren Goldrahmen Ansichten der Highlands im Wechsel der Jahreszeiten. Lysander nahm an, dass die Bilder in der Gegend von Inverswaven gemalt worden waren.

»Verraten Sie mir doch, worüber Sie mit mir unter vier Augen sprechen wollten«, sagte Vandenbrook, der nun nicht mehr lächelte. »So viel Spannung schadet meiner Leber.«

»Natürlich«, antwortete Lysander. Er stand auf, zog den Umschlag aus seiner Innentasche, faltete ihn auseinander und reichte ihn Vandenbrook. »Das gehört wohl Ihnen – ›Hauptmann C. Vandenbrook – wird abgeholt‹.«

Der Hauptmann stand sichtlich unter Schock. Verzerrter Mund, hervortretende Nackensehnen, der Adamsapfel hüpfte oberhalb des Krawattenknotens auf und ab.

»Darin befinden sich mehrere Seiten«, fügte Lysander hinzu.

Vandenbrook zog die Seiten zur Hälfte aus dem Umschlag, warf einen Blick darauf und stopfte sie wieder hinein. Sein unruhig schweifender Blick blieb am Gemälde über dem Kamin hängen – ein Hirsch im Heidemoor, von Nebelschwaden umwabert.

»Wo haben Sie das her?«, fragte der Hauptmann, dessen Stimme auf einmal recht schrill klang.

»Dort, wo Sie es zurückgelassen haben – aus dem Dene Hotel in Hythe.«

Vandenbrook senkte den Kopf und fing an zu schluchzen – dabei gab er tiefe, klagende Laute von sich, die an ein leidendes Tier denken ließen. Dann begann er zu zittern und wiegte sich hin und her. Lysander sah seine Tränen den gelbbraunen Umschlag beflecken, der auf seinen Knien lag. Schließlich glitt Vandenbrook ganz langsam vom Sessel und fiel kopfüber hin, er presste die Stirn gegen den Teppich und stieß zwischen zusammengebissenen Zähnen ein knirschendes, ächzendes Geräusch hervor, das auf unerträgliche Qualen hindeutete.

Lysander war seinerseits geschockt. Noch nie hatte er einen Mann derart jäh und heftig zusammenbrechen sehen. Als hätte Vandenbrook alles Menschliche verloren und wäre in eine atavistische Daseinsform zurückgefallen, der jedes Denken, jede höhere Empfindung fremd war.

Er half dem Hauptmann aufzustehen – sich plötzlich der Absurdität dieser Situation bewusst, zwei englische Offiziere in Uniform, die sich in einem Salon in Knightsbridge aufhielten, Jäger und Gejagter, der entlarvte Spion schluchzend vor ihm. Lysander empfand Mitleid für seine Beute. Vandenbrook war offenkundig am Boden zerstört, er rang nach Luft, konnte sich kaum auf den Beinen halten.

Lysander bugsierte ihn wieder in den Sessel, entdeckte auf dem Tisch neben dem Flügel ein paar Kristallkaraffen in einem offenen Tantalusgestell und goss dem Hauptmann einen Fingerbreit einer bernsteinfarbenen Flüssigkeit ein. Vandenbrook trank einen Schluck, musste laut husten und schien sich allmählich wieder zu fangen, er atmete regelmäßiger und hörte auf zu schluchzen. Er wischte sich mit dem Ärmel über die Augen, bevor er aufstand, um zwischen Sessel und Kamin hin und her zu gehen. Lysander fiel ein, dass er keine Waffe zur Hand hatte, falls Vandenbrook ihn angreifen sollte. Doch der Hauptmann machte einen äußerst fügsamen Eindruck. Von ihm drohte keine Gefahr.

Vandenbrook setzte sich wieder, strich Jacke und Haare glatt und räusperte sich.

»Was werden Sie jetzt tun?«, fragte er mit bebender Stimme.

»Ich muss Sie überstellen. So leid es mir tut.«

»Darum sind Sie in der Abteilung aufgetaucht, nicht wahr? Um mich zu finden.«

»Um denjenigen zu finden, der den Feind mit Informationen versorgt.«

Vandenbrook fing wieder leise zu schluchzen an.

»Ich wusste, dass das passieren würde«, sagte er. »Ich wusste, dass eines Tages einer wie Sie kommen würde.« Er sah Lysander ins Gesicht. »Ich bin kein Verräter.«

»Darüber wird das Gericht befinden –«

»Ich werde erpresst.«

Der Hauptmann bat Lysander, ihm zu folgen, und sie stiegen ein paar Stufen zu einem Raum im Zwischengeschoss hinauf, den er als sein Arbeitszimmer bezeichnete – einige Bücherregale, ein kleiner Doppelschreibtisch aus Eiche mit vielen schmalen Schubladen und eine Leselampe mit grünem Schirm. In einer Ecke stand ein Juweliertresor, so groß wie eine Teekiste. Vandenbrook kauerte davor und drehte die Kombination ein. Dann öffnete er den Tresor und holte einen Umschlag hervor, den er Lysander übergab. Der Adressat lautete schlicht: »Hauptmann Vandenbrook, Knightsbridge«.

»Die werden mir immer nachts in den Briefkasten gesteckt«, erklärte Vandenbrook.

Lysander zog eine Fotografie und zwei speckige, maschinenbeschriebene Seiten aus dem Umschlag. Das Foto zeigte ein etwa zehn Jahre altes Mädchen. Sie blickte ausdruckslos in die Kamera, hatte dicke, fettige Haare und trug eine Baumwollbluse, die ihr offenkundig zu groß war. Außerdem eine einfache, kostbare Perlenkette, was nicht so recht passen wollte.

»Ich habe ein Problem«, sagte Vandenbrook mit brüchiger Stimme. »Eine fatale Neigung. Zu Prostituierten.«

»Die Kleine da soll eine Prostituierte sein?«

»Ja. Genau wie ihre Mutter.«

»Wie alt ist das Mädchen?«

»Das weiß ich nicht so genau. Neun. Elf …«

Lysander starrte Vandenbrook an, der mit gesenktem Kopf leicht zitternd neben seinem großen Safe stand.

»Meine Güte. Dieses Mädchen ist ja jünger als Ihre Töchter«, sagte Lysander tonlos.

»Darauf bin ich nicht stolz«, erwiderte Vandenbrook mit einer Spur seiner alten Arroganz. »Aber ich kann nicht anders. Ich bekenne mich voll und ganz schuldig.« Auf dem Schreibtisch stand eine Zigarettendose, er nahm sich eine und zündete sie an.

»Waren Sie schon mal im Nordosten unserer schönen Stadt?«, fragte Vandenbrook. »In der Gegend von Bow und Shoreditch? Dort können Sie für ein bisschen Kleingeld alles bekommen, was Ihr Herz begehrt. Kleine Jungen und kleine Mädchen, Zwerge und Riesen, Missgeburten, Tiere. Was Sie sich nur vorstellen können.«

»Erzählen Sie mir von der Erpressung.«

»Ich besuchte die Kleine – mit dem Einverständnis ihrer Mutter – rund einmal im Monat«, erzählte Vandenbrook. »Mit der Zeit habe ich sie lieb gewonnen. Sie hat sich nicht gegen die Dinge gesträubt, die ich von ihr …« Er hielt kurz inne. »Jedenfalls schenkte ich ihr als Zeichen meiner Zuneigung eine Perlenkette. Das war ein Fehler. Im Kästchen stand der Name des Juweliers, und so konnte man mich zurückverfolgen. Ihre Mutter, eine gemeine, heimtückische Person, hat auf diese Weise herausgefunden, wer ich bin. Dann hat sie die Aussage ihrer Tochter schriftlich festgehalten.« Erschöpft setzte er sich auf den Schreibtischrand. »Vor etwa einem Jahr, Ende 1914, traf dieser Umschlag mit detaillierten Anweisungen ein. Ich sollte sämtliche Informationen weiterleiten, von denen ich in der Abteilung Kenntnis bekam – über die Verschickung von Ausrüstung und Munition, den Nebenstreckenausbau und so weiter und so fort. Andernfalls würden dem Kriegsminister, meinem befehlshabenden Offizier, meiner Gattin und meinem Schwiegervater Foto und Zeugenaussage des Mädchens zugespielt.« Er deutete ein Lächeln an. »Vermutlich wissen Sie, wer mein Schwiegervater ist.«

»In der Tat.«

»Dann ahnen Sie auch, was das auslösen würde. Also habe ich alles notiert, was ich in Erfahrung bringen konnte, und regelmäßig einen Umschlag, der von einer mir unbekannten Person abgeholt werden sollte, wie angewiesen in einem Hotel hinterlassen.«

»Ein bestimmtes Hotel?«

»Verschiedene Hotels an der Südküste. Bestimmt haben Sie schon jedes einzelne aufgesucht.«

Lysander musterte das ausdruckslose Gesicht der Kleinen und las die ersten Zeilen ihrer Zeugenaussage. »Der Hautmann wolte immer, das ich mich auf seinen Schos setze ... er hat miech ausgezogen und dann hater gesagt, ich sol die Beine gans weit aufmachen ... danach hater er miech mit Lappn und Warmwasser gewaschen und gesagt, ich sol ...«

Vandenbrook sah Lysander mit stumpfen Augen an, während er die Seite überflog. Sein schneidiger blonder Schnurrbart mit den gezwirbelten Enden wirkte nun wie eine schäbige Requisite. Er war nur noch ein Schatten seiner selbst.

»Haben Sie nicht versucht, die Frau und ihre Tochter wiederzufinden?«

»Selbstverständlich. Ich habe sogar einen Privatdetektiv engagiert. Aber sie waren längst aus ihrer bisherigen Bleibe verschwunden. Die Mutter hat das belastende Material offensichtlich an einen Dritten verkauft. Der es inzwischen vielleicht weiterverkauft hat. Viele Männer werden auf diese Weise unter Druck gesetzt. Sie wissen ja gar nicht, wie sehr dieser Erpressermarkt blüht, das Material wandert von einer Hand zur nächsten –«

»Viele Männer?«

»Jeder Mensch ist zu einem Verbrechen fähig«, erklärte Vandenbrook. »Vorausgesetzt, er hat die Gelegenheit und die Mittel.«

»Das ist bloß die billige Ausrede eines perversen Mannes«, entgegnete Lysander kühl. »Und sie ist so alt wie die Welt.«

»Damit will ich mein Verhalten beileibe nicht rechtfertigen, Rief. Ich hasse mich dafür, ich verabscheue meine ...

meine sexuellen Neigungen ...«, sagte Vandenbrook, und es klang aufrichtig. »Ersparen Sie mir also Ihre moralische Entrüstung.«

»Fahren Sie mit Ihrer Geschichte fort.«

»Sobald ich wieder einen Abzug dieses Fotos und eine Kopie der Zeugenaussage erhielt, bedeutete das jedes Mal, dass ich weitere Informationen beschaffen sollte. Mir wurde dabei auch mitgeteilt, in welchem Hotel sie zu hinterlegen war. Die letzte Aufforderung habe ich vor zwei Wochen bekommen. Da wurde das Dene Hotel in Hythe angegeben. Und dort haben Sie diesen Umschlag abgefangen.«

»Wie gehen Sie bei der Verschlüsselung vor?«

»Was meinen Sie damit?«

»Ihre früheren Briefe waren alle verschlüsselt. Dieser hier nicht.«

»Verschlüsselt? Ich schreibe doch nur die Fakten und Zahlen auf und hinterlasse sie im Hotel.«

Diese Antwort löste bei Lysander ganz neue Befürchtungen aus. Er sah den Hauptmann forschend an. Intuitiv wusste er, dass Vandenbrook nicht gelogen hatte, aber dann rief er sich selbst zur Ordnung: Bei diesem Mann war alles Lüge, sie bestimmte dessen ganzes Leben. Demnach musste Lysander alle Möglichkeiten in Betracht ziehen – falls Vandenbrook die Daten tatsächlich nicht selbst verschlüsselt hatte, wer war es dann? Oder vorausgesetzt Vandenbrook log: Warum war der letzte Brief nicht verschlüsselt? Es musste noch eine andere Andromeda geben – oder Vandenbrook trieb wieder ein neues Spielchen mit ihm. Lysander konnte allmählich keinen klaren Gedanken mehr fassen.

»Was soll ich tun, Rief?«

»Gar nichts – gehen Sie weiter zur Arbeit, verhalten Sie sich wie gewohnt.« Lysander dachte fieberhaft nach – so hätte er etwas Zeit gewonnen. Er brauchte definitiv mehr Zeit, so rasch, wie die Dinge sich verkomplizierten.

»Was habe ich zu befürchten?«, fragte Vandenbrook.

»Wenn es gerecht zugeht, sollten Sie als Verräter gehängt werden. Aber vielleicht können Sie Ihre Haut noch retten.«

»Dafür würde ich alles tun«, sagte er wild entschlossen. »Ich bin ein Opfer, Rief. Ich wollte das nicht tun, aber die Vorstellung, dass mein ... meine kleine Sünde öffentlich bekannt wird ... Das hätte ich nicht ertragen, verstehen Sie? Die Schande, die Schmach. Sie müssen mir helfen. Sie müssen unbedingt herausfinden, wer mir das antut.«

Lysander faltete die Zeugenaussage, nahm das Foto und steckte beides in die Jackentasche.

»Das können Sie nicht machen«, rief Vandenbrook empört.

»In Ihrem Fall kann ich alles Mögliche machen, das ist Ihnen doch wohl klar.«

»Sicher. Schon gut.«

»Gehen Sie arbeiten. Verhalten Sie sich so wie sonst auch. Ich melde mich, wenn ich noch Fragen habe.«

11

Das Gefühl, nichts hätte sich verändert

Lysander kam es seltsam vor, wieder im grünen Salon zu sein. Er wanderte umher, strich mit den Fingern über die polierten Tischflächen, hob ein Notenblatt auf und legte es auf die Fensterbank. Wieder hatte er das Gefühl, nichts hätte sich verändert, und kostete es eine Weile aus. Er war noch nicht erwachsen, ein neues Jahrhundert hatte begonnen, sie waren gerade erst nach Claverleigh gezogen, und in wenigen Minuten würde seine Mutter hereinkommen, ihr hübsches früheres, jüngeres Selbst, in der Zeit eingefroren. Lysander wusste jedoch, dass die Welt sich weiterdrehte, schneller denn je. In dieser modernen Welt schritt die Zeit unerbittlich voran, galoppierte wie ein reinrassiges Rennpferd immer weiter, ungeachtet des Krieges – der Krieg war nur eine Folge dieser Beschleunigung –, und dadurch veränderte sich alles, nicht nur die Umwelt, sondern auch das menschliche Bewusstsein. Das Alte verschwand, verschwand rasch, sodass etwas anderes, etwas Neues unweigerlich seinen Platz einnahm. Das durfte er nie außer Acht lassen, egal, wie sehr ihn das verstörte, egal, wie sehr er sich dagegen sträuben mochte. Vielleicht sollte er Bensimon ins Vertrauen ziehen, ihm erzählen, wie sehr ihn diese Umwälzungen beschäftigten und wie stark er sich dagegen wehrte, und sich anhören, was sein Arzt dazu zu sagen hatte.

Seine Mutter rauschte zur Tür herein und küsste ihn drei Mal auf jede Wange, wie man es auf dem Kontinent zu tun pflegte. Sie trug ein pistaziengrünes Teekleid und eine neue

Frisur, ihre Haare waren im Nacken zu einem losen Dutt zusammengesteckt, was duftiger, weniger streng wirkte.

»Deine Frisur gefällt mir«, sagte er.

»Mir gefällt, dass dir solche Dinge überhaupt auffallen, mein lieber Sohn.«

Sie betätigte die Klingel.

»Ich brauche Tee«, sagte sie. »Starken Tee. Englischen Kraftstoff.«

Plötzlich erkannte Lysander, was seine Mutter für einen Mann so unwiderstehlich anziehend machte – dass sie zugleich schön, natürlich und selbstbewusst war und dabei sprühend vor Lebensfreude. Kein Wunder, dass Christian Vandenbrook sich hatte umgarnen lassen.

Als der Tee serviert wurde, setzten sie sich hin. Seine Mutter musterte ihn über die Tasse hinweg. Aus ihren großen Augen sprach eine gewisse Wachsamkeit.

»Dich habe ich ja seit Ewigkeiten nicht gesehen«, sagte sie. »Wie geht es dir? Bist du völlig genesen? Die Uniform steht dir wirklich gut.« Sie deutete auf seine Beine. »Aber was ist das?«

»Das sind Ledergamaschen. Mutter – ich muss dir ein paar ziemlich heikle Fragen stellen.«

»Mir? Heikle Fragen? Bitte, ich bin ganz Ohr.«

Lysander zögerte. Erneut befürchtete er, mit seinen Worten eine unkontrollierbare Kettenreaktion in Gang zu setzen.

»Kennst du einen gewissen Hauptmann Christian Vandenbrook?«

»Ja. Ich kenne ihn sehr gut. Er ist einer meiner wichtigsten Ansprechpartner für den Fonds.«

Der Fonds, dachte Lysander, natürlich. Der Kriegshilfefonds von Claverleigh Hall. Er atmete auf – vielleicht würden sich seine Befürchtungen als grundlos erweisen.

»Hast du ihn vor drei Tagen im Dene Hotel in Hythe getroffen?«

»Ja. Wir waren dort zum Abendessen verabredet. Lysander, was soll –«

»Verzeih mir, wenn ich jetzt so furchtbar grob und derb und unbedarft frage, aber …« Er verstummte, so sehr war ihm das zuwider. »Aber hast du eine Affäre mit Hauptmann Vandenbrook?«

Darüber musste sie aufrichtig lachen, doch ihr Lachen erstarb recht schnell.

»Natürlich nicht. Wie kannst du nur so etwas annehmen?«

Als Lysander echten Zorn in ihren Augen aufblitzen sah, schloss er seine, um fortzufahren.

»Im Lauf eines Jahres hast du neunmal im selben Hotel wie Vandenbrook übernachtet.«

Er hörte sie aufstehen und machte die Augen wieder auf. Sie war zum großen, kleinteilig gegliederten Fenster gegangen und blickte in den Park hinaus. Es nieselte, das Licht verblasste silbrig-trüb.

»Spionierst du mir etwa nach?«

»Ihm spioniere ich nach. Darum habe ich euch beide zusammen gesehen.«

»Aber aus welchem Grund spionierst du Hauptmann Vandenbrook nach?«

»Weil er ein Verräter ist. Weil er Militärgeheimnisse nach Deutschland schickt.«

Das traf sie offenkundig wie ein Schock. Sie wirbelte herum und sah ihn erschrocken an.

»Hauptmann Vandenbrook – das kann ich mir nicht vorstellen … Bist du dir sicher?«

»Ich habe Beweise, um ihn an den Galgen zu bringen.«

»Nicht zu … Wie kann das …« Ungläubig fuhr sie fort: »Wir haben uns doch nur über Wolldecken, Lazarette, Honigtöpfe, Dorffeste und Krankenschwestern unterhalten – darüber, wie ich das gesammelte Geld verwende. Ich kann es einfach nicht glauben.«

»Weißt du eigentlich, dass er nach jedem Treffen mit dir einen Umschlag im Hotel hinterlässt, der dann abgeholt wird?«

»Nein. Woher denn?«

»Er hat dich nie gebeten, einen dieser Umschläge weiterzugeben?«

»Nie. Wirklich nicht. Hör zu, ich habe ihn nur kennengelernt, weil das Kriegsministerium ihn als Verbindungsmann für den Fonds ernannt hat, nachdem ich damit angefangen hatte. Er hat mich immer sehr unterstützt.«

»Ein reizender Mann.«

»Er war sogar hier. Zwei – nein, drei Mal. Wir haben hier einige Besprechungen gehabt. Crickmay hat ihn auch kennengelernt. Er hat mit uns zu Abend gegessen.«

»Hier? Das hat Vandenbrook mir nie erzählt.«

»Warum sollte er? Ich habe dich in seinem Beisein nie erwähnt. Vermutlich hat er keine Ahnung, dass du mein Sohn bist. Dass der Mann, der ihn an den Galgen bringen kann, mein Sohn ist«, fügte sie etwas bitter hinzu. »Oder dass ich überhaupt einen Sohn habe. Himmel – wir haben doch immer nur über den Fonds gesprochen.«

Lysander nahm an, dass eine attraktive Frau Anfang fünfzig nicht unbedingt das Bedürfnis hat, aller Welt von ihrem bald dreißigjährigen Sohn zu erzählen. Tatsächlich hatte Vandenbrook Lysander nie den leisesten Anlass zur Vermutung gegeben, er wüsste, dass Lady Faulkner seine Mutter war.

»Könnte ich vielleicht einen Drink bekommen?«, fragte er.

»Gute Idee.« Sie klingelte nach dem Diener, der ein Tablett mit zwei Gläsern, einer Flasche Brandy und einem Sodasiphon hereintrug. Lysander bereitete die Drinks für sich und seine Mutter zu, bevor er seinen in großen Schlucken trank. Allen Beteuerungen und schlüssigen Erklärungen seiner Mutter zum Trotz kam ihm diese Verbindung zu Vandenbrook höchst fragwürdig vor. Das war ganz bestimmt kein Zufall – und würde nicht ohne Folgen bleiben. Schon wieder diese verfluchten Folgen.

»Darf ich rauchen?«

»Ich leiste dir gern Gesellschaft«, sagte sie. Lysander gab ihr eine Zigarette und Feuer, dann zündete er sich selbst eine an.

»Warum spionierst du Vandenbrook aus?«, fragte sie. »Ich meine, warum wurdest ausgerechnet du auf ihn angesetzt?« Die Zigarette drückte sie gleich wieder aus – sie hatte nie gern geraucht. »Du bist doch Soldat, oder nicht?«

»Ich arbeite für diese eine Abteilung im Kriegsministerium. Wir haben nur versucht, den Verräter ausfindig zu machen. Er richtet verheerende Schäden an.«

»Nun hast du ihn ja gefunden, nicht wahr?«

»Offenbar leitet Vandenbrook die Informationen nur weiter, weil er erpresst wird. Behauptet er jedenfalls.«

»Weswegen erpresst?«

»Wegen einer sehr ... unangenehmen Sache. Zutiefst beschämend.« Lysander wusste nicht, wie viel er ihr verraten sollte. »Falls jemals herauskommt, was er getan hat, wäre das in jeder Hinsicht sein Ruin – seine Ehe, seine Karriere, seine Familie, alles wäre zerstört. Man würde ihn ins Gefängnis sperren.«

»Du liebe Güte.« Lysander begriff, dass eine vage Antwort zuweilen schlimmere Vorstellungen weckt als die nackte Wahrheit. Seine Mutter sah ihn an. »Und wer ist nun sein Erpresser?«

»Das ist ja das Problem – alles deutet auf dich hin.«

12

Autobiographische Untersuchungen

Vielleicht war ich zu grob, zu direkt. Sie schien auf einmal völlig erschüttert zu sein – und ihre Skepsis verloren zu haben –, als würde die grausame, aber zwingende Logik dieses abgekarteten Spiels ihr plötzlich genauso einleuchten wie mir. Ich machte ihr einen zweiten Drink und bat sie, die Chronologie der Ereignisse noch einmal mit mir durchzugehen. Ihr erstes Treffen mit Vandenbrook hatte im September 1914 im Kriegsministerium stattgefunden, und sobald der Kriegshilfefonds von Claverleigh Hall nennenswerte Summen erzielte, gab es regelmäßig Kontakt. Anfang 1915 war der Hauptmann das erste Mal nach Claverleigh gekommen, kurz nach seiner Versetzung in die Verschickungsabteilung.

»Warum hat er die Tätigkeit für den Fonds nicht abgegeben? Das Arbeitsaufkommen in dieser Abteilung ist enorm.«

»Er hat von sich aus gefragt, ob er weitermachen dürfe«, sagte sie. »Offenbar hat ihn unser Einsatz sehr beeindruckt, und er hatte Sorge, dass eine Übergabe vielleicht nicht reibungslos verlaufen würde. Ich habe nicht lange gezögert und Ja gesagt. Ich war froh – wir sind immer wunderbar miteinander ausgekommen, und er hat viel für den Fonds bewirkt. Tatsächlich hatte ich angeregt, dass wir uns treffen, wenn er ohnehin in Folkestone zu tun hat – um ihn ein wenig zu entlasten. Das erste Hotel, in dem ich abgestiegen bin, war in Sandwich. Ich hatte ihm angeboten, mit dem Auto hinzufahren.«

»Habt ihr euch auch in London getroffen?«

»Ja. Vielleicht sechs Mal, immer wenn ich in der Stadt war.« Sie hielt kurz inne. »Ich kann nicht leugnen, dass ich diese Treffen genossen habe ... Crickmay ging es schon sehr schlecht, und für mich waren diese Abende eine Art Lichtblick. Schließlich ist Hauptmann Vandenbrook ein attraktiver, geistreicher Mann. Und ich glaube, wir hatten beide Freude daran, ein bisschen zu flirten. Ein ganz kleiner Flirt. Mehr war da nicht. Auch nicht, nachdem Crickmay gestorben war.«

»Ich kann das sehr gut verstehen«, sagte ich. »Ich glaube dir. Ich versuche nur, das Ganze aus seiner Perspektive zu sehen.«

»Das Problem ist natürlich, dass ich Österreicherin bin«, sagte sie tonlos, fast missmutig. »Das ist mir gerade erst klar geworden. Deswegen werden sie mich verdächtigen. Und zwar auf Anhieb.« Man konnte sehen, wie sehr sie dieser Gedanke bedrückte, sie schien in sich zusammenzusinken. »Sobald sie eins und eins zusammenzählen ... er ... und die Österreicherin.«

»Vergiss nicht, dass auch ich halb Österreicher bin«, sagte ich beunruhigt. »Das kommt mir alles zu glatt, zu konstruiert vor ...«

»Was willst du jetzt tun?«

»Noch nichts. Ich muss erst ein bisschen weitergraben.«

»Und was ist mit mir?«

»Tu einfach so, als ob nichts vorgefallen wäre.«

Sie stand auf, aufs Neue besorgt. So aufgewühlt hatte ich sie noch nie erlebt.

»Hast du schon irgendwem von Vandenbrook und deinen jüngsten Erkenntnissen erzählt?«

»Nein. Noch nicht. Ich will nicht, dass die anderen mir dazwischenfunken. Und ich muss mir sehr gut überlegen, was ich ihnen sagen werde.«

Wieder trat sie ans Fenster – inzwischen war es ziemlich dunkel geworden, und ich hörte den Regen gleichmäßig gegen die Scheiben schlagen.

»Du bringst dich doch selbst in Schwierigkeiten, wenn du niemandem Bescheid sagst. Oder etwa nicht?«, fragte sie, nun ruhig und gefasst.

»Die Sache ist äußerst verzwickt. Und ich möchte dich nicht in diesen Schlamassel hineinziehen«, antwortete ich. »Darum brauche ich noch etwas Zeit.«

Sie drehte sich um und breitete die Arme aus, und so ging ich zu ihr. Sie schmiegte sich fest an mich.

»Ich lasse nicht zu, dass dir diese Sache zum Verhängnis wird. Das lasse ich nicht zu«, sagte sie leise.

»Mutter, sei doch bitte nicht so melodramatisch. Von ›Verhängnis‹ kann gar keine Rede sein. Und du hast nichts verbrochen – du kannst dir die Sache also aus dem Kopf schlagen. Vandenbrooks Erpresser ist äußerst raffiniert zu Werk gegangen. Keine Frage. Aber ich finde schon noch heraus, wer das ist. Ich werde ihn ebenso raffiniert austricksen.«

»Das hoffe ich.« Sie drückte mich an sich. Es war schön, sie in den Armen zu halten. So nah waren wir uns seit dem Tod meines Vaters nicht mehr gewesen. Ich küsste sie auf die Stirn.

»Mach dir keine Sorgen. Ich werde ihn kriegen.«

Hoffentlich hörte ich mich zuversichtlicher an, als ich war. Ich wusste, sobald ich Munro und Massinger von Vandenbrooks Verrat erzählte, würde alles im Handumdrehen aufgedeckt werden – der Fonds, die Treffen, die Hotels, die Abendessen. Als ich mir die möglichen Folgen ausmalte, wurde mir zu meinem Schrecken klar, dass man auch mich belasten könnte. Dabei fiel mir ein nicht ganz unwichtiges Detail wieder ein.

»Ich sollte bald fahren«, sagte ich und ließ sie los. »Aber zuvor muss ich dich noch um etwas bitten. Erinnerst du dich an das Libretto, das ich dir mal gegeben habe, mit dem illustrierten Umschlag? *Andromeda und Perseus.*«

»Sicher«, sagte sie, nun wieder mit einem Hauch ihrer gewohnten trockenen Ironie. »Wie könnte ich das vergessen? Die Mutter meines Enkels ohne einen Faden am Leib.« Auf dem Weg zur Tür erklärte sie: »Ich habe es in meinem Büro.« Und nach einer kurzen Pause fragte sie: »Wie geht es dem Kleinen?«

»Lothar? Soweit ich weiß, geht es ihm gut – er ist bei einer Familie in Salzburg untergebracht.«

»Lothar in Salzburg … Was ist mit seiner Mutter?«

»Sie ist wohl nach England zurückgekehrt«, antwortete ich ausweichend.

Mit einem vielsagenden Blick ließ sie mich stehen, um das Libretto zu holen. Ich sah auf die Uhr und stellte fest, dass mir genug Zeit blieb, um in Lewes den letzten Zug nach London zu erwischen. Meine Mutter kehrte in heller Aufregung zurück.

»Was ist los?«, fragte ich.

»Du wirst es nicht glauben. Dein Libretto – es ist weg.«

Ich sitze im Zug nach London. Die Gedanken rasen, ständig ergeben sich neue Fragen. Das Büro meiner Mutter ist ein Arbeitszimmer im obersten Stock, von dort aus verwaltet sie den Fonds. Für die Sekretärinnen stehen zwei Schreibtische bereit, ansonsten befinden sich darin nur ein paar weiße Holzregale, die mit wenigen Büchern und unzähligen Aktenordnern vollgestopft sind. Meine Mutter war sich ganz sicher, sie habe das Libretto dazugestellt. Unsere gemeinsame Suche verlief genauso erfolglos. Bücher gehen doch ständig verloren, sagte ich, um sie zu beruhigen. Immerhin war es fast anderthalb Jahre her, dass ich ihr das Libretto überlassen hatte. In anderthalb Jahren kann alles Mögliche passieren.

Während ich dies schreibe, liest der Fahrgast, der mir gegenüber sitzt, einen Roman und bohrt sich ab und zu in der Nase, inspiziert den Ertrag seiner Nasenhöhlen und steckt ihn sich in den Mund. Erstaunlich, was wir von uns preisgeben, wenn wir uns unbeobachtet wähnen. Erstaunlich, was wir von uns preisgeben, wenn wir wissen, dass wir beobachtet werden.

In meinem Hotelzimmer finde ich einen kleinen Stapel Post vor. Ein Vermietungsbüro schickt mir eine Liste mit vier möblierten Apartments im Umfeld der Strand und von Charing Cross, die kurzfristig zu vergeben sind. Ich freue mich darauf, bald wieder ein eigenes Zuhause zu haben, nicht zuletzt, weil Hettie dann unerkannt und unbekümmert mit mir zusammen sein kann. Zu meiner Überraschung steckt im Stapel auch ein Telegramm von Massinger. Darin schlägt er ein Treffen um 16 Uhr am morgigen Nachmittag vor, in einem Teesalon in Mayfair, die Skeffington Tearooms in der Mount Street.

Die letzte Stunde habe ich damit zugebracht, Whisky aus meinem Flachmann zu trinken und Namenslisten mit den unterschiedlichsten Reihenfolgen und Konstellationen zu erstellen. Ich habe die Namen mit punktierten Linien und Doppelpfeilen verbunden, einige in Klammern gesetzt und andere dreimal unterstrichen. Nach dieser vollkommen sinnlosen Übung habe ich immer noch keine Ahnung, weshalb Massinger mich treffen will.

13

Trevelyan House Nr. 3 / 12, Surrey Street

Lysander wählte das zweite der vier möblierten Apartments, die ihm ein kurzatmiger, korpulenter Makler zeigte. Es befand sich im dritten Stock eines Wohngebäudes namens Trevelyan House in der Surrey Street, dicht an der Strand: ein Schlafzimmer, ein kleines Wohnzimmer, ein modernes Bad und eine Küche, tatsächlich mehr ein Schrank mit einer Spüle, einer elektrischen Doppelkochplatte und einem tristen Blick auf die weißen Kacheln des Lüftungsschachts. Zwar hätten alle Apartments Lysanders elementaren Bedürfnissen entsprochen, aber die Vorhänge, Teppiche und Möbel der Nummer 3 / 12 waren noch verhältnismäßig neu und damit besonders ansprechend – keine schmierigen Stoffränder, kein abgewetzter Bodenbelag vor dem Kamin oder Zigarettenbrandlöcher auf dem Sims. Das Einzige, was ihm hier noch fehlte, dachte Lysander, war ein bisschen Farbe – ein Bild, ein paar neue Lampenschirme, Sofakissen, die ihm helfen würden, die nüchternen Räume zu personalisieren.

Er unterschrieb den Vertrag, zahlte eine Monatsmiete im Voraus und bekam zwei Schlüsselsätze ausgehändigt. Die Bettwäsche und den Hausrat, den er nach seinem Auszug vom Chandos Place eingelagert hatte, wollte er sich unverzüglich von einem Dienstmann bringen lassen. Sein Arbeitsplatz war schätzungsweise knapp zehn Gehminuten entfernt – noch ein unverhoffter Vorzug der kleinen »Liebeslaube«, die er mit Hettie zu teilen gedachte. Bei dieser Aussicht spürte er die Erregung von einst – bei der Aussicht, wieder nackt mit ihr in einem Bett zu liegen – und musste erkennen, dass die Verheißung grenzenloser Lust jede Vorsicht, die er hätte walten lassen müssen, in den Wind schlug. Hettie – Venora – war inzwischen verheiratet; außerdem war der neue Mann an ihrer Seite von Wut und Eifersucht erfüllt. Hoff und Lasry: beide ressentimentsgeladene Hitzköpfe – was fand Hettie an diesem Typus nur so anziehend? Außerdem war Lysanders Leben momentan so kompliziert, dass er jede neue Komplikation tunlichst hätte meiden müssen. *»Pflücke die Rosen kühn, die dir am Wege blüh'n«,* sagte er sich, als wäre in diesen zwei Liedzeilen die Lösung aller Probleme enthalten. Nun hatte er ein neues Dach über dem Kopf – dessen Adresse nur ihm bekannt war, was wohl seinen wichtigsten Vorzug darstellte.

Die Skeffington Tearooms in der Mount Street hielten sich trotzig an vornehme Standards, wie Lysander schon von Weitem feststellen konnte. Vorhänge aus allerfeinster Spitze schirmten die Teetrinker vor neugierigen Passanten ab; der Name des Etablissements stand in schwarzen Glasbuchstaben auf einem weißen Metallschild voller Schnörkel, die entweder mit vergoldeten Blümchen oder vierblättrigem Klee versehen waren. Ein Serviermädchen mit Häubchen und langer weißer Latzschürze fegte die Straße vor dem Eingang. Zu Massinger passte das Lokal nicht.

Kristalllüster beleuchteten den großen, lang gestreckten Innenraum, an den Wänden befanden sich halbrunde Chesterfield-Sitznischen aus weinrotem Samt. Zwei Reihen auf Hochglanz polierter Tische mit Zierdeckchen und Blumenschmuck in der Mitte nahmen den Rest des Platzes ein. Das leise Klirren von Silberbesteck auf Porzellan und gedämpftes Stimmengemurmel begrüßten Lysander. Er hatte das Gefühl, eine Bibliothek zu betreten, in der die üblichen unausgesprochenen Verbote galten – keine lauten Schritte bitte, möglichst kein Husten und kein Räuspern, und vor allem kein Lachen.

Eine strenge Frau mit Zwicker auf der Nase sah nach, ob Massingers Name im Gästebuch eingetragen war, dann führte ein Serviermädchen Lysander zur hinteren Ecknische. Dort saß Massinger, der zu allem Überfluss auch noch einen Cutaway trug, rauchte und las Zeitung. Als er Lysander erblickte, lächelte er nicht, sondern hielt die Zeitung hoch und deutete auf eine Schlagzeile: »1916 droht das Aus für englisches County Cricket.«

»Ist das nicht furchtbar?«, sagte Massinger. »Was bleibt uns dann noch? Ich bin entsetzt.«

Lysander pflichtete ihm bei, setzte sich und bestellte ein Kännchen Kaffee. Ihm war nicht nach Tee zumute; Massinger zählte nicht zu den Personen, mit denen man gern Tee trank.

»Warum wollten Sie mich sehen?«, fragte er, als Massinger seine Zigarette geradezu gewaltsam im Aschenbecher ausdrückte und den Rauch ausschnaubte.

»Ich wollte Sie nicht sehen, Rief.« Massinger hob den Kopf. »Sie aber schon«, fuhr er fort und streckte den Arm aus.

Wie eine Erscheinung trat Florence Duchesne an den Tisch.

Lysander geriet sofort in Panik: Bestimmt würde sie gleich einen Revolver aus ihrer Handtasche ziehen und ihn über den Haufen schießen. Er starrte sie an. Es war unverkennbar Florence Duchesne und doch eine andere als die Witwe, die er zuletzt auf dem Dampfer am Lac Léman gesehen hatte. Die schwarze Tracht und den Schleier hatte sie abgelegt, dafür Puder und Lippenstift aufgetragen. Sie trug ein magentarotes Stadtkostüm mit taillenkurzer Jacke und Humpelrock. Im Ausschnitt ihrer Seidenbluse steckte ein Nickituch, ein violettrotes Samtbarett, dunkler als ihr Kostüm, saß schräg auf ihrem Kopf. Als wäre Madame Duchesnes hochmodische Zwillingsschwester plötzlich aufgetaucht, nicht die schwermütige Witwe, die beim Postamtsvorsteher von Genf wohnte.

Als sie sich zu ihm in die Nische setzte, zuckte Lysander unwillkürlich zusammen.

»Ich musste Sie einfach sehen, Monsieur Rief«, sagte sie auf Französisch. »Um Ihnen alles zu erklären und natürlich auch, um mich zu entschuldigen.«

Verwirrt blickte Lysander von ihr zu Massinger und wieder zu ihr. Er wusste nicht, was er sagen sollte. Da stand Massinger auf und sorgte für Ablenkung.

»Ich gehe, damit Sie beide sich in Ruhe unterhalten können. Bis später, Madame. Auf Wiedersehen, Rief.«

Lysander sah ihm hinterher, als er nach vorne ging, um seinen Zylinder zu holen. Damit wirkte Massinger in seinen Augen wie ein leitender Ladenverkäufer. Er wandte sich wieder Florence Duchesne zu.

»Mir kommt das sehr merkwürdig vor«, sagte er bedächtig. »Ausgerechnet neben der Person zu sitzen, die drei Mal auf mich geschossen hat. Äußerst merkwürdig ... Sie wollten mich doch wohl umbringen.«

»In der Tat. Dabei dürfen Sie aber nicht vergessen, dass ich dachte, Sie steckten mit Glockner unter einer Decke. Außerdem war ich überzeugt, dass Sie ihn getötet hatten. Und als Sie wegen des Schlüsseltextes logen, hielt ich das für den schlagenden Beweis. Massinger hatte mir ja eingebläut, nicht das kleinste Risiko einzugehen – er sagte sogar, Sie könnten durchaus ein Verräter sein. Hätte ich unter diesen Umständen zulassen dürfen, dass Sie in Evian an Land gehen und einfach verschwinden? Nein. Wenn man bedenkt, wie schwerwiegend mein Verdacht war – ich habe nur meine Pflicht getan.«

»Sicher. Sie haben das einzig Richtige getan.« Der Sarkasmus ließ Lysander ungewöhnlich harsch klingen, beinah wie Massingers Reibeisenstimme. Ihm fiel dessen fehlerhaftes Pennälerfranzösisch ein. Madame Duchesne senkte den Kopf.

»Und doch …« Sie brach mitten im Satz ab.

»Ich frage mich, ob es hier wohl Alkohol gibt.« Lysanders Frage war rein rhetorisch. »Vermutlich nicht vornehm genug. Ich könnte einen starken Drink vertragen, Madame. Das verstehen Sie sicher.«

»Von mir aus können wir gern in ein Hotel gehen. Ich hätte etwas Wichtiges mit Ihnen zu bereden.«

Nachdem Lysander bezahlt hatte, standen sie auf. Florence Duchesne nahm an der Garderobe einen schwarz gefärbten Bisammantel entgegen, dessen einziger Knopf in Hüfthöhe angebracht war. Als er ihr in den Mantel half, roch er ihr starkes Parfum. Ihm fiel das Abendessen auf der Terrasse der Brasserie des Bastions in Genf ein, damals schon hatte er ihren Duft bemerkt, der ihm unpassend erschienen war, doch nun erkannte er, dass er einen Hauch ihrer wahren Identität transportierte. Ein verräterischer kleiner Hinweis. Er betrachtete sie verstohlen, während sie schweigend zum Connaught Hotel liefen.

Sie suchten sich einen Platz in der Lounge, Lysander bestellte für sie einen Dubonnet und für sich einen großen Whisky Soda. Während er trank, ließ seine Nervosität allmählich nach. Seltsam, wie schnell man sich an die absurdesten Situationen gewöhnt, dachte er – da sitze ich nun in trauter Einigkeit mit der Frau zusammen, die mich umbringen wollte. Er warf ihr über den Tisch einen Blick zu und verspürte weder Wut noch Entrüstung. Er sah in ihr nichts weiter als eine äußerst attraktive, nach der allerneuesten Mode gekleidete Frau.

»Warum sind Sie in London?«, fragte er.

»Massinger hat mich aus Genf herausgeschleust. Das Pflaster wurde zu heiß.«

Sie erklärte Lysander auch warum. Ihr Kontaktmann bei der deutschen Botschaft – »der Herr mit den kompromittierenden Briefen« – war verhaftet und nach Deutschland deportiert worden. Es war nur eine Frage der Zeit, bis er ihren Namen preisgab. »Darum hat Massinger mich umgehend herausgeholt.«

»Ich nehme an, dass Sie nicht wirklich verwitwet sind.«

»Nein. Ich bin nicht einmal verheiratet. Aber zur Tarnung ist das ideal.«

»Was ist mit Ihrem Bruder?«

»Den gibt es. Und er ist der Postamtsvorsteher von Genf.« Sie lächelte ihn an. »Nicht alles ist gelogen.«

Ihr Lächeln entwaffnete ihn derart, dass er den Blick nicht mehr von ihr abwenden konnte – ihrer markanten kleinen Nase, ihren tiefbraunen Augen, der dunklen Mulde unterhalb ihres Schlüsselbeins. Offenbar war er bereit, ihr zu vergeben. Tatsächlich fiel es ihm grotesk leicht.

»Wie geht es Ihnen?«, fragte sie. »Haben Sie sich von den Schüssen erholt?«

»Ich habe sieben Narben zurückbehalten, die mich an Sie erinnern«, sagte er und zeigte ihr das Stigma an seiner linken Handfläche. »Und mein Bein wird manchmal steif. Abgesehen davon geht es mir erstaunlich gut.«

»Ein Glück, dass ich so eine schlechte Schützin bin«, erwiderte sie mit einem zerknirschten Lächeln. »Ich kann mich nur immer wieder bei Ihnen entschuldigen. Stellen Sie sich bloß vor, dass ich pausenlos um Verzeihung bitte. Verzeihung, Verzeihung, Verzeihung.«

Lysander zuckte mit den Schultern. »Schon gut. Ich lebe noch. Sie sind hier.« Er hob sein Glas. »Das ist mein Ernst – trotz allem, was zwischen uns vorgefallen ist: Ich freue mich sehr, Sie wiederzusehen.«

Das trug offensichtlich zu ihrer Entspannung bei. Sie hatte nun Sühne geleistet.

»Und Sie haben noch gewusst, dass ich gern Dubonnet trinke«, sagte Florence Duchesne.

Lysander sah ihr in die Augen.

»Sie trinken gern Dubonnet, aber keinen Champagner.«

»Und Sie waren mal ein berühmter Schauspieler.«

»Schauspieler, das ja ... Sie wollten doch etwas mit mir bereden?«

Ihr Blick wurde ernst.

»Mein Kontaktmann bei der Botschaft hat mir ein interessantes Detail verraten, bevor er verhaftet und deportiert wurde. Die Person, die Glockner beschickt hat, wurde dafür bezahlt. Man hat ihr über die Schweiz große Geldsummen zukommen lassen.«

»Ich dachte mir schon, dass Geld eine Rolle spielt. Ist auch ein Name gefallen?«

»Nein.«

»Ganz sicher?«

»Mehr hat er mir nicht gesagt. Es war allerdings auffallend viel Geld. Bereits über zweitausend Pfund. Zu viel für einen Einzeltäter. Ich habe mich gefragt, ob es sich vielleicht um eine Zelle handelt, mit zwei oder drei ...«

Lysander war nicht überrascht, seinen eigenen Verdacht bestätigt zu sehen, aber er täuschte Ungläubigkeit vor, indem er die Stirn runzelte und mit den Fingern trommelte.

»Haben Sie anderen davon erzählt?«

»Noch nicht. Sie sollten es als Erster erfahren.«

»Warum nicht Massinger?«

»Seit Glockner tot ist, hält er den Fall wohl für abgeschlossen.«

»Könnten Sie das noch eine Weile für sich behalten? Das wäre mir eine Hilfe.«

»Natürlich.« Wieder lächelte sie. »Das mache ich gern.«

Er lehnte sich zurück und schlug die Beine übereinander.

»Werden Sie nun in London bleiben?«

»Nein«, erwiderte sie. »Massinger möchte mich in Luxemburg einsetzen – um Truppenzüge zu zählen. Ich soll mich mit einem einsamen alten Bahnhofsvorsteher anfreunden.«

»Also werden Sie *la veuve Duchesne* wieder aufleben lassen.«

»Eine sehr wirksame Tarnung – schafft auf Anhieb Respekt. Man wird nicht behelligt. Niemand möchte einer Trauernden zu nahe treten.«

»Warum tun Sie das?«

»Und Sie?« Sie wartete seine Antwort gar nicht erst ab. »Massinger bezahlt sehr gut dafür«, gab sie offen zu. »Und ich weiß Geld zu schätzen, weil ich erlebt habe, wie das ist, wenn man keins hat. Keinen Penny. Das war hart ...« Sie stellte ihr Glas ab und drehte es eine Weile auf dem Untersetzer hin und her. Lysander schwieg.

Nach einer Weile fragte sie, ohne den Kopf zu heben: »Was halten Sie von Massinger?«

»Schwierig. Charakterlich schwierig.«

Nun blickte sie ihn offen an.

»Es fällt mir schwer, ihm voll und ganz zu vertrauen. Er ändert oft seine Meinung.«

Lysander fragte sich, ob das als versteckte Warnung gemeint war. Er beschloss, sachlich zu bleiben.

»Massinger sorgt sich um seine Position. Offenbar will man Genf und die Schweiz aufgeben und sich auf Holland konzentrieren.«

»Ich soll über Holland nach Luxemburg fahren und dort einen gewissen Munro treffen.«

»Soviel ich weiß, ist Munro für Holland zuständig. Das sorgt sicher für kleinere Rivalitäten.«

»Es wäre ein Leichtes gewesen, von der Schweiz aus nach

Luxemburg zu gelangen. Glauben Sie, dass noch etwas anderes dahintersteckt?«

»Das weiß ich nicht«, bekannte er freimütig. Eigentlich sollte er nicht so offen mit ihr reden, aber sie schien von den gleichen Zweifeln und dunklen Ahnungen geplagt zu sein wie er. Kaum wähnte man sich im Besitz der entscheidenden Fakten, lösten sich sämtliche Gewissheiten gleich wieder auf.

»Mir geht es nicht anders als Ihnen«, fuhr er fort. »Ich befolge nur Anweisungen. Bemühe mich, vorausschauend zu handeln. Mit Problemen zu rechnen. Versuche, keine Fehler zu begehen.« Er lächelte. »Jedenfalls wünsche ich Ihnen viel Glück. Ich muss jetzt los.« Sie standen beide auf. Florence Duchesne zog eine Visitenkarte aus ihrer Handtasche und reichte sie ihm.

»Ich werde wohl noch ein paar Tage in London bleiben«, sagte sie. »Es wäre schön, Sie wiederzusehen. Ich habe unser Abendessen in Genf nicht vergessen – *un moment agréable.*«

Lysander warf einen Blick auf die Karte, die von ihrem Hotel stammte, dem Bailey's in der Gloucester Road. Es war auch eine Telefonnummer angegeben.

»Ich rufe Sie an«, antwortete er, ohne wirklich zu wissen, ob und warum er Florence Duchesne noch einmal treffen sollte. Er wollte ihr aber auch nicht den Eindruck vermitteln, dass ihre Wege sich hier endgültig trennten, und so ließ er zumindest die Möglichkeit eines Wiedersehens offen.

Draußen vor dem Teesalon nahmen sie Abschied. Florence Duchesne erklärte, sie wolle ein wenig die Stadt erkunden, schließlich sei sie zum ersten Mal in London. Als sie ihm die Hand gab, spürte Lysander, wie sie den Druck auf seine Finger verstärkte. Sie sah ihm in die Augen. Wollte sie ihn stumm zur Vorsicht ermahnen? Oder ihm erneut zu verstehen geben, dass sie ihn gern wiedersehen wollte und mit seinem Anruf rechnete? Lysander blickte ihr nach, als sie mit wehendem Bisammantel davonging, und malte sich diverse Szenarien aus, ihm fiel ein, dass er sich Florence Duchesne einst nackt, beschwipst, sich kringelnd vor Lachen vorgestellt hatte ... Diese Phantasie wirkte auf einmal gar nicht so unrealistisch. Er hielt ein Taxi an und ließ sich zum Embankment fahren.

Lysander wusste bereits, dass er bis spät in die Nacht würde arbeiten müssen. Dank des magischen C. I. G. S.-Briefs hatte Tremlett ihm sämtliche Reisekostenabrechnungen von Osborne-Way beschafft, die dieser dem Kriegsministerium vorgelegt hatte, unter der Bedingung, dass die Unterlagen gleich am nächsten Tag zurückgegeben wurden.

Tremlett ließ den schweren Ordner auf Lysanders Schreibtisch fallen.

»Ist Hauptmann Vandenbrook in seinem Büro?«, fragte Lysander.

»Hauptmann Vandenbrook ist in Folkestone, Sir. Morgen Vormittag kommt er zurück.«

Sehr gut, dachte Lysander – Vandenbrook verhielt sich wie immer. »Danke«, sagte er zu Tremlett. »Bringen Sie mir bitte noch das Kriegstagebuch und die Kopien der Reisegenehmigungen zu Land.«

Die nächsten zwei Stunden sichtete er Osborne-Ways Reisebelege und glich sie mit Vandenbrooks Fahrten ab, ohne Überschneidungen festzustellen. Osborne-Way war sogar in Frankreich gewesen, als zwei Glockner-Briefe in Hotels in Sandwich und Deal hinterlegt worden waren. Außerdem hatte Osborne-Way in Frankreich das süße Leben genossen: teure Restaurants in Amiens; ein Wochenende im Pariser Hôtel Meurice – was hatte er dort zu tun gehabt? –, alles auf Kosten des Kriegsministeriums und der britischen Steuerzahler. Frustriert fragte sich Lysander, ob er Osborne-

Ways Verschwendung rachehalber einem seiner Vorgesetzten melden sollte, ein kleiner Hinweis nur, der ihm das –

Plötzlich hörte er im Flur laute Stimmen und eilige Schritte.

Es klopfte an seine Tür, und Tremlett steckte den Kopf herein. Seine Augenklappe war leicht verrutscht.

»Wir gehen alle nach oben, Sir. Zeppelin im Anflug!«

Lysander nahm seinen Mantel vom Haken und folgte Tremlett über die Treppe zum Dach. Ein halbes Dutzend Männer hatte sich auf der Plattform neben dem Aufzuggehäuse versammelt und blickte nach Westen, wo die langen, leuchtenden Finger der Suchscheinwerfer den Nachthimmel schwerfällig nach dem Luftschiff abtasteten. In der Ferne knallten Luftabwehrgeschosse, hoch über ihnen explodierte ab und zu eine Leuchtgranate.

Lysander blickte auf die nächtliche Stadt herab, die sich etwa sieben Stockwerke tiefer unter ihm erstreckte. Auf ihn wirkte sie genauso wie in Friedenszeiten – Automobile und Omnibusse blinkten, Schaufenster erstrahlten unter den Vordächern, Straßenlaternen spendeten, wie Perlen an einer Schnur aufgereiht, ihr milchiges Licht. Dazwischen gab es zwar auch annähernd verdunkelte Bereiche, doch insgesamt musste es dem Kapitän dieses Luftschiffs irgendwo da droben wie eine Einladung vorkommen. Wo soll ich meine Bomben abwerfen? Hier? Oder dort? Wie aufs Stichwort streifte der erste Suchscheinwerfer den Zeppelin, dann der zweite und dritte. Lysanders erster Gedanke war, mein Gott, wie groß – gigantisch – und welche erhabene Schönheit. Das Luftschiff befand sich in großer Höhe und bewegte sich stetig vorwärts, wie schnell, konnte er nicht einschätzen. Der immer lauter werdende Artilleriekrach verschluckte die Motorengeräusche, sodass es aus eigener Kraft über ihnen zu schweben schien, eher von Nachtwinden angetrieben als von Maschinen.

Ein weiteres Luftabwehrgeschütz begann zu feuern, diesmal ganz in der Nähe – Pop! Pop! Pop!

»Das ist das Geschütz im Green Park«, sprach Tremlett ihm ins Ohr, bevor er in die Dunkelheit hinausbrüllte: »Macht sie fertig, Jungs!«

Die anderen Männer auf dem Dach stimmten mit ein, während Lysander den Zeppelin bewunderte, ergriffen von der tödlichen Schönheit dieser riesigen silbernen Flugmaschine im Fadenkreuz der Suchscheinwerfer, die sich allem Anschein nach inzwischen fast direkt über ihnen befand.

»Achttausend Fuß hoch«, sagte Tremlett. »Mindestens.«

»Wo sind unsere Flugzeuge? Warum können wir ihn nicht abschießen?«

»Wissen Sie, wie lange unsere Flugzeuge brauchen, um diese Höhe zu erreichen, Sir?«

»Nein. Ich habe nicht die geringste Ahnung.«

»Etwa vierzig Minuten. Bis dahin ist er längst wieder weg. Oder er wirft einfach Ballast ab und steigt weitere tausend Fuß auf. Für ihn ein Kinderspiel.«

»Woher wissen Sie so gut Bescheid, Tremlett?«

»Mein kleiner Bruder ist beim Royal Flying Corps. In Hainault stationiert. Er ist immer – Whoah! Heilige Scheiße!«

Die erste Bombe war detoniert. Unweit vom Embankment – zunächst loderte ein Flammenmeer auf, dann breitete sich die Stoßwelle aus, und man hörte den dumpfen Knall der Explosion.

»Die Strand brennt!«, schrie Tremlett. »Verfluchter Mist.«

Danach ertönten in rascher Folge weitere Explosionen, während eine Bombe nach der anderen fiel, von Tremletts Kommentaren begleitet.

»Die haben es auf die Theater abgesehen! Hol's der Teufel! Das war Drury Lane! Das ist Aldwych!«

Lysander verspürte einen Anflug von Übelkeit. Blanche stand im Lyceum auf der Bühne. Himmel. Wellington Ecke

Aldwych Street. Er hielt seine Uhr ins Licht – die Pause musste gerade angefangen haben. Der Zeppelin drehte langsam nach Norden ab, Richtung Lincoln's Inn. Die nächsten Bomben schlugen außer Sichtweite ein.

»Ein Riesenfeuer!«, brüllte Tremlett. »Guckt euch das an, die haben das Lyceum erwischt!«

Lysander stürmte die Treppe hinunter. Draußen auf dem Embankment hörte er die Sirenen der Polizei und Feuerwehr, Pfiffe, Schreie, alles aus Richtung der Strand, während in der Ferne noch mehr Bomben fielen. Er rannte über die Carting Lane zur Strand, am Hotel Cecil vorbei. Von dort aus sah er schon die haushohen Flammen, ein grelles, künstliches Orange, das die Fassaden der Aldwych und Wellington Street beleuchtete. Gas, dachte er, eine explodierte Gasleitung. Unzählige Menschen liefen über die Strand zur Feuerquelle. Lysander zwängte sich durch die Menge und flitzte die Exeter Street hinauf. Dort breitete sich eine dichte Staubwolke aus, und alle Straßenlaternen waren erloschen. Als er um die Ecke bog, sah er lauter Glas- und Ziegelscherben auf der Straße liegen, dahinter den ersten dampfenden Krater. Es war, als würde darin die Erde selbst brennen. Drei Leichen lagen zusammengedrängt am Straßenrand, wie schlafende Landstreicher. Am Ende der Straße gleißte das Feuer besonders hell. Er rannte darauf zu und sah, dass es direkt am Lyceum brannte, aus der Gasleitung schlugen riesige Flammen empor. Noch mehr Sirenen, Rufe, Schreie. Eine Frau in einem paillettenbesetzten Kleid stolperte ihm wimmernd aus dem Dunkeln entgegen, von ihrem rechten Arm war nur noch ein zuckender Stumpf übrig. Ein Mann in Smoking lag mit ausgebreiteten Armen auf dem Rücken, ohne sichtbare Verletzungen.

Eine halbe Giebelwand war hier eingestürzt, sodass eine zwei Meter hohe Mauer aus losen Ziegeln ihm den Weg abschnitt. Aus der Wellington Street hörte Lysander Frauen

schreien, während Polizisten riefen: »Zurück! Zurück!«
Als er über den Ziegelhaufen steigen wollte, rutschte er
ab und schlug schmerzhaft mit dem Ellbogen auf. Er versuchte es erneut an der Nordseite der Exeter Street, wo er
sich wenigstens von den Fassaden abstützen konnte. Hier
glitzerte überall Glas, funkelten Splitter wie orangerote
Diamanten – jedes einzelne Fenster war geplatzt. Lysander überlegte, wo sich im Lyceum die Garderoben befanden – sein Vater hatte in den achtziger Jahren ständig dort
gespielt. Vielleicht war es auch nicht während der Pause
passiert – die Bühne bot mehr Sicherheit –, aber da er dieses vermaledeite Stück noch nicht gesehen hatte, konnte er
nicht wissen, wo Blanche sich bei der Explosion aufgehalten hatte.

Er kletterte über den Haufen rutschender Ziegel. Das
flackernde Gaslicht ließ seinen wogenden, flimmernden
Schatten an der Fassade zu einem Ungeheuer anwachsen.
Der Krater war gewaltig, fast vier Meter tief. Drum herum
lagen weitere Leichen sowie Körperteile verstreut. Das
Eckpub – The Bell – brannte lichterloh. Das Theaterpubli-
kum ging in den Pausen gern in dieses Pub, die Bombe hatte
es zur Spitzenzeit erwischt. Dahinter sah er Polizisten eine
Kette bilden, um die entsetzten, aber schaulustigen Passanten von den Flammen fernzuhalten, die aus der Gasleitung
aufschlugen.

Lysander hörte Ziegel auf die Straße fallen, das Knacken
zerbrechender Eier, und sah gerade noch rechtzeitig, dass
eine Fensterlaibung einstürzte und dabei die halbe Wand
mit sich riss. Er warf sich zur Seite und glitt vom Ziegelhaufen atemlos auf die Straße. Vor seinen Augen flimmerte
es, während er nach Luft rang. Er stemmte sich auf die Knie
und bemerkte eine Gestalt, die nur ein paar Meter entfernt
reglos im Schatten verharrte und offenbar in seine Richtung
schaute.

»Helfen Sie mir!«, rief Lysander keuchend.

Die Gestalt rührte sich nicht. Ein Mann mit Hut und hochgeschlagenem Mantelkragen – mehr war nicht zu erkennen, nachdem die Straßenlaternen ausgefallen waren. Der Mann stand an der Ecke Exeter Street und Strand, wo Lysander die ersten Toten gesehen hatte.

Schwankend, leicht beunruhigt stand Lysander auf, während die Gestalt ihn immer noch anzustarren schien. Was war denn los? Warum rührte dieser Mann keinen Finger? Die Gasleitung loderte wieder auf und sorgte für etwas Licht – die Gestalt hielt sich die Hand vor das Gesicht.

»Ich kann Sie sehen!«, brüllte Lysander, obwohl das nicht der Fall war, aber er wollte den Mann aus der Reserve locken. »Ich weiß, wer Sie sind! Ich kann Sie sehen!«

Die Gestalt machte auf dem Absatz kehrt und rannte um die Ecke – schon war sie verschwunden.

Es hatte keinen Zweck, ihr nachzujagen, dachte Lysander, außerdem musste er dringend Blanche finden. Er erklomm ein weiteres Mal den Ziegelhaufen, glitt auf der anderen Seite wieder herunter und rannte zum Bühneneingang des Lyceum. Ein Polizist hatte sich dort untergestellt.

»Wo sind die Schauspieler? Ich habe eine Freundin –«

»Sie können hier nicht rein, Sir. Es haben sich alle draußen auf der Strand versammelt.«

Lysander erkannte, dass die Wellington Street unpassierbar war, er würde den Weg wieder zurückgehen müssen. Vorsichtig stieg er über den Ziegelhaufen und sah, dass inzwischen Polizisten und Rettungsmannschaften die Leichen und Verletzten bargen. Die Gefahr war gebannt. Er lief an ihnen vorbei über die Strand Richtung Aldwych Street. Dort war eine riesige Menge zusammengekommen. Das Strand Theatre direkt gegenüber war evakuiert worden, sodass die Straßen vor gut gekleideten Theatergängern wimmelten, die rauchten und sich aufgeregt unterhielten –

überall Satinfliegen, Straußenfedern, Seide, Schmuck. Er ließ den Blick schweifen. Wo waren nur die Schauspieler?

»Lysander! Nicht zu fassen!«

Es war Blanche, mit einem Becher Kaffee in der einen und einer Zigarette in der anderen Hand. Jemand hatte ihr seinen Mantel wie ein Cape um die Schultern gelegt.

Als er sie sah, bekam er plötzlich weiche Knie. Er ging auf sie zu und küsste sie auf die Wange, schmeckte die Theaterschminke. Im flackernden Licht der brennenden Gasleitung sah Blanche mit ihrer weißen Regency-Perücke geradezu grotesk aus – eine schrill bemalte Spinnerin mit stark gewölbten schwarzen Augenbrauen, Schönheitspflästerchen und knallroten Lippen.

»Hast du bei der Explosion etwas abbekommen?«, fragte sie.

Lysander blickte an sich hinunter. Er war über und über mit Ziegelstaub bedeckt, am linken Knie war seine Hose aufgerissen, er trug keinen Hut, von einem Fingerknöchel troff Blut.

»Nein. Ich war bei der Arbeit, und als ich die Bomben gesehen habe, wollte ich wissen, was mit dir ist. Ich habe mir Sorgen gemacht …«

»Ach, liebster Lysander …«

Er schloss sie fest in die Arme. Blanche zitterte am ganzen Körper.

»So kannst du nicht nach Hause gehen«, sagte er sanft und nahm sie bei der Hand. »Komm mit zu mir, dort kannst du dich frisch machen. Einen ordentlichen Drink genießen. Wir sind in zwei Minuten da.«

14

Autobiographische Untersuchungen

Blanche ist gegangen. Es ist neun Uhr morgens. Ihre Kleidung hatte sie vom Lyceum kommen lassen. In den Zeitungen steht, dass durch den Luftangriff siebzehn Menschen umgekommen sind – dem »Großangriff auf die Theaterlandschaft«. Bizarrerweise verdanke ich dem Piloten dieses Zeppelins mein Glück: Meine erste Nacht im Trevelyan House Nr. 3 / 12 habe ich mit Blanche verbracht. Blanche. Ihre breiten, tief angesetzten Brüste, vorspringenden Hüftknochen, langen schmalen, fast jungenhaften Oberschenkel, ihr weiß gepudertes Gesicht, das Schönheitsmal, der Lippenstift, von dem nach unseren Küssen nicht viel übrig war. Wie sie meinen Kopf mit beiden Händen packte, mein Gesicht dicht über ihrem hielt und mir unverwandt in die Augen sah, als ich zum Höhepunkt kam. Befreiung. Erlösung. Wie sie nackt durch das Zimmer lief, um meine Zigaretten zu finden, dann wie eine blasse Odaliske stehen blieb, um erst sich und dann mir eine Zigarette anzuzünden.

Frage: Wer war dieser Mann, der mich im Verborgenen beobachtete?

Der Schock, die nervliche Anspannung werden mir erst im Nachhinein bewusst. Der Zeppelin, die Bomben, die Leichen, die Schreie. Das Wiedersehen und das Zusammensein mit Blanche haben mich alles andere verdrängen lassen, so auch diese merkwürdige Begegnung in der Exeter Street – Teil des Wahnsinns, des Schreckens dieser Nacht. Wollte mir jemand Angst einjagen? Sollte das eine Warnung sein? Vandenbrook weilte dem Vernehmen nach in Folkestone – und ich kann mir nicht vorstellen, dass er etwas tun würde, das dermaßen gegen seine Interessen verstößt. Ich bin doch seine letzte Hoffnung.

Ich führe mir immer wieder das Bild vor Augen, das ich von ihm erhascht habe, bevor er verschwand. Warum denke ich bloß an Jack Fyfe-Miller? Nein, das ist bestimmt ein Irrtum. Trotzdem muss jemand vor dem Gebäude gewartet haben, der gesehen hat, wie ich herausgelaufen bin, und mir dann gefolgt ist, als ich auf die Bomben zurannte ...

Als wir uns letzte Nacht in den Armen hielten, haben wir uns ausgesprochen.

ICH: Ich habe immer noch den Ring – unseren Ring ...

BLANCHE: Was willst du mir damit sagen, Liebster?

ICH: Dass wir, du weißt schon, dass wir die Verlobung besser nicht gelöst hätten.

BLANCHE: Soll ich das etwa als neuen Heiratsantrag werten?

ICH: Ja. Sag bitte ja. Ich bin ein Vollidiot. Du hast mir gefehlt – ich war wie betäubt, wie im Koma.

Wir haben uns geküsst. Und dann bin ich aufgestanden und habe den Ring aus der Innentasche meiner Jacke geholt.

ICH: Ich habe ihn immer bei mir. Als Glücksbringer.

BLANCHE: Hast du denn so viel Glück gebraucht, seit wir uns getrennt haben?

ICH: Du machst dir keine Vorstellung. Eines Tages werde ich dir alles erzählen. Dabei fällt mir ein: Was ist eigentlich mit Ashburnham?

BLANCHE: Ashburnham zählt nicht. Ich habe ihn aus meinem Leben verbannt.

ICH: Das höre ich gern. Ich musste dich einfach nach ihm fragen.

BLANCHE [den Ring überstreifend]: Sieh mal, er passt immer noch. Das ist ein gutes Zeichen.

ICH: Und es wird dir nichts ausmachen, Mrs Lysander Rief zu sein? Und nicht mehr Miss Blanche Blondel?

BLANCHE: Immer noch besser als mein richtiger Name. Geboren bin ich als [mit Yorkshire-Akzent] Agnes Bleathby.

ICH [mit Yorkshire-Akzent]: Mann, was es nicht alles gibt. Da staunst du, Agnes, was?

BLANCHE: Wir spielen schließlich alle Theater, oder nicht? Fast pausenlos – jeder von uns.

ICH: Aber nicht jetzt. Ich jedenfalls nicht.

BLANCHE: Ich auch nicht. [Küsst ihren neuen alten Verlobten.] Trotzdem schön, dass du und ich zumindest davon leben können. Komm her, du.

Ich habe ein Telegramm aufgesetzt – auf dem Weg zur Arbeit werde ich es in einem Telegraphenamt aufgeben. Jetzt ist alles anders.

LIEBE VENORA TRAURIGE NACHRICHT STOP DEINE TANTE UNPÄSSLICH LONDON FÄLLT LEIDER FLACH STOP ANDROMEDA

Pro Wort habe ich einen halben Penny bezahlt. Vermutlich die bestangelegten sieben Pennies meines Lebens.

15

Ein Dutzend Austern und einen halben Liter Rheingauer Weißwein

Lysander maß die Zeit, die er für den Weg vom Trevelyan House zum Gebäude am Embankment brauchte: gut fünf Minuten, wenn er zügig ging. Zunächst freute er sich über die Geld- und Zeitersparnis, die eine solche Nähe zu seinem Arbeitsplatz mit sich brachte, bis ihm jäh einfiel, dass seine Tage in der Verschickungsabteilung sicher gezählt waren. Die Dinge spitzten sich in rasendem Tempo zu – dennoch hatte er einen letzten Trumpf auszuspielen.

Er hatte gerade die Nadel der Kleopatra passiert und wollte die Straße überqueren, als Munro ihm entgegenkam. Zu viele Zufallsbegegnungen, dachte Lysander – erst Fyfe-Miller, nun Munro. Offenbar wurde man in Whitehall Court zunehmend nervös.

»Welch freudige Überraschung.«

»Zynismus passt nicht zu Ihrer herzlichen, offenen Persönlichkeit, Rief. Wollen wir einen Kaffee trinken?«

Unter der Eisenbahnbrücke gab es einen Kaffeeausschank. Munro bestellte zwei Becher, während Lysander sich eine Zigarette anzündete.

»Ziemlich übler Angriff, gestern«, bemerkte Munro.

»Warum können wir so ein Riesenteil nicht abschießen? Das will mir nicht in den Kopf. Gibt eine gute Zielscheibe ab, bei der Größe, und leuchtet auch noch am Himmel.«

»In ganz London gibt es nur eine einzige Luftabwehrkanone mit einer Reichweite von zehntausend Fuß, und die gehört den Franzosen.«

»Könnten wir uns nicht ein paar mehr von ihnen borgen? Die Zeppeline kommen garantiert wieder, meinen Sie nicht?«

»Darüber sollen sich andere den Kopf zerbrechen, Rief. Wir haben schon genug eigene Sorgen. Ich würde gern einen Ihrer Sargnägel probieren, danke.«

Nachdem Lysander ihm eine Zigarette und Feuer gegeben hatte, war Munro ein Weilchen damit beschäftigt, sich Tabakkrümel von der Zunge zu zupfen. Offensichtlich kein geübter Raucher, er tat es nicht aus Genuss, sondern zur Pose.

»Wie kommen Sie voran?«, fragte Munro schließlich.

»Langsam, aber sicher –«

»– kommt man auch ans Ziel, was? Machen Sie nicht zu langsam. Haben Sie einen Verdächtigen?«

»Mehrere. Ich möchte mich sicherheitshalber noch nicht festlegen. Um jeden Irrtum auszuschließen.«

Munro verzog das Gesicht.

»Sie können nicht erwarten, dass wir Ihre redliche Vorsicht noch lange tolerieren, Lysander. Sie haben hier einen Auftrag zu erledigen. Kriegen Sie den Arsch endlich hoch.«

Aus irgendeinem Grund war Munro plötzlich sehr verärgert. Lysander war der gönnerhafte Gebrauch seines Vornamens nicht entgangen.

Er versuchte, ruhig zu bleiben, und antwortete: »Ich will Ihre Geduld nicht strapazieren. Wenn meine Nachforschungen aber nach reiner Routinearbeit aussehen sollen, muss ich entsprechend behutsam vorgehen. Es wäre ganz gewiss nicht in Ihrem Sinn, wenn ich jemanden aufscheuchen oder Ihnen den falschen Täter präsentieren würde, bloß um ein bisschen Zeit zu gewinnen.«

Während Munro das auf sich wirken ließ, gewann er sichtlich die Fassung zurück. Mit der gewohnten, kaum verhohlenen Herablassung sagte er: »Ja … Nun gut … Offenbar haben Sie Osborne-Ways Reisekostenabrechnungen aus dem Kriegsministerium angefordert.«

»Ja.« Lysander ließ sich die Verblüffung tunlichst nicht anmerken. Woher wusste Munro das? Die Frage war schnell zu beantworten – Tremlett natürlich. Munros Augen und Ohren in der Verschickungsabteilung. Oder besser *Auge* und Ohren. Von nun an würde er sich vor dem doppelzüngigen Tremlett in Acht nehmen. »Osborne-Way hat Zugang zu ausnahmslos allen Informationen, die in den Glockner-Briefen standen, er –«

»Dazu hatten Sie kein Recht.«

»Dazu hatte ich jedes Recht.«

»Osborne-Way ist nicht Andromeda.«

»Wir dürfen uns nicht zu sicher wähnen. Wir sollten keine voreiligen Schlüsse ziehen.«

Munro schien sich über diese Antwort wieder zu ärgern – warum war er nur so reizbar? Lysander beschloss, das Thema zu wechseln.

»Kürzlich habe ich Florence Duchesne gesehen.«

»Ich weiß.«

»Ist sie noch in London?«

»Leider ist sie schon abgereist.«

»Oh. Tja, ich hätte sie gern wiedergesehen.« Lysander verspürte ein kurzes, aber heftiges Bedauern – vielleicht war ihm etwas entgangen. Unerklärlicherweise hatte er den Eindruck gehabt, sie sei seine einzige wahre Verbündete. Sie waren gut miteinander ausgekommen; sie befolgten beide Befehle, deren Quelle sie weder kannten noch identifizieren konnten. Sie waren Marionetten – das schweißte sie zusammen … Er musterte Munro, der wie ein Mädchen paffte. Angriff ist momentan die beste Verteidigung, dachte Lysander.

»Gibt es vielleicht etwas, das Sie mir vorenthalten, Munro? Manchmal frage ich mich nämlich, was hier wirklich vor sich geht.«

»Sie sollen Andromeda finden. Und zwar schnell.« Munro warf ein paar Münzen auf den Tresen, lächelte Lysander kalt an und ging.

Auf dem Weg in die Verschickungsabteilung fiel Lysander ein Plan ein, der in seinem Kopf langsam Gestalt annahm. Wenn Munro von ihm Taten verlangte, sollte er welche zu sehen bekommen.

Vor Zimmer 205 wartete Tremlett auf ihn und schien besonders aufgekratzt: »Wie wär's mit 'nem Tässchen Tee, Sir? Wärmt Bauch und Seele.« Doch Lysander betrachtete ihn nun mit Argwohn, er fragte sich, was Tremlett während ihrer Südküstenfahrt aufgeschnappt haben könnte. Im Grunde war es recht unwahrscheinlich, dass Tremlett die Hoteltour mit Vandenbrook in Verbindung bringen würde. Lysander hatte ihm nie gesagt, worum es ging, und den Obergefreiten immer draußen warten lassen. Tremlett war allerdings nicht auf den Kopf gefallen. Ob er Munro so oder so über die Einzelheiten ihrer Reise unterrichtet hatte? Vermutlich – selbst wenn er sie nicht erklären konnte. Waren Munro und Fyfe-Miller deswegen so beunruhigt? Dachten sie, dass er ihnen ein paar Schritte voraus war, Tatsachen aufdeckte, von denen sie nicht das Geringste ahnten? Wieder jagte eine offene Frage die nächste, und Lysander hatte das Gefühl, im Morast der Ungewissheiten zu versinken. Er nahm ein Heft mit Telegrammvordrucken aus der Schreibtischschublade. Nun würde er ihnen wirklich Stoff zum Nachdenken liefern.

Lysander nahm den Hörer ab und wählte Tremletts Nummer.

»Ja bitte, Sir?«

»Ist Hauptmann Vandenbrook aus Folkestone zurückgekehrt?«

»Denke schon, Sir.«

»Richten Sie ihm bitte aus, er möge in mein Büro kommen.«

Lysander gönnte sich ein Mittagessen in Max's Oyster Bar in Soho. Er bestellte ein Dutzend Austern und einen halben Liter Rheingauer Weißwein, ehe er sich den angenehmen Gedanken an Blanche und ihre gemeinsame Nacht überließ. Wie groß, fast ungelenk sie ihm zwischen den Laken erschienen war – Laken, die sie beide zuvor wie im Rausch aus seinen Kisten, die der Dienstmann am Morgen gebracht hatte, hervorzogen und über das Bett breiteten –, als bestünde sie aus lauter Knien und Ellbogen, so dünn und knochig war sie. Dazu ihre flachen breiten Brüste mit den rötlich braunen Warzen. Es lag auf der Hand, dass sie vor ihm viele Liebhaber gehabt hatte. Die Art und Weise, wie sie seinen Kopf gehalten, die Finger in seinen Haaren verkrallt hatte ... Von wem hatte sie das wohl gelernt? Er bereute keineswegs, dass er ihr in einer spontanen Anwandlung den Ring zurückgegeben hatte – selbst wenn er sich nun, da er eine Auster nach der anderen schlürfte, fragte, ob er vielleicht zu übereilt gehandelt habe, aus lauter Freude und Erleichterung darüber, dass sein altes Problem sich nicht wieder eingestellt hatte, als er mit Blanche zusammen war. Es war tatsächlich so beglückend gewesen wie mit Hettie. Auch wenn zwischen ihr und Hettie Welten lagen. Bei Blanche fühlte er sich nicht bedroht. Sie strahlte eher etwas sehr Zuverlässiges aus. Agnes Bleathby, so erfrischend bodenständig. Damit war Hettie aus dem Rennen, natürlich. Aber das war nur recht und billig, so übel, wie sie ihm mitgespielt hatte, um ihre eigene Haut zu retten, und das, ohne mit der Wimper zu zucken, obwohl sie die Mutter seines Sohnes war. Lysander wurde bewusst, dass Lothar ihr so gut wie nichts bedeutete. Mehr noch, er – Lothars leiblicher Vater – spielte für Hettie offensichtlich nur dann eine Rolle, wenn sie ihn für ihre egoistischen Zwecke brauchte – ihre Heirat mit Jago Lasry zeigte das ganz deutlich. Nein, Blanche war von Anfang an die Richtige für ihn gewesen. Sie hatte ihn zum Abendessen in ihr kleines ehemaliges Stallhaus in Knightsbridge eingeladen, weil sie nicht auf die Bühne musste. Die Inszenierung wurde so lange ausgesetzt, bis die Schäden am Lyceum repariert waren. Bei der Vorstellung, dass Blanche ihn bekochte, wenn er aus dem Büro kam, musste Lysander lächeln – ein kleiner Vorgeschmack auf ihr häusliches Glück? Zum ersten Mal seit sehr langer Zeit empfand er wieder ein Gefühl von Wärme und Geborgenheit. Zufriedenheit – so selten, dass man sie zu Recht derart hoch schätzte. Er bestellte noch ein Dutzend Austern und noch einen halben Liter Rheingauer Weißwein.

Beschwingt kehrte Lysander in die Abteilung zurück. Er wusste, was er zu tun hatte, und Munro würde die gewünschte Antwort bald bekommen, egal, wie sehr sie ihn verdrießen möchte. Vandenbrook war eingeweiht und hielt sich bereit. Vor seiner Tür wartete schon wieder Tremlett, diesmal sehr aufgeregt.

»Ah, da sind Sie ja, Sir. Ich dachte schon, dass Sie heute vielleicht nicht mehr zurückkommen.«

»Da lagen Sie falsch, Tremlett. Was gibt's?«

»Unten ist ein Mann, der Sie unbedingt sprechen will. Behauptet, er sei Ihr Onkel, Sir – ein gewisser Major Rief.«

»Der in der Tat mein Onkel ist. Führen Sie ihn unverzüglich zu mir. Und bringen Sie uns eine Kanne Kaffee.«

Lysander ließ sich auf seinen Stuhl fallen. Vom vielen Weißwein war er leicht benebelt, aber er freute sich auf das unverhoffte Wiedersehen mit Hamo, der selten in der Stadt war. »London ängstigt mich zu Tode«, pflegte er zu sagen.

Als Tremlett seinen Onkel hineinführte, wusste Lysander auf Anhieb, dass etwas nicht stimmte.

»Was ist los, Hamo? Femi ist doch hoffentlich nichts zugestoßen?« Die Kämpfe in Westafrika waren inzwischen vorbei – alles war nach Osten gerückt.

»Mach dich auf das Schlimmste gefasst, mein Junge ...«
»Was ist passiert?«
»Deine Mutter ist gestorben.«

16

Autobiographische Untersuchungen

Ein Mythos besagt, dass unter den Dutzenden oder Hunderten von Todesarten, die uns Menschen zur Verfügung stehen, der Tod durch Ertrinken der schönste sei – dass man dabei im Moment des Sterbens reine Euphorie erlebt. Ich werde mich an diesen Mythos halten, auch wenn die Vernunft Zweifel sät: Wer hätte dies je bezeugt? Wo ist das belegt?

Als ich den Leichnam meiner Mutter beim Bestatter in Eastbourne sah, wirkte sie jedoch in der Tat heiter und gelassen. Blasser als sonst, mit einem leichten bläulichen Schimmer auf den Lippen, die Augen geschlossen, als ob sie schliefe. Ich küsste sie auf die Stirn und verspürte einen Stich, denn ich musste an das letzte Mal denken, als ich sie so geküsst und dabei in den Armen gehalten hatte, warm und lebendig. *Ich lasse nicht zu, dass dir diese Sache zum Verhängnis wird.*

Hamo hat mir gesagt, dass in Claverleigh ein versiegelter Brief für mich hinterlegt ist, aber ich weiß schon, ohne ihn gelesen zu haben, dass sie ein Geständnis verfasst hat. In seiner unendlichen Güte stellte Hamo die kühne These auf, es könne sich um einen tragischen Unfall gehandelt haben – ein Stolpern, ein Sturz, Bewusstlosigkeit. Doch ich sagte zu ihm, ich sei überzeugt, dass es Selbstmord war, und der Brief werde dies nur bestätigen. Ihre Leiche war bei Morgenanbruch am Kiesstrand von Eastbourne, wo die Flut sie angespült hatte, gefunden worden, vom sprichwörtlichen Spaziergänger, der seinen Hund im ersten Licht Gassi führte. Sie war vollständig bekleidet, hatte ihren gesamten Schmuck abgelegt, ein Schuh fehlte.

Plötzlich musste ich an einen Satz von Wolfram Rozman denken – er schien vor Äonen gefallen zu sein, stammte aus dieser unfassbaren, unvorstellbaren Welt vor dem Kriegsausbruch, bevor sich jedermanns Leben für immer veränderte. Als ich Wolfram einst fragte, was er im Fall eines Schuldspruchs getan hätte, antwortete er – munter und beiläufig –, dass er sich selbstredend das Leben genommen hätte. Ich hatte Wolfram gleich wieder vor Augen – in seinem karamellbraunen Anzug, leicht schwankend, angesäuselt vom Champagner, den er zur Feier des Tages geköpft hatte, während er allen Ernstes erklärte: »In unserem verfallenden Kaiserreich gilt der Freitod als vollkommen vernünftige Lösung.« Ob das wohl nur Prahlerei war, das Maulheldentum eines geborenen Husars? Nein, denn Wolfram hatte zwar lächelnd, aber mit unerbittlicher Logik hinzugefügt: »Sobald du das verstehst, verstehst du uns. Wir haben ihn zutiefst verinnerlicht. Den Selbstmord – das Wort spricht für sich. Eine durchaus ehrenwerte Art, diese Welt zu verlassen.« Meine Mutter hat diese Welt auf ehrenwerte Art verlassen. Und Schluss.

Hugh, die ganze Familie Faulkner, ist zutiefst schockiert. Ich verspüre nicht nur Trauer, sondern auch kalte Wut. Meine Mutter ist ein unschuldiges Opfer dieser ganzen Andromeda-Angelegenheit, genau wie die beiden Männer, die ich in einer Juninacht im nordfranzösischen Niemandsland mit meinen Granaten getötet habe. Wie Anna Faulkner waren sie in die Kausalkette eingebunden.

Mein lieber Sohn,

ich möchte nicht, dass Du meinetwegen zu Schaden kommst. Du sollst wissen, dass ich meine Entscheidung aus reinen Vernunftgründen getroffen habe. Zwar fällt mir der Abschied von dieser Welt nicht ganz leicht, aber er wird so viel Gutes bewirken, dass mein Bedauern sich in Grenzen hält. Ich werde einfach weg sein, mein Schatz, mehr heißt das ja nicht. Und da dieser Umstand sich ohnehin früher oder später ergeben musste, spielt der Zeitpunkt in meinen Augen keine Rolle. Seit mein Entschluss feststeht, ist mir viel leichter ums Herz. Auf diese Weise wirst Du Deinen Weg frei und unbelastet von den Unbesonnenheiten Deiner Mutter fortsetzen können. Du ahnst nicht, wie sehr mich unser letztes Gespräch mitgenommen hat, aufgrund Deiner Bereitschaft, Dich selbst zu gefährden und das Falsche zu tun, nur, um mich zu schützen. Du wolltest Dich sehenden Auges für mich opfern, und das konnte ich nicht zulassen. Mit dieser Schuld hätte ich nicht leben können. Was ich tun werde, ist jedoch kein Opfer. Du musst wissen, dass das für mich eine ganz rationale Vorgehensweise darstellt.

Lebe wohl, mein Schatz. Bewahre mich im Herzen und denke täglich an
Deine Dich liebende Mutter

Bilder. Meine Mutter. Mein Vater. Wie sie bei seiner Beerdigung weinte, die Tränen wollten kein Ende nehmen. Die trostlose Wohnung in Paddington. Claverleigh. Ihre Schönheit. Ihr Gesang – ihre klangvolle, weiche Stimme. Dieser furchtbare sonnendurchflutete Nachmittag im Wald von Claverleigh. Die Art, wie sie bei Tisch unbewusst mit den Gabelzinken auf den Teller klopfte, um einer Bemerkung Nachdruck zu verleihen. Die Nacht, als ich sah, wie mein Vater sie im Wohnzimmer küsste, im Glauben, ich schliefe bereits. Wie sie beide gelacht haben, als ich entrüstet hereinstapfte. Die Gemme aus schwarzem Onyx mit dem eingravierten »H«, die sie als Anhänger trug. Die Art, wie sie eine Zigarette rauchte, ihren zarten hellen Hals zur Schau trug, wenn sie das Kinn hob und den Rauch ausstieß. Wie selbstsicher sie einen Raum betrat, als würde sie auf die Bühne gehen. Was hätte anderes aus mir werden sollen, mit solchen Eltern? Wie kann ich meine Mutter am besten rächen?

Dr. Bensimon hat mich vor zwei Stunden empfangen. Ich hatte ihn gleich nach meiner Rückkehr aus Eastbourne angerufen.

»Ich wünschte, ich könnte behaupten, es sei fast unmöglich gewesen, so kurzfristig ein Stündchen für Sie zu finden. Aber Sie sind heute mein einziger Patient.«

Ich lag auf der Couch und teilte ihm ohne Umschweife mit, dass meine Mutter sich umgebracht hatte.

»Mein Gott. Das tut mir sehr leid.« Nach einer kurzen Pause fragte er: »Was empfinden Sie dabei? Fühlen Sie sich schuldig?«

»Nein«, antwortete ich wie aus der Pistole geschossen. »In gewisser Weise würde ich mich gern schuldig fühlen, aber dafür respektiere ich meine Mutter zu sehr. Ist das einigermaßen nachvollziehbar? Sie hat sehr überlegt gehandelt. Mit kühlem Kopf und logisch begründet. Und ich denke, dazu hatte sie jedes Recht.«

»Das kommt mir sehr wienerisch vor«, sagte Bensimon und entschuldigte sich sogleich. »Ich wollte nicht respektlos sein. Aber dieser Ausweg wird dort gern gewählt. Sie wissen gar nicht, wie viele meiner Patienten ebenso gehandelt haben – nicht spontan, sondern wohlüberlegt. Eine rein rationale Handlung. Haben Sie eine Vorstellung, warum Ihre Mutter das getan hat?«

»Ja. Es hatte wohl mit meiner Tätigkeit zu tun …« Ich dachte kurz nach. »Mit dem Krieg und mit meiner momentanen Arbeit. Tatsächlich wollte sie mich beschützen, ob Sie es glauben oder nicht.«

»Wollen Sie über Ihre Mutter sprechen?«

»Nein. Aber ich möchte Sie gern etwas fragen, in Bezug auf eine andere Person. Erinnern Sie sich an unsere erste Begegnung in Ihrer Wiener Praxis?«

»Als Miss Bull unbedingt ihren Willen durchsetzen musste. Ja – das vergisst sich nicht so leicht.«

»Außer mir war noch ein anderer Engländer da, von der Botschaft – ein Militärattaché. Alwyn Munro.«

»Ja, Munro. Ich kenne ihn recht gut. Wir haben zusammen studiert.«

»Ach. Hat er Sie jemals auf mich angesprochen?«

»Bedaure, das kann ich nicht beantworten«, sagte Bensimon.

Ich wandte mich zu ihm um. Er saß hinter seinem Schreibtisch, die Stirn in die Hände gestützt.

»Weil Sie es nicht mehr wissen?«

»Nein. Weil er mein Patient war.«

»Patient?« Vor Verblüffung setzte ich mich auf und wirbelte herum. »Was hatte er denn?«

»Es versteht sich von selbst, dass ich auch diese Frage nicht beantworten kann. Hauptmann Munro hatte damals schwerwiegende persönliche Probleme. Lassen wir es dabei bewenden.«

Ich sitze im Trevelyan Haus Nr. 3 / 12, mit einer Flasche Whisky und einem Käse-Gurken-Sandwich, das ich mir beim Pub an der Ecke Surrey Street gekauft habe. Ich habe Blanche angerufen und ihr erzählt, was passiert ist. Sie hat voller Wärme und Mitgefühl reagiert und mir angeboten, vorerst bei ihr zu wohnen, worauf ich sagte, dass die Zeit dafür bald reif wäre, ich vorläufig aber das Bedürfnis hätte, allein zu sein. Natürlich wird es noch eine gerichtliche Untersuchung der Todesursache geben, also werden wir sie – meine Mutter, Anneliese – nicht sofort bestatten können.

Ich würde gern weinen, aber ich fühle nur eine bleierne Last, die mir das Herz beschwert, Groll und Ärger, weil meine Mutter in eine solche Lage geraten ist. Aus der sie keinen anderen Ausweg sah, als ihren Schmuck abzulegen und ins Wasser zu gehen, bis die Wellen sich über ihr schlossen.

17

Eine Tasse Tee und ein
Gläschen Heilschnaps

Der nächste Tag verstrich langsam, quälend langsam, dachte Lysander, als passte die Zeit sich seinen eigenen lähmenden Gefühlen an. Er zog sich so weit wie möglich zurück, verharrte hinter verschlossener Tür in Zimmer 205. Gegen Mittag schickte er Tremlett los, damit er ihm ein paar Pasteten aus einem Imbiss an der Strand besorgte. Immer wieder ging Lysander die Pläne durch, die er für den Abend ausgeheckt hatte, im Bemühen, sich selbst von der Wirksamkeit dieses Unternehmens zu überzeugen. Möglicherweise ließe sich dann alles aufdecken. Zumindest hätte er etwas mehr Klarheit gewonnen – wäre dem Ziel einen Schritt näher gekommen.

Im Lauf des Nachmittags rief Tremlett bei ihm an.

»Ich habe hier das White Palace in der Leitung, Sir.«

»Ich wohne nicht mehr dort.«

»Die sagen, Ihrer Frau gehe es sehr schlecht.«

»Ich bin nicht verheiratet, Tremlett. Es muss ein Irrtum sein.«

»Sie wollen sich aber nicht abwimmeln lassen. Die Frau ist offenbar in Ohnmacht gefallen.«

»Na gut, stellen Sie durch.«

Lysander hörte es in der Leitung klicken und knistern, während die Verbindung hergestellt wurde. Dann sprach der Hoteldirektor.

»Mrs Rief ist, nun ja, förmlich außer sich.«

»Es gibt keine Mrs Rief«, antwortete Lysander. Dann

begriff er, um wen es sich handelte. »Geben Sie mir die Dame.«

Er hörte Schritte. Der Hörer wurde übergeben.

»Hallo, Hettie.«

»Du bist ausgezogen«, sagte sie wütend, vorwurfsvoll. »Ich wusste nicht, wie ich dich sonst finden soll.«

»Ich bin in zehn Minuten da.«

Lysander fuhr mit dem Taxi nach Pimlico und fand Hettie in der Gästelounge vor, bei einer Tasse Tee und einem Gläschen Heilschnaps. Er schloss die Tür ab, damit sie ungestört reden konnten, aber Hettie fasste das falsch auf und versuchte, ihn zu küssen. Als er sie sanft zurückstieß, setzte sie sich mürrisch wieder aufs Sofa.

»Mir stehen drei ganze Tage zur Verfügung«, erklärte sie. »Jago glaubt, ich wäre zum Zeichnen auf die Isle of Wight gefahren. Irgendwie dachte ich, dass eine Insel ihm weniger verdächtig erscheinen würde.«

»Ich kann mich nicht mir dir treffen, Hettie«, antwortete Lysander. »Zurzeit ist die Hölle los – ich arbeite Tag und Nacht. Darum habe ich dir doch das Telegramm geschickt.«

Sie runzelte die Stirn und zog die Beine hoch. Schmollend tippte sie sich an die Wange – ein, zwei, drei Mal, als zählte sie insgeheim herunter. Dann zeigte sie anklagend mit dem Finger auf ihn.

»Du hast eine andere! Stimmt's?«

»Nein … Ja.«

»Du bist ein Schwein, Lysander. Ein hundsgemeines Schwein.«

»Hettie. Du hast einen anderen geheiratet. Du und ich haben ein Kind zusammen, und du hast mir nichts erzählt.«

»Das kann man nicht vergleichen.«

»Das musst du mir erklären.«

»Warum tust du mir das an, Lysander?«

»Moment mal. Weißt du nicht mehr, was du 1913 in Wien

angerichtet hast? Du hast mich mit deinen verdammten Lügen ins Gefängnis gebracht. Wie kannst du es wagen –«

»Aber ich habe dir doch auch geholfen. Danach, meine ich.«

»Wie denn das?«

»Als diese Männer mich dazu überredet haben, den Vorwurf der Vergewaltigung fallen zu lassen, damit du gegen Kaution freikommst. Udo war so wütend, dass er mich fast vor die Tür gesetzt hätte –«

»Welche Männer?«

»Die beiden von der Botschaft. Die Attachés. Ihre Namen habe ich vergessen.«

»Munro und Fyfe-Miller?«

»Kann sein.«

Lysander dachte fieberhaft nach.

»Du hast mit Munro und Fyfe-Miller gesprochen? Nachdem ich verhaftet wurde?«

»Wir haben uns ein paarmal getroffen. Sie haben mir erklärt, wie ich vorgehen soll, um die Anzeige zu ändern. Außerdem haben sie mir etwas Geld gegeben, als ich sie darum bat. Nach deiner Flucht waren sie sehr hilfsbereit – sie haben angeboten, mich in die Schweiz zu bringen. Aber ich wollte lieber bleiben – wegen Lothar.« Sie funkelte ihn wütend an, als wäre das alles nur seine Schuld gewesen. »Die haben mir eine Menge Fragen über dich gestellt. Sehr neugierige Fragen. Und ich habe sie nur zu gern beantwortet. Habe ihnen allerlei pikante Details über Mr Lysander Rief verraten.«

Ob sie wohl wieder log?, fragte sich Lysander. Waren das Hirngespinste? Er nahm das Glas vom Tisch und trank den Heilschnaps aus. Zuerst die Neuigkeit, dass Munro bei Bensimon in Behandlung gewesen war, und nun stellte sich heraus, dass zwischen Munro, Fyfe-Miller und Hettie irgendwelche Absprachen bestanden hatten. Er versuchte, sich mögliche Ursachen und Folgen vor Augen zu führen, aber die Verwicklungen waren unentwirrbar. Was war 1914 in Wien wirklich vorgefallen? Die Frage ließ ihm keine Ruhe.

Hettie sprang vom Sofa auf. Sie kam auf Lysanders Sessel zu, ließ sich auf seinen Schoß gleiten, presste sich an ihn und bedeckte sein Gesicht mit lauter kleinen Küssen.

»Ich weiß, was dir gefällt, Lysander. Denk dir nur, wie viel Spaß wir zusammen haben könnten – drei ganze Tage. Lass uns Unmengen zu essen und zu trinken kaufen, und dann sperren wir uns im Hotelzimmer ein. Wir reißen uns alle Kleider vom Leib ...« Sie griff ihm zwischen die Beine.

»Nein, Hettie. Bitte.« Er stand auf. Sie ließ sich leicht abschütteln – so klein und schmal, wie sie war. »Ich bin verlobt. Zwischen uns ist es aus. Du hättest niemals herkommen dürfen. Ich hatte dich ausdrücklich gebeten, nicht zu kommen. Das hast du allein dir zuzuschreiben.«

»Du bist ein Schuft«, erwiderte sie mit tränenfeuchten Augen. »Ein mieser, fieser Schuft.« Und so beschimpfte sie ihn in einer Tour, immer lauter, während er in den Mantel schlüpfte und seine Mütze nahm. Er verließ den Raum, ohne sich noch einmal umzusehen. Die Schmähungen machten ihm nichts aus, doch das Letzte, was sie ihm hinterherbrüllte, war: »Und du wirst Lothar niemals zu Gesicht bekommen!«

Das New-London-Varietétheater am Cambridge Circus war Lysander bisher kein Begriff gewesen. Er wäre dort nie aufgetreten, weil es hauptsächlich Revuen und Possen gab, mit einem Schwerpunkt auf »Ballett, französischen Komödien und Konversationsstücken«. Im Theaterführer – den er nicht wegen des Programms, sondern wegen der Räumlichkeiten konsultiert hatte – stand: »Der aufgeschlossene Besucher wird bald entdecken, dass das Publikum selbst zum Amüsement beiträgt.« Übersetzt hieß das: »Die Theaterbars werden von Prostituierten frequentiert.« Das New London zählte zu einer aussterbenden Sorte von viktorianischen Theatern, wo man in den Bars trinken konnte, ohne eine Karte für die Vorstellung kaufen zu müssen. Was ursprünglich zur Umsatzsteigerung gedacht war, zog unweigerlich andere Gewerbe nach sich. Lysander fielen einige ältere Schauspieler aus seinem Bekanntenkreis ein, die gern in Erinnerungen an die Vorzüge und Tarife der verfügbaren Bordsteinschwalben schwelgten – je höher man stieg, vom Foyer über die Bars im ersten und zweiten Rang bis zum Olymp, desto billiger wurden die Mädchen. Auch Gentlemen aus gehobenen Kreisen besuchten mit Vorliebe diese öffentlichen Theaterbars, weil sie eine perfekte Tarnung boten – dort konnten die Herren in aller Ruhe das Angebot sondieren und ihre Auswahl treffen, während sie sich scheinbar einem völlig unschuldigen Zeitvertreib widmeten: Sie gingen ins Theater – wie überaus lehrreich und erbaulich.

Die Vorstellung hatte schon begonnen, als Lysander seinen Platz einnahm. Ein »Ballett«, in dem sich Soubretten und ein Coiffeur tummelten, soweit er sehen konnte.

»Entschuldigen Sie die Verspätung«, sagte er und drehte sich zur Seite, um Vandenbrook in Augenschein zu nehmen. Er war in Zivil, hatte die Haare in der Mitte gescheitelt und mit Brillantine geglättet, außerdem die Schnurrbartenden nach unten gekämmt. Und schon wirkte er ganz anders als die Person, als die er sonst vor die Außenwelt trat – unscheinbarer und wesentlich unattraktiver.

»Haben Sie die Brille dabei?«

Vandenbrook zog sie aus der Brusttasche und setzte sie auf.

»Großartig. Behalten Sie sie auf.«

Es war eine Brille aus durchsichtigem Fensterglas mit

Drahtbügeln, die er sich von einem Theaterausstatter in der Drury Lane geborgt hatte. Während das Ballett seinen Lauf nahm, ging Lysander mit Vandenbrook noch einmal alle Punkte durch, damit der Hauptmann seinen Part richtig spielte. Er brauchte nicht einmal die Stimme zu senken, geschweige denn zu flüstern, weil überall im Zuschauerraum gesprochen wurde und ein ständiges Kommen und Gehen zwischen den Sitzreihen und den Getränkeständen drum herum herrschte. Lysander fielen im Publikum viele Soldaten und Matrosen in Uniform auf. Fast alle rauchten, und so bot er Vandenbrook eine Zigarette an, bevor er sich selbst eine anzündete. Auf das Ballett folgte ein Sketch.

Als der Vorhang zur Pause fiel, rief ihnen der Conférencier in Erinnerung, dass die zweite Programmhälfte unter anderem von einem »gefeierten Star des West Ends« eröffnet werden würde, Mr Trelawny Melhuish, der sämtliche Monologe des Hamlet, Prinz von Dänemark, zum Besten geben wollte. Lysander und Vandenbrook standen auf und steuerten das Foyer an. Sein oder Nichtsein, dachte Lysander, das ist hier die Frage.

»Hier trennen sich unsere Wege«, sagte er am Foyereingang zu Vandenbrook.

Das Foyer war ein breiter, gewundener Gang mit niedriger Decke, von flackernden Gaswandleuchten kaum erhellt und proppenvoll mit Gästen, die gerade von draußen hereingekommen waren, und Zuschauern, die nun aus dem Saal strömten. Lysander bahnte sich einen Weg zur Hauptbar gegenüber dem Eingang. Ein paar Schritte davon entfernt stand ein stummes Trio in Zivil, wie von Lysander in den Telegrammen erbeten, die er im Vorfeld verschickt hatte: Munro, Fyfe-Miller und Massinger. Lysander warf einen Blick über die Schulter, um sich zu vergewissern, dass Vandenbrook nicht in seiner Nähe war. Er konnte ihn im Gedränge nirgends entdecken. Sehr gut.

Lysander machte einen Umweg und pirschte sich von hinten an die drei Offiziere an. Sie schienen sich inmitten dieser trinkfreudigen, rotgesichtigen, grölenden Menge nicht wohl zu fühlen. Umso besser, dachte Lysander.

»Guten Abend, Gentlemen«, sagte er, als er plötzlich vor dem Trio auftauchte. »Danke, dass Sie gekommen sind.«

»Was sollen wir hier, Rief? Was ist das für eine Schnurrpfeiferei?«, fauchte Massinger ihn an.

»Ich musste ganz sichergehen, dass mir niemand folgt. In der Abteilung ist niemandem zu trauen«, erklärte Lysander.

»Was ist eigentlich los?«, fragte Munro und ließ den Blick unruhig über die Menge schweifen. »Was haben Sie vor, Rief? Warum mussten Sie uns so eilig hier zusammentrommeln?«

»Ich habe Andromeda gefunden.« Damit erreichte Lysander sogleich ihre ungeteilte Aufmerksamkeit.

»Ach ja?«, sagte Fyfe-Miller. Lysander fand die Skepsis unangemessen. Hinter Fyfe-Millers linker Schulter sah er Vandenbrook langsam näher kommen. Die Verkleidung war wirklich erstklassig – der Hauptmann glich einem schüchternen Buchhalter, der sich ausnahmsweise mal ins sündige Nachtleben stürzen möchte.

»Ja«, bestätigte Lysander. Er musste das Spielchen noch ein wenig ausdehnen, um Vandenbrook möglichst viel Zeit zu geben. »Ziemlich hochgestellte Persönlichkeit.«

»Osborne-Way ist es auf keinen Fall. Hören Sie auf, unsere Zeit zu vergeuden.«

»Es ist sein Stellvertreter. Mansfield Keogh«, sagte Lysander.

Die drei Männer wechselten einen Blick. Offensichtlich kannten sie Keogh.

»Mansfield Keogh. Grundgütiger!«, rief Massinger.

»Ja, Keogh«, wiederholte Lysander, während er aus einem Augenwinkel wahrnahm, dass Vandenbrook die kleine

Gruppe umkreiste. »Es passt alles zusammen. Die Reisen nach Frankreich stimmen mit den anderen Daten überein. Er hatte als Einziger Zugang zu sämtlichen Informationen, die in den Glockner-Briefen preisgegeben wurden.«

»Aber warum sollte er das tun?«, fragte Munro zweifelnd.

»Warum sollte das überhaupt jemand tun?«, entgegnete Lysander und sah das Trio eindringlich an. »Für Landesverrat mag es drei Gründe geben – Rache, Geld«, er hielt kurz inne, »und Erpressung.«

»Blanker Unsinn«, sagte Massinger. Munro und Fyfe-Miller schwiegen.

»Überlegen Sie doch mal«, sagte Lysander.

»Und was trifft auf Keogh zu?«, fragte Fyfe-Miller stirnrunzelnd.

»Seine Frau ist erst vor Kurzem gestorben, sie war noch sehr jung – vielleicht hat ihn das um den Verstand gebracht«, antwortete Lysander. »Letztendlich habe ich dafür keine Erklärung. Ich habe bloß Beweise zusammengetragen, nach dem Motiv habe ich nicht gesucht.«

»Wir können ihn ja selbst fragen, wenn wir ihn verhaften«, sagte Munro mit einem dünnen Lächeln. »Morgen früh – oder sogar heute Nacht.«

Sie schwiegen eine Weile, während sie sich die Situation vor Augen führten.

»Keogh ist also Andromeda«, sprach Massinger vor sich hin.

»Gute Arbeit, Rief«, sagte Munro. »Es hat zwar gedauert, aber Sie haben es schließlich geschafft. Ich melde mich. Vorerst gehen Sie weiterhin Ihrer Tätigkeit in der Abteilung nach.«

»Ja, Waidmanns Heil, Rief«, stimmte Fyfe-Miller nun mit einem breiten Grinsen ein. »Wir haben uns schon immer gedacht, dass Sie den Mann aufspüren würden. Bravo.«

Das Theaterklingeln kündigte den zweiten Teil der

Abendvorstellung an. Erst, als das Publikum in den Saal zurückströmte, bemerkte Lysander die stark geschminkten Frauen am Rand.

»Ich verabschiede mich schon mal, meine Herren«, sagte er. »Die Vorstellung ruft. Am besten gehen Sie einzeln hinaus.« Erleichtert, weit und breit keine Spur von Vandenbrook zu entdecken, ging Lysander wieder Richtung Saal.

»N'Abend, mein Lord«, sprach ihn eine Dirne lächelnd an. »Nach'er schon was vor?«

Er sah sich um. Massinger ging gerade, Munro und Fyfe-Miller steckten eifrig die Köpfe zusammen. Höchstens vierundzwanzig Stunden, dachte Lysander, zufrieden mit dem bisherigen Ablauf – bis der Knoten endlich platzt.

Vandenbrook hatte bereits wieder Platz genommen. Rauchend wartete er darauf, dass der Vorhang aufging.

Lysander reichte ihm einen Krug Helles. Für sich hatte er auch einen dabei.

»Gute Arbeit. Mögen Sie dieses Bier? In Wien bin ich recht schnell auf den Geschmack gekommen.«

»Danke.« Vandenbrook klang ein wenig gedämpft, als er an der Schaumkrone nippte.

»Und?«

»Ich habe keinen wiedererkannt. Bis auf den älteren mit dem fallenden Revers. Er kam mir vage vertraut vor.«

»Massinger?«

»Ich meine, ich hätte ihn schon mal gesehen. Als ich noch beim Kriegsministerium war. Ein Offizier?«

»Ja. Das heißt, er könnte von jeher gewusst haben, wer Sie sind.«

»Vielleicht. Er kam mir jedenfalls bekannt vor.«

Als Beweis taugte das nicht, dachte Lysander. Im Orchestergraben wurde ein Marsch intoniert, und hinter dem Vorhang kam eine Truppe Revuetänzerinnen in kakigrünen Korsetts zum Vorschein, die Holzgewehre schulterten. Die

Zuschauer jauchzten, jubelten und pfiffen anerkennend. Deswegen waren sie hier – und nicht wegen Mr Trelawny Melhuish mit seinen Monologen.

»Also käme Massinger als Andromeda infrage«, sagte Lysander.

»Andromeda?«

»Der Deckname, mit dem wir Sie bedacht haben. Als wir mit der Suche anfingen.«

»Ach so.« Vandenbrook schien daran keinen großen Gefallen zu finden. »Warum Andromeda?«

»Tatsächlich war das meine Idee. Von einer deutschen Oper inspiriert. *Andromeda und Perseus* von Gottlieb Toller.«

»Ah. Ist sie nicht ein bisschen anrüchig?«

»Ich habe sie nie gesehen«, antwortete Lysander, dem plötzlich eine langbeinige Tänzerin ins Auge stach. Sie erinnerte ihn an Blanche, und so steckte er ein Sixpence in den Schlitz der Opernglashalterung vor ihm, um sie genauer zu betrachten. Wenn er schon mal hier war, konnte er sich auch ein bisschen Spaß gönnen.

18

Kein Heureka-Erlebnis

Wenn Lysander nicht schlafen konnte, ging er manchmal zwischen drei und vier Uhr morgens in seine Küche und bereitete sich eine Chloralhydratlösung zu. Bensimons »Somnifer« zeigte keinerlei Wirkung, sodass Lysander es allmählich für ein reines Placebo hielt. Er tat einen halben Teelöffel des kristallinen Pulvers in ein Glas Wasser, rührte es kräftig um und trank es in einem Zug aus. Dabei stellte er fest, dass die Packung fast leer war – sein Verbrauch war enorm. Kein gutes Zeichen.

Während er darauf wartete, dass die vertraute Wirkung einsetzte, ließ er den Verlauf seiner so sorgfältig inszenierten Begegnung im New-London-Varietétheater noch einmal Revue passieren. Im Grunde war er enttäuscht – es hatte kein Heureka-Erlebnis gegeben, keine schlagartige Erkenntnis. Zugleich hatte er das Gefühl, einen entscheidenden Hinweis übergangen zu haben, eine beiläufige, aber erhellende Bemerkung, die ihm nicht einfallen wollte. Noch nicht. Vielleicht würde er sich wieder daran erinnern. Er war mehr und mehr der Überzeugung, dass Wien den Schlüssel bereithielt – diese letzten Monate vor Kriegsausbruch ... Das Chloral begann zu wirken – der Raum verschwamm vor seinen Augen, er konnte sich kaum auf den Beinen halten. Endlich schlafen. Vorsichtig ging er ins Schlafzimmer zurück, stützte sich dabei mit einer Hand an der Wand ab. Gott, war das Zeug stark. Er warf sich aufs Bett und dämmerte selig ein. Wien. Das war es. Das musste es sein ...

»Alles in Ordnung, Sir?«, fragte Tremlett. »Sie sehen ein bisschen mitgenommen aus.«

»Es geht mir gut, Tremlett. Mich beschäftigt nur einiges.«

»Ich befürchte, gleich wird Sie noch mehr beschäftigen, Sir. Der Oberstleutnant will Sie sehen.«

Lysander rauchte schnell eine Zigarette, überprüfte gründlich Sitz und Zustand seiner Uniform, damit Osborne-Way die Genugtuung versagt bliebe, ihn einer »schlampigen Erscheinung« zu bezichtigen, und ging zügigen Schrittes zum Büro des Abteilungsleiters.

Osborne-Ways Sekretärin mied Lysanders Blick, als sie ihm die Tür aufhielt. Er salutierte, nahm die Mütze ab und stellte sich locker hin. Osborne-Way blieb hinter seinem Schreibtisch sitzen. Er bot Lysander keinen Stuhl an.

»Hauptmann Keogh wurde heute früh um sechs zu Hause verhaftet. Er wird in New Scotland Yard festgehalten.«

Lysander schwieg.

»Wollen Sie mir nicht antworten, Rief?«

»Sie haben mir keine Frage gestellt, Sir. Sie haben eine Tatsache geäußert. Ich ging davon aus, dass darauf eine Frage folgen würde.«

»Wenn ich Sie so ansehe, frage ich mich, warum wir diesen Krieg überhaupt führen, Rief. Bei Leuten wie Ihnen dreht sich mir der Magen um.«

»Das höre ich mit Bedauern, Sir.«

»Dass ein Geck, ein Hanswurst wie Sie es zum Offizier gebracht hat, ist eine Schande für die britische Armee.«

»Ich versuche nur, meine Pflicht zu tun, Sir. Genau wie Sie.« Lysander deutete auf seine Verwundetenauszeichnung am Ärmel. »Ich habe meinen Dienst an der Front geleistet und zum Beweis Narben davongetragen.« Er freute sich über den peinlich berührten Ausdruck, den Osborne-Way kurzzeitig annahm – der Stabsoffizier auf Lebenszeit mit seinem behaglichen Quartier und den Pariser Spesenwochenenden.

»Mansfield Keogh ist ein hervorragender Mann. Sie sind es nicht einmal wert, ihm die Schuhe zuzubinden.«

»Wenn Sie das sagen, Sir.«

»Was haben Sie gegen ihn in der Hand? Was hat Ihre schmierige kleine Untersuchung ans Licht gebracht?«

»Das darf ich Ihnen leider nicht sagen, Sir.«

»Ich befehle Ihnen aber, es mir zu sagen! Sie Drecksstück! Sie Abschaum!«

Lysander ließ sich ein paar Sekunden Zeit, bevor er – den näselnden, schleppenden Tonfall leicht verstärkend – antwortete.

»Da müssen Sie sich leider direkt an den Chef des Imperialen Generalstabes wenden, Oberstleutnant.«

»Raus mit Ihnen!«

Lysander setzte die Mütze wieder auf, salutierte und ging. In Zimmer 205 erwartete ihn ein Telegramm.

ANDROMEDA. SPANIARDS INN. MORGEN FRÜH 7 UHR.

Es hatte nicht einmal vierundzwanzig Stunden gedauert, dachte Lysander beeindruckt. Ihm blieb gerade noch genug Zeit, um alles vorzubereiten.

19
Warten auf den Sonnenaufgang

Lysander ließ sich vom Taxi am oberen Ende der Heath Street absetzen, etwa in Höhe des Fahnenmastes von Hampstead. Dem Spaniards Inn wollte er sich lieber zu Fuß nähern. Es war halb sechs in der Frühe und immer noch tiefdunkle Nacht. Er trug einen schwarzen Mantel, einen schwarzen Schal sowie einen schwarzen Trilby. Es war so kalt, dass sein Atem zu einer dichten Wolke kondensierte, als er den Weg vom Fahnenmast zum Gasthof in Angriff nahm, eine halbe Meile entlang der Spaniards Road, am höchsten Punkt des Parks. Wegen der spärlich verteilten Straßenlaternen konnte er kaum etwas sehen, doch er wusste, dass ganz London im Süden lag, und zu seiner Rechten hörte er den Wind in die riesigen Eichen von Caen Wood fahren – die schweren Äste ächzten und knarrten wie Mast und Baum eines Segelschiffs auf hoher See. Der Wind wurde immer stärker und böiger, sodass Lysander seinen Hut fester auf den Kopf drückte, während er sich dazu ermahnte, ruhig zu bleiben, egal, was passieren würde. Alles war bestens vorbereitet.

Bald hatte er das Zollhäuschen gegenüber vom Spaniards Inn erreicht. Beim Warten auf den Sonnenaufgang rauchte er eine Zigarette. Sonnenaufgang und Klarheit – dafür war es höchste Zeit. Bizarrerweise schenkten ihm die letzten dunklen Minuten wieder mehr Sicherheit, als er am Zollhäuschen lehnte und den Gasthof fixierte – in einem der Dachfenster war nun Licht zu sehen –, in dem sogar Charles Dickens sich den einen oder anderen Drink genehmigt hatte. Lysander hatte eine Taschenlampe und einen Flachmann mit einer Mischung aus Rum und Wasser dabei. Eine kleine Hommage an sein Soldatenleben – das Schlückchen Rum vor dem Morgenappell im Schützengraben –, ein Leben, das er hoffentlich bald für immer aufgeben würde.

Er richtete die Taschenlampe auf seine Armbanduhr – 5.55 Uhr, noch eine Stunde. Langsam wurde es heller – die Baumstämme im dichten Wald traten nach und nach hervor, und als Lysander durch die Kronen mit dem letzten verbleibenden Laub nach oben blickte, sah er einen gelblich grauen Himmel, an dem dicke Wolken im Westwind dahinjagten.

Er trank einen Tropfen Rum und genoss dessen Süße, die wohlige Wärme in Kehle und Brust. Eine Bierkutsche rollte vorbei, ein Kohlenhändler. Dann passierte ihn ein Telegrammbote auf seinem Motorrad. Der Tag fing an. Lysander hatte in dieser Nacht keinerlei Schlafversuch unternommen – das Chloral nicht angerührt –, sondern einen ausführlichen Bericht seiner Untersuchungen im Fall Andromeda verfasst, einschließlich der Vorgeschichte, seiner Hypothesen und Schlussfolgerungen. Damit hatte er sich wach gehalten, durchaus im Bewusstsein, dass er mit diesem Bericht Vorkehrungen traf – für den Fall, dass er die nächsten paar Stunden nicht überleben würde.

Daran wollte er nicht denken – alles war auf einen überwältigenden, triumphalen Erfolg ausgerichtet, er hatte nicht die geringste Absicht, sein Leben aufs Spiel zu setzen. Inzwischen war es deutlich heller geworden. Lysander lief ein paar Meter in den Wald hinein. Bald würden die Sonnenstrahlen oberhalb des Alexandra Palace durch die rasenden Wolken brechen und zunächst die Dörfer im Osten treffen, Hornsey und Highgate, Finchley und Barnet. Nun konnte er die bebenden, schaukelnden Äste über seinem Kopf tatsächlich sehen, er spürte die Windböen, die an seinen Schalenden zerrten. Die weiße Stuckfassade des Gasthofs leuchtete gespenstisch hervor; nun war in vielen Fenstern Licht, aus dem Hinterhof drang ein Scheppern. Lysander zog sich noch ein Stückchen tiefer in den Wald zurück. Wer auch immer sich am Treffpunkt einstellen würde, sollte den Eindruck gewinnen, als Erster da zu sein.

Er rauchte noch eine Zigarette und trank etwas Rum. Die Uhr konnte er jetzt ohne Taschenlampe lesen: noch zwanzig Minuten. Plötzlich kamen ihm Zweifel – was, wenn er sich irrte? Er ging noch einmal wie besessen alle Schlussfolgerungen durch. Sie überzeugten ihn nach wie vor. Lysander wünschte nur, er hätte Zeit und Gelegenheit gehabt, seine Theorie mit jemand anderem zu erörtern. So musste sie unüberprüft in der Praxis bestehen.

Aus Highgate fuhr ein Taxi hinauf, das Verkehrsaufkommen auf der Spaniards Road stieg zwar leicht an – ein Mann mit Schubkarre, ein Einspänner, der von zwei Jungen gelenkt wurde –, aber es herrschte immer noch eine himmlische Ruhe. Lysander verspürte den Drang, sich zu erleichtern, und knöpfte rasch seine Hose auf. Wieder musste er an den Alltag im Schützengraben denken – ein Schlückchen Rum und ein letztes Mal Pinkeln, bevor man über die Klinge sprang. Man stelle sich das nur bei Großangriffen vor – Zehntausende Soldaten, die Wasser ließen. Über dieses Bild musste er unwillkürlich lächeln und –

Ein Taxi fuhr am Spaniards Inn vor.

Darin saß ein Mann mit Homburg, er beugte sich vor, um den Fahrer zu bezahlen.

Christian Vandenbrook stieg aus, und das Taxi fuhr weg.

Im Schutz der Bäume brüllte Lysander aus Leibeskräften: »Vandenbrook! Was zum Teufel machen Sie hier? Verschwinden Sie!«

Der Hauptmann hastete über die Straße. Er trug einen beinah knöchellangen Tweedmantel.

»Das Telegramm habe ich Ihnen geschickt«, schrie Vandenbrook. Er spähte in den Wald, konnte Lysander jedoch nicht entdecken. »Rief? Ich weiß, wer Andromeda ist! Wo sind Sie?« Als er ihn endlich sah, rannte er keuchend auf ihn zu. »Nach dem Theaterbesuch ist mir klar geworden, wer das ist. Ich wollte nur selbst sichergehen, bevor ich es Ihnen sage.« Der Hauptmann stellte sich hinter einen Baum und blickte die Spaniards Road hinunter Richtung Highgate. »Jemand ist mir auf den Fersen. Lassen Sie uns weitergehen.«

»Schon gut, beruhigen Sie sich erst mal«, antwortete Lysander. Sie folgten einem Trampelpfad, der in den Caen Wood führte. Vandenbrook war auffallend nervös und wachsam. Nach einer Weile zog er Lysander vom Pfad weg, und sie versteckten sich hinter den Bäumen. Nichts. Niemand.

»Was ist los?«, fragte Lysander.

»Mir ist jemand gefolgt. Heute Morgen stand dieser Mann vor meinem Haus. Ich bin sicher, dass er ins Auto gestiegen und meinem Taxi nachgefahren ist.«

»Wer sollte Sie denn verfolgen? Das bilden Sie sich bestimmt nur ein. Verraten Sie mir lieber, was Sie wissen.«

Inzwischen waren sie tief in den Wald vorgedrungen. Im perlgrauen Licht der Morgendämmerung fiel Lysander auf, wie groß und alt die Bäume waren, die sie umgaben – Buchen, Eschen und Eichen. An ihrem Fuß wuchsen Stechpalmen, und das Unterholz zu beiden Seiten des Pfades war undurchdringlich. Wie im Urwald – schwer zu glauben, dass sie sich in einem Bezirk von Nord-London befanden. Der Wind wurde noch stärker, pfeifend blies er in die Kronen, die Äste gaben stöhnend nach. Lysander stopfte sich die wehenden Schalenden in den Mantelkragen.

»Möchten Sie vielleicht etwas Rum?« Er bot Vandenbrook seinen Flachmann an.

Der Hauptmann nahm ein paar große Schlucke und gab Lysander den Flachmann zurück.

»Nun sagen Sie schon – wer ist Andromeda?«

»Kein Er, sondern eine Sie. Das hat Sie in die Irre geführt.«

»Und wer ist sie?«

»Ich werde von einer Frau erpresst – sie heißt Anna Faulkner. Der Name täuscht. Sie ist Österreicherin. Unser Feind.«

»Sie ist tot. Sie hat sich umgebracht.«

»Ich weiß, aber –« Vandenbrook brach mitten im Satz ab. Entsetzt fragte er: »Woher wissen Sie das?«

»Weil sie meine Mutter – war.«

Vandenbrook starrte ihn fassungslos an. Seine anfängliche, fast panische Aufregung wich eisiger Erstarrung. Er konnte die Fassade nicht mehr aufrechterhalten. Zwei Männer im Morgengrauen, in einem wilden Wald, bei stürmischem Wind.

Vandenbrook zog aus seiner Manteltasche einen Revolver hervor, den er auf Lysander richtete.

»Sie sind verhaftet«, sagte der Hauptmann.

»Verhaftet? Sind Sie verrückt?«

»Sie haben mit Ihrer Mutter unter einer Decke gesteckt. Zwei österreichische Spione. Sie haben mich beide erpresst.«

Lysander konnte ein Lachen nicht unterdrücken.

»Eins muss man Ihnen lassen, Vandenbrook – Sie sind überragend. Der beste Schauspieler, den ich kenne. Besser als jeder Profi. Ein Naturtalent. Sie haben Ihre Berufung verfehlt.«

Vandenbrook deutete ein Lächeln an.

»Sind wir nicht alle Schauspieler? Zumindest in unseren wachen Stunden. Sie, ich, Ihre Mutter, Munro und die anderen. Manche sind besser, andere schlechter. Niemand kann sagen, was wirklich, was echt ist. Darüber gibt es keine Gewissheit.«

»Warum haben Sie das getan, Vandenbrook? Wegen des Geldes? Sind Sie vielleicht pleite? Oder wollten Sie es Ihrem

Schwiegervater so richtig heimzahlen? Ist er Ihnen so verhasst? Oder wollten Sie sich einfach mächtig und bedeutend fühlen?«

»Sie wissen doch warum«, erwiderte Vandenbrook ungerührt. »Weil man mich erpresst hat – weil mich diese verfluchte Andromeda erpresst hat –«

Eine besonders heftige Böe riss Lysander den Hut weg, gleich darauf explodierte Vandenbrooks Kopf und schien dabei einen rosigen Blutnebel zu versprühen. Unsichtbare Kräfte schleuderten ihn zu Boden.

Lysander schloss die Augen, zählte bis drei und öffnete sie wieder. Vandenbrook lag noch immer da, die linke Schädelhälfte weggeblasen, die Haare verklebt, mit hervorquellender Gehirnmasse und Strömen von dickflüssigem Blut, das an Öl erinnerte. Lysander nahm seinen Hut vom Boden, setzte ihn wieder auf und trat ein paar Schritte zurück. Als er sich umdrehte, sah er Hamo zwischen den Bäumen hervorkommen, sein Martini-Henry-Gewehr schulternd.

»Geht's?«, fragte Hamo.

»Einigermaßen.«

»Ich hätte ihn ja früher umgenietet – schon, als er den Revolver zückte –, aber ich habe auf dein Zeichen gewartet. Warum hast du so lange gebraucht?«

Lysander hörte nur mit halbem Ohr hin. Er betrachtete Vandenbrook. Aus dieser Perspektive war nur ein winziges rotes Loch unter seinem rechten Ohr zu sehen.

»Entschuldige, Hamo. Was hast du eben gesagt?«

»Warum hast du so lange gebraucht, um den Hut abzunehmen?«

»Ich wollte mehr über die Sache erfahren. Endlich ein paar Antworten bekommen.«

»Ziemlich riskant, wenn jemand seine Waffe auf dich richtet. Du musst den ersten Schlag ausführen, Lysander, und zwar richtig. Das ist mein Motto. Darum habe ich ein Dum-Dum-Geschoss verwendet. Tötet auf Anhieb, fertig.«

Hamo beugte sich über die Leiche, um die Wirkung seines Deformationsgeschosses zu begutachten, während Lysander sein Notizbuch aus der Tasche zog und eine Seite herausriss.

»Das ist also der Mann, der den Tod deiner Mutter verschuldet hat«, sagte Hamo, ohne den Blick von Vandenbrook abzuwenden.

»Ja. Er hat das Kunststück vollbracht, sie zu töten, ohne sie auch nur mit einem Finger anzurühren. Er wollte sie – und mich – benutzen, um seine Freiheit zu erkaufen.«

»Dann soll er für alle Ewigkeit in der Hölle schmoren. Wir haben ein gutes Morgenwerk verrichtet, würde ich sagen.«

Lysander kritzelte ein Wort auf das Blatt Papier und nahm die Sicherheitsnadel ab, die er hinter dem Revers getragen hatte. Damit heftete er den Zettel an Vandenbrooks Brust. Darauf stand: ANDROMEDA.

»Dafür hast du sicher einen triftigen Grund«, sagte Hamo.

»O ja.«

Lysander löste den Revolver aus Vandenbrooks Griff und ging ein paar Meter weiter, bevor er einen Schuss in den Boden abfeuerte. Danach steckte er den Revolver wieder in Vandenbrooks Hand und drückte dessen Zeigefinger durch den Abzugshebel.

»Dieses kleine Spielzeug hätte niemals so gründliche Arbeit geleistet.« Hamo klang geradezu beleidigt.

»Das spielt keine Rolle. Andromeda hat Selbstmord begangen – mehr wollen sie gar nicht wissen. Und wir werden nie wieder davon hören. Wo steht dein Auto?«

»Um die Ecke auf der Hampstead Lane. Er hat wohl gemerkt, dass er beschattet wird – hat das Taxi tausend Umwege fahren lassen. Und ich wollte nicht riskieren, dass er mich sieht.«

Lysander legte seinem Onkel den Arm um die Schultern und drückte sie fest. Er hatte Tränen in den Augen.

»Du hast genau das Richtige getan, Hamo. Danke.«

»Ich hatte dir doch gesagt, dass du mit mir rechnen kannst, mein Junge. Jederzeit.«

»Ich weiß. Und jetzt verbindet uns ein Geheimnis.«

»Meine Lippen sind versiegelt.«

Sie ließen Vandenbrooks Leiche im Wald zurück und liefen zur Hampstead Lane, gerade, als es schwächlichen Strahlen gelang, durch eine Lücke in der sausenden Wolkendecke zu stoßen. Für einen Augenblick war das Licht blasses Gold.

20

Autobiographische Untersuchungen

Das Grab meiner Mutter befindet sich im Norden des Friedhofs von St. Botolph, der zur Pfarrkirche von Claverleigh gehört. Ein ziemlich karges und kühles Fleckchen, weitab der ausladenden Eiben, die die Zentralallee säumen und den Ort so düster machen. Ich wollte, dass sie ein wenig Licht abbekommt. Hugh Faulkner hat zu beiden Seiten des Grabsteins zwei japanische Zierkirschen gepflanzt. Ich werde im Frühling wiederkommen, wenn die Zierkirschen blühen, und meiner Mutter mit mehr Muße gedenken. Auf ihrem Grabstein steht:

ANNA LADY FAULKNER

1864–1915

Witwe von Crickmay, 5. Baron Faulkner

1838–1915

Einstige Gattin von

Halifax Rief

1840–1899

Mutter von

Lysander Rief

Auf ewig unvergessen und für immer geliebt

Und so reduziert sich unsere verschlungene Geschichte auf diese paar Fakten, eine Handvoll Wörter und Zahlen.

Ich bin nie wieder in die Verschickungsabteilung zurückgekehrt – in Zimmer 205 hatte ich nichts Persönliches hinterlassen – und war heilfroh, diesem Ort den Rücken zu kehren, der so penetrant und nachhaltig nach Desinfektionsmittel roch. Dafür bin ich ein letztes Mal ins White Palace Hotel gegangen, um die liegengebliebene Post abzuholen und meine neue Adresse anzugeben. Das Apartment 3/12 im Trevelyan House war mir aus unerfindlichen Gründen ans Herz gewachsen, und so gab ich die Wohnung am Chandos Place auf, als ich erfuhr, dass der arme Greville Varley in Kut-al-Amara (Mesopotamien) an der Ruhr gestorben war. In meinem Poststapel steckte unter anderem – hauptsächlich Wurfsendungen (der Briefkastenfluch eines jeden dienenden Offiziers) – ein Brief von Hettie:

Lysander, mein Lieber,

kannst Du mir noch einmal verzeihen? Ich habe Dir diese schrecklichen Dinge nur deshalb an den Kopf geworfen, weil ich so wütend war. Ich hätte sie trotzdem nicht sagen dürfen (vor allem nicht das über Lothar – anbei findest Du ein Foto). Ich schäme mich und vertraue auf Deine Großmut.

Von Jago werde ich mich scheiden lassen und dann in die Vereinigten Staaten ziehen. Ich möchte in einem friedlichen, neutralen Land leben – ich habe diesen grässlichen Krieg satt, der kein Ende nehmen will. Ein Freund von mir betreibt eine Künstlerkolonie in New Mexico, und ich werde dort mitmachen und Lehrerin werden.

Leider reagiert Jago sehr ungehalten auf meine Pläne; es klingt vielleicht seltsam, aber er gibt Dir die Schuld. Anscheinend ist er nach London gefahren und hat Dich beschattet. *Als Du ihn nach dem Zeppelinangriff gesehen hast, ist er in Panik zurückgefahren und hat mir alles gestanden.*

Ich weiß, dass Du und ich immer Freunde bleiben werden, und ich wünsche Dir alles erdenkliche Glück für Dein künftiges Eheleben (Deine Frau in spe kann sich glücklich schätzen!).

Alles, alles Liebe, Hettie (nie wieder Venora)

PS: Wenn Du es irgendwie einrichten könntest, mir über das Hauptpostamt von Liverpool 50 Pfund zukommen zu lassen, wäre ich Dir unendlich dankbar. In zwei Wochen fahre ich über den großen Teich.

UNTER DEM EINFLUSS VON
CHLORALHYDRAT VERFASSTE ZEILEN

Der Sommer war sehr groß, damals in Wien.
Er fiel heiß vom weißen Himmel, schwer wie Glas.

Ich darf nicht hoffen
Ich kann nicht sehen
Ich hoffe sehe nichts

Was spielten die Kapellen im Prater auf?
Niemand hat mir gesagt, wo es langgeht.
Sie war angenehm.

Sie war erfreulich.
Uns war keine Ruhe vergönnt
Im Hôtel du Sport et Riche.

Hoffnung sehe ich nicht
Hoffnung sieht mich nicht

Schwarzschwärzeramschwärzestenschwarzweiß

Wir aalten uns im Flachs schnappten Lachs
Wir rochen an Rokokorosen lockten Storche
Wir kicherten knietief im Kies versinkend
Dreh mich um, leg mich flach, mach mich platt.

Schwarz ach, ach – blind bin ich.

Tura-lu, Madame, Tura-li, Hala-li La-lu

Ein Traum von einer Frau.

Blanche und ich haben den Termin für unsere Hochzeit im
Frühling festgelegt – Mai 1916. Hamo wird mein Trauzeuge
sein. Blanche und ich verbringen viele Nächte zusammen,
allerdings brauche ich nach wie vor Chloralhydrat, wenn
ich schlafen will. Einmal die Woche suche ich Dr. Bensimon
in Highgate auf, und wir sprechen alles durch, was in den
letzten zwei Jahren passiert ist. Der Parallelismus zeigt allmählich Wirkung – in meiner neuen Version klettern der
Mann mit dem schwarzen Schnurrbart und der hellblonde
Junge aus dem Verbindungsgraben, bevor die Granaten explodieren. Sie sind zwar beide leicht verletzt, aber sie gelangen hinter die deutschen Linien. Je mehr ich mich auf diese
Geschichte konzentriere und sie mir bis ins kleinste Detail
ausmale, desto mehr berückt mich ihre Glaubwürdigkeit.
Vielleicht werde ich eines Nachts wieder ohne chemische
Hilfe einschlafen können.

Ich habe Feldwebel Foley an die Adresse des Blinden-
hospitals von Stoke Newington geschrieben, aber bisher
keine Antwort bekommen. Vielleicht sollte ich lieber keine
neuen Fakten über diese Nacht in Erfahrung bringen – es
ist schon schwer genug, diejenigen zu bewältigen, die mich

unablässig verfolgen –, aber ich würde Foley gern treffen und ihm die Hintergründe erklären.

Morgen habe ich ein Vorsprechen – ich finde in mein altes Leben zurück. Eine Wiederaufnahme von George Bernard Shaws *Mensch und Übermensch*.

Nun sitze ich da und betrachte das Foto von Lothar, das Hettie mir geschickt hat. Das Studioporträt eines traurigen kleinen Jungen – allem Anschein nach ist er den Tränen nah –, der in seinem bestickten Pseudo-Bauernkittel aussieht wie ein Mädchen. Lange, dunkle Locken. Ähnelt er mir eigentlich? Zunächst denke ich – ja. Und dann – nein, gar nicht. Ist er überhaupt mein Sohn? Hettie hat Udo Hoff mit mir betrogen – da könnte sie mich doch mit einem anderen betrogen haben? Wie soll ich jemals Gewissheit erlangen?

Diese Frage führt mich, wie so oft, an jenen frühen Oktobermorgen in Hampstead Heath zurück, als ich auf den Sonnenaufgang wartete, auf Vandenbrooks Erscheinen. Ich wusste, dass er es wäre, und ich hoffte, dass die Sonne Klarheit bringen würde – oder zumindest ein wenig Licht. Und als ich den »Andromeda«-Zettel an Vandenbrooks Mantel heftete, glaubte ich, alles gelöst zu haben. Restlos alles. Doch im Lauf des Tages setzten mir neue Fragen zu, sie ließen mir keine Ruhe und lösten weitere Überlegungen aus, sodass bei Sonnenuntergang die Verwirrung wieder perfekt war. Vielleicht ist das Leben so – wir wollen klarsehen, aber das, was wir zu sehen bekommen, ist niemals klar und wird es nie sein. Je mehr wir uns um Klarheit bemühen, desto undurchsichtiger wird es. Uns bleiben nur Annäherungen, Abschattungen, eine Fülle von möglichen Erklärungen. Suchen Sie sich eine aus.

Nach allem, was ich erlebt habe, bin ich der Meinung, etwas von unserer modernen Welt zu verstehen, so, wie sie heute ist. Und vielleicht habe ich sogar eine kleine Vorschau auf die Zukunft bekommen. Ich durfte die mächtige industrielle Kriegsmaschinerie des zwanzigsten Jahrhunderts sowohl an ihrem wuchtigen bürokratischen Ursprung als auch an ihrem fragilen menschlichen Ziel erleben. Doch ungeachtet der wertvollen Einblicke, die mir vergönnt waren, habe ich erkannt, dass mit zunehmendem Wissen jede Klarheit und Gewissheit dahinschwindet. Je mehr wir in die Zukunft voranschreiten, desto sichtbarer wird dieser Gegensatz zutage treten – klar und schwarz, schwärzlich klar. Je mehr wir wissen, desto weniger wissen wir. So merkwürdig das klingt, kann ich mit dieser Vorstellung ohne weiteres leben. Wenn das unsere moderne Welt ist, bin ich wohl ein ganz moderner Mann.

Mittags habe ich mich mit Munro getroffen, am Trafalgar Square, beim nordöstlichen Löwen am Fuß der Nelsonsäule. Es war grau, kühl und regnerisch, wir trugen beide gummierte Regenmäntel, wie die Touristen. Kurz zuvor war ein starker Schauer niedergegangen, sodass die Pflastersteine kräftig glänzten und die feuchten verrußten Fassaden der Gebäude ringsum – das Royal College of Physicians, die National Gallery, St. Martin's – fast samtig schwarz wirkten. So flüchtig wie vergeblich versuchten ein paar Sonnenstrahlen die dicken grauen Wolken zu durchbrechen und erhellten doch nur ein paar Zwischenräume, die der heftig blasende Wind freilegte; in Verbindung mit der dunklen, violett schimmernden Masse von neuen Regenwolken, die an der Themsemündung aufzogen, ergab das ein eigentümlich golden-bleifarbenes Licht. Als wäre die Stadtlandschaft rund um Pall Mall, Whitehall und Northumberland Avenue in Bogenlicht getaucht, künstlich und fremd wie ein Bühnenbild, das nach Belieben beleuchtet und auf- oder abgebaut werden kann. Angesichts dessen verspürte ich beinah so etwas wie Lampenfieber, als sollte ich gleich in einem Stück auftreten.

MUNRO: Warum treffen wir uns hier, Rief? Was soll das Theater?

LYSANDER: Zurzeit bevorzuge ich öffentliche Räume, das verstehen Sie sicher.

MUNRO: Wir haben »Andromeda« natürlich gefunden, im Wald, mit dem Zettel. Die Polizei hat uns gerufen ... Alles sehr hübsch arrangiert. Dafür sind wir wirklich dankbar.

LYSANDER: Vandenbrook ist raffiniert vorgegangen. Äußerst raffiniert.

MUNRO: Nicht raffiniert genug. Sie haben ihn erwischt und mit ihm kurzen Prozess gemacht. Ich habe Ihren Bericht gelesen. Gründliche Arbeit.

LYSANDER: Gut. Er wurde nämlich nie erpresst. Das war der erste seiner raffinierten Tricks. Für den Fall, dass man ihm auf die Schliche käme, hatte er bereits vorgesorgt. Das kleine Mädchen, die Perlen, die Zeugenaussage hat es in Wirklichkeit nie gegeben. Das diente ihm nur als Ausrede – und hätte ihm womöglich den Henker erspart, wenn er sich nicht erschossen hätte.

MUNRO: Ja ... Wie sind Sie schließlich auf ihn gekommen?

LYSANDER: Ich muss zugeben, dass ich ihm die Erpressungsgeschichte voll und ganz abgekauft habe. Doch dann hat er sich verraten – es war nur ein winziger Versprecher, den ich zunächst sogar überhört habe. Es fiel mir erst Stunden später auf, als ich nicht einschlafen konnte.

MUNRO: Bestimmt erzählen Sie mir, was das war.

LYSANDER: An dem Abend, als wir uns alle im Varietétheater getroffen haben, hat Vandenbrook auf die Umschlagabbildung von *Andromeda und Perseus* angespielt.

MUNRO: Glockners Schlüsseltext –

LYSANDER: Genau. Ich hatte die Oper erwähnt, und er sagte, sie sei doch etwas anrüchig. Wie konnte er das wissen? Er hatte die Oper nie gesehen. Das Libretto mit dem gewagten Umschlag allerdings schon, denn das hatte er aus dem Büro meiner Mutter entwendet und als Grundlage für den Glockner-Code genutzt.

MUNRO [nachdenklich]: Ja ... Was haben Sie eigentlich mit diesem Treffen im Varietétheater bezweckt?

LYSANDER: Vandenbrook sollte Sie in Augenschein nehmen – Sie, Fyfe-Miller und Massinger. Ich wollte sehen, ob er einen von Ihnen identifizieren kann. Zu diesem Zeitpunkt glaubte ich ja noch, dass er erpresst wird.

MUNRO: Heißt das, Sie hatten einen von uns im Verdacht?

LYSANDER: Ich fürchte ja. Damals schien das plausibel. Ich dachte wirklich, dass einer von Ihnen die echte Andromeda war. Bis Vandenbrook diese Bemerkung entschlüpft ist.

MUNRO: Ich verstehe nur nicht –

LYSANDER: In Wien habe ich einen österreichischen Offizier kennengelernt, den man des Diebstahls bezichtigt hatte. Inzwischen bin ich von seiner Schuld überzeugt, aber außer ihm gab es noch elf andere Verdächtige, die ihm gewissermaßen als Schutzschirm dienten. Er hat die Situation sehr geschickt ausgenutzt – genau wie Vandenbrook. Und am Ende hat er gewonnen. Bei so vielen Verdächtigen ist es unmöglich, sich auf einen zu konzentrieren – und das bedeutet, dass man den wahren Täter unter Umständen nie findet. Eine äußerst wirksame List. Und ich hatte die ganze Zeit das Gefühl, dass der Fall irgendwie mit Wien zusammenhängt. Sie waren in Wien gewesen, Fyfe-Miller ebenso – und Massinger offenbar auch.

MUNRO: Das stimmt, Massinger war in Wien. Genau wie Sie.

LYSANDER: Richtig. Außerdem noch Hettie Bull. Und Dr. John Bensimon. Der Einzige, der nie in Wien gewesen ist, war Vandenbrook. Und das ist ihm schließlich zum Verhängnis geworden. Er war nie dort, aber er kannte *Andromeda und Perseus*. Mehr noch, er kannte den Umschlag der Wiener Ausgabe des Librettos. Glockners Dresdener Ausgabe hatte keinen »anrüchigen« Umschlag. Nur schwarze Lettern auf weißem Hintergrund. Ein winziger, fataler Fehler. Denn ich war der Einzige, der davon wusste. Wirklich der Einzige.

Munro strich sich mit dem Finger über den adretten Schnurrbart, wie immer, wenn er intensiv nachdachte. Ich ahnte, dass er mir am liebsten einen Fehlschluss nachgewiesen hätte – als eine Art intellektuelle Ehrenrettung, weil er sich über meine Lösung des Falls ärgerte und sie nicht gelten lassen wollte.

MUNRO: Die Glockner-Briefe wurden doch alle von London aus verschickt.

LYSANDER: Ja.

MUNRO: Sie behaupten also allen Ernstes, Vandenbrook habe die Briefe erst persönlich in diverse Hotels an die Südküste gebracht. Sie dort hinterlegt. Um sie dann am nächsten Tag von einem Dienstmann abholen und nach London zurückbringen zu lassen. Und sie dort am Ende verschlüsselt und nach Genf versandt.

LYSANDER: Das war Teil seiner Tarnung. Er hatte das Ganze von A bis Z im Vorfeld durchdacht. Es musste schließlich alles zu seiner Erpressungsgeschichte passen, die im Kern darin bestand: Er, Vandenbrook, werde von einem anderen benutzt. Von einer anderen Andromeda, wenn Sie so möchten. In der Hierarchie weiter oben angesiedelt.

MUNRO: Er hat sich tatsächlich große Mühe gegeben.

LYSANDER: Und es hätte sich beinah für ihn ausgezahlt. Aber woher wussten Sie, dass die Glockner-Briefe in London abgestempelt wurden?

MUNRO: Das haben Sie mir erzählt.

LYSANDER: Wirklich? Meines Wissens nicht.

MUNRO: Dann muss es wohl Madame Duchesne gewesen sein.

LYSANDER: Muss wohl …

MUNRO: Wie können Sie sicher sein, dass Vandenbrook Andromeda war?

LYSANDER: Wie kann man sich generell einer Sache sicher sein? Für mich ist das die zwingendste Lösung. Die logischste. Die stichhaltigste. Vandenbrook war äußerst durchtrieben – nebenbei bemerkt auch ein begnadeter Schauspieler, weit besser als ich. Ich wünschte, ich hätte nur halb so viel Talent. Außerdem hatte er diese unsichtbare Macht kreiert, der er angeblich ausgeliefert war, und konnte sich als Bauernopfer ausgeben. Wie um zu sagen:

Ich bin nicht derjenige, den Sie suchen. Ich bin nur ein kleiner Fisch. Der wahre Täter ist ein anderer. Ich habe ihm das eine Weile geglaubt, aber es war ein einziges Lügengespinst.

MUNRO: Aber warum hat er dann versucht, diesen letzten Brief weiterzuleiten?

LYSANDER: Das war der Auftakt seiner List. Als ich in die Abteilung kam, hat er sofort geahnt, wonach ich suche – und dass ich ihn unter allen potenziellen Verdächtigen ausfindig machen könnte. Darum hat er den längst ausgeheckten Notfallplan in die Tat umgesetzt. Natürlich hat er die Glockner-Briefe selbst codiert. Er hatte den Schlüsseltext. Aber er musste das Gegenteil vorgeben, um mich zu täuschen. Er konnte nicht vorhersehen, ob ich diesen letzten Brief finde oder nicht, aber er musste für alle Fälle vorsorgen.

MUNRO: Ist das nicht ein bisschen zu sehr um die Ecke gedacht? Sogar für einen wie Vandenbrook?

LYSANDER: Das können Sie besser beurteilen als ich, Munro. Um die Ecke zu denken ist schließlich ein konstitutiver Bestandteil Ihrer Welt, nicht wahr? Wie war das mit dem dreifachen Bluff? Dem vierfachen Bluff? Den vielfachen Finten? Den mannigfachen Täuschungsmanövern? Teil des Geschäfts. Warum fragen Sie nicht eine Expertin wie Madame Duchesne? Oder sich selbst, wenn wir schon dabei sind.

Munro runzelte die Stirn, ohne auf die Frage einzugehen.

LYSANDER: Sie sind immer noch nicht überzeugt.

MUNRO: Je nachdem, wie die Angriffe im nächsten Sommer verlaufen, werden wir ja sehen, ob die undichte Stelle noch besteht oder nicht.

LYSANDER: Sie sollten selbst ein paar Tage in der Verschickungsabteilung verbringen. Dann werden Sie sehen, was dort alles offen zutage liegt. Berge von Fakten, für alle zugänglich. Das Ganze ist einfach zu groß, Munro. Diese Kriegsmaschinerie ist so gewaltig, so monströs, dass man sie gar nicht verstecken kann. Erst recht nicht aus so unmittelbarer Nähe. Jeder hätte Andromeda sein können. Zufällig war es Vandenbrook.

Munro sah mich scharf an, wie einen frechen Schulbub, der immerzu den Unterricht stört.

LYSANDER: Stellen Sie sich unsere Armeen wie Städte vor. Es gibt eine britische Stadt und eine französische, eine deutsche, eine russische. Außerdem noch die österreichische Stadt, die italienische und die türkische. Sie benötigen alles, was eine Stadt so benötigt – Kraftstoff, Verkehrsmittel, Energie, Nahrung, Wasser, sanitäre Anlagen, Verwaltung, Krankenhäuser, Polizeikräfte, Gerichte, Bestatter und Friedhöfe. Und so weiter. Führen Sie sich einmal vor Augen, was diese Städte täglich verbrauchen, oder auch nur stündlich. Sie werden von Millionen bevölkert und müssen um jeden Preis aufrechterhalten werden.

MUNRO: Ich verstehe, worauf Sie hinauswollen. Ja ...

LYSANDER: Und da wäre noch die letzte, die krönende Zutat ...

MUNRO: Und zwar?

LYSANDER: Waffen. In jeder erdenklichen Ausführung. Diese Städte versuchen, sich gegenseitig zu vernichten.

MUNRO: Ja ... Darüber sollte man in der Tat mal nachdenken ...

Munro verstummte eine Weile und trat nach einer Taube, die sich zu nah an seine glänzend polierten Schuhe herangewagt hatte. Sie flatterte ein paar Meter davon.

MUNRO: Warum haben Sie Vandenbrook getötet?

LYSANDER: Ich habe ihn nicht getötet. Das hat er selbst übernommen. Als ich ihn mit dem Libretto konfrontiert habe. Er hat einen Revolver gezogen und sich erschossen. Sie brauchen nur sein Haus zu durchsuchen – dann werden Sie den entscheidenden Beweis finden. Der Schlüssel zu allem ist das Libretto von *Andromeda und Perseus.*

MUNRO: Das können wir nicht tun. Die trauernde Witwe, die heulenden kleinen Mädchen, die ihren Vater verloren haben. Ein angesehener Offizier, an der Front verwundet, der den Freitod gewählt hat, weil er dem entsetzlichen Druck moderner Kriegsführung nicht standhalten konnte ... Nein, wir können das Haus auf keinen Fall durchsuchen. Ganz abgesehen davon, wie sein Schwiegervater reagieren würde, wenn wir unsere Leute hinschickten, um alles auseinanderzunehmen.

LYSANDER: Dann müssen Sie wohl meinem Wort Glauben schenken.

Schweigen. Wir ließen uns beide nicht anmerken, was uns durch den Kopf ging.

MUNRO: Das mit Ihrer Mutter tut mir leid.

LYSANDER: Ja. Das ist wirklich tragisch. Es war wohl alles zu viel für sie. Aber ich muss ihre Entscheidung respektieren.

MUNRO: Gewiss ... Gewiss ... Was ist mit Ihnen, Rief? Was wollen Sie jetzt tun?

LYSANDER: Ich will eine ehrenhafte Entlassung. Ich will nie wieder zur Armee. Vom Krieg habe ich genug.

MUNRO: Das können wir gern in die Wege leiten. Sie haben es sich wahrlich verdient.

Zum Abschied reichten wir uns die Hand, dann trennten sich unsere Wege, Munro kehrte über die Northumberland Avenue zum Whitehall Court zurück, während ich die Strand bis zur Surrey Street und dem Trevelyan House Nr. 3 / 12 entlangschlenderte. Ich warf keinen Blick zurück, Munro vermutlich auch nicht. Es war vorbei.

21

Schatten

E s ist ein dunkler, dunstiger, feuchter Abend in London, Ende 1915. Der schimmernd weiße Nebel erinnert an Rauch – als wären gerade Tausende von Kerzen verlöscht –, er windet und rankt sich an den Gebäuden empor, dehnt sich immer weiter aus, hüllt alles ein, sucht jede Tür und jede Treppe heim, dringt in sämtliche Gassen und Nebenstraßen, lässt die Dächer verschwinden. Die Straßenlaternen werfen jeweils einen gelblich schimmernden Lichtkegel, der zu verglimmen scheint, sobald er auf das glänzende Pflaster trifft, erschöpft vom kurzen Kampf gegen die alles verschlingende Dunkelheit.

Du stehst zitternd an einer Ecke der Archer Street und spähst angestrengt in die Nacht hinaus, dein Blick bleibt an einer kleinen Gruppe von leidenschaftlichen Theatergängern hängen, die nach der Vorstellung von *Mensch und Übermensch* am Bühneneingang warten, sie wollen sich ihre Programmhefte von den Schauspielern signieren lassen. Begeisterte Ausrufe, zwischendurch spontaner Applaus. Schließlich zerstreuen sich alle, nachdem die Schauspieler herausgekommen sind, die Programmhefte signiert und kurz mit den Wartenden geplaudert haben.

Das Licht ist bereits ausgegangen, aber du siehst die Tür noch ein letztes Mal aufgehen. Ein Mann im Regenmantel erscheint, den Hut hält er in der Hand. Er wirft einen Blick auf den opaken Nachthimmel, erkundet die Witterung, und du erkennst ihn vermutlich als Mr Lysander Rief wieder, der in *Mensch und Übermensch* von George Ber-

nard Shaw den John Tanner spielt, die Hauptrolle. Lysander Rief sieht müde aus – offenbar schläft er nicht genug.
Aber warum verlässt er das Theater so viel später als die
anderen, so sang- und klanglos? Er setzt den Hut auf und
geht. Leicht neugierig geworden, folgst du ihm links in die
Wardour Street und dann gleich rechts in die Old Comp-
ton Street. Du hältst einen gewissen Abstand ein, während
du ihn auf seinem Nachhauseweg beobachtest, der durch
die immer dichter werdende Nacht führt. Unterwegs bleibt
er häufig stehen, um sich umzusehen, und wenn er geht,
macht er seltsame Schlenker, wechselt immer wieder die
Straßenseite, als wollte er unbedingt den verschwommenen
gelben Laternenschein meiden. Nach kurzer Zeit gibst du
die Beschattung auf – du hast Besseres zu tun – und über-
lässt Mr Lysander Rief seinem Schicksal, möge er sein Zuhause finden, wo immer es sei. Offensichtlich bevorzugt er
die Ränder und Nischen, dort, wo das Licht nur teilweise
vordringt, wo man nicht klar erkennen kann, was was und
wer wer ist. Mr Lysander Rief ist allem Anschein nach ein
Mann, der sich im kühlen Schutz der Dunkelheit am wohls-
ten fühlt, Geborgenheit sucht er im Schatten.

KAMPA POCKET

»Lesen Sie William Boyd!«
Brigitte

Armadillo
Aus dem Englischen von Chris Hirte

Einfache Gewitter
Aus dem Englischen von Chris Hirte

Ruhelos
Aus dem Englischen von Chris Hirte

Stars und Bars
Aus dem Englischen von Hermann Stiehl

Wie Schnee in der Sonne
Aus dem Englischen von Hermann Stiehl

»Dieser Autor ist ein Könner.«
Tobias Döring, FAZ

William Boyd

»Eine perfekte Geschichte von Liebe
und Wiedergutmachung.«
New York Times

978-3-453-42588-0

HEYNE

William Boyd

»Eine Geschichte aus dem Fin de Siècle,
die bis zur letzten Seite spannend bleibt.«
Rainer Moritz, Deutschlandfunk Kultur

978-3-453-42346-6

Leseprobe unter **www.heyne.de**

HEYNE ‹